KB155611

가오고략

이 책은 2020~2021년도 정부(교육부)의 재원으로 한국고전번역원의 지원을 받아
수행된 '권역별거점연구소협동번역사업'의 결과물임.
This work was supported by Institute for the Translation of Korean Classics - Grant funded by the Korean Government.

한국고전번역원 한국문집번역총서／성균관대학교 대동문화연구원

가오고략 1

嘉梧藁略

이유원 지음 李裕元

이성민 옮김

일러두기

1. 이 책의 번역 대본은 한국고전번역원에서 간행한 한국문집총간 315집 소재《가오고략(嘉梧藁略)》으로 하였다. 번역 대본의 원문 텍스트와 원문 이미지는 한국고전종합DB(http://db.itkc.or.kr)에서 확인할 수 있다.
2. 내용이 간단한 역주는 간주(間註)로, 긴 역주는 각주(脚註)로 처리하였다.
3. 한자는 필요한 경우 이해를 돕기 위하여 넣었으며, 운문(韻文)은 원문을 병기하였다.
4. 맞춤법과 띄어쓰기는 한글 맞춤법과 표준어 규정을 따랐다.
5. 이 책에서 사용한 부호는 다음과 같다.
   ( ) : 번역문과 음이 같은 한자를 묶는다.
   〔 〕: 번역문과 뜻은 같으나 음이 다른 한자를 묶는다.
   " " : 대화 등의 인용문을 묶는다.
   ' ' : " " 안의 재인용 또는 강조 문구를 묶는다.
   「 」: ' ' 안의 재인용을 묶는다.
   《 》: 책명 및 각주의 전거(典據)를 묶는다.
   〈 〉: 책의 편명 및 운문·산문의 제목을 묶는다.

차례

가오고략 제1권

악부 樂府

가오고략 제2권

시 詩

《가오고략》 해제

함영대(경상국립대 한문학과 부교수)

1. 저자 이유원

이유원(李裕元, 1814~1888)은 철종·고종 연간의 고위 관료로서 1882년 조선의 문화를 외국에 개방한 제물포조약의 전권대신으로 널리 알려져 있다. 최근의 활발한 연구를 통해 그가 19세기 조선의 문학과 금석·서예에 상당한 비중이 있다는 사실이 밝혀지고 있으며, 특히 《임하필기》의 〈문헌지장편(文獻指掌編)〉 등을 통해 국조 문헌에 해박한 식견을 지닌 탁월한 저술가로 새롭게 평가되고 있다.

이유원은 본관이 경주, 자는 경춘(景春), 호는 귤산(橘山)·묵농(默農)이며 시호는 충문공(忠文公)이다. 조선 중기의 명신 백사(白沙) 이항복(李恒福)의 9세손으로 그의 가문은 백사 이래 이태좌·이광좌·이종성·이경일 등의 정승을 배출한 명문이다. 그의 아버지 이계조(李啓朝, 1792~1855) 역시 문과에 급제하여 공조·이조 판서를 역임했다. "경의 가문은 대대로 충의와 성실을 다하여 왔다"고 고종이 치하할 정도로 그의 집안은 국가의 고위 관료를 많이 배출한 명가였다. 이유원이 국고전장과 관련한 뛰어난 안목을 보여주는 데에는 이러한 가문적 배경도 적지 않게 작용했으리라 짐작된다.

그는 순조 14년(1814)에 출생하여 28세 때인 1841년 문과에 올라 헌종 11년(1845)에 동지사의 서장관으로 청나라에 다녀온 뒤 의주 부윤, 전라도 관찰사, 병조·형조 판서 등의 중요한 직책을 골고루 거쳐서 고종 즉위년인 1863년에는 좌의정에 올랐다.

서장관으로 연경(북경)을 다녀와서 좌의정으로 정승의 반열에 오르는 고종 초까지 근 20년간 그는 지방 3도의 관찰사와 중앙의 판서직을 두루 경험했다. 1848년에는 의주 부윤이 결원이 되자 헌종의 특별한 명을 받고 의주 부윤으로 부임하였는데 이는 당시 변방에 포삼(包蔘)의 폐단이 크게 문제가 되고 있어 내각의 신임받는 신하를 내려보내 이를 진정시키기 위한 정치적 의중이 반영된 것이다.

의주에서 돌아온 그해 12월에 바로 전라도 관찰사로 임명받아 내려가는데 이는 2품이 되어서야 가능한 감사직에 3품의 직질로 파격적으로 발탁된 것이다. 전라도 관찰사로서 그는 진공하는 물건을 정례화하여 그 조목을 줄여나가고 부역을 감면하는 등의 선정을 베풀어 생사당(生祠堂)에 모셔지는 영광을 누리기도 했다. 그에게 평생 가르침을 주었던 침계(梣溪) 윤정현(尹定鉉)은 이유원의 수장비에서 그가 탁월한 지방행정관으로서 적지 않은 업적을 쌓았다고 호평한 바 있다.

고종 2년(1865), 대원군의 집정 시기에는 수원 유수로 좌천되어 이해에 영중추부사가 되고 《대전회통》 편찬의 총재관이 되었으며, 고종 10년(1873) 대원군의 실각과 함께 다시 영의정으로 정계에 복위했다.

영의정으로 복귀한 다음 해인 1874년 7월, 우의정 박규수(朴珪壽)와 함께 일본에서 정한론이 일어나고 있는 상황에서도 도해역관을 파견하여 외교 교섭을 조사하도록 해 대원군 때의 대일정책을 전환했으며, 1875년에는 순종의 왕세자 책봉을 청하기 위해 진주 겸 주청사로 청나라에 다녀오기도 했다.

강화도조약이 체결되기 직전인 고종 12년(1875) 가을에 당시 조선의 정권 담당자였던 이유원은 연행 도중 일본과의 외교 문제를 해결하고자 이홍장(李鴻章)과의 서신 왕래를 시도했으며 이듬해 진행되는 강화도조약의 체결에도 적지 않은 영향을 주었다. 이처럼 조선 외교정책의 방향을 전환시킨 이유원과 이홍장의 교류 이면에는 일본의 팽창을 견제하려는 청 정부의 입장과 청의 군사력을 빌려 일본의 침략을 막아보려는 조선 정부의 입장이 서로 조응한 측면도 없지 않다.

1879년 6월에 일본 공사 하나부사 요시모토〔花房義質〕가 인천항과 원산항의 개항을 요구하자 원산항만 개항하게 했으며 그해 7월 이홍장에게 병기 제조와 군사훈련 등 무비자강 문제에 대한 자문과 지원을 밀서로 요청하여 천진(天津)에서 군사훈련과 병기제조법을 배우도록 해주겠다는 약속을 받았다. 그해 8월 말 이홍장으로부터 조선이 위기를 타개하기 위해서는 미국을 비롯한 서양 제국들과 통상조약을 체결하고 서양 세력을 유입하여 일본과 러시아를 견제해야 한다는 권유 편지를 받았으나, 미국과의 수교 권유는 거부했다. 이 과정에서 '인신외교(人臣外交)'라는 비판을 받아 잠시 곤경에 처하기도 했다.

1880년 치사하고 봉조하가 되었으며, 1882년 7월에는 전권대신의 자격으로 일본 변리공사 하나부사와 임오군란으로 인한 피해 변상, 공사관 경비병 주둔권 부여를 핵심으로 하는 제물포조약을 체결·조인하여 조선의 문호를 외국에 열게 된다. 문호 개방의 중요한 역사적 국면에서 국가의 원로대신으로의 중책을 수행한 그는 1888년 향년 75세로 삶을 마쳤다.

그런데 이유원은 구한말의 격동기에 개국의 업무를 관장한 고위 정치가로서 그 위상이 국한되지는 않는다. 자하(紫霞) 신위(申緯)에게 시를 배운 당대의 시인이자, 추사 김정희와 예서(隸書)를 논한 서예가이고, 동시에 금석서화와 원예, 골동은 물론 국고전장에 상당한 식견을 보여준 19세기의 비중있는 학자의 한 사람이라는 점에 주목할 필요가 있다.

그는 다방면에 풍부한 지식을 가진 박학한 학자였고 시인으로서도 빼어난 자질을 발휘하여 많은 시를 남겼으며 문장에도 일가를 이룬 것으로 평가된다. 특히 예서에 빼어난 솜씨를 보였고, 겸하여 금석학(金石學)에 대한 기호가 있었다. 적지 않은 골동서화의 수장과 감상으로 19세기 경화사족(京華士族)의 면모를 특징적으로 드러내기도 했다. 그러한 그의 학문적・문학적 업적은 바로 이 《가오고략(嘉梧藁略)》에 대부분 수록되어 있다.

이유원은 일찍이 외숙인 이탄재(履坦齋) 박기수(朴綺壽, 1774~1845)를 스승으로 섬겨 그에게 학문과 문장을 배웠으며 서유구와 윤정현, 정원용 등 당대의 학자들에게 가르침을 받았다. 《가오고략》 권11에 수록된 〈박평로에게 보내는 편지〔與朴平老書〕〉에는 그러한 그의 학문 연원과 교유 관계가 잘 나타나 있다.

> 저는 일찍이 탄재 선생(坦齋先生) 박기수(朴綺壽)에게서 공부하였는데 그분의 문장은 평이하였습니다. 만년에는 경산 상공(經山相公) 정원용(鄭元容)에게 배웠는데 그분의 문장은 아름다우면서도 법도가 있었습니다. 그 중간에 풍석 태사(楓石太史) 서유구(徐有榘)에게 배웠는데 그분의 문장은 우아함과 속됨을 겸비하여 득력(得力)하기가 쉬웠습니다. 그리고 시종 질정을 받은 자는 침계노인(梣溪老人) 윤정현(尹定鉉)이었습니다.

이 글은 그가 문장 수업을 받고 교유한 학자를 언급하고 있는데 이들 학자들과는 문장만을 배우는 데 그치지 않고 인간적으로나 학문적으로나 한평생 존경하면서 친밀하게 교류하였다. 젊은 시절의 그는 저명한 시인인 자하 신위를 종유(從遊)하여 소식풍(蘇軾風)의 시를 지었으며 그때 교유하며 지은 작품들과 일화가 《가오고략》에 적지 않게 수록되어 있다.

이뿐 아니라 1845년 동지사의 서장관으로 연행을 한 이유원은 그곳의 조정 대신들로부터 환대를 받았다. 스승 이탄재와 이미 교류가 있었던 옹방강의 사위이자 금석학자였던 섭지선(葉志詵, 1779~1863)을 비롯하여 당대 중국의 이름난 학자들과 교류를 가졌다. 이때의 교류는 훗날까지 이어져 중국의 사우들은 귤산의 별장에 〈귤산의원도(橘山意園圖)〉를 선물하여 주기도 하였다. 서울에서 관직 생활을 할 때는 북촌시사와 함께 19세기 시단을 양분한 남사(南社)의 동인으로도 활동했는데 이 역시 당대 문단의 동향으로 주목할 필요가 있다.

이유원의 광범위한 저술 습관 역시 주목할 필요가 있다. 그는 관직을 시작하는 초기에 내각의 숙직 시간을 빌려 《명실록(明實錄)》에서 우리나라에 관한 일을 초출(抄出)하여 1권의 책으로 모아 엮는가 하면 헌종의 명으로 《손무자(孫武子)》를 현토하기도 하였다. 국가 경영에 관련된 《체론유편(體論類編)》 24권과 《국조모훈(國朝謨訓)》 2권도 이때의 산물이다. 이 책들은 모두 제왕학을 위해 별도로 기획한 유서이다. 《체론유편》은 국왕의 체모를 보존하고 국가의 논의를 결정하는 데 긴요한 참고 자료로, 《국조모훈》은 후대 군주에게 지침이 될 만한 핵심적인 국가적 사업을 역대 국왕의 사례에서 찾아서 제시한 문헌으로 적지 않은 의미가 있다. 이들 저작에서는 국가 차원에서 추진해야 하는 문화사업을 주요하게 다루었는데, 그것은 바로 문헌의 편찬·간행·인쇄, 그리고 음악·회화·서예 등의 예술 방면에 대한 각별한 관심이었다. 이러한 유편을 통한 저술 습관은 이후 저작되는 《귤산문고》와 《가오고략》은 물론 《임하필기》까지 이어지는 것이다.

양주 가오곡에서 은거하던 초기인 1865년에는 《경주이씨금석록》과 《경주이씨파보》를 저작했고, 연이어 20책의 《가오고략》과 39권의 《임하필기》를 저술했다. 또한 사적인 문고로 규장각도서(古4254-3)로 전해지는 필사본 16책의 《귤산문고(橘山文稿)》도 대개 이 시기에 저작된 것으로 파악된다. 가오곡의 은거 시기에 자신의 문고를 상당 부분 정리했던 것이다.

《귤산문고》는 제1~3책에는 시, 제4~5책에는 사시향관일록(四時香館日錄), 제6책에는 통의록(通擬錄), 제7책에는 책제(策題), 제록(題錄), 성사기년(星槎紀年), 정미무신록, 제8~9책에는 별편, 제10책에는 소차가 수록되어 있고, 제11~15책은 계초록으로 제11책에는 상량문, 만장, 제문, 강설 등, 제12책에는 해서록(海西錄), 전최록 등, 제13책에는 경관록, 관북잡록 등, 제14책에는 완영계록(完營啓錄), 관감(關甘), 제15책에는 전문, 기 등이 있으며 제16책에는 용만기사(龍灣記事) 등이 실려 있다. 이 책은 서문과 발문이 실려 있지 않아 누가, 언제 편차하였는지 불분명하지만 저자의 생전에 만들어진 원고본으로서 《가오고략》보다 이전에 필사된 것으로 보인다. 이러한 근거로는 《귤산문고》 제8책에 수록된 〈가곡수장고(可谷壽藏攷)〉의 글이 《가오고략》에는 〈서수장록후(書壽藏錄後)〉라는 이름으로 수록되어 있는데, 《귤산문고》의 교정 사항이 《가오고략》의 글에 그대로 반영된 점을 들 수 있다.

그러므로 이유원의 저작을 종합적으로 이해하려면 거의 비슷한 시기에 초고가 완성되는 《귤산문고》와 《가오고략》, 《임하필기》를 함께 놓고 고찰할 필요가 있다.

2. 《가오고략》의 판본

앞서 언급한 바와 같이 이유원은 고종 초에 좌의정으로 발탁되었지만 곧 권력을 잡은 흥선대원군과 정치적 갈등을 빚으면서 양주 가오곡으로 은거했다. 저자는 관직에 있으면서 50세 이후로는 은거하라는 부친의 가르침으로 인해 치사하려고 자주 사직소를 올린 바 있다. 그때마다 고종은 허락하지 않았으며, 저자가 이미 양주 가오곡에서 노년을 보내려고 그 아래에 집을 짓자 고종은 저자의 나이 55세 때인 1868년에 어필로 '귤산가오실(橘山嘉梧室)' 다섯 글자를 하사하여 총애하는 마음을 나타냈다. 이에 저자는 성은에 보답하는 의미에서 문집 이름을 《가오고략(嘉梧藁略)》이라고 하였다.

이 《가오고략》은 저자가 공사 간에 지은 비지류와 잡찬 등의 여러 문체를 모은 15책으로 편차가 끝나지 않은 '미정초(未定草)'였는데, 저자의 나이 58세 때인 1871년에 정원용과 윤정현의 서문을 받고 자신의 서문을 붙였다.

현전하는 《가오고략》은 세 종류의 필사본이 규장각에 소장되어 있다. 모두 책차나 권차의 표시가 없을 뿐 문체별로 잘 정리되어 있다. 《가오고략》(古3436-6)은 제1책 전문(箋文), 책제(策題), 서, 설, 제2책 시장(諡狀), 제3책 옥경고잉기(玉磬觚賸記), 제4책 계, 의, 제5책

소차, 부주, 제6책 서, 자인, 악부, 제7책 묘지명, 제8책 묘지명, 제9책 묘갈명, 제10책 신도비, 제11책 응제문, 상량문, 명, 제12책 행장, 제13책 잡저로 되어 있다. 《가오고략》(古3428-251)은 제1~4책에는 시, 제5책에는 기, 서, 제6~7책에는 소차가 실려 있다.

이 두 종류의 《가오고략》은 표지 형태, 괘선, 필체, 내용 등을 고려해볼 때 이본이 아니라 본래 하나의 본인데, 어떤 사연으로 도서관의 분류 과정에서 둘로 나뉘어 분류된 것으로 보인다. 또 다른 한 종의 필사본(奎7804)은 앞의 필사본(古3436-6)의 제2책 시장만을 따로 필사한 것이다.

《한국문집총간》의 저본은 바로 이 앞의 두 종류의 규장각 소장본을 합본한 것이다. 책1, 8~11, 13~20은 규장각장본(古3436-6)이고, 책 2~7, 12는 규장각장본(古3428-251)인데 문집의 편집 체례에 의거하여 그 책차를 재편한 것이다. 이는 자인(自引), 서(정원용·윤정현 찬), 이본, 본집 내용 등에 의한 것이다.

3. 《가오고략》의 주요 내용

1871년, 《가오고략》에 서문을 붙인 경산(經山) 정원용(鄭元容, 1783~1873)은 이유원에 대해 "공은 젊은 시절부터 청직에 발탁되고 현직(顯職)에 올라 성상의 총애와 지우가 성대하니, 지위가 정승인데도 아직 머리털이 검은색이다."라고 하여 관료로서 현달한 그의 성공적인 삶을 지목한 바 있으며 "공의 온축된 경술을 알고자 한다면 어찌 이 책에서 구하지 않겠는가."라고 하여 《가오고략》에 이유원의 학문적 저력이 집약되어 있음을 지적했다. 정원용은 《가오고략》에서 경술의 해박함과 문장의 풍부함을 볼 수 있다고 했는데 특히 문사의 분방함과 전아하고 장중함을 평가하면서 덕과 재능을 구비한 군자의 글이라고 극찬한 바 있다. 주요 내용을 살펴보면 다음과 같다.

1책은 주로 악부와 죽지사, 금석에 대한 관심을 표명한 것으로 가장 많은 학계의 관심을 받은 작품군이 포진되어 있다. 이유원의 다방면에 걸친 학적 관심과 수준 높은 문학적 형상화의 국면을 확인할 수 있다.

〈가오악부〉는 《시경》의 문체를 모방하여 능숙한 사언(四言)으로 구사한 가오곡의 정경을 노래한 작품이다. 산거(山居)와 향음주례, 향사례 등은 물론 전원생활의 즐거움을 노래한 전아한 작품들이 제시된다. 〈고악부〉는 중국 고악부의 궁사(宮詞)나 변새(邊塞)의 다양한 소재를 취재하여 한껏 문학적 재능을 발휘한 것이다.

〈해동악부〉는 특기할 만한 것이다. '기자악(箕子樂)' 이래 해동의 악무(樂舞)에 대한 것으로 삼한의 악무에 대한 연혁과 당대 연행되는 악무를 소개한 것인데 특히 속악(俗樂)에 대한 관심이 잘 드러난다. 악의 시초에 대한 100수와 '도산십이곡', '관동별곡'과 같은 당대 시악(時樂)에 대한 보완인 《보제산악(補製散樂)》, 칠언절구로 구성된 작품의 아래에 그 유래에 대한 설명이 부기되어 있는데 대개 《증보문헌비고》 〈속부악〉의 내용과 유사하다. 이 작품은 종래의 '해동악부'가 대부분 역사나 풍속을 읊은 것과 비교하여 매우 특색 있는 것으로 음악사의 중요한 자료가 될 수 있다. 이유원은 우리의 음악이 기자부터 시작되었지만 세종조의 박연(朴堧)이 악부를 교정하면서 고악보가 전해지게 되었다고 보았다. 이 작품은 《임하필기》에도 수록되어 있다.

〈이역죽지사(異域竹枝詞)〉는 30수로 이유원이 1845년 동지사의 서장관으로 연경을 다녀올 때 받았던 서적 가운데 있던 《황청직공도(皇清職貢圖)》에 수록된 그림 가운데 《해국도지(海國圖誌)》와 《주해도지(籌海圖誌)》의 내용과 크게 차이가 나는 것을 죽지사의 형식으로 표현한 것이다. 《황청직공도》는 청나라에 조공을 바치는 264개 소수 민족 및 37개 해외 각국의 풍속과 지리 정보를 담은 문헌으로 이유원은 이를 두고 "외국의 인물, 복식, 기계, 풍속 등 실리지 않은 것이 없었으니 매우 기이한 볼거리"라고 평가한 바 있다. 유구국과 안남국을 비롯하여 동서양 30여 국의 정경이 흥미로운 묘사와 함께 표현되고 있으며 그 각국의 특징을 해설의 형태로 함께 부기했다. 이 작품도 《임하필기》에 재수록되었다.

〈금석색(金石索)〉은 모두 59수인데 청대 금석학자 풍운붕(馮雲鵬)과 아우 풍운원(馮雲鵷)이 함께 편찬한 저술인 《금석색》을 읊은 작품이다. 《금석색》은 중국 고대 상(商)나라로부터 원(元)나라까지의 종정(鐘鼎)・천도(泉刀)・비갈(碑碣)・와전(瓦磚) 등의 금석문을 수집하고 정리한 책으로 도광(道光) 2년(1822)에 편찬이 완료되었으며, 〈금색(金索)〉 6권과 〈석색(石索)〉 6권 총 12권으로 구성되어 있다. 《금석색》은 이제까지 석학(石學)에 비해 연구 성과가 미흡했던 금학(金學)을 자료와 해석 면에서 보완하여 금학과 석학의 균형을 갖추고 주변 고증학의 성과를 반영한 바, 도광・함풍 연간 이후 금석학의 전형적인 특징을 지닌다. 이유원은 《금석색》의 금석학사적 의의를 분명히 인지하고 공적인 지식으로 전환하여 조선 금석학 연구 수준을 제고할 계기를 마련한 것이다. 한편, 《임하필기》의 〈금해석묵편〉 역시 금석에 대한 관심을 드러낸 것인데 〈금해석묵편〉은 《서청고감(西淸古鑑)》이나 《적고재종정이기관지(積古齋鐘鼎彝器款識)》와 같은 중국 근세의 명저를 취사하여 재편집한 것으로 이 작품은 이러한 저작을 완료한 다음 지은 것으로 짐작된다.

2~5책은 시인데 대체로 이유원의 시기별 저작을 편제하여 수록한 것이다. 2책은 주로 관료 생활의 여정에서 지은 작품들인데 우선 궁중의 인물들에 대한 만장을 비롯하여 관료 생활의 국면에서 제작된 시문이 수록되어 있다. 30세인 1843년 헌종(憲宗)의 비인 효현왕비(孝顯王妃)를 위해 지은 〈효현왕비 만장〉을 비롯해 33세인 1846년 익종으로 추존된 효명세자의 능인 수릉을 동구릉으로 옮길 때 지은 〈수릉을 천봉할 때의 만장〉, 36세인 1849년 의주 부윤으로 있으면서 지어 올린 헌종의 만장, 51세인 1864년 함경도 관찰사로서 지은 〈철종대왕 만장〉, 65세인 1878년 철종의 비인 철인대비를 위한 〈철인대비 만장〉이 수록되어 있다. 특히 철인대비의 만장은 6편의 연작이다. 이유원의 초기 20여 년의 관직 생활 가운데 국상에 대응하여 지은 것으로 관각문학 연구의 좋은 자원이 될 수 있을 것이다.

다음으로는 연상(延祥), 춘첩, 단오첩 등 절기를 맞아 궁중에서 지어 올린 작품과 사직단, 봉모당, 화성 행궁 등에서 행사별로 지어 올린 응제시들이 수록되어 있는데 관료로서 현달한 이유원의 문학적 저변은 물론 19세기 궁중문학의 구체적 정황을 살펴볼 수 있다. '연상'은 정월 초하루를 맞이하여 국가와 왕실에 상서로운 일이 생기기를 바라는 뜻으로 관원들이 임금에게 지어 올리는 시인데, 대개 대궐 안의 전각(殿閣) 기둥에 붙여두는 것이다.

자하 신위의 서재인 양연산방에서 노닌 추억을 노래한 1830년대의 작품들에서는 자하 신위에게 시를 배운 젊은 시절, 이유원이 스승과 나눈 친밀한 교유의 현장을 살펴볼 수 있다. 1845년 동지사의 서장관으로 연행을 다녀오며 지은 시편들에서는 이 시기 연행의 경로에서 관심을 끌었던 유적과 교유한 인물들에 대한 정보를 확인할 수 있다.

1861년, 열하 문안사(熱河問安使)의 정사로 연행을 떠나는 조휘림(趙徽林)을 전송하며 지은 작품인 〈열하사로 가는 추담 조 상서 휘림을 전송하는 노래〔秋潭趙尙書徽林熱河使歌〕〉는 칠언장편이다. 1860년, 영불연합군에게 패배한 제2차 아편전쟁의 결과로 열하로 몽진한 청조 정부를 위로하기 위해 조선에서는 조휘림을 정사로, 박규수를 부사로 하여 위문사를 파견한 바 있다. 당대 조선 정부의 외교적 대응과 이유원의 당대 정세에 대한 관찰과 전망의 한 단면을 볼 수 있다.

1872년 경산 정원용의 구순을 축하하며 지은 90자의 축수시와 박세당의 〈춘첩〉 시에 차운한 시는 모두 동일한 작품이 《임하필기》 〈춘명일사〉에 〈구십자송(九十字頌)〉과 〈서계춘첩(西溪春帖)〉으로 수록되어 있어 《가오고략》과 《임하필기》의 관계를 알 수 있게 해준다.

〈심삼경에 대해 읊다〔詠十三經〕〉는 《주역》에서 《상서》, 《모시》, 《주례》, 《의례》, 《예기》, 《논어》, 《효경》, 《좌씨전》, 《공양전》, 《곡량전》, 《맹자》, 《이아》로 이어지는 십삼경에 대한 비평과 송시(頌詩)이다. 《이아》에 대해 '구류와 제자백가의 지남침〔九流百氏指南〕'이라는 평가를 인용한 것은 19세기 조선의 고증학의 이해 수준을 보여준다.

〈옛사람을 읊다〔詠古人〕〉 이하는 서거정, 노수신, 김종직, 김인후, 소세양, 신광한, 이황, 이이, 정구, 권필, 유성룡, 윤두수, 성혼, 이덕형, 이지함, 이정귀, 신흠, 최립, 이안눌, 장현광, 정두경, 최명길, 이식, 조경, 장유, 이경여, 김상헌, 이민서, 유계, 송시열, 윤증, 허목, 박세당, 남구만, 김수항, 민정중, 서종태, 김석주, 김만기, 이단상, 김창흡, 박장원, 최창대, 이광려, 조유수 등의 시에 차운한 것이다. 이는 경학과 문학에 성가가 높았던 인물에 대한 연작 차운시로, 이유원이 그려낸 조선 지성사라고 할 수 있으며 연작을 즐겨 하는 그의 문학 창작에서의 특징적 면모도 확인할 수 있다.

책3에 수록된 시들은 1872년 이유원이 59세의 나이로 가오곡에 은거해 있을 때에 지은 것이다. 이 시기 이유원은 1868년 좌의정에서 물러난 뒤 1873년 영의정으로 복위하기 전까지 조정의 요청에 따른 임시직을 맡았을 뿐 특별한 관직을 맡지 않고 있었다. 그의 국고전장에 대한 경륜과 가오곡에서의 생활상을 잘 보여준다고 평가받은《임하필기》의 초고가 완성된 때도 대개 이즈음이었다. 비슷한 시기 초고가 완성된《임하필기》와《가오고략》에서 나타나는 일부 원고의 공유는 그런 점에서 이해할 만하다.

첫머리에 단군, 기자, 동명왕의 사당에 대한 시가 실려 있고, 이어지는 〈남사의 시인들을 읊다〔屬南社諸公〕〉는 정기세(鄭基世), 조병휘(曺秉輝), 조연창(趙然昌), 박영보(朴永輔), 이삼현(李參鉉), 김기찬(金基纘), 박홍수(朴興壽) 등 자신을 포함한 8인의 남사(南社) 동인들에 대한 품평시이다. 남사는 당대 문인 그룹의 한 전형으로, 당대 북촌을 중심으로 형성된 북사(北社)와 함께 주목할 만한 19세기 한시 동인 그룹이다.

〈사시향관잡영(四時香館雜詠)〉은 30수의 연작으로, 꽃나무가 수백 종이나 있는 가오곡(嘉梧谷)의 '사시향관'에서의 시편이다. '사시향관'은 사계절 꽃향기가 풍기는 집이란 뜻인데 이유원이 양주의 가오곡 서북쪽에 지은 별서로 500칸으로 되어 있었다고 한다. 그 편액은 이유원이 의주 목사로 있을 때 칙사 서상(瑞常)이 써준 것이라고 하는데 수목과 화훼에 대한 고상한 취미는 물론 만권서의 서책, 종정(鐘鼎)과 금석의 취미 등 19세기 수준 높은 서화골동의 취(趣)를 향유하는 장면을 관찰할 수 있다.

〈해좌의 명승을 추가로 읊다〔追賦海左名勝〕〉는 〈사시향관잡영〉 30수를 짓고 나서 예전에 유람했던 곳으로 시를 짓지 않은 용문산, 금수정, 화적연, 삼부연 등 인근한 경기 북부의 명승을 비롯해 개성의 박연(朴淵), 공주의 공북루(拱北樓), 단양의 사인암, 순천의 송광사, 남원의 광한루 등 전국의 명승 53곳을 추억하며 읊은 것이다. 헐성루와 표훈사 등 금강산의 명승은 특히 많은 작품을 통해 예찬했다.

이어지는 〈사찬(史贊)〉, 〈사영(史詠)〉, 〈황명사영(皇明史詠)〉은 중국사에 대한 작품이다. 〈사찬〉은 진(秦)부터 명(明)에 이르는 중국의 역대 15국을 주제로 한 작품이고, 〈사영〉은 〈사찬〉 15수를 짓고 나서 관중, 노중련, 조순(趙盾), 소식, 악비, 문천상 등 중국의 역사인물 42명을 주제로 한 것이다. 〈황명사영〉은 그 가운데 특히 서달, 유기, 상우춘 등 명나라의 인물 45명을 대상으로 해서 지은 것이다.

태호석(太湖石)과 퇴사담(退士潭)에 대한 작품은 사시향관에서의 유유자적한 삶의 정경을 호사스럽게 묘사한 것이고, 〈박금령에 대한 만사(朴錦舲輓)〉는 남사의 중요한 일원이었던 금령 박영보(朴永輔)에 대한 것이다. 박영보는 남사의 중요 일원이었을 뿐만 아니라 《임하필기》에 비평을 붙여주려 했으며, 죽는 날까지 이유원의 〈해동악부〉를 책상에 두고 있었다고 하니 당대 문학적 거장 간의 깊은 교유를 짐작할 수 있다. 〈술회(述懷)〉는 60세 전후 이유원이 자기 생애에 대해 자술한 25수의 연작으로 《임하필기》와 《가오고략》이 완성된 전후의 정황을 보여준다.

〈임영죽지사(臨瀛竹枝詞)〉 10수를 비롯한 강원도 일대를 유람하고 지은 시편은 내설악에서 오세암을 거쳐 강릉을 경유하고, 대관령을 지난 양근으로 돌아오는 답사의 여정이 나와 있으며, 〈추회시(秋懷詩)〉는 가을 장마철에 완적(阮籍)의 〈영회편(詠懷篇)〉을 차운하여 지은 82수의 장편이다. 완적의 은거하려는 뜻은 따르지 않고 고고(高古)하고 청려(淸麗)한 풍격만을 숭상하여 지은 것이다. 이러한 연작시는 이유원 자신의 문학적 재능을 드러내는 것으로만 그 의미를 국한해서 이해할 필요는 없다. 그는 국고전장을 접할 수 있었던 관료로서의 경험으로 인해 하나의 주제에 대해 그 연혁과 득실을 검토할 수 있었다. 그러한 그의 삶의 여정은 학문적 관심을 촉발했으며, 작품을 저술하는 데 충분하게 구비된 그의 만권루는 이러한 연작시의 저작을 가능하게 했다.

책4에 수록된 시편은 1872년에서 1873년 사이에 지어진 것으로, 가오곡에 은퇴해 있던 이유원은 1873년 11월 60세의 나이에 영의정으로 정계에 복귀한다. 이 책의 작품은 그 직전에 쓰여진 것이다.

〈장로들을 회상하며 고인의 체를 모방하다〔懷長老仿古人體〕〉는 회인시로 평소 흠앙하던 남공철, 심상규, 이상황, 박종훈, 조인영, 권돈인, 김흥근, 박영원, 조두순, 서유구, 홍현주, 이약우, 이익회, 신위, 조종진, 김정희, 윤정진, 조용화, 김계영 등 19명을 그리며 지은 시이다. 특히 김정희를 두고는 중국에서 아직 추사의 이름을 외고 있으며, 예서(隷書)의 세계에서 비결을 찾았노라고 지목하기도 했다. 19세기 철종·고종 연간의 조선 명사들에 대한 이유원의 평가를 엿볼 수 있다. 이 시기 이유원은 부쩍 산중 생활의 즐거움보다는 적막함을 읊은 시편이 증가한다. 〈행년탄(行年歎)〉은 일종의 육십 자술로 나이 20대에서 60대에 이르는 시기의 자기 삶에 대한 소회이다.

〈갈도석각가(葛島石刻歌)〉는 '서불과차(徐市過此)'라는 남해 상주 해안의 각석의 탁본을 보고 읊은 시이다. 이유원은 신대우와 김정희가 떠오른다고 하면서 중국 사람들이 '서불과차' 가운데 과차의 글씨가 잘못되었다고 고증한 것을 천년의 세월을 지닌 각석이므로 "전혀 근거가 없다"고 해서는 안 될 것이라는 입장을 제시했다. 〈양연노인묵죽가(養硯老人墨竹歌)〉는 1839년 자하 신위가 그린 묵죽에 이유원이 제시한 첩을 되찾은 것에 대한 것이고, 〈저본성교서가(褚本聖教序歌)〉는 당나라 서법가 저수량의 〈안탑성교서(雁塔聖教序)〉에 대한 시이다. 이들은 금석서화에 대한 이유원의 안목을 보여주는 명작이다.

책5는 주로 금석서화에 대한 관심과 가오별곡의 생활 및 만년의 생활에 대한 정경과 일상의 시편이다. 〈중악태실석궐첩(中嶽泰室石闕帖)〉과 〈구루비가(岣嶁碑歌)〉는 연경 사행 시 획득한 중국 탁본법첩에 대한 품평이고, 〈꽃의 역사를 읊다〔詠花史〕〉는 1년 12개월 동안 피어나는 화훼에 대한 헌사로, 이유원은 이곳 가오곡을 거처로 정한 이유는 산수로 이름난 곳이기 때문임을 적시하기도 했다.

다양한 주제에 대한 연작시 역시 이유원의 시작 가운데 하나의 특징이다. 〈음주의 역사〔酒史〕〉는 원굉도(袁宏道)의 〈음주에 관한 법〔觴政〕〉을 모방하여 술을 주관하는 자와 함께 마시는 사람, 태도와 시간, 술을 마시기 좋은 환경이나 사례, 술 경쟁과 술로 대표적인 인물, 술에 대한 전적과 술에 대한 처벌, 술의 등급과 술잔, 술안주와 음주의 사치함과 그 흥을 돋우는 도구 등에 대해 마치 술에 대한 모든 것을 읊었다. 술에 대한 시로 그 창작 의도와 기법이 흥미롭다. 〈꽃의 역사〔花史〕〉는 원굉도가 《화병의 역사〔甁史〕》를 지은 것을 모방하여 창작한 것이다. 사시향관에 걸어두고 즐긴 시편들인데 꽃의 품목과 등급, 화병의 재료,

사용되는 물, 풍성함의 수준이나 관리하고 감상하는 법에 대한 화훼의 선택과 재배, 관리에 대한 흥미로운 내용을 담고 있다. 〈가오곡의 별장〔嘉梧別業〕〉은 삽십 운을 활용하여 배율시로 지은 것으로 은거한 가오곡의 정경을 가장 풍부하게 묘사한 것이다. 500칸의 정자는 그 거창한 규모를 말하는 것이고, 사시향관이란 이름은 심겨진 수목과 화훼의 넉넉함이며, 영귀정(詠歸亭)과 만회암(晩悔岩)은 그 정취요, 녹시(鹿柴)와 학단(鶴壇)은 그 정경이다. 이유원은 이곳을 두고 "꿈꾸던 곳과 똑같은 데다 정취까지 겸했으니 그림만으로는 미진하여 글까지 짓는다네.〔意夢相同兼趣味 畵圖未盡亦文章〕"라고 자락했다. 또한 "나라의 도성과 구십 리 남짓 떨어진 곳, 천마산 깊숙한 곳이 바로 내가 사는 세계라오.〔距國都餘三舍地 天摩山邃是吾鄕〕"라고 노래했다.

〈실운구곡가(室雲九曲歌)〉는 〈무이구곡가〉에 차운한 작품인데 실운은 강원도 춘천부(春川府)에 속한 면 이름으로 이에 앞서 김수증이 지은 〈곡운구곡(谷雲九曲)〉을 모방하여 지은 것이다. 〈산본원에서 생산되는 차의 종류를 노래하다〔詠山本園茶種〕〉는 일본 동경(東京)의 산본원(山本園)에서 생산한 차에 대한 품평인데 중국차와 한국차에 두루 식견이 있었던 이유원의 10여 종 이상 되는 일본차에 대한 품평을 살필 수 있다.

〈갑신년(1884, 고종21) 세초에 짓다〔甲申歲首作〕〉는 1884년 일흔하나의 나이로 쓴 것인데, 그 내용에 "길 양쪽의 선산의 나무들이 그림보다 나으니 십여 년 동안 직접 심지 않은 것이 없네.〔挾路松楸畵不如 無非手植十年餘〕"라고 하여 가오곡에 은거한 시기에 직접 나무를 심고 전원을 가꾸어 그림보다 뛰어난 정경을 일구어낸 것으로 파악된다.

책6~8은 소차로, 책6에는 소차 63편이 실려 있다. 이조 참의, 전라

감사, 이조 참판, 규장각 직제학, 예문관 제학, 황해 감사, 함경 감사, 좌의정, 위관, 어영청 도제조, 약원 제거(藥院提擧) 등을 사양하는 사직소와 겸직한 직임을 해직시켜주기를 청하는 차자 등이 있다. 〈화성의 각 둔전을 논한 소〔論華城各屯疏〕〉는 수원 유수의 신분으로 있으면서 정조 이래 화성의 둔전에 대한 권한과 관리의 책임에 대한 이유원의 식견을 유감없이 드러낸 것이다. 비록 그의 주청은 조정의 방침과 달라 결국 이 상소로 인해 그는 영의정 조두순과 함께 체직되는 결과를 초래하지만 이러한 국고제도에 대한 연혁의 전말에 대한 식견은 주목할 만한 것이다.

이 밖에 〈죄인의 처분에 대해 이의를 제기하며 연명으로 올리는 차자〔罪人覆逆聯箚〕〉는 김귀주를 복관시키고 김시연을 향리에 방축시키는 왕명의 부당함을 아뢴 연명차자이며, 〈최익현에게 처분을 내린 뒤 화평에 관한 설을 진달하는 차자〔崔益鉉處分後陳和平箚〕〉는 1873년 판중추부사의 신분으로 올린 차자이다. 당시 호조 참판으로 있던 최익현이 만동묘와 서원의 복구 등을 청하는 소를 올렸는데 고종은 이 상소에 자신을 핍박하는 논의가 많다 하여 찬배하라는 명을 내렸다. 이에 대해 이유원은 좀 더 너그러운 마음을 가지고 민심을 살펴보라고 권면한 것이다.

책7에는 소차 55편이 실려 있는데 영의정을 사양하는 사직소를 비롯해 자신의 허물을 자책하는 자인소(自引疏)가 많으며, 산실청이나 내의원 등 국왕과 긴밀한 위치에 있는 자리에서 해직시켜주기를 청하는 차자 등이 있다. 그는 세자의 산실청 제조를 비롯해 1875년 왕세자 책봉을 위한 주청사로 연행하여 그 은전을 받기도 했는데 이에 대한 다양한 사양소가 남아 있다.

〈인천을 개항하는 것은 시행하기를 허락해서는 안 된다고 한 소〔仁川開港不可許施疏〕〉는 1879년 영중추부사의 신분으로 일본에 덕원(德源)을 특별히 개항하였으므로 인천을 개항하면 안 된다고 올린 상소이다. 이유원은 인천은 도성과의 거리가 가깝기 때문에 방비 없이 개항해서는 안 된다는 논리를 개진했다. 〈일본과 서양에 항구를 여는 일에 대해 논하여 올리려고 한 차자〔擬論倭洋開港事箚〕〉는 미국에 개항을 허용하여 일본과 러시아를 견제하라는 황준헌의 《조선책략(朝鮮策略)》과 천진주차총독 이홍장의 말에 따르지 말고 사태를 관망하기를 청하는 차자이다. 이유원은 멀리 있는 나라를 사귀어 가까이 있는 국경을 소란스럽게 할 필요가 없다고 지적했다. 〈신섭 등이 올린 소의 내용에 대해 올리는 소〔申欆等疏句語對擧疏〕〉는 인신외교라는 비판을 받기도 한 이홍장과의 서신 왕래 취지에 대해 변명한 것이다. 이유원은 "이홍장의 서신과 황준헌의 책자가 모두 부정한 방법으로 남을 속이는 것이어서 믿을 것이 못 된다는 것은 알고 있지만, 타국의 사람으로 함께 분석하기가 어려워 오랫동안 침묵하고 있었다"고 고백하며 우리나라를 강하게 하는 방법은 우리 백성을 어루만지는 것이지 적의 힘을 빌려 강하게 할 수는 없는 것이라고 주장했다. 〈전권대신으로 임명한 유지를 거두어줄 것을 청하는 차자〔請收全權諭旨箚〕〉는 1882년 봉조하의 신분으로 제물포조약 체결의 전권을 위임하는 유지를 거두어주기를 청하는 차자 등이다. 1882년 6월 9일에 임오군란(壬午軍亂)이 발생하자 일본 공사관은 피해 배상과 책임자 처벌을 요구했는데 고종은 동년 7월 14일 이유원을 전권대신으로 임명하고, 공조참판 김홍집을 부관에 임명하여 협상하도록 하였다. 그 결과 7월 17일에 일본 변리공사(辨理公使) 하나부사 요시모토〔花房義質〕와 제물포조약 및 조일 수호조규

(朝日修好條規)의 속약(續約)이 체결되었다.

〈공복과 사복의 제도를 바꾸어 정하는 것에 대해 철회할 것을 청하는 소〔請寢公私服改定疏〕〉는 1884년 5월에 내려진 복색제도의 개편에 대한 반대 상소로, "문물제도와 예의는 국가의 대절(大節)에 관계되기 때문에 신분에 맞게 예전처럼 입고 변고 시에는 백성들이 절로 간편한 복장을 할 것"이라고 주장했다. 전통적인 복색에 대해 보수적인 입장을 견지한 유자의 면모를 볼 수 있다.

〈후사를 세우기 위하여 윤허를 청하는 소〔爲嗣子請命疏〕〉는 1885년 올린 상소로, 아들 이수영(李壽榮)이 죽은 후 후사가 없어 12촌 아우인 전 참판 이유승(李裕承)의 둘째 아들 이석영(李石榮, 1855~1934)을 후사로 삼을 수 있도록 청한 것이다. 이에 앞서 이유원은 67세인 1880년에 아들 이수영의 상을 당하고, 1882년에는 68세인 아내 동래 정씨의 상을 당했다. 후사가 된 이석영은 뒷날 형제들과 함께 신흥무관학교를 건립한다. 이석영이 물려받은 이유원의 재산은 조국의 독립을 위한 재원으로 의미심장하게 활용되었다.

책8에는 소차 20편과 부주(附奏) 27편이 실려 있다. 소차는 50세까지만 벼슬하고 물러나라는 아버지 이계조의 유훈에 따라 50세인 1863년에 함경도 관찰사 이후로 올린 치사(致仕)를 청하는 상소로 21번까지 이어졌다. 부주는 임금이 내린 글에 대한 의정의 봉답을 지칭하는데, 저자가 상신으로 있을 때 돈유(敦諭), 별유(別諭) 등의 윤음에 대해 답하여 올린 글이다.

책9에는 계(啓) 34편, 의(議) 13편이 실려 있다. 〈조참에서 힘써야 할 일을 진달한 계〔朝參陳勉啓〕〉는 1845년 홍문관 응교로서 진달한 계인데 여기에서 이유원은 "다스림을 확립하는 근본은 마음을 바로잡는 것에서 벗어나지 않고, 마음을 바로잡는 요체는 오로지 학문을 부지런히 하는 데 달려 있다"고 진언함으로써 전통적인 심학의 방법으로 왕성을 시행하려는 시각을 여전히 견지하고 있음을 보여주었다. 특히 〈해서의 삼정에 대한 계문〔海西三政啓〕〉은 1862년 황해도 관찰사의 신분으로 황해도의 삼정 폐단에 대한 구제 방안을 제시한 것인데 전부(田賦)와 군적(軍籍), 환곡(還穀)의 사례를 나누어 당대 현실에서 실질적인 효과를 볼 수 있는 방안을 제시한 것이다. 이외에도 새해의 송축이나 재용의 절약 형벌을 너그럽게 하는 것이나 사면을 청하고 과장(科場)의 폐단을 논하는 다양한 방면에서의 계가 수록되어 있다.

의(議)는 관서의 폐사군(廢四郡)을 회복하는 문제, 주자의 독서 차례에 따라 경연에서 《중용》을 계속 진강하고 또 이어 시경을 강하는 문제, 강화도의 방비를 위해 심도포량미(沁都砲糧米)를 거두는 문제, 만동묘의 복설에 따른 의절 문제, 북경에 들어가 배우는 것에 대한 의(北學議), 무예별감의 제도에 따라 새로 무사를 뽑아 훈국에 보내 교련시키는 문제 등에 대한 의론 등이 있다.

책10에는 응제문 27편, 상량문 9편, 명(銘) 23편이 실려 있다. 응제문은 왕명을 받고 지은 글로서 〈황제의 칙서를 맞이한 데 대한 반교문〔皇勅頒教文〕〉, 〈혜빈께 존호를 추상할 때의 악장문〔惠嬪追上尊號樂章文〕〉 등과 송달수, 송내희의 상소에 대한 비답, 경상 감사 김홍근 등에게 내린 교서, 박기수에게 내린 선마문 등이다. 상량문은 광화문, 교태전, 내선각, 읍호정, 경연당 등에 대한 것이다. 명은 석파 흥선대원군의 아소당, 저자의 사시향관에 있는 벼루 망도연, 천통연, 후조연 등에 대한 것이다.

책11에는 전문 24편, 책제, 서(書) 74편, 설(說) 7편이 실려 있다.

전문은 정조와 동지에 내각에서 올린 것, 대전과 순원대비의 탄신에 올린 것, 헌종과 철종의 가례 때에 올린 것, 각전과 동조에 존호를 올릴 때의 것 등이다. 책제는 선비의 처세와 심(心)에 대해 논하라는 책문 제목이다. 서는 족제 이유승, 박승수, 중국인 유지개, 이홍장 등과 주고받은 것이다. 이 가운데 이유승에게 준 편지에는 집안의 제사에서 사용할 제품을 정한 내용이 있고, 조기순에게 준 편지에는 《근사록》과 칠정에 대해 논한 것이 있으며, 유지개에게 답한 편지에는 귤나무를 보내준 것에 감사를 표하는 내용이 있다. 설은 중국 고대부터 우리나라 한호(韓濩)에 이르기까지 각 시대의 서법에 대해 설명한 〈서가정파설〉, 성인이 인(仁)으로 백성을 교화시키는 것을 비유한 〈쥐를 놓아준 일에 대한 설〔放鼠說〕〉 등이다.

책12에는 기(記) 45편, 서 45편이 실려 있다. 기는 의정부 협선당, 해주 문헌서원, 구봉서원, 우화정, 향미정, 서림정, 육의헌, 동계관, 제안당, 해인사 장경각, 이항복의 옛집에 대한 중수기가 많다. 이 중 〈협선당 중수기〉는 임진왜란 때 불탄 의정부 청사 가운데, 찬성과 참찬이 공무를 보는 협선당을 중수한 사실을 기록한 글이다. 서는 최양(崔瀁)의 《만육유고(晩六遺稿)》, 이세귀(李世龜)의 《양와집(養窩集)》, 이종성의 《오천집》, 서유구의 《풍석집》 등의 문집 서문과 정원용, 이돈영, 신석희 등의 환갑 때 올린 수서, 《경주이씨파보》, 《광산노씨세보》 등의 족보 서문 등이 있다. 특히 《기영회권》에 대한 서문은 훗날 순종이 되는 왕세자의 탄생과 관련하여 축하하는 모임인 기영회(耆英會)에 원로들이 참석해 송축한 말을 모은 송축사이다. 모인 노인이 24명으로 그들의 나이가 모두 합쳐 1601세라는 이 회합을 이유원은 '참으로 태평한 세상의 아름다운 모임'이라고 추억했다. 1876년, 문호를 개방해야 하는 격동기의 현장에서 국정의 원로대신들의 정서는 그다지 긴박하지 않았다는 것을 감지할 수 있다.

책13은 잡저로 찬(贊) 4편, 치사 1편, 수사(壽詞) 1편, 서후 1편, 변 2편, 혼서 1편, 부 1편, 논 3편, 기타 9편이 실려 있다. 《동국통감》이 읽기가 어려워서 여러 책을 모아 만든 《동사》에 대한 찬, 저자 자신이 마련해둔 유택의 묘의, 지명, 봉분 등에 대해 기록한 〈수장록〉에 대한 서후, 한나라 채염의 설에서 시작된 팔분서에 대한 변, 만이천봉에 대한 부, 진문공이 개자추를 봉하지 않은 데 대한 논 등이다.

책14는 〈옥경고잉기(玉磬觚賸記)〉이다. 저자가 가오곡에서 유유자적한 전원생활을 할 때 쓴 글로서 246칙이 실려 있다. 우리나라와 중국의 인물, 역사, 제도, 서화, 고기, 서책, 시화, 금석, 비문, 일화 등 다방면에 걸쳐 기술하고 있으며, 저자 자신의 신변잡기도 포함되어 있다. 이 가운데 상당 부분이 《임하필기》의 〈화동옥삼편(華東玉糝編)〉으로 정리되어 재수록되었다.

책15에는 조현명, 정충신 등에 대한 14편의 신도비가 실려 있다. 책16에는 이항복의 처 금성 오씨, 조윤형, 박기수 등에 대한 24편의 묘갈명이 수록되어 있다.

책17과 책18에는 각각 23편과 18편의 묘지가 수록되어 있는데 이 중 조용화, 홍경모 등이 저명하다. 책19에는 행장 6편이 실려 있는데 이세귀, 이태좌, 이경일 등의 선조와 정원용, 이덕수, 정기세 등 왕래했던 인사들의 행장이다.

책20에는 시장(諡狀) 15편이 실려 있다. 판중추부사 조종현, 행이조판서치사봉조하 박기수 등 15명에 대한 시장이다.

4. 《가오고략》의 번역

이 번역서의 가장 큰 미덕은 꼼꼼한 주석으로 평가할 수 있다. 본문에 번역된 담배의 유입과 관련하여 이 번역서에서는 이렇게 주석을 붙였다.

> 1636년(인조14) 병자호란 때 청나라를 통해 담배가 유입되었다는 말이다. 《해동역사》에 따르면 이성령(李星齡)의 《일월록(日月錄)》에서는 광해군 임술년(1622, 광해군14)부터 시작되었다고 하고, 이수광(李睟光)의 《지봉유설(芝峯類說)》에서는 근세에 왜국(倭國)에서 들어왔다고 한다. 《지봉유설》은 1614년에 편찬되었기 때문에 이 이전에 담배가 들어왔다고 보아야 한다. 《오주연문장전산고》에서는 1618년(광해군10) 무오년에 우리나라에 처음 들어왔다고 하였고, 《오주연문장전산고》 원주에서는 "우리나라에서는 20년 전에 처음 시작되었다."라는 1635년(인조13)에 편찬된 《계곡만필(谿谷漫筆)》 서문의 구절을 근거로 광해군 을묘년(1615, 광해군7)과 병진년(1616) 사이일 것이라고 추정하였다. 《海東歷史 卷26 物產志1 草類 烟草》《五洲衍文長箋散稿 人事篇 服食類 茶煙 煙草辨證說 原注》

독자가 흥미를 가질 만한 요소에 대해 매우 상세한 주석을 붙인 것이다. 학술번역이라고 자부해도 좋을 매우 풍부한 내용으로 이 번역서의 높은 수준을 보여준다. 청대 문인 유지개(游智開, 1816~1899)의 시문집인 《천우생시초(天愚生詩鈔)》의 서문과 관련한 주석에서는

> 저자의 나이 62세 때인 1875년(고종12)에 왕세자 책봉 주청 정사(奏請正使)가 되어 연경에 갔다가 돌아오면서, 영평지부(永平知府) 유지개를 다시 만나 그의 시집인 《천우생시초》에 붙인 서문이다. 유지개는 호남성 신화(新化) 사람으로, 자는 자대(子代)이며, 호는 장원(藏園)이다. 1872년에 영평 지부에 임명되어 8년 동안 재직하였다. 《청사고(淸史稿)》 권238에 열전이 수록되어 있다. 한편 《가오고략》 책11 〈유천우 지개에게 답하는 편지〔答游天愚智開書〕〉에서는 《천우생시초》를 《장원시초(藏園詩鈔)》로 일컬었다.

라고 하여 그 전후 사정을 매우 소상하게 밝혀주고 있다. 이는 해당 서문의 내용을 이해하는 데 매우 적실한 것일 뿐만 아니라 이유원과 관련 인물과의 인연을 입체감 있게 드러내줌으로써 심층적인 이해에 큰 도움이 된다.

이유원 말년의 국정 인식을 보여주는 《기영회권》의 서문과 관련해서는 "저자의 나이 63세 때인 1876년(고종13) 여름에, 세자의 탄생을 기념해 베푼 세 차례의 기영회에서 지은 글을 모은 《기영회권》에 붙인 서문이다. 세자는 훗날의 순종으로 1874년 2월 8일에 태어났고, 여기서 말한 기영회는 세자가 태어난 지 이레째인 2월 14일 및 이칠일과 삼칠일 등 총 세 차례 열렸다."라고 함으로써 원전의 번역만으로는 온전히 이해할 수 없었던 당대 역사 사실의 전모를 상세하게 주석하여 적실한 이해를 돕고 있다.

이러한 원문 번역 이상의 정보를 제공하는 수준 높은 주석 작업은 《가오고략》을 19세기 문화사와 역사의 저변을 이해하는 중요한 문집으로 인식하게 하는 데 크게 일조한다.

5. 기타 사항

《가오고략》은 조선 후기 문인이었던 귤산 이유원의 시문집으로, 19세기 조선의 모습을 살펴볼 수 있는 중요한 자료라고 할 수 있다. 총 20책의 문집 안에는 작가의 시와 산문뿐 아니라 중국 문인들과 정치적 목적으로 주고받았던 편지들도 포함되어 있어 당시의 정치 상황을 이해하는 데 큰 도움이 되고 있다.

아울러 《가오고략》의 연구를 위해서는 이유원의 또 다른 문집인 《귤산문고》를 함께 살펴볼 필요가 있다. 《귤산문고》에는 임금께 올리거나 남의 부탁을 받고 썼던 공식적인 기록보다는 사적인 시문들이 꽤 많이 남아 있어서 이유원의 생애를 재구성하거나 문학관을 밝히는 데 중요한 자료가 된다.

최근 연구를 통해 《가오고략》에 누락된 《귤산문고》의 유관 작품들이 일부 그 성격이 규명된 것은 주목할 만하다. 특히 제7책에는 〈성사기년(星槎紀年)〉, 〈문견사목(聞見事目)〉, 〈연경잡기(燕京雜記)〉, 〈양설한묵(楊雪翰墨)〉 등 1845년 동지사의 서장관으로 첫 연행에 임했을 당시의 견문과 활동을 상세히 파악할 수 있는 자료들이 수록되어 있다. 〈성사기년〉과 〈문견사목〉이 조정에 보고하기 위한 공적인 기록이라면, 〈연경잡기〉와 〈양설한묵〉은 사적인 기록이라는 점에서 면밀한 검토가 필요하다. 또한 제8책에 실린 〈연행별장(燕行別章)〉과 〈화인척독(華人尺牘)〉, 그리고 〈귤산의원도(橘山意園圖)〉는 그의 폭넓은 국내외 교유 양상을 보여주는 중요한 자료이다. 이유원은 스승 신위와 외삼촌 박기수를 비롯해 정원용, 홍경모, 김영작 등 소론계 지인들의 인적 관계망을 이어받아 기윤(紀昀)의 손자 기수유(紀樹蕤)와 섭지선,

왕초재(王楚材), 풍지기(馮志沂) 등 많은 청 문사들과 문학·서화·금석 방면에서 활발히 교류하였다. 이 과정에서 〈귤산의원도〉가 청 문사들의 주도하에 제작되어 이유원의 중국 내 교류망을 직간접으로 확장하는 데 기여했으며, 그 인맥은 같은 소론계 인사인 1846년 진하 정사 박영원(朴永元)과 서장관 심희순(沈熙淳) 등에게로 이어졌다. 아울러 〈귤산의원도〉를 매개로 신교를 맺은 주당(周棠)과는 제2차 연행을 떠난 1874년까지 우정을 지속하게 된다. 이유원과 청 문사의 교유는 19세기 조·청 교류망의 계승과 확장이라는 측면에서 한중 문인 교유의 연속성과 특수성을 동시에 보여주는 사례로 의미를 부여할 수 있다.

아울러 중국 사행의 기록이나 함경도 관찰사 시절의 기록은 급변하는 조선 말기의 정세를 이해할 수 있는 사료로서 큰 의미를 지닌다. 앞으로 두 문집에 대한 다방면의 연구가 이루어진다면 비어 있는 19세기 문학사의 공백을 조금이나마 채울 수 있지 않을까 기대해본다.

이유원은 장자의 《남화경》을 읊은 시에서 "인간세와 제물론은 황탄하고 괴이하다.〔荒誕人間世 志怪齊物論〕"라고 비판하면서도 "저절로 하나의 연원을 이루어 그 말이 오히려 택할 만하다.〔自成一淵源 其言猶可擇〕"라고 평가했으며, 〈유불탄(儒佛歎)〉에서는 "유교와 불교가 길이 다르다고 말하지 말라.〔莫道儒佛其路殊〕"며 "묘경을 깨닫는 것에선 동일한 공부〔境悟解一般工〕"라고 할 정도로 사상적 유연함을 지녔다. 이러한 사상적 전환은 19세기 조선에 전해진 문헌과 지적 자원을 폭넓게 채용하는 데 좋은 저변이 되었을 것이다.

1872년 전후 은거한 양주 가오곡에서 《임하필기》와 《가오고략》을 집필하고서 이유원은 《임하필기》가 "경사자집에 들지 않는 말일지라도 제해(齊諧)의 문자는 고금에 현묘했다네.〔集子史經以外語 齊諧文字

古今玄〕"라고 하여 자기 저술을 삼라만상을 수록한 '제해'에 비기며 자평했고, 《가오고략》을 두고는 "구십 노인 정원용과 팔십 노인 윤정현이 책머리에 한마디 말을 아끼지 않네.〔九十老人八十老 卷顚不惜一言題〕"라고 술회했다. 당대의 석학 거유들에게도 일정한 평가를 받았다는 자부일 것이다.

그는 지방관으로서, 의정부의 대신으로서 국가의 전환기적인 위기를 해소하고자 노력하였다. 우선 1862년 임술민란의 원인이라 할 삼정문제를 비롯한 제반 폐단을 바로잡고자 노력하였다. 이 가운데 탕포균환(蕩逋均還)을 통해 환곡의 폐단을 시정함으로써 지방관으로서의 능력을 인정받았다. 반면에 파환귀결(罷還歸結)이라든가 호포제 시행 등 제도 개혁에는 적극적인 자세를 취하지 않았다. 민생의 안정을 내세웠지만 현실적 여건을 우선시하였기 때문이다.

한편, 그는 중앙 고위직에 재직하였으므로 외교적 사안에 늘 관여해야 했다. 특히 중국 중심의 조공책봉 질서에서 서양 중심의 만국공법 질서로 옮겨가는 가운데 일본의 침략이 본격화되고 있어 이러한 상황에 대처해야 했다. 그리하여 그는 위정척사론을 견지하는 가운데 일본의 침략을 효율적으로 막기 위해 청국의 이홍장과 긴밀한 관계를 유지하면서 난국을 타개하고자 하였다. 그러나 청국 일변도의 동아시아 질서에 안주하지는 않았다.

그리하여 그의 시무 경험과 관련 내용의 정리・편찬은 후배 시무 관료들에게 적지 않은 영향을 끼쳤다. 예컨대 1886년 고종 정부의 사노비 세습제 폐지는 그의 사노비 세습 폐지 구상과 매우 밀접하였다. 또한 그는 청국을 지렛대로 삼아 일본과 서양의 침략을 견제하면서도 중국 중심의 조공책봉 질서에 머물려고 하지 않았다. 이러한 자세는 훗날 유길준이 제시한 양절체제론(兩截體制論)의 원형이 되었다.

그가 살던 시대는 이른바 서세동점의 변혁의 시기였다. 중국의 아편전쟁이나 일본의 개항을 목도한 우리나라의 지식인들은 자신의 처지와 상황에서 각자의 방식으로 대응하였는데, 이유원은 중국과 일본 사이의 외교뿐만 아니라 상대국의 지식인들과도 활발하게 소통하였기 때문에 급변하는 문화에 매우 기민하게 반응할 수 있었다. 이역(異域)에 대한 인식이나 서구 문물과 과학에 대한 해박한 지식의 측면이 발현된 저술이 바로 각종 유서와 필기잡록이라 할 수 있다.

이러한 저작이 산생될 수 있었던 배경에는 이유원의 문헌에 대한 주의 깊은 관심과 꾸준한 저술로서의 학문적 실천이 있었다. 그는 자신의 친척에게 보내는 서신에서 제도 경장의 연변을 알아야 하니 그것을 알아야 폐단의 근원을 해결할 수 있다고 역설한 바 있다. 제도란 마땅히 지킬 만하면 지켜 이어나가고 고칠 만하면 고쳐 지켜나가는 것이라는 서산 진덕수의 견해에 공감하면서 조선에 있었던 법전의 변천과 변천 원인을 하나하나 예를 들어 논하였다. 또 삼정이정청(三政釐正廳)의 설치 경험을 예로 들며 조두순과 정원용으로 책임자가 바뀌면서 결국 실효를 보지 못하고 넉 달 만에 폐지된 것에 대해서 우리는 모두 눈으로 보았다고 반성했다. 그러므로 그 본질적인 것을 알아야 한다는 견해를 피력한 바 있다. 제도의 경장에서 그 폐단을 아는 것이 중요하다고 한 이상 그것을 상고해볼 수 있는 것은 역시 문헌이 가장 중요하다. 이러한 이유로 이유원은 국고의 문헌전장에 매우 지대한 관심을 가지게 되었고 방대한 〈문헌지장편〉도 저술하였던 것이다.

문헌에 대한 관심은 고거할 만한 자료가 적다는 그의 인식과 맞물리면서 더욱 중시된다. 이것은 그의 저술들이 국고문헌 속에서 자료를 발췌하고 그것을 십분 활용하여 다양한 편저 형태의 저술을 남기는 데 많은 영향을 주었던 것으로 이해된다. 《가오고략》의 다양한 편 역시 이러한 저작의 저술 편력과 깊은 연관성을 가지고 있는 것으로 이해된다.

황현(黃玹)은 《매천야록(梅泉野錄)》에서 이유원을 파렴치한 소인배로 묘사해놓았다. 지방에서 소문에 의해 이유원을 파악한 매천의 말을 그대로 받아들이기엔 이유원이 다방면에서 보여준 업적과 성과는 그를 직접 경험하고 평가한 여러 학자들의 비평을 빌리지 않더라도 너무나 뚜렷하고 거대하게 남아 있다.

참고문헌

권진옥, 〈귤산 이유원의 《체론유편》《국조모훈》 저술 양상과 그 의의〉《열상고전연구》 37, 열상고전연구회, 2013

권진옥, 〈귤산 이유원의 학문성향과 유서·필기 편찬에 관한 연구〉, 고려대 박사논문, 2015

권진옥, 〈귤산 이유원 저술의 종합적 검토를 통해 본 이유원의 문화사적 의미〉, 《동양고전연구》 86, 동양고전학회 2022

권혁수, 《근대 한중관계사의 재조명》 혜안, 2007

김인규, 〈귤산 이유원의 《임하필기》 연구: 지식·정보의 편집과 저술 방식을 중심으로〉, 성균관대 박사논문, 2016

심명희, 〈이유원의 가오악부 연구〉 경상대 석사논문, 2003

유영혜, 〈귤산 이유원 연구 - 문화예술 취향을 중심으로〉, 이화여대 석사논문, 2007

유영혜, 〈가오고략 연구의 동향과 전망〉, 《한국문화연구》 17, 이화여대 한국문화연구원, 2009

안대회, 〈임하필기 해제〉, 《국역 임하필기》, 민족문화추진회, 2001

이민홍, 〈귤산 이유원론〉, 《한국한문학연구》 24, 한국한문학회, 1999

임영길, 〈이유원의 1845년 사은사행과 한중 문인교유〉 《한국한문학연구》 81, 한국한문학회, 2021

정병학, 〈임하필기 해제〉, 성균관대 대동문화연구원, 1961

정선모, 〈이유원의 을해연행과 강화도조약〉 《동방한문학연구》 52, 동방한문학회, 2012

정혜린, 〈귤산 이유원의 서예사관 연구〉 《대동문화연구》 73 성균관대 대동문화연구원, 2011

함영대, 〈임하필기 연구 - 문예의식을 중심으로〉 성균관대 석사논문, 2001

《가오고략》 서문[1]

嘉梧藁略

귤산 상공(橘山相公 이유원(李裕元))이 나에게 《가오고략》을 보여주었다.

공은 젊은 시절부터 청직(清職)에 발탁되고 현직(顯職)에 올라 성상의 총애와 지우(知遇)가 성대하니, 지위가 정승인데도 아직 머리털이 검은색이다. 이는 진실로 보통 사람들이 부러워하는 바인데 공은 초연히 부귀를 돌아보지 않고 일찍이 가오곡(嘉梧谷)[2]의 집으로 물러나 거처하였다. 소(疏)를 올려 벼슬을 반납하기를 청한 것이 지금 9년이 되었으나 예경(禮經)에서 말한 벼슬을 그만둘 나이[3]에는 오히려 10여

1 가오고략(嘉梧藁略) 서문 : 경산(經山) 정원용(鄭元容, 1783~1873)이 89세 때인 1871년(고종8)에 붙인 서문이다. 정원용의 본관은 동래(東萊), 자는 선지(善之)이고, 경산은 그의 호이다. 1802년(순조2) 문과에 급제하였고, 1848년(헌종14) 영의정에 올랐다. 헌종이 죽은 뒤 정계에서 물러났다가 1863년(철종14)에 철종이 죽자 원상(院相)이 되어 고종이 즉위하기까지 국정을 관장하였다. 《철종실록》의 편찬을 주관하였으며, 저서로 《경산집》, 《수향편(袖香編)》, 《문헌촬요(文獻撮要)》 등이 있다. 시호는 문충(文忠)이다. 한편 이유원은 정원용의 아우인 정헌용(鄭憲容)의 딸 동래 정씨(東萊鄭氏)를 아내로 맞이하여 정원용의 조카사위가 되었으며, 《경산집》의 서문을 짓기도 하였다. 정원용의 《경산집》에는 이 서문이 실려 있지 않다.

2 가오곡(嘉梧谷) : 《임하필기(林下筆記)》 권35 〈벽려신지(薜荔新志)〉에 "우리 집은 가오곡에 있는데, 바로 천마산의 동쪽이다.〔吾家嘉梧谷, 卽天摩山東也.〕"라는 구절이 있다. 이유원은 46세 때인 1859년(철종10)에 가오곡으로 거처를 옮기는데, 현재의 경기도 남양주시 화도읍(和道邑) 가곡리(嘉谷里) 일대이다.

3 예경(禮經)에서……나이 : 70세를 말한다. 《예기》 〈내칙(內則)〉에 "70세가 되면

년이나 미치지 못하니, 비록 옛날 전담성(錢淡成)과 범경인(范景仁)의 용감한 결단[4]이라고 하더라도 공에 비하면 또한 늦은 것이 아니겠는가.

성상께서 따뜻한 유지(諭旨)를 내려 공의 뜻을 만류하는 데 힘을 쓰시고 마침내 '귤산가오실(橘山嘉梧室)'이라는 다섯 글자의 어서(御書)를 써서 총애하는 뜻을 보였다.[5] 성상의 글씨가 환히 빛나니 신하와 성상이 함께 영광을 누렸다. 공이 공사(公私) 간에 찬술한 바를 편집한 것이 모두 15권인데 '가오고략'이라는 이름을 붙인 것은 진실로 이 때문이다.

공은 경술(經術)에 해박하고 이를 문장으로 드러내어 내용은 풍부하고 문사(文辭)는 분방하니, 전아하고 장중하여 참으로 덕이 높고 재능이 출중한 군자의 뛰어난 글이다. 그러나 이는 다만 공에게는 부차적인

벼슬을 그만둔다.〔七十致事.〕"라는 내용이 보이고, 〈곡례 상(曲禮上)〉에 "대부는 70세가 되면 벼슬을 그만둔다.〔大夫七十而致事.〕"라는 내용이 보인다.

4 전담성(錢淡成)과……결단 : 젊은 나이에 과감히 벼슬에서 물러난 것을 말한다. 전담성은 송(宋)나라의 명신인 전약수(錢若水)로, 담성은 그의 자이다. 어떤 도승(道僧)이 전약수에 대해 "급류 같은 성대한 벼슬살이에서 용감하게 물러날 사람이다.〔是急流中勇退人也.〕"라고 하였는데, 뒤에 추밀 부사(樞密副使)로 벼슬에서 물러날 때의 나이가 겨우 40세였다고 한다.《聞見前錄 卷7》 범경인(范景仁)은 북송의 범진(范鎭)으로, 경인은 그의 자이다. 사마광(司馬光)과 평생에 걸쳐 교유하였는데, 사마광이 범경인의 전(傳)을 지어서 "여헌가의 선견지명과 범경인의 용감한 결단은 모두 내가 미칠 바가 아니다.〔呂獻可之先見, 景仁之勇決, 皆予所不及也.〕"라고 했다는 내용이 소식(蘇軾)의 〈범경인묘지명(范景仁墓誌銘)〉에 보인다. 범진은 63세 때에 왕안석(王安石)의 신법(新法)을 반대하며 벼슬에서 물러났다고 한다.《東坡全集 卷88》

5 마침내……보였다 : 《승정원일기》 고종 11년(1874) 4월 12일 기사에 "무진년(1868, 고종5)에 어필 '귤산가오실(橘山嘉梧室)' 다섯 글자를 받았다."라는 이유원의 말이 보인다.

일일 뿐이다. 공의 뜻을 보면 아마도 가오곡에서 장차 늙어가려고 하는데, 나는 공이 결코 공의 뜻을 이루지 못할 줄을 안다. 조정에서 관복을 입고 명성을 크게 펼쳐 성대한 훈업과 공적이 이에 정이(鼎彝)와 죽백(竹帛)과 단청(丹青)[6]의 기록에 환히 빛나니, 그렇다면 어찌 다만 이 책이 읽을 만한 것일 뿐이겠는가. 비록 그렇다고는 하나 공이 임금의 큰 계책을 돕고 조정의 정책을 도모한 것은 반드시 경술로써 윤색하였으니, 공의 온축된 경술을 알고자 한다면 어찌 이 책에서 구하지 않겠는가.

성상 8년(1871) 봄에 경산(經山) 89세 노인 정원용(鄭元容)이 쓰다.

6 정이(鼎彝)와 죽백(竹帛)과 단청(丹青) : 정이는 종묘에 비치해놓는 솥을 말하는데, 국가에 공훈이 있는 사람들의 사적을 여기에 새겼다. 죽백과 단청은 역사 기록을 의미한다.

《가오고략》 서문[7]

嘉梧藁略序

이귤산 상국(李橘山相國)이 양주(楊州)의 가오곡에 자신의 수장(壽藏 생전에 미리 만든 무덤)을 만들고 난 뒤 이어 그 아래에 집을 짓고서 임천(林泉)에 흥을 의탁하고 성현의 서적을 보며 마음을 수양하였다. 강호에서 위궐(魏闕)을 생각하는 마음[8]을 잊지 못하기는 했으나, 아무런 물욕이 없어 높은 벼슬을 뜬구름처럼 여겼다. 성상께서 친히 붓을 휘둘러 '귤산가오실(橘山嘉梧室)'이라고 써서 하사하니,[9] 총애와 영광이 깊은 골짜기에 흘러넘쳤다.

공이 지은 글을 모아 모두 15책으로 만들어 '가오고략'이라 하고, 나에게 서문을 지어달라고 부탁하였다. 영중추부사 경산공(經山公 정원용(鄭元容))이 지은 서문이 이미 갖추어졌으니 어찌 다시 보탤 것이

7 가오고략 서문 : 침계(梣溪) 윤정현(尹定鉉, 1793~1874)이 79세 때인 1871년(고종8)에 붙인 서문이다. 윤정현의 본관은 남원(南原)이고, 자는 계우(季愚)이며, 침계는 그의 호이다. 이조 판서를 지낸 윤행임(尹行恁)의 아들로, 51세 때 출사하여 이조·예조·형조의 판서를 거치고, 1858년 이후 지중추부사·판돈녕부사 등을 지냈다. 시호는 효문(孝文)이다. 문집으로 《침계유고(梣溪遺稿)》가 있는데, 이 서문은 《침계유고》에 수록되어 있지 않다.

8 강호에서……마음 : 《장자(莊子)》 〈양왕(讓王)〉에, 중산공자(中山公子) 모(牟)가 첨자(瞻子)에게 말하기를 "몸은 강해 가에 있으나, 마음은 위궐 아래에 있다.〔身在江海之上, 心居乎魏闕之下.〕"라고 한 구절이 있다. 위궐(魏闕)은 궁성의 정문으로 법령을 게시하던 곳을 말하는데, 조정의 의미로 쓰인다.

9 성상께서……하사하니 : 51쪽 주5 참조.

있겠는가.

또 공은 서문을 갖추는 일에 급급해할 필요가 없다. 10년 전에 일찍이 공을 위해 〈수장기(壽藏記)〉를 지어주며[10] 공이 나이가 젊어 명성과 지위가 어디까지 도달할지 알 수 없음을 대략 이야기하였다. 공이 재상의 지위에 오른 것이 마침내 그 뒤에 있었는데, 여러 차례 소를 올려 사직을 청하였으나 성상이 윤허하지 않았다.[11] 조정과 재야에서는 공이 다시 등용되어 원대한 계책을 크게 펼치고 훌륭한 책략을 잘 마련하여 은택이 백성에게 행해지고 공적이 역사서에 환히 빛나게 된 연후에 각건(角巾)을 쓰고 심의(深衣)를 입고서 평천(平泉)과 녹야(綠野)의 사이[12]에서 소요하려는 뜻을 들어주기를 바랐으니, 지금 비록 물러나고자 하더라도 뜻대로 할 수 없는 점이 있다.

공은 태정(台鼎 정승)의 높은 지위와 애기(艾耆 5, 60세)의 나이에도

10 10년……지어주며 : 〈수장기(壽藏記)〉는 《침계유고》 권5에 수록된 〈이 상서 수장기(李尙書壽藏記)〉를 말하는데, 1859년(철종10)에 지은 작품이다. 당시 이유원의 나이는 46세였다.

11 공이 재상의……않았다 : 이유원은 51세 때인 1864년(고종1) 6월 15일 좌의정에 임명되었는데, 7월 16일 · 18일 · 19일 총 세 차례의 사직소를 올렸으나 윤허를 받지 못했다. 세 차례의 사직소는 《가오고략》 책6에 수록되어 있다. 《高宗實錄 1年 6月 15日》 《承政院日記 高宗 1年 7月 16日 · 18日 · 19日》

12 평천(平泉)과 녹야(綠野)의 사이 : 벼슬에서 물러난 뒤 한가롭게 생활하는 곳을 말한다. 평천은 당(唐)나라 이덕유(李德裕)의 별장인 평천장(平泉莊)으로, 낙양(洛陽)에서 30리 떨어진 곳에 있었다. 《新唐書 卷180 李德裕列傳》 녹야는 당나라 배도(裴度)의 별장인 녹야당(綠野堂)을 말한다. 배도가 벼슬에서 물러나 낙양 남쪽의 오교(午橋)에 녹야당을 짓고 백거이(白居易) · 유우석(劉禹錫) 등과 시회(詩會)를 열며 소일하였다. 《新唐書 卷173 裴度列傳》

공부에 매진하는 서생처럼 총명하고 해박하다. 한 번 보면 곧장 외우고 손 가는 대로 말을 만들어도 뛰어난 걸작이 붓만 잡으면 즉시 이루어지니, 작은 글을 꾸미는 데 얽매인 자가 미칠 수 있는 경지가 아니다. 사람들이 비가 쏟아지듯 마르지 않아 아름다운 문채가 찬연한 글을 보면 모두 혀를 내두르며 놀라니, 비유하자면 큰 바다의 구름과 노을처럼 그 원류를 찾을 수 없고 그 모습과 빛깔을 형용하기 어려운 것과 같다. 이제부터 몇십 년 동안 저술은 날로 풍부해지고 문장은 날로 진보할 것이니 그 조예가 이를 곳을 더더욱 어떻게 알 수 있겠는가.

옛날 구양공(歐陽公)이 장차 영수(潁水) 가에서 여생을 보내려 하면서 스스로 자신의 《내제집(內制集)》에 서문을 지어 이르기를 "잠에서 깨어 베개를 고이고 평생의 벼슬살이의 출처(出處)를 생각하며 옥당(玉堂)을 되돌아보면 마치 천상(天上)에 있는 듯할 것이다."라고 하였다.[13] 훗날 공이 벼슬을 그만두고 한가로이 거처하게 되었을 때 또한 스스로 서문을 짓더라도 늦지 않을 것이다. 그러므로 서문을 짓는 일에 급급할 필요가 없다고 한 것이다.

13 옛날……하였다 : 구양공(歐陽公)은 구양수(歐陽脩)를 말한다. 《내제집(內制集)》은 구양수가 한림학사 시절에 지었던 조령(詔令) 400여 편을 모아 엮은 책으로, 직접 서문을 붙였다. 그 서문에 "아, 나는 또 노쇠하였기에 회수와 영수 사이에 막 밭을 샀다. 대자리의 더운 바람을 식히고 초가집 처마를 비추는 겨울 햇살을 쪼이며 잠에서 깨어 베개를 고이고 예전 평생의 벼슬살이의 출처를 생각하며 옥당을 되돌아보면 마치 천상에 있는 듯할 것이다.〔嗚呼! 予且老矣, 方買田淮潁之間. 若夫涼竹簟之暑風, 曝茆檐之冬日, 睡餘支枕, 念昔平生仕宦出處, 顧瞻玉堂, 如在天上.〕"라는 내용이 보인다. '내제'는 당송(唐宋) 때의 제도로 한림학사가 황제의 조서를 관장하는 것을 말한다. 《文忠集 卷43 內制集序》

중광협흡(重光協洽 신미년(1871)) 여월(如月 2월) 임신일에 대방(帶方 남원(南原)) 윤정현(尹定鉉)이 79세에 서문을 짓다.

《가오고략》 자서
自引

금상 5년(1868, 고종5)에 어서(御書)로 쓴 '귤산가오실(橘山嘉梧室)' 다섯 글자를 하사받고 이에 나의 문집에 '가오고략'이라는 이름을 붙였으니, 원고는 아직 완전하지 못한 초고이다. 시와 문 약간의 작품이 있고 공사 간에 지은 비문(碑文)과 잡술(雜述) 등 여러 문체를 덧붙이고 종류별로 나누어 15권으로 만들었다. 오래 전하고자 하는 것이 아니라 장독대 덮개로 쓰기를 기다리는 것이다.

옛사람은 손을 사랑하여 손가락을 아꼈고[14] 역사서에서는 '글씨를 배우는 자는 종이를 허비한다.'라고 하였는데,[15] 나는 문장을 배우는 자는 마음이 허비된다고 여긴다. 선(善)에 마음을 쏟는다면 전해지는 것이 무궁할 수 있지만, 그렇지 않다면 비록 비단으로 싸고 상아로 찌를 만든다고 하더라도 이는 눈앞을 지나가는 구름이나 연기에 불과하니, 누가 그 남은 흔적을 찾고 남은 향기를 상상할 수 있겠는가.

14 옛사람은……아꼈고 : 조금 부족하더라도 자신의 작품을 아낀다는 말로 보인다. 《회남자(淮南子)》〈설산훈(說山訓)〉에 "사람들은 공수(工倕)의 손을 사랑하지 않고 자신의 손가락을 아낀다.〔人不愛倕之手而愛己之指.〕"라는 구절이 있다. 공수는 요(堯) 임금 때의 뛰어난 장인 이름이다.

15 역사서에서는……하였는데 : 소식(蘇軾)의 〈묵보당기(墨寶堂記)〉에 "나는 촉 땅 사람인데, 촉 땅 사람의 속담에 '글씨를 배우는 자는 종이만 허비하고, 의술을 배우는 자는 사람만 허비한다.'라고 하니, 이 말이 비록 하찮기는 하지만 큰일을 비유할 수 있다.〔予蜀人也, 蜀人諺曰: '學書者紙費, 學醫者人費.' 此言雖小, 可以喻大.〕"라는 말이 보인다. 《東坡全集 卷35》

이 책을 집에 보관하는 것은 '나는 나의 집을 사랑한다.'라는 의미이니,[16] 물건에 비유하자면 '나는 나의 정(鼎)을 사랑한다.'[17]라는 것이다.

귤산퇴사(橘山退士) 이유원이 쓰다.

16 이……의미이니 : 도잠(陶潛)의 시에 "초여름에 풀과 나무가 자라나서, 집을 에워싸고 나뭇가지 우거졌네. 새들은 깃들 곳이 있음을 기뻐하고, 나도 나의 집을 사랑한다네.〔孟夏草木長, 繞屋樹扶疏. 衆鳥欣有托, 吾亦愛吾廬.〕"라는 구절이 있다.《陶淵明集 卷4 讀山海經》

17 나는……사랑한다 : 제(齊)나라가 노(魯)나라를 정벌한 뒤 노나라의 보정인 참정(讒鼎)을 요구하였다. 노나라에서 가짜 참정을 주자 제나라에서 가짜라고 의심하여 노나라 유하혜(柳下惠)의 확언을 받아오면 진짜로 인정하겠다고 하였다. 노나라 임금이 유하혜에게 진짜라고 말해주기를 청하자 유하혜가 "왜 진짜를 주지 않았습니까?"라고 하였다. 노나라 임금이 "내가 사랑하는 것이어서이다."라고 하였다. 이에 유하혜가 "나도 나의 정을 사랑합니다.〔吾亦愛吾鼎〕"라고 대답하였다. 이 고사는《산당사고(山堂肆考)》권176〈기용(器用)〉에《한비자(韓非子)》를 출처로 하여 소개되어 있는데,《한비자》〈설림 하(說林下)〉에는 유하혜가 '악정자춘(樂正子春)'으로 되어 있고, 마지막에 악정자춘이 "신 역시 신의 신의를 사랑합니다.〔臣亦愛臣之信.〕"라고 되어 있다. 참고로 악정자춘의 말을 마지막 말을 "그렇다면 신 역시 신하의 신의를 사랑하겠습니다."라고 번역하기도 한다.

가오고략

제1권

악부 樂府

악부樂府

산속 거처의 즐거움 4장

山居樂 四章

정원에는 능금이 있고	園有來禽
채마밭에는 토실한 부추가 있어	圃有肥韭
나의 안주는 이미 갖추어지고	我殽既備
나의 술은 이미 한 말이나 되네	我酒既斗
나의 벗이 찾아와	我友來思
비파를 치고 질장구 치니	鼓瑟鼓缶
지금 우리가 즐기지 않는다면	今我不樂
어느새 늙은이가 되리라	於焉其耇

정원에는 무성한 여지가 있고	園有穠茘
채마밭에는 토실한 미나리가 있으니	圃有肥芹
나의 안주는 이미 아름답고	我殽既嘉
나의 술은 이미 향기롭다네	我酒既醺
나의 벗이 찾아와	我友來思
즐겁고도 기쁘나니	載悅載欣

지금 우리가 즐기지 않는다면	今我不樂
한 해가 장차 저물게 되리라	歲將暮云

정원에는 푸른 매실이 있고	園有靑梅
채마밭에는 통통한 감자가 있으니	圃有肥蔗
나의 안주는 이미 많고	我殽旣多
나의 술은 이미 따라놓았네	我酒旣瀉
잔치 벌여 노니는데[1]	式燕以敖
나의 벗이 여가 있어 찾아왔으니	我友追暇
지금 우리가 즐기지 않는다면	今我不樂
하늘이 세월을 빌려주지 않으리	日月不假

저 흘러가는 물을 보니	瞻彼流水
둥둥 배가 떠 있는데	汎汎其舟
바람 자고 비도 내리지 않아	匪風匪雨
나를 걱정 없게 하네	使我不憂
어찌 늙은이가 되었나	胡爲老矣
나의 생각 아득한데	我思悠悠
나에겐 달력이 있으니	我有時曆
꽃 피면 봄이요 잎 지면 가을이네	花春葉秋

1 잔치 벌여 노니는데 : 《시경》 〈녹명(鹿鳴)〉에 "나에게 맛 좋은 술이 있으니, 아름다운 손님이 잔치에 와서 노시는구나.〔我有旨酒, 嘉賓式燕以敖.〕"라는 구절이 있다.

향음례[2] 1장

飮 一章

봄날 함주[3]에서	春日咸州
먼저 대례를 행하고	先行大禮
향음례와 향사례를 행하니	載飮載射
성인의 옛 제도라네	聖人古制
청해를 바라보니	言瞻青海
우리 선조께서 머무신 곳으로	我祖攸憩
옛터에 빗돌이 남아	舊址貞珉
우리의 도를 보위하였네[4]	斯道之衛
천추토록 산처럼 우러르면서	千秋山仰
제사 지내며 희생과 술을 올렸는데	俎豆牲醴
소자가 와서 살피나니	小子來審
아, 구세가 되었도다	粤惟九世

2 향음례(鄕飮禮) : 내용으로 보아 귤산이 함경도 관찰사로 있을 때 지은 것으로 보인다. 귤산은 49세 때인 1862년(철종13) 12월 18일 함경도 관찰사에 임명되어 1864년(고종1) 6월 좌의정에 임명될 때까지 재임하였다. 《哲宗實錄》

3 함주(咸州) : 함경도 함흥(咸興)의 옛 이름이다.

4 청해(青海)를……보위하였네 : 청해는 함경도 북청(北青)의 옛 이름이다. 선조는 귤산의 9대조인 백사(白沙) 이항복(李恒福, 1556~1618)을 지칭한다. 이항복은 인목대비(仁穆大妃) 폐모론(廢母論)에 반대하다가 관작이 삭탈되고 1618년(광해군10) 1월 6일에 북청으로 유배되어 5월 13일 그곳에서 세상을 떠났다. 《光海君日記》

이곳에 올라 강학한 이가	登斯講斯
끝없이 이어져 천을 헤아리니	于于千計
빈과 주로서 차례를 밝히고	序以賓主
효성과 공경에 힘쓴다네	勖哉孝弟
오로가 남긴 시편이	梧老遺什
선조를 계승하고 후손을 계도하니[5]	前承後啓
세 번째 즐거움인 영재를 교육하며	三樂育英
수시로 육예를 익힌다네[6]	時習六藝
우리의 선비들이여	曰我章甫
나의 면려하는 말을 들으시라	聽我勉勵
매월 초하루에 서원의 규약을 읽고	月朔讀約

5 오로(梧老)가……계도하니 : 오로는 이항복의 5세손인 이종성(李宗城, 1692~1759)으로, 자는 자고(子固)이고 호는 오천(梧川)이다. 1727년(영조3) 문과에 급제하였고, 1752년(영조28) 좌의정을 거쳐 영의정까지 올랐다. 장조(莊祖)의 묘정에 배향되었고, 시호는 문충(文忠)이다. 문집으로 《오천집(梧川集)》이 있다. 참고로 《오천집》 권1 북영수창록(北營酬唱錄)에 〈북청잡영(北青雜詠)〉과 〈노덕서원(老德書院)〉이라는 시가 보인다.

6 세……익힌다네 : 맹자(孟子)가 군자의 세 가지 즐거움〔三樂〕을 말하면서 "천하의 영재를 얻어서 교육하는 것이 세 번째 즐거움이다.〔得天下英才而教育之, 三樂也.〕"라고 하였다. 《孟子 盡心上》 육예(六藝)는 군자가 익혀야 할 여섯 가지 기예인 예(禮)·악(樂)·사(射)·어(御)·서(書)·수(數)를 말한다. 한편, 《임하필기》 권25 〈춘명일사(春明逸史) 선조의 사원을 찾아가 배알하다〔省謁先院〕〉에 노덕서원의 삼락재(三樂齋)에 대한 내용이 보이는데, "이곳은 선생께서 옛날에 잠시 머물러 거주하신 곳이었다. 생각건대, 우리 이씨가 다행히 선조의 음덕을 입어 실로 여덟 재상을 배출하였는데, 네 분의 재상은 찾아와서 살펴보았다."라는 내용이 보인다. 이에 따르면 시 원문의 '삼락(三樂)'은 삼락재를 의미하는 말로도 보인다.

명성과 품행을 갈고닦으며 名行砥礪

이에 공경히 우러르기를 于茲敬止

원하노니 폐지하지 말라 願言勿替

대사 1장

大射 一章

엄숙한 택궁에서	有儼澤宮
대사를 행하고자 하여	將行大射
나의 술을 먼저 마시니[7]	我酒先飮
중하의 때라네	維仲之夏
나의 활에 시위를 매어	我弓斯張
남쪽 누대로 나란히 나아가	旅于南榭
사양하며 사대에 오르고	讓以升之
읍하고 공손히 내려왔네[8]	揖以遜下
단지 빈과 주에서 그칠 뿐만 아니니	非直賓主
서로 불러오기에 겨를이 없고[9]	來汝不暇

7 엄숙한……마시니 : 대사(大射)를 행하기에 앞서 연례(燕禮)를 행하였다는 말로 보인다. 《예기》 〈사의(射儀)〉에 "제후가 활쏘기를 행할 때는 반드시 먼저 연례를 행하고, 경·대부·사가 활쏘기를 할 때는 반드시 먼저 향음주례를 행한다.〔諸侯之射, 必先行燕禮; 卿、大夫、士之射, 必先行鄕飮之禮.〕"라는 내용이 보인다. 택궁(澤宮)은 고대에 활쏘기를 행하여 선비를 뽑던 곳을 말한다. 《예기》 〈사의〉에 "천자가 장차 제사 지내려 할 때는 반드시 먼저 택궁에서 활쏘기를 익히니, 택은 선비를 가리는 것이다.〔天子將祭, 必先習射於澤, 澤者, 所以擇士也.〕"라고 하였다.

8 사양하며……내려왔네 : 《논어》 〈팔일(八佾)〉에 "군자는 다투는 것이 없으나 반드시 활쏘기에는 경쟁을 한다. 상대방에게 읍하고 사양하며 올라갔다가 활을 쏜 뒤에는 내려와 벌주를 마시니, 이러한 다툼이 군자다운 다툼이다.〔君子無所爭, 必也射乎! 揖讓而升, 下而飮, 其爭也君子.〕"라는 구절이 있다.

주선함이 절도에 맞으니	周旋中節
성인의 교화가 만든 것이네	聖人造化
끝없이 솟는 샘물처럼	源源其泉
높고 높은 화산(華山)처럼	巍巍其華
이미 바르고 이미 곧으니	旣正旣直
이처럼 직접 훈도를 받은 듯하네	若爾親炙
공을 세우고 복을 받아	功爾福爾
길상을 새로 맞이하니	吉祥新迓
건조하지도 않고 습하지도 않아	靡燥靡濕
우리 곡식을 여물게 하리라	俾登我稼
생황을 불고 작무[10]를 추며	吹笙舞勺
나의 마음을 쏟아내니	我心伊瀉
덕 있는 자는 이웃 있어 외롭지 않아서	德隣不孤
삼십 리에 담장처럼 둘러서 있었네[11]	墻立一舍

9 단지……없고 : 예를 행하는 과정을 설명한 듯한데, 정확한 내용은 미상이다.

10 작무(勺舞) : 작시(勺詩)에 맞추어 춤을 추는 것을 말하는데, 작시는 《시경》 〈주송(周頌) 작(酌)〉을 이른다. 《예기》 〈내칙(內則)〉에 "나이가 열셋이 되면 음악을 배우고 시를 외우며 작시에 맞추어 춤을 춘다.〔十有三年, 學樂誦詩, 舞勺.〕"라고 하였다.

11 삼십……있었네 : 공자가 확상포(矍相圃)에서 제자들과 대사례를 행할 때 구경하는 사람이 담장처럼 둘러서 있었다는 내용이 《예기》 〈사의(射義)〉에 보인다.

남쪽 들판에 대한 노래 2장

南畝之什 二章

남쪽 들판을 바라보니　言瞻南畝
건조한 곳도 습한 곳도 없네　無燥無隰
우리 농사지은 것 이미 모아졌으니　我稼旣同
찰벼와 기장이 우리의 곡식이라네　稌黍我粒

우리의 곡식이 무성히 자라니　我粒離離
가라지를 이에 제거한다네　稂莠斯除
좋은 벼 이삭이 풍성하기에　嘉穎穰穰
아름답게 이미 김을 매었네　載好旣鋤

산에 새가 있어 3장

山有鳥矣 三章

산에 새가 있는데	山有鳥矣
그물에 걸리지 않았네	不罹于羅
무엇 때문에 내려오는가	胡爲下矣
저 좋은 벼를 쪼아 먹기 위해서라네	啄彼嘉禾

저 좋은 벼를 쪼아 먹으며	啄彼禾矣
다른 것은 알지 못하네	莫知其他
무엇 때문에 내려오는가	胡爲下矣
둥지로 돌아감만 못하네	不如返窠

새야 새야	鳥兮鳥兮
둥지로 돌아가지 않으니	窠之未返
어이하리오	云如之何

마지산[12] 3장

摩之山 三章

천마의 산은 머물러 살 만하고　摩之山可以棲止
천마의 물은 병을 치료할 만하네　摩之水可以療只
즐겁고 즐거워라　樂哉樂哉
이 산과 물이 있음이여　有此山水

천마의 산은 소요할 만하고　摩之山可以盤桓
천마의 물은 유람할 만하네　摩之水可以游觀
즐겁고 즐거워라　樂哉樂哉
사람을 편안하게 하도다　斯人之安

우러러본들 무엇이 부끄러우며　仰何愧兮
굽어본들 무엇이 부끄러우랴　俯何怍兮
마음에 부끄럽지 않으니　不歉于心兮
어찌 놀라 두리번거리리오　何用矍矍
내 장차 늙어가며 나의 즐거움을 즐기리라　我將終老兮樂其樂

12 마지산(摩之山) : 현재의 경기도 남양주시 화도읍과 오남읍 일대에 있는 천마산(天摩山)을 일컬은 말로 보인다. 천마산 동쪽에 귤산이 거처하는 가오곡(嘉梧谷)이 있었다. 50쪽 주2 참조.

혈거 2장

穴居 二章

여우가 사는 굴은	狐之穴居兮
새의 둥지만 못하고	不如鳥之巢兮
새가 사는 둥지는	鳥之巢兮
물고기의 뻐끔대는 물속만 못하네	不如魚之呴泡
굴은 깊숙하고	穴居深兮
둥지는 위태로우니	巢居危兮
둥지의 위태로움이여	巢居危兮
강호에서 노닒만 못하네	不如江湖之游斯

고악부 31편

古樂府 三十一篇

1. 상운악[13] 上雲樂

곤륜산의 강로가 서쪽 사막을 건너와	崑崙康老度流沙
사자와 새끼 봉황을 닭과 개라고 자랑하네[14]	獅子鳳雛鷄犬誇
〈상운악〉 한 곡조가 대궐에서 울리니	上雲一曲九重動
복숭아씨가 산을 이루고 아직도 꽃이 남았네	桃核成山尙帶花

13 상운악(上雲樂) : 악부(樂府) 청상곡사(淸商曲辭)의 곡 이름으로, 양(梁)나라 무제(武帝)가 서곡(西曲)을 고쳐서 〈상운악〉 7곡을 만들었다고 한다. 《樂府詩集 卷51 淸商曲辭 上雲樂》

14 곤륜산(崑崙山)의……자랑하네 : 곤륜산은 중국 서방에 있다는 상상 속의 산이다. 강로(康老)는 중국 고대 전설 속 서방의 신선인 문강(文康)을 말하는데, 상고 시대에 태어나 장생불사하였으며 노래와 춤에 뛰어나고 사자와 봉황을 잘 거느렸다고 한다. 남조(南朝) 양(梁)나라의 주사(周捨)가 〈상운악〉을 지어 문강이 봉황과 사자를 거느리고 양나라 무제를 찾아와 춤을 추며 축수하였다는 내용을 읊었는데, 그 시에 "서방의 노호여, 그 이름 문강이라네……봉황은 노호의 집닭이요, 사자는 노호의 집개로다.〔西方老胡, 厥名文康……鳳凰是老胡家鷄, 獅子是老胡家狗.〕"라는 구절이 있다. 노호(老胡) 역시 문강을 일컬은 말이다. 《樂府詩集 卷51 淸商曲辭 上雲樂》 이백(李白) 역시 주사의 뒤를 이어 〈상운악〉을 지어 문강과 관련된 내용을 읊었다. 《李太白文集 卷2》

2. 첩박명[15] 妾薄命

군왕께선 어느 날 돌아보실까	君王何日顧
비단 장막엔 이미 가을이 들었네	羅幕已生秋
흰 이슬 내리는 삼경의 밤에	白露三更夜
붉은 얼굴엔 한 조각 수심이라네	紅顏一片愁
누워서 떨어지는 물시계 소리 듣고	臥聽銀漏滴
앉아서 흘러가는 화성[16]을 바라보네	坐看火星流
쓸쓸한 장문전[17]이여	寂寂長門殿
주렴엔 옥 갈고리 드리웠네	珠簾下玉鉤

3. 동비백로서비연가[18] 東飛伯勞西飛燕歌

동쪽 정원엔 온갖 꽃 서쪽 정원엔 버들	東園百花西園柳

15 첩박명(妾薄命) : 악부 잡곡가사(雜曲歌辭) 가운데 하나로 미인의 박명을 읊었는데, 《악부시집(樂府詩集)》 권62 〈첩박명〉에 위(魏)나라 조식(曹植)의 시가 가장 먼저 수록되어 있다. 한(漢)나라 허 황후(許皇后)의 '내하첩박명(奈何妾薄命)'이라는 말에서 나왔다고 한다. 《御選唐宋詩醇 卷3 妾薄命》

16 흘러가는 화성(火星) : 화성은 28수 중의 하나인 심수(心宿)의 두 번째 별로 '대화(大火)'라고도 한다. 심수는 음력 6월 초저녁에 남중(南中)했다가 7월 초저녁에는 서쪽으로 흘러가 고도가 낮아진다. 심수가 흘러갔다는 것은 7월이 되었다는 말이다.

17 장문전(長門殿) : 한(漢)나라 궁전 이름으로, 무제(武帝) 때 총애를 잃은 진 황후(陳皇后)가 살던 곳이다. 후대에는 흔히 임금의 총애를 잃은 여인이 사는 쓸쓸하고 처량한 곳을 뜻하게 되었다.

18 동비백로서비연가(東飛伯勞西飛燕歌) : 악부 잡곡가사 가운데 하나이다. 《악부시집》 권68에는 〈동비백로가(東飛伯勞歌)〉로 나와 있으며, 그 첫 번째 작품이 "동쪽으로 백로가 날고 서쪽으로 제비가 난다.〔東飛伯勞西飛燕.〕"라는 구절로 시작한다.

일 년의 봄빛이 차례로 찾아왔는데	一年春色有先後
여인이여 여인이여 봄빛을 시샘하니	有女有女妬春色
꽃은 어여쁨 빼앗기고 버들은 힘이 없네	花奪嬌艶柳無力
비췻빛 패옥 구슬 귀걸이에 붉은 비단 치마 입고	翠珮明璫紫羅裙
단장 끝내니 시름 맺히고 먼 산엔 구름이 떴네	粧罷愁結遠山雲
미인의 나이는 열예닐곱 살	美人十六十七年
좋은 만남 어긋나고 달은 차지 않았네	佳期蹉跎月未圓
분가루 이미 바래고 벌 허리처럼 홀쭉하니	蝶粉已渝蜂腰瘦
누굴 위해 초췌해져 만나기를 바라는가	爲誰憔悴願言覯

4. 염곡[19] 2수 艶曲二首

붉은 마노 병풍에 벽옥 경대(鏡臺) 놓였고	紅瑪瑙屛碧玉臺
유소와 비취[20]로 장식한 휘장은 걷기를 싫어하네	流蘇翡翠帳慵開
원앙 수놓은 베개에 님 그리는 눈물 적시는데	繡鴛染得相思淚
겹겹의 구름 산이 눈앞으로 다가오네	重疊雲山眉睫來

수정 주렴이 옥난간에 걷혀 있는데	水晶簾捲玉欄干
달빛이 유리를 쏟아내어 한 쌍의 산호 같네	月瀉琉璃雙寶珊
한밤중에 잠 못 들고 각침[21]을 밀치니	五夜無眠推角枕

19 염곡(艶曲) : 악부 상화가사(相和歌辭) 슬조곡(瑟調曲) 가운데 하나인 염가(艶歌)로, 연가(戀歌)를 말한다.

20 유소(流蘇)와 비취(翡翠) : 유소는 채색 깃털 또는 오색실로 만들어 가마나 휘장을 장식하는 데 사용하는 술을 말한다. 비취는 비취새의 깃털로 역시 수레나 주렴을 장식하는 데 사용한다.

은하수는 반짝이고 뭇별은 쇠잔하네　銀河耿耿玉繩殘

5. 장진주[22] 장곡 將進酒長曲

아침에 검던 머리 저녁에 백설 되니[23]　朝青暮白雪

눈처럼 백발 됨도 잠깐이라네　雪白亦俄頃

가련타 고래 탄 신선은　可憐騎鯨仙

꽃동산에서 촛불 잡아 밤에 놀았고[24]　芳園燭夜秉

우습다 유령의 무덤엔　可笑劉伶塚

한 잔의 찬술도 이르지 못하네[25]　不到一杯冷

21 각침(角枕) : 뿔로 만들거나 장식한 베개를 말한다.

22 장진주(將進酒) : 악부 고취곡사(鼓吹曲辭) 가운데 하나로, 술 마시고 노래하며 즐기는 일을 읊었다. 《樂府詩集 卷16 鼓吹曲辭 將進酒》

23 아침에……되니 : 뒤에 나오는 〈보제산악(補製散樂)〉 16수 중에 〈장진주〉가 있는데, "아침에 검던 머리 저녁에 백발 되어 인생을 탄식하네.〔朝青暮雪歎人生.〕"라는 구절이 있고, 그 주석에 "송강(松江)의 〈장진주사(將進酒詞)〉에 '아침에 검던 머리 저녁에 백발 되었네.'라는 구절이 있다.〔松江將進酒詞, 有朝青絲暮成雪.〕"라는 내용이 보인다.

24 가련타……놀았고 : 당나라 이백(李白)이 술에 취해 채석강(采石江)에서 뱃놀이할 때 물속에 비친 달을 건지려고 뛰어들었다가 고래를 타고 하늘로 올라갔다는 전설이 있다. 《唐才子傳 李白》 또 이백의 〈춘야연도리원서(春夜宴桃李園序)〉에 "옛사람이 촛불을 잡고 밤에도 놀았던 것은 진실로 그 이유가 있었네.〔古人秉燭夜遊, 良有以也.〕"라는 구절이 있다. 《古文眞寶後集 卷2》

25 우습다……못하네 : 아무리 술을 좋아해도 죽으면 마시지 못한다는 말이다. 유령(劉伶)은 진(晉)나라 죽림칠현(竹林七賢)의 한 사람으로, 늘 술병을 차고 다니며 따르는 사람에게 삽을 메고 따라오게 하면서 자신이 죽으면 그 자리에 묻어달라고 부탁했다는 고사가 있다. 《晉書 卷49 劉伶列傳》 또 당나라 이하(李賀)의 〈장진주〉에 "그대에게 권하노니 온종일 실컷 취하시게, 술은 유령의 무덤 위 흙에는 이르지 않나니.〔勸君終日酩酊醉, 酒不到劉伶墳上土.〕"라고 하였다. 《古文眞寶前集 卷7》

찰랑이는 금 술잔에 盈盈金屈巵

점점 무하의 경지[26]로 들어가고 駸入無何境

곱디고운 얌전한 여인도 娟娟窈窕人

틈새 지나는 햇살처럼 그 모습 머물지 않네 莫駐過隙景

오늘 저녁이 어떤 저녁인가 今夕是何夕

이곳에 오래 머물게 할 만하니[27] 於焉可以永

이런 때 아니 마시고 어이하랴 此時不飮何

후회한들 그 마음 줄어들지 않는다네 有悔莫自省

붉은 대문엔 생황 노래 가득하고[28] 朱戶笙歌咽

수레와 말은 거리에 시끌벅적 車馬闐市井

당시의 화려한 자제들이 當時繁華子

엄숙하고 근엄했었네 齊齊又整整

지금은 어디에 있나 而今安在哉

기러기 발자국처럼 흔적 없어라[29] 鴻爪無響影

26 무하(無何)의 경지 : 무하는 '무하유지향(無何有之鄕)'의 줄임말로, 현실의 제약을 벗어난 무위자연의 이상향을 가리킨다. 《莊子 逍遙遊》

27 오늘……만하니 : 현자를 머물게 하고 싶은 마음을 노래한 《시경》〈백구(白駒)〉의 "발을 동여매고 고삐를 매어 오늘 저녁을 더 머무르게 하여, 이른바 그분이 여기에서 아름다운 손님이 되게 하리라.〔縶之維之, 以永今夕, 所謂伊人, 於焉嘉客.〕"라는 내용을 원용한 표현으로 보인다.

28 붉은……가득하고 : 붉은 대문은 권세가의 대문을 말한다. 고려 정지상(鄭知常)의 〈서도(西都)〉에 "푸른 창 붉은 문에 생황 노래 가득하니, 모두가 이원 제자의 집이라네.〔綠窓朱戶笙歌咽, 盡是梨園弟子家.〕"라는 구절이 보인다. 《東文選 卷19》

29 기러기……없어라 : 원문 '홍조(鴻爪)'는 눈 위에 남긴 기러기 발자국을 뜻하는 '설니홍조(雪泥鴻爪)'의 준말로, 흔적도 없이 사라지는 것을 비유하는 말로 쓰인다.

가을 풀은 황량한 들판에 자라고　　秋草荒原上
외로운 원숭이만 홀로 운다네　　孤猿獨自哽
이 때문에 장차 술을 올려　　所以將進酒
날마다 호탕한 생각 펼치며　　日日豪思逞
하루 보내고 다시 또 하루 보내며　　一日復一日
삼만 육천 날을 함께하리라　　三萬六千做

6. 오색라 五色羅

오색구름 찬란해라 한 상자가 열리니　　五雲燦爛一函開
사뿐사뿐 감상하며 손에 가득 쌓였네　　傳玩輕輕滿手堆
성도에서 날마다 진상해 빠트림 없었음을 아나니[30]　　成都日進知無闕
궁녀에게 짜오게 할 필요 없다네　　不借宮人織組來

소식(蘇軾)의 "인생이 이르는 곳 무엇과 같을까, 눈 내린 진창에 남긴 기러기 발자국과 같으리. 눈 내린 진창에 우연히 발자국 남겼지만, 기러기 날아가면 어떻게 동서를 헤아리랴.〔人生到處知何似? 應似飛鴻蹈雪泥. 泥上偶然留指爪, 鴻飛那復計東西?〕"라고 한 데서 나왔다. 《蘇東坡詩集 卷3 和子由澠池懷舊》

30 성도(成都)에서……아나니 : 성도에서 날마다 진상했다는 것은, 당나라 덕종(德宗) 때 검남 절도사(劍南節度使)로 있던 위고(韋皐)가 뇌물을 좋아하는 덕종에게 날마다 뇌물을 진상한 것을 말한다. 성도는 사천성(四川省) 촉군(蜀郡)에 속한 곳인데, 검남 역시 촉 지방을 일컫는 말이다. 《신당서(新唐書)》 권52 〈식화지(食貨志) 42〉에 "검남 서천 절도사 위고는 날마다 진상함이 있었고, 강서 관찰사 이겸은 달마다 진상함이 있었다.〔劍南西川節度使韋皐有日進, 江西觀察使李兼有月進.〕"라는 기록이 있다. 한편 성도는 고대 비단 생산지로 유명하였다. 《촉중광기(蜀中廣記)》 권67에 "역대로 비단〔錦〕이 없었고 성도(成都)에서 나는 것이 오직 오묘하였다."라는 기록이 보인다.

7. 성도의 신 成都鞋

뾰족하고 좁다란 성도의 신을	尖尖窄窄成都鞋
여관과 소녀에게 나누어주네	分賜女官與少娃
아침 오자 무수한 전족(纏足)[31] 여인들	朝來無數半弓樣
향긋한 발자국을 옥 계단에 흩뿌렸네	印得香塵散玉堦

8. 춘의 春意

오후[32]의 못가 누각 한나라에서 제일이라	五侯池館漢家雄
붉은 복사꽃 흰 오얏꽃이 봄바람을 관장하네	桃紅李白管春風
하얀 벽 이어지고 초방[33]이 우뚝한데	粉壁相望椒房峙
황금 조각 옥 장식은 몇 년 공력 들였을까	金彫玉琢幾年工
사철 중 봄날이라 밤에도 춥지 않고	四時韶光夜不寒
향 연기가 감싸니 새벽에도 몽롱하네	香煙裊繚曉曚曨
겹겹의 주렴엔 자주색 수술 드리웠고	珠箔重重紫流蘇
운모석 병풍은 번갈아 반짝거리네	雲母屛風互玲瓏
이팔청춘 미인의 아리따운 자태여	二八佳人嬌嬈姿

31 전족(纏足) : 원문은 '반궁(半弓)'인데 약 2, 3촌 되는 길이를 말한다. 전족한 여인의 작은 발을 형용하는 말로 쓰인다.

32 오후(五侯) : 동시에 후(侯)에 봉해진 다섯 사람을 말하는데, 한나라 때 몇 차례의 사례가 있었다. 성제(成帝) 때 황실의 외척으로 동시에 후에 봉해진 왕담(王譚)·왕상(王商)·왕립(王立)·왕근(王根)·왕봉시(王逢時)를 가리킨 데서 시작되었다. 이후 권세가를 뜻하는 말로도 쓰였다. 《漢書 卷98 元后傳》

33 초방(椒房) : 후비(后妃)가 거처하는 궁전을 말한다. 자손이 번성하라는 뜻에서 열매가 많이 달리는 산초 열매를 섞어 벽을 바르므로 이렇게 부른다.

굽은 난간 채색 들보의 별궁이 열리네	曲欄橫檻開別宮
아래의 푸른 못엔 원앙이 장난치는데	下有綠池鴛鴦戲
일흔두 마리 짝을 지어 동서로 나뉘었네[34]	七十二雙分西東
백로와 해오라기 어여쁨을 다투고	屬玉鵁鶄爭姸艶
허공에서 온갖 꽃떨기 어지러이 떨어지네	空中亂落百花叢
손바닥 뒤집듯 먼지 날리며 바다가 말라도	翻手揚塵倒海水
굴에선 황금 나고 산에서는 구리가 나네[35]	穴産黃金山出銅
은 안장 비단 수레 참으로 화려하니	銀鞍繡轂盛繁華
인간 세상 빈한한 선비의 곤궁을 믿지 못하네	不信人間寒士窮
좋은 방에서 백년토록 취할 줄만 알 뿐	華堂但識百年醉
평생토록 쓸데없는 걱정이 마음속에 없다네	一生杞憂罔在中

34 아래의……나뉘었네 : 고악부(古樂府) 〈좁은 길 사이에서 서로 만나다〔相逢狹路間〕〉에 "문을 들어서서 때로 좌측 바라보면, 보이는 것은 쌍쌍의 원앙이라. 원앙 일흔두 마리가, 늘어서서 절로 줄을 이루었네.〔入門時左顧, 但見雙鴛鴦. 鴛鴦七十二, 羅列自成行.〕"라는 구절이 보인다. 《玉臺新詠 卷1 古樂府詩六首》

35 손바닥……나네 : 상전벽해처럼 세상이 변해도 황제의 총애를 받으므로 부귀가 이어질 것이라는 말로 보인다. 원문의 '번수(翻手)'는 손바닥 뒤집듯 세상인심이 변하는 것을 말한다. '먼지 날리며 바다가 마른다'는 것은 상전벽해의 고사를 말한다. 《神仙傳 卷7 麻姑》 굴에서 황금이 난다는 것은, 후한 광무제(光武帝) 곽 황후(郭皇后)의 동생 곽황(郭況)이 황제의 총애를 받으며 은상(恩賞)으로 엄청난 재물을 받곤 하였으므로, 사람들이 그의 집을 금혈(金穴)이라고 일컬은 고사가 있다. 《後漢書 卷10上 光武郭皇后紀》

9. 백저사[36] 白紵詞

굽은 난간은 수놓은 병풍에 가려지고 曲彔欄干掩繡屛
상아 침상 머리엔 만수향[37]이 향기롭네 象牙床頭萬壽馨
미인이 마름질한 무의 바느질 끝내니 舞衣縫罷靑蛾裁
흰 모시옷 나풀나풀 가벼운 구름이 쌓였네 白紵薄薄輕雲堆
새로이 가곡 지어서 한 곡조 뽑는데 新翻歌曲唱一回
한 곡조 뽑으니 그대도 읊조렸으면 唱一回願君吟
고운 비파와 옥피리로 슬픈 곡조 연주하니 錦瑟玉簫動哀音
북두성 자루 막 돌아 밤이 이미 깊었네 斗杓初轉夜已深

10. 오야제[38] 烏夜啼

새벽으로 향하는 밤 새벽으로 향하는 밤 夜鄕晨夜鄕晨
까마귀 밤에 울어 사람을 시름겹게 하네 烏夜啼愁煞人
한 번은 짧게 두 번째는 길게 一聲短二聲長
소리소리 우는데 달은 이미 높이 떴네 聲聲發月已央
까마귀는 무심하고 사람은 한이 있으니 烏無心人有恨

36 백저사(白紵詞) : 악부 무곡가사(舞曲歌詞)의 하나로, 〈백저가(白紵歌)〉, 〈백저사(白紵辭)〉라고도 한다. 진(晉)나라 때의 백저무(白紵舞)에서 시작되었다.

37 만수향(萬壽香) : 선향(線香)의 하나로, 여러 향료 가루를 반죽하여 국숫발같이 가늘고 길게 만든다.

38 오야제(烏夜啼) : 악부 청상곡사의 하나로, 남조(南朝) 송(宋)나라의 왕의경(王義慶)이 지은 가사 이름이다. 왕의경이 죄를 얻어 폐해졌을 때, 그의 기첩(妓妾)이 밤에 까마귀 울음소리를 듣고 이튿날 반드시 그가 사면될 것을 예측했는데 다음 날 과연 그가 사면되었으므로 이 일을 주제로 하여 왕의경이 이 곡을 지었다 한다.

멀리 떠난 님 그리는 원망이라네	遠別離思君怨

11. 자고[39] 2수 鷓鴣 二首

강남땅 해 질 무렵 자고새 우는데	江南落日鷓鴣啼
고개 위에 사는 사람 꿈속에서 헤매네	嶺上居人魂夢迷
쌍 기러기 북으로 날아 서리 소식[40] 멀어지고	雙雁北飛霜信遠
살랑살랑 봄바람에 온갖 꽃이 고개 숙이네	春風習習百花低

공작새 사이사이에 비취새가 무리 짓고	孔雀相間翡翠群
날개 맞댄 원앙은 비단 문양이라네	鴛鴦比翼錦文身
울음 울음마다 구곡간장 끊을 듯하니	聲聲欲斷九腸曲
안문[41] 어느 곳에 그리운 사람 있을까	雁門何處有懷人

12. 채련곡[42] 採蓮曲

버선 벗은 소녀의 두 발이 희니	不襪女兒雙足白

39 자고(鷓鴣) : 당나라 교방곡(敎坊曲)의 하나인 〈자고사(鷓鴣詞)〉로 〈산자고(山鷓鴣)〉라고도 하며, 주로 향수(鄕愁)를 읊었다. 자고는 중국 남방에 서식하는 새 이름이다.

40 서리 소식 : 기러기를 뜻한다. 중국 북방의 기러기가 오면 서리가 내리기 때문에 황하 이북 사람들이 '서리 소식〔霜信〕'이라는 별칭을 붙였다고 한다. 《夢溪筆談 卷24》

41 안문(雁門) : 중국 산서성(山西省)에 있는 산 이름이다. 두 봉우리가 나란히 서 있고 그 사이로 기러기가 지나가므로 이런 이름이 붙었다.

42 채련곡(採蓮曲) : 악부 청상곡사 가운데 하나로 연밥을 따는 모습을 읊은 노래인데, 주로 남녀가 서로 그리워하는 모습을 노래하였다.

서리인 양 백옥인 양 맑은 물가 거니네	如霜如玉踏淸水
연꽃 가지 하나를 손으로 꺾어 주는데	荷花一枝手折贈
뉘 집 젊은 낭군인가 병이 골수에 들었네	誰家少郎病纒髓
물가에 자란 들쭉날쭉 잎새 아래에서	參差葉底水之涘
한 곡조가 가냘프게 짝 맞추어 일어나네	一曲嫋嫋兩兩起

13. 장성행 2수 長城行 二首

장성은 어찌 이리도 길까	長城是何長
훌륭한 계책이 장성 쌓는 것이었네[43]	長策是長城
덕에 있지 험고함에 있지 않으니[44]	在德不在險
백성의 마음이 성을 이룰 수 있네[45]	衆心城可成

장성 때문에 진왕이 교만해졌고	城是秦王驕

43 장성(長城)은……것이었네 : 《사기(史記)》 권6 〈진시황본기(秦始皇本紀)〉에, 연(燕)나라 방사(方士) 노생(盧生)이 "진나라를 망칠 자는 호이다.〔亡秦者胡也.〕"라고 말하자, 진시황이 호(胡)를 북쪽의 오랑캐〔北胡〕로 알고는 몽염(蒙恬)에게 30만 대군을 이끌고 가서 토벌한 뒤 장성을 쌓게 했다는 기록이 보인다. 노생이 말한 호는 진시황의 아들 호해(胡亥)를 가리킨 말이었다.

44 덕(德)에……않으니 : 전국 시대 위(魏)나라 무후(武侯)가 배를 타고 서하(西河)의 중류(中流)를 내려가다가 오기(吳起)에게 산천의 험고함이 위나라의 보배라고 자랑하였다. 이에 오기가 "사람의 덕에 달린 것이지 산천의 험고함에 있는 것이 아닙니다. 만약 임금이 덕을 닦지 않으면 이 배 안에 있는 사람들이 모두 적국의 사람이 될 것입니다."라고 대답한 고사가 전한다. 《史記 卷65 孫子吳起列傳》

45 백성의……있네 : 《국어(國語)》 〈주어 하(周語下)〉에 "여러 사람의 마음은 성을 이루고, 여러 사람의 입은 금도 녹인다.〔衆心成城, 衆口鑠金.〕"라는 내용이 보인다.

장성 때문에 진왕이 패망하였네	城是秦王亡
진왕 이전의 시대에는	秦王以前世
요양에 성 쌓은 것 들어보지 못했네	未聞城遼陽

14. 절양류가[46] 2수 折楊柳歌 二首

위성[47] 가에 버들을 심으니	種柳渭城畔
나그네의 시름을 익히 안다네	慣識行人愁
만 가지 천 가지 몹시도 미워라	生憎萬千絲
물처럼 흐르는 수레를 묶어두지 않네	不縶車如流

나무를 심으며 어찌 버들을 심었나	種樹何種柳
안개가 감싸니 수심 머금은 듯하네	煙籠似含愁
날마다 길손 떠나보내는 정자에	日日送客亭
짙은 그늘이 땅을 쓸며 흐르네	繁陰掃地流

46 절양류가(折楊柳歌) : 악부 횡취곡사(橫吹曲辭)의 하나로, 버들가지를 꺾으면서 이별하는 아쉬운 정을 노래한 것이다.

47 위성(渭城) : 진(秦)나라 수도 함양(咸陽)으로, 한나라 무제(武帝) 때 위성으로 이름을 바꾸었다. 당나라 왕유(王維)의 〈안서로 사신 가는 원이를 전송하며〔送元二使安西〕〉에 "위성의 아침 비 가벼운 먼지 적시니, 객사에는 푸릇푸릇 버들 빛도 싱그럽네. 그대에게 권하노니 다시 한 잔 드시오, 서쪽으로 양관을 나서면 친구가 없다오.〔渭城朝雨浥輕塵, 客舍青青柳色新. 勸君更進一杯酒, 西出陽關無故人.〕"라고 노래한 뒤에, 이별하는 장소를 뜻하는 말로 쓰이게 되었다.

15. 답랑사 踏浪詞

헤엄치던 아이가 백마 탄 귀신에 놀라니	踏浪兒驚騎白馬
동문에 걸린 눈동자를 어찌 알리오[48]	東門之眼有何知
부차의 무덤 백골이 다 사라졌는데도	夫差墓骨消磨盡
부질없이 조수가 생길 때 풍파를 만드네	謾作風波潮汐時

16. 자야사시가[49] 4수 子夜四時歌 四首

옅은 한기가 가벼운 온기에 양보하기에	薄寒遜輕熱
꽃을 가꾸자니 날이 저물려 하네	養花欲暮天
비단 휘장 여전히 깊이 드리웠으니	羅幃猶深掩
병이 낫지 않아 어이할 수 없어서라네	叵耐病未痊

옥수로 온갖 화초를 따다가	玉手摘百卉
사람들과 함께 풀싸움 판을 열었는데[50]	向衆開鬪場

48 헤엄치던……알리오 : 춘추 시대 초나라의 오자서(伍子胥)가 오왕(吳王) 부차(夫差)를 도와 월(越)나라를 쳐서 공을 세웠으나 백비(伯嚭)의 참소로 인해 자결하라는 명을 받자, 월나라가 오나라를 멸망시키는 광경을 보겠노라며 자신의 눈을 뽑아서 오나라 동문(東門) 위에 걸어두라는 유언을 남겼다. 부차가 오자서의 시체를 말가죽 부대에 담아 전당강(錢塘江)에 버렸는데, 이때부터 전당강의 파도가 노하여 높이 솟구쳤으며 오자서의 영혼이 물귀신이 되어 흰 수레에 백마를 타고 전당강 물결 위에 나타나곤 하였다는 고사가 전한다. 《史記 卷66 伍子胥列傳》《太平廣記 卷291 神一 伍子胥》

49 자야사시가(子夜四時歌) : 악부 청상곡사 오성가곡(吳聲歌曲)의 하나로, 슬프고 상심한 정을 읊은 노래이다. 〈자야오가(子夜吳歌)〉라고도 하는데, 흔히 사계절로 나누어서 각 계절에 따른 정서를 읊는다. 자야는 진(晉)나라 때의 여자 이름인데, 이 곡을 처음 지었다 한다.

한 종류 의남초[51]만은	一種宜男草
깊이 품속에 감추었다네	深深懷裏藏

잎이 지니 연밥은 말라가는데	葉褪荷子瘦
이삭 맺혀 난초꽃이 향기롭네	穗結蘭華芳
푸른 눈썹 잎과 붉은 뺨 꽃이	翠眉與紅臉
한 덩이의 향기를 실어 보내네	輸與一團香

사람들은 살결이 눈 같다고 하지만	人道肌如雪
나는 눈이 살결 같다고 여기네	儂謂雪如肌
손에 한 송이 꽃을 잡고 있으니	手持一朶花
그대를 엉긴 기름[52]에 비교하고 싶다네	倩君較凝脂

17. 종군오경전[53] 5수 從軍五更轉 五首

일경에 모여 식사를 마치고	一更罷會食
자색 비단 전포(戰袍)를 벗네	解脫紫綾袍

50 옥수(玉手)로……열었는데 : 풀을 따서 풀싸움〔鬪百草〕을 벌였다는 말이다. 풀싸움은 단오(端午)에 행하는 놀이로, 풀의 종류가 많은 사람이 이긴다고 한다. 《荊楚歲時記》

51 의남초(宜男草) : 원추리로, 훤초(萱草)라고도 한다. 속설에 임신한 부인이 허리에 차고 다니면 아들을 낳는다고 한다.

52 엉긴 기름 : 흰 살결을 비유한 말이다. 《시경》〈석인(碩人)〉에 "살결은 엉긴 기름과 같네.〔膚如凝脂.〕"라는 구절이 있다.

53 종군오경전(從軍五更轉) : 악부 상화가(相和歌)의 하나로, 진(陳)나라 복지도(伏知道)가 처음 지었다. 국경을 수비하는 장군과 병사의 정경을 노래하였다.

푸른 기름 먹인 장막[54] 안에 촛불을 밝혀	碧油帳裏燭
환한 빛 속에 병서를 읽네	朗照讀六韜
이경에 딱따기 소리 엄히 경계하고	二更柝戒嚴
군막에는 서리꽃이 엉겨 붙었네	毳幕霜花凝
박산로에 수탄이 벌겋게 타올라[55]	博山獸炭熾
술 데우니 탁주도 싫지 않네	烹醪濁不憎
삼경에 달그림자 비끼는데	三更月影斜
매서운 바람이 북방의 한기 내뿜네	烈風吹朔氣
장안에서 다듬이질하는 여인은	長安擣衣娘
애끊는 마음 뉘와 함께 달랠까	腸斷疇與慰
사경에 사방이 고요한데	四更萬籟寂
눈송이가 방석만 하게 크네[56]	雪花大如席
잠깐 사이에 언덕처럼 쌓이니	須臾積丘山

54 푸른……장막 : 원문의 '벽유(碧油)'는 장군의 막사(幕舍)를 일컫는 말이다. 청유막(青油幕)이라고도 한다.

55 박산로(博山爐)에……타올라 : 박산로는 향로의 일종인데 여기서는 화로의 의미로 쓰인 듯하다. 수탄(獸炭)은 석탄을 가루로 만들어 짐승 모양으로 뭉쳐놓은 것인데, 술을 데우는 데 쓰기도 하였다.

56 눈송이가……크네 : 이백(李白)의 악부 〈북풍행(北風行)〉에 "연산의 눈송이가 방석만 하게 큰데, 조각조각 나부끼며 헌원대에 떨어지네.〔燕山雪花大如席, 片片吹落軒轅臺.〕"라는 구절이 있다. 《李太白集 卷2》

수졸이 감히 교대하지 못하네　　戍卒不敢易

오경에 새벽빛이 어스레하니　　五更曙色曨
마을 집에 등불이 꺼지네　　村閭燈火滅
장군이 단상에 오르려는데　　元戎欲升壇
성 위에서 호각 소리 퍼지네　　城頭角聲裂

18. 장상사[57] 長相思

길이 그대 그리워하며　　長相思
남쪽에서 북쪽을 바라보네　　南望北
저는 싸늘한 규방 지키는데　　妾也守寒閨
그대는 나랏일에 애쓰느라　　君則役王國
월나라 시내[58]와 멀리 떨어져　　越溪遙隔
병주[59]의 나그네 되었네　　竝州客
당시에는 얼마나 망부석을 비웃었던가　　當時幾笑石望夫

57 장상사(長相思) : 악부 잡곡가사의 하나로, 남녀 간이나 붕우 간에 오래도록 떨어져 있으면서 서로 그리워하는 심정을 읊은 것이다. 처음에 항상 '장상사(長相思)'라는 세 글자로 시작한다.

58 월(越)나라 시내 : 월나라 미녀 서시(西施)가 비단을 빨던 약야계(若耶溪)를 가리키는데, 아름다운 여인이 사는 곳 주위의 시냇물을 뜻하는 말로 쓰인다.

59 병주(竝州) : 지금의 하북성(河北省) 보정(保定)과 산서성(山西省) 태원(太原)·대동(大同) 일대의 지역을 가리킨다. 당(唐)나라 시인 가도(賈島)가 병주에서 오래 살다가 떠나면서 시를 지어 고향처럼 그리워한 뒤로, 제2의 고향을 뜻하는 말로 쓰인다. 여기서는 낭군이 머무는 곳을 가리키는 말로 쓰였다.

오늘은 도리어 비익조[60]를 부러워하네　　今日還羡鳥比翼

마름꽃이 눈처럼 하얀데　　蘋花白如雪

약야계 곁에서 따고 또 따네　　采采若耶側

비파를 놀려서 〈금루곡〉[61] 노래하고　　弄琵琶兮歌金縷

버들가지 꺾어서 수심을 짜내네　　折楊柳兮愁緖織

길이 그대 그리워하니　　長相思

봄빛도 무색하기만 하네　　春無色

19. 장간행[62] 長干行

나의 집은 장간에 있고　　妾家在長干

낭군은 배를 타고 장사하네　　夫婿水上商

한밤중에 뱃노래가 울리면　　夜半橈歌發

나도 모르게 애간장이 끊어지네　　不禁斷妾腸

60 비익조(比翼鳥) : 암컷과 수컷이 눈과 날개가 각각 하나씩이라서 짝을 짓지 않으면 날지 못한다는 전설상의 새이다.

61 금루곡(金縷曲) : 당(唐)나라 이기(李錡)의 첩 두추랑(杜秋娘)이 불렀다는 노래로, 〈금루의(金縷衣)〉라고도 한다. 젊은 시절에 즐겨야 한다는 내용이다.

62 장간행(長干行) : 악부 잡곡가사의 하나로 〈장간곡(長干曲)〉이라고도 한다. 장간은 남경(南京) 남쪽의 장강(長江) 근처에 있는 마을 이름이다. 주로 장강 근처에 사는 부녀자들의 생활 감정을 읊었다.

20. 대제곡[63] 大堤曲

붉은 대문 푸른 창 모두가 주막이니　朱戶綠窓盡酒家
집집마다 금옥으로 미인 머리 꾸몄네　家家金玉美人珈
백동제에서 노래 부르며 소리마다 오열하는데　白銅鞮唱聲聲咽
아침에 버들 꺾고 저녁엔 꽃을 보내네　朝折楊枝暮送花

21. 구별리[64] 久別離

그대 보내고 후회하니 하늘 끝에 있는데　悔送君兮天一方
허리에 무슨 보탬이 되랴 금인[65]이 빛나네　腰何益兮金印煌
지난날의 소년이 지금은 아닐 텐데　昔日少年今日非
십 년 동안 낭군의 옛 얼굴 보지 못했네　十年不見舊面郎
낭군이 이럴진대 첩 또한 어떠하랴　阿郎如此妾亦何
버들과 도리화가 봄바람에 바쁘네　楊柳桃李春風忙
그대와 남포에서 이별하던 때　當時與君南浦別
긴 물가에서 향긋한 난초 혜초 꺾어 주었네　長洲折贈蘭蕙芳
변방 어디에서 밝은 달을 바라볼까　關山何處望明月
둥근달이 높이 떠 나의 침상 비춰주네　月輪高兮照我床
멀리 기러기 소리 북쪽 사막에서 오는데　雁聲遠兮來朔漠
멀고도 멀리 있고 시내엔 다리가 없네　遠復遠兮川無梁

63 대제곡(大堤曲) : 악부 청상곡사의 하나이다. 대제는 백동제(白銅堤)로, 중국 양양(襄陽)의 경내를 흐르는 한수(漢水)에 있는 방죽 이름이다.

64 구별리(久別離) : 악부 잡곡가사의 하나이다.

65 금인(金印) : 고관이 가지고 다니는 금으로 만든 인장을 말한다.

미인의 수심이여 미인의 수심이여	青娥愁青蛾愁
밤이 끝나지 않네 밤이 끝나지 않네	夜未央夜未央
생사는 멀리서 헤아리기 어렵고	死生難遙度
돌아올 때를 그 누가 짐작하랴	歸期有誰量
진운은 아득하고 자새는 멀다네[66]	秦雲漠漠紫塞長

22. 맹호행[67] 猛虎行

남산에 숨은 호랑이 있으니	南山有隱虎
짐승 가운데 임금이라네	毛族爲君長
산짐승 하루에 한 마리씩 잡아서	山獸日殺一
늘어놓고 먹이로 삼네	羅列供以養
붉은 표범과 누런 곰을	赤豹與黃熊
한 마리씩 또 두 마리씩	頭頭又兩兩
먹는 것도 여유작작하니	所食綽有裕
긴 어금니는 상아에 못지않네	長牙不讓象
여우와 토끼를 어찌 따지랴	狐兎何足論
한 무리를 발바닥에 움켜잡네	一群握諸掌
이마는 백설 같고 두 눈은 번득여	額雪雙目電
포효하면 뭇짐승이 벌벌 떠네	聲裂百獸慌

66 진운(秦雲)은……멀다네 : 진운은 진(秦)나라의 서울인 장안(長安)의 하늘에 뜬 구름으로, 그리운 사람이 있는 곳을 뜻하는 말로 쓰인다. 자새(紫塞)는 북쪽 변방을 뜻하는 말로, 진나라가 만리장성을 쌓을 때 그 흙이 모두 자색이었고 한(漢)나라 변새의 성도 그 흙이 자색이었던 데서 나온 말이다.

67 맹호행(猛虎行) : 악부 상화가사(相和歌辭)의 하나이다.

인간 세상에서 그 누가 대적하랴	人間誰能敵
산중에 앉아서 홀로 누렸네	山中坐獨享
어느 날 아침에 숲 밖으로 나왔다가	一朝出林外
풍부의 걷어붙인 팔뚝에 잘못 떨어졌네[68]	誤落馮婦攘
화살촉은 그래도 피할 수 있지만	砮機猶可避
함정은 나아갈 곳이 아니었네	阱陷非攸往
운수가 다해서 오래된 그물에 걸리니	運窮罹舊羅
도망치기 어려운 하늘의 그물이었네	難逃卽天網
발톱을 휘둘러도 쓸 데가 없고	舞爪無所施
입을 벌려도 다시 예전과 같지 않네	張口非復曩
눈썹 같은 천 산 보며 고개를 숙이고	低首千山眉
돼지며 개와 한 무리가 되었네	豚犬與之黨
헌원씨의 들판에서 위축되었던 동두와 같고[69]	軒野銅頭縮
진나라의 궁전에서 강개했던 검사와 같네[70]	秦殿劍士慷
굳센 뜻이 당시에 웅대했지만	壯志當時雄

68 풍부(馮婦)의……떨어졌네 : 풍부는 호랑이를 맨손으로 잡을 만큼 힘이 센 진(晉)나라의 용사이다. 《맹자》〈진심 하(盡心下)〉에 풍부가 팔뚝을 걷어붙이고〔攘臂〕 호랑이를 잡으려 한 내용이 보인다.

69 헌원씨(軒轅氏)의……같고 : 기세등등하던 호랑이의 기세가 꺾인 것을 비유한 말이다. 헌원씨는 황제(黃帝)를 말한다. 동두(銅頭)는 황제 때의 제후로 난리를 일으킨 치우(蚩尤)를 말하는데, 머리는 구리 이마는 쇠로 되었다고 하여 동두철액(銅頭鐵額)이라 한다. 전설에 의하면 황제가 탁록(涿鹿)의 들판에서 치우와 싸워 죽였다고 한다. 《史記 卷1 五帝本紀》

70 진(秦)나라의……같네 : 진시황(秦始皇)을 암살하려다 실패했던 자객 형가(荊軻)의 고사를 말한다. 《史記 卷86 刺客列傳 荊軻》

가련해라 지금은 남아 있지 않네 可憐今也罔
형세를 잃으면 무릇 이와 같으니 失勢夫如此
어찌 다만 맹호만이 그러할쏘냐 奚特猛虎彷

23. 새하곡[71] 塞下曲

북풍이 매서워 북방의 구름을 날리니 朔風烈烈朔雲飛
천산[72]의 여우와 토끼 얼어 죽으려 하네 狐兔天山凍欲饑
번장의 허리춤에 활이 달과 같은데 番將腰間弓似月
짐승 깃털 날리며 가득 지고 돌아오네 風毛吹送滿擔歸

24. 청루곡[73] 靑樓曲

푸른 적삼에 백마 탄 우림랑[74]이 靑衫白馬羽林郎
봄날 함양에서 향긋한 풀을 밟네 三月咸陽踏草芳
기녀가 〈맥상곡〉[75] 연주 마치고 胡姬鼓罷陌桑曲

71 새하곡(塞下曲) : 악부 횡취가사(橫吹歌辭)의 하나로, 북쪽 변경 지역의 풍정을 노래한 것이다.

72 천산(天山) : 감숙성(甘肅省) 청해(靑海)에 있는 산인데, 흉노족들이 기련산(祁連山)이라고 부르는 산이다.

73 청루곡(靑樓曲) : 악부 잡곡가사의 하나이다. 청루는 푸른색으로 칠해 아름답게 장식한 누각으로, 흔히 기원(妓院)을 뜻하는 말로 쓰인다.

74 우림랑(羽林郞) : 한(漢)나라 때 궁궐에서 숙위(宿衛)와 시종(侍從)을 맡은 관원이다.

75 맥상곡(陌桑曲) : 전국 시대 한단(邯鄲)에 살던 왕인(王仁)의 아내 나부(羅敷)가 부른 노래이다. 나부가 밭두둑에서 뽕을 따고 있을 때 조왕(趙王)이 겁탈하려고 하자 나부가 〈맥상가〉를 부르며 거절하였는데, 그 노래에 "사또님은 아내가 있고, 나부는

목로 곁에서 한 번 웃으니 봄날 한이 기네　　一笑壚頭春恨長

25. 소년행[76] 少年行

백년의 한이 맺힌 장대[77]를 지나는데　　百年恨結過章臺
길 위의 행인들 절로 오가네　　路上行人自去來
지금도 버들엔 봄빛이 남았으니　　至今楊柳留春色
한 가닥 황금 실이 백마를 재촉하네[78]　　一縷黃金白馬催

26. 초궁사[79] 3수 楚宮詞 三首

기러기 소리 밤새워 어디로 갔나　　雁聲連夜向何歸
십 리 거친 벌판엔 흰 이슬이 말랐네　　十里荒園白露晞
군왕이 사냥 좋아해 간편한 복장 갖추니　　君王好獵輕裝束
가을 든 강남에 호랑이 표범 살졌네　　秋入江南虎豹肥

초강의 찬 기운이 운몽택에 스며드니[80]　　楚江冷氣逼雲夢

남편이 있습니다.〔使君自有婦, 羅敷自有夫.〕"라고 하였으므로, 조왕이 겁탈하지 못하였다. 《古今注 音樂》

76 소년행(少年行) : 악부 잡곡가사의 하나이다. 주로 젊은이들의 의기를 노래하였다.

77 장대(章臺) : 중국 장안(長安)의 도로 이름으로, 이곳에 기방이 모여 있었다.

78 한……재촉하네 : 황금 실은 버들가지를 일컫는 말이다. 백마를 재촉한다는 것은 기방으로 달려간다는 의미로 보인다.

79 초궁사(楚宮詞) : 초나라 궁중의 일을 노래한 시이다. 궁사는 궁중 생활의 여러 가지 내용을 읊은 시로, 주로 칠언절구의 형식을 취한다.

80 초강(楚江)의……스며드니 : 초(楚)나라 임금이 정(鄭)나라 임금과 강남의 운몽택(雲夢澤)에서 사냥을 했다〔楚子以鄭伯田于江南之夢〕는 기록이 보인다. 운몽택은 양

해를 가린 깃발이 군왕의 수레 에워싸네	蔽日旌旗擁翠華
말 위의 미녀들 앞다퉈 웃으며 손뼉 치고	馬上蛾眉爭笑拍
이따금 비단 비파 줄 잘못 튕기네[81]	時時誤拂錦琵琶

귤과 유자 정원에 햇살이 낮은데	橘柚園中日色低
구불구불 의장대가 제방을 둘러쌌네	逶迤仙仗繞金堤
휘파람 소리 한 번 앞산에서 울리니	一聲胡哨前山應
장사들의 탄궁이 말 머리에 나란하네	壯士彈弓馬首齊

27. 규원[82] 閨怨

어양에 이른 북소리 꿈에서 들었는데[83]	夢聞鼙鼓到漁陽
몇 겹의 구름 산에 하늘 밖이 막혔네	幾疊雲山天外障

자강의 남북에 걸쳐 있는 큰 연못이다. 《春秋左氏傳 昭公3年》

81 이따금……튕기네 : 군왕이 자신을 돌아보게 하기 위해 일부러 비파를 잘못 연주한다는 말이다. 삼국 시대 오(吳)나라의 명장 주유(周瑜)는 음악에 뛰어나 연회 때 악인(樂人)이 잘못 연주하면 반드시 고개를 돌려 바라보았다고 하는데, 당나라 이단(李端)의 시에 "주랑이 돌아보게 하려고, 이따금 줄을 잘못 튕기네.〔欲得周郎顧, 時時誤拂弦.〕"라는 구절이 보인다. 《三國志 卷54 吳書 周瑜傳》《全唐詩 卷286 聽箏》

82 규원(閨怨) : 젊은 부인의 애원(哀怨)을 소재로 한 시를 총칭하는 말로, 규원시(閨怨詩)라고도 한다.

83 어양(漁陽)에……들었는데 : 낭군을 변방에 보낸 여인이 꿈속에서 전란의 북소리를 들었다는 말인데, 어양은 안녹산(安祿山)이 난리를 일으킨 곳이다. 백거이(白居易)의 〈장한가(長恨歌)〉에 "어양의 북소리가 땅을 울리며 다가오자, 임금님이 놀라서 〈예상우의곡〉 그쳤네.〔漁陽鼙鼓動地來, 驚破霓裳羽衣曲.〕"라는 구절이 있다. 《白樂天詩集 卷12》

낭군 맞이하는 남의 옷을 부질없이 지으니 謾作他人迎婿服
어느 집에 이제 막 우림랑[84]이 돌아왔나 誰家初返羽林郎

28. 명비원[85] 3수 明妃怨 三首

몇 번이나 주렴 걷고 한나라 하늘 바라보았을까 幾捲珠簾望漢天
미앙궁 밝은 달이 감천궁을 떠나왔네[86] 未央明月隔甘泉
연산[87]의 봄눈이 배꽃처럼 떨어지니 燕山春雪梨花落
차마 오랑캐 노랫가락 연주하지 못하네 不忍彈成胡語絃

옥문관[88] 지는 해가 황사에 다 가려지니 玉門落日盡黃沙
눈길마다 상심하며 풍광에 북받치네 觸目傷心感物華
한나라 황제가 새로 조서 내렸단 말 듣고서 聽得漢皇新詔下
몇 번이나 헛되이 집으로 돌아가길 기다렸을까 幾番虛佇使還家

고향이 기주라는 걸 그 누가 알까 故鄕誰識在夔州

84 우림랑(羽林郎) : 한(漢)나라 때 궁궐에서 숙위(宿衛)와 시종(侍從)을 맡은 관원인데, 여기서는 변경에 파견된 호위 군병을 가리키는 듯하다.

85 명비원(明妃怨) : 악부 금곡가사(琴曲歌辭)의 하나이다. 명비는 한(漢)나라 원제(元帝)의 후궁으로 흉노에게 시집간 왕소군(王昭君)을 가리킨다.

86 미앙궁(未央宮)……떠나왔네 : 미앙궁과 감천궁(甘泉宮)은 모두 한나라 때의 궁전이다. 밝은 달은 왕소군을 비유한 것으로 보인다.

87 연산(燕山) : 흉노족의 관할에 있던 연연산(燕然山)으로 지금의 항애산(杭愛山)이다.

88 옥문관(玉門關) : 중국 감숙성(甘肅省) 돈황(敦煌)에 있는 관문으로 한나라 무제 때 설치하였다. 서역(西域) 각지로 통하는 길목이었다.

삼협 가는 구름 보며 눈에 수심 가득했네[89] 三峽歸雲滿眼愁
말 위의 비파 연주 애절함이 많았으니 馬上琵琶多激切
초나라 노래 끝나자 초인이 부끄러워했으리[90] 楚聲聲罷楚人羞

29. 협객행[91] 2수 俠客行 二首

큰길에서 서로 만나 간담을 토로하고 相逢大道盡肝膽
닭이 울든 촛불 밝히든 신기한 검을 이야기하네 不待鷄燈話劍神
송자 땅 방 안에서 누가 축을 연주하나 宋子堂中誰擊筑
지는 해에 방황했던 사람 아님이 없네[92] 無非落日彷徨人

89 고향이……가득했네 : 기주(夔州)는 지금의 사천성(四川省) 중경시(重慶市) 봉절현(奉節縣) 지역이다. 진(秦)나라 때에는 파군(巴郡), 촉한 때에는 파동군(巴東郡)으로 불렸으며, 당나라 때 기주를 두어 자귀현(秭歸縣)과 파동현(巴東縣)을 관할하게 하였다. 삼협은 구당협(瞿塘峽)·무협(巫峽)·서릉협(西陵峽) 등 양자강 상류의 세 협곡으로, 현재의 중경시 봉절현과 호북성 의창시(宜昌市)에 걸쳐 있다. 왕소군의 고향은 자귀현으로, 현재의 의창시 흥산현(興山縣)이다.

90 말……부끄러워했으리 : 애절한 초나라 노래보다 왕소군의 노래가 더 애절하고 슬프다는 말로 보인다. 왕소군이 흉노로 시집가는 날 말을 타고 변방 땅을 지나면서 다시는 돌아오지 못할 것을 생각하고는 눈물을 흘리면서 비파를 연주하며 노래하였는데, 이를 〈소군원(昭君怨)〉이라고 한다. 초나라 노래는 굴원(屈原)과 송옥(宋玉)으로 대표되는 애상조(哀傷調)의 노래를 말한다.

91 협객행(俠客行) : 악부 잡곡가사의 하나이다.

92 큰길에서……없네 : 전국 시대 자객 형가(荊軻)와 그의 벗 고점리(高漸離)의 고사를 끌어와 협객을 노래하였다. 독서와 검술을 좋아했던 형가는 연(燕)나라 저자에서 고점리와 방약무인하게 어울렸으며, 형가가 진시황(秦始皇)의 암살에 실패한 뒤 고점리가 송자(宋子) 땅에 숨어 지낼 때 축을 연주하는 소리를 듣고 방황하면서 연주의 잘잘못을 평했던 고사가 전한다.《史記 卷86 刺客列傳 荊軻》

자류마[93] 위에 푸른 실 굴레 씌우고　紫騮馬上青絲勒
산호 채찍 잡고 읍하며 주가로 향하네　鞭揖珊瑚向酒家
궁궐 도랑 흐르는 물이 마음 서로 비춰주니　御溝流水心相照
봄바람에 낙화 보냄도 애석해하지 않네　不惜春風送落花

30. 한궁사 10수 漢宮詞 十首

백 척의 건장궁이 하늘가에 우뚝하여　百尺建章天際嵬
천 개의 문과 만 채의 집이 일시에 열렸네[94]　千門萬戶一時開
아침 해 뜨자 뭇 관원이 검과 패옥 울리더니　朝日衆官鳴劍珮
오색구름 깊은 곳에서 만세 소리 들려오네　五雲深處山呼來

봄 내내 가뭄 들어 간봉하려는 듯하니[95]　三春天旱意乾封
궁궐 안에 환성 일고 상서로운 기운 짙었네　宮裏歡聲瑞氣濃
위 장군[96]이 천만세 장수를 축원하고　衛將軍祝萬千歲

93 자류마(紫騮馬) : 몸이 붉고 갈기가 검은 명마(名馬)이다.

94 백……열렸네 : 건장궁(建章宮)은 한(漢)나라 무제(武帝)가 장안(長安)에 세운 궁전이다. 《사기(史記)》 권12 〈효무본기(孝武本紀)〉에, "이에 건장궁을 지었는데 그 규모가 천 개의 문에 만 채의 집이었다.〔於是作建章宮, 度爲千門萬戶.〕"라고 하였다.

95 봄……듯하니 : 간봉(乾封)은 봉선(封禪)하기 위해 쌓은 제단〔封〕의 흙을 마르게 한다는 뜻인데, 신선이 되기를 바라는 한나라 무제를 현혹시켜 봉선하게 한 방술사(方術士) 공손경(公孫卿)의 말에서 나왔다. 《사기》 권12 〈효무본기〉에, "여름에 가뭄이 들자 공손경이 아뢰기를, '황제 때 제단을 쌓으면 가뭄이 들어 3년 동안 제단의 흙을 말렸습니다.'라고 하니, 상이 조서를 내려 '가뭄이 든 것은 아마도 제단의 흙을 말리려는 것일 것이다.'라고 하였다.〔夏旱, 公孫卿曰: '黃帝時, 封則天旱, 乾封三年.' 上乃下詔曰: '天旱意乾封乎!'〕"라는 내용이 보인다.

변방 봉화대에 오래도록 봉화가 오르지 않았네	塞外煙臺久不烽

지저귀는 꾀꼬리 소리 대궐에 봄이 오니	百囀流鶯紫禁春
끝없는 향긋한 풀 초록빛이 자리에 스미네	無邊芳草綠侵茵
살구꽃 다 날리고 복사꽃이 피는데	杏花飛盡桃花發
궁녀들 앞다퉈 천자 행차 바라보네	宮女爭望御幸親

천자의 유람이 하루에도 몇 번인가	天子游觀日幾巡
인간 세상 즐거움은 봄날 길이 머무는 것이네	人間歡樂住長春
궁중에서 추풍곡[97]을 듣기 싫어해	宮中惡聽秋風曲
자봉이며 모란이며 새 곡조 지어 연주하네	紫鳳牡丹翻調新

물처럼 고요한 대궐 뜰이 축구[98]의 마당 되니	宮庭如水蹴毬場
온갖 놀이 앞에서 펼치며 신선 음악 연주하네	百戲前陳仙樂張
대완의 좋은 말이 날듯이 춤추며 오는데	大宛善馬來飛舞
목숙꽃 피어서 한 줄기 길이 향기롭네[99]	苜蓿花開一道香

96 위 장군(衛將軍) : 한나라 무제 때의 명장인 위청(衛青)으로, 곽거병(霍去病)과 함께 흉노를 정벌하여 큰 공을 세웠다. 《史記 卷111 衛將軍驃騎列傳》

97 추풍곡(秋風曲) : 한나라 무제가 지은 〈추풍사(秋風辭)〉를 말한다. 무제가 하동(河東)의 분수(汾水)에서 후토신(后土神)에게 제사를 지낸 뒤 배를 타고 신하들과 술을 마시며 가을바람을 만나 지었는데, 인생의 무상함을 탄식하는 애조를 띠고 있다. 《漢書 卷6 武帝紀》

98 축구(蹴毬) : 축국(蹴鞠)과 같은 말로, 공을 차며 노는 놀이를 말한다.

99 대완(大宛)의……향기롭네 : 대완은 서역(西域)의 나라 이름으로, 명마가 생산되

칠월 칠일에 승화전이 열리니	七月七日開承華
어디서 왔나 파랑새가 사람 향해 우짖네	何來靑鳥向人譁
요지에서 온 금모의 소식인 줄 알고	知是瑤池金母信
군왕이 소매 떨치자 향긋한 수레를 씻네[100]	君王拂袖洗香車

사웅관[101] 안에 가을바람 깊은데	射熊館裏秋風深
천자의 높은 깃발 눈앞에 임하였네	天子旗高日下臨
선봉의 호위 무사들 모두 뛰어오르니	衛士前驅皆踴躍
오랑캐 잡을 때도 들판 짐승 잡을 때와 같았으리	擒胡當若獲田禽

장생 바란 문성은 연단하며 기원했고[102]	文成延壽鍊丹祈

는 곳이었다. 목숙(苜蓿)은 말먹이 풀인 거여목을 말하는데, 한 무제 때 장건(張騫)이 서역에 사신으로 가서 목숙의 씨앗을 가지고 온 고사가 전한다.《史記 卷123 大宛列傳》

100 칠월……씻네 : 요지(瑤池)는 곤륜산(崑崙山) 꼭대기에 있다는 전설상의 연못 이름으로, 선녀인 서왕모(西王母)가 사는 곳이다. 금모(金母)는 서왕모를 말한다. 7월 7일에 무제가 승화전(承華殿)에 있을 때 파랑새 한 마리가 날아와 전각 앞에 앉자 동방삭(東方朔)이 서왕모가 오려는 징조라고 하였는데, 얼마 뒤에 서왕모가 왔다고 한다.《漢武帝內傳》《藝文類聚 卷4》 한편, 향긋한 수레를 씻는다는 것은 칠석날 비가 내린다는 의미이다. 진사도(陳師道)의 시에 "응당 비가 날려 향긋한 수레 씻으리.〔徑須飛雨洗香車.〕"라는 구절이 있다.《後山集 卷6 和黃預七夕》

101 사웅관(射熊館) : 곰을 잡아놓고 사냥을 즐기던 곳으로, 한나라의 이궁(離宮)인 장양궁(長楊宮) 안에 있었다. 사냥을 좋아한 성제(成帝)가 호인(胡人)들로 하여금 사웅관 안의 짐승을 맨손으로 잡게 한 고사가 전한다.《漢書 卷87 揚雄傳下》

102 장생(長生)……기원했고 : 문성(文成)은 한나라의 개국 공신 장량(張良)으로, 그의 시호가 문성후(文成侯)이다. 장량은 유방(劉邦)을 도와 한나라를 세운 뒤에 권세에 미련을 두지 않고 신선인 적송자(赤松子)와 노닐기 위해 신선술을 닦았다는 고사가

해학 많은 만천은 고기 잘라 돌아갔네[103]	曼倩多諧割肉歸
백량대와 승로반이 서로 우뚝 솟았는데[104]	柏梁承露相交峙
바다 위를 어느 해에 옷 걷고 건넜던가	海上何年褰涉衣
태액지 이루어져 봉호를 형상하니[105]	池成太液象蓬壺
비취새와 가마우지 오리와 함께 노니네	翡翠鶬鶖與鴨梟
무수히 무리 지어 밤낮으로 모이는데	無數成群日夜聚
월나라에서 공물로 바친 백한도 있네[106]	越中貢獻白鷴俱
화려한 휘장 안에 오지등[107]이 빛나고	九華帳裏五枝燈

전한다.《史記 卷55 留侯世家》

103 해학……돌아갔네 : 만천(曼倩)은 한나라 무제의 신하인 동방삭(東方朔)의 자인데, 해학과 풍자에 뛰어났다. 무제가 복날에 신하들에게 고기를 하사했는데, 태관승(太官丞)이 늦게까지 오지 않자 동방삭이 홀로 칼을 뽑아서 자기 몫의 고기를 잘라 집으로 돌아간 고사가 전한다.《漢書 卷65 東方朔傳》

104 백량대(柏梁臺)와……솟았는데 : 백량대는 무제가 장안(長安)에 세운 누대 이름이다. 승로반(承露盤)은 이슬을 받기 위해 만든 구리 쟁반을 말하는데, 무제가 신선술에 미혹되어 장생불사하기 위해 승로반을 만들었다는 고사가 전한다.《漢書 卷25上 郊祀志上》

105 태액지(太液池)……형상하니 : 태액지는 한나라 무제 때 장안의 건장궁(建章宮) 서북쪽에 조성한 거대한 연못이다. 봉호(蓬壺)는 바다에 솟아 있다는 전설상의 봉래산(蓬萊山)인데, 태액지 안에 봉래산 및 방장산(方丈山)과 영주산(瀛洲山) 등 삼신산(三神山)을 형상한 가산(假山)을 만들었다고 한다.《史記 卷12 孝武本紀》

106 월(越)나라에서……있네 : 백한(白鷴)은 꿩과에 속하는 새로, 은치(銀雉)라고도 한다. 남월(南越) 왕이 고제(高帝)에게 백한을 바쳤다는 기록이 보인다.《西京雜記 卷4》

107 오지등(五枝燈) : 다섯 갈래로 나뉜 옥등(玉燈)인데, 높이가 7척 5촌이며 아래는

한밤중에 소리 없이 뭇별 낮게 드리웠네　　夜半無聲低玉繩
미인은 초췌해져 오랜 병에 시달리니　　佳人憔悴支離病
더 이상 군왕의 은총 받지 못하네　　不復君王舊日承

31. 오궁사 3수 吳宮詞 三首

황혼 녘 서늘한 바람 강남은 가을인데　　涼風遲暮江南秋
희디흰 마름꽃이 돌섬에 가득하네　　白白蘋花滿石洲
관왜궁에서 〈양아곡〉을 한 번 부르니[108]　　館娃一唱陽阿曲
놀란 원앙이 채색한 배를 스치고 날아가네　　驚起鴛鴦掠彩舟

고소대[109] 아래엔 물이 넘실거리고　　姑蘇臺下水溶溶
저라산[110] 앞에는 풀이 무성하네　　苧羅山前草茸茸
달 지고 별 드문데 외로운 기러기 소리　　月落星稀孤雁響
몇 번이나 서시의 얼굴 주름졌을까　　幾番減却西施容

똬리를 튼 이무기가 등을 입에 문 형상이라고 한다. 유방(劉邦)이 진나라를 격파하고 처음 함양궁(咸陽宮)에 입성했을 때 본 보물 중 가장 특이한 것이었다고 한다.《西京雜記 卷3》

108 관왜궁(館娃宮)에서……부르니 : 관왜궁은 오왕(吳王) 부차(夫差)가 서시(西施)를 위해 지은 궁으로, 미녀가 있는 궁을 의미하는 말로 쓰인다. 〈양아곡(陽阿曲)〉은 악곡 이름인데, 양아는 옛날 춤에 뛰어났던 배우의 이름이라고 한다.

109 고소대(姑蘇臺) : 오왕 부차가 지었다는 누대로, 정사를 돌보지 않고 이곳에서 즐기다가 얼마 뒤 월(越)나라 구천(句踐)에게 패망하였다.

110 저라산(苧羅山) : 중국 절강성(浙江省)에 있는 산으로, 월나라 구천이 그 산 아래에서 나무를 하던 미인을 얻었는데, 그가 바로 서시였다고 한다.《吳越春秋 卷9 句踐陰謀外傳》

명주처럼 구르는 임금 마음 은총 믿기 어려우니　心轉明珠難恃恩
오늘 아침엔 연못가요 어제는 꽃동산에 있었네　今朝湖上昨花園
가련해라 연못가에서 연밥 따는 여인이여　可憐湖上采蓮女
모두 오왕의 정신을 혼미하고 방탕하게 하였네[111]　盡與吳王迷蕩魂

111 가련해라……하였네 : 연밥 따는 여인은 서시(西施)를 말한다. 월나라 범려(范蠡)가 오왕 부차에게 서시를 보내 오나라를 패망케 하였다고 한다. 《吳越春秋 卷9 句踐陰謀外傳》

해동악부[112] 100수

海東樂府 百首

우리나라의 악(樂)은 기자(箕子)로부터 시작되었다. 조선에 이르러 명나라 태종(太宗)이 악기를 하사하였는데, 그 소리가 음률에 맞지 않고 팔음(八音)[113]이 다 갖추어지지 않았다. 세종조에 큰 기장〔秬黍〕이 해주(海州)에서 생산되고 경석(磬石)이 남양(南陽)에서 나오자, 박연(朴堧)을 관습도감 제조(慣習都監提調)로 삼아 악부(樂部)를 교정하게 하였다.[114] 이어 두 교방(敎坊)을 설치하여 좌방(左坊)을 '동경(東京)'이라 하고 우방(右坊)을 '성도(成都)'라 하였으니,[115] 이것이 바

112 해동악부(海東樂府) : 우리나라의 음악에 관련된 역사적 사실과 악기의 연혁, 제도의 변천 등을 칠언절구 100수로 읊고, 각 시에 간단한 주석을 붙였다. 이 시는 《임하필기(林下筆記)》 권38에도 모두 수록되어 있다. 《임하필기》에는 〈해동악부〉라는 제하(題下)에 총 116제 121수의 시가 수록되어 있는데, 《가오고략》에는 〈해동악부〉 100수와 〈보제산악(補製散樂)〉 16수로 구분되어 있다.

113 팔음(八音) : 악기를 만드는 여덟 가지 재료인 금(金)·석(石)·사(絲)·죽(竹)·포(匏)·토(土)·혁(革)·목(木)을 말한다.

114 세종조에……하였다 : 1425년(세종7)에 해주(海州)에서 큰 기장〔秬黍〕이 생산되고 1426년에 경기도 남양(南陽)에서 경석(磬石)이 생산되자, 박연이 세종의 명을 받아 해주에서 생산된 기장 알 열 개의 길이를 1촌〔寸〕으로 삼아 9촌 길이의 황종(黃鐘) 피리를 제작하고 또 남양의 경석으로 편경(編磬)을 제작하였다. 《世宗實錄 15年(1433) 1月 1日》 《國朝寶鑑 卷6 世宗朝2 15年》

115 이어……하였으니 : 교방(敎坊)은 음악을 담당한 장악원(掌樂院)을 말한다. 장악원은 연향에 쓰이는 향악(鄕樂)과 당악(唐樂)의 연주를 담당한 우방(右坊)과 제례 의식에 쓰이는 아악(雅樂)의 연주를 담당한 좌방(左坊)으로 구분되었다.

로 고악보(古樂譜)가 전해지게 된 것이다. 그 악은 대략 같으며 약간의 차이가 있으니, 이를 합하여 '삼한악부(三韓樂府)'라 칭한다. 후세에 또한 간혹 부연하여 첨가하였으나 그 법도는 하나이다. 처음에는 악의 시초를 서술하고 말미에 시악(時樂)을 덧붙여서[116] 참고해서 보기에 대비한다.

1. 기자악 箕子樂

기자가 동으로 올 때 오천 명이 따라와	箕子東來人五千
여덟 조목 가르침 베푸니 그 유풍 전해졌네	八條設敎遺風傳
〈대동강곡〉과 〈서경곡〉이여	大同江曲西京曲
문헌에 여전히 두 악곡 남아 있네	文獻猶餘二樂篇

기자악은 징험할 것이 없고 오직 〈대동강곡(大洞江曲)〉만이 전하는데, 기자가 여덟 조목의 가르침을 베풀자 백성들이 대동강을 황하(黃河)에 비유하고 영명령(永明嶺)을 숭산(嵩山)에 비유한 것이다. 〈서경곡(西京曲)〉은, 백성들이 예의와 겸양에 익숙해져서 임금을 높이고 윗사람을 친애하여 이 노래를 지었다.[117]

116 말미에 시악(時樂)을 덧붙여서 : 〈해동악부〉 뒤에 바로 이어서 〈보제산악(補製散樂)〉 16수를 덧붙인 것을 말한다.

117 기자악(箕子樂)은……지었다 : 시와 원주의 내용은 《고려사(高麗史)》 권71 〈악지(樂志) 속악조(俗樂條)〉, 《증보문헌비고(增補文獻備考)》 권106 〈악고(樂考)17 속부악(俗部樂)1 기자조선악(箕子朝鮮樂)〉, 《동사강목(東史綱目)》 제1상 〈기묘조선기자원년(己卯朝鮮箕子元年)〉 및 부록 권상(卷上) 〈고이(考異) 대동강가(大同江歌)〉에 보인다. 영명령(永明嶺)은 평양의 금수산(錦繡山)을 가리킨다.

2. 청구풍아[118] 靑邱風雅

황하의 물결이 넘실넘실 대나니 河水之流潑潑兮

어찌 끝이 있으랴 온 산이 나직하구나 曷維其極萬山低

일월처럼 빛나는 임금의 아름다운 덕이여 日月休光后德懿

백성에게 예악 가르쳤음을 시에서 살피네 敎民禮樂風騷稽

백성들이 기자(箕子)의 덕을 찬미하여 송(頌)을 짓고 그 가사를 부연하였다.

3. 삼한악 三韓樂

오월과 시월에 땅을 밟고 오니 仲夏初冬蹋地來

농사의 시작과 끝이 기한 맞춰 돌아오네 農功終始趁期回

목탁 소리와 어울리고 가야의 비파 연주하니 鐸聲相和伽倻瑟

온갖 새들이 짝을 지어 무대로 내려오네 百鳥雙雙下舞臺

삼한의 풍속은 귀신을 믿어서 5월과 10월에 제사를 지낸다. 춤추는 사람이 박자에 맞추어 춤을 추면 목탁 소리〔鐸聲〕와 같은 소리가 있었고, 가야왕(伽倻王)이 비파를 만들어서 연주하니 새들이 날아서 내려왔다.[119]

118 청구풍아(靑邱風雅) : 기자(箕子)의 덕을 찬양한 노래를 말한 것으로 보인다. 《해동역사(海東繹史)》 권22 〈악지(樂志)〉에 "살펴보건대, 〈청구풍아〉는 기자가 조선에 봉해진 뒤 백성들에게 예악을 가르쳐서 비루하였던 풍속을 교화시키자 백성들이 이를 생각하여 지덕가(至德歌)를 지어서 찬양한 것이다. 그 노래에 '황하가 넘실댐이여, 어찌 그 끝이 있으리오. 해와 달이 아름답게 빛남이여, 임금님의 아름다운 덕이로다.〔河水潑潑兮, 曷維其極兮? 日月休光兮, 維后之懿德兮.〕'라고 하였다."라는 기록이 보인다. 조선 초 김종직(金宗直)이 편찬한 시선집인 《청구풍아》와는 별개이다.

119 삼한(三韓)의……내려왔다 : 5월은 마한(馬韓)의 풍속을, 10월은 예맥(濊貊)의 풍속을 말한다. 가야왕이 만든 비파는 가야금을 말한다. 《增補文獻備考 卷106 樂考17 俗部樂1 三韓樂》

4. 고구려[120] 高句麗

도피로 만든 피리와 봉황 머리 모양 공후[121]로　桃皮觱篥鳳箜篌

밤중에 무리 지어 남녀가 노래하네　暮夜相群男女謳

〈월조〉의 이빈곡에 〈괴뢰〉가 섞였는데　越調夷賓傀儡雜

수나라 양제는 고구려악 바치자 기뻐했었네　隋煬解笑進高句

대업(大業) 연간의 구부악(九部樂)에 고구려의 음악을 채웠는데, 〈월조(越調)〉 이빈곡(夷賓曲)은, 당(唐)나라 이적(李勣)이 고구려를 격파하고 이 악을 얻어서 올린 것이다.[122]

5. 백제악 百濟樂

악삭과 농주 즐기며 긴 소매 저고리 입었는데　握槊弄珠大袖襦

지와 적과 쟁과 우가 어지러이 울리네[123]　紛紛篪笛與箏竽

120 고구려(高句麗) : 《임하필기》에는 〈고구려악(高句麗樂)〉으로 기록되어 있다.

121 봉황……공후(箜篌) : 공후는 현악기의 일종으로 수공후(竪箜篌), 와공후(臥箜篌), 봉수공후(鳳首箜篌) 등 세 종류가 있다.

122 대업(大業)……것이다 : 대업은 수나라 양제(煬帝)의 연호로, 605년부터 617년까지 사용되었다. 구부악(九部樂)은 양제가 제정하여 당나라 초기까지 궁중의 연회에 사용한 아홉 가지 악곡을 말하는데, '고려기(高麗伎)'가 포함되어 있었다. 이적(李勣)은 당나라의 장군으로, 668년에 고구려를 침략하여 멸망시켰다. 《해동역사》에 "〈괴뢰(傀儡)〉와 〈월조(越調)〉의 이빈곡(夷賓曲)은 이적(李勣)이 고구려를 격파하고 바친 것이다."라는 《문헌통고(文獻通考)》의 기록을 인용한 뒤, "〈괴뢰〉와 〈월조〉는 본래 모두 신라의 음악이다. 이빈은 이적이 만든 것으로, 고구려를 평정한 것을 형상한 것이다."라는 안설(按說)을 붙였다. '이빈곡'은 문헌에 따라 '이미빈곡(夷美賓曲)', '이강빈곡(夷羌賓曲)', '이래빈곡(夷來賓曲)' 등으로 기록되어 있다. 《海東繹史 卷22 樂志 樂歌樂舞》《文獻通考 卷148 樂考21 夷部樂 東夷》

123 악삭(握槊)과……울리네 : 악삭은 쌍륙(雙陸)이라고도 하는 장기와 비슷한 놀이

〈지리산〉〈선운산〉〈무등산〉 곡조는　　智異禪雲無等闋
설 장군이 얻어서 황도에 바쳤다네　　薛將軍得獻皇都

〈지리산가(智異山歌)〉와 〈선운산곡(禪雲山曲)〉과 〈무등산곡(無等山曲)〉은 당나라 설인귀(薛仁貴)가 얻어서 바친 것이다.[124]

6. 발해악 渤海樂

설날에 모여서 악공을 앞장서게 하고　　聚會歲時作樂先
성 가득히 남녀들이 빙빙 따라서 도네　　滿城士女轉回旋
답추하며 가무 즐긴 건 언제 처음 생겼나　　踏鎚歌舞何時刱
공인이 아울러 익혔다고 《금사》에 전하네　　兼習工人金史傳

발해의 풍속에 설날이 되면 먼저 가무를 하는 사람에게 명해 앞장서게 하고 남녀들이 뒤따라갔는데, 이를 '답추(踏鎚)'라고 한다. 《금사(金史)》에는 공인(工人)들이 이를 익혔다고 되어 있다.[125]

이며, 농주(弄珠)는 쟁반 위에 구슬을 굴리는 놀이이다. 지(篪)와 적(笛)과 우(竽)는 관악기의 일종이고, 쟁(箏)은 현악기의 일종이다. 《수서(隋書)》 권81 〈백제열전(百濟列傳)〉에 백제의 연희와 악기에 관한 내용이 보인다.

124 지리산가(智異山歌)와……것이다 : 〈지리산가〉, 〈선운산가(禪雲山歌)〉, 〈무등산가(無等山歌)〉는 백제의 악곡 이름으로 《고려사》에 이름과 개략적인 내용이 전하며, 《증보문헌비고》와 《임하필기》 등에도 보인다. 당나라 장군 이적(李勣)과 설인귀(薛仁貴)가 백제를 정벌한 뒤 백제의 여러 악기와 가곡을 바쳤다는 기록이 《문헌통고》에 보인다. 《高麗史 卷71 樂志 三國俗樂 百濟》《增補文獻備考 卷106 樂考17 俗部樂1 百濟樂》《林下筆記 卷38 文獻指掌編 百濟樂》《文獻通考 卷148 樂考21 夷部樂 東夷》

125 발해(渤海)의……있다 : 이와 관련된 내용이 《문헌통고》에 보인다. 또 《금사(金史)》에 "태화(泰和) 초에 유사(有司)가 또 아뢰기를 '태상시(太常寺) 공인(工人)의 숫자가 적으니, 곧 발해와 한인(漢人) 교방(教坊) 및 대흥부(大興部)의 악인(樂人)들에게 겸하여 음악을 익히게 해 쓰임에 대비하소서.'라고 아뢰었다."는 내용이 보인다. 《文獻通考 卷148 樂考21 夷部樂 北狄》《金史 卷39 樂志20 樂上》

7. 신라악 新羅樂

삼죽과 삼현으로 두 사람이 춤추는데　三竹三絃舞二人

붉은 가죽띠와 쇠고리에 자색 두건 썼네　紅鞓金銙紫頭巾

중추절 보름달 뜬 정관의 해에　中秋明月貞觀歲

궁정에 모여 활을 쏘고 여악을 바쳤네　會射宮庭女樂陳

삼죽(三竹)은 대금(大笒)·중금(中笒)·소금(小笒)이고, 삼현(三絃)은 거문고·가야금·비파이다. 정관(貞觀) 중추(中秋)에 여악(女樂)을 바쳤다.[126]

8. 만파식적 萬波息笛

적군이 물러가고 병이 낫고 가뭄과 장마 멎으니　兵退病痊雨雨晴

한 번 불면 기이함 드러내 경주에서 보배로 여겼네　一吹呈異寶東京

작은 산이 떠왔고 그 산에서 대나무 났으니　小山浮到山生竹

만만파파식적이라고 이름 붙였네　萬萬波波息以名

신문왕(神文王) 때 작은 산이 바다에 떠 있고 그 산에 한 그루 대나무가 있었는데 왕이 그 대나무로 피리를 만들게 하였다. 피리를 불면 적군이 물러가고 병이 낫고, 가물 때는 비가 내리고 장마 때는 비가 그쳤으며, 바람이 자고 파도가 잔잔해졌다. 이 때문에 피리 이름을 '만파식적(萬波息笛)'이라 하였다.[127]

126 삼죽(三竹)은……바쳤다 : 이와 관련된 내용이 《증보문헌비고》에 보인다. 정관(貞觀)은 당나라 태종(太宗)의 연호이다. 《삼국사기(三國史記)》와 《구당서(舊唐書)》에, 정관 5년인 631년(진평왕53) 7월에 신라에서 사신을 보내 여자 악사 두 명을 바치자 태종이 신라로 돌려보냈다는 기록이 있다. 한편 《증보문헌비고》에는 7. 〈신라악〉 뒤에 나오는 9. 〈동경곡(東京曲)〉부터 23. 〈반등산곡(半登山曲)〉까지가 〈신라악〉의 하위 항목에 포함되어 있다. 《增補文獻備考 卷106 樂考17 俗部樂1 新羅樂》《三國史記 卷4 新羅本紀 眞平王53年》《舊唐書 卷199上 東夷列傳》

9. 동경곡 東京曲

태평 시절 이어지고 정치가 순후하니 昇平日久政治淳

신령한 상서 거듭되어 귀신을 감동시켰네 靈瑞重重感鬼神

월정교 가 백운 나루에 봉생암이 있었고 月精橋畔白雲渡

비천한 이가 존귀한 이를 기뻐하고 임금이 신하를 기뻐하였네 卑悅其尊君悅臣

월정교(月精橋)와 백운 나루〔白雲渡〕는 모두 왕궁에서 가까운 곳인데, 세상에 전하기를 봉생암(鳳生巖)이 있었다고 한다. 신자(臣子)가 군부(君父)에 대해서나 젊은이가 어른에 대해서나 아내가 남편에 대해서나 통하는 노래이다.[128]

10. 회소곡 會蘇曲

회소 외치는 춤에 회소 노래 이어지니 會蘇舞續會蘇歌

127 신문왕(神文王)……하였다 : 이와 관련된 내용이 《삼국유사(三國遺事)》에 보인다. 《三國遺事 卷2 紀異2 萬波息笛》

128 월정교(月精橋)와……노래이다 : 《고려사》에, 〈동경곡(東京曲)〉에 대한 두 개의 기사가 보인다. 첫째는 "신라의 태평이 오래 이어지고 정치와 교화가 순후하고 아름다워 신령한 상서가 누차 나타나고 봉황이 와서 우니, 백성들이 이 노래를 지어서 찬미하였다. 그 가사에서 말한 월정교와 백운 나루는 모두 왕궁에서 가까운 곳인데, 세상에 전하기를 봉생암이 있었다고 한다.〔新羅昇平日久, 政化醇美, 靈瑞屢見, 鳳鳥來鳴, 國人作此歌以美之. 其所謂月精橋白雲渡, 皆王宮近地. 世傳有鳳生巖.〕"라는 내용이다. 두 번째는 "〈동경〉은 송축하는 노래인데, 신자가 군부에 대해서나 젊은이가 어른에 대해서나 아내가 남편에 대해서나 모두 통한다.〔東京, 頌禱之歌也. 或臣子之於君父, 卑少之於尊長, 婦之於夫, 皆通.〕"라는 내용이다. 한편, 《신증동국여지승람》에 봉생암에 대한 기사가 보이는데, "남산에 있다. 신라의 정치와 교화가 순후하고 아름다워 봉황이 이 바위에서 울었기에 봉생암이라 이름 짓고 백성들이 노래를 지어 찬미하였다."라는 내용이다. 《高麗史 卷71 三國俗樂 新羅》《新增東國輿地勝覽 卷21 慶尙道 慶州府 古蹟》

온갖 놀이 펼치는 가배에 궁궐 여인들 모였네 百戲嘉俳集館娥

육부를 편 나누어 길쌈한 양을 살피고서 六部分朋紅績考

밤에 낙타 등처럼 술 지고 와 이긴 쪽에 인사하네 乙宵謝勝酒如駝

신라 유리왕(儒理王)이 육부(六部)를 둘로 나눈 뒤에 공주 두 사람에게 각각 부내(部內)의 여인들을 거느리고 편을 나누어 길쌈을 하게 하였다. 7월 보름부터 시작해 8월 보름날 밤에 이르러 길쌈을 마치고서 일한 양을 헤아려 진 편이 술과 음식을 마련해 이긴 편에 사례하니, 이를 '가배(嘉俳)'라고 하였다. 이때 진 편에서 한 여인이 일어나 춤을 추며 '회소회소(會蘇會蘇)'라고 탄식하였는데, 그 소리가 애절하면서도 우아하였다. 후세 사람이 그 소리에 따라 노래를 짓고 〈회소곡〉이라 이름 붙였다.[129]

11. 도솔가 兜率歌

백성 구제한 어진 교화가 이웃 나라도 감동시키니 賑賙仁化感交隣

먼 나라 백성 할 것 없이 이고 지고 귀의했네 携負歸來無遠民

백성들 즐겁고 편안해 이 곡조 노래하니 國俗歡康歌此曲

소리마다 음률에 맞아 비로소 신령에 통했네 聲聲叶律始通神

유리왕(儒理王)이 국내를 순행하며 백성들을 위로하고 구제하니 이웃 나라의 백성 중에 이를 듣고 귀의하는 자들이 많았다. 백성들이 즐겁고 편안해 이 노래를 지으니 이것이 가악(歌樂)의 시초였다.[130]

129 신라……붙였다 : 이와 관련된 내용이 《삼국사기》에 보인다. 육부(六部)는 신라의 건국과 정치 체제에 영향력을 행사한 여섯 개의 단위 정치체로, 육촌(六村)을 육부로 개칭했다고 한다. 《三國史記 卷1 新羅本紀 儒理尼師今》

130 유리왕(儒理王)이……시초였다 : 신라 유리왕 5년 11월에 유리왕이 국내를 순행하다가 추위와 굶주림으로 죽어가는 노파를 만나 옷을 벗어주고 음식을 먹여 구제한 뒤 관리에게 명해 환과고독(鰥寡孤獨)을 구제하게 하니 이웃 나라 백성들까지 소문을 듣고 몰려들었으며, 백성들이 〈도솔가(兜率歌)〉를 지어 찬양했다고 한다. 《三國史記

12. 우식악 憂息樂

두 아우가 이웃 나라에 인질되어 내 마음 괴로우니 二弟質隣勞我思
멀리 남쪽 오랑캐 땅에 있고 고구려에도 있네 南蠻迢遞又句麗
육부에서 맞이하며 희비가 교차하는 교외에서 郊迎六部悲歡地
왕이 이에 노래를 지어 형제가 서로 창화하네 王乃翻聲壎和篪

눌지왕(訥祗王)의 아우 미사흔(未斯欣)은 왜국(倭國)에 인질이 되었고, 복호(卜好)는 고구려에 인질이 되었다. 눌지왕이 두 아우를 보고 싶어 했는데, 아우가 돌아오게 되자 육부(六部)에 명해 맞이하게 하고서 노래를 지어 자신의 뜻을 드러내니 이를 〈우식곡(憂息曲)〉이라고 하였다.[131]

13. 대악 碓樂

백결선생이 거문고 연주를 좋아했는데 百結先生喜鼓琴
공연히 이웃의 방아 소리 아내 마음 괴롭게 했네 空敎隣杵惱妻心
연주한 방아 소리 거문고 악보로 만들어져 杵聲演作琴中譜
천년토록 전하며 세모의 음악 되었네 千載流傳歲暮音

자비왕(慈悲王) 때에 누더기를 입은 사람이 있어 호를 '백결선생(百結先生)'이라 하였는데, 늘 거문고를 가지고 다니면서 자신의 뜻을 연주하였다.

卷1 新羅本紀 儒理尼師今》

131 눌지왕(訥祗王)의……하였다 : 시와 주석에 관련된 내용이 《삼국사기》와 《삼국유사》 등에 보인다. 눌지왕은 신라의 제19대 임금으로 실성왕(實聖王)을 시해하고 즉위하였다. 눌지왕 때의 충신 박제상(朴堤上)은 고구려와 왜국에 인질로 가 있던 눌지왕의 아우 복호(卜好)와 미사흔(未斯欣)을 구해내고 왜왕에게 죽임을 당하였다. 또 미사흔이 돌아올 때 눌지왕이 육부(六部)에 명해 멀리에서 맞이하게 하였고, 형제들이 모여 연회를 베풀 때 눌지왕이 직접 노래를 지어 기쁨을 드러내니 이를 〈우식곡(憂息曲)〉이라고 하였다고 한다. 《三國史記 卷3 新羅本紀3 實聖尼師今, 卷45 朴堤上列傳》《三國遺事 卷1 紀異 奈勿王 金堤上》

이웃 마을에서 방아를 찧자 그의 아내가 탄식하며 "남들은 모두 곡식이 있어 방아를 찧는데 우리 집은 없으니 어떻게 한 해를 보낼까."라고 하니, 백결선생이 이에 거문고를 연주해 방아 찧는 소리를 내어 아내를 위로하였다.[132]

14. 치술령곡 鵄述嶺曲

눌지왕 때 박씨 성의 사신이	時際訥祗朴使臣
국서 받들고 왜국에 가서 초수[133]의 몸 되었네	奉書日本楚囚身
망부석이 산꼭대기에 우뚝이 섰으니	望夫石立山崔兀
가을바람 속 옛 사당에 치술령의 신모 있네	古廟秋風鵄述神

눌지왕 때 박제상(朴堤上)이 왜국에 사신으로 가서 돌아오지 않자, 그의 아내가 치술령(鵄述嶺)에 올라가 왜국을 바라보며 통곡하다가 죽어 치술령의 신모(神母)가 되었다.[134]

132 자비왕(慈悲王)……위로하였다 : 이와 관련된 내용이 《삼국사기》 등에 보인다. 자비왕은 신라 제20대 임금으로, 눌지왕의 맏아들이다. 《三國史記 卷32 雜志1 樂, 卷48 百結先生列傳》

133 초수(楚囚) : 초나라의 죄수라는 말로, 여기서는 박제상(朴堤上)이 왜국에 포로로 잡혔다가 죽은 것을 말한다. 춘추 시대 초나라의 악관(樂官) 종의(鍾儀)가 정인(鄭人)에 의해 진(晉)나라에 잡혀가서 갇혀 있을 때, 진 혜공(晉惠公)이 군부(軍府)를 시찰하다가 종의를 보고 유사(有司)에게 누구인지 묻자, 유사가 "정인이 바친 초나라의 죄수입니다.〔鄭人所獻楚囚也.〕"라고 한 데서 나왔다. 《春秋左氏傳 成公9年》

134 눌지왕(訥祗王)……되었다 : 이와 관련된 내용이 《삼국사기》와 《증보문헌비고》 등에 보인다. 눌지왕 때 왜국에 볼모로 가 있는 왕의 아우 미사흔을 구하기 위해 사신으로 간 박제상이 왕의 아우는 구했으나 자신은 돌아오지 못했다. 남편을 기다리던 부인이 세 딸을 데리고 치술령(鵄述嶺)에 올라가 왜국을 바라보며 슬피 통곡하다가 죽어 망부석으로 변해 치술령의 신모(神母)가 되자, 사람들이 사당을 지어 제사했다고 한다. 치술령은 현재의 경주와 울산광역시 울주군의 경계에 있는 산이다. 《三國史記 卷45

15. 달도가 怛忉歌

정월 자일 오일 해일과 진일에 上春子午亥兼辰

온갖 일 모두 꺼리는 금령이 내렸네 百事皆嫌禁令申

네 날은 달도일로 감히 움직이지 않으니 四日怛忉不敢動

동도의 풍속이 당시 사람을 그르쳤네 東都流俗誤時人

소지왕(炤智王) 때에 용과 말과 쥐와 돼지의 괴이(怪異)가 있었기에 매년 정월 첫 진일(辰日)·첫 해일(亥日)·첫 자일(子日)·첫 오일(午日)에 모든 일을 삼가니, 이를 '달도(怛忉)'라고 하였다.[135]

16. 양산가 陽山歌

양산의 송백이 충신을 위해 흐느끼는데 陽山松柏泣忠臣

한밤중에 그 누가 백제인을 알아보랴 半夜誰知百濟人

낭당 대감과 보기 당주는 지금 어디에 있나 郎幢步騎今何在

일제히 부르는 슬픈 노래에 들판 풀만 무성하네 齊唱哀詞野草蓁

朴堤上列傳》《增補文獻備考 卷106 樂考17 俗部樂1 新羅樂 鵄述嶺曲》

135 소지왕(炤智王)……하였다 : 이와 관련된 내용이 《삼국유사》와 《증보문헌비고》 등에 보인다. 신라 제21대 임금인 소지왕 10년(488)에 왕이 천천정(天泉亭)에 거둥했을 때 까마귀와 쥐가 나타났는데, 쥐가 까마귀가 가는 곳을 따라가라고 하였다. 왕이 기병(騎兵)에게 까마귀를 따라가게 해서 보니 돼지 두 마리가 싸우고 있었다. 갑자기 한 노인이 연못에서 나와 글을 올렸는데, '금갑(琴匣)을 쏘아라.〔射琴匣.〕'라고 적혀 있었다. 왕이 궁에 들어가 금갑을 쏘니 그 속에서 중이 왕비와 간통하며 왕의 시해를 모의하고 있었다. 이에 왕비와 중이 복주(伏誅)되었다. 이때부터 신라의 풍속에서 매년 정월 첫 번째 진일(辰日)·해일(亥日)·자일(子日)·오일(午日)에 온갖 일을 삼가서 함부로 행하지 않으니 이를 '달도(怛忉)'라고 하였으며, 〈달도가〉가 있었다고 한다. 위 일화 중 노인은 용을, 기병은 말〔馬〕을 의미하는 것으로 이해한다. 《三國遺事 卷1 紀異1 射琴匣》《增補文獻備考 卷106 樂考17 俗部樂1 新羅樂 怛忉歌》

태종왕(太宗王) 2년(655)에 낭당 대감(郎幢大監) 김흠운(金歆運)이 양산에서 백제를 정벌하였는데, 백제군이 밤에 기습해오니 김흠운이 육박전을 벌이다 전사하였고, 보기 당주(步騎幢主) 보용나(寶用那)도 전사하였다. 당시 사람이 이를 슬퍼하여 이 노래를 지었는데, 〈동도악부(東都樂府)〉에 있다.[136]

17. 처용가무 處容歌舞

학성에서 봄날에 신라왕이 연회 펼치다	鶴城春日讌羅王
한 심지 향으로 신령한 용을 감동시켰네	感動龍神一炷香
처용의 노래가 바로 상염의 춤이니	處容歌是霜髥舞
오색 빛 다른 모습으로 오방에 처했네	五色殊容處五方

헌강왕(憲康王)이 학성(鶴城)에 나가 놀 때 갑자기 구름과 안개가 짙게 끼었다. 일관(日官)이 아뢰기를 "이것은 동해의 용이 만든 변고이니 마땅히 법회(法會)를 펼쳐 풀어야 합니다."라고 하였다. 이에 유사(有司)에게 명해 용을 위해 불사(佛寺)를 창건하게 하였는데, 명을 내리자 구름이 걷혔기에 그 포구의 이름을 '개운포(開雲浦)'라고 하였다. 용이 기뻐하여 일곱 아들을 거느리고 어가(御駕) 앞에 나타나 왕의 덕을 찬양하며 노래를 부르고 춤을 추었다. 용의 아들 중 하나가 어가를 따라 서울로 들어왔는데 이름은 '처용(處容)'이었으며 일명 '상염(霜髥)'이라고도 하였다.[137]

136 태종왕(太宗王)……있다 : 이와 관련된 내용이 《삼국사기》에 보인다. 김흠운(金欽運)은 내물왕(奈勿王)의 8세손이다. 태종무열왕 2년(655)에 백제를 정벌하여 양산(陽山)에 진을 쳤다가 밤에 백제군의 기습을 받아 전사하였고, 함께 출전하였던 보용나(寶用那) 역시 전사하였다. 양산은 지금의 영동군(永同郡)에 속한 곳이다. 〈동도악부(東都樂府)〉는 점필재(佔畢齋) 김종직(金宗直)이 지은 7수의 악부로 그 가운데 〈양산가(陽山歌)〉가 있는데, 김종직이 〈양산가〉의 내력을 소재로 지은 한시이며 원가(元歌)는 아니다. 《三國史記 卷47 列傳7 金欽運列傳》《佔畢齋集 卷3 東都樂府》

137 헌강왕(憲康王)이……하였다 : 이와 관련된 내용이 《삼국유사》에 보이는데, 신

18. 황창랑무 黃昌郞舞

관창이 황창랑으로 와전되었으니	官昌訛誤黃昌郞
역사서엔 칼로 친 곳을 징험할 데가 없네	史傳無徵擊劍場
여덟 살 어린아이가 원한 풀 계획 세워	八歲眇童謀釋憾
술동이 앞에서 부여 왕을 놀라 일어나게 했네	樽前驚起夫餘王

창랑(昌郞)이 여덟 살 때 신라 왕을 위하여 백제에 보복하여 원한을 풀 계획을 세우고 백제의 저자에 가서 칼춤을 추었다. 백제의 왕이 궁중으로 불러들여 칼춤을 추게 하자 이에 창랑이 백제 왕을 찔러 죽이니, 후세 사람들이 창랑의 가면을 만들었다. 창랑은 바로 관창(官昌)의 와전이다.[138]

19. 궁정백 宮庭柏

늙은 잣나무 그늘에서 마주 앉아 바둑 두며	相對圍棋老柏陰
가르침 잊지 말자고 굳은 마음 맹세했네	指教毋忘矢貞心
번성함과 시듦이 하늘에서 이르니	一榮一悴由天格
임금의 은택이 깊다는 걸 알겠네	知是官家雨露深

효성왕(孝成王)이 왕위에 오르기 전에 김신충(金信忠)과 함께 잣나무 아래

라 제49대 임금 헌강왕 5년(879) 3월의 일로 기록되어 있다. 학성(鶴城)은 현재의 울산(蔚山)이며, 용을 위해 창건한 불사는 망해사(望海寺)이다. 한편, 시의 마지막 구절은 '오방처용(五方處容)'을 표현한 말이다. 처용무(處容舞)는 처음에는 한 사람이 춤을 추었는데, 후대에는 파랑·노랑·빨강·하양·검정의 옷을 입은 다섯 무동(舞童)이 각기 처용의 탈을 쓰고 오방으로 벌여 서서 주악에 맞추어 춤을 추게 되었다.《三國遺事 卷2 紀異2 處容郞, 望海寺》《樂學軌範 卷5 鶴連花臺處容舞合設》

138 창랑(昌郞)이……와전이다 : 관련 내용이 《증보문헌비고》에 보인다. 관창(官昌)은 태종무열왕 때의 화랑으로 부친 품일(品日)과 함께 황산벌 전투에 참여하였다가 백제의 계백(階伯)에게 죽임을 당한 인물이다.《增補文獻備考 卷106 樂考17 俗部樂1 新羅樂 黃昌郞舞》《三國史記 卷47 列傳7 官昌》

에서 바둑을 두면서 "뒷날에 나는 너를 잊지 않을 것이니 너도 굳은 절개를 변치 말라. 약속을 저버리는 자가 있으면 이 잣나무가 증인이 될 것이다."라고 하였다. 얼마 지나지 않아 효성왕이 즉위하였는데, 공신들을 녹훈(錄勳)하면서 김신충을 빠뜨렸다. 김신충이 이 노래를 지어 잣나무에 붙이니 잣나무가 갑자기 말라버렸다. 왕이 이를 듣고 김신충을 불러 벼슬을 내리자 잣나무가 마침내 소생하였다.[139]

20. 번화곡 繁花曲

미인이 기원사 누정에서 이 보이며 노래하는데	美人啓齒祇園亭
하얀 꽃 붉은 꽃 풀은 푸르고 푸르네	白白紅紅靑復靑
그 곡조 처량하여 고개 돌려 바라보니	調音悽咽回頭望
옥수에 꽃 필 때 후정에서 부른 노래와 같았네	玉樹花開唱後庭

경애왕(景哀王)이 포석정(鮑石亭)에서 놀면서 미인에게 이 곡을 연주하게 하였다. 그 가사에 "기원사와 실제사 두 사찰의 동쪽에〔祇園實際兮二寺東〕"라는 구절이 있는데, 식자(識者)들은 이를 〈옥수후정화(玉樹後庭花)〉에 비유하였다.[140]

139 효성왕(孝成王)이……소생하였다 : 관련 내용이 《삼국유사》와 《증보문헌비고》 등에 보인다. 효성왕은 신라의 제34대 임금으로, 737년에 즉위하였다. 김신충(金信忠)이 지은 〈궁정백(宮庭柏)〉은 10구체 향가(鄕歌)로, 전반부 8구의 가사가 《삼국유사》에 수록되어 있다. 〈백수가(柏樹歌)〉, 〈원가(怨歌)〉 등으로 불린다. 《三國遺事 卷5 避隱 信忠掛冠》《增補文獻備考 卷106 樂考17 俗部樂1 新羅樂 宮庭柏》

140 경애왕(景哀王)이……비유하였다 : 관련 내용 및 〈번화곡(繁花曲)〉의 가사가 《동사강목(東史綱目)》과 《증보문헌비고》 등에 전한다. 경애왕은 신라의 제55대 임금으로 포석정(鮑石亭)에서 연회를 벌이다가 견훤(甄萱)에게 사로잡힌 뒤 자결하였다. 전하는 〈번화곡〉의 가사는 "기원사와 실제사 두 사찰의 동쪽에, 두 그루 소나무가 여라 안에서 의지하네. 머리 돌려 한번 바라보니 꽃이 언덕에 가득하고, 옅은 안개 가벼운 구름이 어울려 몽롱하다네.〔祇園實際兮二寺東, 兩松相依兮蘿中. 回首一望兮花滿塢,

21. 이견대가 利見臺歌

몇 군데 토성 돌아보며 왕도를 순찰했던가 土城幾處閱王都

조석으로 헤어져 불의의 사태 경계함이었으리 朝暮分離戒不虞

남국의 대인을 대 위에서 만나니 南國大人臺上會

이견대란 이름 내려 세상에서 서로 불렀네 錫名利見世相呼

신라 왕 부자(父子)가 오랫동안 헤어졌다가 만나게 되자 이 대를 쌓아 서로 만나보았으니, 대 이름을 '이견대(利見臺)'라 하고 이 노래를 지었다.[141]

22. 목주가 木州歌

목주의 소녀가 부모에게 효도하였고 木州少女孝於親

부지런히 농사지어 뒷날 가난을 벗어났네 勤儉農桑晩謝貧

석굴의 노파가 잘 보살펴 사랑하였고 石窟老娘逾撫愛

부드러운 안색과 온화한 기운으로 인륜을 따랐네 怡顏和氣順人倫

목주(木州)에 한 효녀가 있었는데 그 아버지가 후실(後室)의 참소에 현혹되어 효녀를 쫓아내었다. 효녀가 어떤 산속에 이르러 석굴(石窟)을 보니 한 노파가 있었고, 그 노파가 효녀를 사랑하여 자기 아들과 혼인시켰다.

細霧輕雲兮幷濃.]"이다. 기원사와 실제사는 신라의 사찰로, 진흥왕(眞興王) 27년(566) 2월에 창건되었다는 기록이 《삼국사기》에 보인다. 〈옥수후정화(玉樹後庭花)〉는 망국의 노래를 일컫는다. 남조 진 후주(陳後主)가 빈객을 맞아 귀비들과 잔치하며 이 노래를 부르다가 수(隋)나라의 침략을 받아 멸망하였다. 《東史綱目 第5下 丁亥》《增補文獻備考 卷106 樂考17 俗部樂1 新羅樂 繁花曲》《三國史記 卷4 新羅本紀4 眞興王》《陳書 卷7 皇后列傳 後主張貴妃》

141 신라……지었다 : 관련 내용이 《고려사》와 《증보문헌비고》 등에 보이는데, 신라 왕 부자가 만나지 못한 이유는 분명하지 않다고 하였다. 시의 첫 구와 둘째 구는 왕과 아들이 만나지 못한 이유를 귤산이 추정한 내용으로 보인다. 《高麗史 卷71 樂志 樂2 三國俗樂 新羅 利見臺》《增補文獻備考 卷106 樂考17 俗部樂1 新羅樂 利見臺歌》

부지런하고 검소한 생활로 부자가 되었는데, 효녀는 자신의 부모가 몹시 가난하게 산다는 말을 듣고 집으로 맞이해 모시며 극진히 봉양하였다. 그러나 부모가 여전히 자신을 좋아하지 않았기에, 효녀가 이 노래를 지어 자신을 원망하였다.[142]

23. 반등산곡 半登山曲

방등산이란 말이 반등산으로 전해지는데 方登山語半登傳
장일현의 아낙이 남편을 풍자하였네 日縣婆娘刺所天
적막한 물가에 구원의 발길 끊겼으니 寂寞水厓來救絶
나무뿌리 베고 외로이 누워 잠을 이루지 못하네 枕根孤臥不成眠

신라 말에 도적이 크게 일어나 고창(高敞)의 반등산(半登山)에 근거를 두었다. 장일현(長日縣)의 여인이 도적에게 잡혀갔는데, 이 노래를 지어 남편이 즉시 와서 구해주지 않음을 풍자하였다. 곡명은 '방등산(方等山)'이었는데 유전되어 '반등산(半登山)'이 되었다고 한다.[143]

142 목주(木州)에……원망하였다 : 관련 내용이 《고려사》와 《증보문헌비고》 등에 전한다. 목주는 현재의 충청남도 목천(木川)이다. 《高麗史 卷71 樂志 樂2 三國俗樂 新羅 木州》《增補文獻備考 卷106 樂考17 俗部樂1 新羅樂 木州歌》

143 신라……한다 : 《고려사》에는 '방등산(方等山)'이라는 제목으로 백제의 악곡에 포함시켰으며, 방등산이 나주(羅州)의 속현인 장성(長城)에 있다고 하였다. 《증보문헌비고》에는 '반등산곡(半登山曲)'이라는 제목으로 신라의 악곡에 포함시켰으며, 반등산이 고창현(高敞縣)에 있다고 하였다. 그러나 관련 설화는 두 기록이 같다. 한편, 《신증동국여지승람》에는 이 설화를 인용한 뒤 "장일현은 곧 장성(長城)인 듯하다."라고 하였다. 《高麗史 卷71 樂志 樂2 三國俗樂 百濟 方等山》《增補文獻備考 卷106 樂考17 俗部樂1 新羅樂 半登山曲》《新增東國輿地勝覽 卷36 全羅道 山川》

24. 향악 鄕樂

금환이 춤추는 소매에서 달처럼 오르고　　金丸舞袖月顚顚
움츠린 목에 솟은 어깨로 신선들 술을 다투네　　縮項高肩鬪酒仙
누렇고 푸른 큰 가면 쓰고 남북으로 뛰며　　大面黃藍南北躍
사자춤 속독춤으로 귀신에게 벼락 채찍 휘두르네　　狻猊束毒鬼霆鞭

동도(東都)에 금환(金丸)·월전(月顚)·대면(大面)·속독(束毒)·산예(狻猊) 등의 놀이가 있다. 최치원(崔致遠)의 월전을 읊은 시에 "어깨 높고 목은 움츠리며 머리칼은 솟았는데, 팔뚝 흔드는 광대들 술잔을 다투네.〔肩高項縮髮崔嵬, 攘臂群儒鬪酒杯.〕"라고 하였고, 대면을 읊은 시에 "황금빛 탈을 쓴 바로 그 사람이, 구슬 채찍 손에 들고 귀신을 부리네.〔黃金面色是其人, 手把珠鞭役鬼神.〕"라고 하였으며, 속독을 읊은 시에 "더벅머리에 남색 탈 쓴 모습 사람과 다른데, 무리 지어 뜰에 와서 난새 춤을 배우네.〔蓬頭藍面異人間, 押隊來庭學舞鸞.〕"라고 하였다.[144]

25. 고려악 高麗樂

건덕 4년 진주에서 온 악관에게　　乾德四年來鎭州
채색옷과 은대 하사하니 황제의 은혜 두터웠네　　彩衣銀帶皇恩優
오늘날의 음악은 또한 옛날의 음악이니　　今之樂亦古之樂
중국의 음악이 바다 모퉁이 동국으로 나왔네　　中國之音出海陬

송(宋)나라 건덕(乾德) 4년(966, 고려 광종17)에 진주(鎭州)에서 악관(樂官)을 바쳤는데, 악관이 고려부(高麗部)의 음악을 익히니 의복과 은대(銀

144 동도(東都)에……하였다 : 관련 내용이 《삼국사기》와 《증보문헌비고》 등에 보인다. 최치원(崔致遠)의 시는 《삼국사기》에 〈향악잡영(鄕樂雜詠)〉 5수로 기록되어 있다. 금환(金丸)은 금칠한 공을 공중에 던졌다 받는 곡예로 오늘날의 저글링과 같은 놀이이며, 월전(月顚)·대면(大面)·속독(束毒)·산예(狻猊)는 모두 탈춤의 일종이다.《三國史記 卷32 雜志1 樂》《增補文獻備考 卷106 樂考17 俗部樂1 新羅樂 東都鄕樂》

帶)를 하사해 돌려보냈다. 지금의 음악은 곧 중화의 제도이다.[145]

26. 교방여제자 敎坊女弟子

초영이 답사행을 노래하며 춤추니 楚英歌舞踏沙行
연등회의 연회에 신봉루가 밝아졌네 宴會燃燈鳳觀明
쉰다섯 사람이 왕모대를 연주하면서 五十五人王母隊
'군왕만세'라는 글자 모양을 이루었네 君王萬歲字形成

문종(文宗) 때 교방(敎坊)에서 아뢰기를 "여제자(女弟子) 진경(眞卿) 등이 전한 답사행가무(踏沙行歌舞)를 연등회에 사용하기를 청합니다."라고 하니, 그 말을 따랐다. 또 팔관회(八關會)를 베풀고서 신봉루(神鳳樓)에 거둥하여 음악을 관람하였다. 여제자 초영(楚英)이 왕모대가무(王母隊歌舞)를 연주하였는데, 55인이 춤을 추면서 네 글자를 만드니 '군왕만세(君王萬歲)' 혹은 '천하태평(天下太平)'이었다.[146]

145 송(宋)나라……제도이다 : 《문헌통고》에 "송나라 건덕 4년에 진주에서 악관 28인을 바쳤는데, 고려부의 음악을 잘 익혔으므로 의복과 은대를 하사해 본도로 돌려보냈다. 원풍(元豐) 연간에 고려에서 온 사신이 중국의 악공을 구해 그들을 가르쳤으니, 지금의 고려악은 대개 중국의 제도이다.〔宋乾德四年, 鎭州進伶官二十八人, 善習高麗部樂, 賜衣服銀帶, 遣歸本道. 元豐間來臣, 求中國樂工教之, 今之樂大抵中國制.〕"라는 기록이 보인다. 진주(鎭州)는 평양(平壤)을 말한 것으로 보이는데, 고려 때 평양을 진주(鎭州)로 삼아 서경(西京)이라 불렀다는 기록이 《송사(宋史)》에 보인다. 《文獻通考 卷148 樂考21 夷部樂 東夷》《宋史 卷487 高麗列傳》

146 문종(文宗)……천하태평이었다 : 관련 내용이 《고려사》와 《증보문헌비고》 등에 보인다. 교방(敎坊)은 고려 시대에 창기(娼妓)가 소속되어 속악(俗樂)을 익히고 연주한 음악 기관이다. 여제자(女弟子)는 교방에서 가무를 익히는 여인을 일컫는 말이다. 《高麗史 卷71 樂志 樂2 用俗樂節度》《增補文獻備考 卷106 樂考17 俗部樂1 高麗樂》

27. 현방[147] 絃坊

당악이 끝나자마자 향악으로 바뀌니	唐樂纔終鄕樂回
종류 따라 두 부로 나누어 당악 향악 펼치네	品分二部華東開
연지 찍고 분 발라 온갖 교태 부리며	施朱傅粉百媚態
옷과 두건 꾸미고서 무대에 오르네	裝束衣巾上戱臺

고려의 악은 금석(金石)의 악기가 없었다가 나누어 좌부(左部)와 우부(右部)로 만들었다. 좌부는 당악(唐樂)이니 중국의 음악이고, 우부는 향악(鄕樂)이니 그들이 본래 익히던 것이다.[148] 이른바 '속악(俗樂)'은 창기(娼妓)의 유희(遊戱)이다. 분을 바르고 연지(臙脂)를 칠하고서 온갖 자태를 꾸미니 음란한 마음을 일으키고 바른 기운을 없애는 것은 이것만 한 것이 없다.[149]

28. 수성명 壽星明

태사가 팔월 하늘 별자리를 살피는데	太史觀星八月天
노인성이 빛 드리워 기뻐 잠 못 이루네	老人垂彩喜無眠
궁궐 계단에서 조회하며 기이한 상서 아뢰니	丹墀朝見奇祥奏
임금이 손수 시를 지어 관현에 올렸네	御手題詩被管絃

예종(睿宗) 15년(1120)에 수성(壽星)이 나타나자 왕이 친히 시를 지어 노

147 현방(絃坊) : 고려의 왕립 음악 기관인 관현방(管絃坊)을 말한다. 고려 문종 30년(1076)에 설립되었는데, 당악(唐樂)과 향악(鄕樂)을 연주하는 악사와 악공을 거느렸다.

148 고려의……것이다 : 《송사(宋史)》에 "고려의 음악은 소리가 매우 저급하여 금석의 음악이 없었는데, 송나라가 악기를 하사하자 마침내 나누어 좌부와 우부를 만들었다. 좌부는 당악이니 중국의 음악이고, 우부는 향악이니 그들이 본래 익히던 것이었다.〔樂聲甚下, 無金石之音, 旣賜樂, 乃分爲左右二部, 左曰唐樂, 中國之音也, 右曰鄕樂, 其故習也.〕"라는 기록이 보인다. 《宋史 卷487 高麗列傳》

149 이른바……없다 : 관련 내용이 《동사강목》과 《증보문헌비고》에 보인다. 《東史綱目 卷7下 丁巳 文宗31年》《增補文獻備考 卷106 樂考17 俗部樂1 高麗樂》

래하게 하였다.[150]

29. 만년환 萬年懽

만년환의 뜻은 만년지[151]이니	萬年懽意萬年枝
충숙왕 궁궐의 한 기녀였네	忠肅王宮一妓兒
우스워라 만년도 오히려 부족해	堪笑萬年猶不足
금석에 올려 영원히 전하게 했네	付他金石無窮垂

충숙왕(忠肅王)이 기생 만년환(萬年懽)을 사랑하였기에 악부(樂府)에 이 곡이 있었다.[152]

30. 월화청 月華淸

황금 집 누대에 달빛이 고요한데	金屋樓臺靜月華
비에 씻긴 하늘 열려 아득히 끝이 없네	天開雨洗浩無涯
옥호에 기운 스며 한 점 티끌 없으니	玉壺氣徹絶纖翳
눈길 가득 푸르른 갈대에 흰 이슬 내렸네	極目蒼蒼白露葭

고려 말에 지은 것이다. 그 가사에 "비에 씻긴 하늘 열리고, 바람이 구름을 몰고 가니, 눈길 닿는 끝까지 전혀 가리는 것이 없네. 한가을 밤은 고요하고, 달빛은 물과 같으니, 황금 집 누대 있어, 맑은 기운이 옥호에 스며드네.

150 예종(睿宗)……하였다 : 관련 내용이 《고려사》에 보인다. 수성은 남극노인성(南極老人星)으로, 수명과 장수를 맡은 별이다. 《高麗史 卷14 睿宗15年》

151 만년지(萬年枝) : 동청목(冬青木), 즉 사철나무를 말한다.

152 충숙왕(忠肅王)이……있었다 : 《고려사》 권71 〈악지(樂志) 악(樂)2 당악(唐樂)〉에 〈만년환〉의 가사가 수록되어 있다. 또 《고려사》 권34 〈세가(世家)〉 충숙왕 4년 1월 기사에 "정묘년에 왕이 미복 차림으로 총애하는 기생 만년환의 집에 행차하여 은화를 후히 하사하였다.〔丁卯, 王微行幸妓萬年歡家, 厚賜銀幣.〕"라는 기록이 보인다.

〔雨洗天開，風將雲去，極目都無纖翳．仲秋夜靜，月華如水，金屋樓臺，淸氣徹玉壺.〕"라고 하였다.[153]

31. 동동 動動

절제사 유탁이 합포의 군대 몰고 오니	柳節制來合浦軍
멀리서 보던 남쪽 왜구 구름처럼 흩어졌네	望風南寇散如雲
불안해하던 사람들 앞다퉈 서로 칭송하니	憧憧人士爭相頌
기뻐서 노래를 지어 부지런히 불렀네	喜動成歌動輒勤

왜구가 순천(順天) 장생포(長生浦)를 노략질하였다. 합포 만호(合浦萬戶) 유탁(柳濯)이 구원하기 위해 달려가자 왜구가 멀리서 바라보고 달아나니, 군사들이 기뻐하여 이 노래를 지어 찬양하였다.[154]

32. 무애 無㝵

쇠방울에 채색 비단 드리워 장식하고서	金鈴垂綵帛爲粧
나아갔다 물러났다 음절에 맞게 두드리며 전파했네	進退中音拊擊揚
원효 대사가 호리병박으로 저자에서 노니니	元曉葫蘆游在市

153 고려……하였다 : 《고려사》 권71 〈악지(樂志) 악(樂)2 당악(唐樂)〉에 〈월화청(月華淸)〉의 가사가 수록되어 있다.

154 왜구가……찬양하였다 : 관련 기록이 《증보문헌비고》에 전한다. 《고려사》에도 내용이 전하는데, 시중(侍中) 유탁(柳濯)이 전라도에 출진(出鎭)했을 때의 일로 기록되어 있으며, 병사들이 찬양해 지은 노래 이름이 〈장생포(長生浦)〉로 나와 있다. 한편, 《고려사》에는 〈동동(動動)〉에 대해 춤추는 방법을 서술한 뒤 가사는 속되어 기재하지 않는다고 하였다. 합포(合浦)는 현재의 경남 마산(馬山)에 있던 포구 이름인데, 유탁은 1344년(충혜왕 복위5) 1월 원(元)나라에 의해 합포 만호로 임명되었다. 시에서 유탁을 '절제(節制)'로 표현한 것은 '만호'를 일컬은 것으로 보인다. 《增補文獻備考 卷106 樂考17 俗部樂1 俗樂》《高麗史 卷71 樂志 樂2 俗樂 動動·長生浦, 卷36 柳濯列傳》

무애라는 부처 말씀 서역에서 나왔네　　佛言無碍出西方

원효(元曉)가 일찍이 목이 굽은 호리병박을 어루만지며 저자에서 노래를 부르고 춤을 추니 이를 '무애(無导)'라고 하였다. 뒤에 호사자(好事者)들이 호리병박에 쇠방울을 달고 채색 비단을 드리워 장식하여 이것을 두드리며 나아갔다가 물러갔다가 하니 모두 음절에 들어맞았다. 《고려사》〈악지(樂志)〉에 이르기를 "서역(西域)에서 온 것인데, 그 가사에 불가(佛家)의 말이 많다."라고 하였다.[155]

33. 오관산 五冠山

문충이 오관산 깊은 곳에 살면서　　文忠深隱五冠山

아침에 조정에 갔다가 저녁에 돌아오네　　朝赴公堂趁暮還

서산에 지는 해처럼 늙어감을 슬퍼해　　老去悲傷西日薄

〈목계가〉 지어서 어머니를 위로했네　　木鷄歌作慰慈顔

문충(文忠)은 어머니를 섬김이 지극히 효성스러웠다. 오관산(五冠山) 밑에 살아서 서울과의 거리가 30리나 되었는데, 어머니를 봉양하기 위해 벼슬살이하면서 아침에 조정에 나아갔다가 저녁에 돌아왔다. 어머니가 연로한 것을 한탄하여 〈목계가(木鷄歌)〉를 지었다.[156]

155 원효(元曉)가……하였다 : 관련 기록이 《삼국유사》와 《고려사》 등에 전한다. 《三國遺事 卷4 義解5 元曉不羈》《高麗史 卷71 樂志 樂2 俗樂 無导》

156 문충(文忠)은……지었다 : 관련 기록이 《고려사》에 전한다. 이제현(李齊賢)이 지은 한역시(漢譯詩)가 함께 수록되어 있는데, "나무토막으로 작은 당닭 조각해, 젓가락으로 집어 벽의 횃대에 앉혔네. 이 닭이 꼬끼오 때를 알리면, 어머님 얼굴 비로소 서산에 지는 해와 같아지기를.〔木頭雕作小唐鷄, 筯子拈來壁上棲. 此鳥膠膠報時節, 慈顔始似日平西.〕"이다. 《高麗史 卷71 樂志 樂2 俗樂 五冠山, 卷121 文忠列傳》《益齋亂藁 卷4 小樂府》

34. 양주곡 楊州曲

형세 좋은 양주가 가장 부유하고 번성하니 運會楊州最富殷

화산 등지고 한강에 임해 버들로 나뉘었네 背華臨漢柳之分

시절이 봄이 되어 따사로이 꽃 피면 方春時節花心暖

사내들 아낙들 기뻐하며 구름처럼 모이네 男女相懽坌集雲

양주(楊州)는 북쪽으로 화산(華山)에 이르고 남쪽으로 한강(漢江)에 임하였는데, 물자가 풍부하고 인구가 많아서 번화하였다. 고을 사람들이 봄이 되면 즐겁게 노닐면서 이 노래를 불렀다.[157]

35. 월정화 月精花

진주의 기생 월정화는 晉陽妓女月精花

위제만에게 삼생의 인연 같은 사랑 받았네 鍾愛三生魏氏家

조강지처를 분노로 죽게 만들었으니 能使糟堂恚而死

관리는 제정신 잃고 고을 사람 한탄했네 官人狂惑邑人嗟

월정화(月精花)는 진주(晉州)의 이름난 기생이다. 사록(司錄) 위제만(魏齊萬)이 그녀에게 미혹되어 자기 부인을 수심과 분노로 죽게 만드니, 고을 사람이 슬퍼하여 이 노래를 지어서 풍자하였다.[158]

36. 벌곡조 伐谷鳥

뻐꾹새 울음소리 뻐꾹뻐꾹 나는데 伐谷鳥鳴布穀聲

157 양주(楊州)는……불렀다 : 관련 기록이 《증보문헌비고》에 전하는데, 곡명이 〈양주〉로 되어 있다. 화산(華山)은 삼각산(三角山)의 별칭이다. 《增補文獻備考 卷106 樂考17 俗部樂1 俗樂》

158 월정화(月精花)는……풍자하였다 : 관련 기록이 《고려사》에 전한다. 《高麗史 卷71 樂志 樂2 俗樂 月精花》

아침 되자 상수리나무에 비가 새로 개었네	朝來櫪樹雨新晴
늙은 신하가 선왕의 가르침에 눈물로 옷깃 적시니	舊臣沾淚先王諭
개원 때의 이름난 〈예상우의곡〉보다 더 낫네	勝似開元霓羽名

예종(睿宗)이 자신의 과실과 당시 정치의 잘잘못을 듣고 싶어 했으나 오히려 신하들이 말을 하지 않을까 염려하여 이 노래를 지어 넌지시 타일렀다.[159] 벌곡(伐谷)은 '포곡(布穀)'이라고도 쓰는데, 울음소리를 옮기다가 서로 혼동이 생긴 것이다. 김부식(金富軾)의 시에 "가인은 아직도 옛 가사를 부르니, 뻐꾹새 날아오건만 상수리나무 드무네. 도리어 〈예상우의곡〉 들으며, 개원의 유로가 눈물로 옷을 적신 것과 같다네.〔佳人猶唱舊歌詞, 布穀飛來櫪樹稀, 還似霓裳羽衣曲, 開元遺老淚沾衣.〕"라고 하였다.[160]

37. 금강성 金剛城

요군이 국경 침범해 왕성을 불태웠는데	遼兵犯境燒王宮
적이 물러나자 나성을 다시 높이 쌓았네	敵退羅城復築崇
강화에서 돌아온 뒤 노랫소리 목이 메니	沁都歸後歌聲咽
성 벽돌 견고함과 단단함이 쇠와 같네	甎甓堅剛金鐵同

159 예종(睿宗)이……타일렀다 : 관련 기록이 《고려사》에 전한다. 《高麗史 卷71 樂志 樂2 俗樂 伐谷鳥》

160 벌곡(伐谷)은……하였다 : 관련 기록이 《증보문헌비고》에 보인다. 벌곡과 포곡(布穀)은 뻐꾹새를 가리킨다. 김부식(金富軾)의 시는 《동문선(東文選)》에 〈교방 기생이 포곡가 부르는 걸 듣고 느낌이 있어〔聞教坊妓唱布穀歌有感〕〉라는 제목으로 수록되어 있는데, "예왕이 이 곡조 듣기를 좋아하였다.〔睿王喜聽此曲.〕"라는 원주(原註)가 붙어 있다. 〈예상우의곡(霓裳羽衣曲)〉은 당나라 현종(玄宗)이 꿈에 월궁(月宮)에 올라가 선녀들의 춤을 보고 지었다는 악곡으로, 이 노래를 부르며 양귀비(楊貴妃)와 향락을 즐겼다고 한다. 개원(開元)은 현종의 처음 연호로 태평시절을 상징한다. 안녹산(安祿山)의 난이 끝난 뒤에 개원 시절의 태평한 세상을 지낸 늙은이들이 어떤 사람이 부르는 〈예상우의곡〉을 들으며 눈물을 흘렸다고 한다. 《東文選 卷19 七言絶句》

요(遼)의 군대가 개성(開城)에 침입하여 궁궐을 불태웠는데, 현종(顯宗)이 개성을 수복하고 나성(羅城)을 쌓으니 나라 사람들이 기뻐하여 이를 노래하였다. 어떤 이가 말하기를, "고종(高宗)이 몽고(蒙古)의 군대를 피하여 강화(江華)에 들어가 도읍으로 삼았다가, 뒤에 개성으로 돌아와 이 노래를 지었다."라고 하였다. 금강성(金剛城)은 그 성의 견고함이 쇠의 단단함과 같음을 말한 것이다.[161]

38. 총석정가 叢石亭歌

동해의 큰 바다에서 누가 노래를 지었나	大海東頭誰作歌
원나라의 사신으로 와서 강릉을 찾았네	元朝天使臨瀛過
사선의 자취만 오직 아득할 뿐	四仙蹤迹惟綿邈
소리는 푸른 물결에 아직도 남아 있네	音響留餘竟碧波

기철(奇轍)은 원(元)나라에서 벼슬하여 평장(平章)이 되었다. 원나라의 사신이 되어 돌아왔는데, 강릉(江陵)에 이르러 이 정자에 올라 사선(四仙)의 유적을 유람하고 망망대해를 바라보며 이 노래를 지었다.[162]

161 요(遼)의……것이다 : 관련 기록이 《고려사》에 전하는데, 요가 개성을 침입한 것이 거란(契丹) 성종(聖宗) 때의 일로 기록되어 있다. 나성(羅城)은 성 밖에 다시 크게 쌓은 성을 말한다. 《高麗史 卷71 樂志 樂2 俗樂 金剛城》

162 기철(奇轍)은……지었다 : 관련 기록이 《고려사》에 전하는데, 노래 제목이 〈총석정(叢石亭)〉으로 기록되어 있다. 기철(?~1356)은 고려의 권신이다. 누이동생이 원나라 순제(順帝)의 황후가 되어 태자를 낳아 권세를 누리자 원나라로부터 요양성 평장(遼陽省平章)에 임명되었으며, 뒤에 역모를 꾀하다가 공민왕(恭愍王)에게 주살되었다. 사선(四仙)은 신라 때 금강산에서 노닐었다는 네 화랑(花郎)을 말하며, 총석정(叢石亭)은 강원도 통천군(通川郡) 바닷가의 돌기둥 위에 세운 정자로 관동팔경 중 하나이다. 《高麗史 卷71 樂志 樂2 俗樂 叢石亭, 卷131 列傳44 叛逆5 奇轍》

39. 거사련 居士戀

까치는 울타리 곁 꽃가지에서 울고	鵲兒籬際噪花枝
거미는 침상 머리에 거미줄을 치네[163]	蟢子床頭引網絲
부역 간 지 몇 해던가 고달피 못 돌아오니	行役幾年苦不返
그 마음 선생의 시에 이미 다 읊었네	形容已盡先生詩

부역 나간 사람의 아내가 노래를 지어 까치와 거미에 의탁하여 남편이 돌아오기를 바랐다. 익재(益齋)가 시를 지어 풀이한 것이 이와 같다.[164]

40. 사리화[165] 沙裏花

참새가 날아와 우리 곡식 쪼는데	黃鳥飛來啄我粱
밭 사이에서 일 년 양식 다 먹어 치우네	田間耗盡一年粮
고통받는 백성 사정 누가 알아주리오	疾苦民情誰得識
불쌍한 백성들만 슬퍼하고 상심하네	寡鰥孤獨自悲傷

세금이 과중하고 권세가들이 수탈하여 백성들이 고달프고 재물도 없어졌기에, 참새가 곡식을 쪼아 먹는 것에 의탁해 원망하였다. 익재(益齋)의 시에 "참새는 어디서 날아왔다 가는가, 일 년 농사를 아랑곳하지 않네. 불쌍한 백성들이 밭 갈고 김맸더니, 밭에 자란 벼와 기장을 다 먹어 치우네.〔黃鳥何方

163 거미는……치네 : 거미줄을 치면 반가운 사람이 온다는 속설이 전한다.

164 부역……같다 : 관련 기록이 《고려사》에 전한다. 익재(益齋)는 이제현(李齊賢, 1287~1367)의 호로, 고려가요를 칠언절구로 한역(漢譯)한 소악부(小樂府)에 〈거사련(居士戀)〉과 관련된 내용이 있으며, 《고려사》에도 전문이 수록되어 있다. 위 균산의 시 중 1구와 2구는 이제현의 소악부를 그대로 옮겨놓은 것이다. 《高麗史 卷71 樂志 樂2 俗樂 居士戀》《益齋亂藁 卷4 小樂府》

165 사리화(沙裏花) : 제목의 '리(裏)'가 《고려사》와 《익재난고(益齋亂藁)》 등에는 모두 '리(里)'로 되어 있다. 《임하필기》에 실린 〈해동악부〉에 '리(裏)'로 되어 있으므로 그대로 두었다.

來去飛, 一年農事不曾知. 寡鰥孤獨耕耘了, 耗盡田間禾黍爲.〕"라고 하였다.[166]

41. 장암가 長巖歌

노인은 두 평장에게 벼슬살이 경계했고	老人誡進杜平章
어진 재상은 시 지어 그물에 걸린 새 나무랐네	賢相書譏鳥網張
어찌 옛사람뿐이랴 지금도 그러하니	何必古人今亦爾
노인은 어느 곳에 이미 깊이 숨었나	老人何處已深藏

두영철(杜英哲)이 장암진(長巖鎭)으로 유배되었을 때 어떤 노인과 친하게 지냈다. 유배지에서 돌아오게 되자 그 노인이 구차히 벼슬에 나아가는 것을 경계하였다. 두영철이 뒤에 평장사(平章事)가 되었다가 과연 또 죄에 걸려드니 노인이 이 노래를 지어 나무랐다. 익재의 시에 "눈은 애초에 어디에다 두었나, 가련타 그물에 걸린 어리석은 참새여.〔眼孔元來在何許, 可憐觸網雀兒癡.〕"라고 하였다.[167]

42. 제위보 濟危寶

제위보 관청에서 백성의 위급함을 구제하니	濟危寶局濟人危
당세에 버려졌다고 한탄하는 사람 없었네	當世無人恨以遺
어디서 왔나 노역하던 한 아낙이	供役何來一婦女

166 세금이……하였다 : 관련 기록과 익재의 시 전문이 《고려사》에 전하는데, 귤산이 인용한 익재의 시는 《고려사》 및 《익재난고》에 실린 시와 몇 군데 글자 출입이 있다. 《高麗史 卷71 樂志 樂2 俗樂 沙里花》《益齋亂藁 卷4 小樂府》

167 두영철(杜英哲)이……하였다 : 관련 기록과 익재의 시 전문이 《고려사》에 전하는데, 제목이 〈장암(長巖)〉으로 기록되어 있다. 장암은 충청도 서천(舒川)의 서천포(舒川浦)인데, 고려 때는 장암진(長巖鎭)이라고 하였다. 《高麗史 卷71 樂志 樂2 俗樂 長巖》《益齋亂藁 卷4 小樂府》《新增東國輿地勝覽 卷19 忠淸道 舒川郡》

괜스레 원망 품고 비난의 노래 붙였네 無端含怨寓間詞

광종(光宗)이 제위보(濟危寶)를 설치하여 백성을 구제하고 질병을 치료하였다. 한 아낙이 죄에 걸려 제위보에서 노역하다가 외간 남자에게 손을 잡힌 것을 한스럽게 여겨 노래를 지어 스스로 원망하였다.[168]

43. 안동자청 安東紫靑

한 몸으로 한 남편 섬긴 안동의 부인이 以身事一福州娘
여인의 모범 되어 바른 도리 가르쳤네 女誡漫成敎義方
홍실은 푸르게 못 되고 청실은 희게 못 되니 紅不綠兮靑不白
실없는 말 반복하여 행실의 결정을 내맡겼네 游辭反覆任行藏

부인은 자신의 몸으로 남편을 섬기니 한번 자기 몸을 잃으면 남들의 천시와 미움을 받는다. 그러므로 홍색, 백색, 청색, 녹색의 실로써 반복해 비유하여 취사의 결정에 이르게 한 것이다.[169]

44. 송산가 松山歌

우뚝 솟은 송악산에 서경을 열고서 巖巖松嶽開西京
대대로 계승하여 왕업을 이루었네 累世相承王業成
어찌하여 만년에 주색으로 어지러워져 如何晩葉荒淫亂

168 광종(光宗)이……원망하였다 : 《고려사》에 관련 기록과 이제현의 소악부 전문이 전한다. 그런데 이제현의 시는 여인의 치욕을 노래한 것이 아니라 남녀상열지사(男女相悅之詞)의 내용을 담고 있어 학계의 논란이 있다. 제위보(濟危寶)는 963년(광종14)에 설치되었다. 《高麗史 卷71 樂志 樂2 俗樂 濟危寶》《益齋亂藁 卷4 小樂府》

169 부인은……것이다 : 관련 내용이 《고려사》에 전한다. 《高麗史 卷71 樂志 樂2 俗樂 安東紫靑》〈안동자청(安東紫靑)〉에 대해서는, 정절을 지킨 여인을 읊은 내용이라는 주장과 남녀상열지사의 내용이라는 주장이 있다.

삼한이 한 판도에 들었던 때 생각하지 않았나　　不念三韓入一枰

송산(松山)은 개경(開京)의 진산이다. 고려 태조(太祖)가 개경에 도읍했을 때부터 여러 대를 계승하여 국운이 길이 이어졌으니, 이 노래가 지어진 이유이다.[170]

45. 예성강 禮成江

중국 상인이 예성강에서 부인 내기 바둑 두며　　唐商賭婦禮成江

한판의 승부에 재물 단지 기울였네　　一局輸贏傾貨缸

강가의 달빛 속에 부인이 왔다 가는데　　婦去婦來江上月

하두강의 놀란 간담이 봉창에 떨어졌네　　頭綱驚膽落篷窓

중국 상인 하두강(賀頭綱)은 바둑을 잘 두었다. 일찍이 예성강 가에 이르렀을 때 한 아리따운 부인을 보고 그 남편과 내기 바둑을 두어 이겨서 배에 싣고 떠나가니, 그 남편이 후회하며 이 노래를 지었다. 부인이 떠날 때 옷매무새를 매우 단단히 하니 하두강이 범하려 하였으나 뜻을 이루지 못하였다. 배가 바다 가운데 이르러 빙빙 돌며 나아가지 않자 점을 쳤는데, '바다가 절부(節婦)에게 감동한 것이다.'라는 점괘가 나왔다. 하두강이 부인을 돌려보내자 부인도 노래를 지었다.[171]

46. 동백목 冬柏木

고래 같은 파도가 천 겹 다시 만 겹인데　　鯨浪千重復萬重

170 송산(松山)은……이유이다 : 관련 내용이 《고려사》에 전하는데, 노래 제목이 〈송산〉으로 기록되어 있다. 송산은 송악산(松嶽山)을 말한다. 《高麗史 卷71 樂志 樂2 俗樂 松山》

171 중국……지었다 : 관련 내용이 《고려사》에 전한다. 예성강은 황해도 배천(白川)과 개성(開城)을 거쳐 황해로 들어가는 강으로, 고려 때 송나라와 교역의 중심지였다. 《高麗史 卷71 樂志 樂2 俗樂 禮成江》

쫓겨난 신하가 바다 섬 봉우리에서 임금을 그리네　逐臣望美海山峯
덕릉의 동백나무 끝없이 푸르르니　德陵冬柏靑無盡
아름다운 대궐에서 먼 곳 신하에게 감동했네　玉宇瓊樓感遠蹤

채홍철(蔡洪哲)이 먼 섬으로 유배되어 덕릉(德陵)을 그리워하며 이 노래를 지으니, 충숙왕(忠肅王)이 듣고 불러서 돌아오게 하였다.[172]

47. 한송정 寒松亭

연주 끝난 비파 떠내려가 강남에 이르렀는데　曲終瑟漂到江南
가사 풀이한 이는 고려의 사신 장진삼이라네　翻調東臣張晉三
달 밝은 한송정 가을 든 경포대에　月白寒松秋鏡浦
갈매기 신의 있어 단꿈 이루기 어렵네　沙鷗有信夢難甘

세상에 전하기를, "이 노래가 비파 바닥에 적혀서 강남(江南)까지 떠내려갔는데, 강남 사람들이 그 곡조를 이해하지 못하였다. 광종(光宗) 때 장진산(張晉山)이 사신이 되어 강남으로 가니 강남 사람들이 그에게 물었다. 장진산이 시를 지어 풀이하기를, '한송정 밤에 달은 밝고, 경포대의 가을에 물결은 잔잔하네. 슬피 울며 왔다가 가는 것은, 신의 있는 한 마리 갈매기라오.〔月白寒松夜, 波安鏡浦秋. 哀鳴來又去, 有信一沙鷗.〕'라고 했다."라고 하였다.[173]

172 채홍철(蔡洪哲)이……하였다 : 관련 내용이 《고려사》에 전한다. 채홍철(1262~1340)은 고려 후기의 문신으로, 권한공(權漢功)과 당파를 맺고 권력을 휘둘러 1321년(충숙왕8)에 먼 섬으로 유배되었다가 1332년(충숙왕 복위1) 3월에 다시 관직에 임명된 기록이 보인다. 덕릉(德陵)은 충선왕(忠宣王)으로, 충숙왕의 부친이다. 《高麗史 卷71 樂志 樂2 俗樂 冬柏木, 卷35 世家 忠肅王8年 · 忠肅王復位1》 저본에는 '蔡弘哲'로 기록되어 있는데, 《고려사》의 기록에 근거하여 '弘'을 '洪'으로 바로잡았다. 뒤의 52. 자하곡(紫霞曲)에도 '洪'으로 되어 있다.

173 세상에……하였다 : 관련 내용이 《고려사》에 전하는데, 장진산(張晉山)이 장진공(張晉公)으로 기록되어 있다. 《청장관전서(靑莊館全書)》에는 장연우(張延祐)로 기

48. 정과정 鄭瓜亭

오이 심고 여가에 거문고 연주하니	種瓜餘力撫絃琴
곡조마다 처량하여 숲 그늘을 흔드네	曲曲悽哀撼樾林
정자 위엔 새 울고 정자 아래엔 달빛 비치니	亭上啼禽亭下月
봄날 산에서 울부짖는 두견새와 같네	春山疑是蜀規吟

정서(鄭敍)가 벼슬을 삭탈 당하고 고향으로 쫓겨 가 정자를 짓고 오이를 심었다. 거문고를 어루만지며 연주하여 자신의 뜻을 붙이고, 호를 '과정(瓜亭)'이라 하였다. 익재의 시에 "임금 생각에 눈물로 옷깃 적시지 않은 날 없으니, 정녕 봄날 산의 두견새와 같아라.〔億君無日不沾衣, 正似春山蜀子規.〕"라고 하였다.[174]

49. 풍입송 風入松

궁궐의 노송 가지에 잎들이 어지러운데	宮苑老柯葉葉鬆
어진 바람 훈훈하여 이슬 흠뻑 맺혔네	仁風習習露華濃
은택 펴는 성덕이 무성한 소나무 같아	布陽盛德如松茂
가을에도 겨울에도 천년토록 푸르네	蒼翠千年秋又冬

송축하는 노래이다.[175]

록되어 있고, "또 다른 이름은 진산이다.〔又名晉山.〕"라는 기록이 보인다. 귤산의 시에 '장진삼(張晉三)'으로 표기된 이유는 미상이다. 한송정(寒松亭)은 강릉 경포대 부근에 있었던 정자 이름이다.《高麗史 卷71 樂志 樂2 俗樂 寒松亭》《靑莊館全書 卷34 淸脾錄3 寒松亭曲》

174 정서(鄭敍)가……하였다 : 관련 기록과 익재의 시 전문이《고려사》에 전한다. 정서의 고향은 현재의 부산 수영구 망미동 일대인데, 김존중(金存中) 등의 무함을 받아 고향으로 쫓겨났다.〈정과정(鄭瓜亭)〉은 10구체 형식의 고려가요로,《악학궤범(樂學軌範)》에 한글 가사가 실려 전한다.《高麗史 卷71 樂志 樂2 俗樂 鄭瓜亭, 卷97 鄭敍列傳》《益齋亂藁 卷4 小樂府》《樂學軌範 卷5》

50. 야심사 夜深詞

군신이 화합한 세상의 대궐 깊은 곳에	風雲一代畫堂深
옥루 똑똑 떨어지고 정원엔 달이 떴네	玉漏丁東月上林
찰랑이는 맛난 술 모두 나의 것이니	旨酒盈盈皆我有
연회 펼쳐 좋은 손님의 마음 즐겁게 하네	肆筵讌樂嘉賓心

임금과 신하가 서로 즐거워하는 뜻인데, 연회를 마칠 때 이 노래를 불렀다.[176]

51. 한림별곡 翰林別曲

글 지어 아침마다 올리는 일 맡으니	染翰朝朝任奉供
선비들이 분담하여 예악을 만들었네	宿儒分掌做笙鏞
어전 강독 마치고 천천히 한림원으로 돌아오며	細氈講罷徐歸院
금련촉 인도 속에[177] 새벽종 소리 듣네	導燭金蓮聽曉鍾

한림(翰林)의 선비들이 지은 노래이다.[178]

175 송축하는 노래이다 : 《고려사》에 한시체의 가사가 전한다. 《高麗史 卷71 樂志 樂2 俗樂 風入松》

176 임금과……불렀다 : 관련 내용과 한시체의 가사가 《고려사》에 전한다. 《高麗史 卷71 樂志 樂2 俗樂 夜深詞》

177 금련촉(金蓮燭) 인도 속에 : 금련촉은 황금 연꽃 모양의 등촉으로, 신하에 대한 왕의 특별한 예우를 의미한다. 당(唐)나라의 한림승지(翰林承旨) 영호도(令狐綯)가 궁궐에서 황제와 대화를 나누다 돌아갈 무렵에 촛불이 거의 다 꺼지자, 황제가 자신의 수레와 금련촉을 주어 보냈다는 고사가 전한다. 《新唐書 卷166 令狐綯列傳》

178 한림(翰林)의……노래이다 : 《고려사》에 한문으로 가사를 수록한 뒤 "이 곡은 고종 때 한림의 선비들이 지은 것이다.〔此曲, 高宗時翰林諸儒所作.〕"라고 하였다. 《악장가사(樂章歌詞)》에는 한문과 국문으로 된 가사가 전한다. 《高麗史 卷71 樂志 樂2 俗樂 翰林別曲》

52. 자하곡 紫霞曲

붉은 촛불 다 타도록 밤이 다하지 않는데	紅燭燒殘夜未央
하늘에서 신선 음악이 중화당으로 내려오네	自天仙樂中和堂
송악산에서 봄날에 기로회가 열리니	松山春日耆英會
숨겨두었던 한 곡조 〈자하곡〉을 부르네	一曲紫霞發秘章

채홍철(蔡洪哲)이 자하동(紫霞洞)에 중화당(中和堂)을 짓고 직접 이 노래를 지었다. 그 가사에 "집이 송악산 자하동에 있으니, 구름과 안개가 중화당을 마주했네. 오늘 기로회 모임 듣고 기뻐서, 찾아와 한 잔의 불로주를 올리네.〔家在松山紫霞洞, 雲煙相對中和堂. 喜聞今日耆英會, 來獻一杯延壽漿.〕"라고 하였는데, 이 곡을 감춰두고 남에게 전하지 않았다. 어느 날 기로(耆老)들을 맞이해 술이 반쯤 취했을 때 갑자기 여악(女樂)이 집 위에서 채색 구름사다리를 타고 내려오는데 마치 하늘에서 내려오는 듯했다.[179]

53. 궁수분 窮獸奔

경신년 추풍 속에 굳센 활을 잡고서	秋風弓勁上章年
지리산 꼭대기에서 왜구를 추격했네	追擊倭寇智異巓
하늘의 뜻 정해져 백성이 길이 힘입으니	天意有歸民永賴
태조의 신령함이 정생의 시에 환히 드러났네	明靈昭著鄭生篇

경신년(1380, 우왕6) 가을에 우리 태조 대왕(太祖大王)께서 지리산에서 왜구를 추격하자 이때부터 왜구가 감히 육지에 오르지 못하였다. 백성들이 이에 힘입어 편안하니, 정도전(鄭道傳)이 이 노래를 지었다.[180]

179 채홍철(蔡洪哲)이……듯했다 : 관련 내용이 《증보문헌비고》에 전한다. 《고려사》에도 〈자하곡(紫霞曲)〉의 창작 동기와 한시체로 된 가사 전문이 전하는데, 제목이 〈자하동(紫霞洞)〉으로 기록되어 있고, 주석의 내용이 조금 다르다. 채홍철에 대해서는 132쪽 주172 참조. 《增補文獻備考 卷106 樂考17 俗部樂1 俗樂 樂器》《高麗史 卷71 樂志 樂2 俗樂 紫霞洞》

54. 서호곡 西湖曲

경염[181] 시대 사족이 가난에 시달려	景炎之族傷於貧
화려한 배에서 가벼운 차림으로 매춘을 하네	畫舫輕裝自買春
대장부인들 천금을 누가 선뜻 내어주랴	壯士千金誰肯擲
하루아침에 탐라의 먼지 씻어내기 어렵네	一朝難滌耽羅塵

선우추(鮮于樞)가 지은 작품이다. 그 가사에 "서호의 화려한 배에 어느 집 여인 타고 있나, 비단을 탐내어 억지 가무를 하네. 천금을 선뜻 내주는 대장부를 어디에서 얻어, 음탕한 노래 대신 수절가를 부르게 할까.〔西湖畫舫誰家女, 貪得纏頭强歌舞. 安得壯士擲千金, 坐令桑濮歌行露.〕"라고 하였다. 익재(益齋)가 말하기를, "송나라가 망하자 사족(士族) 중에 이런 생활을 하는 자가 있었으므로 이를 상심한 것이다. 탐라(耽羅)의 이 곡은 지극히 비루하지만 그래도 백성의 풍속을 관찰하고 시대의 변화를 알 수 있다." 라고 하였다.[182]

180 경신년……지었다 : 관련 내용과 〈궁수분(窮獸奔)〉의 전문이 《삼봉집(三峯集)》에 수록되어 있다. 《태조실록》과 《증보문헌비고》 등에도 관련 내용이 전하는데, 《태조실록》에는 제목이 〈궁수분곡(窮獸奔曲)〉으로 나와 있고, 1393년(태조2) 7월 26일에 〈납씨곡(納氏曲)〉, 〈정동방곡(靖東方曲)〉과 함께 지어 올린 것으로 기록되어 있다. 《三峯集 卷2 樂章 窮獸奔》《太祖實錄 2年 7月 26日》《增補文獻備考 卷106 樂考17 俗部樂1 俗樂 窮獸奔》

181 경염(景炎) : 남송(南宋) 말기 단종(端宗)의 연호로, 1276~1278년까지 사용되었다. 남송은 1279년에 멸망하였다.

182 선우추(鮮于樞)가……하였다 : 관련 내용이 《익재난고》와 《증보문헌비고》 등에 보인다. 선우추는 원나라 사람이며, 소개된 시는 〈호상곡(湖上曲)〉이라는 제목의 10구 칠언배율 중 1, 4, 9, 10구를 발췌해 합쳐놓은 것이다. 한편, 익재의 언급에 등장하는 '탐라(耽羅)의 이 곡'은 제주도의 풍속을 한역한 소악부 〈도근천(都近川)〉을 말하는데, "도근천 제방이 무너져, 수정사 안에도 푸른 물 넘치네. 상방에 오늘 밤 선녀 숨겨두었으니, 주지 스님이 도리어 뱃사공이 되었네.〔都近川頹制水坊, 水精寺裏亦滄浪. 上房此夜藏仙子, 社主還爲黃帽郎.〕"라는 내용이다. 도근천은 제주시에 있는 시내 이름이다. 문

55. 연양가 延陽歌

발탁되어 재주 이룬 사람 몇이나 되는가 拔擢器成凡幾人

힘을 바칠 줄만 알고 제 몸 돌볼 줄 모르네 自知效力不知身

나무는 불을 지피기 위해 결국 재가 되지만 木之資火終灰燼

나무 되어 땔감으로 쓰임을 어찌 사양하랴 爲木寧辭火及薪

연양(延陽) 사람 중에 남에게 거두어지는 은혜를 받은 자가 있었는데, 목숨을 바쳐 섬기겠다는 다짐을 나무에 비유하여 이를 노래로 만들었다. 그 가사는 '나무는 불을 지피기 위해 반드시 제 몸을 해치는 화를 당하지만, 비록 재가 된다고 하더라도 맹세코 사양하지 않겠다.'라는 것이었다.[183]

56. 영선악 迎仙樂

국가의 전례는 왕실 높임을 중시하니 國家典禮重尊宗

관례를 행할 때와 보책을 봉할 때라네 元服加時寶冊封

북 울리며 대궐 뜰에 헌가[184]를 진설하고 鼓樂大庭軒架列

악관이 여섯 박자로 황종에 호응하네 伶官六拍叶黃鍾

왕비, 왕태자, 공주를 책봉할 때와 왕태자에게 관례(冠禮)를 행할 때 모두 이 음악을 연주한다.[185]

맥으로 보아 〈서호곡(西湖曲)〉은 탐라의 풍속을 한역한 익재의 시를 일컬은 것이 아닌가 한다. 《益齋亂藁 卷4 詩 昨見郭翀龍……作二篇挑之》《增補文獻備考 卷106 樂考17 俗部樂1 俗樂 西湖曲》《元詩選 卷4 湖上曲》

183 연양(延陽)……것이었다 : 관련 내용이 《증보문헌비고》에 보인다. 《고려사》에는 제목이 〈연양(延陽)〉으로 되어 있으며, 고구려 음악에 포함되어 있다. 연양은 평안도 영변(寧邊)의 옛 이름이다. 《增補文獻備考 卷106 樂考17 俗樂 延陽歌》《高麗史 卷71 樂志 樂2 三國俗樂 高句麗 延陽》

184 헌가(軒架) : 타악기를 연주하기 위하여 설치하는 틀을 말한다.

57. 태평소 太平簫

한 소리 달을 흔드니 쌍별[186]처럼 구멍 있고	一聲撼月孔雙星
동 장식 취구(吹口)에서 맑은 상성 들리네	金口淸商鳳管聆
만고의 순결한 충신 정 상국이여	萬古精忠鄭相國
종신토록 조정의 호위를 잊지 않았네	終身不忘護王庭

포은(圃隱) 정몽주(鄭夢周)의 시에 "취구(吹口)를 동으로 장식하니, 맑은 상음이 여기에서 생기네. 한 소리 드높아 달을 흔들고, 여섯 구멍 교묘하게 별처럼 뚫렸네.〔鳳管粧金口, 淸商自此生. 一聲高撼月, 六孔巧鑽星.〕"라고 하였다.[187]

58. 아악서 雅樂署

고려 말에 향악과 당악이 다 무너져	麗季樂壞鄕與唐
뒤섞이고 어지러워 사람을 상심케 했네	混淆貿亂使人傷
음악 중에 아악은 제사에 행함이 분명하니	樂中雅樂明禋祀
당시에 그 누가 옛 법도를 알았으랴	當時其誰解古章

공양왕(恭讓王)이 아악서(雅樂署)를 설치하여 종묘(宗廟)의 악가(樂歌)를 익혔다. 당시에 악학(樂學)이 어지러워져 조준(趙浚)의 재주와 지혜로도 음악의 이치를 강구할 수 없었기 때문이었다.[188]

185 왕비……연주한다 : 관련 내용이 《증보문헌비고》에 보인다. 《고려사》에는 삼국속악(三國俗樂) 조에 보인다. 《增補文獻備考 卷106 樂考17 俗樂 迎仙樂》《高麗史 卷71 樂志 樂2 三國俗樂 用俗樂節度》

186 쌍별 : 원래는 견우성(牽牛星)과 직녀성(織女星)을 가리킨다.

187 포은(圃隱)……하였다 : 관련 내용이 《증보문헌비고》에 보인다. 소개된 포은의 시는 《포은집》 권1에 수록된 오언율시 〈태평소(太平簫)〉 중 첫 4구절이다. 《增補文獻備考 卷106 樂考17 俗樂 鄭夢周詠太平簫詩曰》《圃隱集 卷1 太平簫》

59. 당악과 향악 唐鄕樂

충신과 간신이 공박하며 논의 나뉘어	直臣奸宦攻分論
향악 기생 당악 악관 각기 문호 세웠네	鄕妓唐朦各立門
명중[189]이 한 번 상소해 정대함을 부축하니	明仲一疏扶正大
하늘이 우리를 계도해 새 곡조 익히게 하였네	天將啓我講新翻

최승로(崔承老)가 상소하여 향악(鄕樂) 관람을 좋아한 것을 광종(光宗)의 실덕(失德)으로 삼았다. 의종(毅宗) 때 기생의 유희는 모두 환관 백선연(白善淵) 등이 종용해 그렇게 한 것인데, 사관(史官)이 기록해 경계로 삼았다. 신우(辛禑) 때 조준(趙浚)은 창기(娼妓)를 앞에 가까이 오지 못하게 할 것을 청하였으니, 그 말이 정대(正大)하여 버릴 수 없다.[190]

188 공양왕(恭讓王)이……때문이었다 : 아악서(雅樂署)는 고려 후기와 조선 초기에 궁중음악을 담당했던 음악 기관으로, 1391년(공양왕3)에 처음 설치되었다. 조준(趙浚, 1346~1405)은 고려 말의 신진사대부로 조선의 개국 공신이 되었다. 《고려사》〈조준열전(趙浚列傳)〉에, 조준이 1388년(우왕14) 고려의 당악(唐樂)과 향악(鄕樂)의 절차와 곡조가 중화(中和)에 맞지 않기 때문에 예악의 근본을 완전히 잃었다고 상소한 내용이 보인다. 이에 대해 《증보문헌비고》 주석에 "조준은 다만 중화(中和)가 예악의 근본이라고 말하였을 뿐, 중화가 예악의 근본이 되는 까닭은 말하지 않았다. 당시 악학(樂學)이 어지러워져 조준의 재주와 지혜로도 음악의 이치를 강구할 수 없었기 때문이었다."라고 평한 내용이 보인다. 《高麗史 卷77 志 百官2 典樂署, 卷118 趙浚列傳》《增補文獻備考 卷106 樂考17 俗樂》

189 명중(明仲) : 조준(趙浚)의 자이다.

190 최승로(崔承老)가……없다 : 《성호사설(星湖僿說)》과 《증보문헌비고》의 기록을 옮긴 것이다. 최승로(927~989)는 고려 초기의 문신으로, 소개된 내용은 성종(成宗) 때 상소하여 선왕들의 업적을 평가한 내용 중 일부인데, 그의 열전에도 보인다. 또 《고려사》에 의종(毅宗)이 만춘정(萬春亭)에 행차하여 〈채붕(綵棚)〉, 〈헌선도(獻仙桃)〉 등 기생의 유희를 즐긴 내용이 보인다. 백선연(白善淵)은 관노(官奴) 출신으로 의종이 한양에 행차하였을 때 만나 양자가 되었고, 이후 환관으로서 권세를 휘둘렀다. 조준(趙浚)과 관련된 내용은 앞의 주188 참조. 《星湖僿說 卷15 人事門 獻仙桃》《增補文

60. 소대악 昭代樂

문덕의 노래 이루고 무공을 드러내니 文德歌成闡武功

성인의 교화가 백성의 풍속 바꾸었네 聖人敎化變民風

삼십팔 년 동안 성군이 성군을 계승하니 三十八年聖繼聖

악사가 명을 받아 악의 중화를 바로잡았네 樂師承命正和中

태조조(太祖朝)로부터 세종조(世宗朝) 12년(1430)에 이르기까지는 38년이 되는데, 박연(朴堧)이 상소하여 악보를 편찬해 기록하기를 청하였다. 문덕(文德)과 무공(武功) 두 곡이 있었는데, 뒤에 이를 그대로 종묘의 음악으로 삼았다.[191]

61. 고취악 鼓吹樂

조종의 공덕을 잘 형용했으니 祖功宗德善形容

무보다 문을 앞세우는 성군 시대 만났네 後武先文聖際逢

무역인 우음을 규범에 첨가하고 無射羽音添軌範

등극하신 그날 〈용비어천가〉를 찬술했네 御天此日譔飛龍

박연이 상소하기를, "우조(羽調)는 바로 무역궁(無射宮)이니, 지금 편찬하여 기록하는 것에서 우조를 삭제할 수 없습니다."라고 하였다.[192] 정인지(鄭

獻備考 卷106 樂考17 俗樂》《高麗史 卷93 崔承老列傳, 卷18 世家 毅宗21年 4月》

191 태조조(太祖朝)로부터……삼았다 : 관련 내용이 《증보문헌비고》에 보인다. 박연이 상소한 내용은 《세종실록》에도 전한다. 문덕(文德)과 무공(武功)은 1393년(태조 2)에 관습도감 판사(慣習都監判事) 정도전(鄭道傳) 등이 태조의 덕을 찬양해 올린 악장인데, 문덕은 〈문덕곡(文德曲)〉·〈몽금척(夢金尺)〉·〈수보록(受寶籙)〉을, 무공은 〈납씨곡(納氏曲)〉·〈궁수분곡(窮獸奔曲)〉·〈정동방곡(靖東方曲)〉을 말한다. 《태조실록》과 《삼봉집》에 수록되어 있다. 《增補文獻備考 卷107 樂考18 俗部樂2 本朝樂》《世宗實錄 12年 2月 19日》《太祖實錄 2年 7月 26日》

192 박연이……하였다 : 관련 내용이 《세종실록》과 《증보문헌비고》에 보인다. 박연

麟趾)가 편찬한 것에도 〈용비어천가(龍飛御天歌)〉가 있다.

62. 당부 唐部

월금을 튕기니 장구 소리에 어울리고 鼓月琴諧杖鼓聲
당비파는 해금과 마주해 울리네 唐琵琶對奚琴鳴
태평소 소리 외에 퉁소 간간이 울리는데 太平簫外洞簫間
필률 피리에 아쟁과 대쟁을 겸하였네 觱篥笛兼牙太箏

당악(唐樂)에는 아쟁(牙箏)과 대쟁(大箏)이 있다.

63. 향부 鄕部

높고 애절한 거문고는 태고의 마음이요 嘈切玄琴太古心
향비파 소리는 가야금에 어울리네 鄕琵琶和伽倻琴
당부 피리가 어찌 향부 피리와 같으랴 唐音爭似部中觱
대금 소금 중금 세 가지 피리 있다네 大小中音三品笒

향악(鄕樂)에는 대금(大笒)과 중금(中笒)과 소금(小笒)이 있다.

의 상소는 당시의 음악을 정비하여 그 내용을 세종에게 보고한 것 가운데 하나이다. 제목과 관련지어 볼 때 이는 세종이 고취악(鼓吹樂)과 향악(鄕樂)에 바탕을 두고 〈정대업(定大業)〉과 〈보태평(保太平)〉 등 신악(新樂)을 창제한 것을 말한 것으로 보인다. 〈정대업〉과 〈보태평〉은 조선왕조 건국에 공을 세운 선조들과 역대 왕들의 무덕(武德)과 문덕(文德)을 찬양한 노래이다. 무역(無射)은 12음률 중 양률(陽律)의 하나이며, 무역궁은 무역을 으뜸으로 한 곡조를 말한다. 《增補文獻備考 卷107 樂考18 俗部樂2 本朝樂》《世宗實錄 12年 2月 19日》

64. 당악정재 唐呈才

〈홍두제일념〉과 〈남제이념〉이 있고　第一念紅第二藍
〈양행화규〉〈표묘삼산〉〈벽연롱효〉 있다네　兩行花簌山籠三
〈동천경색〉 연주하니 봄바람 따스한데　洞天景色東風暖
〈석노교〉가 〈석수역〉 남쪽에 있음이 아쉽네[193]　惜惜奴嬌繡帟南

육화대(六花隊) 춤의 사(詞)에는 〈홍두제일념(紅頭第一念)〉, 〈남제이념(藍第二念)〉 등이 있다. 포구락(抛毬樂) 춤의 사에는 〈양행화규(兩行花簌)〉, 〈동천경색(洞天景色)〉 등이 있다. 오양선(五羊仙) 춤의 사에는 〈표묘삼산(縹緲三山)〉, 〈벽연롱효(碧煙籠曉)〉가 있다. 곡파(曲破) 춤의 사는 〈석노교(惜奴嬌)〉, 〈서무매(誓無寐)〉, 〈석수역(席繡帟)〉이 있다.[194]

65. 향악정재 鄕呈才

초입에 온화하게 울리더니 아홉 번 변하며 연주되고　引入渢渢九變登
선위와 화태와 휴명과 순응을 연주하네　宣威和泰命休應
화산에 아침 해 뜨고 봉황이 내려왔으니　華山朝日鳳凰下
잘 송축한 춘정의 시로 오히려 징험할 수 있네　善頌春亭猶足徵

소무(昭武)의 악은 여섯 번 변하는데 선위(宣威), 화태(和泰), 휴명(休

193 남쪽에 있음이 아쉽네 : 무슨 의미인지 미상이다.

194 육화대(六花隊)……있다 : 관련 내용과 각각의 춤을 출 때 부르는 사(詞)가 《증보문헌비고》에 보인다. 육화대는 세 명씩 둘로 나뉜 무기(舞妓)가 홍색과 남색 옷을 입고 춤을 추면서 칠언율시로 된 '일념시(一念詩)', '이념시(二念詩)', '삼념시(三念詩)'를 차례로 부른다. 포구락(抛毬樂)은 무기 10여 명이 춤을 추다가 공을 던져 구멍에 넣으면 꽃을 받는 놀이 형식의 춤이다. 오양선(五羊仙)은 군왕의 장수를 비는 내용의 노래와 춤이다. 곡파(曲破)는 정월 대보름 밤의 즐거움을 표현한 노래와 춤이다. 《增補文獻備考 卷107 樂考18 俗部樂2 本朝樂 唐樂呈才樂詞, 卷103 樂考14 樂歌6 樂學軌範唐樂呈才歌詞》

命), 순응(順應) 등이다. 이상은 〈정대업(定大業)〉으로 남려(南呂) 추분(秋分)의 악률(樂律)을 쓴다. 희문(熙文)의 악은 아홉 번 변한다. 이상은 〈보태평(保太平)〉으로 임종(林鍾) 대서(大暑)의 악률을 쓴다. 변계량(卞季良)이 지은 〈화산별곡(華山別曲)〉이 있다. 학연화대무(鶴蓮花臺舞)에 봉황음(鳳凰吟)이 있다.[195]

66. 고려악 勝國樂

〈낙양춘〉〈전화지〉〈억취소〉에다 洛陽花轉憶吹簫

〈황화청〉과 〈수룡음〉이 육요[196]에 올랐네 淸水龍吟上六幺

〈태평년〉 곡조도 그대로 악보를 연주하니 太平年曲仍翻譜

옛 음악 가져와 새 음악과 조화시켰네 古樂聊將今樂調

조선조에서 그대로 사용한 고려의 악에 〈억취소(憶吹簫)〉, 〈낙양춘(洛陽春)〉, 〈전화지(轉花枝)〉, 〈황하청(黃河淸)〉, 〈수룡음(水龍吟)〉, 〈태평년(太平年)〉이 있다.[197]

195 소무(昭武)의……있다 : 관련 내용이 《증보문헌비고》에 보인다. 여섯 번 또는 아홉 번 변한다는 것은, 〈정대업(定大業)〉에 여섯 장의 악장을 차례로 연주하고 〈보태평(保太平)〉에 아홉 장의 악장을 차례로 연주하는 것을 말한다. 한편, 《임하필기》에 '무(武)는 음사(陰事)이므로 태음(太陰)의 수인 6을 사용하며 악률(樂律)은 남려궁(南呂宮) 추분(秋分)의 율을 사용한다. 문(文)은 양사(陽事)이므로 태양의 수인 9를 사용하며 악률은 임종궁(林鍾宮) 대서(大暑)의 율을 사용한다.'는 내용이 보인다. 변계량(卞季良)의 〈화산별곡(華山別曲)〉은 《춘정집(春亭集)》에 〈화산곡(華山曲)〉으로 나와 있다. 〈봉황음(鳳凰吟)〉은 조선 세종 때 윤회(尹淮)가 지은 악장으로, 〈처용가〉의 악곡에 가사만 바꾼 송축가이다. 《增補文獻備考 卷107 樂考18 俗部樂2 本朝樂 鄉樂呈才樂詞》《林下筆記 卷16 文獻指掌編 定大業保太平兩樂》《春亭集 續集 卷1 樂章 華山曲》

196 육요(六幺) : 당나라 교방곡(敎坊曲)의 이름인데, 여기서는 단순히 악곡의 의미로 쓰인 듯하다.

197 조선조에서……있다 : 관련 내용이 《증보문헌비고》에 보이는데, 〈만년환(萬年

67. 양로연 養老宴

내연과 외연 열어 일장씩 악가 지으니	內外宴開樂一章
소양[198]의 해 양로연에 좋은 술을 올렸네	昭陽養老進霞觴
영조 대왕의 성덕이 온몸 깊이 스며드니	元陵盛德浹肌厚
백발노인들 큰길에서 〈격양가〉[199] 부르네	擊壤康衢翁髮霜

영종조(英宗朝) 계사년(1773, 영조49)에 임금이 직접 외연악(外宴樂)과 내연악(內宴樂) 각 1장(章)을 지었다.[200]

68. 친경악 親耕樂

〈천립〉 첫 장을 〈여민락〉에 맞춰 노래하고	天粒初章樂與民
친경대에 임하여 좋은 손님 부르네	耕臺臨御速嘉賓
적전(籍田)에 납시며 종자 상자 싣고 왔는데	游場染履靑箱載
벼 베기 보시는 날이 또 길일이라네	觀刈之時又吉辰

歡)〉이 더 있으며 고려의 당악(唐樂)으로 기록되어 있다.《增補文獻備考 卷107 樂考18 俗部樂2 本朝樂 鄕樂呈才樂詞》

198 소양(昭陽) : 고간지(古干支)의 천간(天干)에서 계(癸)에 해당한다. 여기서는 계사년(1773, 영조49)을 의미한다.

199 격양가(擊壤歌) : 요(堯) 임금 때 어떤 노인이 땅을 두드리며 부른 노래로, 태평성대를 의미한다.《論衡 藝增》

200 영종조(英宗朝)……지었다 :《영조실록》 49년(1773) 윤3월 3일 기사에 양로연을 행하면서, 왕세손에게 기로연회가(耆老宴會歌) 6구(句)를 적으라고 명한 뒤 "이 시는 한(漢)나라 고조(高祖)의 〈대풍가(大風歌)〉를 본뜬 것이다."라고 하고, 신하들에게 차운해 올리게 한 기록이 보인다. 외연(外宴)은 주로 정전(正殿) 등에서 진연을 받는 사람과 신하들이 참석하여 행하는 것이고, 내연(內宴)은 진연을 받을 대상이 왕대비나 중궁전 등 여성일 경우에 대내에서 별도로 행하는 것이다.

왕이 대차(大次)에서 나가면 〈여민락(與民樂)〉을 연주하며 〈천립(天粒)〉을 노래한다.[201]

69. 친잠악 親蠶樂

뽕밭에서 양잠하며 〈위의편〉 노래하니	公桑蠶事威儀篇
친잠 강습 지금까지 몇 년이나 되었나	講習如今幾許年
왕비가 삼색 실로 임금 예복 만드니	褘副繅三成黼黻
왕비와 후궁이 화락하여 경사가 이어지네	六宮和樂慶綿綿

왕비가 대차(大次)로 돌아오면 〈여민락〉을 연주하며 〈위의(威儀)〉를 노래한다.[202]

70. 대사례 大射禮

〈사락〉 연주하고 〈오락〉 끝나니	思樂奏時於樂成
군왕의 대사례 먼저 행하였네	君王大射禮先行

201 대차(大次)에서……노래한다 : 대차는 국가의 큰 행사나 의식이 있을 때 임금이 거둥하여 머물던 장막을 말한다. 〈여민락(與民樂)〉은 조선 때 만든 아악(雅樂)의 하나로, 임금의 거둥 때나 궁중의 잔치 때 연주하였다. 〈천립(天粒)〉은 조선 성종이 1475년(성종6)에 친경(親耕) 의식을 행하면서 신하에게 명해 짓게 한 악장 이름이다. 그 첫머리에 "하늘이 우리 백성 먹이려고, 좋은 곡식을 내려주었네.〔天粒我民, 誕降嘉穀.〕"로 시작한다. 《성종실록》 6년 1월 25일 기사에, 성종이 친경을 행하기 위해 대차에서 나오자 〈여민락〉을 연주하며 〈천립〉을 노래했다는 기록이 보인다.

202 왕비가……노래한다 : 〈위의(威儀)〉는 1477년(성종8) 3월 14일에 중궁(中宮)이 친잠(親蠶) 의식을 행할 때 지은 악장 가운데 하나인데, 중궁이 대차로 돌아올 때 〈여민락〉을 연주하며 노래하였다. 그 첫머리에 "위의가 모두 법도에 맞고, 정숙함과 신중함 잊지 않으셨네.〔威儀卒度, 淑愼不忘.〕"로 시작한다. 《增補文獻備考 卷101 樂考12 樂歌4》《成宗實錄 8年 3月 14日》

주선과 진퇴가 법도에 들어맞는데 周旋進退中規矩

과녁을 펼치자 정곡이 수놓였네 畫布斯張繡鵠正

임금이 활쏘기를 할 때는 〈역성(繹成)〉을 연주하며 〈사락(思樂)〉을 노래하고, 모시는 사람이 활쏘기를 할 때는 〈역성〉을 연주하며 〈오락(於樂)〉을 노래한다.[203]

71. 속부 俗部

〈신열〉과 〈지아〉에 〈돌아〉를 겸하고 辛熱枝兒竝突阿

경주의 〈사내〉를 노래에 맞춰 춤추네 東京思內舞依歌

선배들 역시 소미연에 참석하니 先輩亦參燒尾宴

〈상대별곡〉을 양촌이 읊었네 霜臺別曲陽村哦

신라의 악에 〈신열(辛熱)〉, 〈돌아(突阿)〉, 〈지아(枝兒)〉, 〈사내(思內)〉 등의 곡이 있다. 〈상대별곡(霜臺別曲)〉은 권근(權近)이 지은 것인데, 사헌부(司憲府)의 소미연(燒尾宴) 때 악공에게 부르게 하였다.[204]

203 임금이……노래한다 : 〈역성(繹成)〉은 종묘 제향이나 대사례(大射禮) 등의 의식에 연주하는 악곡이다. 〈사락(思樂)〉과 〈오락(於樂)〉은 성종 8년(1477)에 반궁(泮宮)에서 대사례를 행하고 짓게 한 악장으로, 〈사락〉은 "화락한 반궁에 성상께서 이르셨네〔思樂泮宮, 駕言戾止.〕"로 시작하며, 〈오락〉은 "화락한 반궁에 북과 쇠북을 연주하네.〔於樂泮宮, 於論鼓鐘.〕"로 시작한다. 《國朝寶鑑 卷16 成宗朝2 8年 丁酉(1477)》《增補文獻備考 卷101 樂考12 樂歌4 大射禮歌樂章》

204 신라의……하였다 : 관련 내용이 《증보문헌비고》에 보인다. 〈상대별곡(霜臺別曲)〉은 사헌부의 위엄을 노래한 경기체가(景幾體歌) 형식의 악장으로 양촌(陽村) 권근(權近)이 지었으며, 주로 궁중 연회악으로 쓰였다. 상대는 사헌부의 별칭이다. 소미연(燒尾宴)은 과거에 합격하거나 벼슬에 임명되었을 때 동료들이 베풀어주는 연회를 말한다. 《增補文獻備考 卷107 樂考18 俗部樂2 本朝樂 俗部》

72. 아악 雅樂

엄숙하고 맑은 종묘에서 〈집희〉 연주하며	淸廟肅淸於緝熙
천년토록 익조에게 제사를 올리네	尊公上祀歲千斯
존호 올리는 악장이 추상의 악장과 같으니	上號章同追上號
〈오황〉의 시요 〈유황〉의 가사로다	於皇詩與維皇辭

익조(翼祖)의 사당에서 〈집희(緝熙)〉를 연주하였다. 태조와 태종에게 존호를 올릴 때는 〈오황(於皇)〉을 사용하였고, 인원왕후(仁元王后)에게 존호를 올릴 때는 〈유황(維皇)〉을 사용하였으며, 덕종(德宗)을 추상(追上)할 때 종헌(終獻)에는 〈유황〉을 사용하고 아헌(亞獻)에는 〈오황〉을 사용하였다.[205]

73. 진풍정 進豐呈

중국 동해 동쪽 나라 뿌리 깊고 튼튼하니	東海之東深固根
아 천만세토록 성현의 자손 이어지리	於千萬世聖賢孫
주나라 때 붉은 새가 하늘의 상서 올리니[206]	維周赤爵呈天瑞

205 익조(翼祖)의……사용하였다 : 관련 내용이 《증보문헌비고》에 보인다. 익조의 사당에서 연주한 악장이 '경을 계속하여 밝히시니〔緝熙敬止.〕'로 시작한다. 세종 즉위년(1418)과 3년에 태종에게 존호를 올릴 때의 악장이 '아, 위대하신 상왕께서〔於皇上王.〕', '아, 위대하신 태상께서〔於皇太上.〕'로 시작한다. 영조 23년(1747)에 인원왕후(仁元王后)의 존호를 강성(康成)으로 가상(加上)할 때의 악장이 '거룩하신 성모께서는〔維皇聖母.〕'으로 시작한다. 또 덕종(德宗)의 존호를 '온문의경(溫文懿敬)'으로 추증할 때 종헌(終獻)의 악장이 '황천께서 우리 동방 도우시고〔維皇天, 佑東方.〕'로 시작하고, 존호를 '선숙공현(宣肅恭顯)'으로 가상할 때 아헌(亞獻)의 악장이 '아 황천이 대동을 돌보시어〔於皇天, 眷大東.〕'로 시작한다. 인원왕후는 숙종의 둘째 계비 김씨이다. 덕종은 성종의 부친으로, 1471년에 추존되었다.《增補文獻備考 卷107 樂考18 俗部樂2 本朝樂 雅樂, 卷100 樂考11 樂歌3 列朝樂歌, 卷102 樂考13 樂歌5》

경계가 바로잡힐 때 예악이 보존되네 經界正時禮樂存

〈용비어천가(龍飛御天歌)〉에 '해동(海東)', '근심(根深)', '적작(赤爵)', '유주(維周)'가 있고, 〈문덕가(文德歌)〉에 '정경계(正經界)'와 '정예악(定禮樂)'이 있다.[207]

74. 진연악 進宴樂

사정전에 돌아오니 북정 장사 위로하고 思政殿回慰北鞆

기로소에 납시어 서루에 화상 그렸네[208] 耆英社御繪西樓

열조에서 연향 때 음악 어제로 많이 지었으니 列朝宴樂多親製

은하수 같은 글이 환히 고금에 남아 있네 雲漢於昭今古留

세조조(世祖朝) 경진년(1460, 세조6)에 평양(平壤)으로부터 돌아오자 임금이 사정전(思政殿)에 납시어 어제(御製) 악장을 지어 북정 장사(北征將

206 주(周)나라……올리니 : 〈용비어천가〉 7장에 '붉은 새가 글을 물어 침실 문에 앉았다.〔赤爵御書, 止室之戶.〕'라는 구절이 있는데, 주나라 문왕(文王)이 태어났을 때 붉은 새가 단서(丹書)를 물고 와 문왕의 방문에 내려앉은 것을 말한다. 《史記正義 卷4 周本紀》

207 용비어천가(龍飛御天歌)에……있다 : 〈용비어천가〉 1장이 '해동(海東)', 2장이 '뿌리 깊은〔根深〕', 7장이 '붉은 새〔赤爵〕', 8장이 '주나라〔維周〕'로 시작한다. 〈문덕가(文德歌)〉는 〈문덕곡(文德曲)〉으로, 1393년(태조2)에 정도전(鄭道傳)이 지은 송축가인데 '개언로(開言路)', '보공신(保功臣)', '정경계(正經界)', '정예악(定禮樂)'의 4장으로 이루어져 있다. 한편, 시 제목의 진풍정(進豐呈)은 대궐 안에서 베푸는 가장 큰 규모의 잔치로, 임금이나 왕비에게 음식을 차려 올리는 의식이다. 《三峯集 卷2 樂章 文德曲》

208 기로소(耆老所)에……그렸네 : 영조가 기로소에 들어갔다는 말이다. 조선 태조가 60세에 기로소에 들어가 서루(西樓)에 자신의 이름을 썼는데, 이후 서루는 기로소를 가리키는 말로 쓰이게 되었다. 영조는 1744년 9월 9일에 51세의 나이로 기로소에 들어갔으며, 영수각(靈壽閣)에 화상이 걸렸다. 《燃藜室記述 別集 卷6 官職典故 耆社》

士)를 위로하였다.[209] 영종조(英宗朝) 갑자년(1744, 영조20)에 임금이 기사(耆社)에 들어가며 어제 악장 1장을 지었다.[210]

75. 헌선도 獻仙桃

요지의 반도는 일천 년에 한 번 맺히는데	瑤池蟠結一千年
푸르고 푸른 두 덩이가 반쯤 붉은 연지 빛이네	雙顆青青半紫臙
왼쪽 소매 돌리자마자 오른쪽 소매와 합쳐서	左袖才旋右袖合
대승[211]의 금쟁반을 높이 들어 전하네	高擡戴勝金盤傳

서왕모(西王母)의 고사를 인용하여 음식을 권하는 악장이다. 고려 최자(崔滋)의 시에 "옛날엔 억겁 세월 거치며 살결 온통 파랗더니, 새로 황은에 취해 볼이 반쯤 붉네.〔舊經仙劫渾肌碧, 新醉皇恩半頰頳.〕"라고 하였다.[212]

209 세조조(世祖朝)……위로하였다 : 관련 내용과 세조가 지은 악장이 《세조실록》에 보인다. 1460년 9월에 함길도 도체찰사(咸吉道都體察使) 신숙주(申叔舟)가 북방 변경의 야인을 정벌한 뒤 돌아와 10월 14일에 세조를 알현하였다. 11월 11일에 백관이 성절(聖節)과 중궁(中宮) 탄일의 하례를 행하자, 세조가 사정전(思政殿)에 나아가 탄일연을 베풀고 겸하여 북정한 장수와 군사를 위로하며 어제 악장을 지었다. 《世祖實錄 6年 9月 11日, 10月 14日, 11月 11日》

210 영종조(英宗朝)……지었다 : 영조의 어제 악장은 《증보문헌비고》에 전하며 《임하필기》에도 보인다. 《增補文獻備考 卷101 樂考12 樂歌4》《林下筆記 卷20 文獻指掌編 大風歌》

211 대승(戴勝) : 원래는 서왕모(西王母)가 머리에 꽂았다는 장식을 말하는데, 서왕모를 가리키는 말로도 쓰인다.

212 서왕모(西王母)의……하였다 : 서왕모의 고사는 서왕모가 한(漢)나라 무제(武帝)에게 선도(仙桃) 일곱 개를 바친 고사를 말하는데, 제왕의 장수를 기원하는 뜻으로 쓰인다. 최자(崔滋)의 시는 전체 내용이 《동문선》에 실려 있다. 한편, 《임하필기》〈진연악의 본원〔進宴樂本源〕〉에도 이 내용이 보인다. 《東文選 卷104 致語 燈夕獻仙桃教坊致語》《林下筆記 卷16 文獻指掌編》

76. 수연장 壽延長

네 무리 여덟 명이 한 줄로 춤을 추니 四隊八人舞一行

세 바퀴 빙빙 돌며 바꾸어 서로 바라보네 回旋三匝換相望

남북으로 왔다 갔다 소리마다 박을 치고 南來北去聲聲拍

등졌다가 마주 보며 일제히 강급장[213] 연주하네 背向齊翻腔急章

당(唐)나라 덕종(德宗) 때 왕경(王景), 고염(高恬) 등이 덕종의 수명 연장을 위하여 불상(佛像)을 만들어 바쳤는데, 아마 바로 이를 모방해 그대로 따랐던 듯하다.[214]

77. 오양선 五羊仙

〈만엽치요도[215]〉와 〈오운개서조〉 연주하니 瑤圖萬葉五雲開

한 협[216]이 돌아오고 두 협은 빙빙 도네 一挾歸來二挾回

213 강급장(腔急章) : 《임하필기》에 수록된 〈수연장(壽延長)〉 주석에 “악부에는 중강급박(中腔急拍)의 미전사와 미후사가 있다.〔樂府有中腔急拍尾前尾後詞.〕”라는 말이 보이는데, ‘강급’은 중강급박을 줄여서 표현한 것으로 보인다. 중강(中腔)은 반주 음악의 하나로 임금에게 술을 올릴 때 연주하던 음악이다. 미전사는 사(詞)의 전단(前段)을 말하고, 미후사는 후단(後段)을 말한다.

214 당(唐)나라……듯하다 : 관련 내용이 《고려사》와 《증보문헌비고》에 보인다. 왕경(王景)은 당나라 덕종비(德宗妃)의 부친이며, 고염(高恬)은 덕종의 부마(駙馬)이다. 《임하필기》 〈진연악의 본원〔進宴樂本源〕〉에도 이 내용이 보인다. 《고려사》 〈최승로열전〉에는 ‘왕경’이 ‘왕경선(王景先)’으로 기록되어 있다. 《高麗史 卷71 樂志25 樂2 唐樂 壽延長》 《增補文獻備考 卷107 樂考18 俗部樂2 本朝樂 壽延長》 《林下筆記 卷16 文獻指掌編》 《高麗史 卷93 崔承老列傳》

215 도(圖) : 저본에는 ‘도(桃)’로 되어 있으나, 《고려사》를 비롯한 여타의 기록에 근거해 바로잡아 번역하였다. 《임하필기》 〈해동악부〉에도 ‘도(圖)’로 기록되어 있다. 아래의 주석도 같이 수정하였다.

오색 양을 타고서 다섯 신선이 오는데 五色羊騎仙五子

창포와 곡식 이삭 그림자 짙다네 菖蒲穀穗影枚枚

악관(樂官)이 〈오운개서조(五雲開瑞朝)〉와 〈만엽치요도(萬葉熾瑤圖)〉를 연주한다. 《태평환우기(太平寰宇記)》에 "다섯 신선이 오색 양(羊)을 타고 곡식 이삭을 가지고 와서 고을 사람들에게 주었다."라고 하였다. 또 《남월지(南越誌)》에 "요성보(姚成甫)가 창포간(菖蒲澗)에서 지팡이 짚은 사람을 만났는데, 그 사람이 '이곳의 창포는 안기생(安期生)이 심은 것이다.'라고 했다."라고 하였다. 이 내용을 종합하면 오양선의 놀이는 필시 여기에서 생겨났을 것이다.[217]

78. 포구락 抛毬樂

송나라 교방악 중 세 번째 명칭이니 宋敎坊名置第三

벽성[218]의 늙은 선비 꿈속 혼이 달콤했네 碧城老士夢魂酣

잘못해 공을 떨구면 뺨에 찍힌 점 보게 되니 誤墮翻看顋點墨

관객은 즐겁게 웃고 가인은 부끄러워하네 衆中懽笑佳人慙

송(宋)나라 교방악(敎坊樂)의 셋째를 〈포구락(抛毬樂)〉이라 하였다. 해주(海州) 사람 이신언(李愼言)이 꿈에 수궁(水宮)에 가서 궁녀들이 공놀이하는 것을 보았는데, 산양(山陽)의 채순(蔡純)이 그 일을 기술하였다. 오늘날

216 협(挾) : 군무(群舞)에서 중앙의 원무(元舞)를 도와 곁에서 춤추는 사람으로, 협무(挾舞)라고도 한다.

217 악관(樂官)이……것이다 : 관련 내용이 《고려사》와 《증보문헌비고》에 보인다. 〈오운개서조(五雲開瑞朝)〉와 〈만엽치요도(萬葉熾瑤圖)〉는 고려 때 당악정재 반주 음악의 하나이다. 안기생(安期生)은 동해의 선산(仙山)에서 살았다는 전설적인 신선의 이름이다. 《高麗史 卷71 樂志25 樂2 唐樂 五羊仙》《增補文獻備考 卷107 樂考18 俗部樂2 本朝樂 五羊仙》

218 벽성(碧城) : 황해도 해주(海州)의 별칭인데, 여기서는 송나라 이신언(李愼言)의 고향인 해주를 지칭하는 말로 쓰였다. 《林下筆記 卷25 春明逸史 碧城》

이 놀이는 필시 여기에서 생겨났을 것이다. 공이 땅에 떨어지면 악사(樂師)가 오른쪽 뺨에 점을 찍고 물러난다.[219]

79. 연화대 蓮花臺

한 쌍의 연꽃에 선녀가 숨었는데	一對蓮花仙女藏
금방울 달린 합립 쓰고 치마저고리 입었네	金鈴蛤笠帽衣裳
화신이 연통[220]을 밟으면 쌍으로 꽃이 벌어지니	花神踏筒雙花劈
신이한 무보(舞譜)는 탁발씨에게서 전해졌네	幻譜流傳拓跋王

연화대(蓮花臺)는 본래 탁발씨(拓跋氏)의 북위(北魏)에서 나왔다. 두 동녀(童女)에게 고운 옷을 입히고 모자에 금방울을 달아서 연화통(蓮花筒)에 숨겨두었고, 춤이 끝나면 합립(蛤笠)을 거둔다. 대개 〈화신답가(花神踏歌)〉와 〈채련곡(採蓮曲)〉 등을 이용해 만들었을 것이다.[221]

219 송(宋)나라……물러난다 : 관련 내용이 《증보문헌비고》에 보인다. 이신언(李愼言)의 일화는 송나라 심괄(沈括)의 《몽계필담(夢溪筆談)》 권5 〈악률(樂律)〉에 나온다. 《增補文獻備考 卷107 樂考18 俗部樂2 本朝樂 抛毬樂》

220 연통(蓮筒) : 저본에는 원문이 '개(箇)'로 되어 있는데, 정재(呈才)에 사용하는 연꽃 모양의 통인 '연통(蓮筒)'의 의미로 보아 수정해 번역하였다. '연통'은 '연화통(蓮花筒)'이라고도 하며, 《악학궤범》에 그 용례가 보인다. 아래의 주석도 이에 따라 수정하였다. 《樂學軌範 卷8 池塘板》

221 연화대(蓮花臺)는……것이다 : 관련 내용이 《고려사》와 《증보문헌비고》에 보인다. 합립(蛤笠)은 연화대를 출 때 여동(女童)이 쓰던 모자로 연꽃 모양에 금을 박은 두 줄의 끈이 있다. 〈화신답가(花神踏歌)〉는 꽃의 정령이 나타나 발로 땅을 구르며 부르는 노래이다. 〈채련곡(採蓮曲)〉은 연밥을 따는 모습을 읊은 노래인데, 주로 남녀가 서로 그리워하는 모습을 노래하였다. 《高麗史 卷71 樂志25 樂2 唐樂 蓮花臺》 《增補文獻備考 卷107 樂考18 俗部樂2 本朝樂 蓮花臺》

80. 몽금척 夢金尺

한 번의 꿈에 분부받아 천명이 돌아오니	一夢丁寧天命歸
삼천리 강역이 만년토록 영원하길 기원했네	三千疆場萬年祈
황금빛 일산과 비단 깃발로 금척을 받들고	黃蓋錦旛金尺捧
금척사 부르는 열두 명이 겹겹이 에워쌌네	唱詞十二重重圍

태조 대왕이 왕위에 오르기 전에 신인(神人)이 금척(金尺)을 주는 꿈을 꾸었으니, 천명을 받을 상서(祥瑞)였다. 여섯 무리의 열두 명이 황금빛 일산〔黃蓋〕을 받들고 〈금척사(金尺詞)〉를 부른다.[222]

81. 수보록 受寶籙

지리산에서 어떤 이가 진귀한 책 얻으니	智異山人得異書
천여 년 된 석벽의 텅 빈 구멍 속이었네	嵌空石壁千年餘
정절과 용선 사이에서 돌면서 마주 보는데	節旌龍扇旋相對
〈회팔선〉 먼저 부르고 〈보허자〉 뒤에 연주하네	先八仙歌後步虛

태조가 왕위에 오르기 전에 어떤 사람이 지리산(智異山) 석벽(石壁) 안에서 진귀한 책을 얻어서 바쳤다. 악관(樂官)이 〈회팔선(會八仙)〉과 〈보허자(步虛子)〉를 연주하면 용선(龍扇)과 정절(旌節) 사이에서 마주 보고 춤을 춘다.[223]

222 태조……부른다 : 관련 내용이 《삼봉집》과 《태조실록》 및 《증보문헌비고》 등에 보인다. 〈몽금척(夢金尺)〉은 1393년(태조2)에 관습도감 판사(慣習都監判事) 정도전(鄭道傳) 등이 태조의 덕을 찬양해 올린 악장의 하나이다. 금척은 황금 자를 말한다. 황개(黃蓋)는 무구(舞具)의 일종으로, 황제의 행차를 상징하는 황색의 일산이다. 〈금척사(金尺詞)〉는 〈몽금척〉 가사에 정도전이 지은 치어(致語)를 붙여 부른다. 《三峯集 卷2 樂章 夢金尺, 致語》《太祖實錄 1年 7月 17日, 2年 7月 26日》《增補文獻備考 卷107 樂考18 俗部樂2 本朝樂 金尺, 卷101 樂考12 樂歌 朝鮮 金尺詞》

223 태조가……춘다 : 관련 내용이 《삼봉집》과 《태조실록》 및 《증보문헌비고》 등에

82. 근천정 覲天庭

황제가 동방 돌아봄은 성군의 모습 안 것이니　帝眷東邦識聖眞
특별한 은혜 전에 없던 예우 신하국 중 으뜸이네　殊恩曠禮出臣隣
하늘 우러르며 노소 백성이 경사를 기뻐하여　瞻天老幼懽欣慶
춤추며 참된 정성으로 대궐 향해 송축하네　蹈舞忱誠頌紫宸

태종 대왕이 왕위에 오르기 전에 명(明)나라 조정에 들어가 조회하니, 황제가 예우하고 보내주었다. 나라의 노인과 아이들이 기뻐하고 경하하며 서로 노래하였다.[224]

83. 수명명 受明命

황금 인장과 고명과 아홉 문양 면복으로　金寶鏤文冕九章
명나라 천자가 청양을 열어주었네[225]　大明天子開靑陽

보인다. 〈수보록(受寶籙)〉은 1393년(태조2)에 관습도감 판사 정도전 등이 태조의 덕을 찬양해 올린 악장 가운데 하나이다. 보록(寶籙)은 봉황이 황제(黃帝)와 요(堯) 임금에게 주었다는 도록(圖籙)으로, 천명을 상징한다. 〈회팔선(會八仙)〉과 〈보허자(步虛子)〉는 당악정재의 반주 음악이다. 용선(龍扇)은 황룡이 그려진 의장기이며, 정절(旌節) 역시 의식에 사용하던 의장의 하나이다. 《三峯集 卷2 樂章 受寶籙》《太祖實錄 2年 7月 26日》《增補文獻備考 卷107 樂考18 俗部樂2 本朝樂 受寶籙》

224 태종……노래하였다 : 관련 내용이 《증보문헌비고》에 보인다. 태종은 1394년(태조3) 6월에 국호 및 왕의 호칭에 대한 표문(表文)을 지니고 명나라에 가서 명나라 태조와 회견한 뒤 11월에 돌아왔다. 〈근천정(覲天庭)〉은 1402년(태종2) 6월에 하륜(河崙)이 지어 올린 악장의 하나로, 《태종실록》과 《호정집(浩亭集)》에 수록되어 있다. 《增補文獻備考 卷107 樂考18 俗部樂2 本朝樂 覲天庭》《太祖實錄 3年 6月 7日, 11月 19日》《太宗實錄 2年 6月 9日》《浩亭集 卷1 樂章 覲天庭五章》

225 청양(靑陽)을 열어주었네 : 태종의 등극을 승인해주었다는 말로 보인다. 청양은 제왕이 정사와 교화를 펼치는 명당(明堂)의 동쪽 방 이름인데, 여기서는 조정을 가리키

동방이 황제의 중한 은혜 특별히 입고　東藩偏荷皇恩重
기쁨을 기념하며 연회 자리에 먼저 올렸네　識喜先登式讌場

태종 대왕이 예로써 대국을 섬기니 천자가 고명(誥命)을 내리고 이어 인장(印章)과 면복(冕服)을 내렸다. 우리나라 사대부들이 기뻐하며 노래하였다.[226]

84. 하황은 荷皇恩

아, 고명이 명나라에서 오니　於皇誥命自天來
온 나라 사람 기뻐하며 만 번 춤을 추었네　擧國同驩舞萬回
두 손 모아 북쪽 보며 간절히 염원하니　攢手北望懸一念
동국 사람 누군들 미력이나마 보답하지 않으랴　東人誰不報涓埃

태종 대왕이 부왕(父王)의 명으로 임시로 국사를 대행하다가 이윽고 명나라 황제의 고명(誥命)을 받았다.[227]

는 말로 쓰인 듯하다.

226 태종……노래하였다 : 〈수명명(受明命)〉은 1402년(태종2) 6월에 하륜(河崙)이 지어 올린 악장의 하나로, 《태종실록》과 《호정집》에 수록되어 있다. 태종은 1401년(태종1) 5월에 고명(誥命)과 인장(印章)을, 1403년(태종3) 2월에 아홉 문양〔九章〕이 수놓인 면복(冕服)을 명나라 성조(成祖)로부터 받았다. 《太宗實錄 1年 5月 27日, 3年 2月 26日》《浩亭集 卷1 樂章 受明命六章》《增補文獻備考 卷107 樂考18 俗部樂2 本朝樂 受明命》

227 태종……받았다 : 〈하황은(荷皇恩)〉은 1419년(세종1) 1월에 상왕 태종이 변계량(卞季良)에게 명해 짓게 한 악장으로, 《세종실록》과 《춘정집(春亭集)》에는 〈하황은곡(賀皇恩曲)〉으로 기록되어 있다. 태종이 명나라로부터 고명을 받은 사실은 앞의 주226 참조. 《世宗實錄 1年 1月 8日》《春亭集 續集 卷1 樂章 賀皇恩曲》《增補文獻備考 卷107 樂考18 俗部樂2 本朝樂 荷皇恩》

85. 하성명 賀聖明

악관이 〈천년만세가〉[228]를 연주하니	樂奏千年萬歲歌
하늘 감동시킨 황제의 덕에 상서가 응당 많네	感天帝德瑞應多
사방의 평온함이 동방에까지 미치니	四方寧謐東方曁
산에선 기거가 나고[229] 바다엔 풍파 일지 않네	山出器車海不波

명나라 황제가 등극한 이후 천하가 안정되고 평온하며 상서가 연이어 나타나니 우리나라 사람이 이 시를 지어 송축하였다.[230]

86. 성택[231] 聖澤

황제가 사신을 해동에 보냈으니	帝命使臣遣海邦
사대를 표창함이 역사에 비할 바 없네	褒嘉事大史無雙
사신을 공경함은 황제의 덕을 흠모해서이니	敬賓惟是欽天德
우리나라 신하들이 두터운 은혜 우러르네	下國群工仰駿厖

〈성택(聖澤)〉은 중국 조정의 사신을 위로한 것이니, 사신을 위로한 것은 황제의 덕을 흠모한 것이다. 태종 대왕이 정성으로 대국을 섬기니 황제가 이를 가상히 여겨 특별히 사신을 보내왔기에 우리나라 사람들이 이를 노래

228 천년만세가(千年萬歲歌) : 당악정재 반주 악곡의 하나이다.

229 산에선 기거(器車)가 나고 : 기거는 보기(寶器)와 산거(山車)를 말하는데, 제왕이 덕이 있고 천하가 태평하면 나타난다는 전설상의 상서로운 물건이다. 《禮記 禮運》

230 명나라……송축하였다 : 〈하성명(賀聖明)〉은 1419년(세종1) 12월에 변계량(卞季良)에게 명해 짓게 한 악장으로, 《세종실록》과 《춘정집》에 수록되어 있다. 《世宗實錄 1年 12月 26日》《春亭集 續集 卷1 樂章 賀聖明歌》《增補文獻備考 卷107 樂考18 俗部樂2 本朝樂 賀聖明》

231 성택(聖澤) : 저본에는 '택성(澤聖)'으로 되어 있는데, 관련 기록을 참고해 바로잡아 번역하였다. 아래 주석에도 '성택(聖澤)'으로 기록되어 있다.

하였다.[232]

87. 육화대 六花隊

〈문화심곡〉이 호가 소리와 어우러지면　問花心曲和胡笳
여섯 사람이 분야를 이뤄 한 송이씩 꽃을 받드네　六隊成分奉一花
첫 번째 박 소리 끝나고 다시 박 소리 나니　一拍聲終一拍起
분분히 떨어지는 꽃이 옅은 노을을 자른 듯하네　紛紛花落剪輕霞

〈문화심사(問花心詞)〉를 구호(口號)한다. 꽃을 든 무리 여섯 사람이, 박(拍)을 치면 꽃을 받들고 춤추며 손방(巽方), 이방(離方), 곤방(坤方), 건방(乾方), 감방(坎方), 간방(艮方)에 선다.[233]

88. 곡파 曲破

나아올 땐 빠르고 물러갈 땐 느리니　進惟小小退惟遲
등지고 마주 보며 춤추다 좌우로 나뉘네　或背或撞左右之
〈전편〉은 중간에 〈중곤〉은 끝에 연주되는데　攧遍在中中袞亂
옷 무늬 일렁이고 그림자 어지럽네　衣紋不定影披離

232 성택은……노래하였다 : 관련 내용이 《세종실록》에 보인다. 번역문의 '특별히〔特〕'는 저본에는 '시(時)'로 되어 있는데, 《세종실록》과 《증보문헌비고》 등의 기록에 근거해 바로잡아 번역하였다. 《世宗實錄 10年 5月 26日》《增補文獻備考 卷107 樂考18 俗部樂2 本朝樂 聖澤》

233 문화심사(問花心詞)를……선다 : 관련 내용이 《증보문헌비고》에 보인다. 〈문화심사〉는 〈육화대(六花隊)〉 공연 때 여기(女妓)가 진구호(進口號)한 노래 가사를 말하는데, 궁궐의 풍경과 봄철의 꽃을 찬미하는 내용이다. 구호(口號)는 공연의 시작과 끝에 여기(女妓)들이 부르는 일종의 송축사로, 진구호와 퇴구호(退口號)로 구분된다. 《增補文獻備考 卷107 樂考18 俗部樂2 本朝樂 六花隊》

악관이 〈전편(攧遍)〉과 〈중곤(中袞)〉을 연주하면, 두 무기(舞妓)가 춤을 추며 나와서 마주 보거나 등을 지고 춤을 추다가 물러나서 제자리로 돌아간다.[234]

89. 보태평 保太平

이런저런 꾸밈과 단장한 서른여섯 명 기녀가 　　雜飾丹粧六六人

〈역성〉에 물러나고[235] 〈귀인〉에 춤추네 　　繹成引出奏歸仁

〈정명〉〈융화〉〈용광〉에 맞춰 춤추니 　　貞明隆化龍光舞

모두 지금보다 앞선 시대 옛날보다 뒷 시대에 있었네[236] 　　盡在先今後古辰

서른여섯 명이 모두 단장하고 이런저런 꾸밈을 하고서 악관이 〈귀인(歸仁)〉, 〈정명(貞明)〉, 〈융화(隆化)〉, 〈용광(龍光)〉을 연주하면 춤을 시작한다. 〈역성(繹成)〉에 이르면 물러 나온다.[237]

234 악관이……돌아간다 : 관련 내용이 《증보문헌비고》에 보인다. 〈전편(攧遍)〉과 〈중곤(中袞)〉은 반주 악곡의 하나이다. 《增補文獻備考 卷107 樂考18 俗部樂2 本朝樂 曲破》

235 물러나고 : 저본의 원문은 '인출(因出)'로 되어 있는데, 실록과 《증보문헌비고》의 기록에 근거해 '인출(引出)'로 바로잡아 번역하였다.

236 모두……있었네 : 태조 때인 조선 초를 의미하는 말로 보인다. 《임하필기》의 주석에 '태조의 음악이다.〔太祖樂.〕'라는 기록이 있다.

237 서른여섯……나온다 : 관련 내용이 《증보문헌비고》에 보인다. 〈보태평(保太平)〉은 세종이 지은 악곡으로 조선 건국에 공을 세운 선조와 역대 왕들의 문덕(文德)을 노래하였다. 세조 때 일부 개작되었다. 〈귀인(歸仁)〉, 〈정명(貞明)〉, 〈융화(隆化)〉, 〈용광(龍光)〉, 〈역성(繹成)〉은 모두 〈보태평〉의 곡명인데, 〈귀인〉과 〈용광〉은 세조 때 개작한 곡명이다. 그 가사는 《세종실록》과 《세조실록》에 수록되어 있다. 《增補文獻備考 卷107 樂考18 俗部樂2 本朝樂 保太平》《世宗實錄 29年 6月 4日》《世祖實錄 9年 12月 11日》

90. 정대업 定大業

일흔한 명이 오색 비단 갑옷과 투구를 쓰고 七十一人五色盔
중간에 서른다섯 명 나누어 사방에서 오네 中分五七四方來
곡진 원진 예진 직진으로 진의 모양 바꾸니 曲圓銳直陣形變
대고 소리 둥둥 울려 온갖 춤 재촉하네 大鼓鼙鼙萬舞催

일흔한 명이 모두 오색 비단 갑옷을 입고 청색 비단 투구를 쓴다. 그 중 서른다섯 명은 각각 의물(儀物)을 잡고, 나머지 서른여섯 명은 각각 활과 검을 잡고 있다가, 대고(大鼓)가 열 번 울리면 춤을 시작한다. 곡진(曲陣), 직진(直陣), 예진(銳陣), 원진(圓陣)을 만들면서 위치를 바꾸어가며 춤을 춘다.[238]

91. 봉래의 鳳來儀

해동장에 이어 석주장 춤추며 마주 보니 昔周舞對海東章
겹겹의 비단옷에서 뭇 향기 뿜어나오네 匝匝羅衣噴衆香
네 무리는 빙빙 돌고 북쪽 무리는 서 있다가 四隊回旋北隊定
오엽에 이르러 도로 처음 대열을 이루네 及還五葉復初行

'해동장(海東章)'과 '석주장(昔周章)'을 노래하면 사방에서 무리를 이루어 북쪽을 향해 춤을 추고 무리를 바꾸어 선다. 오엽(五葉)에 이르면 도로 처음 늘어섰던 모습을 이룬다.[239]

238 일흔한……춘다 : 관련 내용이 《증보문헌비고》에 보인다. 〈정대업(定大業)〉은 세종이 지은 악곡으로 조선 건국에 공을 세운 선조와 역대 왕들의 무덕(武德)을 노래하였다. 세조 때 일부 개작되었고, 그 가사는 《세종실록》과 《세조실록》에 수록되어 있다. 《增補文獻備考 卷107 樂考18 俗部樂2 本朝樂 定大業》《世宗實錄 29年 6月 4日》《世祖實錄 9年 12月 11日》

239 해동장(海東章)과……이룬다 : 관련 내용이 《증보문헌비고》에 보인다. 〈봉래의(鳳來儀)〉는 〈용비어천가〉를 대악(大樂)으로 구성한 향악정재(鄉樂呈才)이다. 해동

92. 아박 牙拍

악사가 동쪽 기둥을 거쳐 걸어 들어와	樂師足蹈由東楹
날리는 비단 허리띠에 아박을 비껴 꽂네	錦帶飄飄牙拍橫
열두 달 가사가 달에 따라 바뀌는데	十二腔詞隨月變
손안에서 지속에 따라 소리마다 응하네	手中遲速應聲聲

악사(樂師)가 동쪽 기둥〔東楹〕을 거쳐 들어와 아박(牙拍)을 집어서 허리띠 사이에 꽂는다. 무기(舞妓)가 북쪽을 향해 마주 서서 춤을 추는데 매월의 가사에 따라 춤을 바꾼다. 절차의 지속(遲速)에 따라 1강(腔)을 걸러 박을 친다.[240]

93. 향발 響鈸

좌우 손의 엄지와 중지에 향발을 묶고	左右鈸纓母指長
앞으로 팔을 펴고 의상을 가지런히 하네	向前伸臂齊衣裳
박 소리 높낮이 따라 손을 끼고 읍하는데	高低隨拍挾相揖
세 번 치기 끝나려 하니 손이 바쁘네	三度將終兩手忙

여덟 명이 왼손과 오른손의 엄지와 중지에 향발(響鈸)을 묶고 앞으로 팔을 펴서 서로 손을 끼고 나아간다. 향발을 세 번 치는 것을 앞의 의식처럼

장과 석주장(昔周章)은 각각 '해동'과 '석주'로 시작하는 〈용비어천가〉의 1장과 3장이다. 오엽(五葉)은 향악곡의 한 악절 또는 악구(樂句)를 일컫는 말인데, 여기서는 〈용비어천가〉의 마지막 125장인 '천세장(千世章)'의 '님금하 아라쇼셔'로 시작하는 부분을 말하는 것으로 추정된다. 《增補文獻備考 卷107 樂考18 俗部樂2 本朝樂 鳳來儀》《世宗實錄 卷147 樂譜 龍飛御天歌》《이혜구 역주, 신역 악학궤범, 국립국악원, 2000, 322쪽》

240 악사(樂師)가……친다 : 관련 내용이 《증보문헌비고》에 보인다. 〈아박(牙拍)〉은 상아(象牙)를 깎아 만든 여섯 개의 판(板)으로 된 아박을 치면서 행하는 향악정재이다. 매월의 해당 가사로 이루어진 〈동동(動動)〉을 노래하며 춤을 춘다. 강(腔)은 악곡의 마디를 말한다. 《增補文獻備考 卷107 樂考18 俗部樂2 本朝樂 牙拍》

하고 두 손을 휘둘렀다가 거둔다.[241]

94. 무고 舞鼓

채색 북채로 일제히 둘러싸니 소리 성대히 울리는데	彩槌齊繞聲闐淵
바다 위에 뜬 나뭇등걸 옛 신선이 내려왔네	海上浮查降古仙
손 모아 꿇어앉았다 손 모아 일어나니	斂手跪來斂手起
두 마리 용처럼 씩씩하고 나비처럼 나풀거리네	二龍矯矯蝶翩翩

고려 시중(侍中) 이혼(李混)이 영해(寧海)로 좌천되었을 때 바다 위에 뜬 나뭇등걸을 얻어 무고(舞鼓)를 제작하였다. 그 소리는 우렁차고 그 춤은 변화가 많아 나풀거리며 한 쌍의 나비가 꽃을 에우는 듯하고 용맹스럽게 두 마리 용이 구슬을 다투는 듯하다.[242]

95. 학무 鶴舞

청학과 백학이 날갯짓하며	青青白白鶴翱翔
옥 연못을 향하여 동서로 나뉘어 서네	分立西東向玉塘
부리 마주쳐 고개 들며 숙여서 쪼다가	鼓嘴擧頭俛而啄
문득 동녀 만나자 놀라서 날아가네	却逢童女驚飛揚

241 여덟……거둔다 : 관련 내용이 《증보문헌비고》에 보인다. 〈향발(響鈸)〉은 놋쇠로 만든 타악기인 향발을 연주하며 행하는 향악정재이다. 《增補文獻備考 卷107 樂考18 俗部樂2 本朝樂 響鈸》

242 고려……듯하다 : 관련 내용이 《고려사》와 《증보문헌비고》에 보인다. 〈무고(舞鼓)〉는 큰 북인 무고를 치며 행하는 향악정재의 하나이다. 이혼(李混, 1252~1312)은 고려 후기에 첨의정승(僉議政丞) 등을 지낸 문신이다. 1308년(충선왕 복위년)에 예주목사(禮州牧使)로 좌천되었는데, 예주는 경상도 영덕군 영해(寧海)의 옛 이름이다. 《高麗史 卷71 樂志 樂2 俗樂 舞鼓》《增補文獻備考 卷107 樂考18 俗部樂2 本朝樂 舞鼓》

청학과 백학이 날갯짓하며 지당(池塘) 앞으로 나아가 동서로 나뉘어 서서 몸을 숙여 쪼고 고개를 들어 부리를 마주친다. 음악이 끝나려 할 때 연통(蓮筒)을 쪼아서 열어 두 동녀(童女)가 마침내 나오면 두 학은 놀라서 물러간다.[243]

96. 교방가요 敎坊歌謠

화전이 길에 깔리고 침향산 펼쳐졌는데	鋪花甎路沈香山
가요축 담은 상자 있고 좌우로 기녀들 나뉘어 섰네	謠軸瓊函左右班
대가가 이를 때 일제히 〈여민락〉 연주하니	大駕至時齊奏樂
춤추는 기녀들 모두 짙붉은 비단옷 입었네	呈才盡著暗紗殷

길 가운데에 침향산(沈香山)과 지당구(池塘具)를 설치하고, 침향산 앞에 화전(花甎)을 깔며, 좌우에 기녀가 나뉘어 서고, 탁자에 가요축(歌謠軸) 상자를 설치한다. 대가(大駕)가 이르면 전부고취(前部鼓吹) 악공(樂工)이 좌우로 나뉘어 〈여민락(與民樂)〉을 연주한다.[244]

243 청학과……물러간다 : 관련 내용이 《악학궤범》과 《증보문헌비고》 등에 보인다. 〈학무(鶴舞)〉는 향악정재의 하나이며, 지당(池塘)은 연못을 상징하여 꾸민 나무판이다. 번역문의 '고개를 들어〔擧首〕'와 '연통(蓮筒)'이 저본에는 '손을 들어〔擧手〕'와 '연개(蓮箇)'로 되어 있는데, 《악학궤범》과 《증보문헌비고》의 기록에 근거해 바로잡아 번역하였다. 《樂學軌範 卷5 時用鄕樂呈才圖儀 鶴舞》《增補文獻備考 卷107 樂考18 俗部樂2 本朝樂 鶴舞》

244 길……연주한다 : 관련 내용이 《악학궤범》과 《증보문헌비고》 등에 보인다. 교방가요(敎坊歌謠)는 향악정재의 하나로, 교방헌가요(敎坊獻歌謠)의 준말이다. 침향산(沈香山)은 산 모양의 무구(舞具)이고, 지당구(池塘具)는 연못을 상징하여 꾸민 나무판이다. 화전(花甎)은 화전벽(花甎碧)으로 역시 무구의 하나이다. 가요축(歌謠軸)은 임금을 찬양하는 내용의 노래 가사를 적은 축(軸)이다. 《악학궤범》에 의하면 기녀들이 좌우로 나뉘어 서고 가요축을 담은 상자를 왼쪽에 설치한다고 되어 있으므로, 이렇게 번역하였다. 전부고취(前部鼓吹) 악공은 어가(御駕)의 앞에서 연주하는 고취 악대를

97. 문덕곡 文德曲

〈문덕곡〉의 개언로장 보공신장이여　曲開言路保功臣

예악이 환히 드러나고 치어는 새롭네　禮樂章章致語新

오백 년 이래 문물이 성대하니　五百起來文物盛

태사가 덕을 살펴 백성의 풍속 진달하네　太師觀德民風陳

악(樂)이 시작되어 치어(致語)가 끝나면 〈문덕곡(文德曲)〉의 '개언로(開言路)', '보공신(保功臣)', '정예악(定禮樂)' 등의 장(章)을 차례로 창한다.[245]

98. 조정악 朝廷樂

〈금전〉〈청평〉〈만전춘〉 연주되고　金殿淸平滿殿春

〈취풍형〉 끝나자 〈풍안〉이 펼쳐지네　醉豐亨闋豐安申

〈봉황음〉은 수룡의 읊조림이 변한 것이니　鳳凰吟變龍吟水

임금께서 문신에게 명해 가감하게 하셨네　王命詞臣增損因

우리나라의 악부에 〈금전(金殿)〉, 〈청평(淸平)〉, 〈만전춘(滿殿春)〉, 〈취풍형(醉豐亨)〉, 〈풍안(豐安)〉 등이 있다. 세종조(世宗朝)에 윤회(尹淮)에게 명하여 〈처용가(處容歌)〉의 가사를 바꾸어 짓게 하여 이름을 '봉황음(鳳凰吟)'이라 하고 마침내 조정의 악으로 삼았다.[246]

말한다. 어가를 뒤따르는 고취 악대는 후부고취(後部鼓吹)라고 한다. 〈여민락(與民樂)〉은 조선 때 만든 아악(雅樂)의 하나로, 임금의 거둥 때나 궁중의 잔치 때 연주하였다. 《樂學軌範 卷5 時用鄕樂呈才圖儀 敎坊歌謠》《增補文獻備考 卷107 樂考18 俗部樂2 本朝樂 敎坊歌謠》

245 악(樂)이……창한다 : 관련 내용이 《악학궤범》과 《증보문헌비고》 등에 보인다. 치어(致語)는 임금에게 올리는 송덕의 글이다. 〈문덕곡〉과 각 장에 대해서는 148쪽 주207 참조. 《樂學軌範 卷5 時用鄕樂呈才圖儀 文德曲》《增補文獻備考 卷107 樂考18 俗部樂2 本朝樂 文德曲》

246 우리나라의……삼았다 : 관련 내용이 《지봉유설(芝峯類說)》과 《증보문헌비고》

99. 삼조 三調

우조와 평조와 후전조　　調羽調平調後殿

동방의 곡조에 느리고 빠른 곡조 넉넉하네　　東方曲調慢嗺羨

비파의 세 음절 서로 어울릴 만하니　　琵中三節堪相倫

청조와 측조 남은 음조에 평조가 또 있네　　淸側餘音平又擅

《문선주(文選註)》에, "비파에 세 가지 조(調)가 있는데 평조(平調), 청조(淸調), 측조(側調)이다."라고 하였다. 오성(五聲) 중에서 우(羽)가 가장 맑으니 그렇다면 우조(羽調)가 청조이다. 우리나라 후전(後殿)의 곡조는 음절이 격앙(激昻)하여 평조와 상반되니, 아마도 옛날의 이른바 '측조'인 듯하다.[247]

100. 진작 眞勺

일 이의 음절이 삼 사의 음절과 이어지니　　一二音連三四音

사 삼 이 일의 진작으로 청탁을 읊조리네　　四三二一濁淸吟

손가락 한 번 움직일 때 점 하나씩 떨어지니　　指一動時點一落

일심으로 연주하며 바늘만큼도 용납지 않네　　一心操縱不容針

악부(樂府)의 진작(眞勺)에 일진작(一眞勺), 이진작(二眞勺), 삼진작(三眞勺), 사진작(四眞勺)이 있으니, 바로 성음(聲音)의 완급의 박자이다. 일진작이 가장 느리고 이진작, 삼진작, 사진작이 또 그다음이다.

등에 보인다. 《芝峯類說 卷18 技藝部 音樂》《增補文獻備考 卷107 樂考18 俗部樂2 本朝樂》

247 문선주(文選註)에……듯하다 : 관련 내용이 《성호사설》과 《증보문헌비고》 등에 보인다. 《성호사설》에는 이 내용 앞에 "우리나라의 곡보(曲譜)에는 평조(平調), 우조(羽調), 후전조(後殿調)가 있다."는 말이 보인다. 《星湖僿說 卷29 曲譜》《增補文獻備考 卷107 樂考18 俗部樂2 本朝樂》

보제산악[248] 16수

補製散樂 十六首

1. 신라팔관회 新羅八關會

진흥왕이 해마다 십일월이 되면	眞興王歲月中冬
채붕 엮고 윤등 달아 온갖 놀이 행했네	棚結輪燈百戲從
복을 빌 때 다시 아름다움을 살폈으니	祈福之時更觀美
화랑이 뽑혀 들어와 그 자태 성대하였네	花郎選入儀丰茸

진흥왕(眞興王)이 매년 11월에 승도(僧徒)들을 대궐 뜰에 모으고 윤등(輪燈) 1좌(坐)를 설치하고 향등(香燈)을 사방에 나열하였으며, 또 두 개의 채붕(綵棚)을 엮어 온갖 놀이와 가무를 바쳐 복을 빌었다.[249]

2. 옥적 玉笛

원래의 대나무 빛깔 옥처럼 찬란한데	天然竹色玉璘珣
조령 넘으면 소리 멎는다는 동사 기록 진실이네	踰嶺聲喑東史眞
한 치의 차이도 없이 쇠로 보완했으니	尺寸無差鐵補缺
어찌 알랴 신룡이 영이함을 전했음을	那知靈異自龍神

248 보제산악(補製散樂) : 앞의 〈해동악부〉 서문에서 "말미에 시악(時樂)을 덧붙여서"라고 언급한 부분이 바로 이 시에 해당한다. 산악은 아악(雅樂)보다 급이 낮은 잡악(雜樂)으로, 민간에서 전해지는 통속적인 음악을 말한다. 한편, 이 부분에 속한 16수가 《임하필기》에는 〈해동악부〉라는 제하에 모두 포함되어 있다.

249 진흥왕(眞興王)이……빌었다 : 관련 내용이 《동사강목》과 《증보문헌비고》 등에 보인다. 채붕(綵棚)은 나무로 단을 만들고 오색 비단 장막을 늘어뜨린 무대이다. 《東史綱目 卷3上》《增補文獻備考 卷107 樂考18 散樂 新羅》

옥적(玉笛)은 길이가 1자 9치인데, 위는 말랐지만 아래는 생생하여 원래의 대나무 빛깔을 띠고 있다. 세상에 전하기를, "이 옥적은 조령(鳥嶺)을 넘어가면 소리가 나지 않는다."라고 하였다. 임진년(1592)에 왜구에 의해 부서졌는데 쇠를 가지고 부서진 부분을 보완하였다. 《조선지(朝鮮誌)》에는, "바다 동쪽의 용이 바쳤다."라고 하였다.[250]

3. 고려팔관회 高麗八關會

네 명의 자제를 양가에서 선발해	四人之子選良家
예상우의 입혀서 신라 풍속 자랑하네	衣羽裳霓羅俗誇
복사꽃 떠가는 물에서 진적을 찾으니	桃花流水尋眞迹
막고야산 선인이 자색 노을 헤치네	藐射仙姑披紫霞

고려 태조가 신라의 풍속을 이어받아 양가(良家)의 자제 네 명을 뽑아 예상우의(霓裳羽衣)를 입혀 뜰에 나열해 춤추게 하였다. 대제(待制) 곽동순(郭東珣)이 하표(賀表)를 지어 이르기를, "복희씨(伏羲氏)가 천하를 다스린 이래로 삼한(三韓)의 태조보다 성대한 때가 없었고, 막고야산(邈姑射山)의 신인(神人)은 마치 월성(月城)의 사선(四仙)인 듯합니다. 복사꽃 떠가는 물이 아득히 흘러가 비록 진적(眞迹)은 찾기 어려워도 고가(古家)의 유풍은 아직도 남아 있으니, 참으로 하늘이 없애지 않은 것입니다."라고 하였다.[251]

250 옥적(玉笛)은……하였다 : 관련 내용이 《동사강목》과 《증보문헌비고》 등에 보인다. 조령(鳥嶺)을 넘어가면 옥적의 소리가 나지 않는다는 기록은 한문건(韓文健, 1765~1850)의 〈옥적설(玉笛說)〉에 보인다. 《조선지(朝鮮志)》는 편자 미상의 책으로 《사고전서(四庫全書)》에 포함되어 있으며, 소개된 내용은 권상(卷上) 〈고적(古跡) 경상도(慶尙道)〉에 보인다. 《東史綱目 卷3上》《增補文獻備考 卷107 樂考18 散樂 新羅》《石山文集 卷7 玉笛說》

251 고려……하였다 : 관련 내용이 《증보문헌비고》에 보인다. 곽동순(郭東珣)은 고려 인종 때의 문신이며, 그가 지은 하표(賀表)는 《동문선》에 〈팔관회선랑하표(八關會

4. 노인성 老人星

남극의 수성이 달처럼 둥그니	南極壽星如月圓
찬란한 서광이 동쪽 하늘에 나타났네	煌煌瑞彩見東天
충주의 들판에서 향 잡아 제사 지내고	拈香設醮中原野
궁정 잔치 베풀며 종과 북을 걸었네	宴樂宮庭鍾鼓懸

의종(毅宗) 24년(1170)에 충주(忠州)에서 노인성(老人星)에 제사를 지냈더니, 그날 저녁에 수성(壽星)이 나타났다. 왕이 친히 악장을 짓고 백관에게 잔치를 베풀어 즐겼다.[252]

5. 소대산악 昭代散樂

황제가 내린 가곡이 일천 본이니	欽賜歌章目一千
임금이 모화관에서 칙사 맞아 나례 베풀었네	王迎郊館設儺筵
채붕 엮고 펼치던 들놀음 지금은 그쳤으니	山棚野戲今停免
은을 보상해주고 돈이 들기 때문이었네[253]	秤以償銀也貨泉

세종 대왕 무술년(1418, 세종 즉위년)에 흠차 환관(欽差宦官) 육선재(陸善財)가 칙서(勅書)와 황제가 하사한 《명칭가곡(名稱歌曲)》 천 본(本)을 받들고 왔다. 채붕(綵棚)을 엮고 나례(儺禮)를 베풀었는데, 세종이 모화루(慕華樓)에 가서 맞이해 와서 의식대로 예를 행하였다.[254]

仙郎賀表)〉로 수록되어 있다. 《增補文獻備考 卷107 樂考18 散樂 高麗》《東文選 卷30》

252 의종(毅宗)……즐겼다 : 관련 내용이 《고려사》와 《증보문헌비고》에 보인다. 수성(壽星)은 노인성의 별칭으로, 수명과 장수를 맡은 별이다. 《高麗史 卷48 天文2》《增補文獻備考 卷107 樂考18 散樂 高麗》

253 은을……때문이었네 : 정확한 의미는 미상이다. 다만 무익한 비용이 들어가는 나례(儺禮)를 정지하도록 청하는 기록이 여러 곳에 보이므로, 그 의미로 이해하여 번역하였다.

6. 제석나 除夕儺

연화대와 학무와 처용무 춤추며	蓮花臺鶴處容神
궁궐 뜰에 크게 모여 무희들 나아오네	大合宮庭進舞人
자편으로 역귀 몰아내며 떠들썩하던 곳에서	除祓赭鞭雜遝地
이튿날 아침이면 한 해의 봄을 맞아들이네	明朝迎納一年春

선달그믐 하루 전날 궁궐 뜰에 나례(儺禮) 의식을 베풀어 장구를 울리고 자편(赭鞭)을 쳐서 역귀(疫鬼)를 몰아낸다.[255]

7. 황국사 黃菊詞

황국 한 가지를 옥당에 하사하셨는데	黃菊一枝賜玉堂
황국사 맑은 기운 엄습해 어전이 향기롭네	歌詞淸襲御前香
용안에 기쁨 넘치고 신하들 감동하니	天顔有喜臣隣動
악부에 아직도 송 시랑의 가사 전하네	樂府猶傳宋侍郎

254 세종……행하였다 : 관련 내용이 《세종실록》과 《증보문헌비고》에 보인다. 《명칭가곡(名稱歌曲)》의 원제는 《제불세존여래보살존자명칭가곡(諸佛世尊如來菩薩尊者名稱歌曲)》으로, 명나라 성조(成祖)가 직접 지은 제불(諸佛)의 명칭을 노래로 찬양한 불곡(佛曲)이다. 우리의 의사와는 상관없이 중국에서 하사한 것이라고 한다. 나례(儺禮)는 원래 섣달그믐에 사신(邪神)을 쫓던 놀이인데, 후대에는 중국 칙사의 영접 등에도 행하였다. 모화루(慕華樓)는 모화관(慕華館)의 옛 이름으로, 1430년(세종12)에 모화관으로 명칭을 바꾸었다. 《世宗實錄 卽位年 9月 4日》《增補文獻備考 卷107 樂考18 散樂 朝鮮》

255 섣달그믐……몰아낸다 : 섣달그믐에 행하던 학연화대처용무합설(鶴蓮花臺處容舞合設)의 나례(儺禮)를 형용하였다. 자편(赭鞭)은 붉은 채찍으로, 신농씨(神農氏)가 이 채찍을 들고 다니며 온갖 풀의 성질과 맛을 검증하여 식용과 약용 등을 구별하였다고 한다. 후에는 역귀를 쫓아내는 데 사용되었다. 《增補文獻備考 卷107 樂考18 散樂 朝鮮》《搜神記 卷1》

명종조(明宗朝)에 임금이 궁궐 정원의 황국(黃菊)을 꺾어 옥당(玉堂)의 관원들에게 하사하고 가사를 지어 올리도록 명하였다. 옥당의 관원들은 너무 갑작스러운 일이라 가사를 지어 올리지 못하였다. 이때 송순(宋純)이 도총부(都摠府)에 숙직하고 있다가 가사를 짓고 이어 남에게 대신 올리게 하였다. 임금이 그 연유를 알고 명을 내려 가사를 악부(樂府)에 올리게 하고 그를 총애하였다.[256]

8. 관음찬 觀音讚

불씨의 나무아미타불	佛氏南無阿彌陁
편마다 이와 같아 《유마경》을 암송하는 듯	編編如是誦維摩
〈쌍화점〉 곡조도 오히려 연주하기 어려운데	雙花店曲猶難奏
하물며 다시 엄숙한 곳에서 주문을 연주하랴	況復深嚴念呪歌

어숙권(魚叔權)이 말하기를, "내진연(內進宴)에서는 〈쌍화점(雙花店)〉 곡을 연주하는 것도 불가한데, 하물며 〈관음찬(觀音讚)〉이야 말할 나위가 있겠는가. 필시 고려 때 아미타불(阿彌陁佛)을 잘 꾸밀 줄 아는 자가 지은 것일 것이다. 편(篇)마다 '나무아미타불(南無阿彌陁佛)'이라는 말이 있다."라고 하였다.[257]

256 명종조(明宗朝)에……총애하였다 : 관련 내용이 《지봉유설》에 보인다. 송순(宋純, 1493~1582)이 지어 올린 가사는 시조(時調)인데 《청구영언(靑丘永言)》에 수록되어 있으며, 《면앙집(俛仰集)》 권4에는 〈성상께서 특별히 옥당에 황국을 하사하신 것에 대한 노래〔自上特賜黃菊玉堂歌〕〉라는 제목의 한역시(漢譯詩)로 수록되어 있다. 《芝峯類說 卷14 文章部7 歌詞》

257 어숙권(魚叔權)이……하였다 : 어숙권의 《패관잡기(稗官雜記)》와 《연려실기술(燃藜室記述)》, 《증보문헌비고》 등에 관련 내용이 보인다. 내진연(內進宴)은 대비나 왕비를 위하여 궁중에서 베푸는 잔치를 이르던 말로 내연(內宴)이라고도 한다. 〈쌍화점(雙花店)〉은 음란한 내용의 고려 속악으로, 충렬왕이 연회를 베풀어 부르게 했다는 작자 미상의 노래이다. 〈관음찬(觀音讚)〉은 관세음보살의 공덕을 찬양한 고려 때의

9. 도산구곡가[258] 陶山九曲歌

우뚝 솟은 도산에 강석을 열었으니	壁立陶山函席開
아홉 구비 시내에 선생의 자취 있네	先生遺躅九溪回
달 밝고 별 총총해[259] 편안하고 고요한데	月明星槪凝然寂
봄옷 이루어질 때 제자들 찾아오네	春服成時弟子來

퇴계(退溪) 선생의 말씀에 "달은 밝고 별은 총총하며 강과 산은 아득하니 편안하고 고요하여 천지가 갈라지기 전의 혼돈의 정취가 있다.〔月明星槪, 江山寥廓, 凝然寂然, 有未判鴻濛底意.〕"라고 하였다.[260]

노래이며, 그 가사가 《악학궤범》에 전한다. 한편, 번역문의 '아미타불을 잘 꾸밀 줄 아는 자〔能文阿彌者〕'의 원문이 《연려실기술》에는 '능문아미자(能文阿媚者)'로 되어 있는데, 이에 따르면 '문장과 아첨에 능한 자'로 번역이 된다. 《燃藜室記述 別集 卷12 音樂》《增補文獻備考 卷107 樂考18 散樂 朝鮮》《樂學軌範 卷5 鶴蓮花臺處容舞合設》

258 도산구곡가(陶山九曲歌) : 퇴계(退溪) 이황(李滉)의 작품으로, 원제는 〈한가로이 지내며 〈무이지〉를 읽다가 〈구곡도가〉에 차운하다〔閑居讀武夷志 次九曲櫂歌韻〕〉이다. 그런데 여기서 말하는 〈도산구곡가〉는 이 시 뒤에 이어지는 작품이 한글 가사인 점을 고려할 때 이황의 연작 시조인 〈도산십이곡(陶山十二曲)〉을 일컬은 것이 아닌가 한다. 《退溪集 卷1 閑居讀武夷志 次九曲櫂歌韻, 卷43 陶山十二曲跋》《靑丘永言》

259 별 총총해 : 저본의 원문은 '성기(星槪)'인데, 한유(韓愈)의 〈남해신묘비(南海神廟碑)〉의 기록에 근거해 '성기(星槪)'로 수정하여 번역하였다. 아래의 주석도 아울러 수정하였다. 《韓昌黎集 卷31》

260 퇴계(退溪)……하였다 : 퇴계의 말은 이덕홍(李德弘)이 스승 퇴계의 언행을 기록한 〈계산기선록(溪山記善錄)〉에 보인다. 《艮齋集 卷5 溪山記善錄 上》

10. 석담구곡가[261] 石潭九曲歌

석담의 물과 바위 벽성에서 이름나니	石潭水石碧城名
층층의 아홉 구비 한 줄기로 이어져 맑네	九曲層層一帶淸
후생들 아직도 술잔 전하던 곳 얘기하는데	後生尙說傳杯處
산앙문 앞에 갠 하늘의 달이 밝네	山仰門前霽月明

율곡(栗谷) 선생의 사당에 산앙문(山仰門)이 있다.

11. 관서별곡 關西別曲

점점이 봄 산이요 넘실넘실 강물인데	春山點點水溶溶
성 위의 누대는 저 멀리 몇 층이나 되는지	城上樓臺望幾重
푸른 창에 흐느끼는 노랫소리 이원 제자의 집이니	綠窓歌咽梨園子
수양버들 일색으로 짙푸른 곳에 있다네	家在垂楊一色濃

평사(評事) 백광홍(白光弘)이 이 가곡을 지었다. 옛사람의 시에 "긴 성 한쪽엔 넘실대는 강물이요, 넓은 들 동쪽엔 점점이 산이로다.〔長城一面溶溶水, 大野東頭點點山.〕"라는 구절이 있는데, '관서별곡'이라는 제목의 뜻에 가장 잘 어울리는 구절이다. 관서죽지사(關西竹枝詞)에 "푸른 창 붉은 문에 노랫소리 흐느끼니, 모두가 이원 제자의 집이라네.〔綠窓朱戶笙歌咽, 盡是梨園弟子家.〕"라고 하였다.[262]

261 석담구곡가(石潭九曲歌) : 원제는 〈고산구곡가(高山九曲歌)〉로, 율곡(栗谷) 이이(李珥)가 1578년(선조11) 황해도 벽성군(碧城郡) 고산면(高山面) 석담리(石潭里)에 은병정사(隱屛精舍)를 세우고 제자들과 강학할 때 지은 시조이다. 《청구영언》에 수록되어 있으며, 《율곡전서(栗谷全書)》 권2에 같은 제목의 한역시가 수록되어 있다.

262 평사(評事)……하였다 : 〈관서별곡(關西別曲)〉은 1555년(명종10)에 평안도 평사(平安道評事)로 있던 백광홍(白光弘)이 지은 가사로, 《기봉집(岐峯集)》 권4에 수록되어 있다. '옛사람의 시'는 고려의 문인 김황원(金黃元)이 부벽루(浮碧樓)에 올라 지은 시구인데, 마지막 두 구절을 끝내 짓지 못하고 통곡하며 내려왔다는 고사가 《파한집(破

12. 관동별곡 關東別曲

천하에 둘도 없는 관동팔경의 기이함이여　天下無雙八景奇

관동악부를 세상 사람 모두 안다네　關東樂府世皆知

한 가지 형상 묘사할 때 한 절에 맞추었으니　象一形時中一節

풍류 넘치는 상국의 강개한 가사로다　風流相國慨然詞

송강(松江) 정철(鄭澈)의 관동악부(關東樂府)는 하나의 일을 표현할 때 반드시 한 절(節)의 가사에 대응하게 하였다. 논자들이 '풍류가 넘치고 강개(慷慨)한 마음이 있다.'라고 평하였다.[263]

13. 사미인곡 思美人曲

설한령 높은 고개에 생애를 의탁하니　嶺高薛罕托生涯

송강 노인 어느 해에 원대한 포부 말할까　松老何年說遠懷

하늘 한쪽에 있어 구름과 강물 아득한데　天一方兮雲水邈

푸른 강가에 높이 누워 백구와 함께하네　滄江高臥白鷗偕

송강(松江)이 적소(謫所)에서 지은 시에 "내 생애는 설한령에 있다.〔生涯薛罕嶺.〕"라는 말이 있다. 〈감군은곡(感君恩曲)〉을 지었는데 바로 지금의 〈백구사(白鷗詞)〉이다.[264]

閑集)》을 비롯한 여러 시화(詩話)에 전한다. '관서죽지사(關西竹枝詞)'는 정지상(鄭知常)의 칠언절구 〈서도(西都)〉를 일컫는데, 주석에 소개된 구절은 〈서도〉의 뒤 두 구절이다. 《東文選 卷19 七言絶句 西都》

263 송강(松江)……평하였다 : 〈관동별곡(關東別曲)〉은 1580년(선조13)에 강원도 관찰사로 부임한 정철(鄭澈)이 금강산과 관동팔경을 유람하고 지은 가사로, 각각의 명승에서 느낀 감회를 명승별로 한 단락씩 나누어 읊었다. 《송강가사(松江歌辭)》에 수록되어 있다.

264 송강(松江)이……백구사(白鷗詞)이다 : 〈사미인곡(思美人曲)〉은 1588년(선조21)에 지은 가사로, 《송강가사》에 수록되어 있다. 당시 정철은 당쟁으로 인해 간관(諫

14. 장진주 將進酒

아침에 검던 머리 저녁에 백발 되어 인생을 탄식하니 朝青暮雪歎人生

바다까지 급히 흐르며 마음껏 내달리네 到海奔流任去情

꿈에서 만약 유령을 만나 얘기한다면 夢中若對劉伶說

물으리라 어느 산으로 삽 걸치고 따라야 하는지[265] 一問何山隨鍤橫

송강의 〈장진주사(將進酒詞)〉의 "아침에 검던 머리 저녁에 백발 되었네.〔朝青絲暮成雪.〕", "급히 흘러 바다에 이르네.〔奔流到海.〕" 등의 구절에서 인용한 것이 있다.[266]

官)의 논박을 받고 고향인 창평(昌平)에 은거하고 있었다. 한편 《연려실기술》에, 정철이 강계(江界)로 유배되었을 때 "생애는 설한령에 있고, 심사는 필운산에 있네.〔生涯薛罕嶺, 心事弼雲山.〕"라는 시구를 지었다는 기록이 보인다. 설한령은 평안도 강계에 있는 고개로 함경도와 경계를 이룬다. 필운산은 인왕산(仁王山)의 별칭이다. 〈백구사(白鷗詞)〉는 '백구야 펄펄 나지 마라 너 잡을 내 아니로다. 성상이 버리시니 너를 좇아 예 왔노라'로 시작되는 가창(歌唱) 가사로 이른바 '십이가사(十二歌詞)' 중 하나이며, 《가오고략》 책1 〈속악 십육가사(俗樂十六歌詞)〉에 같은 제목의 한역시가 수록되어 있다. 현재까지의 연구에 의하면 〈백구사〉의 작자는 미상인데, 귤산의 언급에 따르면 정철이 그 작자가 된다. 《燃藜室記述 卷18 宣祖朝故事本末 宣祖朝相臣》

265 꿈에서……하는지 : 유령(劉伶)은 진(晉)나라 죽림칠현(竹林七賢)의 한 사람으로, 늘 술병을 차고 다니며 따르는 사람에게 삽을 메고 따라오게 하면서 자신이 죽으면 그 자리에 묻어달라고 부탁했다는 고사가 있다. 《晉書 卷49 劉伶列傳》

266 송강의……있다 : 정철의 〈장진주사(將進酒詞)〉는 국문학 사상 최초의 사설시조이다. 한편, 이백(李白)의 〈장진주〉 첫머리에 "그대 보지 못했나 황하의 물이 하늘에서 내려와, 바다로 흘러가 다시 돌아오지 못하는 것을. 그대 보지 못했나 고당에서 밝은 거울 보고 백발을 슬퍼하니, 아침에 검던 머리 저녁에 백발이 되는 것을.〔君不見, 黃河之水天上來, 奔流到海不復廻. 君不見, 高堂明鏡悲白髮, 朝如靑絲暮成雪.〕"이라는 구절이 나온다. 《李太白集 卷2 將進酒》

15. 철령가 鐵嶺歌

만고의 강상처럼 우뚝 솟은 철령에	萬古綱常一嶺高
찬 구름 날아가니 내 마음 근심스럽네	寒雲飛去我心忉
삼백 년 동안 노래가 끝나지 않으니	三百年來歌不盡
길이 지사의 도포에 눈물 가득하게 하네	長令志士淚盈袍

백사(白沙) 이항복(李恒福) 선생의 《북천록(北遷錄)》에 〈철령가(鐵嶺歌)〉가 있는데, "찬 구름이 날아간다.〔寒雲飛去.〕"라는 등의 말이 있다.[267]

16. 산유화 山有花

산 위에 꽃 있고 꽃 아래 산 있는데	山上有花花下山
가슴이 미어질 듯 눈물 줄줄 흐르네	一腔欲斷淚潸潸
낙동강 강물이 끝없이 흘러가니	洛東江水無窮極
옥으로 변한 한[268]도 따라 흘러 돌아오지 않으리	碧恨隨流去不還

숙종 무인년(1698)에 선산(善山)에 사는 양민의 딸 향랑(香娘)이 일찍 과부가 되었다. 부모가 개가(改嫁)시키려 하자 향랑은 〈산유화가(山有花歌)〉를 짓고 나서 낙동강(洛東江)에 투신하였다. 그 가사에 "낙동강으로

267 백사(白沙)……있다 : 〈철령가(鐵嶺歌)〉는 백사 이항복(李恒福)이 인목대비(仁穆大妃) 폐모론에 반대하다가 함경도 북청(北靑)으로 유배될 때 철령에 올라 지은 시조이다. 《북천록(北遷錄)》의 원제는 《백사선생북천일록(白沙先生北遷日錄)》으로, 문인 정충신(鄭忠信)이 편찬하였다. 이항복의 시조와 함께 약천(藥泉) 남구만(南九萬)의 한역시가 소개되어 있는데, "밤에 자고 새벽에 떠나는데 찬 구름 날아가네〔夜宿曉去寒雲飛.〕"라는 구절이 보인다.

268 옥으로 변한 한 : 굳은 정절을 지키려다 생긴 한을 말한 것으로 보인다. 장홍(萇弘)이 주(周)나라 경왕(敬王)에게 충간을 하다가 받아들여지지 않자 배를 갈라 자결하였는데, 3년 뒤에 장홍이 흘린 피가 벽옥(碧玉)으로 변했다는 고사가 전한다. 《莊子 外物》

고개 돌리니 강물이 푸르네.〔回首洛東江水碧.〕"라는 등의 말이 있다.[269]

269 숙종……있다 : 관련 기록이 《증보문헌비고》에 보인다. 우리말 가사는 남아 있지 않으나 칠언절구의 한역시가 여러 기록에 남아 있다. 다만, 기록에 따라 한역시의 내용이 조금씩 다르고 노래를 지은 여인의 이름과 배경 설화가 다양한 형태로 전한다. 참고로 《고산집(孤山集)》에 보이는 한역시를 소개하면 다음과 같다. "위엄은 서릿발 같고 신의는 산과 같으니, 가기도 어렵고 멈추기도 어렵네. 낙동강으로 고개 돌리니 강물이 푸른데, 이 마음 편한 곳이 이 몸도 편안하리.〔威如霜雪信如山, 欲去爲難欲止難. 回首洛東江水碧, 此心安處此身安.〕"《增補文獻備考 卷107 樂考18 散樂 朝鮮》《自著 卷14 傳 善山二烈女》《孤山集 卷2 有人得女婢於遠郡携來……》

훈민정음 5수
訓民正音 五首

성인께서 악을 만들며 시후에 응하시고　聖人製樂應時候
자음 모음이 낳고 낳으니 스물여덟 자가 서로 돕네　子母生生卄八副
전환이 무궁하고 칠조(七調)와 삼재(三才)에 어울리니
轉換無窮叶七三
둥글고 곧은 모양은 주(周)나라 고전 본떴네　象形圓直倣姬籒

세종조에 자음과 모음 28자를 창제하여 이름을 '언문(諺文)'이라 하였는데, 글자의 전환이 무궁하였다. 모습을 형상하여 글자는 고전(古篆)을 본떴고 소리를 말미암아 음은 칠조(七調)와 어울렸으며, 삼재(三才)의 의리가 포괄되지 않음이 없었다.[270]

아음 설음 후음 순음에 또 치음으로 바뀌어　牙舌喉唇又變齒
초성 중성 종성이 자연히 일어나네　初中終響自然起
글자에도 차청 차탁 전탁 불청이 있고　次清次濁不全清
정반의 설음이 서로 돕고 경중의 순음을 쓰네　正反相須輕重以

오음(五音)에는 어금닛소리·혓소리·입술소리·잇소리·목구멍소리가 있고, 첫소리와 가운뎃소리와 끝소리가 있다. 입술소리에는 경(輕)·중(重)의 다름이 있고, 혓소리에는 정(正)·반(反)의 구별이 있다. 글자도 또한 전청(全淸)·차청(次淸)·전탁(全濁)·불탁불청(不濁不淸)의 차이

270 세종조에……없었다 : 이하 이 시의 주석과 관련된 기록이 《증보문헌비고》에 보인다. 칠조(七調)는 칠음(七音) 즉 궁(宮)·상(商)·각(角)·치(徵)·우(羽)의 다섯 음과 변치(變徵)·변궁(變宮)을 말한다. 《增補文獻備考 卷108 樂考19 訓民正音》

가 있다.[271]

율려가 어울려 갖추어지지 않음이 없으니 律呂克諧無不備
닭 울음소리 개 짖는 소리 쉽게 적을 수 있네 鷄鳴狗吠書容易
입성 평성 거성 상성은 점을 더하거나 없는데 入平去上點加無
범자[272]와 비슷하지만 도리어 범자가 아니라네 似梵字還非梵字

악가(樂歌)는 어디에 쓰더라도 갖추어지지 않는 것이 없고, 율려(律呂)는 조화를 이루어 어디에 가든지 이르지 못할 곳이 없으니, 비록 바람 소리, 학 울음소리, 닭 울음소리, 개 짖는 소리라 하더라도 모두 적을 수가 있다. 모든 글자는 반드시 합해져야 소리를 이룬다. 왼쪽에 하나의 점을 더하면 거성(去聲)이고, 두 개의 점을 더하면 상성(上聲)이며, 점이 없으면 평성(平聲)이다. 입성(入聲)은 점을 더하는 것은 같은데 촉급(促急)하다.[273]

궁 상 각 치가 모두 자리를 나누니 宮商徵角皆分位

271 오음(五音)에는……있다 : 《증보문헌비고》에는 이 부분이 성현(成俔)의 말로 기록되어 있는데, "첫소리와 가운뎃소리와 끝소리가 있다.〔初聲中聲終聲.〕"라는 부분은 없다. 한편, "혓소리에는 정(正)·반(反)의 구별이 있다.〔舌聲有正反之別.〕"라고 번역한 부분의 원문 '유(有)'가 저본에는 '자(自)'로 되어 있으나, 《증보문헌비고》와 《임하필기》의 기록에 근거해 '유(有)'로 바로잡아 번역하였다. 《增補文獻備考 卷108 樂考19 訓民正音》《林下筆記 卷38 海東樂府 訓民正音》

272 범자(梵字) : 고대 인도(印度)의 문자를 말한다.

273 악가(樂歌)는……촉급(促急)하다 : "악가는……이룬다."까지는 정인지(鄭麟趾)의 〈훈민정음 서문〉에 보이는데, 앞부분이 "악가는 율려가 조화를 이루어, 어디에 쓰더라도 갖추어지지 않음이 없고 어디에 가든지 이르지 못할 것이 없다."로 되어 있다. "왼쪽에……촉급하다."까지는 세종의 〈훈민정음 서문〉에 보인다. 《世宗實錄 28年 9月 29日》《增補文獻備考 卷108 樂考19 訓民正音》

사방의 풍토가 달라서 구별되었네 區別四方風土異
음악 외의 음악 소리를 악장에 붙이니 樂外樂聲付樂章
어리석든 지혜롭든 조화의 묘리가 통하네 化機通妙無愚智

《훈민정음》은 궁(宮)·상(商)·각(角)·치(徵)의 음조를 다하였으니, 대체로 음악이 아니면서도 음악이다. 사방의 풍토가 구별되어 성기(聲氣) 역시 그에 따라 달라진 것이다. 지혜로운 사람이건 어리석은 사람이건, 큰 일이건 작은 일이건 간에 모두 '훈민정음'으로 풀이할 수 있으니 조화의 묘리를 다하고 만물의 뜻을 통하였다.

대궐에 부서 열어《훈민정음》만드니 禁中開局斯民訓
최항 정인지 신숙주가 황찬에게 물어 음운을 산정했네
崔鄭申黃刪正韻
요동을 왕래한 것이 열세 번이니 往來遼野十三番
모두가 선왕께서 계획을 운용한 것이네 摠是先王心算運

대궐 안에 부서를 설치하고 정인지(鄭麟趾)·신숙주(申叔舟)·최항(崔恒)·성삼문(成三問) 등에게 명하여《훈민정음》을 찬정(撰定)하게 하였다. 명(明)나라 한림학사(翰林學士)인 황찬(黃瓚)이 마침 요동(遼東)에 유배되어 있었기에 성삼문 등에게 황찬을 만나 음운(音韻)을 질문하게 하니, 요동을 왕래한 것이 모두 열세 번이었다. 글자를 창제한 묘리는 실로 세종 대왕의 밝은 지혜로부터 나왔다.

속악 십육가사[274]

俗樂十六歌詞

1. 초한가[275] 楚漢歌

남보다 빼어난 힘도 모두 쓸모없으니	絶人之力儘無用
한나라가 천심 따르자 천하가 귀의했네	漢順天心歸大宗
고향 생각 한 곡조 낙엽 지는 가을이라	一曲思鄕落木秋
초산 깜깜한 밤에 기러기 이리저리 날아가네	楚山月黑雁橫縱

2. 용저가 舂杵歌

'경신년 경신월 경신일 경신시에	年月庚申竝日時
강태공 조작'이라 크게 써놓았네[276]	太公造作特書之

274 속악 십육가사(俗樂十六歌詞) : 가사체의 장가(長歌)에 곡을 붙여 노래로 부르는 이른바 십이가사(十二歌詞)와 판소리 가사 등을 칠언절구로 읊은 작품이다.

275 초한가(楚漢歌) : 초나라 항우(項羽)의 이야기를 다룬 판소리 단가(短歌) 〈초한가〉를 읊은 것이다. 〈초한가〉는 항우가 우미인(虞美人)과 이별하는 대목인 '이별 대목'과 사면초가의 상황을 노래하는 '초가 대목'으로 이루어져 있는데, 그 내용에 '절인지용(絶人之勇) 부질없고 순민심(順民心)이 으뜸이라', '월흑(月黑)' 등의 구절이 보인다.

276 경신년……써놓았네 : 디딜방아를 새로 만들면 방아 등에 '경신년 경신월 경신일 경신시 강태공 조작(庚申年庚申月庚申日庚申時姜太公造作)'이라고 써 붙여서 목신(木神)의 기세를 누르는 풍습이 있었다고 한다. 한편, 《오주연문장전산고(五洲衍文長箋散稿)》에, 사람들이 새로 집을 지으면 외문(外門)에 위와 같은 글귀를 써서 붙였는데 토목 공사를 한 뒤 살(煞)을 막기 위해 금(金)에 속하는 경신(庚申)이라는 글자를 써서 목(木)의 기세를 눌렀다고 하며, '강태공' 역시 집을 짓고 난 뒤 살을 막기 위한 방법으로 중국의 풍속에서 유래한 듯하다는 내용이 보인다. 《五洲衍文長箋散稿 人事篇 宮室類

방하호환이라 일꾼들이 말하며[277]	防遐胡幻役夫語
찧고 다시 찧고 찧고 다시 찧네	椿復椿兮椿復爲

3. 어부사[278] 漁父詞

백로가 부평초 뜬 푸른 물결에 내려오고	白鷺綠萍落浪淸
푸른 부들 붉은 여뀌에 서늘한 바람이 이네	青菰紅蓼涼風生
흰 살쩍 어부가 잠에서 마침 깨어나니	雪鬢漁翁眠正罷
물가 생활이 산속 생활의 마음보다 낫네	水居勝似山居情

4. 장진주[279] 將進酒

백발과 황하 읊은 적선 이백이여	白髮黃河李謫仙
한 잔 기울인 뒤 백 잔이 이어지네	一杯傾後百杯連
술과 바꿔 만고의 근심 함께 녹이려	換酒同消愁萬古
오색 털빛 말과 천금의 갖옷 가져가네[280]	馬將花五裘金千

營室制度辨證說》

277 방하호환(防遐胡幻)이라 일꾼들이 말하며 : '방하호환'은 일꾼들이 방아를 찧으며 하는 말인 듯한데, 무슨 의미인지는 미상이다.

278 어부사(漁父詞) : 십이가사 중 하나인 〈어부사〉를 읊은 것이다. 원곡은 이현보(李賢輔)가 지은 것으로 알려져 있는데, 《악장가사(樂章歌詞)》에 내용이 전한다. 그 내용 중에 '청고엽상량풍기(青菰葉上涼風起)', '설빈어옹(雪鬢漁翁)', '자언거수승거산(自言居水勝居山)' 등의 구절이 보인다.

279 장진주(將進酒) : 이백(李白)의 시 〈장진주〉의 내용을 가창하던 작품을 읊은 것으로 보인다.

280 백발과……가져가네 : 이백의 〈장진주〉 첫머리에 "그대 보지 못했나 황하의 물이 하늘에서 내려와, 바다로 흘러가 다시 돌아오지 못하는 것을. 그대 보지 못했나 고당에

5. 처사가[281] 處士歌

하늘이 낸 나의 재주 인간 세상 어디에 쓰랴 人間何用天生才
즉시 운림에서 처사가 오는 것을 보았네 卽看雲林處士來
아홉 승 갈포 입고 세 마디 죽장 들고 葛布九升三節杖
기산과 영수에서 또한 배회한다네 箕山穎水也徘徊

6. 탄금사 彈琴詞

꽃 피고 달 뜬 옥루에 노는 소년배들아 玉樓花月少年輩
녹기금[282] 연주하는 늙은이 비웃지 말라 莫笑翁彈綠綺琴
뽕밭이 푸른 바다로 잠깐만에 변하나니 桑田碧海須臾變
검은 머리가 백발이 됨은 고금이 다르지 않네 白髮靑絲非古今

서 밝은 거울 보고 백발을 슬퍼하니, 아침에 검던 머리 저녁에 백발이 되는 것을.〔君不見, 黃河之水天上來, 奔流到海不復廻. 君不見, 高堂明鏡悲白髮, 朝如淸絲暮成雪.〕"이라는 구절이 나온다. 또 마지막에 "오색 털빛 말과 천금의 갖옷을, 아이 불러 가지고 가 술과 바꿔오게 하여, 그대와 만고의 시름을 함께 녹이리라.〔五花馬千金裘, 呼兒將出換美酒, 與爾同銷萬古愁.〕"라는 구절이 보인다. 《李太白集 卷2 將進酒》

281 처사가(處士歌) : 십이가사 중의 하나인 〈처사가〉를 읊은 것이다. 원곡은《청구영언(靑丘永言)》 등에 전하는데, 내용 중에 '천생아재(天生我才) 쓸데없어', '운림처사(雲林處士) 되오리라', '구승갈포(九升葛布) 몸에 걸고, 삼절죽장(三節竹杖) 손에 들고', '기산영수(箕山穎水) 예 아닌가 별유천지(別有天地) 여기로다' 등의 구절이 보인다. 기산과 영수는 요(堯) 임금 때의 은자 소보(巢父)와 허유(許由)가 은거했던 곳이다.

282 녹기금(綠綺琴) : 한나라 사마상여(司馬相如)가 〈옥여의부(玉如意賦)〉를 짓자 양왕(梁王)이 기뻐하며 선물로 주었다는 거문고 이름이다. 거문고를 가리키는 말로 쓰인다.

7. 춘면곡[283] 春眠曲

봄잠에서 늦게 깨어 대나무 창을 미니	春眠晩覺竹牕推
불타는 듯한 정원 꽃에 가던 나비 맴도네	灼灼庭花去蝶回
야유원 찾아가려 하니 어느 곳이 거긴가	欲訪冶遊何處是
황금 채찍에 백마 타고 낭군님 오시네	金鞭白馬郎君來

8. 관동별곡[284] 關東別曲

평생토록 병이 많아 강호에 누우니	百年多病臥江湖
태평성대에 이 한 몸 느긋이 노니네	聖世優遊此一軀
경포대 바위 낙산사 소나무 죽서루 시내 외에	鏡石洛松竹澗外
망양정과 삼일포에 봉래산을 만났네	望洋三日接蓬壺

283 춘면곡(春眠曲) : 십이가사의 하나인 〈춘면곡〉을 읊은 것인데, 원곡은 남녀 간의 그리운 마음을 노래하였다. 《청구영언》 등에 전하는데, 내용 중에 '춘면(春眠)을 늦게 깨어 죽창(竹窓)을 반쯤 여니, 정화(庭花)는 작작(灼灼)한데 가는 나비 머무는 듯', '백마금편(白馬金鞭)으로 야유원(冶遊園) 찾아가니' 등의 구절이 있다. 야유원은 기생집을 일컬은 말로 보인다. 야유는 야외에서 남녀가 어울려 노는 것 또는 기생을 가까이 하는 것을 말한다.

284 관동별곡(關東別曲) : 송강(松江) 정철(鄭澈)의 가사(歌詞)인 〈관동별곡〉을 읊은 것이다.

9. 매화사[285] 梅花詞

매화 옛 등걸에 봄날이 돌아왔는데	梅花春節古査回
백설이 분분하여 필까 말까 하네	白雪紛紛開未開
오색 고운 실로 새로 그물 엮으니	五色鮮絲新結網
작은 고기 빠져나가고 큰 고기만 오기를	細鱗任去巨鱗來

10. 백구사[286] 白鷗詞

백구야 펄펄 놀라서 날지 마라	白鷗片片莫驚飛
세상이 나를 버려 너를 따라서 왔노라	世棄吾將從汝歸
오뉴월 봄빛에 풍광이 좋으니	五六春光風景好
꽃 붉고 버들 짙어 옥 고삐를 떨치네	花明柳暗拂珠鞿

285 매화사(梅花詞) : 십이가사의 하나인 〈매화가(梅花歌)〉를 읊은 것이다. 〈매화가〉는 〈매화타령〉이라고도 한다. 《청구영언》 등에 전하는데, 내용 중에 '매화야 옛 등걸에 봄철이 돌아온다', '춘설이 하 분분하니 필지 말지도 하다마는', '그물 맺세 그물 맺세 오색당사(五色唐絲)로 그물 맺세', '잔 처녀란 솔솔솔 다 빠지고 굵은 처녀만 걸리소서' 등의 가사가 보인다.

286 백구사(白鷗詞) : 십이가사 중의 하나인 〈백구사〉를 읊은 것이다. 원곡은 《청구영언》 등에 전하는데, 내용 중에 '백구야 펄펄 나지 마라 너 잡을 내 아니로다, 성상이 버리시니 너를 좇아 예 왔노라', '오류춘광(五柳春光) 경(景) 좋은데 백마금편(白馬金鞭) 화유(花遊) 가자', '운침벽계(雲沈碧溪) 화홍유록(花紅柳綠)한데' 등의 구절이 보인다.

11. 황계사[287] 黃鷄詞

정녕 오지 않는 저 사람이여	一定不來之子氏
천 겹 산 너머 만 겹 물 있어서라네	千重山外萬重水
병풍 그림 속 황계가 새벽을 재촉하며	屛風催曙黃鷄圖
두 날개 퍼덕일 때 혹시 기쁜 소식 전하려나	兩翼開時倘報喜

12. 도고악[288] 道鼓樂

오늘 무료하니 심심함을 어이할까	今日無聊沁沁何
장차 풍악 울리며 큰길에서 노래하리라	且將鼓樂向衢歌
한궁의 여인[289]과 문채 나는 군자는	漢宮之女斐君子
너 아니며 나 아니며 또 다른 이도 아니라네	匪爾匪儂又匪他

287 황계사(黃鷄詞) : 십이가사 중의 하나인 〈황계사〉를 읊은 것이다. 원곡은 〈황계가(黃鷄歌)〉라고도 하며 《청구영언》 등에 전한다. 그 내용 중에 '일정(一定) 자네가 아니 오던가', '물이 깊어 못 오던가', '산이 높아 못 오던가', '병풍에 그린 황계 두 나래를 둥둥 치며, 사경일점(四更一点)에 날새라고 꼬끼요 울거든 오려는가' 등의 구절이 보이다.

288 도고악(道鼓樂) : 십이가사 중의 하나인 〈길군악〉을 읊은 것이다. 원곡은 〈행군악(行軍樂)〉 또는 〈노요곡(路謠曲)〉이라고도 하는데 '길에서 부르는 노래'라는 뜻이며, 《청구영언》 등에 전한다. 그 내용 중에 '오늘도 하 심심하니 길군악이나 하여를 보자', '네라 한들 한궁녀(漢宮女)며 내라 한들 비군자(斐君子)랴' 등의 구절이 보인다.

289 한궁(漢宮)의 여인 : 한나라 원제(元帝)의 후궁으로 흉노족에게 시집간 왕소군(王昭君)을 일컬은 것으로 보인다.

13. 명산사[290] 名山詞

만장봉 우러러보니 높은 하늘과 나란한데	言瞻萬丈齊天長
나라 안정시키는 명산에 시방의 제불[291]이 있네	鎭國名山諸佛方
금부용 깎아낸 듯 삼각산이 우뚝하니	削出芙蓉三角特
천년 제왕의 기운 한강 북쪽에 있네	千年王氣漢之陽

14. 상사별곡[292] 相思別曲

낭군과 한 번 이별한 뒤 소식이 끊어지니	一別阿郎消息絶
사랑하는데 보지 못해 내 마음 끊어지네	愛而不見我心切
이런저런 흐트러진 마음 내버려 던져두지만	慢彼擺斯散落懷
자나 깨나 구곡간장이 끊어지네	時眠時寤九腸折

290 명산사(名山詞) : 단가(短歌) 〈진국명산(鎭國名山)〉을 읊은 것이다. 단가는 판소리를 부르기 전에 목을 풀기 위해 부르는 짧은 노래이다. 〈진국명산〉은 한양의 산세가 빼어나고 나라가 태평함을 노래한 것인데, 그 첫머리에 '진국명산(鎭國名山) 만장봉(萬丈峯)이요, 청천삭출(靑天削出) 금부용(金芙蓉)이라'라는 구절이 있다. 금부용은 연꽃의 미칭이다.

291 시방(十方)의 제불(諸佛) : 시방세계의 모든 부처를 말한다. 시방세계는 사방(四方)과 사방의 사이인 사우(四隅), 그리고 상하를 아울러서 전체 세계를 가리키는 불교 용어이다.

292 상사별곡(相思別曲) : 십이가사 중의 하나인 〈상사별곡〉을 읊은 것이다. 원곡은 〈상사곡(相思曲)〉이라고도 하며 이별한 남녀의 슬픔을 노래한 것으로, 《청구영언》 등에 전한다. 그 내용 중에 '일조낭군(一朝郎君) 이별 후에 소식조차 돈절(頓絶)하니', '맺힌 시름 이렁저렁이라 허트러진 근심 다 후리쳐 던져두고 자나 깨나 깨나 자나 임 못 보니 가슴이 답답' 등의 구절이 있다.

15. 권주가[293] 勸酒歌

그대 사양 마오 그대 사양 마오　　君莫辭乎君莫辭

이 술은 술이 아니라 구리 기둥[294]에 받은 이슬이라 속였네　　酒非酒也露莖欺

한 잔을 잡고 잡아 사양치 않고 잡으면　　一杯把把不辭把

천년만년 마땅히 장수할 수 있으리라　　萬萬千千壽考宜

16. 십이월가[295] 十二月歌

십오야 달빛이 열두 달을 길게 비추니　　三五月光長十二

날은 서른 날이요 계절은 넷이라네　　日維三十序維四

날마다 그대 그리나 그대 오지 않으니　　日日思君君不來

일 년 어느 날인들 붉은 눈물[296] 흘리지 않으랴　　一年何日不紅淚

293 권주가(勸酒歌) : 십이가사 중의 하나인 〈권주가〉를 읊은 것이다. 원곡은 《청구영언》 등에 전한다. 그 내용 중에 '이 술 한 잔 잡으시면 천만년 사오리다', '이 술이 술이 아니라 한 무제(漢武帝) 승로반(承露盤)에 이슬 받은 것이오니' 등의 구절이 있다.

294 구리 기둥 : 한 무제가 감로(甘露)를 받기 위해 세웠던 선인장의 구리 기둥을 말한다.

295 십이월가(十二月歌) : 남녀 사이의 정을 월별로 읊은 가사를 시로 옮긴 것으로 보이는데, 어떤 작품을 대상으로 한 것인지는 분명하지 않다. 이런 형식을 취하는 작품으로는 〈관등가(觀燈歌)〉, 〈청상요(靑孀謠)〉, 〈월령상사가(月令相思歌)〉 등이 있다.

296 붉은 눈물 : 여인의 눈물을 말한다.

관극 팔령[297]

觀劇八令

1. 광한춘[298] 제일령 廣寒春第一令

광한루 오월에 푸른 버들 드리워지고	廣寒五月綠楊垂
낭자가 그네 타니 붉고 푸른 실 흩날리네	娘子鞦韆絳碧絲
손으로 한 가지 꺾어 다리 위에서 주니	手折一枝橋上贈
풍류 넘치는 어사가 슬픔 이기지 못하네	風流御史不勝悲

2. 연자포[299] 제이령 燕子匏第二令

사우[300] 내릴 때 강남에서 제비가 날아오고	江南社雨燕飛來
항아리처럼 생긴 박은 만물을 잉태하였네	匏子如罍萬物胎

297 관극 팔령(觀劇八令) : 〈춘향가(春香歌)〉, 〈흥보가(興甫歌)〉, 〈장끼타령〉, 〈수궁가(水宮歌)〉, 〈적벽가(赤壁歌)〉, 〈배비장전(裵裨將傳)〉, 〈심청가(沈淸歌)〉, 〈변강쇠가〉 등 판소리 여덟 마당을 각각 칠언시로 읊은 것이다. 19세기 판소리 문화 및 한국 연희사(演戲史)를 조망하는 데 중요한 자료이다. '령(令)'은 글자 수가 58자 이내로 구성된 사(詞)를 지칭하는 '소령(小令)'에서 의미를 취한 것으로 보이는데, 여기서는 '짧은 시'라는 의미와 함께 시를 헤아리는 '수(首)'의 의미로 볼 수 있을 듯하다.

298 광한춘(廣寒春) : 판소리 〈춘향가〉를 읊은 시이다.

299 연자포(燕子匏) : 판소리 〈흥보가〉를 읊은 시이다. 연자포는 제비가 물어다 준 박씨를 심어서 얻은 박을 말한다.

300 사우(社雨) : 사일(社日)에 내리는 비를 말한다. 사일은 토지신에게 제사 지내던 날로, 대개 입춘(立春)이나 입추(立秋) 뒤의 다섯 번째 무일(戊日)을 가리킨다. 제비는 춘사일(春社日)에 왔다가 추사일(秋社日)에 떠난다고 한다.

부유해지고 가난해짐은 원래 정해진 것이니	一富一貧元有定
난형난제라 서로 시기하지 말라	難兄難弟莫相猜

3. 애여장[301] 제삼령 艾如帳第三令

눈 쌓인 뭇 산에 새가 날지 않는데	雪積千山鳥不飛
꿩이 어지러이 내려왔다가 계책 전부 어긋났네	華蟲亂落計全非
제 암컷의 간곡한 부탁 듣지 않고서	拋他兒女丁寧囑
구차한 먹이 때문에 덫을 건드리고 말았네	口腹區區觸駭機

4. 중산군[302] 제사령 中山君第四令

용왕이 선약 구하러 별주부 보내고자	龍伯求仙遣主簿
수정궁[303]이 열리니 물고기들 조회하네	水晶宮闢朝鱗部
달 속에서 약을 찧는 토끼가 신령한데	月中搗藥兎神靈
무슨 일로 파도 넘어 육지를 엿보았나	底事淩波窺旱土

301 애여장(艾如帳) : 판소리 〈장끼타령〉을 읊은 시이다. 〈장끼타령〉은 〈자치가(雌雉歌)〉라고도 하는데, 까투리의 만류에도 불구하고 덫에 놓인 콩을 먹고 장끼가 죽자, 까투리가 문상 온 홀아비 장끼를 만나 재혼하여 잘 살았다는 내용이다. '애여장'은 사냥을 통해 무사를 훈련시키는 것을 노래한 한나라 악부 가곡 〈애여장(艾如張)〉을 표현한 것으로 보이는데, '풀을 베어 그물을 친다'는 뜻이다. 여기서는 꿩을 사냥하려고 그물을 친 것을 의미한다.

302 중산군(中山君) : 판소리 〈수궁가〉를 읊은 시이다. '중산군'은 토끼를 의인화한 말인데, 중산에서 나는 토끼의 털로 만든 붓이 가장 좋다고 한다. 한유(韓愈)의 〈모영전(毛穎傳)〉에서 나왔다.

303 수정궁(水晶宮) : 전설상의 용왕(龍王)의 궁전을 말한다.

5. 삼절일[304] 제오령 三絶一第五令

하늘이 낸 늙은 아만[305]이 천액을 당하니　天生天厄老阿瞞
밤비 내리는 화용도에서 갑옷이 싸늘했네　夜雨華容衣甲寒
원한 갚고 은혜 보답함 매한가지니　報怨酬恩同一例
장군의 높은 의리에 후인이 탄복하네　將軍高義後人歎

6. 아영랑[306] 제육령 阿英娘第六令

탐라의 아녀자가 천하에 알려졌으니　耽羅兒女白天下
버들 늘어진 장정[307]에서 푸른 고삐 말을 매네　垂柳長亭綠褭馬
통곡도 진실한 통곡 아니요 웃음도 진실이 아니니　哭不哭眞笑不眞
기린훤[308]이 가면 쓴 꼭두각시를 대하였네　麒麟楦對儡人假

304 삼절일(三絶一) : 판소리 〈적벽가〉를 읊은 시이다. 〈적벽가〉는 〈화용도(華容道)〉라고도 한다. 《삼국지연의(三國志演義)》의 적벽대전(赤壁大戰) 후반부를 판소리로 읊었으며, 원작에 없는 내용이 상당 부분 첨가되었다. '화용도'는 적벽대전에서 조조(曹操)가 관우(關羽)에게 사로잡힌 곳인데, 관우는 이전에 자신을 살려준 것에 대한 신의를 지켜 조조를 살려주었다. 귤산의 시 역시 이 대목을 읊었다. '삼절일'의 의미는 분명하지 않은데, 《삼국지연의》에서 제갈공명(諸葛孔明)과 관우와 조조를 삼절이라고 일컫는다.

305 아만(阿瞞) : 조조의 어릴 적 이름이다.

306 아영랑(阿英娘) : 판소리 〈배비장전〉을 칠언절구로 읊은 시이다. 〈배비장전〉은 부임하는 제주 목사를 따라 제주에 당도한 배 비장(裵裨將)이, 제주 기생 애랑에게 모든 것을 다 빼앗기고 돌아가는 정 비장(鄭裨將)을 목격하고 자신은 결코 여색을 가까이하지 않겠다고 다짐했다가 결국 애랑과 방자의 계교에 속아 망신당한다는 내용이다. '아영랑'은 '애랑'을 표현한 말로 보인다.

307 장정(長亭) : 정(亭)은 길에 있는 역사(驛舍) 비슷한 곳으로 행인이 이곳에서 휴식하였는데, 5리마다 단정(短亭)을 두고 10리마다 장정(長亭)을 두었다.

7. 화중아[309] 제칠령 花中兒第七令

장삿배 모여들어 강신에게 굿하려는데	商船蝟集賽江神
하늘이 낸 효녀가 제 몸 팔길 원했네	天孝兒娘願賣身
재물로 능히 조화에 참여할 수 있었으니	貲貨能令參造化
죽은 사람 살아난 뒤 봉사의 눈 뜨게 했네	死人活後開盲人

8. 장정후[310] 제팔령 長亭堠第八令

우습다 길가의 나무 장승 하나가	堪笑路傍一木人
온갖 귀신 저주해 병들게 할 수 있음이여	可能呪疰百千神
주인 아낙의 기박한 팔자 탓 아님이 없으니	莫非主嫗緣奇薄
말은 혹 그렇다고 하나 진실은 아니라네	辭或是之不是眞

308 기린훤(麒麟楦) : 당나라 때 연희(演戲)에서 기린으로 분장시킨 노새를 말한다. 겉치레만 하는 무능한 벼슬아치를 희롱하는 말로 쓰이는데, 여기서는 배 비장을 조롱한 말이다. 훤(楦)은 사물의 모형이다.

309 화중아(花中兒) : 판소리 〈심청가〉를 읊은 시인데, '화중아'는 인당수에 몸을 던졌다가 연꽃 속에서 나온 심청을 가리킨 말이다.

310 장정후(長亭堠) : 판소리 〈변강쇠가〉를 읊은 시이다. 〈변강쇠가〉는 천하의 음남음녀(淫男淫女)인 변강쇠와 옹녀가 부부로 살다가 변강쇠가 장승을 패서 불을 땐 동티로 죽고 상을 치르기 위해 모여든 사람들이 즉사하는 화가 생기자 뎁득이가 시신을 갈아버리고 떠난다는 내용이다. '장정후'는 장정(長亭)에 세운 장승을 말한다.

영산선성[311] 5장

靈山先聲 五章

역대의 제왕과 여러 호걸이여 　歷代帝王諸傑豪
명산 곳곳에서 물결에 씻겨 흔적 없이 사라졌네 　名山到處浪沙淘
한 번 울리는 북소리에 돌다가 다시 멈추고 　一鼓鼕鼕旋復止
가는 소리 낮게 끌다 상성으로 높아지네[312] 　細聲低引上聲高

소상강은 맑게 비치고 동정호는 아득한데 　瀟湘虛映洞庭遙
강산에 봄이 들어 살아 있는 비단 펼친 듯 　春入江山展活綃
손끝으로 가리키는 곳에 온갖 꽃 피었으니 　指頭歷數百花放
앞 버들은 한들거리고 뒤 버들은 날리네[313] 　前柳搖搖後柳飄

311 영산선성(靈山先聲) : 판소리의 연창에 앞서 목을 풀거나 청중의 반응을 살피는 한편 자신의 신체적 상태를 점검하기 위해 부르는 짧은 형태의 노래인 '단가(短歌)'의 내용을 시로 읊은 것이다. '영산'은 단가의 이칭으로, 허두가(虛頭歌)·초두가(初頭歌)·영산(瀛山)이라고도 한다. 단가는 독립된 창곡(唱曲)으로 가창된 경우도 많았다고 한다. '선성'은 한 사람이 앞서 부르는 소리로 '선소리'라고 한다.

312 역대의……높아지네 : 판소리 단가로 불리던 〈역대가(歷代歌)〉를 읊은 것으로 보인다.

313 소상강(瀟湘江)은……날리네 : 판소리 단가로 불리던 〈소상팔경(瀟湘八景)〉을 읊은 것으로 보인다. 단가 〈소상팔경〉은 헌종 때 판소리 명창으로 알려진 정춘풍(鄭春風)이 만들었다고 한다. 소상강은 호남성(湖南省) 동정호(洞庭湖) 부근의 소수(瀟水)와 상수(湘水)의 합칭이다.

운남의 공작새와 농서의 앵무새	雲南孔雀隴西鸚
갖가지로 다투는 울음 모두 평가에 들었네	百舌交爭一入評
잠깐 사이에 오음이 순치음으로 변하니	頃刻五音唇齒變
비둘기는 음란하고[314] 꾀꼬리는 가볍다 하네	鵓鳩淫洩鶊鶹輕

부채 한 번 칠 때마다 백방으로 돌면서	一扇打來百轉迴
놀이마당에 가득히 그림자 빽빽하네	毬場澒洞影枚枚
남자인 듯 아니고 여자인 듯 아닌데	男非男也女非女
천 가지로 변하며 웃다가 노하고 또 슬퍼하네	千變嘻嘻怒且哀

달 그리는 화공이 붉은 구름 먼저 그리듯	濯月良工先烘雲
진경을 일으키려 허두(虛頭)를 늘어놓네	欲挑眞境設虛文
마당에 모인 사람들 눈 일제히 쏠려서	庭軒衆目一齊屬
입도 채 열기 전에 말이 절로 분분하네	口未開時語自紛

314 비둘기는 음란하고 : 《본초강목(本草綱目)》에 "집비둘기는 성질이 음란하여 교접을 잘한다.〔鴿性淫易合.〕"라는 구절이 보인다.

소악부[315] 45수

小樂府 四十五首

1. 양류지[316] 楊柳枝

황하 저 멀리 외로운 성 하나	黃河遠上一孤城
흰 구름 뜬 푸른 산에 만 길로 비껴 있네	雲白山靑萬仞橫
봄빛이 옥문관[317] 버들에 이르지 못하는데	春光不到玉門柳
멀고 먼 어디에서 강적 소리 들려오나	何處遙遙羌笛聲

315 소악부(小樂府) : 총 45수의 시조를 칠언절구의 형식으로 한역(漢譯)한 것이다. 각 시의 제목은 당나라 교방곡명(敎坊曲名)과 사패명(詞牌名)을 그대로 차용한 경우가 많다. 이하 주석에서 원 시조와 한역시의 대조의 편의를 위해 원문을 제시하도록 한다. 아울러 제시하는 시조의 원문은 《김문기・김명순 편저, 時調・歌辭 漢譯歌全書 1・2・3, 태학사, 2009》와 《박복선, 李裕元의 嘉梧小樂府, 睡蓮語文論集 6, 1978》에서 인용하였음을 미리 밝혀둔다.

316 양류지(楊柳枝) : 원 시조의 가사는 "黃河遠山白雲間ᄒᆞ니 一片孤城萬仞山을 / 春光이 예로부터 못 넘는 玉門關이라 / 어듸셔 一聲羌笛이 怨楊柳를 ᄒᆞᄂᆞ니"인데, 당나라 왕지환(王之渙)의 〈양주사(涼州詞)〉를 시조로 읊은 것이다. '양류지'는 악부 근대곡명(近代曲名)의 하나이기도 하다.

317 옥문관(玉門關) : 중국 감숙성(甘肅省) 돈황(燉煌)에 있는 관문으로, 중원에서 서역(西域)으로 들어가는 입구이다.

2. 하엽배[318] 荷葉杯

옥 같은 얼굴 마주하니 구름 사이 달 같고　　王顏相對月雲間

물에서 피어난 연꽃처럼 한 점이 아롱지네　　出水芙蓉一點斑

어찌 다른 이가 홀로 차지하게 내버려두랴　　肯放他人獨管領

나에게도 또한 다시 마음이 있다네　　阿儂亦是意中還

3. 경루자[319] 更漏子

향기 사라진 화로에 바람이 쌀쌀하고　　香盡金爐風箭箭

서늘한 기운 아직 매서워 깊은 정원 감싸네　　輕寒尚陗鎖深院

달빛이 꽃 그림자 따라 난간으로 옮겨오니　　月隨花影移闌干

시름겨운 봄빛에 한 꿈이 고단하네　　愁煞春光一夢倦

4. 접연화[320] 蝶戀花

흰 나비 모여들고 검은 나비 날다가　　白蝶團團黑蝶飛

향기 따라 함께 좇아 청산으로 돌아가네　　偸香同逐青山歸

318 하엽배(荷葉杯) : 원 시조의 가사는 "玉顏을 相對ᄒᆞ니 如雲間之明月이요 / 朱脣을 半開ᄒᆞ니 若水中之蓮花로다 / 두어라 雲間明月 水中蓮花을 애길새라"이다. '하엽배'는 연잎의 한가운데에 구멍을 뚫어 줄기를 통해서 술을 빨아 마시는 것을 말하는데, 당나라 교방곡명의 하나이기도 하다.

319 경루자(更漏子) : 원 시조의 가사는 "金爐에 香盡ᄒᆞ고 漏聲이 殘ᄒᆞ도록 / 어듸가 이셔 뉘 思郞 밧치다가 / 月影이 上欄干키야 脉 바도러 왓ᄂᆞ니"이며, 작가는 김상용(金尚容, 1561~1637)이다. '경루자'는 사패명(詞牌名)의 하나이다.

320 접연화(蝶戀花) : 원 시조의 가사는 "나비야 青山에 가쟈 범나뷔 너도 가쟈 / 가다가 져무러든 곳듸 드러 자고 가쟈 / 곳에셔 푸對接ᄒᆞ거든 닙혜셔나 ᄌᆞ고 가쟈"이다. '접연화'는 사패명의 하나이다.

오늘 꽃 사이에서 자고 가지 못하면　　　今日花間宿未了
잎 속에서 자더라도 또한 향기로우리　　　葉間一宿亦芳菲

5. 죽지[321] 竹枝

온갖 풀 가운데 대는 심지 않으리　　　百草之中不種竹
피리 되어 울고 살 되어 떠나고 붓대 되어 글 쓰네　篴鳴箭去筆塗鴉
울러 가고 떠나러 가고 글 쓰러 가버리니　　　之鳴之去之塗煞
나무에도 그리움 있어 부질없이 한탄하네　　　樹有相思謾自嗟

6. 천선자[322] 天仙子

저 앞산의 한 조각 바윗돌을 보노라니　　　瞻彼前山片石嵬
강태공이 옛날에 낚시하던 곳이라네　　　太公昔日釣魚臺
성인은 떠나고 강물만 부질없이 남았으니　　　聖人已矣水空在
석양 속에 제비가 물을 스치며 가고 또 오네　　　鷰掠斜陽去復來

321 죽지(竹枝) : 원 시조의 가사는 “百草를 다 심어도 ᄃᆡᄂᆞᆫ 아니 시믈거시 / 져씌 울고 살씌 가고 그리ᄂᆞᆫ이 붓씌로다 / 이 後에 울고 가고 그리ᄂᆞᆫ ᄃᆡ 시믈줄이 이시랴”이다. ‘죽지’는 악부 근대곡명의 하나이다.

322 천선자(天仙子) : 원 시조의 가사는 “져 건너 일편셕은 강ᄐᆡ공의 조ᄃᆡ로다 / 문왕은 어ᄃᆡ 가고 뷘ᄇᆡ 홀노 ᄆᆡ여는고 / 셕양에 물촌 저비 오락가락”이며, 작가는 조광조(趙光祖, 1482～1519)이다. ‘천선자’는 사패명의 하나이기도 하다.

7. 몽강남[323] 夢江南

문으로는 《춘추좌씨전》을 읽고[324] 무로는 청룡언월도 휘두르며 文讀春秋武偃月

화용도 좁은 길에서 아만을 멈추게 했네[325] 華容狹路阿瞞歇

엷은 구름 속 빛나는 해가 공의 마음이었으니 薄雲鏡日公爲心

만고의 영웅 중에 가장 뛰어나도다 萬古英雄一卓越

8. 팔박만[326] 八拍蠻

자룡아 말을 놓고 화창[327]을 쓰지 마라 子龍息馬休花槍

백만의 조조 군사가 한바탕 끓어오르네 百萬曹兵沸一場

323 몽강남(夢江南) : 원 시조의 가사는 "文讀春秋左氏傳ᄒᆞ고 武使青龍偃月刀ㅣ라 / 獨行千里ᄒᆞ야 五關을 지나갈제 / ᄡᅥ로ᄂᆞᆫ 저 將帥ㅣ야 古城 북소릐를 드럿ᄂᆞ냐 못 드럿ᄂᆞ냐 / 千古의 關公을 未信者ᄂᆞᆫ 翼德이런가 ᄒᆞ노라"이다. 관우(關羽)를 찬양하고, 관우가 조조(曹操)에게 의지했던 일을 비난한 장비(張飛)를 탓하는 내용이다.

324 문으로는 춘추좌씨전을 읽고 : 관우는 《춘추좌씨전》을 좋아해 모두 암송하여 입에서 줄줄 흘러나왔다고 한다. 《三國志 蜀志 卷6 關羽傳 裴松之注》

325 화용도(華容道)……했네 : 화용도는 적벽대전에서 조조가 관우에게 사로잡힌 곳이며, 아만(阿瞞)은 조조의 어릴 적 이름이다.

326 팔박만(八拍蠻) : 원 시조의 가사는 "ᄌᆞ룡아 말 노코 칼 쓰지 마라 / 죠됴의 십만 ᄃᆡ병이 슐넝슐넝 물ᄭᅳᆯ틋ᄒᆞᆫ다 쟝창은 어ᄃᆡ 두고 두루나니 / 룡광검만 후쥬 품속의 드러좀ᄡᅵᆯ쥴 몰ᄂᆞ"이다. 이 시조는 《삼국지연의》 중 유비(劉備)가 조조에게 쫓겨 강남으로 달아날 때 조자룡(趙子龍)이 유비의 아들 아두(阿斗)를 품에 안고 구출하는 대목을 읊었다. '팔박만'은 사패명의 하나이다.

327 화창(花槍) : 원래는 창술(槍術)의 하나인데, 여기서는 창을 미화한 표현으로 보인다. 《삼국지연의》에 의하면, 조자룡이 아두를 안고 싸울 때 창이 부러져 조조 군사의 창을 빼앗아 싸웠다고 한다.

한 손에 청강검[328] 잡고 대적하지 못함이 없이	隻手靑釭無不敵
잠든 아두 품에 안고 당양[329]을 지나네	着眠阿斗過當陽

9. 귀국요[330] 歸國遙

야복에 갈건 차림 한나라 제갈공명이	野服葛巾漢孔明
남병산에 제단 높이 쌓으니 주유(周瑜)가 놀랐네	南屛壇屹周郎驚
한 척 배가 산 밑에 정박함을 한탄하지 마라	莫歎一船山底泊
청룡의 깃발에 이미 바람 소리 났으니	靑龍旗角已風聲

10. 중흥악[331] 中興樂

단기로 유비가 적로마를 달리는데	單騎劉郞走的盧
앞에는 장강 뒤에는 추격하는 장군이 있네	長江追將後前途

328 청강검(靑釭劍) : 《삼국지연의》에서 조자룡이 쓰던 명검 이름이다.

329 당양(當陽) : 유비가 강남으로 달아날 때 장비가 홀로 지키고 섰던 곳이 당양의 장판교(長板橋)이다.

330 귀국요(歸國遙) : 원 시조의 가사는 "公明이 葛布野服으로 南屛山上峰에 올나 / 七星壇 무고 東南風 비년 후에 壇下로 ᄂᆞ려가니 / 海中에 一葉小船 타고 안저 기다리ᄂᆞᆫ 壯士은 趙子龍인가"이다. 이 시조는 적벽대전에 앞서 제갈량(諸葛亮)이 남병산(南屛山)에 올라 동남풍을 불게 한 뒤, 제갈량을 죽이려 한 주유(周瑜)의 계책을 피해 조자룡과 함께 배를 타고 피하는 대목을 읊었다. '귀국요'는 사패명의 하나이다.

331 중흥악(中興樂) : 원 시조의 가사는 "却說이라 玄德이 檀溪 건너갈지 的盧馬야 날 살녀라 / 압희ᄂᆞᆫ 長江이오 뒤 ᄯᆞ로ᄂᆞ니 蔡瑁ㅣ로다 / 어듸셔 常山 趙子龍은 날 못 ᄎᆞᄌᆞ ᄒᆞᄂᆞ니"이다. 이 시조는 유비가 형주(荊州)의 유표(劉表)에게 의지했을 때 채모(蔡瑁)가 해치려 하자 적로마(的盧馬)를 타고 달아나다가 단계(檀溪)에 막혀 곤경에 치한 대목을 읊었다. '중흥악'은 사패명의 하나이다.

숨 한 번 쉴 때마다 상산 조자룡 생각하면서　　吸呼每憶常山子

곤액 당한 영웅이 갈대밭에 서 있네　　遭厄英雄立荻蘆

11. 만정방[332] 滿庭芳

어젯밤 바람에 정원 가득 꽃이 떨어졌는데　　昨夜風颪花滿庭

산골 아이 비질하려니 소매 먼저 향기롭네　　山童欲掃袖先馨

꽃잎의 남은 운치 아직도 맡을 만하니　　花之餘韻猶堪聞

피든 지든 상관없이 마음으로 완상하네　　開落無關玩性靈

12. 생사자[333] 生査子

얼음 녹여 잉어 잡은 왕상과 겨울에 죽순 구한 맹종이 있었고
王祥氷鯉孟宗筍

백발에 색동옷 입은 노래자도 옛날엔 흑발이었네　白髮萊衣昔黑鬢

백행의 근원인 효성으로 천하가 다 존경하니　　百行之源天下尊

평생 부모 뜻 받든 증자와 민자건처럼 섬기리　　一生養志事曾閔

332 만정방(滿庭芳) : 원 시조의 가사는 "간밤에 부던 ᄇᆞᄅᆞᆷ 滿庭桃花 다 지거다 / 아희ᄂᆞᆫ 뷔를 들고 쓰로려 ᄒᆞᄂᆞᆫ고나 / 落花 ㅣㄴ들 곳지 안니랴 쓰러 무슴 ᄒᆞ리요"이다. '만정방'은 사패명의 하나이다.

333 생사자(生査子) : 원 시조의 가사는 "王祥의 鯉魚 잡고 孟宗의 竹筍 꺽어 / 검던 멀리 희도록 老萊子의 오술 입고 / 一生에 養志誠孝를 曾子ᄀᆞᆺ치 ᄒᆞ리이다"이다. 이 시조는 효자로 이름이 높은 왕상(王祥)·맹종(孟宗)·노래자(老萊子)·증자(曾子)의 효성을 읊은 것이다. '생사자'는 당나라 교방곡명의 하나로, 뒤에는 사패명으로 쓰였다.

13. 억소년[334] 憶少年

반평생 인생 이미 늙음을 어이하랴　　半世人生已老何
노년엔 소년의 노래에 화답하기 어렵네　　老年難和少年歌
백발이 언제 나를 위해 애석해한 적 있었던가　　白髮那曾爲我惜
사람에게 세월 많이 주었단 말 듣지 못했네　　未聞時月與人多

14. 주천자[335] 酒泉子

청명절 비 내릴 제 나그네 혼이 애달픈데　　行人魂斷雨淸明
주막집은 어디인가 석양이 지고 있네　　何處靑帘夕照橫
짧은 피리 목동이 멀리 손으로 가리키니　　短笛牧童遙指點
눈송이 같은 살구꽃이 온 성을 덮었네　　杏花如雪一城傾

334 억소년(憶少年) : 원 시조의 가사는 "半남아 늙어시니 다시 졈든 못하여도 / 이後ㅣ 나 늙지 말고 미양 이만 ᄒᆞ엿고져 / 白髮아 네나 斟酌ᄒᆞ여 더듸나 늙게 ᄒᆞ여라"이며, 작가는 이명한(李明漢, 1595~1645)이다. 앞으로 더 늙지 않았으면 하는 바람을 읊은 것이므로, '억소년'은 사패명의 하나이다.

335 주천자(酒泉子) : 원 시조의 가사는 "淸明時節 雨紛紛ᄒᆞ저 나귀 목에 돈을 걸고 / 酒家ㅣ 何處오 뭇노라 牧童드라 / 저 건너 杏花ㅣ 늘이니 게 가 무러 보소셔"이며, 비 내리는 청명절에 나그네가 목동에게 주막을 묻는 광경을 읊은 것이다. '주천자'는 사패명의 하나이다.

15. 조중조[336] 朝中措

밝은 달 훈훈한 남풍 밤이 다하지 않았는데	明月南薰夜未央
팔원 팔개 거느리고 여덟 창문 명당(明堂)에 있네	八元八凱八牕堂
오현금 연주해 소리마다 어우러지니	五絃彈出聲聲協
수심 풀어진[337] 봄 누대에 햇살 길게 비치네	解慍春臺化日長

16. 서강월[338] 西江月

오늘 밤 달 밝고 옥 서리 내리는데	此夜月明落玉霜
동정호는 어디인가 소상강 너머 있네	洞庭何處隔瀟湘
찬 등불 여관에서 갑자기 놀라 일어나	寒燈旅館忽驚起
외기러기 처량한 울음에 고향을 생각하네	隻雁聲哀憶故鄉

336 조중조(朝中措) : 원 시조의 가사는 "南薰殿 ᄃᆞᆯ ᄇᆞᆰ은 밤에 八元八愷 다리시고 / 五絃琴 一聲에 解吾民之慍兮로다 / 우리도 聖主 뫼오와 同樂太平ᄒᆞ리라"이다. 이 시조는 순(舜) 임금이 팔원(八元)과 팔개(八愷)를 거느리고 오현금(五絃琴)으로 〈남풍가(南風歌)〉를 부른 고사를 읊은 것이다. '남훈전(南薰殿)'은 '남풍이 훈훈하게 부는 전각'이라는 말로, 〈남풍가〉에 '남풍지훈혜(南風之薰兮)'라는 구절이 보인다. 팔원과 팔개는 순 임금이 등용한 여덟 명의 선량한 사람과 온화한 사람을 말한다. 팔원에게 오교(五教)를 펴게 했고, 팔개에게 토지와 농사를 주관하게 했다고 한다. '조중조'는 사패명의 하나이다. 《禮記 樂記》《春秋左氏傳 文公18年》

337 수심 풀어진 : 〈남풍가〉에 "훈훈한 남풍이여, 우리 백성의 수심을 풀어주소서. 〔南風之薰兮, 可以解吾民之慍兮.〕"라는 구절이 있다.

338 서강월(西江月) : 원 시조의 가사는 "달 발고 셔리친 밤의 울고 가는 기러기야 / 소상동정 어ᄃᆡ 두고 여관ᄒᆞᆫ등의 잠든 나를 ᄭᆡ우ᄂᆞᆫ야 / 밤즁만 네 우룸쇼릐 ᄌᆞᆷ못이러"이다. 기러기 소리에 잠 못 이루는 나그네의 마음을 읊었다. '서강월'은 당나라 교방곡명의 하나로, 뒤에는 사패명으로 쓰였다.

17. 무릉춘[339] 武陵春

서쪽 변방에 복사꽃 피어 봄이 저물려 하니 西塞桃花欲暮春
쏘가리는 살지고 백로는 서로 친하네 鱖魚肥大鷺相親
지금도 강물은 흐르지만 사람은 어디에 있나 至今流水人何在
가랑비 비낀 바람에 가난한 어부 대삿갓 썼네 細雨斜風箬笠貧

18. 문청산[340] 問靑山

청산아 응당 너는 고금의 일을 알 터인즉 靑山應識古今事
내가 말하고 싶으니 너는 숨기지 말라 我欲言之爾莫秘
고금의 영웅 지나간 지 몇 겁이나 되었다 하니 今古英雄幾劫過
뒷사람이 나를 물으면 나도 다를 바 없으리 後人問我我無異

19. 어가오[341] 漁家傲

한가함 배울 것은 백구가 으뜸이라 取閑莫若白鷗閑
맑은 강 푸른 산을 몇 곳이나 지났느냐 幾度淸江與碧山

339 무릉춘(武陵春) : 원 시조의 가사는 "西塞山前白鷺飛ᄒᆞ고 桃花流水鱖魚飛라 / 靑蒻笠 綠蓑衣도 斜風細雨에 不須歸라 / 이 後ᄂᆞᆫ 張志和 업ᄉᆞ니 興 알니 업세라"이다. 이 시조는 당나라 장지화(張至和)의 시 〈어부가(漁父歌)〉를 읊은 것인데, 시조의 초장과 중장은 모두 장지화의 시에 현토만 한 것이다. '무릉춘'은 사패명의 하나이다.

340 문청산(問靑山) : 원 시조의 가사는 "靑山아 말 무러보자 古今 일을 네 알니라 / 英雄豪傑이 누고누고 지나더니 / 이 後에 뭇ᄂᆞ니 잇거든 ᄒᆞᆷ긔 닐러라"이며, 작가는 영조 때의 문신 김상옥(金相玉, 1683~1739)으로 알려져 있다.

341 어가오(漁家傲) : 원 시조의 가사는 "白鷗야 부럽고나 네야 무음 일 잇시리 / 江湖에 써단니니 어듸어듸 景 둇터니 / 날 ᄃᆞ려 仔細히 닐너든 너와 함끠 놀니라"이다. '어가오'는 사패명의 하나이다.

공명을 하직하고 너를 좇아 떠나리니　　謝了功名從爾去
해오리가 어찌 꼭 비웃을 필요 있으랴　　鷺鷥不必共嘲訕

20. 억왕손[342] 憶王孫

나의 말은 청총마요 너의 말은 오추마며　　我馬青驄爾馬烏
네 앞에는 새매 있고 내 앞에는 삽살개 있네　　爾前鷹鳥我前盧
공산에 숨은 꿩을 쫓아가 잡아 오니　　空山伏雉追而搏
새매와 삽살개는 우열 없이 공이 같네　　鷹犬同功無智愚

21. 맥산계[343] 驀山溪

청산에서 쏟아져 나온 푸르른 시냇물이　　青山瀉出碧溪水
흐르는 구름의 그림자 담고서 흘러 그치지 않네　　影入流雲去莫止
한번 푸른 바다에 이르면 돌아오기 어려운데　　一到滄溟難復回
공산에 가득한 달빛은 예나 지금이나 같네　　滿空明月古今是

342 억왕손(憶王孫) : 원 시조의 가사는 "나 탄 말은 쳥총마요 임 탄 말은 오츄마라 / 늬 압희 쳥삽ᄉᆞ리 임의 팔의 보라ᄆᆡ라 / 져 ᄀᆡ야 공산의 깁히 든 ᄶᅯᆼ을 ᄌᆞ로 뒤져 투겨라 ᄆᆡ쒸여보게"이다. 청총마(青驄馬)는 푸른색과 흰색이 서로 뒤섞여 있는 빛깔의 말이며, 오추마(烏騅馬)는 검은 털에 흰 털이 섞인 말로 항우(項羽)가 타던 명마이다. '억왕손'은 사패명의 하나이다.

343 맥산계(驀山溪) : 원 시조의 가사는 "青山裏 碧溪水야 수이 감을 ᄌᆞ랑 마라 / 一到 滄海하면 다시 오기 어려우니 / 明月이 滿空山ᄒᆞ니 쉬여 간들 엇더리"이며, 작가는 황진이(黃眞伊)이다. '맥산계'는 사패명의 하나이다.

22. 탐춘령[344] 探春令

봄날 전원에 내가 할 일 많으니	春日田園我事紛
약초밭과 꽃밭을 누가 있어 김매주랴	藥畦花圃有誰耘
산골 아이 시켜 먼저 대 베오게 하여	分付山童先斸竹
빗속에 쓸 삿갓을 엮어서 모양 이루네	雨中擡笠織成紋

23. 호사근[345] 好事近

젓대 비껴 차고 호리병 차고 쌍상투 한 동자가	橫笛佩壺雙髻童
요지와 낭원이며 영주산 봉래산 보았다네[346]	瑤池閬苑接瀛蓬
이백 장건(張騫) 소식 두목(杜牧) 뭇 신선 모였고	李張蘇杜群仙會
한 마리 학이 어젯밤 이미 바람 타고 갔다 하네[347]	一鶴前宵已駕風

344 탐춘령(探春令) : 원 시조의 가사는 "田園에 봄이 오니 이 몸이 일이 하다 / 곳남근 뉘 옴기며 藥밧츤 언제 갈리 / 아희야 대 븨여 오나라 삿갓 몬져 결을이라"이며, 작가는 성운(成運, 1497~1579)이다. '탐춘령'은 사패명의 하나이다.

345 호사근(好事近) : 원 시조의 가사는 "학 타고 져 불이고 호로병 ᄎᆞ고 불노쵸 메고 / 쌍상토 ᄶᅩᆺ고 석등거리 입고 가넌 아희 계좀 셧거라 네 어듸로 가ᄂᆞᆫ야 말 무려보ᄌᆞ 요지연 션관더리 누구누구 모야 계시던야 / 그곳의 이젹션 쇼동파 두목지 장건이 다 모아 계시더이다"이다. '호사근'은 사패명의 하나이다.

346 요지(瑤池)와……보았다네 : 요지는 서왕모(西王母)가 사는 곤륜산(崑崙山) 꼭대기에 있는 연못이며, 낭원(閬苑) 역시 곤륜산에 있는 낭풍전(閬風巓)이라는 봉우리 이름이다. 영주산(瀛洲山)과 봉래산(蓬萊山)은 동해에 있다는 선산(仙山)이다.

347 한……하네 : 주(周)나라 영왕(靈王)의 태자 진(晉), 즉 왕자교(王子喬)가 도술을 닦아 신선이 된 뒤 백학을 타고 구지산(緱氏山)에 내려왔다는 전설을 말한 것으로 보인다. 《列仙傳 王子喬》

24. 춘광호[348] 春光好

쌓인 눈 이미 녹아도 따뜻한 기운 더딘데	積雪已消暖律遲
남아는 이즈음에 시절을 느끼네	男兒到此感年時
누운 버들 생기 돋고 돌아가는 기러기 기뻐하니	臥柳動心歸雁喜
취한 뒤에 봄맞이 노래 부르려 하네	醉餘欲唱迎春詞

25. 심방주[349] 尋芳洲

아미산의 달과 적벽강의 가을날	峨嵋山月壁江秋
끝없는 그 풍광을 다 누리지 않고 남겼네	無限風光不盡留
이 적선이 떠난 뒤에 소선이 또 놀고서	謫仙去後蘇仙又
시인에게 주어서 다음 유람 차례 얻게 했네	付與詩人取次遊

26. 적적금[350] 滴滴金

금사오죽[351]과 모란이며 파초와	金絲烏竹牡丹蕉

348 춘광호(春光好) : 원 시조의 가사는 "積雪이 다 녹아지되 봄소식을 모르드니 / 歸鴻은 得意天空闊이요 臥柳는 生心水動搖ㅣ로다 / 아희야 싀 술 걸러라 싀 봄마지 ᄒᆞ리라"이며, 작가는 김수장(金壽長, 1690~?)이다. '춘광호'는 당나라 교방곡명의 하나이다.

349 심방주(尋芳洲) : 원 시조의 가사는 "峨眉山月 半輪秋와 赤壁江上 無限景을 / 蘇東坡 李謫仙이 놀고 남겨두고 온 뜻은 / 後世에 英雄豪傑노 놀고 가게 홈이라"이다. 작가는 이후백(李後白, 1520~1578)이며, 이백의 〈아미산월가(峨眉山月歌)〉와 소식(蘇軾)의 〈적벽부(赤壁賦)〉를 소재로 선경을 동경하는 내용이다.

350 적적금(滴滴金) : 원 시조의 가사는 "金絲烏竹 牡丹芭蕉와 蓮葡萄 菊梅花을 / 紗窓 밧 너은 뜰에 여져긔 심어놋고 / 조흔 숣 고흔 님 뫼시고 玩月長醉"이다. '적적금'은 선복화(旋覆花)의 이칭이며, 사패명의 하나이기도 하다.

매화 국화 포도를 잔뜩 심어놓았네　　梅菊葡萄種得饒
다시 한 잔 올리며 누구를 생각하나　　更進一杯何所憶
달 뜬 밤 비단 깁 창에 그림자 어른거리네　　紗窓影落月中宵

27. 일전매[352] 一剪梅

고향에서 온 사람 고향 일 알 것이라　　故鄕來者故鄕知
창밖에 찬 매화 몇 가지나 피었던가　　窓外寒梅放幾枝
매화 피었다지만 감상할 사람 없으니　　梅雖放也無人賞
다른 날 달 질 땐 부디 어기지 마시라　　愼莫違他月落時

28. 오가기[353] 誤佳期

세상에는 애초에 불사약이 없으니　　世上元無不死藥
어느 누가 얻어서 감히 목숨을 연장하랴　　何人能得敢延年
진시황의 분총과 한 무제의 능묘에　　秦皇之塚漢皇墓
가을 풀 시들 때 저녁연기 덮였네　　秋草黃時鎖暮煙

351 금사오죽(金絲烏竹) : 줄기가 가늘고 마디가 불거졌으며 작은 점이 박혀 있는 반죽(斑竹)이다.

352 일전매(一剪梅) : 원 시조의 가사는 "君이 故鄕으로부터 오니 故鄕事를 응당 알니로다 / 오ᄂᆞᆫ 날 綺窓 앒픠 寒梅 픠엿써니 / 아닉 픠엿써냐 픠기ᄂᆞᆫ 픠엿더라마ᄂᆞᆫ 님ᄌᆞ 그려 ᄒᆞ더라"이다. 이 시조는 당나라 왕유(王維)의 〈잡시(雜詩)〉를 시조로 읊은 것이다. '일전매'는 사패명의 하나이다.

353 오가기(誤佳期) : 원 시조의 가사는 "長生術 거즛말이 不死藥을 제 뉘 본고 / 秦皇塚 漢武陵에 暮煙秋草 뿐이로다 / 人生이 一場春夢이라 안이 놀고 어이리"이다. '오가기'는 사패명의 하나이다.

29. 추노아[354] 醜奴兒

푸른 풀 자란 맑은 강에서 고삐 벗은 말이 되어	綠草淸江馬脫羈
늙도록 편안하게 누워 있은들 어떠하랴	老而安逸臥何爲
고개 위엔 석양이요 찾는 사람 없는데	嶺上夕陽人不到
북풍에 고개 돌리며 슬픈 노래 부르네	北風回首一聲悲

30. 낭도사[355] 浪陶沙

사마천의 문장은 만고에 울리고	司馬文章萬古鳴
왕우군의 필법에 모든 사람 놀라지만	右軍筆法千人驚
비간의 충렬과 증자의 효성은	比干忠烈曾賢孝
역대의 영웅호걸도 다툴 이가 없다네	歷代英豪莫與爭

31. 완계사[356] 浣溪紗

봄 늦게 온 맑은 시내에 초가집은 깊숙한데	春晩淸溪草閣深
배꽃은 백설 같고 버들은 황금 같네	梨花白雪柳黃金

354 추노아(醜奴兒) : 원 시조의 가사는 "綠草 晴江上에 구레 버슨 ᄆᆞᆯ이 되야 / ᄣᅢᄣᅢ로 머리 드러 北向ᄒᆞ여 우ᄂᆞᆫ 뜻은 / 夕陽이 지 너머 가니 님ᄌᆞ 그려 우노라"이며, 작가는 서익(徐益, 1542~1587)이다. '추노아'는 사패명의 하나이다.

355 낭도사(浪陶沙) : 원 시조의 가사는 "司馬遷의 鳴萬古文章 王逸少의 掃千人筆法 / 劉伶의 嗜酒와 杜牧之好色은 百年從事ᄒᆞ면 一身兼備 ᄒᆞ려니와 / 아마도 雙全키 어려울슨 大舜曾參孝와 龍逢比干忠인가 ᄒᆞ노라"이다. '낭도사'는 사패명의 하나이다.

356 완계사(浣溪紗) : 원 시조의 가사는 "淸溪上 草堂外에 봄은 어이 느졌ᄂᆞ니 / 梨花 白雪香에 柳色 黃金嫩이로다 / 萬壑雲 蜀魄聲中에 春事ㅣ 茫然ᄒᆞ여라"이며, 작가는 황희(黃喜, 1363~1452)이다. '완계사'는 사패명의 하나이다.

골짝 가득한 구름 속에 원한 맺힌 두견새 우니 滿壑歸雲蜀魄怨
그리운 님 보지 못해 눈물 참기 어렵네 思君不見淚難禁

32. 일엽삭[357] 一葉索

가랑비 내리는 소상강에서 도롱이에 삿갓 노인이 細雨瀟湘蓑笠翁
일엽편주 저으며 큰 강 동쪽 지나네 扁舟一葉大江東
이백이 고래 타고 하늘로 올라갔으니 李白騎鯨天上去
밝은 달과 맑은 바람 배에 싣고 돌아오네 載歸明月與淸風

33. 억진아[358] 憶秦娥

세 봄 기운 흐드러진 황산의 골짜기에 三春澹蕩黃山谷
한 송이 고운 꽃은 이백의 꽃이라네 一朶嬋姸李白花
술 거르는 소리가 봄비 듣는 소리인 듯한데 漉酒聲聲春雨滴
문전에 다섯 그루 버들 심은 선생의 집이라네 門前五柳先生家

357 일엽삭(一葉索) : 원 시조의 가사는 "瀟湘江 細雨中에 삿갓 쓴 져 老翁아 / 뷘 비를 홀노 져어 어드러로 向ᄒᆞᄂᆞᆫ다 / 太白이 騎鯨飛上天後ㅣ 미 風月 실너 가노라"이며, 작가는 이후백(李後白)이다. '일엽삭'은 사패명의 하나인 듯한데, 분명하지 않다.

358 억진아(憶秦娥) : 원 시조의 가사는 "黃山谷 도라드러 李白花를 것거 들고 / 陶淵明 ᄎᆞᄌᆞ이라 五柳村에 드러가니 / 葛巾에 술 듯ᄂᆞᆫ 소리 細雨聲인가 ᄒᆞ노라"이다. 황산곡은 황산의 골짜기이다. '억진아'는 사패명의 하나이다.

34. 산중력[359] 山中曆

꽃 피면 봄이요 잎 자라면 여름이라	花發爲春葉以夏
가을에는 단풍 곱고 겨울에는 푸른 솔만	秋丹楓豔冬青松
산중에 다만 사시의 경치만 있으니	山中只有四時景
모두가 음양과 천지의 조화일세[360]	都是天根六六宮

35. 소충정[361] 訴衷情

달이 떠오를 때 배가 둥실 떠가는데	月上之時舟泛泛
가고 옴이 무상하여 사람 마음 괴롭네	去來無定惱人情
만경창파에 내 시름만 쌓이니	滄波萬斛儂愁貯
한밤중 뱃노래에 잠 못 이루네	夜半橈歌夢不成

359 산중력(山中曆) : 원 시조의 가사는 "山中에 ᄎᆡᆨ曆 업셔 節 가는 줄 ᄂᆡ 몰라라 / 곳 픠면 봄이요 입 지면 ᄀᆞ으리로다 / 아희들 헌옷 ᄎᆞᄌᆞ니 겨울인가 ᄒᆞ노라"이다. '산중력'은 시의 내용을 바탕으로 붙인 제목인 듯하다.

360 모두가……조화일세 : 원문의 '천근(天根)'과 '육육궁(六六宮)'은, 송나라 소옹(邵雍)의 〈관물음(觀物吟)〉에 "천근 월굴이 한가로이 왕래하니, 삼십육궁이 온통 봄이라네.〔天根月窟閑往來, 三十六宮都是春.〕"라고 한 데서 나왔다. 천근(天根)과 월굴(月窟)은 음양을 상징하며, 삼십육궁은 《주역》 64괘를 달리 칭하는 말로 천지 만물을 상징한다.

361 소충정(訴衷情) : 원 시조의 가사는 "돌ᄯᅳ쟈 ᄇᆡ ᄠᅥ나니 인제 가면 언졔 오리 / 萬頃蒼波에 가ᄂᆞᆫ 듯 도라옴식 / 밤中만 至菊葱 소릐에 ᄋᆡᆺ긋ᄂᆞᆫ 듯 ᄒᆞ여라"이다. '소충정'은 당나라 교방곡명의 하나로, 뒤에는 사패명으로 쓰였다.

36. 자고천[362] 鷓鴣天

궁벽한 골짝 시상리 오류촌에서	洞僻柴桑五柳村
도잠 처사가 말을 잊으려 하네[363]	陶潛處士欲忘言
줄 없는 거문고 손으로 어루만지는데[364]	琴自無絃手自撫
음을 아는 솔개가 우줄우줄 춤을 추네	知音鵰鳥舞蹲蹲

37. 무가보[365] 無價寶

말 없는 청산과 아득히 흐르는 물	無語青山汗漫水
맑은 바람과 밝은 달은 값을 논하지 못하네	清風明月不論錢
한가한 이내 신세 아무 일이 없으니	閑中身世渾無事
세상 시비 상관하지 않는 바로 신선이라네	無是無非便是仙

362 자고천(鷓鴣天) : 원 시조의 가사는 "柴桑里 五柳村에 陶處士의 몸이 되야 / 줄 업슨 거문고를 소릐 업시 집허시니 / 白鷗이 知音ᄒᆞ는지 우즑우즑 ᄒᆞ더라"이며, 작가는 조선 전기의 문신 원호(元昊)이다. '자고천'은 사패명의 하나이다.

363 궁벽한……하네 : 시상리(柴桑里) 오류촌(五柳村)은 도잠(陶潛)의 고향이다. 도잠의 시 〈술을 마시다〔飮酒〕〉에 "이 가운데 자연의 참다운 뜻 있으니, 말을 하려고 해도 이미 말을 잊었네.〔此中有眞意, 欲辯已忘言.〕"라는 구절이 있다. 《陶淵明集 卷3》

364 줄……어루만지는데 : 도잠이 거문고를 탈 줄도 모르면서 술을 마시고 흥취가 일어나면 줄 없는 거문고를 어루만지면서 "거문고의 정취만 느끼면 되지, 굳이 줄을 퉁겨서 소리를 낼 것이 있으리오.〔但識琴中趣, 何勞絃上聲.〕"라고 한 고사가 전한다. 《宋書 卷93 陶潛列傳》

365 무가보(無價寶) : 원 시조의 가사는 "말 업슨 青山이오 態 없슨 流水ㅣ로다 / 갑 업슨 淸風과 임ᄌᆞ 업슨 明月이로다 / 이 듕에 일 업슨 닉 몸이 分別 업시 늙그리라"이며, 작가는 성운(成運)이다. '무가보'는 시의 내용을 바탕으로 붙인 제목인 듯하다.

38. 소백발[366] 笑白髮

청춘아 백발 늙은이 비웃지 마라	青春莫笑白頭翁
인간 세상 공정한 도리는 늙음에 귀천이 없다네[367]	公道人間貴賤同
소년이 어찌 청춘에만 머물러 있겠나	少年那得青春駐
지금 백발 늙은이도 예전엔 홍안이었네	今白頭翁伊昔紅

39. 분우락[368] 分憂樂

사람이 능히 백 년을 장수하더라도	人生能得百年壽
근심과 즐거움 반반이라 백 년이 못 되네	憂樂中分未百年
삼만육천 날이 이와 같기 어려우니	三萬六千難若是
살아생전에 길이 취함만 한 것이 없네	無如長醉此生前

366 소백발(笑白髮) : 원 시조의 가사는 "青春少年드라 白髮老人 웃지 마라 / 공번된 하놀 아릐 넨들 얼마 져머시리 / 우리도 少年行樂이 어제론 듯 ᄒᆞ여라"이다. '소백발'은 시의 내용을 바탕으로 붙인 제목인 듯하다.

367 인간……없다네 : 당나라 두목(杜牧)의 시에 "세간에 공정한 도리는 오직 백발뿐이니, 귀인의 머리라고 봐준 적이 없다오.〔公道世間惟白髮, 貴人頭上不曾饒.〕"라는 구절이 있다.《樊川詩集 卷4 送隱者》

368 분우락(分憂樂) : 원 시조의 가사는 "百年을 可使人人壽 ㅣ라도 憂樂中分未百年을 / 허물며 百年이 밧드기 어려오니 / 두어라 百年前ᄭᆞ지란 醉코 놀녀 ᄒᆞ노라"이다. '분우락'은 시의 내용을 바탕으로 붙인 제목인 듯하다.

40. 소중산[369] 小重山

산도 절로 서 있고 물도 절로 흐르며　山是自然水自然
산수 사이에서 나도 절로 살아가네　山水之間我自然
절로 살아가는 나의 삶이여　自然生長此身世
태평 세상에 또한 절로 늙어간다네　老了昇平亦自然

41. 취락백[370] 醉落魄

옛사람은 다시 꽃 떨구는 바람 대하지 못하니　古人無復落花風
해마다 해마다 사람이 같지 않네　歲歲年年人不同
사람은 같지 않아도 꽃은 비슷하기에　人則不同花則似
가인이 눈물 흘리며 붉은 낙화 대하네　佳人淚對落花紅

369　소중산(小重山) : 원 시조의 가사는 "靑山도 절노 절노 綠水ㅣ라도 절노 절노 / 山 절노 절노 水 절노 절노 山水間에 나도 절노 절노 / 그 中에 절노 ᄌᆞ란 몸이 늙기도 절노 절노 늙으리다"이며, 작가는 송시열(宋時烈, 1607～1689)이다. '소중산'은 사패명의 하나이다.

370　취락백(醉落魄) : 원 시조의 가사는 "古人無復洛城東이요 今人還對洛花風을 / 年年歲歲花相似로되 歲歲年年에 人不同이라 / 花相似 人不同ᄒᆞᆫ이 이 글을 슬ᄒᆞᆯ ᄒᆞ노라"이다. 이 시조의 초장과 중장은 당나라 유희이(劉希夷)의 〈백두옹을 대신 슬퍼하다〔代悲白頭翁〕〉라는 시에 현토만 하였다. '취락백'은 사패명의 하나이다.

42. 풍류자[371] 風流子

모란이 활짝 열려 청양에 자리 잡으니[372] 花王大闢座靑陽

향일화 피어서 붉은 충정 드러내네 向日花開露赤腸

한사인 매화 노인인 박꽃 시객인 배꽃 외에 寒士老人詩客外

붉고 흰 복사꽃은 풍류랑이라네 桃花紅白風流郞

43. 봉황대[373] 鳳凰臺

봉황이 떠나가니 봉황대는 비었고 鳳凰飛去鳳臺空

진대의 무덤과 오나라 궁궐만 남았네 晉代邱原吳氏宮

강물은 둘로 나뉘고 세 봉우리 떨어졌는데 中分二水三山落

장안으로 고개 돌리니 좋은 기운 무성하네 回首長安佳氣蔥

371 풍류자(風流子) : 원 시조의 가사는 "牡丹은 花中王이오 向日花ᄂᆞᆫ 忠臣이로다 / 蓮花ᄂᆞᆫ 君子ㅣ오 杏花小人이라 菊花隱逸士요 梅花寒士로다 朴곳츤 老人이오 石竹花ᄂᆞᆫ 小年이라 葵花巫倘이오 海棠花ᄂᆞᆫ 娼妓로다 / 이 듕에 梨花詩客이오 紅桃 碧桃 三色桃ᄂᆞᆫ 風流郞인가 ᄒᆞ노라"이며, 작가는 김수장(金壽長)이다. '풍류자'는 당나라 교방곡명의 하나로, 뒤에는 사패명으로 쓰였다.

372 청양(靑陽)에 자리 잡으니 : 왕의 자리에 앉았다는 말이다. 청양은 제왕이 정사와 교화를 펼치는 명당(明堂)의 동쪽 방 이름인데, 조정을 가리키는 말로 쓰인다.

373 봉황대(鳳凰臺) : 원 시조의 가사는 "鳳凰臺上에 鳳凰遊ㅣ런이 鳳去臺空江自流ㅣ라 / 吳宮花草埋幽徑이요 晉代衣冠成古丘라 / 三山은 半落靑天外여늘 二水는 中分白鷺洲ㅣ로다 / 總爲浮雲이 能蔽日인이 長安을 不見ᄒᆞᆷ에 使人愁를 ᄒᆞ소라"이다. 이 시조는 3장 모두 이백의 시 〈금릉의 봉황대에 올라〔登金陵鳳凰臺〕〉의 구절에 현토만 한 것이다. '봉황대'는 시의 내용을 바탕으로 붙인 제목인 듯한데, 사패명에 '봉황대상억취소(鳳凰臺上憶吹簫)'가 보인다.

44. 원랑귀[374] 沅郎歸

백마 타고 청아와 이별해 장정 단정 지나려는데[375] 白馬靑娥長短亭
석양은 지려 하여 산중에 걸려 있네 夕陽欲暮掛山扃
떠나는 길 아득히 끝이 보이지 않으니 去路悠悠望不盡
적삼 잡고 석별하며 간절히 약속하네 把衫惜別約丁寧

45. 남산수[376] 南山壽

우뚝 솟은 남산은 천년의 산이요 南山崔崔千年山
넘실대는 한강수는 만년의 물이로다 漢水湯湯萬年水
성주께서 태평세월 천만년을 누리시어 聖主太平千萬斯
천년만년 누리시고 또 천년 누리시기를 千千萬萬又千祀

내가 지난여름에 〈해동악부(海東樂府)〉 100수를 지었는데 익재(益齋 이제현(李齊賢)) 선생이 〈소악부〉를 지은 법도에 근본을 두었다.

374 원랑귀(沅郎歸) : 원 시조의 가사는 "白馬는 欲去長嘶ᄒᆞ고 靑娥는 惜別牽衣ㅣ로다 / 夕陽은 已傾西嶺이오 去路는 長程短程이로다 / 아마도 이 님의 離別은 百年三萬六千日 오늘쁜인가 ᄒᆞ노라"이다. '원랑귀'는 사패명의 하나인 '완랑귀(阮郎歸)'를 잘못 쓴 것으로 보이는데 확실하지 않아 우선 그냥 두었다.

375 백마……지나려는데 : 청아(靑娥)는 젊고 아름다운 여인을 말한다. 장정(長亭)은 10리마다 설치한 역참(驛站)이고, 단정(短亭)은 5리마다 설치한 역참이다.

376 남산수(南山壽) : 원 시조의 가사는 "남산은 천연산이오 한강수는 만연수라 / 북악은 억만봉이오 금쥬일은 만만세라 / 우리도 승쥬님 뫼압고 동낙티평"이다. '남산수'는 《시경》 〈천보(天保)〉에서 임금의 장수를 축원하며 "장수하는 남산과 같아 이지러지지 않고 무너지지 않네.〔如南山之壽, 不騫不崩.〕"라고 한 데서 나온 말인데, 사패명의 하나로 쓰인다.

이번 가을에 비가 내릴 때 양연산방(養硏山房)의 속악부(俗樂府)[377] 를 보고 이를 모방해서 〈소악부〉를 지었으니, 모두 우리나라의 충신과 지사(志士), 철보(哲輔)와 홍장(鴻匠), 고명(高明)과 유일(遺逸), 재자(才子)와 가인(佳人)들이 영탄하고 고심한 끝에 남긴 작품들이다.

대개 우리 조선 태평 시대의 가요(歌謠)는 전하는 것이 없고, 오직 익재 선생 뒤에 신 상촌(申象村 신흠(申欽))과 정 동명(鄭東溟 정두경(鄭斗卿))[378] 등 여러 공이 입술과 이를 가볍게 하고 무겁게 하는 법도를 얻어 음조를 낮추어 우성(羽聲)을 만들고 올려서 상음(商音)을 만들었다.[379] 그러나 당시에 짓고 읊었던 것이 지금은 모두 옛 곡조〔古調〕가 되어버려 이를 아는 사람이 없다. 양연(養硏)이 읊은 것은 전혀 고체(古體)가 아니지만 또한 지금과 맞지 않음을 면치 못해 풀어 이해하기가 어렵다. 민풍이 날로 달라지고 철마다 변화한다는 것을 여기에서 알 수 있다.

내가 엮은 것은 지금은 읊조리지 않는 사람이 없다. 만약 몇 년이

377 양연산방(養硏山房)의 속악부(俗樂府) : 자하(紫霞) 신위(申緯, 1769~1845)의 〈소악부〉를 말한다. 양연산방은 신위의 서재 이름인데, 1830년(순조30) 봄에 효명세자(孝明世子)가 친히 써서 편액을 내려주었다. 한편 신위는 시조 40수를 한역한 〈소악부〉를 짓고 서문을 통해 시조의 가치와 소악부를 창작하게 된 과정을 기술하였다. 《警修堂全藁 冊18 養硯山房藁 1 養硯山房藁序, 冊17 北禪院續藁三 小樂府》

378 정 동명(鄭東溟) : 정두경(鄭斗卿, 1597~1673)의 본관은 온양(溫陽), 자는 군평(君平)이며, 동명은 그의 호이다. 여기에서 정두경을 거론한 것은 악부(樂府)를 다량으로 창작한 것을 말한 것으로 보인다.

379 입술과……만들었다 : 신위의 〈소악부〉에 붙은 서문에 거의 유사한 내용이 보인다. 《警修堂全藁 冊17 北禪院續藁三 小樂府》

지나면 옛 곡조와는 당연히 다를 수밖에 없을 것이지만, 몇 년 뒤 그때의 곡조〔時調〕와 비교해도 또한 차이가 없지 않을 것이다. 이것이 바로 옛 풍아(風雅)에 변풍(變風)과 정풍(正風), 변아(變雅)와 정아(正雅)가 생겨난 이유이다.

사시사[380]

四時詞

1. 정월 正月

오색 흙 늘어놓고 점으로 길상을 맞이하고[381]	五色土陳羲卦迎
백화등 설치하니 한나라 궁궐이 환하네	百華燈設漢宮明
버들가지 하나가 어디를 가리키나	一枝楊柳指何處
원월 원신에 강노가 태어났네	元月元辰絳老生

정월 초하루에 지게문 위에 오색(五色)의 흙을 발라서 상서롭지 못한 기운을 눌렀다. 한(漢)나라 때 대궐 안에 백화등(百華燈)을 설치하여 유희를 벌였다. 형초(荊楚)의 풍속에 버들가지를 대문에 꽂아놓고 가지가 가리키는 곳을 따라 제사를 지냈다. 강현 노인(絳縣老人)이 정월 초하루에 태어났다.[382]

380 사시사(四時詞) : 정월부터 윤월(閏月)까지 매월로 구분하여 중국의 풍속과 역사, 고사 등을 칠언절구의 형식으로 읊고 주석을 붙인 월령체(月令體) 시이다. 시에 붙은 주석의 내용은 각종 서적에서 발췌한 것인데, 대부분의 내용이 청나라 진가모(秦嘉謨)가 편찬한 《월령수편(月令粹編)》에 보인다. 귤산 자신이 〈월령수편서(月令粹編序)〉를 지은 것으로 보아 이 책을 주로 참고해서 주석을 정리해 붙인 것으로 보인다. 《嘉梧藁略 冊12 月令粹編序》

381 점으로 길상을 맞이하고 : 원문의 '희괘(羲卦)'는 복희씨(伏羲氏)의 괘로 《주역》을 말한다.

382 강현 노인(絳縣老人)이……태어났다 : 강현 노인은 춘추 시대 진(晉)나라 강현 사람인데, 나이가 많았으나 자식이 없어 축성(築城)하는 노역에 직접 참여하였다. 관리가 나이를 묻자, "신은 소인이어서 나이를 기억하지 못합니다. 신의 생일은 정월 초하루 갑자일로, 이미 445번째의 갑자일이 지났습니다."라고 대답했다. 노인의 말에 따라 나이를 계산해보니 73세였다고 한다. 《春秋左氏傳 襄公30年》

2. 이월 二月

대식국에선 요금과 쌍적의 곡조 연주하고　大食幺琴雙笛腔
주나라 선왕의 석고를 열 사람이 들어 옮겼네　周宣石鼓十夫扛
정원의 천자는 풍류가 넘쳐서　貞元天子風流足
초하루에 금전 내리고 곡강정에서 연회 펼쳤네　朔日金錢宴曲江

대식국(大食國)에서는 2월 초하루를 정월 초하루로 삼아 요금(幺琴)을 연주하고 피리를 불었다.[383] 원(元)나라 때 대도로(大都路)의 학교에 두었던 주(周)나라 선왕(宣王)의 석고(石鼓)를 국자감(國子監)으로 옮겼다.[384] 당나라 정원(貞元) 때 금전을 하사하고, 곡강정(曲江亭)에서 모든 신료에게 잔치를 베풀었다.[385]

3. 삼월 三月

나비 잡고 공놀이 보며 대궐 길에서 유희하고　撲蜨觀毬戲御衢
쟁반의 구슬과 무더기 비취 들고 동도로 나왔네　盤珠朶翠出東都
만춘절 이르자 이영각에서는　萬春節屆邇英閣
서른여섯 가지 경계를 그림으로 그리기를 청하였네　六六規箴事以圖

개원(開元 당 현종(玄宗)의 연호) 연간에 비빈(妃嬪)들이 나비를 잡고 공놀이

383 대식국(大食國)에서는……불었다 : 송나라 진양(陳暘)의 《악서(樂書)》에 보인다. 요금(幺琴)은 작은 거문고를 말하는 듯한데, 《악서》에는 '호금(胡琴)'으로 기록되어 있다. 호금은 비파의 이칭이다. 《樂書 卷159 樂圖論 胡部 大食厤囉拔》

384 원(元)나라……옮겼다 : 《원사(元史)》에 황경(皇慶) 원년(1312) 2월 정묘삭(丁卯朔)의 일로 기록되어 있다. 《元史 卷24 本紀 仁宗》 대도로(大都路)는 북경(北京)을 일컫는 말이다. 석고(石鼓)는 동주(東周) 초기 진국(秦國)에서 주나라 선왕(宣王)의 업적을 북처럼 생긴 비석에 새긴 것인데, 중국 최고(最古)의 금석문으로 꼽힌다.

385 당나라……베풀었다 : 《구당서(舊唐書)》에 정원(貞元) 9년(793) 2월 경술삭(庚戌朔)의 일로 기록되어 있다. 정원은 덕종(德宗)의 연호이다. 《舊唐書 卷13 本紀 德宗下》

를 구경하며 놀이를 하였다. 우성관(祐聖觀)과 동악행궁(東岳行宮)에서는 두 성인의 생신날에 놀러 나온 여인들이 쟁반에 담긴 구슬과 무더기 비취를 가지고 놀이를 하였다.[386] 구사(舊史)에 삼월 초하루를 만춘절(萬春節)로 삼았다.[387] 원우(元祐) 연간에 이영전(邇英殿)에 거둥했을 때 여대방(呂大防)이 인종(仁宗)이 쓴 서른여섯 가지 일을 아뢰고 그림으로 그려 어좌(御座) 한 모퉁이에 둘 것을 청하였다.[388]

4. 사월 四月

붉은 앵도 쟁반 들어 사신(詞臣)에게 하사하고	朱櫻盤擎賜臣詞
동거울 올리며 머리 숙이고 모친 그린 아이 있었네	金鏡頭卸思母兒
연못가의 누런 구름은 황제의 효성에 부응함이요	池上黃雲孚帝孝
남방의 일곱 별이 천기절에 내려왔네	南方七宿降天祺

당나라 때 내원(內園)에서 앵도(櫻桃)를 올리면 백관에게 나누어주었다.[389] 송나라 유경선(劉敬宣)이 여덟 살 때 관불(灌佛)을 보고는 곧 머리를

386 우성관(祐聖觀)과……하였다 : 《증보무림구사(增補武林舊事)》 권3에 관련 내용이 보인다. 우성관과 동악행궁(東岳行宮)은 도교의 사원인데, 우성관은 3월 3일에 동악행궁에서는 3월 28일에 생신 행사가 열렸다고 한다.

387 구사(舊史)에……삼았다 : 《대금집례(大金集禮)》 권23 〈성절(聖節)〉에 관련 기록이 보인다. 만춘절(萬春節)은 금나라 황제의 생일을 말한다.

388 원우(元祐)……청하였다 : 《속자치통감장편(續資治通鑑長編)》 권456 〈철종(哲宗)〉에, 원우 6년(1091) 3월 경신삭(庚申朔)의 일로 기록되어 있다. 원우는 송나라 철종의 연호이다. 인종이 쓴 36가지 일은 《자치통감후편(資治通鑑後編)》 권55 〈송기(宋紀)〉에 보이는데, 경력(慶曆) 4년(1044) 3월에 인종이 이영각(邇英閣)에서 어서(御書) 13축을 꺼내었는데, '준조종훈(遵祖宗訓)' 등 모두 35가지의 일이 기록되어 있었다고 하였다.

389 당나라……나누어주었다 : 여러 기록에서 당나라 이작(李綽)의 《진중세시기(秦中歲時記)》를 인용하여, 매년 4월 1일에 내원(內園)에서 앵두를 바치면 먼저 침묘(寢

숙이고 동거울〔金鏡〕을 올리며 어머니를 위하여 관불하였다.[390] 황우(皇祐) 때 황운(黃雲)이 서렸는데 이는 임금의 효성이 하늘을 감동시킨 응험이었다.[391] 이달 초하루를 천기절(天祺節)로 삼았다.[392] 남방의 일곱 별이 내려왔다.[393]

5. 오월 五月

관원에게 비녀 하사하니 대모로 조각했고	釵賜廷僚玳瑁琱
처녀들이 나누어 꽂으니 석류꽃 어여쁘네	簪分閨女榴花嬌
장씨 집안 젊은 과부 갑자기 꿈에 놀랐는데	張家少婦忽驚夢
만천[394]이 동방에서 초하루 아침에 태어났네	曼倩東方朔誕朝

수(隋)나라 때 5월에 백관에게 대모(玳瑁)로 만든 비녀를 하사하였다.[395]

廟)에 올린 뒤 신하들에게 차등 있게 나누어주었다고 하였다.

390 송나라……관불하였다 : 《송서(宋書)》에 보인다. 유경선(劉敬宣)의 자는 만수(萬壽)이다. 여덟 살 때 어머니를 여의었는데 4월 8일에 절에 가서 관불(灌佛)하는 의식을 본 뒤 동거울〔金鏡〕을 올리고 어머니를 위하여 관불하면서 슬픔을 이기지 못했다고 한다. 《宋書 卷47 劉敬宣列傳》《太平御覽 卷21 時序部6 夏上》

391 황우(皇祐)……응험이었다 : 《옥해(玉海)》에, 황우 2년(1050) 4월 삭일에 황제가 금명지(金明池)에 거둥했는데 황운(黃雲)이 구불구불 서린 모습을 보이자, 천문을 담당한 관원이 천자의 효성이 하늘을 감동시킨 응험이라고 하였다는 기록이 보인다. 황우는 송나라 인종의 연호이다. 《玉海 卷195 祥瑞 皇祐黃雲》

392 이달……삼았다 : 《송사(宋史)》에 보인다. 북송(北宋)의 진종(眞宗) 대중상부(大中祥符) 원년(1008) 4월 1일에 하늘에서 천서(天瑞)가 두 번째로 내려온 상서(祥瑞)가 있자 이날을 천기절(天祺節)로 삼았다고 한다. 《宋史 卷112 禮志65》

393 남방의……내려왔다 : 《옥지당담회(玉芝堂談薈)》 권1 〈신성강생일진(神聖降生日辰)〉에 보인다.

394 만천(曼倩) : 한(漢)나라 동방삭(東方朔)의 자(字)이다.

395 수(隋)나라……하사하였다 : 《중화고금주(中華古今注)》에, 수나라 양제(煬帝)

집집마다 곱게 꾸민 어린 처녀들이 석류꽃을 머리에 꽂았는데 이날을 여아절(女兒節)이라고 하였다.[396] 장소평(張少平)의 아내 전씨(田氏)는 과부로 살았는데, 어떤 사람이 하늘에서 내려오는 꿈을 꾼 뒤 임신하였다. 대(代) 땅으로 옮겨 동방에 의지해 살다가 5월 초하루에 아들을 낳자 이름을 동방삭(東方朔)이라고 하였다.[397]

6. 유월 六月

대루원 궁궐 문에 날이 아직 밝지 않았고	待漏仙門夜未央
파사국 보물 시장엔 한 해가 처음 시작되네	波斯寶市日初長
화청궁 안에서 이원의 음악 연주하니	華淸宮裏梨園樂
천금의 웃음 지닌 양귀비 위한 여지향이라네	一笑千金丹荔香

당나라 원화(元和) 연간에 건복문(建福門)에 대루원(待漏院)을 설치하였다.[398] 파사국(波斯國)에서는 유월 초하루를 세수(歲首)로 삼았다.[399] 양귀비(楊貴妃)는 유월 초하루에 태어났다. 임금이 화청궁(華淸宮)에 거둥

때 단오일(端午日)에 백관에게 대모(玳瑁)로 만든 비녀를 하사했다는 기록이 보인다. 《中華古今注 卷中 釵子》

396 집집마다……하였다 : 《원명사류초(元明事類鈔)》 권3 〈세시문(歲時門) 하(夏)〉에, 5월 1일부터 5일까지 이런 놀이를 하였다는 기록이 보인다.

397 장소평(張少平)의……하였다 : 《광박물지(廣博物志)》 권12 〈영이(靈異) 1〉에 보인다. 장소평은 동방삭의 부친 장이(張夷)로, 소평은 그의 자이다.

398 당나라……설치하였다 : 《구당서(舊唐書)》에, 원화(元和) 2년(807) 6월 정묘삭(丁卯朔)의 일로 기록되어 있다. 원화는 당나라 헌종(憲宗)의 연호이다. 대루원(待漏院)은 백관들이 조회에 참석하기 위해 새벽에 대궐 문이 열리기를 기다리던 곳이다. 《舊唐書 卷14 本紀 憲宗上》

399 파사국(波斯國)에서는……삼았다 : 《어정월령집요(御定月令輯要)》 권11 〈유월령(六月令) 파사세수(波斯歲首)〉에 보인다. 파사국은 지금의 이란인 페르시아를 말하는데 세상에서 가장 값진 보물이 많이 나는 곳으로 알려졌다.

하여 이원(梨園)의 신곡(新曲)을 연주하였는데, 때마침 남해에서 여지(茘枝)를 진상하였기에 이로 인해 신곡의 이름을 '여지향(茘枝香)'이라고 하였다.[400]

7. 칠월 七月

한 곳의 돌벼루는 천축 산의 보배요	石硯一方竺嶺珍
옥호 열두 개 지니고 상전벽해 이야기했네	玉壺十二海田塵
대계법문은 원시천존이 주었고	法文大誡天尊始
동백산인은 진도를 받았네	桐柏山人受道眞

당나라 때 광효사(光孝寺)에 오래된 벼루가 있었는데, 천축(天竺)의 승려가 이르러 그것을 보니 바로 탄가석(灘哥石)이었다.[401] 왕방평(王方平)이 채경(蔡經)의 집에 내려왔는데 옥 호리병 12개를 지니고 있었으며, 마고(麻姑)와 바다가 뽕밭으로 변했음을 이야기하였다.[402] 개황(開皇) 연간에 원시천존(元始天尊)이 태상대도군(太上大道君)에게 대계법문(大誡法文)을 주었고, 동백진인(桐栢眞人)이 허원(許遠)과 함께 진도(眞道)를 받았다.[403]

400 양귀비(楊貴妃)는……하였다 :《어정월령집요》 권11 〈유월령 여지향(茘枝香)〉에 보인다. 화청궁(華淸宮)은 여산(驪山)에 있는 궁궐로, 처음에는 탕천궁(湯泉宮)이라 하였다가 현종이 이름을 바꾸고 양귀비와 함께 자주 행차하여 잔치를 베풀었다.《舊唐書 卷8 玄宗紀》

401 당나라……탄가석(灘哥石)이었다 :《어정월령집요》 권14 〈칠월령(七月令) 탄가석연(灘哥石硯)〉에 보이는데, 7월 칠석의 일로 기록되어 있다.

402 왕방평(王方平)이……이야기하였다 : 신선 왕방평이 7월 칠석에 옥 호리병 12개를 지니고 채경(蔡經)의 집에 내려왔다고 한다. 또 왕방평이 선녀 마고(麻姑)를 초대하자 마고가 왕방평에게 그동안 동해가 세 번이나 뽕밭으로 변한 것을 보았다고 하였다.《紺珠集 卷2 明皇雜錄 玉壺十二》《神仙傳 卷7 麻姑》

403 개황(開皇)……받았다 :《운급칠첨(雲笈七籤)》 권9에, 개황 원년(581) 7월 1일

8. 팔월 八月

대 뿌리를 모퉁이로 옮기니 술 취한 소상강의 반죽[404]이요 竹根移角醉瀟湘

잣나무 잎 이슬방울 화산 남쪽에서 받네 柏葉承珠露華陽

천의절 제사 끝나 젓가락으로 주사 몸에 칠하는데 祭罷天醫砂染箸

오명낭 차지 않은 사람 아무도 없네 無人不佩五明囊

팔월 팔일은 죽취일(竹醉日)이다.[405] 등소(鄧紹)가 화산(華山)에 들어가서 동자가 잣나무 잎에 맺힌 이슬을 받는 것을 보았는데 모두 구슬과 같았다. 어디에 쓰는 것이냐고 묻자, 답하기를 "적송선생(赤松先生)이 이것을 가지고 눈을 밝게 합니다."라고 하였다.[406] 옛사람이 오명낭(五明囊)을 만

의 일로 기록되어 있다. 개황은 수나라 문제(文帝)의 연호이다. 원시천존(元始天尊)은 도교 최고의 천신(天神)이다. 태상대도군(太上大道君)은 원시천존과 함께 삼청존신(三淸尊信)의 하나로 받들어지는데, 영보천존(靈寶天尊)이라고 한다. 동백진인(桐柏眞人)은 주나라 영왕(靈王)의 태자 왕자교(王子喬)가 신선이 된 뒤 붙여진 이름이라고 한다. 허원(許遠)은 도사(道士)의 이름으로 보인다.

404 소상강(瀟湘江)의 반죽(斑竹) : 소상강은 호남성(湖南省) 동정호(洞庭湖) 부근의 소수(瀟水)와 상수(湘水)의 합칭이고, 반죽은 자줏빛 반점이 있는 대나무이다. 전설에 의하면 순(舜) 임금의 두 비(妃)인 아황(娥皇)과 여영(女英)이 순 임금이 승하하자 소상강 가에서 눈물을 흘려 대나무에 뿌렸더니 얼룩이 생겼다 한다.

405 팔월 팔일은 죽취일(竹醉日)이다 : 죽취일은 대나무를 옮겨 심기에 가장 좋은 날을 말하는데, 절조가 강한 대나무도 이날만은 술에 취한 듯 정신이 몽롱하기 때문에 이식해도 잘 살아난다고 한다. 《어정월령집요》와 《어정패문재광군방보(御定佩文齋廣群芳譜)》에는 죽취일이 8월 8일로 기록되어 있는데, 다른 기록들에는 대부분 5월 13일로 나와 있다. 《御定月令輯要 卷15 八月令》《御定佩文齋廣群芳譜 卷5 天時譜 秋》

406 등소(鄧紹)가……하였다 : 등소는 홍농(弘農) 사람으로, 8월 초하루 새벽에 화산(華山)에 들어갔다고 한다. 적송선생(赤松先生)은 고대 전설상의 신선인 적송자(赤松子)를 말한다. 《荊楚歲時記》《續齊諧記》

들어 온갖 풀잎 끝의 이슬을 담아 눈을 씻으면 눈이 밝아졌다.[407] 또 나뭇잎에 맺힌 이슬을 취해 진사(辰砂)를 갈아 섞어서 상아 젓가락으로 몸에 칠한다. 팔월 초하루를 천의절(天醫節)로 삼아 황제(黃帝)와 기백(岐伯)에게 제사를 지냈다.[408]

9. 구월 九月

함예성 상서로운 별이 자미궁에 나타나고	含譽祥星見紫微
사기 물리치는 향긋한 꽃으로 푸른 햇살에 장수하네	辟邪香卉壽靑暉
의례와 예악이 시대 따라 변하니	儀文禮樂隨時變
한나라는 의관 나들이하고[409] 당나라는 의관 올렸네	漢世游衣唐薦衣

상부(祥符) 연간에 사천감(司天監)에서 자미궁(紫微宮)에 함예성(含譽星)이 나타났다고 아뢰었다.[410] 옛사람은 수유(茱萸)를 벽사옹(辟邪翁)이라 하였다.[411] 천보(天寶) 연간에 이달 초하루에 여러 능침에 의관을 올렸다.[412]

407 옛사람이……밝아졌다 : 《형초세시기(荊楚歲時記)》에 보인다.

408 또……지냈다 : 《설부(說郛)》에 보인다. 진사(辰砂)는 단사(丹砂)를 말한다. 기백(岐伯)은 황제(黃帝) 때의 명의(名醫)이다. 《說郛 卷32上 潛居錄》

409 한(漢)나라는 의관 나들이하고 : 한나라에서 매월 초하루에 고조의 능침에 보관된 의관을 꺼내 고조의 제사를 지내는 종묘 안으로 옮겨다 놓았다가 도로 가져다 놓는 일을 반복하였던 것을 말한다. 이를 '월유(月遊)'라고 한다. 《漢書 卷43 叔孫通傳》

410 상부(祥符)……아뢰었다 : 《옥해(玉海)》에 상부 2년(1009) 9월 2일의 일로 기록되어 있다. 상부는 대중상부(大中祥符)로 송나라 진종(眞宗)의 연호이다. 자미궁(紫微宮)은 천제(天帝)가 거처한다는 북두성 북쪽에 있는 성좌를 가리킨다. 함예성(含譽星)은 상서로운 별의 하나이다. 《玉海 卷195 祥瑞 祥符含譽星》

411 옛사람은……하였다 : 중양절(重陽節)에 수유(茱萸)와 국화를 술에 띄워 마셔 사기(邪氣)를 물리치고 장수를 기원하였는데, 수유의 별칭은 벽사옹(辟邪翁)이며, 국화의 별칭은 연수객(延壽客)이다. 《夢粱錄 卷5 九月》

412 천보(天寶)……올렸다 : 《신당서(新唐書)》에 천보 2년(743) 9월 초하루의 일로

10. 시월 十月

불림국에서는 명주를 멀리서 가져와 바치고　　　　　秣域明珠來遠供
구자국은 오래 풍악 울리며 삼동 내내 즐겼네　　　　龜玆長樂窮三冬
치천이 장수한 환약이 인간 세상에 이르렀으니　　　穉川久視能人及
문 앞에 천세송교 넣은 맛난 술이 있었네　　　　　　有味門前千歲松

원풍(元豐) 연간에 불림국(拂菻國)에서 문패(文貝)와 명주(明珠)를 공물로 바쳤다.[413] 구자국(龜玆國)에서 매년 시월에 풍악을 울려 한 해가 끝날 때 이르러 비로소 그만두었다.[414] 최희진(崔希眞)이 이달 초하루에 노부(老父)를 만나 송화주(松花酒)를 올렸는데 노부가 가슴에 품고 있던 환약을 꺼내 술에 넣자 맛이 매우 좋아졌다. 이 노부는 갈홍(葛洪)의 셋째 아들이고, 그 환약은 바로 천세송교(千歲松膠)이다.[415]

11. 십일월 十一月

악록화는 처사의 집에서 노닐었고　　　　　　　　　萼綠華游處士廬

기록되어 있다. 천보는 당나라 현종의 연호이다. 《新唐書 卷14 禮樂志4》

413 원풍(元豐)……바쳤다 : 《월령수편》에 원풍 4년(1081) 10월 6일의 일로 기록되어 있다. 원풍은 송나라 신종(神宗)의 연호이다. 불림국(拂菻國)은 대진국(大秦國) 즉 로마 제국을 말한다. 문패(文貝)는 무늬가 고운 조개이다. 《月令粹編 卷16 十月日次》

414 구자국(龜玆國)에서……그만두었다 : 《유양잡조(酉陽雜俎)》와 《월령수편》에, 매년 10월 14일에 음악을 만든 것으로 기록되어 있다. 구자국은 한대(漢代) 서역(西域)에 있던 나라 이름인데, 《유양잡조》에는 언기국(焉耆國)으로 나와 있다. 《酉陽雜俎 卷4 境異》《月令粹編 卷16 十月日次》

415 최희진(崔希眞)이……천세송교(千歲松膠)이다 : 《어정패문재광군방보》에 당나라 대력(大曆) 2년(767) 10월 초하루의 일로 기록되어 있다. 갈홍(葛洪)은 동진(東晉) 사람으로 자가 치천(稚川)인데, 나부산(羅浮山)에서 선약을 만들어 먹고 신선이 되었다고 한다. 송교(松膠)는 송진을 말한다. 《御定佩文齋廣群芳譜 卷6 天時譜 冬》

붉은 석류에 이슬 내린 건《구당서》에 보이네 　榴紅露降舊唐書
취성당 위에서 눈 내릴 때 객과 시를 읊으니 　聚星堂上雪吟客
왕성에서 비를 빌고 난 나머지임을 알겠네 　知是王城禱雨餘

악록화(萼綠華)는 선녀인데, 진(晉)나라 때 양권(羊權)의 집에 내려왔다.[416] 당나라 때 금오위(金吾衛) 좌장원(左仗院)의 석류나무에 감로(甘露)가 맺혔다.[417] 소식(蘇軾)이 장용공(張龍公)에게 비를 빌어 약간의 눈이 내리자 객과 취성당(聚星堂)에 모여 술을 마셨다.[418]

12. 십이월 十二月

상춘에 천행첩아를 붙이니 문미에 봄기운 돌고 　傳帖天行楣上春
술 단지 잡고 길가의 신에게 해마다 제사 지내네 　操壺年賽路傍神
여덟 신선이 이달 초하루에 봉래에 모였으니 　八仙此日蓬萊會
인간 세상에 묵은해 보내는 사람 보이지 않네 　不見人間餞歲人

416 악록화(萼綠華)는……내려왔다 : 동진(東晉) 승평(升平) 3년(359) 11월 10일 밤의 일이라고 한다. 승평은 목제(穆帝)의 연호이다.《紺珠集 卷10 封氏見聞記 萼綠華》

417 당나라……맺혔다 :《구당서》에 당나라 문종(文宗) 태화(太和) 9년(835) 11월 21일의 일로 기록되어 있다. 금오위(金吾衛)는 궁중 순찰을 맡은 관서인 좌우금오위(左右金吾衛)이며, 장원(仗院)은 금오위의 숙직소로 장사(仗舍)라고도 한다.《舊唐書 卷169 李訓列傳》

418 소식(蘇軾)이……마셨다 : 소식의 시 〈취성당설(聚星堂雪)〉의 병서(幷序)에 보이는데, 원우(元祐) 6년(1091) 11월 1일의 일로 기록되어 있다. 원우는 송나라 철종의 연호이다. 장용공(張龍公)은 당나라 때 선성 현령(宣城縣令)을 지낸 장로사(張路斯)이다. 그가 죽은 뒤 사람들이 용왕(龍王)으로 변했다고 믿어 장공사(張公祠)라는 사당을 세웠는데, 기우제를 지내면 그때마다 응험이 있었다고 한다. 송나라 신종 때 소령후(昭靈侯)에 봉해졌다.《東坡全集 卷19 聚星堂雪, 卷86 昭靈侯廟碑》《江南通志 卷42 輿地志 潁州府 張龍公祠》

송나라 때 섣달그믐 저녁이 되면 문설주에 천행첩아(天行帖兒)를 붙이고 술과 음식을 마련해 문 앞에서 제를 올렸으니, 이를 새로신(賽路神)이라고 하였다.[419] 이달 초하루에 여덟 신선이 봉래(蓬萊)에 모였다.[420]

13. 윤월 閏月

일 년을 삼백육십육 일로 나눈 처음에	三百六旬六日初
자세히 추론하고 크게 연역하니 나머지가 쌓였네	細推大衍積贏餘
열두 달 초하루 아침 하루도 빠짐이 없었으니	十二朔朝無一闕
송나라 원나라 등 여러 사서에 역법서가 있었네	宋元諸史紀年書

송나라 태시(泰始) 3년(467)과 건도(乾道) 원년(1165)에 윤(閏)정월이 있었다. 송나라 희녕(熙寧) 2년(1069)과 원나라 지원(至元) 22년(1285)에 윤11월이 있었다. 한나라 양가(陽嘉) 원년(132)과 송나라 건덕(乾德) 원년(963)에 윤12월이 있었다.

419 송나라……하였다 : 《어정월령집요》 권20 〈십이월령(十二月令)〉에 보인다. 천행첩아(天行帖兒)는 사기(邪氣)를 물리치기 위해 귀신의 형상을 그려서 대문에 붙이는 문신(門神)의 하나로 보인다.

420 이달……모였다 : 《옥지당담회》 권1 〈신성강생일진(神聖降生日辰)〉에 보인다. 팔선(八仙)은 민간 전설에 나오는 도교의 여덟 신선을 말한다.

시여 26조 54결[421]

詩餘 二十六調 五十四闋

1. 어가행 쌍중조 가행제[422] 御街行 雙中調 歌行題

붉은 구름 한 덩이가 쌍봉[423]을 감싸고　　紅雲一朶籠雙鳳

노랗고 푸른 단청은 영롱한 빛을 보내네　　金碧玲瓏送

421 시여(詩餘) 26조 54결 : 시여는 사(詞)의 이칭으로 전사(塡詞)라고도 한다. '26조'는 제목을 기준으로 수록된 사의 총 편수를 말한 것이고, '54결'은 총 작품 수를 말한 것이다. 시의 편수를 산정하는 방식으로 말하자면 26제 54수라는 말과 같다. 사의 제목을 기록한 방식은, 처음에는 '사패명(詞牌名)'을 밝히고 다음에는 그 사패의 형식을 밝혔으며, 마지막으로 사패명의 성격을 제시하였다. 한편, 이하 번역문 주석에서 제시하는 사의 형식은 주로 《어정사보(御定詞譜)》를 참고하였다. 《어정사보》는 청나라 강희제(康熙帝) 54년(1715)에 40권으로 편찬된 사보(詞譜)이다.

422 어가행(御街行) 쌍중조(雙中調) 가행제(歌行題) : '어가행'은 사패명의 하나인데, 원래 도성을 순행하는 황제와 의장대의 모습을 읊은 것이다. 어가는 황제가 다니는 도성의 길을 말한다. 송나라 유영(柳永)의 〈어가행〉에서 시작되었으며 '고안아(孤雁兒)'라고도 한다. 쌍중조는 쌍조(雙調)와 중조(中調)를 합친 표현이다. 쌍조는 전단(前段)과 후단(後段)의 이단(二段)으로 지어진 사를 말하는데, 저본에는 '○' 표시로 구분되어 있다. 중조는 사의 글자 수를 기준으로 구분한 명칭인데, 보통 56자에서 90자까지로 이루어진 사를 중조라고 한다. '가행제'는 사패명에 '가' 또는 '행'이 붙은 제목이라는 말이다. 한편 '어가행'의 정체(正體)는 쌍조 76자, 전후 각 7구에 4개의 측운(仄韻)을 압운하는 것으로 구성된다. 귤산의 〈어가행〉의 운자는 전단 '봉(鳳)', '송(送)', '동(棟)', '롱(弄)', 후단 '공(控)', '홍(烘)', '공(貢)', '몽(夢)'이며, 모두 거성(去聲) 송(送)운이다.

423 쌍봉(雙鳳) : 지붕 위에 황금으로 두 봉황의 장식을 한 궁궐인 쌍봉궐(雙鳳闕)을 의미하는 것으로 보인다. 쌍봉궐은 황제가 있는 궁궐을 뜻하는 말로 쓰인다.

이른 아침 황제 수레 바라보니 아름답고　　平明華蓋望翩翩
상서로운 기운이 유소와 화동(畫棟)[424]에 자욱하네　　瑞靄靄流蘇棟
선경에 노니는 곡조를 연주하고　　奏遊仙曲
허공을 밟는 춤을 추는데　　進步虛舞
옥 같은 박판이 소리마다 울리네　　玉版聲聲弄

○

규룡이 머금은 보배를 푸른 하늘에 던지니　　虯龍含寶青天控
붉은 아침 해에 궁궐 창이 불타는 듯하네　　紅旭罘罳烘
군왕께선 천세 누리고 다시 천년 누리시라　　君王千歲復千春
만국에서 산 넘고 바다 건너 공물을 올리네　　萬國來梯航貢
야광주는 쌍벽이요　　夜光雙璧
비취로 만든 진우[425]를　　翡翠珍羽
강남의 꿈속에 나열하였네　　羅列江南夢

424 유소(流蘇)와 화동(畫棟) : 유소는 채색 깃털 또는 오색 실로 만들어 가마나 휘장을 장식하는 데 사용하는 술을 말하고, 화동은 아름답게 장식한 기둥을 말한다.

425 진우(珍羽) : 진귀한 화살 이름으로, 몰우(沒羽)라고도 한다.

2. 장상사 쌍소령[426] 長相思 雙小令

봄이 집에 가득하고	春滿堂
달이 집에 가득하네	月滿堂
꽃향기 짙어서 저물녘에 향기 맡으니	花氣醲醲挹晩香
그윽한 난초가 바람에 향기 보내오네	幽蘭風送芳
○	
옥 같은 님을 생각하고	憶玉郞
옥 같은 님을 꿈에 만나네	夢玉郞
만 리에서 그리워하며 님을 잊지 못하니	萬里相思郞不忘
잊지 못해 오래도록 원망하고 한탄하네	不忘怨恨長

장상사 쌍소령 2 又

물은 푸르고 푸르며	水靑靑
산도 푸르고 푸르네	山靑靑
산과 물 사이에서 내가 취하고 깨니	山水間儂在醉醒
님을 그리며 마음이 편안하지 않네	懷人心未寧
○	

426 장상사(長相思) 쌍소령(雙小令) : '장상사'는 사패명의 하나인데, 대부분 남녀 또는 벗 사이의 이별과 그리움을 읊은 것이다. '오산청(吳山靑)', '상사령(相思令)'이라고도 한다. '쌍소령'은 쌍조(雙調) 소령(小令)의 의미이다. 소령은 통상 58자 이내의 짧은 사를 일컫는다. 한편 '장상사'의 정체(正體)는 쌍조 36자, 전후 각 4구에 매구 평운(平韻)으로 압운하되, 1구와 2구는 첩운(疊韻)을 사용한다. 귤산의 〈장상사〉의 운자는 전단의 첩운 '당(堂)'과 '향(香)', '방(芳)', 후단의 첩운 '랑(郞)'과 '망(忘)', '장(長)'이며, 모두 평성 양(陽) 운이다.

꽃은 어여쁘고 어여쁘며　花婷婷
사람도 어여쁘고 어여쁘네　人婷婷
사람이 꽃을 주우니 꽃이 마음을 알아주어　人拾花花照性靈
달리다 멈추다 부질없이 뜨락에 있네　騁停空在庭

장상사 쌍소령 3[427] 又

만 가지 붉고　萬枝紅
천 가지 붉네　千枝紅
그대가 보는 가지가 같든지 다르든지　君見枝枝同不同
봄빛은 애초에 지극히 공평하다네　春光元至公

○

그대는 서쪽으로 가고　君去西
나는 동쪽으로 가네　我去東
길은 공평히 나뉘어 마음껏 바람을 좇고　道路平分橫逐風
외로운 배에는 한 늙은이가 있네　孤舟一老翁

3. 조소 소령단조 영자제[428] 調笑 小令單調 令字題

나는 남아 있는데　儂在

427 장상사 쌍소령 3 : '장상사'의 변체(變體) 중 하나이다. 이 변체는 전단은 정체를 따르고, 후단의 첫 구에 첩운(疊韻)을 사용하지 않는다.

428 조소(調笑) 소령단조(小令單調) 영자제(令字題) : '조소'는 사패명의 하나로, '조소령(調笑令)', '고조소(古調笑)' 등으로도 불린다. 형식이 매우 다양한데, 크게 32자의 정체(正體)와 38자의 변체(變體)로 구분된다. 귤산의 작품은 변체의 형식을 취하였다. 변체는 단조(單調) 7구에 7측운으로 구성되며, 첫 구는 두 글자로 시작한다.

그대는 어디로 떠났나 君何去
맑은 물가의 쌍오리가 되고 싶네 願作雙凫淸水渚
그대는 보리라 맑은 물에 뜬 쌍오리가 君看淸水雙凫擧
밤낮으로 물결에 떠다니다 섬에서 자는 것을 日夜泛波眠嶼
옅은 노을 지고 비 뿌려 분분한 곳에서 輕霞灑雨紛紛處
길이 강 가운데의 좋은 짝이 되리라 長做江心佳侶

4. 여몽령[429] 如夢令

남편을 꿈속에서 만났는데 夫婿夢中相見
옥 같은 얼굴 어렴풋이 번개처럼 스쳐가네 玉面依俙如電
정회를 미처 쏟아내지도 못했는데 未倒瀉情懷
새벽하늘에 한 조각 햇살 비치네 天曙明光一片
꾀꼬리가 울고 鸎囀
꾀꼬리가 울어 鸎囀
비단 창가 곤한 잠에서 놀라 일어나네 驚起綺窓眠倦

429 여몽령(如夢令) : 원래 명칭은 '억선자(憶仙子)'였으나, 우아하지 않다는 이유로 소식(蘇軾)이 '여몽령'으로 바꾸었다고 한다. '연도원(宴桃源)'으로도 불린다. 단조 33자 7구, 5측운에 1첩운의 형식이 정체이다. 귤산의 작품은 정체에 부합한다.

5. 상사아 소령쌍조[430] 相思兒 小令雙調

푸른 옥난간에 봄이 따뜻하니	碧玉欄干春暖
잠에서 깨어나 붉은 꽃을 꺾네	睡罷折花紅
향긋한 풀 푸르러 이끼가 화를 입으니	芳草綠生衣殃
서로 비추며 봄바람을 원망하네	相映怨東風
○	
나풀거리는 버들은 안개에 싸이고	楊柳拂拂煙籠
상서로운 빛은 건장궁[431]을 감싸네	祥光繞建章宮
다정한 은혜 거듭 내려도 무방하리니	多情恩重無傷
육조의 금분[432]처럼 영롱하게 빛나네	六朝金粉玲瓏

6. 목란화[433] 木蘭花

버들 거리에 술집 깃발 비단 상점 열리고	柳巷酒旗開繡館

430 상사아(相思兒) 소령쌍조(小令雙調) : '상사아'의 정식 명칭은 '상사아령(相思兒令)'이며, '상사령'이라고도 한다. 정체는 쌍조 47자, 전단 4구 2평운, 하단 4구 3평운을 사용한다. 귤산의 이 작품은 46자로 이루어져 정체에 어긋난다. 정체는 하단 둘째 구가 7자인 데 비해 귤산의 작품은 6자로 되어 있다. 귤산의 작품 형식과 같은 변체가 있는지는 확인하지 못했다.

431 건장궁(建章宮) : 한(漢)나라 장안(長安)의 궁전 이름으로, 대궐을 말한다.

432 육조(六朝)의 금분(金粉) : 아름다운 여인을 형용한 말이다. 육조는 오(吳), 동진(東晉), 송(宋), 제(齊), 양(梁), 진(陳)을 말하는데 사치스럽고 화려함을 숭상하여 남녀가 모두 아름답게 치장하였다. 금분은 여인들이 화장할 때 쓰던 백분(白粉)이다.

433 목란화(木蘭花) : 정식 명칭은 '목란화령(木蘭花令)'이며, '옥루춘(玉樓春)', '춘효곡(春曉曲)' 등으로도 불린다. 주로 쌍조 56자, 전단과 후단 각 7언 4구로 이루어지며 3측운을 사용한다. 귤산의 이 작품도 그 형식에 부합한다.

물 위에 뜬 살구꽃이 나그네를 부르네　水面杏花過客喚
강남땅 봄빛을 돌보는 이 없으니　江南春色管無人
들판 나루엔 빈 배 있고 새소리 어지럽네　野渡虛舟禽語亂
○
어젯밤 꿈에 낭군님의 금자[434]를 보았는데　昨夢玉郞錦字看
분명히 하신 말씀 반도 기억 못 하겠네　說話分明難記半
답장 지으려 하니 눈물이 옷에 가득한데　欲裁函答涙盈襟
산수화 병풍에 먹구름이 흩어지네　山水屛風雲墨散

7. 성성만 쌍장조 만자제[435] 聲聲慢 雙長調 慢字題

서쪽 성에는 여린 버들　西城弱柳
동쪽 누각에는 통통한 매화　東閣肥梅
초봄 소식이 성대하네　早春消息堂堂
백발 도리어 부끄러우니　白髮還羞

434 금자(錦字) : 주로 아내가 남편을 그리워하며 보내는 편지를 말하는데, 여기서는 편지의 의미로 쓰였다. 전진(前秦)의 진주 자사(秦州刺史) 두도(竇滔)가 유사(流沙)로 귀양을 가자 그의 아내 소혜(蘇蕙)가 〈회문선도시(廻文旋圖詩)〉를 비단에 수놓아 보낸 고사에서 나왔다. 《晉書 卷96 列女傳 竇滔妻蘇氏》

435 성성만(聲聲慢) 쌍장조(雙長調) 만자제(慢字題) : '성성만'은 '승승만(勝勝慢)', '인재루상(人在樓上)' 등으로도 불린다. '쌍장조'는 쌍조(雙調)로 이루어진 장조(長調)를 말하는데, 장조는 주로 91자 이상으로 이루어진 사를 일컫는다. '성성만'은 크게 평성운을 쓰는 형식과 측성운을 쓰는 형식으로 나뉘며, 쌍조 96자~99자 등으로 이루어진다. 전단과 후단의 구(句)의 숫자는 여러 형식이 보이는데, 귤산의 〈성성만〉은 전단 10구 4평운 후단 9구 4평운의 형태를 취하였다. 운자는 전단 '당(堂)', '황(黃)', '장(粧)', '상(裳)', 후단 '광(狂)', '앙(鴦)', 황(遑), '광(光)'이다.

푸른 눈썹 같은 먼 산에 노란 버들 피었네 遠山翠黛鵝黃
연지 찍고 분 바른 듯한 꽃잎은 臙脂鉛粉花葉
다른 풍광에 비해 물든 색깔 화려하네 較看他傅色凝粧
어젯밤에 비 내려 昨夜雨
어지러이 떨어진 꽃잎 셀 수 없으니 落繽紛無數
초나라 여인 버선이요 오나라 여인 치마로다 楚襪吳裳
○
절세가인은 보이지 않고 絶代佳人不見
짙은 연기 자욱한 안개 뒤덮더니 被煙濃霧漲
비 내리치고 바람 몰아치네 雨打風狂
성 모퉁이에서 머리 긁적이다 搔首城隅
머뭇거리며 저 원앙새를 보네 躕躇看彼鴛鴦
내 마음은 길고 그대 마음은 짧아서 我心長爾心短
다급하고 다급해 도리어 허둥대네 悤悤悤悤反遑遑
이것이 두려운 것이 아니라 不怕是
좋은 기약 어긋나고 세월 가버릴까 두렵네 佳期蹉跎怕逝光

8. 홍림금근 쌍중조[436] 紅林檎近 雙中調

주렴 밖에 바람이 쓸쓸하고 簾外風蕭瑟

436 홍림금근(紅林檎近) 쌍중조(雙中調) : '홍림금근'은 '홍영(紅影)'으로도 불린다. 정체는 쌍조 79자, 전단 8구 5평운 후단 7구 3평운이며, 변체는 없다. 귤산의 이 사는 정체와 부합한다. 운자는 전단 '담(淡)', '암(黤)', '남(男)', '삼(毿)', 후단 '감(甘)', '감(堪)', '탐(耽)'이다.

섬돌 앞엔 서리가 싸늘하네　砌前霜冷淡
야윈 버들은 담장 스치며 가까이 섰고　瘦柳拂墻近
차가운 국화는 난간을 둘러 향기롭네　寒花繞欄馣
고운 여인이 향긋한 난초를 손으로 꺾는데　佳人芳蘭手折
어느 곳에서 왔나 백마 탄 사내 있네　何處白馬奇男
흐르는 물가 양쪽 언덕에 붉은 다리 놓였는데　流水兩岸紅橋
수양버들이 푸르게 흩날리네　楊柳碧毿毿

○

만났을 땐 애간장이 끊어지려 하고　相見腸欲斷
이별한 뒤로는 단꿈 이루지 못하네　相別夢難甘
하늘이 어찌 그대를 낳았나　天胡生爾
하늘이 어찌 낳았나 내가 어찌 감당하랴　天胡生我那堪
그대로 하여금 나를 죽도록 사랑하게 한다면　使爾看煞我
남편이 되고 아내가 되어　士兮女也
병이 골수에 들어도 즐거워할 만하네　病纏骨髓猶可耽

9. 화범 쌍장조 범자제[437] 花犯 雙長調 犯字題

나의 정원 안에　我園中
온갖 꽃이 만 가지 종류라　千花萬種

437 화범(花犯) 쌍장조(雙長調) 범자제(犯字題) : '화범'은 '수만봉화범(繡彎鳳花犯)'으로도 불린다. 귤산의 이 사는 변체의 하나로, 쌍조 102자, 전단 10구 5측운, 후단 9구 4측운으로 이루어져 있다. 운자는 전단 '절(節)', '모(暮)', '열(熱)', '석(淅)', '결(結)', 후단 '혈(血)', '설(舌)', '힐(纈)', '철(惙)'이다.

성대히 핀 꽃이 시절을 증명하네 繁華驗時節
저녁과 아침마다 아침과 저녁마다 暮朝朝暮
누각에서 봄 풍광을 대하니 樓閣對春光
언뜻 싸늘했다가 살짝 따스해지네 乍冷輕熱
버들이 황금 실 자아내고 꽃에 향기 엉기니 柳繅金線花凝麝
향기가 양절[438]보다 낫네 香勝似兩浙
적막함 속에 꽃 시절 빨리 감을 탄식하지 말라 莫歎寂寞芳辰促
이미 동심대[439] 맺었다네 業同心帶結

○

금년에 핀 꽃이 작년 꽃과 같아서 今年花如去年花
분분히 떠나가는데 紛紛去
떠나가도 선홍 빛깔 마르지 않네 去不乾猩猩血
마음이 서글퍼 心惆悵
굽은 난간에 기대어 꾀꼬리 소리 듣네 斜依曲彔聽鶯舌
다정한 뭇 새들 먼 나무에서 날아오고 多情百鳥來遠樹
나비는 서로 쫓으며 나풀나풀 어른어른 蝴蝶逐追翩翩纈纈
그대와 나 나와 그대 생사를 함께하니 爾我我爾同生死
어찌 근심할 필요 있으랴 何須憂思惱

438 양절(兩浙) : 절동(浙東)과 절서(浙西)의 합칭으로, 절강성(浙江省) 지역을 일컫는다.

439 동심대(同心帶) : 동심결(同心結) 형태로 만든 띠를 말한다. 동심결은 비단실로 짜서 만든 끈을 고리형으로 엮는 매듭인데, 서로 간의 굳은 애정을 상징한다.

10. 감주편 쌍중조 편자제[440] 甘州遍 雙中調 遍字題

오나라 산은 멀고	吳山遠
월나라 물과 초나라 강은 깊어	越水楚江深
아득하여 찾기 어렵네	杳難尋
아름다운 사람과 날개 단 신선	佳人羽客
왕손과 공자께서	王孫公子
황금 채찍 백마 타고 낮게 읊으며 술을 마시네[441]	金鞭白馬唱低斟

○

붉은 꽃이 나무에 피고	紅着樹
푸른빛이 숲에 퍼졌네	綠敷林
자고새 원망하고 자규새 울음 그쳤는데	鷓鴣怨子規歇
안개비가 강 가득히 내리네	煙雨滿江沈
고개 돌려 바라보노라니 만고의 눈물 흐르는데	回頭望萬古淚涔涔

440 감주편(甘州遍) 쌍중조(雙中調) 편자제(遍字題) : '감주편'의 정체는 쌍조 63자, 전단 6구 3평운, 후단 8구 5평운으로 이루어진다. 귤산의 〈감주편〉은 정체와 부합한다. 운자는 전단 '심(深)', '심(尋)', '짐(斟)', 후단 '림(林)', '침(沈)', '잠(涔)', '음(音)', '금(琴)'이다.

441 낮게……마시네 : 느긋한 모습으로 흥을 푸는 모습을 형용한 말이다. 송(宋)나라 학사(學士) 도곡(陶穀)이 태위(太尉) 당진(黨進)의 집에서 가기(歌妓)를 데려온 뒤에, 쌓인 눈을 떠서 차를 끓이며 "당 태위의 집에서는 이런 풍류를 맛보지 못했을 것이다.〔黨太尉家應不識此.〕"라고 하니, 가기가 "그분은 멋이 없는 분이니 어떻게 이런 정경이 있었겠습니까. 다만 금박 휘장을 친 따뜻한 자리에서 술을 조금씩 따르고 나직하게 읊조리며 이름난 양고주나 마실 뿐입니다.〔彼粗人也, 安有此景? 但能銷金煖帳下, 淺斟低唱, 飮羊羔美酒耳.〕"라고 대답하자, 도곡이 부끄러워했다는 고사가 전한다.《歲時廣記 卷4 冬 飮羔酒》

지음은 적네 少知音
영웅은 보이지 않고 英雄不見
벽 위엔 맑은 소리 거문고만 걸렸네 壁上掛淸琴

11. 호접아 쌍조소령 아자제[442] 胡蝶兒 雙調小令 兒字題
산 너머 산이 있어 山外山
겹겹으로 싸였네 兩重重
푸른빛 물들고 초록빛 얽혀 천 봉우리 휘감는데 濬青縈綠帀千峯
강물과 구름 속에 이 내 몸이 갇혔네 水雲鎖我儂
○
늦은 봄이라 꽃이 피었다 지는데 春晩花開落
꽃 사이엔 나비 분이 묻어 있네 花間蝶粉封
때때로 향기 맡고 가서 서로 만나는데 時時香聞去相逢
석양이라 붉은빛이 가득히 짙다네 夕陽紅滿濃

12. 도련자 단조소령 자자제[443] 搗練子 單調小令 子字題
산은 겹겹이요 山疊疊

442 호접아(胡蝶兒) 쌍조소령(雙調小令) 아자제(兒字題) : '호접아'의 정체는 쌍조 40자, 전단 4구 4평운, 후단 4구 3평운으로 이루어진다. 귤산의 〈호접아〉는 정체와 부합한다. 운자는 전단 '산(山)', '중(重)', '봉(峯)', '농(儂)', 후단 '봉(封)', '봉(逢)', '농(濃)'이다.

443 도련자(搗練子) 단조소령(單調小令) 자자제(子字題) : '도련자'는 '도련자령(搗練子令)', '심원월(深院月)' 등으로도 불린다. 정체는 단조 27자, 5구 3평운으로 이루어지며, 귤산의 〈도련자〉는 이에 부합한다.

물은 아득히 넓은데　水茫茫
푸르고 붉은 규방엔 원한이 기네　綠閤紅闈怨恨長
그대 떠나고 그대 와도 소식이 끊어지니　君去君來消息絶
비단 비파 줄만 말없이 애간장을 녹이네　錦絃無語惱人腸

13. 행화천 쌍조소령 천자제[444] 杏花天 雙調小令 天字題

전날 밤 정원에 붉은 꽃 어지러이 날리더니　前宵庭院飛紅亂
비 내려 때리고 때때로 바람 불어 흩어지네　雨雨打時風風渙
인생에서 어찌 흐르는 세월 탄식하지 않으랴　人生那不流光歎
함께 떨어진 꽃잎 좇은 일 헤아리지 마오　共逐落花莫算

○

무수한 붉은 꽃망울 근심스레 바라보니　糝紅無數雜愁看
적막한 정원 뜨락엔 여인의 발길 끊어졌네　院落寂寥弓鞋斷
진주로 엮은 구름 주렴을 산호 갈고리로 반쯤 걷고　珠搴雲箔珊瑚半
달그림자 떨어지니 푸른 눈썹 찡그리네　蟾影落青蛾攢

444 행화천(杏花天) 쌍조소령(雙調小令) 천자제(天字題) : '행화천'은 '우중호(于中好)', '단정호(端正好)' 등으로도 불린다. 정체는 쌍조 54자, 전후단 각 4구 4측운으로 이루어지며, 균산의 〈행화천〉은 이에 부합한다.

14. 완계사 이체병조 지리제[445] 浣溪沙 二體竝調 地理題

옥 같은 눈물 떨어져 옥 같은 강물 향기롭네	玉淚零零玉水香
버들 다리에 사람이 서서 황혼에 가까운데	柳橋人立近斜陽
비단 손수건 거두고 붉은 화장 다듬지 않네	收羅帕不理紅粧
○	
장정과 단정[446]에서 행인이 떠나가네	長短亭行人去去
행인은 떠나가고 푸른 물은 아득한데	行人去綠水洋洋
그대 생각할 때마다 다시 내 마음 서글프네	憶君時復我心傷

완계사 제이체[447] 第二體

흰 새가 홀로 날아 날아서 홀로 이르는데	白鳥自飛飛自到
날고 날아 오래도록 맑은 물결 속에 있으니	飛飛長在玉流中
푸른 하늘 밝은 달 아래 신천옹[448]이라네	碧空明月信天翁

445 완계사(浣溪沙) 이체병조(二體竝調) 지리제(地理題) : '완계사'는 평운과 측운을 사용하는 두 형식으로 구분되는데, '이체병조'는 이를 말한 것으로 보인다. '완계사'의 정체는 쌍조 42자, 전단 3구 3평운, 후단 3구 2평운으로 구성되며, 균산의 이 〈완계사〉는 정체와 부합한다.

446 장정(長亭)과 단정(短亭) : 장정은 10리마다 설치한 역참(驛站)이고, 단정은 5리마다 설치한 역참이다.

447 완계사 제이체(第二體) : 앞의 '완계사'를 변체로 읊었다. 완계사의 변체 가운데 하나가 쌍조 42자, 전후단 각 3구 2평운으로 구성되는데, 균산의 이 사도 이 변체에 해당한다.

448 신천옹(信天翁) : 거위와 비슷하게 생긴 큰 물새인 앨버트로스를 말한다. 신천공(信天公) 또는 신천연(信天緣)이라고도 하는데, 스스로 고기를 잡을 줄 모르고 남이 잡은 고기가 떨어지기만을 기다리는 새라고 해서 이런 이름이 붙여졌다고 한다.

○

너는 물과 같아 끝없이 흘러가버리고　　爾似水無窮去也

나는 갈매기처럼 물결을 좇고 바람을 따르니　　儂如鷗逐浪追風

초나라 궁궐에서 아침 구름 저녁 비 되리라[449]　　朝雲暮雨楚王宮

15. 낙양춘 쌍조 시령제[450] 洛陽春 雙調 時令題

살랑살랑 봄바람이 서원[451]에 불고　　習習東風西苑

봄빛은 장차 저물려 하네　　春光將晩

비단 휘장 걷고서 생황 노래 올리며　　捲羅帷雜進笙歌

아침 햇살에 자물쇠를 활짝 여네　　朝日洞開金鍵

○

곡진한 님의 마음 누가 멀어지게 했나　　繾綣郎心疇遠

아름다운 눈과 눈썹 어여쁘건만[452]　　憐淸揚婉

449 초나라……되리라 : 영원히 곁에 머물고 싶다는 말이다. 전국 시대 초 회왕(楚懷王)의 꿈에 한 여인이 나타나 하룻밤 모시기를 청하였다. 이튿날 여인이 떠나면서 "첩은 무산(巫山)의 양지쪽 높은 구릉의 험준한 곳에 사는데, 아침이면 구름이 되고 저녁이면 내리는 비가 되어 아침마다 저녁마다 양대(陽臺) 아래에 있습니다."라고 했다는 고사가 전한다. 《文選 卷19 情 高唐賦》

450 낙양춘(洛陽春) 쌍조(雙調) 시령제(時令題) : '낙양춘'은 '일락삭(一落索)', '옥련배(玉連环)'라고도 부른다. 정체는 쌍조 44자, 전후단 각 4구 3측운으로 이루어진다. 변체 가운데 쌍조 46자, 전후단 각 4구 3측운의 형식이 있는데, 균산의 〈낙양춘〉은 이 변체에 해당한다. 운자는 전단 '원(苑)', '만(晩)', '건(鍵)', 후단 '원(遠)', '완(婉)', '언(偃)'이며, 모두 상성 '원(阮)' 운이다.

451 서원(西苑) : 수(隋)나라 양제(煬帝)가 낙양성 서쪽에 만든 화려한 정원이다.

452 아름다운……어여쁘건만 : 《시경》〈의차(猗嗟)〉에 노(魯)나라 장공(莊公)의 위

머리칼은 푸른 실이요 얼굴은 연꽃인데 髮青絲顔水芙蓉
어느 날 향기로운 향로에 기대 만나볼까 何日見薰籠偃

16. 임강선 쌍조 인물제[453] 臨江仙 雙調 人物題
무산의 선녀[454]가 구름 타고 이르니 巫山仙女乘雲至
띠와 옷자락이 이슬에 젖고 맑은 향기 나네 帶裾露濕淸香
동쌍성이 육수의 입고 춤을 추는데 董雙成舞六銖
옥 생황 한 곡조에 바람이 시원하네[455] 玉笙簧一曲風涼
○
옥소두에 도미 꽃송이 새겨놓으니[456] 玉搔頭刻酴醿朶
맑은 향기가 짙게 풍겨오네 淸芬艶艶颸颸

의(威儀)를 칭찬하며 "아, 예쁘도다, 눈과 눈썹이 아름답도다.〔猗嗟孌兮, 淸揚婉兮.〕"라고 한 구절이 보인다.

453 임강선(臨江仙) 쌍조(雙調) 인물제(人物題) : '임강선'은 '사신은(謝新恩)', '안후귀(雁後歸)', '화병춘(畫屛春)' 등으로도 불린다. 형식은 쌍조 소령, 구는 4구 또는 5구가 많으며, 대부분 3평운을 사용한다. 글자 수는 54자, 56자, 58자, 59자, 60자, 62자 등이 있다. 귤산의 〈임강선〉은 쌍조 53자, 전단 4구 2평운, 후단 4구 3평운의 형식을 취하였는데, 이 형식과 일치하는 변체는 확인하지 못했다.

454 무산(巫山)의 선녀 : 241쪽 주449 참조.

455 동쌍성(董雙成)이……시원하네 : 동쌍성은 서왕모(西王母)의 시녀였는데 옥 생황〔玉笙〕을 잘 불었다고 한다. 서왕모가 한 무제(漢武帝)의 궁중에 내려왔을 때 동쌍성에게 명해 옥 생황을 불게 했다는 고사가 있다. 육수의(六銖衣)는 신선이 입는다는 아주 가벼운 옷을 말한다. 《漢武帝內傳》

456 옥소두(玉搔頭)에……새겨놓으니 : 옥소두는 옥비녀의 별칭이다. 도미(酴醿)는 꽃 이름이다. 본래 술 이름인데, 꽃의 빛깔이 도미주의 색과 비슷해 이렇게 명명했다고 한다.

깨끗한 모래밭에 붉은 해당화 누가 꺾었나 明沙誰折海紅棠
푸른 물결 깊이 잠긴 해가 부상에서 뜨네 碧波深日出扶桑

17. 취태평 쌍조소령 인사제[457] 醉太平 雙調小令 人事題

구리 기둥에 놓인 손바닥 높으니[458] 金莖掌高
선인의 옥 기름이 담겼네 仙人玉膏
요지의 서왕모가 즐겁게 노닐며 瑤池王母遊遨
삼천 년에 한 번 열리는 벽도를 보냈네[459] 送三千碧桃

○

내가 구고로 나아가니 我登九皐
학이 울며 날아오르네[460] 鶴鳴戾翶
그대 생각 끝이 없어 마음이 괴로우니 思君無已心勞
태평한 마음에 푸른 물결이 이네 太和生翠濤

457 취태평(醉太平) 쌍조소령(雙調小令) 인사제(人事題) : '취태평'은 '취사범(聚思凡)', '능파곡(淩波曲)', '사자령(四字令)' 등으로도 불린다. 정체는 쌍조 38자, 전후단 각 4구 4평운으로 이루어진다. 귤산의 〈취태평〉은 정체에 부합한다.

458 구리……높으니 : 한 무제(漢武帝)가 구리 기둥으로 선인장을 받쳐두고 감로(甘露)를 받았던 고사가 전한다.

459 요지(瑤池)의……보냈네 : 선녀인 서왕모(西王母)가 한 무제에게 선도(仙桃) 7개를 담아 보내주며 "이 복숭아는 3천 년에 한 번 열매를 맺는다."라고 말했다는 전설이 있다. 요지는 곤륜산(崑崙山) 꼭대기에 있다는 연못 이름으로, 서왕모가 사는 곳이다. 《博物志 卷8》

460 내가……날아오르네 : 구고(九皐)는 수택(水澤)의 깊은 곳을 말한다. 《시경》 〈학명(鶴鳴)〉에 "학이 구고에서 우니, 그 소리가 하늘에까지 들린다.〔鶴鳴于九皐, 聲聞于天.〕"라는 구절이 있다.

18. 봉황각 쌍중조 궁실제[461] 鳳凰閣 雙中調 宮室題

모든 누대의 주렴과 휘장	遍樓臺簾幕
수놓은 비단 아님이 없네	無非錦繡
주위 평평한 산은 높은 봉우리로 이어지고	週遭平巘抻高岫
돌아가는 구름 쓸어 낸 듯 아득히 넓네	掃却歸雲遼廓
푸른 산 보고 싶긴 하지만	欲望青秀
가장 한스러운 건 다투어 날리는 꽃잎이라네	最可恨飛花爭鬪
○	
온갖 꽃이 일제히 작별 고하니	百花齊謝
어이하랴 뜨거운 바람이 멀리서 스며드네	可柰炎飆遙透
천기는 갔다 다시 옴을 어찌 알리오	豈知天氣去還復
봄날이 쓸쓸해져 이처럼 수심에 겨워하네	春寂寞這般愁
옛 모습 더듬어 찾을 곳 없으니	沒處探舊
똑똑 떨어지는 물시계 소리 어이 들을까	怎奈聽丁東玉漏

461 봉황각(鳳凰閣) 쌍중조(雙中調) 궁실제(宮室題) : '봉황각'은 '수화풍(數花風)'으로도 불리며, 정체는 쌍조 68자, 전후단 각 6구 4측운으로 이루어진다. 귤산의 〈봉황각〉은 변체의 하나인 쌍조 67자, 전후단 각 6구 4측운으로 이루어져 있다. 운자는 전단 '수(繡)', '수(岫)', '수(秀)', '투(鬪)', 후단 '투(透)', '부(復)', '구(舊)', '루(漏)'로, 모두 거성 '유(宥)' 운이다.

19. 하엽배 단조 기용제[462] 荷葉杯 單調 器用題

연잎이 커지고 연꽃이 떨어지면	荷葉大荷花落
바람은 부드럽고	風弱
연지처럼 촉촉해지네	濕臙脂
옥이 가득하도록 밤마다 이슬을 받다가	玉盈盈夜夜承露
향기가 옅어지면	香薄
주루의 깃발에 오르네	酒樓旗

20. 풍중류 쌍중조 화초제[463] 風中柳 雙中調 花草題

초췌해진 얼굴빛이여	憔悴容光
낭군은 가서 아직도 오지 않네	郎去不來來未
게으른 내가 화장 재촉하며 재촉 그치지 않으니	懶儂粧催催不旣
누구에게 말을 할까	向誰言說
낭군 오기를 기다린다 말을 하면서	待郎來其謂
낭군 탓하고 낭군 탓하며 세월만 허비했네	悔郎郎悔光陰費

462 하엽배(荷葉杯) 단조(單調) 기용제(器用題) : '하엽배'의 정체는 단조 23자, 6구 4측운 2평운으로 이루어지며, 운자는 2측운 1평운 2측운 1평운 순으로 배열된다. 귤산의 〈하엽배〉는 정체에 부합한다. 측운자는 '락(落)', '약(弱)', '로(露)', '박(薄)'이며, 평운자는 '지(脂)', '기(旗)'이다. '로'는 운에 맞지 않는데 이런 형식이 있는지는 찾지 못했다.

463 풍중류(風中柳) 쌍중조(雙中調) 화초제(花草題) : '풍중류'는 '사지춘(謝池春)', '옥련화(玉蓮花)', '매화성(賣花聲)'으로도 불린다. 정체는 쌍조 66자, 전후단 각 6구 4측운으로 이루어진다. 귤산의 〈풍중류〉는 정체에 부합한다. 운자는 전단 '미(未)', '기(旣)', '위(謂)', '비(費)', 후단 '비(翡)', '미(味)', '위(慰)', '기(氣)'로, 모두 거성 '미(未)' 운이다.

○

시들해진 마음이여	散落心懷
금 비취 수놓은 병풍 기울 마음 없고	無意補屛金翡
붉은 앵두 푸른 매실을 따도 맛을 잊었네	摘紅櫻靑梅忘味
난초 향기 맡으며 잠에서 깨어	蘭薰眠了
꾀꼬리에게 말한들 어찌 위로해주랴	語鸎何相慰
울금향 기운[464]에 취함만 못하네	不如醺鬱金香氣

21. 일라금 쌍중조 진보제[465] 一籮金 雙中調 珍寶題

말릉에는 도엽이 어찌 저리 많은가[466]	秣陵桃葉何稠疊
건너고 싶어도 배가 없기에	欲渡無船
부질없이 석양 속에 잎만 뜬고 있네	空煞斜陽葉
계수나무 노와 목란 돛대에 경박한 나비 앉으니	桂棹蘭檣粘浪蝶
꽃향기 좇아야지 어찌 첩을 따르는가	花香自逐何隨妾

464 울금향(鬱金香) 기운 : 향기로운 술 냄새를 말한다. 이백(李白)의 시에 "난릉의 좋은 술엔 울금이 향기롭고, 옥 술잔에 담아오니 호박 광채 빛나네.〔蘭陵美酒鬱金香, 玉椀盛來琥珀光.〕"라고 하였다. 《李太白集 卷21 客中行》

465 일라금(一籮金) 쌍중조(雙中調) 진보제(珍寶題) : '일라금'은 '접연화(蝶戀花)', '작답지(鵲踏枝)', '황금루(黃金縷)' 등으로도 불린다. 정체는 쌍조 60자, 전후단 각 5구 4측운으로 구성된다. 귤산의 〈일라금〉은 정체에 부합한다. 운자는 전단 '첩(疊)', '엽(葉)', '접(蝶)', '첩(妾)', 후단 '엽(靨)', '첩(睫)', '겁(劫)', '업(業)'으로, 모두 입성 '엽(葉)' 운이다.

466 말릉(秣陵)에는……많은가 : 말릉은 남경(南京)의 옛 이름이며, 이곳에 도엽(桃葉) 나루가 있었다. 도엽은 원래 진(晉)나라 왕헌지(王獻之)의 애첩 이름인데, 여기서는 중의적인 의미로 쓰였다.

○

아미산 달빛이 고운 보조개 시샘하니 峨嵋山月猜嬌靨
밤새도록 서글퍼하며 終夜怊怊
두 눈 붙여 잠들지 못하네 不得交雙睫
천만 가지 괴로움이 천만 겁 이어지리니 僝僽萬千千萬劫
낭군이 돌아오지 않음은 삼생의 업보라네 郎君不返三生業

22. 행원방 쌍조 성색제[467] 杏園芳 雙調 聲色題

살구는 뺨이 되고 버들은 눈썹 되니 杏爲臉柳爲眉
소리마다 빛깔마다 서로 속이는 듯 聲聲色色相欺
고운 여인 곳곳에서 이별을 아쉬워하며 佳娘處處惜分離
꽃다운 사람을 일컫네 稱花兒

○

방초 사이에 해당화 꽃과 가지 섞이니 間芳草海棠花枝
풀은 푸르고 해당화는 붉은 수사해당[468]이라네 草青棠紫垂絲
낭군이 이르지 않아 마음이 서글프니 郎君不到意悽悲
석양이 질 때라네 夕陽時

467 행원방(杏園芳) 쌍조(雙調) 성색제(聲色題) : '행원방'의 정체는 쌍조 45자, 전단 4구 4평운, 후단 4구 3평운으로 이루어진다. 귤산의 〈행원방〉은 후단 첫 구도 평성으로 압운하여 정체와 어긋난다.

468 수사해당(垂絲海棠) : 해당화의 한 종류이다.

23. 십이시 삼첩장조 수목제[469] 十二時 三疊長調 數目題

은하수 흐르는 소리 들리고	銀河聲
점차 싸늘한 바람 소슬하니	轉涼風瑟
얇은 휘장은 긴긴밤 바람에 날리네	單幔飄飄宵永
만 리의 푸른 구름은 멀리 그림자 드리우고	萬里碧雲遙垂影
싸늘한 달빛은 금정에 흐르네	氷魄流光金井
계수나무는 향기가 짙어지고	桂樹香滋
오동나무엔 이슬방울 맺히니	梧桐露滴
석양이 지는 풍광에 느낌이 일어나네	感慨西隤景
말없이 인간 세상 탄식하나니	無語了歎息人間
절기의 차례가 바뀌자	節序變遷
뉘 알았으랴 염천이 금세 싸늘해질 줄을	誰識炎天俄冷
○	
열사는 슬퍼하고	烈士悲
가인은 이별을 아쉬워하니	佳人惜別
참으로 가을의 회포 서글퍼질 만하네	可正是秋懷耿

469 십이시(十二時) 삼첩장조(三疊長調) 수목제(數目題) : '십이시'는 '십이시만(十二時慢)'으로도 불린다. 제목의 '삼첩'은 삼단 형식으로 구성됨을 말한다. '십이시'는 삼단 130자, 삼단 141자, 쌍조 91자, 쌍조 125자 등 4가지 형식으로 구분된다. 삼단 130자 형식은 전단 11구 5측운, 중단 8구 3측운, 하단 8구 4측운으로 이루어진다. 귤산의 〈십이시〉는 삼단 129자로 이루어져 기존 형식에 부합하지 않는데, 하단 제2구가 3자로 되어 원래 형식인 4자보다 한 글자가 적다. 운자는 전단 '영(永)', '영(影)', '정(井)', '경(景)', '랭(冷)', 중단 '경(耿)', '경(警)', '경(檠)', 하단 '경(頃)', '경(境)', '정(靜)'으로, 모두 상성 '경(梗)' 운이다. 하단 제5구 마지막 글자인 '시(視)'도 원래 압운하는 자리이지만 그렇지 않은 경우도 보인다.

난초는 빼어나고 국화는 향기로우니[470] 蘭秀菊芳
어디에서 벗이 찾아와 何來故人
나의 초심을 경계시킬까 使我初心警
끝없이 부는 바람 그치지 않아 剌剌風不定
등불 꽃이 옥 등잔대에 어지럽네 燈花撩亂玉檠

○

선명한 섬돌에 的皪堦
꽃이 사랑스럽고 花可愛
부귀와 번화는 잠깐이라네 富貴繁華俄頃
세상 어떤 사람이 世上何人
뜬구름처럼 여겨서 浮雲他視
홍진 세상을 벗어날 수 있을까 能出紅塵境
내가 너를 만나고서 我也逢爾也
세상 따르는 마음 그치고 조용히 지내노라 滔滔熄停停靜

24. 적득신 단조 통용제[471] 摘得新 單調 通用題

새잎을 따서 얻으니 摘得新
깊은 규방에 원망하는 사람 있네 深閨怨恨人
손안의 버들잎은 手中楊柳葉

470 난초는……향기로우니 : 한 무제(漢武帝)의 〈추풍사(秋風辭)〉에 "난초는 빼어나고 국화는 향기로우니, 뭇 신하를 생각하여 잊을 수가 없도다.〔蘭有秀兮菊有芳, 懷佳人兮不能忘.〕"라고 한 데서 온 말이다. 《文選 卷45》

471 적득신(摘得新) 단조(單調) 통용제(通用題) : '적득신'의 정체는 단조 26자, 6구 4평운으로 이루어진다. 귤산의 〈적득신〉은 정체에 부합한다.

정신을 전할 만하고	可傳神
우리 집 꽃 피고 떨어진 꽃 쓸지 않았으니	儂家花發落未掃
즐거이 서로 친할 수 있다네	樂相親

25. 어부 단조 이자제[472] 漁父 單調 二字題

물가에 여뀌꽃 피어 두 언덕이 붉은데	汀蓼花開兩岸紅
어부의 머리 위에 안개비가 내리네	漁翁頭上雨空濛
뱃노래 부르며	歌欸乃
맑은 바람에 내맡기니	託淸風
일엽편주가 초나라 강[473] 동쪽에 있네	一葉扁舟楚水東

26. 감은다 일체쌍조 삼자제[474] 感恩多 一體雙調 三字題

천 번 만 번 생각하며	憶千千萬萬

472 어부(漁父) 단조(單調) 이자제(二字題) : '어부'는 '어부사(漁父詞)', '어가자(漁歌子)' 등으로도 불린다. 정체는 단조 27자, 5구 4평운으로 이루어진다. 귤산의 〈어부〉는 정체에 부합한다. 운자는 '홍(紅)', '몽(濛)', '풍(風)', '동(東)'으로, 모두 평성 '동(東)' 운이다.

473 초(楚)나라 강 : 멱라수(汨羅水)를 말한다. 전국 시대 초나라의 충신 굴원(屈原)이 조정에서 모함을 받고 쫓겨나 〈어부사(漁父辭)〉를 짓고 멱라수에 몸을 던져 죽었다.

474 감은다(感恩多) 일체쌍조(一體雙調) 삼자제(三字題) : '감은다'의 정체는 쌍조 39자, 전단 4구 2측운 2평운, 후단 5구 3평운에 1첩운으로 이루어진다. 변체는 쌍조 40자에 나머지 형식은 모두 같다. 귤산의 〈감은다〉는 정체에 부합한다. 제목에서 말한 '일체(一體)'의 의미는 '감은다'의 '제일체(第一體)' 즉 첫 번째 형식을 의미한 말로 보인다. 운자는 전단의 '만(萬)'과 '촌(寸)'은 거성 '원(願)' 운, '다(多)'와 '가(歌)'는 평성 '가(歌)' 운이며, 후단 '분(紛)'과 '분(分)'은 평성 '문(文)' 운이다.

막중한 은혜를 마음에 새기네	恩重銘方寸
끝없이 장수하시기를 원하며	願無疆壽多
태평가를 부르네	太平歌
○	
길가에 꽃 피어 흐드러지고	陌上花開爛漫
부슬부슬 비가 내리네	雨紛紛
부슬부슬 비가 내리네	雨紛紛
놀러 나온 몇몇 사람이	幾箇遊人
무르익은 봄을 만끽하네	得來春十分

시여(詩餘 사(詞)의 별칭)는 옛 악부(樂府)에서 갈라져 나온 한 종류이며 후세 가곡(歌曲)의 시초이니, 〈청평조(淸平調)〉에서 시작되었다.[475] 중국 사람이 지은 작품은 평성(平聲)과 측성(仄聲)을 글자마다 구분하여 입술과 이에 어울리게 하였다. 대개 중국의 악(樂)은 음(音)으로써 현에 올렸기에 장단이 촉급하였다. 그런데 우리 동방은 온전히 언어(言語)만 가지고 읊어서, 혹은 음을 쓰기도 하고 혹은 훈석(訓釋)을 쓰기도 하여 혼동스러워 맞는 것이 없다. 그러므로

475 청평조(淸平調)에서 시작되었다 : 〈청평조〉는 당나라 이백(李白)의 〈청평조사 3수(淸平調詞三首)〉를 말한다. 당나라 현종(玄宗)이 침향정(沈香亭)에서 양귀비(楊貴妃)와 함께 모란을 완상하다가 금화전(金花牋)을 하사하며 이백을 불러 시를 짓게 하자 그 자리에서 〈청평조사〉를 지어 바쳤다고 한다. 《楊太眞外傳》 한편, 《촉중광기(蜀中廣記)》 권104 〈시화기(詩話記) 4〉에 "당나라 사람의 장단구가 시여이니, 이태백에서 시작되었다.〔唐人長短句, 詩之餘也, 始於李太白.〕"라는 구절이 있다.

동국의 소악부는 단지 그 대강만을 거론한 것이다. 사체(詞體) 26조를 각각 한 결(闋)씩 지어 고찰해서 살핌에 대비한다.

이역죽지사[476] 30수

異域竹枝詞 三十首

내가 전몽(旃蒙)에 사신의 임무를 받들고 연경(燕京)에 들어가[477] 명사(名士)들과 두루 교유하였다. 돌아올 즈음에 전별 선물로 받은 서적 가운데 8책의 《황청직공도(皇淸職貢圖)》[478] 한 상자가 있었으니, 바로 건륭(乾隆) 때 편찬한 것이다. 외국의 인물, 복식, 기계, 풍속 등 실리지 않은 것이 없었으니 매우 기이한 볼거리였다.

그 서문에 이르기를 "천하를 통일하니 내외의 이민족들이 순종하며 따랐다. 그들의 의관과 생김새가 각각 같지 않으니, 변경 근처의 각

476 이역죽지사(異域竹枝詞) : 외국의 풍물과 역사를 칠언절구 연작 30수로 읊고 간략한 주석을 붙인 죽지사이다. 나열한 국가의 순서는 《황청직공도(皇淸職貢圖)》의 순서를 따랐고, 주석 역시 《황청직공도》의 내용을 축약하였다. 이 작품은 《임하필기》 권39에도 같은 제목으로 전편이 수록되어 있는데, 《임하필기》의 서문은 《가오고략》의 서문보다 내용이 훨씬 간략하다. 《황청직공도》에 대해서는 아래의 주478 참조.

477 내가……들어가 : 귤산이 을사년인 1845년(헌종11) 10월에 사은 겸 동지사의 서장관이 되어 북경에 다녀온 일을 말한다. 당시 정사는 이헌구(李憲球), 부사는 이동순(李同淳)이었으며, 이듬해 3월에 복명하였다. 전몽(旃蒙)은 고갑자로, 십간 중 '을(乙)'의 별칭이다. 《憲宗實錄 11年 6月 25日, 10月 24日》《承政院日記 憲宗 12年 3月 17日》

478 황청직공도(皇淸職貢圖) : 청나라에 조공을 바치는 264개 소수 민족 및 37개 해외 각국의 풍속과 지리 정보를 담은 문헌이다. 총재관(總裁官) 부항(傅恒) 등이 건륭제의 명을 받고 1751년(건륭16)부터 편찬을 시작해 1757년에 7권을 완성하였다. 이어 1763년에 《속도(續圖)》 1권을 증수하고 권수(卷首)를 새롭게 첨가하여 총 9권으로 간행을 완료하였다. 귤산이 서문에서 《황청직공도》를 8책으로 기록한 것은 이유가 분명하지 않다.

총독(總督)과 순무(巡撫)들은 관할하는 묘족(苗族)·요족(猺族 요족(瑤族))·여족(黎族)·동족(獞族 장족(壯族)) 및 외이(外夷)와 번국(蕃國) 무리에 대해, 그들의 복식을 본떠 그림으로 그려 군기처(軍機處)[479]로 보내 모두 모아 올려서 보게 하라. 이로써 왕회(王會)[480]의 성대함을 드러내겠다. 각 해당 총독과 독무는 접경 지역에서 공무로 왕래하기를 기다렸다가 그 기회에 그림을 그리고, 반드시 전담 관원을 파견할 필요 없이 일을 아뢰는 인편에 보내도 된다. 유지(諭旨)를 전하니 알도록 하라."라고 하였다.

이에 그 책의 그림을 살펴보고 《해국도지(海國圖志)》[481]와 《주해도지(籌海圖誌)》[482] 등 외국의 여러 책에서 본 것과 비교해 보았더니, 열에 두셋에 불과하였다. 그러나 크게 차이가 나는 것에 대해 갖추어 싣고 시로써 부연하여 고찰에 대비한다.

1. 유구국 琉球國

세 왕의 성은 상씨로 문아함을 숭상하고 三王姓尚以文雅

479 군기처(軍機處) : 청나라 때 군사상의 비밀 사무를 맡아보던 기관을 말한다.

480 왕회(王會) : 천자에게 조공하기 위해 제후나 번국들이 모이는 모임을 말한다.

481 해국도지(海國圖志) : 청나라 위원(魏源, 1794~1857)이 편찬한 세계지리서이다. 총 100권으로 구성되어 있으며, 세계 각국의 지세·산업·인구·정치·종교 등 다방면에 걸쳐 18개 부분으로 나누어 서술하였다. 한편 저본에는 '志'가 '誌'로 되어 있는데, 서명에 근거해 바로잡았다. 《임하필기》 권39 〈이역죽지사〉 서문에도 '志'로 되어 있다.

482 주해도지(籌海圖誌) : 명나라의 호종헌(胡宗憲, 1512~1565)과 정약증(鄭若曾, 1503~1570) 등이 편찬한 《주해도편(籌海圖編)》을 말한 것으로 보인다. 왜구를 제어하고 해안을 방어하기 위한 방책을 제시한 군사 지리서로, 총 19권이며 사찬(私撰)이다.

염해[483] 물가에서 손에 문신 새기고 농사에 부지런했네

黥手勤農炎海潯

큰 띠에 둥근 모자 옷은 발을 덮었으며　大帶圈冠衣覆足

고관은 금잠과 은잠으로 등급을 나누었네　高官等級金銀簪

유구국(琉球國)은 동남쪽 바다 가운데에 있다. 처음에 세 왕이 있었는데 모두 상(尙)을 성씨로 삼았다. 풍속은 문(文)을 숭상하며, 기후는 항상 따뜻하여 곡식과 채소가 풍성하다. 벼슬의 등급은 금잠(金簪)과 은잠(銀簪) 등으로 차등을 두었고, 황색 비단을 둥글게 접어 관모를 만들었으며, 헐렁한 옷에 큰 띠를 찼다. 부인들의 옷은 길어서 발을 덮었고, 민간 여인들은 먹으로 손에 문신했는데 화조(花鳥)의 형상을 그렸다.

2. 안남국[484] 安南國

네 성씨 번갈아 왕위 전함은 송나라 때 시작되었고　四姓替傳肇宋時

일 년에 두 번 수확하며 상례와 제례 중시했네　農成歲二重喪祠

화기를 잘 다루고 관디는 당나라 제도 따랐으며　善治火器冠唐制

부녀의 금귀고리로 귀천을 아네　婦女金環貴賤知

안남(安南)은 옛날 교지(交趾) 지역으로 본래 당(唐)나라에 예속되었다. 송(宋)나라 때에 정씨(丁氏)·여씨(黎氏)·이씨(李氏)·진씨(陳氏)가 서로 왕위를 전하였다. 그 농토에서는 1년에 두 번 곡식이 익는다. 관디는 당나라의 제도를 그대로 따랐다. 부인은 귀에 금귀고리를 꼈는데, 그 크기로 등급을 구분하였다. 백성들은 상례(喪禮)와 제례(祭禮)를 중시하였고, 랄계(獱獾)는 화기(火器)를 잘 다루었다.[485]

483 염해(炎海) : 무더운 남쪽 바다 지역을 일컫는 말이다.

484 안남국(安南國) : 지금의 베트남이다.

485 랄계(獱獾)는……다루었다 : '랄계'는 안남국 경내에 살던 한 종족 이름으로, 교주(交州)에 살던 종족의 후예라고 한다. 교주는 지금의 광동(廣東)과 광서(廣西) 및

3. 섬라국[486] 暹羅國

나곡이 섬을 병합해 국호를 세웠고　羅斛併暹建國號

고관은 위가 뾰족하고 구슬 박은 관모를 썼네　品高銳頂嵌珠帽

민정에 대해 잘 대답하면 즉시 관직을 주었고　民情善對卽除官

코끼리를 기르는 외에 수전에 익숙하였네　飼象之餘習水操

섬라(暹羅)는 곧 수(隋)・당(唐) 때의 적토국(赤土國)이다. 뒤에 나곡(羅斛)과 섬(暹)이라는 두 나라로 나누어졌다가 섬이 다시 나곡에 병합되었다. 품계가 높은 사람은 위가 뾰족하게 솟은 금모(金帽)에 구슬을 박았다. 인재를 뽑을 때는 민사(民事)를 물어 대답이 합당한 자에게 즉시 벼슬을 주었다. 그 백성들은 수전(水戰)에 익숙하였고 코끼리를 길러 상아를 취하였다.

4. 소록국[487] 蘇祿國

남자는 칼로 머리 깎고 사탕수수로 술을 담으며　夫刀剪髮蔗爲酤

부인은 비단을 어깨에 걸치고 조개 속 진주를 따네　婦錦披肩蚌摘珠

동왕이 동서의 왕과 나누어 서서[488]　峒王分立東西主

영락 때 예물 바치고 옹정 때도 보내었네　永樂篚筐雍正輸

소록국(蘇祿國)은 동남쪽 바다 가운데에 있다. 영락(永樂) 연간에 중국에

베트남 북부를 포괄하던 지역인데, 교지(交趾)는 이곳에 속한다. 한편, '랄계'는 발음이 분명하지 않은데, 우선 이렇게 기록해두었다. 《皇淸職貢圖 卷1 安南國》

486 섬라국(暹羅國) : 지금의 태국이다.

487 소록국(蘇祿國) : 지금의 필리핀이다. '소록'은 15세기 필리핀의 선조가 건국한 술루 왕국〔Saltanah Sulu〕을 음역한 것이다.

488 동왕(峒王)이……서서 : 소록국에는 동왕(東王)・서왕(西王)・동왕(峒王) 등 세 왕이 있었다고 한다. 《皇淸職貢圖 卷1 蘇祿國》

와서 조회하였고, 옹정(雍正) 때에 또 와서 조공을 바쳤다. 백성들은 머리를 깎고 사탕수수로 술을 빚는다. 여인들은 한 폭 비단을 어깨에 걸치며, 조개 속 진주를 채취하는 것을 생업으로 삼는다.

5. 남장국[489] 南掌國

십 년에 한 번 공물 바치는 월상씨	十年一貢越裳氏
비췻빛 누대 높은 곳에 존귀한 이 있다네	翡翠樓高尊貴子
흰 비단으로 이마 싸맨 노과의 아름다운 부인	白綾抹額老撾娥
온 필로 몸 감싸고 내지에 들어와 교역하네	全疋纏身入內市

남장(南掌)은 옛날의 월상(越裳)이다. 부족장은 높은 누대에 거처하는데, 백성들이 '노과(老撾)'라고 부른다. 남자는 한 필 베로 몸을 감싸고, 여인은 흰 비단으로 이마를 싸맨다. 내지(內地)에 들어와 교역한다.

6. 면전국[490] 緬甸國

은비와 짠 베와 도금한 보탑을	銀鈚綢布鍍金塔
장수가 어느 해에 공물로 바치게 했나	將帥何年使貢納
머리 묶은 미인들이 다투어 꽃을 취하고	束髮美媛爭取花
빈랑의 잎에 면서로 써서 답하네	檳榔葉寫緬書答

면전국(緬甸國)은 영창(永昌) 월주(越州)에 있으니, 옛날의 주파(朱波)이다. 오삼계(吳三桂)가 황제의 유지(諭旨)를 전하자[491] 중국에 들어와 조공

489 남장국(南掌國) : 지금의 라오스이다.

490 면전국(緬甸國) : 지금의 미얀마이다.

491 오삼계(吳三桂)가……전하자 : 청나라 순치(順治) 18년(1661)에 평서대장군(平西大將軍) 오삼계가 명나라 마지막 왕인 영명왕(永明王)을 잡기 위해 대병을 거느리고 면전까지 진격했을 때의 일이다.

하였다. 건륭(乾隆) 때 금과 은으로 만든 두 비(鈚)[492]에 표문(表文)을 전각(篆刻)하고 황금 보탑(寶塔)과 면포(緬布)[493]를 바쳤다. 부인들은 머리를 묶었으며 꽃을 좋아하였다. 그 나라의 문자를 빈랑(檳榔)의 잎에 쓰는데 이것을 '면서(緬書)'라고 하였다.

7. 대서양[494] 大西洋

백설 같은 피부에 코는 높이 솟았으며	肌膚雪白鼻高昻
모자는 검은 모직물을 삼각으로 길게 접었네	帽折黑氈三角長
소라처럼 올린 긴 머리에 옷깃에는 구슬을 꿰고	螺髮鬣鬖珠貫領
향산의 문오에는 서양 오랑캐 우거하네	香山門澳僑夷洋

대서양(大西洋)은 '의대리아(意大里亞 이탈리아)'라고도 부른다. 피부가 하얗고 코는 오똑하며, 검은 모직물을 삼각으로 접어 모자를 만든다. 부녀자들은 머리카락을 소라처럼 꼬아 북상투를 하고 옷깃에 금구슬을 단다. 향산(香山)의 문오(門澳)에 우거하면서 해마다 지세(地稅)를 낸다.[495]

492 비(鈚) : 살촉이 철로 만들어진 화살인 비전(鈚箭)을 말한다.

493 면포(緬布) : 면전국에서 생산한 옷감이라는 말로 보인다.

494 대서양(大西洋) : 이탈리아를 위시한 유럽 국가들을 지칭한 말이다. 《황청직공도》에, 대서양에 속한 국가로 '대서양합륵미제아성(大西洋合勒未祭亞省)', '대서양옹가리아국(大西洋翁加里亞國)', '대서양파라니아국(大西洋波羅泥亞國)' 등이 보이며, 귤산 역시 이 시 다음에 이들 국가에 대해 읊고 있다.

495 향산(香山)의……낸다 : 문오(門澳)는 '오문(澳門)'으로 지금의 마카오이다. 《황청직공도》에는 '향산현의 오문〔香山縣之澳門〕'으로 기록되어 있다. 마카오는 본래 광동성(廣東省) 향산현 소속이었는데, 1553년에 중국과 포르투갈의 정식 교역이 시작된 뒤 포르투갈인들이 마카오 거주권을 얻어 중국과 일본 무역의 거점지로 삼았다.

8. 합륵미제아성[496] 合勒未祭亞省

순후하고 충의로워서 은혜를 갚고 학숙이 많으며	淳忠報德塾多學
정숙한 데다 재주도 좋아 길쌈에 베틀 쓰지 않네	貞質精工織不機
콩알만 한 금과 보화를 흙덩이처럼 쓰고	豆粒金珠糞土用
한겨울에는 집을 지어 추위의 기세 막네	三冬作室禦寒威

합륵미제아성국(合勒未祭亞省國)은 열이마니아국(熱爾瑪尼亞國 독일)에 속해 있다. 사람들이 모두 충의(忠義)가 있어 은덕을 입으면 반드시 보답하였다. 공적으로 학숙(學塾)을 세웠다. 땅에서는 금과 보배가 난다. 산이 많아서 겨울에 냉기가 심하기에 집을 짓는 데 뛰어나다. 부인들은 정숙하고 조용하며 질박하고 정직하다. 솜씨가 정교해 맨손으로 황금빛 융사(絨絲)를 교차해서 짜며 베틀을 사용하지 않는다.

9. 옹가리아국[497] 翁加里亞國

몽고 사람과 모습이 흡사한 사람들	蒙古儀形彷彿人
휜 칼 차고 말 달리며 정신은 총명했네	彎刀馳馬穎精神
문자에 능통하여 여인들도 알았으며	文字能通娃亦解
탐내지 않은 예속으로 금은을 알아보았네[498]	不貪禮俗識金銀

옹가리아국(翁加里亞國)은 파사니아(波斯泥亞 보스니아로 추정됨) 남쪽에 있다. 그 사람들은 몽고(蒙古) 사람과 흡사한데, 매우 총명하고 말타기에 익숙하며 항상 둥글게 휜 칼을 찼다. 부인들도 글자에 능통했다. 풍속이

496 합륵미제아성(合勒未祭亞省) : 지금의 독일 '하노버(Hannover)'라는 설과 스위스의 라틴명인 '헬베티아(Helvetia)'를 지칭한다는 설이 있다.

497 옹가리아국(翁加里亞國) : 지금의 우크라이나를 말하는데, 헝가리라는 설도 있다.

498 탐내지……알아보았네 : 두보의 시 〈제장씨은거(題張氏隱居)〉의 "탐내지 않으니 밤에도 금은의 기운을 알아본다.〔不貪夜識金銀氣.〕"라는 구절을 원용한 표현이다. 《杜少陵詩集 卷1》

예모(禮貌)를 숭상하였고, 금은(金銀)과 동철(銅鐵)은 다른 나라에 공급할 수 있을 정도였다.

10. 파라니아국[499] 波羅泥亞國

집안일 맡고 내외 분명함은 부인의 능력이요　　持家井井婦人能
꽃이 봉림에 떨어져 호박이 엉긴다네　　花落蜂林琥珀凝
늦봄에도 여전히 지난겨울 갖옷을 입고　　晚春尙服前冬狢
검술을 펼치고 또 재주넘는 곰을 보네　　擊劍且看熊子騰

파라니아국(波羅泥亞國)은 열이마니아국(熱爾瑪尼亞國) 동쪽에 있다. 한랭한 지역이어서 초여름에 이르기까지 모두 여우나 담비 갖옷을 입는다. 검술을 좋아하고, 집에서 곰을 길러 유희 거리로 삼는다. 부인들은 집안일을 전담하며, 내외의 질서가 분명하다. 봉림호박(蜂林琥珀)[500]이 생산된다.

11. 양흑귀노[501] 洋黑鬼奴

흑노는 당나라 때의 곤륜노와 같으니　　黑奴唐代崑崙奴
《명사》에도 하란에서 부린 오귀가 실려 있네　　明史荷蘭役鬼烏
한 구유에 담아주어 말처럼 먹이고　　饋以一槽如馬食
손에 짧은 방망이 들고 직접 호통치네　　手提短棒自相呼

대서양국 사람들이 부리던 흑귀노(黑鬼奴)는 바로 당(唐)나라 때의 이른바 '곤륜노(崑崙奴)'[502]와 같다. 《명사(明史)》에도 '하란(荷蘭 네덜란드) 사람

499 파라니아국(波羅泥亞國) : 지금의 폴란드이다.

500 봉림호박(蜂林琥珀) : 벌이 박힌 호박을 말하는 것으로 보인다.

501 양흑귀노(洋黑鬼奴) : 대서양국에서 부리던 아프리카 출신 흑인 노예들을 일컬은 말이다.

502 곤륜노(崑崙奴) : 중국 부유층에서 하인으로 부리던 남만(南蠻), 즉 동남아시아

이 부리던 노예를 오귀(烏鬼)라고 불렀다.'는 내용이 수록되어 있다.[503] 사람들은 먹고 남은 음식을 말구유 같은 그릇 하나에 쏟아부어 그들을 먹였으며, 항상 나무 방망이를 들고 그들을 따라다니며 부렸다.

12. 양승니[504] 洋僧尼

교화와 치세 담당한 두 왕으로 나누고	掌教掌治分二王
검은 옷 푸른 두모에 일산과 깃발 펼치네	緇衣靑斗蓋旛張
승추는 호위하고 남녀들은 꿇어앉으며	僧雛扈衛婦男跪
일찍이 경사에 들어간 이들은 수염과 모발 길렀네	曾入京師鬚髮長

대서양국에는 각각 교화(教化)와 치세(治世)를 맡은 두 왕이 있다. 푸른 두모(斗帽 교황의 모자로 보임)를 쓰고 검은색 옷을 입는다. 출입할 때는 일산을 펼치고 깃발을 세우고 승추(僧雛 어린 신도)가 호위하며, 남녀들은 번번이 꿇어앉아서 그가 지나가기를 기다린다. 일찍이 중국 경사(京師)에 들어간 자들은 수염과 모발을 길렀다.

13. 소서양국[505] 小西洋國

중국에서 멀리 만 리 떨어진 곳에 있는데	中土遙遙萬里天
서양의 대소국이 서로 일컬어 전하였네	西洋大小互稱傳
긴 옷에 푸른 두건 서로 어우러지고	長衣靑帕相交錯
주름진 소매로 오직 수보 책을 보네	摺袖惟看繡譜箋

사람들을 일컫은 말인데, 이들은 모두 흑인이었다.

503 명사(明史)에도……있다 : 《명사》 권325 〈열전(列傳) 외국(外國)6 화란(和蘭)〉에 그 내용이 보인다.

504 양승니(洋僧尼) : 대서양국의 성직자를 일컫은 말이다.

505 소서양국(小西洋國) : 지금의 인도로 추정되고 있다.

소서양국(小西洋國)은 중국에서 만 리나 떨어져 있고 대서양(大西洋)에 속한다. 부인은 푸른 두건을 머리에 쓰고 비단 폭을 입으며 소매에 주름을 잡는다. 수보(繡譜)를 잡고서 자수(刺繡)를 익힌다.

14. 영길리국[506] 英吉利國

겹치마는 색이 섞이고 다라융을 입었으며	重裙雜色哆囉絨
갑에 코담배 넣으니 금실[507]로 짠 갑 안에 있네	壺貯鼻煙金縷中
시집가지 않은 여인은 허리를 가늘게 하려고	未嫁女兒腰欲細
어려서부터 죄는 일에 일찌감치 훌륭했네	生來裝束夙成工

영길리국(英吉利國)은 하란(荷蘭)에 속해 있다. 남자들은 대부분 다라융(哆囉絨)[508]을 입는다. 부인들은 시집가기 전에는 허리를 바싹 죄어 가늘게 하려고 하고, 짧은 상의에 겹치마를 입었다. 외출할 때는 금실로 짠 갑에 코담배〔鼻煙〕를 담아 지니고 다녔다.

15. 법란서국[509] 法蘭西國

불랑서는 바로 불랑기이니	佛郎西卽佛郎機

506 영길리국(英吉利國) : 지금의 영국이다.

507 실 : 저본에는 '루(鏤)'로 되어 있는데, 《황청직공도》에 근거해 '루(縷)'로 바로잡아 번역하였다.

508 다라융(哆囉絨) : 폭이 넓고 두꺼운 모직 천을 말한다. 다라니(哆囉呢)라고도 한다.

509 법란서국(法蘭西國) : 지금은 프랑스를 의미하는 말로 쓰이지만, 《황청직공도》에 법란서가 향산(香山)의 오문(澳門)을 침략한 사실을 적시하고 있는 것으로 보아 포르투갈을 지칭한 것으로 보인다. 258쪽 주495 참조. 또 이 시 첫 구절에 나오는 '불랑기(佛郎機)' 역시 명대에 포르투갈을 지칭한 말이었다. 포르투갈에서 중국으로 들여온 대포를 '불랑기포(佛郎機砲)'라고 한다.

미락거를 반으로 나누고 여송을 귀속시켰네　美洛中分呂宋歸
홍모국과 합세하고 민월의 이익 독점했으며　合勢紅毛閩粵擅
영길리와 패권 다투다 근래에 쇠미해졌네　爭雄英吉近衰微

법란서(法蘭西)는 '불랑서(佛郎西)'라고도 한다. 여러 차례 여송(呂宋)[510]을 격파하였고, 홍모국(紅毛國)과 미락거(美洛居)를 반으로 나누었으며,[511] 민월(閩粵)의 이익을 모두 독점하였다.[512] 근래에는 영길리와 패권을 다투다가 조금 약해졌다.

16. 서국[513] 嚙國

어른에게 인사할 때 번번이 모자를 벗고　禮拜老尊輒脫帽
등나무 채찍 하나로 몸을 잘 보호하네　藤鞭一脚衛身好
상의 밖으로 치마를 묶고 양 소매를 말며　衣外束裙雙袂卷
가슴 드러낸 네모난 옷깃에 금화[514]가 거꾸로 꽂혔네
露胸方領金花倒

서국(嚙國) 또한 하란(荷蘭)의 속국이다. 모자를 벗어서 예를 갖추고, 등

510 여송(呂宋) : 지금의 필리핀 군도 중 가장 큰 섬인 루손섬(Luzon) 일대를 말한다.

511 홍모국(紅毛國)과……나누었으며 : 홍모국은 여기서는 네덜란드를 말한다. 미락거(美洛居)는 지금의 인도네시아 말루쿠(Maluku) 제도를 말한다. 16세기 이후 말루쿠 제도는 포르투갈과 네덜란드 등의 식민 지배를 겪었다. 《명사(明史)》 권323에 〈열전 외국4 미락거(美洛居)〉가 있다.

512 민월(閩粵)의……독점하였다 : 포르투갈이 광동성의 오문(澳門)을 거점으로 해상 무역을 독점한 것을 말한다. 민월은 중국 복건성(福建省)과 광동성(廣東省)을 지칭한다. 258쪽 주495 참조.

513 서국(嚙國) : 지금의 스웨덴이다.

514 금화(金花) : 여기서는 장식용 꽃을 말한다. 《황청직공도》에 실린 서국 부인의 그림을 보면, 약간 드러난 가슴 가운데에 꽃 한 송이가 꽂혀 있다.

나무 채찍을 잡고서 몸을 보호한다. 부인들은 옷깃을 네모나게 하여 가슴을 드러내며, 상의 밖으로 치마를 묶는다.

17. 일본국 日本國

옛날엔 왜노였고 당나라 때 일본이라 고쳤는데　古昔倭奴唐日本
무당 믿고 부처 높이며 성품은 경박하고 사납네　信巫崇釋性佻狠
잠시 의탁한 삶이라 여겨 홍모처럼 목숨 가벼이 여기고
此生如寄輕鴻毛
어딜 가든 한 자루 칼을 몸에 지니네　一劍隨身無邇遠

옛날에는 왜노(倭奴)였는데 당(唐)나라 때 '일본'이라고 고쳤다. 성질이 교활하고 사나우며 목숨을 가볍게 여긴다. 무당을 신봉하고 불교를 존숭하며, 출입할 때 칼을 찬다.

18. 마진국[515] 馬辰國

마진국은 본래 문랑마신의 터에 있는데　馬辰國本馬神墟
남쪽 정벌한 한나라 군사의 후예들이라네　漢士南征苗裔餘
추장은 뭍에 살고 백성들은 뗏목 엮어 사니　夷酋居陸民居筏
등나무와 산초 캐고 주우며 웃통 벗고 화계 둘렀네　採拾藤椒袒罽裾

마진국(馬辰國)은 본래 문랑마신(文郎馬神)으로 동남쪽 바다 가운데에 있는데, 마원(馬援)이 남쪽을 정벌할 때[516] 거느리고 갔던 군사의 후예들이다. 토질은 물이 많아서 추장만 육지에서 살고 일반 백성들은 물 위에 뗏목

515 마진국(馬辰國) : 지금의 인도네시아 칼리만탄셀라탄 주의 주도(州都)인 반자르마신(Banjarmasin)을 말한다.

516 마원(馬援)이……때 : 후한(後漢)의 복파장군(伏波將軍) 마원이 남방의 교지(交趾)를 정벌한 일을 말한다.

을 엮어서 산다. 등나무를 캐고 산초를 주우며, 허리에는 화계(花罽)[517]를 두른다.

19. 문채국[518] 汶莱國

살생 싫어하고 베풀기 좋아하며 돼지고기 금하는데 惡殺喜施禁食豕
당나라 땐 파라로 불렸으니 서양이 시작되는 곳이네 唐婆羅號西洋起
수염은 깎으면서 어이 구레나룻은 남겼을까 去鬚底事只留髯
영락 연간에 정씨를 따라갔다네 永樂年間隨鄭氏

문채국(汶莱國)은 본래 당나라 때의 파라국(婆羅國)인데, 동양(東洋)이 끝나는 곳이자 서양(西洋)이 시작되는 곳이다. 영락(永樂) 연간에 중국에 들어와 조공을 바쳤다. 정화(鄭和)[519]를 따라간 군사가 그곳에서 그대로 살았다. 살생을 싫어하고 베풀기를 좋아하며 돼지고기 먹는 것을 금한다. 수염은 깎고 구레나룻만 남겨둔다.

20. 유불국[520] 柔佛國

동축산이 높고 서축산이 있으며 東竺山高西竺山
띠풀 덮어 집을 만들고 나무 성이 둘러 있네 覆茅屋子木城環

517 화계(花罽) : 채색이 있는 모직품의 일종이다.

518 문채국(汶莱國) : 지금의 인도네시아 보르네오섬을 차지했던 브루나이(Brunei)를 말한다.

519 정화(鄭和) : 명나라 성조(聖祖) 때의 환관이다. 영락 3년(1405)에 성조의 명으로 해외로 나간 것을 시작으로 7차에 걸쳐 28년 동안 동남아와 아라비아 등 30여 개국을 돌면서 각국을 중국에 복속하게 하였다.

520 유불국(柔佛國) : 지금의 말레이시아 조호르(Johore)에 있었던 조호르 왕국을 말한다.

농사 못 지어 수확[521] 없고 별을 보고서야 밥 먹고 不耕不收看星食
칼로 줄풀과 갈대에 그리니 잎마다 아롱지네 刀刺茭蘆葉葉斑

유불국(柔佛國)은 서남쪽 바다 가운데에 있는데, 동축산(東竺山)과 서축산(西竺山)이 있다. 띠풀을 덮어서 집을 만들고 나무를 늘어세워서 성을 만든다. 땅에서 곡식이 생산되지 않아 항상 이웃 지역과 교역을 하고, 별을 보고서야 밥을 먹는다. 칼로 줄풀과 갈대에 그려서 문자로 삼는다.

21. 하란국 荷蘭國

영길리와 홍모번은 같은 종족 이웃[522]이고 吉利紅毛一種番
불랑기 땅에 가까운 곳이 하란이네 佛郎地近是荷蘭
산을 덮는 큰 함선이 오리보다 가벼우니 蔽山大艦輕於鴨
큰 바다를 육지보다 편안하게 본다네 萬水看他陸地安

하란(荷蘭)은 '영길리(英吉利)'라고도 하며,[523] 또 '홍모번(紅毛番)'이라고도 한다. 그 땅이 불랑기(佛郎機)에 가깝다. 항상 큰 함선을 타고 다닌다.

22. 아라사국[524] 俄羅斯國

한나라 때의 정령과 당나라 때의 힐알사 부족이며 漢代丁令唐戞斯
원나라 때는 길리길사와 아라사 부족이었네 吉斯元世阿羅思
명나라 삼백 년 뒤인 강희제 때 조공했는데 明三百後康熙貢
크고 작은 사과가 북쪽 끝 모퉁이에 있네 大小斯科極北陲

521 수확[收] : 《임하필기》에는 원문이 '목(牧)'으로 되어 있다.
522 이웃[番] : 《임하필기》에는 원문이 '번(蕃)'으로 되어 있다.
523 영길리(英吉利)라고도 하며 : 《황청직공도》에는 이 부분이 없다.
524 아라사국(俄羅斯國) : 지금의 러시아이다.

아라사국(俄羅斯國)은 북쪽 끝에 있다. 한(漢)나라 때의 견곤(堅昆)과 정령(丁令) 부족, 당(唐)나라 때의 힐알사(黠戛斯)와 골리간(骨利幹) 부족, 원(元)나라 때의 아라사(阿羅思)와 길리길사(吉利吉斯) 등의 부족이었다. 명(明)나라 300년 동안은 중국과 통하지 못했고 강희(康熙) 때 이르러 중국에 들어와 조공을 바쳤다. '사과(斯科)'[525]라고 일컫는 여덟 개의 도(道)가 있었고, 한 사과마다 또 소사과(小斯科)로 각각 나누었다.

23. 송거로국[526] 宋腒勝國

꿩 꼬리털 쌍으로 나누고 허리에 비단 묶으며 雉尾雙分帛束腰

농사짓고 고기 잡고 코끼리 기르며 섬라에 세금 내네 耕漁弄象暹羅徭

좁은 바지에 반신 상의 입고 항상 칼을 차며 窄袴半身常佩劍

신과 버선 완전히 내던져 맨발로 다니네 全拋履襪赤條條

송거로국(宋腒勝國)은 섬라(暹羅)에 속해 있다. 농사를 짓고 물고기를 잡으며 코끼리를 기른다. 머리는 꿩의 꼬리털로 장식하고, 허리에는 한 필의 옷감을 묶는다. 짧은 상의에 폭이 좁은 바지를 입고 신과 버선은 신지 않으며, 항상 칼을 차고 다닌다.

525 사과(斯科) : 주(州)를 뜻하는 '스크(skoye)'의 음역이라고 한다. 모스크바(Moskva)의 중국식 음역이 '막사과(莫斯科)'이다.

526 송거로국(宋腒勝國) : 지금의 태국 남부 송클라(Songkhla) 주이다. 원래 고대 말레이 왕국의 영토였다가 18세기 이후 태국에 편입되었다고 한다.

24. 동포채국[527] 東埔寨國

남자는 하체만 가리고 여자는 가슴까지 가리며 男衣下體女衣乳

산에서 무소뿔 취하고 코끼리에게 춤을 연습시키네 角取山犀象演舞

당나라 때 진랍이 이들의 종족으로 남았으니 唐時眞臘此遺種

만력 때 좋은 이름으로 옛 부족 이름 고쳤네 萬曆嘉名改古部

동포채(東埔寨)는 바로 진랍국(眞臘國)으로, 안남(安南)과 섬라(暹羅) 사이에 끼어 있다. 처음에는 '감발지(甘孛智)'라 칭하다가 만력(萬曆) 연간에 국명을 고쳤다. 코끼리를 길러 대열을 훈련시킨다.[528] 산에 가서 무소의 뿔을 채취한다. 남자의 옷은 겨우 아랫도리만 가리고, 여자는 오직 가슴 이하만 가린다.

25. 여송국[529] 呂宋國

고양이 눈매와 매부리 입에 코와 키가 크고 猫睛鷹嘴鼻身高

치마 속에 등나무 줄기를 둥글게 두세 겹으로 둘렀네

裙裏藤圈三數遭

불랑에게 병탄되고도 국명 그대로 남았는데 佛郎吞併名仍在

땅은 민 땅 장주에 가깝고 험한 파도에 의지했네 地近漳閩倚險濤

여송국(呂宋國)은 남쪽 바다 가운데에 있는데, 민(閩) 땅의 장주(漳州)와 매우 가깝다. 만력 연간에 불랑(佛郎)에게 병탄을 당했는데 그 국명을 그대

527 동포채국(東埔寨國) : 지금의 캄보디아이며, '간포채국(柬埔寨國)'으로 써야 옳다. 하지만 저본 및 《황청직공도》와 《임하필기》에 모두 '동(東)'으로 되어 있으므로, 우선 그냥 두었다.

528 코끼리를……훈련시킨다 : 《황청직공도》에는 코끼리에게 전투 대열을 훈련시켜 적군을 막는 데 이용한다고 하였다.

529 여송국(呂宋國) : 263쪽 주510 참조.

로 사용하였다. 그 사람들은 키가 크고 코가 높으며, 눈은 고양이의 눈매에 입은 매의 부리처럼 생겼다. 여자는 치마 속에 등나무 줄기를 둥글게 두세 겹으로 붙인다.

26. 가라파국[530] 咖喇吧國

기물은 정교하고 집은 화려하며 중화 사람이 모이고 器精室麗集華人

나무 지팡이 위에 새겨서 신분을 표시하네 木棒鐫頭表立身

쪽머리 드리워 귀고리 비녀 꽂고 꽃무늬 베를 두르며 髽髻珥簪花布拖

미녀들이 과일 먹고 바느질을 일삼네 美姝啖果事縫紉

가라파국(咖喇吧國)은 본래 과왜(瓜哇)의 옛 땅인데, 중화(中華) 사람들이 많이 모여서 무역을 한다. 집은 웅장하고 화려하며 기물은 정교하고 치밀하다. 손에는 나무 지팡이를 지니고 다니는데, 벼슬이 있는 사람은 그 위에 글자를 새겨서 구별한다. 부녀자들은 쪽머리를 드리우고 비녀와 귀고리를 하며, 꽃무늬가 있는 베로 상체를 두른다. 바느질을 잘하고 과일을 즐겨 먹는다.

27. 마육갑국[531] 嘛六甲國

처음에는 점성[532]에 있던 만라가이니 初在占城滿剌加

명나라가 국왕으로 봉해주고 좋은 이름 내렸네 大明封國錫名嘉

530 가라파국(咖喇吧國) : 지금의 인도네시아 자바섬(Java)에 있던 왕국을 말한다.

531 마육갑국(嘛六甲國) : 지금의 말레이시아에 있던 말라카 왕국을 말한다. 말라카의 현재 이름은 믈라카(Melaka)이다.

532 점성(占城) : 지금의 베트남 중남부 지역이던 참파(Champa)의 음역이다.

성정은 총명하고 기물은 정교하고 치밀하며　　性情機巧器精緻
짧은 바지에 긴 상의 복식이 아름답네　　短袴長衣服餙姱

마육갑국(嘛六甲國)은 만라가(滿剌加)인데, 영락(永樂) 연간에 중국에 들어와 조공을 바치자 국왕(國王)으로 봉해주었다. 그들은 성정이 총명하였고 기물은 정교하고 치밀하였다. 색깔이 있는 베로 머리를 두르고 긴 상의에 짧은 바지를 입었다.

28. 소라국[533] 蘇喇國

한나라 땐 조지로 불리고 당나라 때는 파사이니　　漢條支號唐波斯
금과 구슬로 성대히 꾸며 턱 아래에 드리웠네　　繁餙金珠頷下垂
땅은 소문[534]에 접하고 백성의 풍속 순후한데　　地接蘇門民俗厚
벼는 있고 보리가 없음은 기후가 온난해서라네　　有禾無麥暖天時

소라국(蘇喇國)은 본래 회회국(回回國)으로 서남쪽에 있으니 바로 한나라 때의 '조지(條支)'와 당나라 때의 '파사(波斯)'이다. 기후가 온난하여 보리는 없고 벼만 있다. 풍속은 자못 순후하며, 턱 밑과 가슴 앞에 금과 구슬로 꾸민 것이 많다.

29. 아리만국[535] 亞利晩國

서양에 속한 나라로 회회국과 가깝고　　西洋屬國近回回

533 소라국(蘇喇國) : 지금의 이란이다. 인도네시아의 수마트라섬이라는 설도 있다.

534 소문(蘇門) : 《황청직공도》의 소라국을 설명하는 대목에 "어떤 이가 말하기를 '본래 소문답라(蘇門答剌)이니, 한나라 때의 조지와 당나라 때의 파사와 대식 두 나라의 땅이다.'라고 한다.〔或云本蘇門答剌, 爲漢條支, 唐波斯、大食二國地.〕"라는 말이 보인다.

535 아리만국(亞利晩國) : 어디인지 정확하지 않다. 지금의 아르메니아의 수도 예레반(Yerevan)이라는 설이 있다.

비단 모자 우뚝하니 팔각으로 마름질했네　　錦帽峨峨八角裁
좁은 소매에 허리 묶고 손 씻을 그릇 지녔으며　　窄袖束腰持盥器
옷 무늬엔 간들간들 버들가지가 열렸네　　衣文裊娜柳條開

아리만국(亞利晚國)은 서양(西洋)에 있고 회회국(回回國)과 서로 가깝다. 팔각 모자를 쓰고 긴 상의를 입는데 상의의 무늬는 버들가지처럼 생겼다. 좁은 소매에 허리를 묶으며, 부인은 항상 손 씻을 그릇을 지니고 다닌다.

30. 서장제번[536] 西藏諸番

아이와 객목과 위와 장은 옛날의 토번이니　　阿喀衛藏古吐蕃
성 육십 개를 관할하며 세력이 견고하였네　　轄城六十勢盤根
붉은 끈 달린 털모자에 구슬을 달았고　　紅纓氈帽珠璣綴
달라이 라마가 해마다 많은 세금 징수하네　　達賴年徵賦稅煩

서장(西藏)은 옛날 서남쪽 변방에 있던 여러 이민족으로, 당나라와 송나라 때에는 토번(吐蕃)의 부락이었다. 그 땅은 위(衛)·장(藏)·아이(阿爾)·객목(喀木) 등 넷이 있으며 이들이 함께 60여 개의 성(城)을 관할하였다. 위가 뾰족하게 높고 붉은 끈이 달린 털모자를 쓰고 구슬을 많이 매단다. 지금은 모두 달라이 라마〔達賴喇嘛〕에게 귀의하여 그에게 세금을 바친다.

536 서장제번(西藏諸番) : 지금의 티베트 지역에 속한 여러 부족을 말한다.

부 금석색 59수[537]

附 金石索 五十九首

숭천(崇川) 풍운붕(馮雲鵬) 안해(晏海)는 도광(道光) 초의 사람이다. 오월(吳越) 사이를 유람하며 제가(諸家)의 옛 기물과 그림에 대한 기록을 얻어 《금석색》을 이루었으니, 옛것을 좋아하는 사람의 큰 보물이다.

삼가 상고하건대, 탕반(湯盤)과 공정(孔鼎)[538]은 상(商)나라와 주

537 금석색(金石索) 59수 : 균산이 《금석색》을 읽은 뒤 그 내용을 59수의 시로 읊고 간단한 주석을 붙인 작품이다. 《금석색》은 청나라의 금석학자 풍운붕(馮雲鵬)과 아우 풍운원(馮雲鵷)이 함께 편찬한 저술로, 중국 고대 상(商)나라부터 원(元)나라까지의 종정(鐘鼎)·천도(泉刀)·비갈(碑碣)·와전(瓦磚) 등의 금석문을 수집하고 정리한 책이다. 도광(道光) 2년(1822)에 편찬이 완료되었으며, 〈금색(金索)〉 6권과 〈석색(石索)〉 6권의 총 12권으로 구성되어 있다. 풍운붕은 강소성(江蘇省) 통주(通州)의 숭천(崇川) 사람으로, 자는 안해(安海)이다. 문집으로 《소홍정시집(掃紅亭詩集)》이 있다. 한편 아래에 붙은 균산의 서문 중 '삼가 상고하건대'부터 '구차스러운 것이 아니었다'까지는 청나라 양장거(梁章鉅)가 《금석색》에 붙인 서문의 내용을 거의 그대로 가져왔다. 《임하필기》 권3에 수록된 〈금해석묵편 서문〔金薤石墨編序〕〉에도 그대로 인용하고 있다. 참고로 균산의 〈금해석묵편〉은 중국 고금의 금석문에 관한 저술인데, 《서청고감(西淸古鑑)》이나 《적고재종정이기관지(積古齋鐘鼎彝器款識)》와 같은 중국 근세의 명저를 취사하여 재편집한 것으로, 《임하필기》 권3과 권4에 수록되어 있다. 이 시는 균산이 〈금해석묵편〉을 편찬한 뒤 지은 것으로 보인다.

538 탕반(湯盤)과 공정(孔鼎) : 탕반은 탕(湯) 임금이 목욕할 때 쓰던 대야인데, "진실로 어느 날 새로워졌다면 나날이 새롭게 하고 또 날로 새롭게 하라.〔苟日新, 日日新, 又日新.〕"라는 명(銘)이 새겨져 있었다. 공정은 공자(孔子)의 선조인 정고보(正考父)의 사당에 있는 솥인데, "일명을 받아 대부가 되어서는 고개를 숙이고, 재명을 받아

(周)나라에서 시작되었고, 동유(董逌)와 설상공(薛尙功)[539] 등 제가(諸家)에 이르러 주나라의 솥〔周鼎〕과 진나라의 저울〔秦權〕을 갖추어 수록하였는데, 모두 길금(吉金)[540]을 모범으로 삼은 것이었고 석묵(石墨)은 오히려 적었다. 하(夏)나라 우(禹) 임금에게는 구루(岣嶁)의 비석이 있었고,[541] 주(周)나라 선왕(宣王)에게 기양(岐陽)의 석고(石鼓)가 있었으며,[542] 선니(宣尼)에게 계자(季子)의 명(銘)이 있었지만,[543] 후세 사람들은 오히려 이를 반신반의하였다.

대개 삼대(三代) 이전에는 금속에 새긴 것이 대부분이었는데, 진(秦)나라 이사(李斯)가 돌에 새긴[544] 이후로 한대(漢代)에 공덕을 새겨

경(卿)이 되어서는 허리를 굽히고, 삼명을 받아 상경(上卿)이 되어서는 몸을 굽혔다.……〔一命而僂, 再命而傴, 三命而俯……〕"라는 명이 새겨져 있었다. 《大學章句 傳2章》《春秋左氏傳 昭公7年》

539 동유(董逌)와 설상공(薛尙功) : 동유는 북송의 학자로 《광천서발(廣川書跋)》을 저술하여 주나라 이전부터 북송 때까지의 금석 명문(銘文)과 비첩(碑帖), 명가의 서법(書法) 등을 수록하였다. 설상공은 남송의 학자로 《역대종정이기관지법첩(歷代鐘鼎彝器款識法帖)》을 저술하여 주로 은나라와 주나라 때의 명문을 수록하였다.

540 길금(吉金) : 동(銅)으로 주조한 솥 등의 기물을 말한다.

541 하(夏)나라……있었고 : 구루(岣嶁)는 형산(衡山)의 주봉(主峯)인데, 이곳에 우왕(禹王)의 공적을 새긴 비석이 있었다고 전해진다.

542 주(周)나라……있었으며 : 주나라 선왕(周宣)이 기양(岐陽)에 사냥을 나갔다가 태사(太史) 주(籀)를 시켜 북처럼 생긴 돌에 그 사적을 기록하게 하였다고 한다.

543 선니(宣尼)에게……있었지만 : 선니는 공자를 말한다. 한나라 평제(平帝) 때 공자를 추시(追諡)하여 포성선니공(褒成宣尼公)이라고 하였다. 계자(季子)는 연릉계자(延陵季子)로 오(吳)나라 계찰(季札)을 말한다. 공자가 계찰의 묘비에 '오호유오연릉군자지묘(嗚呼有吳延陵君子之墓)'라는 글씨를 새겼다고 한다. 《漢書 卷12 平帝紀》《吳郡志 卷20 人物》

찬양한 것은 대부분 악석(樂石)[545]에 있었다.

양(梁)나라 원제(元帝)의 《비영(碑英)》[546] 한 책은 지금 볼 수 없다. 하지만 구양수(歐陽脩)와 조명성(趙明誠) 등 제가로부터 아래로 도목(都穆)과 조함(趙崡)의 무리에 이르기까지 번갈아 서로 기록한 책들이[547] 고증과 근거가 더욱 상세하여 왕왕 경사(經史)의 누락과 오류를 바로잡기도 하였으니, 구차스러운 것이 아니었다.

근래에 궐리(闕里)에 소장된 것과 제가가 소장한 것을 얻어[548] 그림

544 진(秦)나라……새긴 : 진시황(秦始皇) 28년에 진시황이 역산(嶧山)과 태산(泰山)에 올라 봉선(封禪) 의식을 행했을 때, 승상 이사(李斯)가 진시황의 공적을 찬양한 노래를 지어 비석에 새겼다고 한다. 이를 〈역산각석문(嶧山刻石文)〉, 〈진태산각석문(秦泰山刻石文)〉이라고 한다. 《山東通志 卷35 藝文志14》《史記 卷6 秦始皇本紀》

545 악석(樂石) : 원래 견고하여 악기를 만들 수 있는 돌인데, 진나라 이사(李斯)가 〈역산각석문〉에서 "이것을 악석에 새긴다.〔刻此樂石.〕"라고 한 이후, 비석이나 비갈을 의미하는 말로 쓰이게 되었다.

546 비영(碑英) : 양(梁)나라 원제(元帝)가 비각(碑刻)의 글을 집록(集錄)한 책으로 모두 120권이었는데, 지금은 전하지 않는다. 비각의 글을 모은 최초의 책으로 알려져 있다.

547 구양수(歐陽脩)와……책들이 : 구양수는 역대 금석문을 모으고 고증하여 《집고록(集古錄)》을 편찬하였다. 조명성(趙明誠)은 송나라 때의 금석학자로 자는 덕보(德甫)이며, 《금석록(金石錄)》을 편찬하였다. 도목(都穆)은 명나라 때의 금석학자로 자는 현경(玄敬)이며, 각종 금석문을 탁본하여 《금해임랑(金薤琳琅)》을 편찬하였다. 조함(趙崡)은 명나라 때의 금석학자로 자는 자함(子函)이며, 비각을 탁본하고 여러 비문을 모아 《석묵전화(石墨鐫華)》를 편찬하였다.

548 근래에……얻어 : 《임하필기》 권30 〈예원소자(隸源所自)〉에, 오운(五耘) 윤동석(尹東晳)이 연경에 들어가 궐리(闕里)에 있는 비문 30여 종을 구입하였다는 내용이 보인다. 귤산은 윤동석을 통해 궐리의 비문을 얻었던 것으로 보인다. 궐리는 산동성(山東省) 곡부(曲阜)에 있는 공자의 고향이다.

을 그려 한 부(部)를 완성하고, 《박고도(博古圖)》[549]·《고고도(考古圖)》[550]·《서청고감(西淸古鑑)》[551]·《적고재종정이기관지(積古齋鐘鼎彝器款識)》[552]·《한례자원(漢隷字源)》[553]·《예변(隷辨)》[554]·《예석(隷釋)》[555] 등의 책과 담계(覃溪)가 바로잡은 《예운(隷韻)》[556]을 서로 참고하여 그 가운데 가장 드러난 것을 모아서 읊은 것이니, 어찌 《금해임랑(金薤琳琅)》[557]과 《석묵편(石墨編)》[558]에 미칠 수 있겠는가. 그저

549 박고도(博古圖) : 송나라 휘종(徽宗)이 선화전(宣和殿)에 소장된 고기(古器)를 그림으로 그려 편찬하게 한 《선화박고도(宣和博古圖)》를 말한다.

550 고고도(考古圖) : 송나라 여대림(呂大臨)이 당시 궁정과 사가에 소장된 고대의 각종 동기(銅器)와 옥기(玉器) 등을 비교한 책이다.

551 서청고감(西淸古鑑) : 청나라 고종(高宗)의 명을 받아 양시정(梁詩正) 등이 편찬한 책으로, 청나라 궁궐 내에 소장된 고기(古器)를 그림을 붙여 기록하였다.

552 적고재종정이기관지(積古齋鐘鼎彝器款識) : 청나라 완원(阮元)이 종정(鐘鼎) 및 이기(彝器)에 남아 있는 문자를 연구한 책이다. 적고재는 완원의 호이다.

553 한례자원(漢隷字源) : 송나라 누기(婁機)가 편찬한 책으로, 한위(漢魏) 시대 비문의 예서(隷書) 309종과 위진(魏晉) 시대 예서 31종을 나열해 설명한 뒤 운(韻)에 따라 글자를 배열하였다.

554 예변(隷辨) : 청나라 고애길(顧藹吉)이 편찬한 책으로, 한대(漢代)에서 위진남북조 시기 비문의 예서를 사성(四聲)에 따라 자전 형식으로 수록하였다.

555 예석(隷釋) : 송나라 홍괄(洪适)이 편찬한 책으로, 한나라와 위진 시대의 비문을 집록하였다.

556 담계(覃溪)가 바로잡은 예운(隷韻) : 담계는 청나라 옹방강(翁方綱)의 호이다. 《예운》은 원래 송나라 유구(劉球)가 한나라 때의 예서를 모아 편찬한 책인데, 옹방강이 이 책을 교정하여 《예운고증(隷韻考證)》 2권을 편찬하였다.

557 금해임랑(金薤琳琅) : 명나라 도목(都穆)이 편찬한 책이다. 274쪽 주547 참조.

558 석묵편(石墨編) : 명나라 조함(趙崡)이 편찬한 《석묵전화(石墨鐫華)》를 가리킨 것으로 보인다. 274쪽 주547 참조.

긴 여름의 소일거리가 될 만할 뿐이다. 만약 아는 것이 있는 사람이라면, 서가(書家)의 천구(天球)·하도(河圖)·대옥(大玉)·적도(赤刀)는 애초에 이것을 넘어서지 않은 적이 없었다.[559]

1. 궐리의 동기 열 가지[560] 闕里銅器十事

목정과 백이와 희준과 아준이며　木鼎伯彝犧亞尊

도철언 사족력 보보 책유와 기봉두와 반기대가 남아 있네　甗鬲簠卣豆敦存

도철언과 기봉두는 네 발로 지탱했으니　饕餮鳳夔撑四足

열 가지 주나라 주조물을 대대손손 물려주었네　十干周范貽孫孫

건륭(乾隆) 연간에[561] 주(周)나라 때 주조한 동기(銅器) 열 가지를 성묘(聖廟)에 진열하였다. 갑(甲)은 '목정(木鼎)', 을(乙)은 '아준(亞尊)', 병(丙)은 '희준(犧尊)', 정(丁)은 '백이(伯彝)', 무(戊)는 '책유(冊卣)', 기(己)는

559 만약……없었다 : 이 시에 있는 내용이 서법가가 법도로 삼아야 할 보배에는 미치지 못한다는 겸사로 보인다. 천구(天球)와 대옥(大玉)은 보옥의 이름이고, 적도(赤刀)는 붉은 삭도(削刀)이며, 하도(河圖)는 복희씨(伏羲氏) 때 하수(河水)에서 용마(龍馬)가 짊어지고 나온 그림이다. 《서경》 〈고명(顧命)〉에 "옥을 다섯 겹으로 진열하고 보물을 진열하니, 적도와 대훈과 홍벽과 완염은 서서에 있고, 대옥과 이옥과 천구와 하도는 동서에 있었다.〔越五玉, 陳寶, 赤刀、大訓、弘璧、琬琰在西序, 大玉、夷玉、天球、河圖在東序.〕"라는 구절이 보인다. 그런데 이 부분은 '이 시를 알아주는 사람이 있다면 서법가가 법도로 삼아야 할 보배도 여기에서 벗어나지는 않을 것이다'라는 의미가 되어야 뜻이 잘 통할 듯한데, 우선 원문에 따라 번역해두었다.

560 궐리(闕里)의……가지 : 《임하필기》 권3 〈금해석묵편〉에는 제목이 〈궐리의 묘정에 있는 주나라 때 주조한 동기 열 가지〔闕里廟廷周范銅器十事〕〉로 되어 있다.

561 건륭(乾隆) 연간에 : 《임하필기》 권3 〈금해석묵편〉에는 건륭 36년(1771)으로 기록되어 있다.

'반기대(蟠夔敦)', 경(庚)은 '보보(寶簠)', 신(申)은 '기봉두(夔鳳豆)', 임(壬)은 '도철언(饕餮甗)', 계(癸)는 '사족력(四足鬲)'이다. 연성공(衍聖公) 소환(昭煥)[562]이 대대로 이것을 지켰다.

2. 종정지속 鍾鼎之屬

상나라 작 세 가지에 부목작이라는 이름 있고 商爵曰三斧木名
문양 없는 계부작과 명문 있는 부경작도 있네 無紋爲癸有銘庚
부작과 신작 두 기물은 형태가 똑같으며 父辛二器形如一
소주의 시장에서 저울질해 천금의 값을 불렀네 索值千金蘇市衡

상(商)나라 기물에는 부목작(斧木爵)과 계부작(癸父爵)과 부경작(父庚爵) 등 세 가지 작(爵)이 있다. 계부작은 문양이 없고 부경작에는 명(銘)이 있다. 또 부작(父爵)과 신작(辛爵)이 있는데, 형태와 제도는 똑같다. 강남(江南)의 상인이 한 점을 얻어 소주(蘇州)에서 팔면서 천금의 값을 불렀다.

대기유와 여거유와 쌍책유와 大己旅車雙冊卣
부신유 네 가지가 상나라에서 으뜸이었네 父辛四品商爲首
왕사에 공을 세우면 '지과'라 새겼는데 功于王事持戈銘
안타깝게도 장산현 농부가 호미로 깨트린 지 오래되었네 可惜長山鋤破久

상나라에는 네 가지의 유(卣 술통의 일종)가 있으니 대기유(大己卣)·여거유(旅車卣)·쌍책유(雙冊卣)·부신유(父辛卣)이다. 대개 왕사(王事)에 전공을 세우면 '지과(持戈)', '책부(冊父)'라고 새겼다. 장산현(長山縣)의

562 연성공(衍聖公) 소환(昭煥) : 공자의 70세손인 공소환(孔昭煥, 1742~1783)으로, 자는 현문(顯文), 호는 요봉(堯峰)이다. 연성공은 송나라 인종(仁宗) 때 공자의 후손에게 내린 세습 작호인데, 공소환은 1744년 연성공에 봉해졌다.

농민이 호미로 그 배 부분을 깨트렸다.

크고 작은 구슬이 옥쟁반에 떨어진 듯하며　大小之珠落玉盤
도금한 흔적 은은하고 단사로 점을 찍었네　錯痕隱隱點砂丹
반절고는 문양 있고 전갈과 온전히 비슷하니　半截觚紋全象蠆
바닥 안에 있는 '어' 자 간략한 문양으로 남아 있네　圈中魚字簡而殘

상나라의 고(觚 술잔의 일종)에는 어고(魚觚)와 채고(蠆觚)가 있다. 어고는 다른 이름이 반절고(半截觚)인데,[563] 마치 큰 구슬과 작은 구슬이 옥쟁반에 떨어진 듯하다. 고의 바닥 안에 '어(魚)' 자가 있는데 고를 만든 사람의 이름이며 글자의 문양이 매우 간략하다. 채고의 명(銘)은 전갈〔蠆〕과 완전히 비슷하고 은은하게 도금한 흔적이 있다.

기거라는 글자는 남아 있고 계거는 없으니　己擧字存癸擧無
작(爵) 등속뿐 아니라 정이[564]의 그림에도 있네　非惟爵屬鼎彝圖
형태와 자획을 모름지기 자세히 살펴야 하니　製形字畫須詳審
상나라 때의 상감을 송나라 때 본떴다네　商代鑲嵌宋代摹

상나라의 기거이(己擧彝)에는 글자가 남아 전하고 계거(癸擧)는 글자가 전함이 없으니, 작(爵) 등속에 왕왕 '기거'라는 두 글자가 있다. 지금 사람들은 대체로 상감(鑲嵌)한 것을 상나라의 기물로 여기지만 송나라의 상감과 구별이 있는지는 모른다. 그 형태와 글자의 획을 합해서 살펴야 마침내 확정할 수 있다.

563 어고(魚觚)는……반절고(半截觚)인데 : 《임하필기》 권3 〈금해석묵편 종정지속(鍾鼎之屬)〉에 "반은 무늬가 있고 반은 없으므로 반절고라고 이른다."라는 기록이 보인다.

564 정이(鼎彝) : 고대 종묘에 간직했던 두 가지 제기(祭器)의 이름이다.

좌우에는 숲과 샘물 앞뒤로는 언덕 있으니　右左林泉前後岡
만세토록 평안함이 이 땅에 간직되었네　之寧萬世茲焉藏
비간의 무덤에 구리 쟁반 남아 있어　比干古宅餘盤器
위주 북쪽 고을에서 잔존한 글자 본떠내었네[565]　殘字摹來衛北鄉

비간(比干)의 무덤〔古宅〕은 위주(衛州)의 북쪽 옛 궁궐터에 있다. 만력(萬曆) 연간에 그 무덤 곁에서 구리 쟁반을 얻었는데, 명문(銘文)에 "오른쪽에는 수풀이 있고 왼쪽에는 샘이 있으며, 뒤에는 산이 있고 앞에는 길이 나 있네. 만세토록 평안함은 이 땅이 보배로워서라네.〔右林左泉, 後岡前道, 萬世之寧, 茲焉是寶.〕"라고 하였다.

자손유와 자손각과 평녀을치가 있고　卣角子孫彭女觶
부염가와 부주가 세 가는 문채 나는 기물이네　厭舟三斝斕斒器
일두와 일승의 술잔을 향음주례에서 드는데　一豆一升鄉飮揚
〈고공기〉에서는 고를 치로 고쳤네　改觚爲觶考工記

주(周)나라의 자손유(子孫卣)는 아홉 빛깔로 문채가 난다. 또 자손각(子孫角)과 팽녀을치(彭女乙觶)가 있다. 《주례(周禮)》〈고공기(考工記) 재인(梓人)〉에 '음기(飮器)', '1승(升)', '1두(豆)' 등의 내용이 있는데, 정현(鄭玄)의 주(註)에서 고(觚)를 치(觶)로 바꾸었다.[566] 세 가지 가(斝 술잔의

565 위주(衛州)……본떠내었네 : 원(元)나라 연우(延祐) 연간에 위휘로 학정(衛輝路學正) 왕공열(王公悅)이 비간의 비석에서 모사했다고 한다. 위휘로는 위휘부(衛輝府)로 지금의 하남성(河南省) 위휘시(衛輝市)에 해당한다. 《金石索 金索1 鐘鼎之屬 殷比干墓銅盤銘》

566 주례(周禮)……바꾸었다 : 균산이 인용한 《주례》의 내용은, 〈동관고공기(冬官考工記) 재인(梓人)〉의 "재인은 음기를 만든다. 작(勺)의 용량은 1승(升), 작(爵)의 용량은 1승, 고(觚)의 용량은 3승이다. 빈객에게 술을 올릴 때는 작(爵)을 쓰고, 답배(答杯)할 때는 고를 쓴다. 1승의 잔으로 올리고 3승의 잔으로 답배하니, 그렇다면 1두

일종) 중에 하나를 '부주가(父舟斝)'라고 하는데, '주(舟)'는 '염(厭)'이 되어야 한다.[567]

문왕정은 네모나고 숙야정은 둥글며 文鼎制方叔夜圓
태사정과 태축정은 무전정과 같네 太師太祝同無專
노공[568]이 문왕을 위해 제작해 종묘에 올렸는데 魯公文作登宗廟
점이 쌀알 모양 닮으니 낟알이 천 개로다 點象米形粒粒千

주나라의 문왕정(文王鼎)은 그 모양이 네모난데 노공(魯公)이 문왕을 위하여 제작하였다. 점이 쌀알 모양을 닮았다. 무전정(無專鼎)·숙야정(叔夜鼎)·태사정(太師鼎)·태축정(太祝鼎)은 그 모양이 둥글다.

《고고도》엔 호이라 하고 《박고도》엔 유이라 하니 考古虎彝博古乳
그 종류는 셋도 아니고 또 다섯도 아니라네 非三其制又非五
저공 백해가 임성에서 온 사람에게 샀고 儲公伯海得任城
석자손 글씨가 노나라 궐리에 있었네 析子孫文闕里魯

주나라의 이(彝)는 네 종류가 있는데 모두 백이(伯彝)라고 칭한다. 《고고도(考古圖)》에서는 '호이(虎彝)'라고 하였고 《박고도(博古圖)》에서는 '유

(豆)이다.〔梓人爲飮器. 勺一升, 爵一升, 觚三升. 獻以爵而酬以觚, 一獻而三酬, 則一豆矣.〕"라는 구절을 줄인 것이다. 《주례》의 이 구절에 대해 정현(鄭玄)은 《주례주(周禮注)》에서 "고(觚)는 치(觶)가 되어야 한다.〔觚當爲觶.〕"라고 하였다. 참고로 1두(豆)는 용량이 4승이다.

567 주(舟)는……한다 : 《금석색》에 "섭동경이 이르기를 '문(文)에 「주는 염이 되어야 한다.」고 하였다.'〔葉東卿云, 文曰舟作厭.〕"라는 내용이 보인다. 섭동경은 섭지선(葉志詵)으로, 동경은 그의 자이다. 《金石索 金索1 鐘鼎之屬 周父舟斝》

568 노공(魯公) : 주공(周公)의 아들로 노(魯)나라에 봉해진 백금(伯禽)을 말한다. 주공이라는 설도 있다.

이(乳彝)'라고 하였다. 임성(任城)에서 가지고 와서 파니 공백해(孔伯海) 저공(儲公)[569]이 이것을 궐리(闕里)에 보관하였다. 또 석자손이(析子孫彝)가 있다.

수대 추대 숙임대 견소자대 맹강대 시계대 소공대	壽追叔遣孟邿蘇
갖가지 다양한 모습 주나라의 일곱 가지 대라네	衆制形形周七敦
옛날에는 질을 사용하고 지금은 쇠를 사용하니	古之用瓦今之金
궤와 같은 쓰임으로 베어낸 서직을 담네	與簋同盛黍稷刈

주나라 대(敦 식기(食器)의 일종)에는 수대(壽敦)·추대(追敦)·숙임대(叔臨敦)·견소자대(遣小子敦)·맹강대(孟姜敦)·시계대(邿季敦)·소공대(蘇公敦)가 있다. 대의 제도는 상고(上古) 때는 질을 사용해 만들었고, 중고(中古) 이후로는 쇠를 사용해 만들었다. 〈소재직(小宰職)〉에 "주부가……〔主婦……〕"라고 하였으니, 대는 서직을 담는 것으로 궤(簋)와 쓰임이 같다.[570]

둥글 길쭉 높이와 깊이 한나라 척도와 같으니	圓橢高深漢尺同
맹강준과 남궁중준이라네	孟姜尊與南宮中
천 년 동안 기수에 귀신이 숨겨두었는데	沂水千年神鬼秘

569 공백해(孔伯海) 저공(儲公) : 공자의 74대 적장손인 공번호(孔繁灝, 1804~1860)로, 자는 문연(文淵)이고 백해는 그의 호이다. 옛 동기(銅器)에 대한 조예가 깊었다. 시호는 단각(端恪)이다. '저공'이 가리키는 바는 분명하지 않다.

570 소재직(小宰職)에……같다 : 《금석색》에는 이 부분이 "〈소재직〉에 '주부가 하나의 금대(金敦)에 담긴 기장을 잡는다.'라고 하였으니, 대는 서직을 담는 것으로 궤와 쓰임이 같다.〔小宰職曰主婦集一金敦黍, 則敦盛黍稷, 與簋同用矣.〕"라고 되어 있다. 〈소재직〉은 《주례》의 편명인데 인용한 내용이 보이지 않는며, 《의례(儀禮)》〈소뢰궤식례(少牢饋食禮)〉에 그 내용이 보인다.

옥초 명부의 보배 창고에 채워졌네 王樵明府寶藏充

주나라의 맹강준(孟姜尊)과 남궁중준(南宮中尊)은 모두 한나라의 척도(尺度)에 부합한다. 남궁은 그 씨족이고 중은 그 이름이다. 옥초(玉樵) 명부(明府)가 기수(沂水)를 다스릴 때 이것을 얻었다.[571]

여급종[572] 기후종 형숙종이 있고 呂及紀侯邢叔鍾

보림종 서왕자화종 초증종이 있네 寶林徐子楚曾鏞

대아라는 자앙의 도장 탁본과 의천의 소장이 있으며

子昂大雅宜泉弆

정화라는 관지 붙은 탁본이 청동 골동의 으뜸이네 題品政和翠董宗

주나라에 제급박종(齊及鏄鍾)·기후종(紀侯鍾)·정형숙수빈종(鄭邢叔綏賓鍾)·서왕자화종(徐王子龢鍾)·보림종(寶林鍾)·초증종(楚曾鍾)이 있는데, 보림종은 옹의천 비부(翁宜川比部)[573]가 소장하였다. 초공종(楚公鍾)의 탁본에 '정화(政和)'라는 글자가 있고, 또 조맹부(趙孟頫)의 도장(圖章)이 있다.[574]

571 옥초(玉樵)……얻었다 : 옥초는 청나라 호세기(胡世琦)의 호이다. 자는 옥초(玉鐎)이며, 경학과 문자학에 조예가 있었다. 산동(山東) 비현(費縣)의 지현(知縣)을 지냈다. 기수(沂水)는 산동성에 있는 강 이름이다.

572 여급종(呂及鍾) : 아래 주석의 제급박종(齊及鏄鍾)을 다르게 표현한 것이다. '여(呂)'는 태공망 여상(太公望呂尙)이 봉해진 제(齊)나라를 의미하며, 급(及)은 이름이라고 한다.

573 옹의천 비부(翁宜泉比部) : 옹수배(翁樹培)를 말하는데, 의천은 그의 자이며, 호는 신지(申之)이다. 옹방강(翁方綱)의 아들이다. 형부 낭중(刑部郎中)을 역임하였는데, '비부'는 명청 시대에 형부와 그 관원을 일컫던 말이다.

574 초공종(楚公鍾)의……있다 : 초공종은 바로 앞에 보이는 초증종(楚曾鍾)을 말한다. 송나라 석공필(石公弼)이 탁본한 것에 '정화삼년무창태평호소진(政和三年武昌太平湖所進)'이라는 글씨가 있는데, 정화는 송나라 휘종(徽宗)의 연호이다. 또 송나라

제태공두 관이 웅화 시굉 진희력 제후담에 문양 있고 豆匜盉觥鬲甗文
오동에 우레와 구름 문양 다 나란히 나열되었네 五同竝列盡雷雲
태공과 백복이 주나라 명을 받았으니 太公伯服受周命
제와 노에서 정결히 공경하며 제향을 올리네 齊魯明禋薦苾芬

주나라에 관이(盥匜 손 씻는 그릇)가 있으니 노(魯)나라 백복(伯服)이 만든 것이다. 또 제태공두(齊太公豆)가 있다. 오동(五同)은, 《서경》〈주서(周書) 고명(顧命)〉에 "상종[575]은 동과 모를 받든다.〔上宗奉同瑁.〕"라고 하였으니, 제기(祭器)이다. 시굉(兕觥)·웅화(熊盉)·진희력(晉姬鬲)·제후담(齊侯甗)은 모두 주나라의 기물이다.

한고조와 효성제의 사당에 처음 정(鼎)을 세울 때 高祖孝成立廟初
건평이라는 글자 이어지고 정도라고 썼네[576] 建平字繼定陶書
분음정과 호치정으로 신령에게 올렸으며 汾陰好畤神祇薦
백유정은 호사자의 기록에도 징험할 곳이 없네 百乳無徵嗜古餘

한고조묘정(漢高祖廟鼎)은 정도공왕(定陶共王)의 묘(廟)에 있다. 효성묘정(孝成廟鼎)은 애제(哀帝) 때 만든 것이다. 분음정(汾陰鼎)과 호치정(好

왕후지(王厚之)가 탁본한 것에 '대아(大雅)'라는 조맹부의 도장이 찍혀 있다. 《金石索 鐘索1 鍾鼎之屬 周楚公鐘》

575 상종(上宗) : 대종백(大宗伯)의 별칭이다.

576 한고조와……썼네 : 한고조묘정(漢高祖廟鼎)에 '정도(定陶)'라는 글자가 새겨져 있으며, 효성묘정(孝成廟鼎)에 '건평삼년(建平三年)'이라는 글자가 새겨져 있다. 정도(定陶)는 한나라 팽월(彭越)이 양왕(梁王)으로 봉해져 도읍으로 삼은 곳인데, 팽월이 반란을 일으키자 그 땅에 다시 고조의 아들 회(灰)를 봉하니 이 사람이 바로 정도공왕(定陶恭王)이다. 혜제(惠帝)는 즉위 초에 정도공왕에게 고조 묘정을 세울 것을 허락하였다고 한다. 《선화박고도(宣和博古圖)》에는 '한고조묘정'이 '한정도정(漢定陶鼎)'으로 기록되어 있다. 건평은 한나라 애제(哀帝)의 연호이다.

時鼎)은 감천(甘泉)에 있다. 백유정(百乳鼎)은 아마도 한나라 때의 기물인 듯하다.

왕장자초준과 안세요종이 있으니　　鐎尊王長暨搖鍾
한나라 일어난 이래로 법률처럼 따랐네　　興漢由來法例從
효무제의 서원에 사시가 차례로 이르고　　孝武西園四序至
울인의 데우는 그릇은 용량이 십 승이네　　鬱人溫器十升容

한(漢)나라에 왕장자초준(王長子鐎尊)이 있으니, 한나라 인장(印章)에 '장자(長子)', '장형(長兄)'이라는 칭호가 많이 있다. 《광운(廣韻)》에 이르기를 "데우는 그릇이다.〔溫器〕"라고 하였고, 《주례》 〈춘관(春官) 울인(鬱人)〉 소(疏)에 "이것을 초(鐎)에서 익힌다.〔以煮之.〕"라고 하였다.[577] 또 수화요종(綏和搖鍾)과 안세요종(安世搖鍾)이 있는데, 명문에 '효무서원(孝武西園)'과 '사시가지(四時嘉至)'라고 새겨져 있다.

동경 뒷면에 북두칠성 우정 뱃면에 명이 있으며　　磬背斗星鼎腹牛
보궤를 본뜬 모양은 송나라가 주나라 제도 모방했네　　象形簠簋宋方周
마침내 신의 제향에 사용하여 길이 힘입었으니　　迄用享神其永賴
종과 궐로 잘못 풀이한 건 글자 서로 비슷해서라네　　釋宗釋厥字相侔

송(宋)나라에 동경(銅磬)이 있는데 뒷면에 북두칠성(北斗七星)이 새겨져 있다. 우정(牛鼎)의 명(銘)에 "마침내 제향에 사용하니〔迄用享.〕"라고 하였고, 또 "길이 힘입을 것이다.〔其永賴.〕"라고 하였다. 구본(舊本)에서는 '송(宋)'을 '종(宗)'으로 잘못 풀이하였고, '시(眡)'를 '궐(闕)'로 잘못 풀이하

577 주례(周禮)……하였다 : 《주례》 〈춘관 울인(鬱人)〉의 정사농(鄭司農) 주에 "울은 풀이름인데, 잎 10개를 관(貫)이라 하고, 120관을 축(築)이라 한다. 이것을 초(鐎) 안에서 익힌다.〔鬱草名, 十葉爲貫, 百二十貫爲築, 以煮之中.〕"라는 내용이 보인다. 울인(鬱人)은 제사 때 강신하는 일을 맡아보는 관직이다.

였다.[578] 또 물건을 본뜬 궤(簋)가 있는데, 대체로 주(周)나라의 형식을 모방하였다.

대덕궤가 있고 아울러 천력보가 있으며	大德簋兼天曆簠
용흥로는 강서성의 물가에 있네	龍興路在江西滸
대덕 팔 년 양월 길일에 완성했으니	年八月良日吉成
이슬 마시며 맑고 고아한 매미의 모습 형상하였네	象蟬飮露居淸古

원(元)나라에 대덕궤(大德簋)가 있는데 매미 문양으로 장식하여 '높은 곳에 있으면서 맑은 이슬을 마시는' 뜻을 취하였다. 그 명(銘)에 '대덕 팔년 양월 길일(大德八年良月吉日)'이라고 새겨져 있다.[579] 또 천력보(天曆簠)가 있는데, 강서(江西)의 용흥로(龍興路)[580]에 있다.

578 우정(牛鼎)의……풀이하였다 : 참고로 《금석색》에 소개된 〈우정명(牛鼎銘)〉 전체를 소개하면 다음과 같다. "갑오년 8월 병인일에 황제께서 옛 제도를 상고해 처음으로 송나라 제기를 만들었다. 형상을 자세히 살펴 우정을 만들어 태실(太室)에 나아가 마침내 제향에 사용하니, 신의 아름다움이 만년토록 평안할 것이며 황제의 보기(寶器)에 만세토록 길이 힘입을 것이다.〔惟甲午八月丙寅, 帝若稽古, 肇作宋器, 審眡象作牛鼎, 格于太室, 迄用享, 萬寧神休, 惟帝時寶, 萬世其永賴.〕" 한편, 구본(舊本)은 〈태실우정명(太室牛鼎銘)〉으로, 《송문기(宋文紀)》 권3에 실려 있다.

579 매미……있다 : 《진서(晉書)》 권25 〈지(志) 여복(輿服)〉에 "시중과 상시는 관모에 금당과 부선을 붙여 장식한다.……황금은 강해서 백 번 단련해도 마모되지 않는 점을 취하였고, 매미는 높은 곳에 있으면서 맑은 이슬을 마시는 것을 취하였다.〔侍中常侍, 則加金璫附蟬爲飾……金取剛强百鍊不耗, 蟬居高飮淸.〕"라는 내용이 보인다. 대덕(大德)은 원나라 성종(成宗) 성제(成帝)의 연호로, 8년은 1304년이다. 양월(良月)은 음력 10월의 이칭이다.

580 강서(江西)의 용흥로(龍興路) : 용흥로는 송나라 때의 강서성(江西省) 융흥부(隆興府)를 원나라 때 고친 이름이다.

3. 과구지속[581] 戈戵之屬

열아홉 가지 형태로 나뉘어 많은 창이 있으니	分形十九衆戈戵
상나라와 주나라와 진나라 한나라가 다르네	商后姬周秦漢殊
계구 마과 조과 주과에 우자과와 길과 있고	癸馬琱舟芋子吉
양산과와 융백극에 주태사과가 있다네	良山龍伯太師郏

상(商)나라에 계구(癸钁)·마과(馬戈)·조과(琱戈)·주과(舟戈)가 있고, 주(周)나라에 우자과(芋子戈)·주태사과(郏太師戈)·길과(吉戈)·양산과(良山戈)·용백극(龍伯戟)이 있다. 진(秦)나라와 한(漢)나라에도 입사년과(廿四年戈)·정사과(正師戈) 등이 있다.

자령검은 오나라 계찰의 검을 일컫고	子逞劍稱吳札是
입기탁은 《주례》에서 가져와 부르네[582]	立旗鐸號周官以
고척 고모 용호절 고월은 그 모습을 그렸고	戚旄節鉞圖其形
한나라의 노기[583]가 위나라 진나라에 전해졌네	漢弩鐖傳魏晉氏

주나라에 용호절(龍虎節)·입기탁(立旗鐸)·고척(古戚)·고모(古旄)·

581 과구지속(戈戵之屬) : 과구는 창(槍)의 종류인데, 부절(符節)과 검(劍)과 도끼 등의 무기가 포함되어 있다. 《금석색》에는 '구(戵)'가 '구(瞿)'로 되어 있는데, 통용되는 글자이다.

582 입기탁(立旗鐸)은……부르네 : 입기탁은 봉황이 나무에 앉은 모습을 형상한 창이다. 《금석색》에 《선화박고도》를 출처로 하여 "《주례》 〈지관(地官) 고인(鼓人)〉에 '금탁을 흔들어 일제히 북을 울리게 한다.'라는 말이 보이는데, 모든 악무에 반드시 금탁을 흔들어 그것을 절도로 삼는다.〔周官鼓人, 以金鐸通鼓, 凡樂舞, 必振鐸以爲之節.〕"라고 한 내용이 있다.

583 한나라의 노기(弩鐖) : 아래 주석의 연광기(延光鐖)가 《금석색》에는 '한연광노기(漢延光弩鐖)'로 기록되어 있다. 기(鐖)는 쇠뇌의 발사 장치를 말한다. 《金石索 金索 2 戈瞿之屬》

고월(古鉞)이 있다. 오(吳)나라 계찰(季札)의 검은 자령검(子逞劍)이다. 한나라에 연광기(延光鐖)가 있으니, 그 형식이 위(魏)나라와 진(晉)나라에 전해졌다.

원가도와 비슷한 모양이 후량과 후하에도 있고　元嘉刀樣及涼夏
왕언장철편에는 보국이라는 글자 새겨졌네　王彦章鞭報國寫
고소의 가게에 동인거가 있었으니　姑蘇肆上銅人車
안개 기운이 탁록의 들판에서 처음 걷혔네　霧氣初收涿鹿野

한나라에 원가도(元嘉刀)가 있고, 후량(後涼)과 후하(後夏)에도 있다.[584] 후량왕언장철편(後梁王彦章鐵鞭)에는 '적심보국(赤心報國)'이라는 글자가 새겨져 있다. 고소(姑蘇)의 가게에서 동인거(銅人車)를 팔았다.[585]

4. 양도지속 量度之屬

진나라의 권 및 한나라 곡구동용과 율가량으로　秦權漢甬律嘉量
면적과 체적 세세히 나눠 근과 석과 양을 측정했네　羃積豪分斤石兩
건무태관종은 영건종과 같고　建武太鍾永建同
소부 장구 건초동척 순소방두를 송원이 모방했네　缶區尺斗宋元倣

584 후량(後涼)과 후하(後夏)에도 있다 : 《금석색》에 '후량도명(後涼刀銘)'과 '하동고명(夏銅鼓銘)'이 수록되어 있는데, 이것을 말하는 듯하다. 후하는 흉노의 혁련발발(赫連勃勃)이 407년에 세운 대하(大夏)를 일컫는다. 《金石索 金索2 戈瞿之屬》

585 고소(姑蘇)의……팔았다 : 동인거(銅人車)는 지남거(指南車)를 말한다. 황제(黃帝)가 탁록(涿鹿)의 들판에서 치우(蚩尤)와 싸울 때, 치우가 안개를 자욱하게 일으키자 지남거를 만들어 방위를 찾아서 격파했다는 전설이 전한다. 《금석색》에, 풍운붕(馮雲鵬) 자신이 고소의 가게에서 동인거를 보았는데 그 제도가 황제의 지남거와 비슷했다는 내용이 보인다. 고소는 소주(蘇州) 오현(吳縣)의 별칭이다. 《金石索 金索2 戈瞿之屬 指南車飾》

주(周)나라에 소부(素缶)가 있고, 진(秦)나라에 두 권(權)이 있다. 한(漢)나라에 곡구동용(谷口銅甬)[586]과 율가량(律嘉量)·건무태관종(建武太官鍾)·영건종(永建鍾)·장구(長區)·순소방두(純素方斗)·건초동척(建初銅尺)이 있다. 진(晉)나라와 송(宋)나라와 원(元)나라는 이 제도를 모방하였다.

5. 잡기지속 雜器之屬

한나라 때의 세와 현에는 대길창 세 글자 많고　　漢代洗鋗大吉昌
부 증 초두 복 호 등이 소장되어 있네　　釜甑斗鍑壺鐙藏
임화관의 위와 감천궁의 밤에　　林華觀上甘泉夜
빛나는 거궁승촉반 대야 받들었네　　槃奉車宮承燭光

한나라에 원강현(元康鋗) 등속은 둘, 세(洗) 등속은 서른셋이 있는데, 그 문자는 '대길창(大吉昌)'이라는 세 글자가 많다. 초두(鐎斗)·복(鍑)·부(釜)·증(甑)·호(壺)와 등(鐙)의 등속은 일곱이다. 임화관(林華觀)과 감천(甘泉)의 반(槃 대야)으로 쓰이는 등속은 둘인데, 그중 하나는 거궁승촉반(車宮承燭槃)이다.

제안궁훈로가 연작궁박산로를 마주하고　　齊安爐對博山爐
후한의 동전 문양 백중이 갖추어졌네　　漢後范文伯仲俱
의자손대구가 동와와 짝을 이루는데　　宜子孫鉤銅瓦伴
은사배에는 각자 있고 철사자에는 각자가 없네　　銀槎有刻鐵獅無

한나라에 제안궁훈로(齊安宮熏爐)와 연작궁박산로(蓮勺宮博山爐) 및 전

586 곡구동용(谷口銅甬) : 저본에는 원문이 '곡왈동용(谷曰銅甬)'으로 되어 있는데, 《금석색》의 기록에 근거하여 '왈(曰)'을 '구(口)'로 바로잡아 번역하였다. 《金石索 金索2 量度之屬 漢谷口銅甬銘》

범(錢范 동전 틀 문양) 등속 열여섯과 의자손대구(宜子孫帶鉤) 둘이 있다. 위한(僞漢)[587]에 동와(銅瓦)가 있다. 원(元)나라 은사배(銀槎杯)에는 각자(刻字)가 있고, 철사자(鐵獅子)에는 각자가 없다.

6. 천도지속[588] 泉刀之屬

천도의 도보(圖譜) 육십팔 조목을 살피니　按譜泉刀六十八

복희씨 이후로 우러러 고찰하였네　伏羲以後仰而察

부처와 신선과 이적의 돈까지 두루 보아　汎覽佛仙夷狄之

각양각색으로 모두 종이에 등사했네　形形色色盡謄札

천도(泉刀)의 제도를 태호 복희씨(太昊伏羲氏)로부터 원(元)나라 때까지 수록하였으며, 범패전(梵唄錢)과 압승전(壓勝錢) 및 당시 이적(夷狄)[589]의 돈 문양에 이르기까지 아울러 그 속에 넣었다. 모두 68개 조목이다.

7. 새인지속 璽印之屬

진한과 수당을 거쳐 송원에 이르기까지　秦漢隋唐迄宋元

크고 작은 인장이 삼백 종이 될 만큼 많네　印章大小百三繁

철필로 공력을 쓰는 그 법도 같지 않은데　鐵筆用工法不一

큰 연원은 서한으로 함께 거슬러 올라가네　西京共溯大淵源

진시황(秦始皇)의 옥새(玉璽) 둘, 진한(秦漢)의 작은 인장 마흔여덟 종,

587 위한(僞漢) : 진(晉)나라 때에 흉노(匈奴) 유연(劉淵)이 반란을 일으켜 세운 한(漢)을 말한다. 북한(北漢)이라고도 한다.

588 천도지속(泉刀之屬) : 고대의 화폐에 관련된 내용이다. 천과 도는 모두 고대의 금속 화폐이다.

589 이적(夷狄) : 중국 이외 나라를 일컬은 말이다. 《금석색》에는 고려와 일본 등을 비롯하여 서양의 동전 문양이 수록되어 있다. 《金石索 金索4 泉刀之屬 外國錢》

촉한(蜀漢) 열세 종, 위(魏)나라 스물네 종, 오(吳)나라 두 종, 진(晉)나라 예순여섯 종, 남송(南宋) 두 종, 남량(南梁) 세 종, 북위(北魏) 열 종, 동위(東魏) 두 종, 수(隋)나라 두 종, 당(唐)나라 아홉 종, 송(宋)나라 아홉 종, 금(金)나라 열두 종, 원(元)나라 여섯 종의 인장이 세상에 전해지는데, 서한(西漢)의 법도를 으뜸으로 삼는다.

8. 경감지속 鏡鑑之屬

예부터 전해진 경감은 한나라 때가 가장 많은데	古來鏡鑑漢朝多
뒷면 모양내는 곳에 온갖 문양 다 새겼네	百物咸鐫背范窠
곱든 추하든 감추지 않고 드러내어 비추니	姸醜不逃懸以照
천년을 흐르는 물로도 진정 갈아 없애기 어렵네	千年流水正難磨

경감(鏡鑑 거울)의 종류 중 세상에 전하는 것은 한나라 때가 가장 많으니, 그 수가 일흔아홉 종이다.

9. 비갈지속 碑碣之屬

우 임금 비석 기이한 글씨 누가 풀이하였나	禹氏字奇誰釋文
구루봉비와 강첩의 글씨 삼분[590]에 참여했네	岣嶁絳帖參三墳
목왕의 단산비각엔 돌이끼 푸르고	穆王壇上石苔綠
열 개의 기양 석고 새것과 오래된 것 나뉘었네	枚十岐陽新舊分

형산(衡山) 구루봉(岣嶁峯)에 하왕비(夏王碑)가 있는데 양승암(楊升菴)이 모사하고 판독하였다.[591] 또 하우서(夏禹書) 열두 자가 《강첩(絳帖)》[592]

590 삼분(三墳) : 삼황(三皇)의 전적을 말하는데, 상고 시대의 책을 뜻하는 말로 쓰인다.

591 형산(衡山)……판독하였다 : 형산 구루봉(岣嶁峯) 하왕비(夏王碑)에 대해서는 273쪽 주541 참조. 양승암(楊升菴)은 명나라 양신(楊愼)으로 승암은 그의 호이며, 자는 용수(用修)이다. 하왕비의 탁본을 얻자 이를 베껴 쓰고 글자를 판독하였으며 〈우비가

에 실려 있다. 주(周)나라 목왕(穆王)의 단석각(壇石刻)은 지금 직례(直隸)에 두었다.[593] 기양(岐陽)의 석고(石鼓)는 지금 국자감(國子監) 대성문(大成門)에 있다. 건륭(乾隆) 때 새것과 오래된 것을 나란히 두었다.[594]

비간과 연릉군자의 무덤에 있는 글자는 比干之墓延陵字
비전된 공자의 유묵이라 전하네 傳以聖人遺墨秘
예서의 시작은 진나라이지 주나라가 아니니 隸法肇秦非肇周
후대에 견강부회하여 망령되이 애호하였네 後來傅會妄爲嗜

은(殷)나라 비간(比干)의 무덤 글자와 오(吳)나라 연릉군자(延陵君子)의 무덤 글자는 공성(孔聖)의 글씨로 세상에 전한다. 하지만 비간 무덤의 글자는 예서(隸書)이니 공자의 글씨가 아님이 분명하다.[595]

(禹碑歌)〉를 지었다. 《升菴集 卷24》

592 강첩(絳帖) : 북송의 반사단(潘師旦)이 모각한 법첩(法帖)으로, 강주(絳州)에서 모각했기 때문에 이렇게 부른다. 《순화각첩(淳化閣帖)》과 함께 뛰어난 법첩으로 이름이 높다. 우리나라에서는 태조의 이름을 휘(諱)하여 편찬자를 반사조(潘師朝)로 기록하기도 하였다.

593 주(周)나라……두었다 : 주나라 목왕(穆王)의 석각은 직례성(直隸省) 찬황현(贊皇縣) 단산(壇山)에 있던 것으로 '계사길일(吉日癸巳)' 네 글자가 새겨져 있다. 직례는 하북성(河北省)을 말하는데, 단산비각을 직례성 찬황현 현학(縣學)의 극문(戟門)으로 옮겼다고 한다. 《金石索 石索1 碑碣之屬 周穆王壇山碑刻》

594 기양(岐陽)의……두었다 : 기양의 석고(石鼓)에 대해서는 273쪽 주542 참조. 석고는 당나라 때 모두 10개가 발견되었는데, 시대를 거치면서 산일되었고 남은 것도 판독이 거의 불가능하였다. 건륭 55년(1790)에 석고에 대한 논제로 시험을 보인 뒤 석고를 새롭게 단장하여 이전의 석고와 함께 성균관에 나란히 세웠다고 한다. 《金石索 石索1 碑碣之屬 周岐陽石鼓》《林下筆記 卷4 金薤石墨編 碑碣之屬》

595 은(殷)나라……분명하다 : 273쪽 주543, 279쪽 주565와 그 아래의 원주(原註) 참조.

초나라 저주한 글은 진나라 혜문왕 때 이루어졌고 詛楚文成秦惠王
태산석각 열 글자는 진시황 때의 글씨라 전하네 泰山十字傳嬴皇
건륭 때 벽에 새겨 넣고 벽하묘에 보관하였으며 乾隆嵌壁碧霞廟
지부 추역 낭야 석각은 승상 이사의 글씨라네 罘嶧琅琊丞相章

진(秦)나라의 저초문(詛楚文)은 진나라 혜문왕(惠文王)이 초(楚)나라 회왕(懷王)과 맹약을 이룰 때의 글이다. 태산석각(泰山石刻)·지부석각(之罘石刻)·낭야석각(琅琊石刻)·추역석각(鄒嶧石刻)[596] 등 네 석각은 모두 진시황 때 이사(李斯)의 글씨이다. 태산석각 열 글자는 건륭(乾隆) 때 벽에 새겨 넣고 벽하궁(碧霞宮)[597]에 보관하였다.

오봉석각과 건평비현석각은 서한 글자로 전하는데 五鳳建平西漢傳
영광전 벽돌과 자병의 꼭대기에서 얻었네 靈光殿甓紫屏巔
감천잔자는 양주 혜조사의 비석 글자이니 甘泉惠照楊州石
호사가 운대가 온전한 글자 얻었네 好事芸臺得字全

한(漢)나라의 오봉석각(五鳳石刻)은 영광전(靈光殿)[598]에 있다. 건평비현석각(建平郫縣石刻)은 자병(紫屏) 2리쯤에 있는데 이것은 서한(西漢)의 글자이다. 감천잔자(甘泉殘字)[599]는 완운대(阮芸臺 완원(阮元))가 양주(楊州) 혜조사(惠照寺)에서 얻었는데 또한 서한의 글자이다.

596 추역석각(鄒嶧石刻) : 《금석색》에는 '역산비(嶧山碑)'로 기록되어 있다. '역산'의 이칭이 추역산(鄒嶧山)이다.

597 벽하궁(碧霞宮) : 《금석색》에는 '벽하원군묘(碧霞元君廟)'로 기록되어 있다. 벽하원군은 도교의 여신(女神) 이름이다.

598 영광전(靈光殿) : 한나라 경제(景帝)의 아들인 공왕(恭王)이 산동성 곡부(曲阜)에 건립한 궁전이다.

599 감천잔자(甘泉殘字) : 《금석색》에는 '감천산한각잔자(甘泉山漢刻殘字)'로 기록되어 있다.

효당산의 화상과 열세 개의 비석 글씨 孝堂山像十三石
조수가 겹겹이고 사람과 사물도 그렇다네 鳥獸層層人物亦
또렷하게 신묘한 묘사로 한나라 화법 전하니 歷歷神描漢畫傳
지금 사람들이 어찌 옛 필법을 따라갈 수 있으랴 今人安得跂疇昔

한(漢)나라 효당산화상십석(孝堂山畫像十石)은 비성현(肥城縣)의 석실(石室)에 있다. 또 세 개의 비석이 있다. 화법(畫法)은 한필(漢筆)을 최고라고 일컫는다.

존건각도와 포사도에 비석의 명이 있으니 犍閣褒斜道石銘
영평과 건무 연간이 영원 연간의 모범 되었네 永平建武永元型
사백 리 개통한 기록에 서른 글자 빠졌으나 四百里刓三十字
남북으로 이어져 골짜기가 관문이 되었네 延袤南北谷成扃

동한(東漢) 건무(建武) 연간에 촉군(蜀郡)에 존건각도(尊犍閣道)가 있었다.[600] 영평(永平) 연간에 포사도(褒斜道)를 개통하였는데 길이는 한 골짜기에 470리이며,[601] '익주동(益州東)'과 '은(穩)' 등 서른두 글자는 지금 보이지 않는다.[602] 영원(永元) 연간에 각석(閣石)이 세 곳에 있었다.[603]

600 동한(東漢)……있었다 : 《금석색》에는 '한건무중원촉군존건각도석각(漢建武中元蜀郡尊犍閣道石刻)'으로 기록되어 있다. 건무중원은 후한 광무제(光武帝)의 연호이다. 각도(閣道)는 잔도(棧道)를 말한다. 《金石索 石索2 碑碣2》

601 영평(永平)……470리이며 : 《금석색》에는 '한영평개통포사도석각(漢永平開通褒斜道石刻)'으로 기록되어 있다. 영평은 후한 명제(明帝)의 연호이다. 포사도는 포수(褒水)와 사수(斜水) 두 강 골짜기에 놓은 잔도이며 골짜기의 길이가 각각 470리라고 한다. 《金石索 石索2 碑碣2》

602 익주동(益州東)과……않는다 : 저본의 원문은 '익주동은삼십이자(益州東隱三十二字)'인데, 원문만으로는 번역이 되지 않아 《금석색》의 내용을 보충해 번역하였다. 한영평개통포사도석각을 처음 발견한 송나라 안무(晏袤)가 석각의 글자를 판독하여

중악에 태실과 소실의 석궐명이 바라보고 있고　中嶽相望銘石闕
당계숭고묘와 개모묘가 양성에 우뚝하네　堂谿開母陽城兀
원초 연간의 신도석궐명이 연광 연간까지 이어져　元初神道暨延光
태실의 동쪽에서 소실에 배알했네　泰室之東少室謁

동한(東漢)의 중악태실신도석궐명(中嶽泰室神道石闕銘)이 양성(陽城)에 있다. 원초(元初) 연간에 소실묘(小室廟)와 개모묘(開母廟)를 만들었다.[604] 연광(延光) 연간에 당계숭고묘(堂谿嵩高廟)를 만들었는데, 명(銘)이 하층(下層)에 있다.[605]

돈황 태수의 공적을 기록한 비는　敦煌太守紀功碑
전서와 예서의 중간으로 자법이 기이하네　篆隸相間字法奇
팔분의 필체가 여기에서 시작되었으니　八分之體肇於是
누가 도법 얻어 그 스승을 존경했나　挑得何人尊厥師

동한의 돈황태수배잠기공비(燉煌太守裴岑紀功碑)는 전서(篆書)와 예서

기록을 남겼는데, 《금석색》에 수록된 포사도석각에는 안무의 기록에 보이는 글자 중 총 32자가 보이지 않는다는 말이다. 참고로 보이지 않는 글자를 제시하면 다음과 같다. '四器 用錢百四十九萬九千四百餘斛粟 九年四月成就 益州東至京師去就安穩'《金石索 石索2 碑碣2 漢永平開通褒斜道石刻》《金石萃編 卷5 開通褒斜道石刻》

603 영원(永元)……있었다 : 《금석색》에는 '한영원삼처각석각(漢永元三處閣石刻)'으로 기록되어 있다. 영원은 후한 화제(和帝)의 연호이다. 《金石索 石索2 碑碣2》

604 원초(元初)……만들었다 : 《금석색》에는 '중악소실신도석궐명(中嶽小室神道石闕銘)'과 '한개모묘석궐명(漢開母廟石闕銘)'으로 기록되어 있다. 원초는 후한 안제(安帝) 때의 연호이다. 중악은 숭산(嵩山)이다. 《金石索 石索2 碑碣2》

605 연광(延光)……있다 : 《금석색》에는 '당계전숭고청우명(堂谿典嵩高請雨銘)'으로, 개모묘석궐명의 하층에 있다고 기록되어 있다. 연광은 후한 안제(安帝) 때의 연호이다. 당계전(堂谿典)은 동한(東漢)의 대신이자 경학가이다. 《金石索 石索2 碑碣2》

(隸書)의 중간에 해당하니, 대개 팔분서(八分書)이다. 후대에는 도법(挑法)[606]을 쓴 것이 있지 않았다.

노국재상을영비와 북해상경군비는 魯國相瑛北海景
자형이 비슷하며 진경에 들었네 字形是似入眞境
석문송과 예기비의 양군과 한칙도 같으니 石門禮器楊韓同
대옥과 천구[607]로 여겨져 의발처럼 지켰네 大玉天球衣鉢秉

동한의 북해상경군비(北海相景君碑)와 노상을영비(魯相乙瑛碑)[608]는 글자의 형태가 서로 비슷하다. 양군석문송(楊君石門頌)[609]과 한칙조예기비(韓勅造禮器碑)는 서법가의 종장(宗匠)이다.

공주비와 공겸비와 노나라 사신비가 孔宙孔謙魯史晨
선사의 사당에 앞뒤로 늘어서 있네 先師廟宇後前陳
한나라가 쇠퇴한 뒤로 성인을 높일 줄 알아 漢衰以降識尊聖
졸사 한 명 두어 대대로 봄가을에 제향하였네 世祀春秋卒史人

동한의 공주비(孔宙碑)·공겸비(孔謙碑)·사신비(司晨碑)가 곡부(曲阜)

606 도법(挑法) : 서예 용어의 하나로, 오른쪽 위로 올려 긋는 필법을 말한다.

607 대옥(大玉)과 천구(天球) : 대옥은 화산(華山)에서 나는 보옥의 이름이고, 천구는 옹주(雍州)에서 공물로 바치던 하늘색 빛깔의 구슬이다. 《書經 顧命》

608 노상을영비(魯相乙瑛碑) : 《금석색》에는 '한노상을영청치공묘백석졸사비(漢魯相乙瑛請置孔廟百石卒史碑)'로 기록되어 있다. 공자의 19세손 공린(孔麟)이 백석졸사(百石卒史) 1인을 두어 예기(禮器)를 관장하게 하기를 청하자 을영이 이를 아뢴 것이다. 《金石索 石索2 碑碣2》

609 양군석문송(楊君石門頌) : 《금석색》에는 '한사예교위양군석문송(漢司隸校尉楊君石門頌)'로 기록되어 있다. 양군은 사예교위 양환(楊渙)이다. 《金石索 石索2 碑碣2》

에 있다. 환제(桓帝)와 영제(靈帝) 때 졸사(卒史) 한 명을 두어 공자(孔子)의 제사를 담당하게 하였다.

고아하고 기이하고 괴이하고 기괴한 순우장하승비　古奇怪譎淳于長
금정의 사신우귀와 같고 도깨비 같네[610]　金鼎神牛魍魎象
종요와 양곡[611] 이외에 몇 사람이나　鍾梁以外幾多人
채 중랑이 팔 힘을 길러서임을 알까　知是中郎捥力養

동한에 순우장하승비(淳于長夏承碑)가 있다. 서체가 기괴한데, 채 중랑(蔡中郎 채옹(蔡邕))의 글씨이다.

가화와 감로와 연리지와　嘉禾甘露木連枝
백록과 황룡이 민지에 나타났네　白鹿黃龍見澠池
오서도에서 덕정으로 부른 것이라 전하니　五瑞圖傳德以致
험준한 골짜기는 주나라 문왕 때 풍우를 피한 곳이네　嶔巖風雨周文時

동한(東漢)의 이흡민지오서도석각(李翕澠池五瑞圖石刻)은 감숙(甘肅)에 있으니 한나라의 하변(下辨)이다.[612] 《춘추공양전》에 "험준한 골짜기는 문

610 금정(金鼎)의……같네 : 원(元)나라 왕운(王惲)의 〈채 중랑의 예서 뒤에 붙이다〔跋蔡中郎隸書後〕〉에 "하우(夏禹)가 주조한 금정에 새겨진 사물의 형상이 괴이하고 기괴하여 비록 사신우귀가 어지러이 나오지만 의관과 예악이 이미 배태되어 있는 것과 같다.〔如夏金鑄鼎形模怪譎, 雖蛇神牛鬼龐雜百出, 而衣冠禮樂已胚胎乎.〕"라고 한 평을 원용한 표현이다. 사신우귀(蛇神牛鬼)는 각종 사악한 귀신을 말한다. 《秋澗集 卷71》《金石索 石索2 碑碣2》

611 종요(鍾繇)와 양곡(梁鵠) : 종요는 위(魏)나라 사람이고, 양곡은 동한(東漢) 사람인데, 모두 글씨로 유명하다.

왕이 풍우를 피한 곳이다.〔嶔巖, 文王避風雨者.〕"라고 하였다.[613]

석교송과 혜안표 및 성양영대비가 있고 析橋惠表成陽臺
양회[614]마애비와 노준비가 갖추어졌네 楊淮摩崖魯峻該
서악화산비는 그 본이 두 개인데 西嶽華山其本貳
곽임채가 새기고 소구양이 감식했네 郭臨蔡刻小歐裁

이흡(李翕)은 혜안표(惠安表)[615]와 석교송(析橋頌)이 있다. 원화(元和) 2년에 성양대(成陽臺)에서 당요(唐堯)를 제사하였다.[616] 또 사예교위양회비(司隷校尉楊淮碑)와 사예교위노준비(司隷校尉魯峻碑)의 두 비가 있다. 서악화산비(西嶽華山碑)에 대해 소구양(小歐陽)은 "곽향찰(郭香察)의 글씨이다."라고 했는데, 잘못되었다. 서계해(徐季海)는 "곽임채(郭臨蔡)의 글

612 동한(東漢)의……하변(下辨)이다 : 이흡민지오서도석각(李翕澠池五瑞圖石刻)은 이흡이 민지에 있을 때 효산의 험준한 골짜기〔崤嶔〕의 길을 닦으면서 덕정(德政)을 펼치자 백록(白鹿)·황룡(黃龍)·감로(甘露)·가화(嘉禾)·연리지(連理枝) 등 다섯 가지 상서가 나타난 사실을 새긴 것이다. 한편, 《금석색》에는 "석각은 감숙성(甘肅省) 계주(階州)의 성현(成縣)에 있으니, 바로 한나라의 하변(下辨)이다."라고 되어 있다.

613 춘추공양전에……하였다 : 이흡이 길을 닦은 효산의 험준한 골짜기〔崤嶔〕 위치를 《춘추공양전》을 인용하여 밝힌 것이다. 《춘추공양전》 희공(僖公) 33년에 "네가 만약 전사한다면 반드시 효산의 험준한 골짜기에서 전사할 것이니, 이곳은 문왕이 풍우를 피했던 곳이다.〔爾卽死, 必於殽之嶔巖, 是文王之所辟風雨者也.〕"라는 내용이 있다.

614 양회(楊淮) : 저본에는 '양준(楊準)'으로 되어 있는데, 《금석색》의 기록에 근거하여 바로잡았다. 아래의 원주도 바로잡았다. 《金石索 石索2 碑碣2》

615 혜안표(惠安表) : 《금석색》에는 '한무도태수이흡서협송(漢武都太守李翕西狹頌)'으로 기록되어 있는데, 그 제액(題額)에 '혜안서표(惠安西表)'라고 새겨져 있다. 《金石索 石索2 碑碣2》

616 원화(元和)……제사하였다 : '한성양영대비(漢成陽靈臺碑)'에 대한 설명이다. 원화는 후한 장제(章帝)의 연호로, 2년은 85년이다. 《金石索 石索2 碑碣2》

씨이다."라고 하였다.[617]

형방비의 양각 글자와 현유루수비의 음각 글자　　衡方陽字玄儒陰
백석신군의 비액에서도 찾았네　　白石神君碑額尋
현유는 바로 이름이 누수이고　　玄儒卽是名婁壽
구산에 거처하고 삼조에 참여하니 하우의 봉우리라네
居九參三夏禹岑

동한의 형방비(衡方碑)와 백석비(白石碑)의 양각(陽刻) 글자는 예스럽고, 현유루수비(玄儒婁壽碑)의 음각 글자도 예스럽다. 백석비에 "구산의 꼭대기[618]에 거처하고 삼조의 하나에 참여하네.〔居九山之首, 參三條之壹.〕"라고 하였는데, 《서경》 〈우공(禹貢)〉의 '북조의 형산〔北條之荊山〕'이 바로 이것이다.[619]

617 서악화산비(西嶽華山碑)에……하였다 : 소구양(小歐陽)은 구양순(歐陽詢)의 아들 구양통(歐陽通)이다. 곽향찰(郭香察)은 누구인지 분명하지 않다. 서계해(徐季海)는 당나라 서법가 서호(徐浩)로, 계해는 그의 자이다. 곽임채(郭臨蔡) 역시 누구인지 분명하지 않다. 《예석(隷釋)》에 의하면, 서악화산비의 각자(刻字)가 마멸되자 태수 원봉(袁逢)이 원본을 찾아 원래의 벽면에 다시 새기게 했는데 다시 새긴 각자의 뒷부분에 '곽향찰서(郭香察書)'라는 구절이 있었고, 구양통은 이를 '곽향찰의 글씨'라고 여겼다. 하지만 당시는 두 글자 이름을 쓰지 못하게 한 왕망(王莽)의 명을 따르던 시기였으므로 '곽향이 다른 사람의 글씨를 살폈다'라는 뜻으로 보아야 한다고 하였다. 《隷釋 卷2 西嶽華山廟碑》

618 구산의 꼭대기 : 구산(九山)은 구주(九州)의 큰 산이다. 《서경》 〈우공(禹貢)〉에 "구주의 산에 나무를 깎아 길을 내어서 여제를 지냈다.〔九山刊旅.〕"라는 구절이 있다. '꼭대기'로 번역한 부분의 원문은 '수(首)'인데, 백석비 원문에는 '수(數)'로 되어 있다. 백석비는 《금석색》에 '한백석신군비(漢白石神君碑)'로 되어 있다.

619 서경……이것이다 : 백석비 내용에 있는 '삼조의 하나'를 풀이한 것이다. 《서경》 〈우공〉의 "형산과 기산에 여제를 지낸다.〔荊岐旣旅.〕"라는 구절의 채침(蔡沈)의 주에

무씨사의 석궐은 건화 연간에 만들었으니　　武氏闕祠際建和
자운산 아래에서 열 폭 그림 자랑하네　　紫雲山下十圖詑
성현의 유상에서 유협까지 그려져 있고　　聖賢遺像至游俠
거마와 충어는 기괴한 것 많다네　　車馬魚蟲詭怪多

동한의 무량사석궐(武梁祠石闕)은 건화(建和) 원년에 만들어졌다.[620]

한나라 안선집제자를 담계가 어루만지니　　漢安仙集覃溪撫
전서의 기운 띤 예서로 석굴에 서 있었네　　隷帶篆形石窟樹
영수잔각은 장수잔비와 모양이 같고　　永壽殘同張壽殘
기울고 분방하니 옛날 일곱 사람 글씨라네　　欹斜縱恣七題古

동한의 안선집제자(安仙集題字)는 담계(覃溪 옹방강(翁方綱))의 소장본인데 소요산(逍遙山)의 석굴에 있다. 영수잔각(永壽殘刻)과 장수잔비(張壽殘碑)는 모양이 같다. 양숙공비(楊叔公碑)의 측면 글자는 기울고 분방하며 크기가 같지 않으니, 일곱 사람이 쓴 글씨를 합한 것이다.

글씨체는 한인비와 한칙비가 같으니　　字體韓仁韓勑同
희평 연간 뒤부터 청룡 연간 사이라네　　熹平年後靑龍中
영초 연간 여섯 잔석은 운무처럼 뒤섞여　　永初六石雲煙錯

"형산은 곧 북조형산이다.〔荊山, 卽北條之荊.〕"라고 하였다.

620 동한의……만들어졌다 : 《금석색》에는 '한무씨사석궐(漢武氏祠石闕)'로 기록되어 있다. 건화(建和)는 후한 환제(桓帝)의 연호로, 원년은 147년이다. 무씨사는 산동(山東) 가상현(嘉祥縣) 자운산(紫雲山) 아래에 있다. 무씨사의 석실에는 고대 열 명의 제왕에서부터 역사적 인물과 고사, 거마와 조수, 충어 등 다양한 화상이 새겨져 있다. 《금석색》〈석색3(石索三) 비갈3(碑碣三)〉과 〈석색4 비갈4〉의 반이 모두 무씨사 석실의 화상이다.

쪼개지고 갈라져 문장을 만들어도 하나의 뜻이 아니네

割裂成文非一工

동한의 한인비(韓仁碑)는 희평(熹平) 연간에 만들었고, 한칙비(韓勅碑)는 청룡(青龍) 연간에 만들었다.[621] 영초(永初 후한 안제(安帝)의 연호)의 여섯 개 잔석(殘石)은 쪼개지고 갈라져 문장을 만들어봐도 드문드문 떨어져서 분별할 수 없다.

계책 결정한 공로는 사직을 안정시킨 것이니 定卌之勳安社稷

한나라 주보비의 글씨는 백개[622]의 필묵이네 漢州輔字伯喈墨

《여첩》에는 종자와 석수박이라 제하였고 汝帖宗資獸膊題

벽사와 천록이라는 글자가 마멸되지 않았네 辟邪天祿不磨泐

동한의 주보비(州輔碑)에 "장막 안에서 계책을 결정하여 사직을 안정시킨 공이 있다.〔定卌帷幕, 有安社稷之勳.〕"라고 하였는데, 채옹(蔡邕)의 글씨이다. 《여첩(汝帖)》에 실린 석수박(石獸膊)에 대해 담계(覃溪 옹방강(翁方綱))가 이르기를 "천록벽사(天祿辟邪) 아래에 또 종자석수(宗資石獸)라고 제하였다."라고 하였다.[623]

621 동한의……만들었다 : 희평(熹平)은 후한 영제(靈帝)의 연호인데, 한인비(韓仁碑) 첫머리에 '희평 4년 11월'이라는 구절이 있다. 희평 4년은 175년이다. 한칙비(韓勅碑)는 앞의 295쪽에 나온 한칙조예기비(韓勅造禮器碑)를 말한다. 한칙비 첫머리에 '영수 2년 청룡이 군탄에 있을 때〔永壽二年青龍在涒灘.〕'라는 구절이 있는데, 영수는 후한 환제(桓帝)의 연호로 2년은 156년이다. 청룡은 '태세(太歲)', 군탄은 십간의 '신(申)'이므로, 156년이 병신년임을 말한 것이다. 귤산이 주석에서 "한칙비는 청룡 연간에 만들었다."라고 한 것은, 청룡을 위(魏)나라 명제(明帝)의 연호로 본 것이 아닌가 한다. 청룡의 원년은 233년이다.

622 백개(伯喈) : 한나라 채옹(蔡邕)의 자이다.

623 여첩(汝帖)에……하였다 : 《여첩》은 송나라 왕채(王寀)가 여주 지주(汝州知州)로 있을 때 편찬한 법첩(法帖)으로, 《순화각첩(淳化閣帖)》·《천주첩(泉州帖)》·《강

죽엽에 새긴 글자 파리 대가리만 한데　　鏤文竹葉字蠅頭
우뚝이 선 빗돌을 낙포에서 찾았네　　石立崚嶒樂圃求
공굉비 변별하고 주군장삼자비의 각자 판별하니　　孔宏碑辨朱君刻
시대는 서세를 통해서 증명하였네　　時代隨徵書勢由

동한의 죽엽비(竹葉碑)는 안씨낙포(顔氏樂圃)[624]에 있다. 공굉비(孔宏碑)는 본래 노상알묘비(魯相謁廟碑)이다.[625] 주군장삼자비(朱君長三字碑)에 대해 담계(覃溪 옹방강(翁方綱))가 말하기를 "시대가 적혀 있지 않지만, 서세(書勢)로 살펴보면 저절로 시대가 정해진다."라고 하였다.

시중 양화제의 석궐은 사천 땅에 있으니　　侍中楊濟四川地
조각 비석으로도 촉한의 기록이라 말할 수 있네　　片石可言蜀漢識
위나라가 왕년에 황제라 참칭했으니　　魏國前年僭號尊
첫머리에 머리 조아리며 '신흠'이라고 썼네　　上題稽首臣歆字

사천(四川)에 양공석궐(楊公石闕)이 있는데 양공은 양화제(楊化濟)이다. 촉한(蜀漢)에서 전해지는 것은 단지 이것뿐이다. 조위(曹魏)의 상존호비(上尊號碑)는 첫머리에 '신흠(臣歆)'[626]이라고 쓰여 있다.

첩(降帖)》과 함께 4대 법첩으로 일컬어진다. 석수박(石獸膊)은 《금석색》에는 '석수박제자(石獸膊題字)'로 기록되어 있는데, 무덤 곁에 있는 석수의 어깨 부위에 예서로 '천록벽사(天祿辟邪)' 네 글자가 새겨져 있다. 무덤의 주인은 한나라의 종자(宗資)이며, 천록과 벽사는 전설상의 두 동물 이름이다. 《金石索 石索4 碑碣4》

624 안씨낙포(顔氏樂圃) : 《금석색》에 청나라 곡부(曲阜) 사람 안무륜(顔懋倫)이 죽엽비(竹葉碑)를 얻어서 낙포에 보관했다는 기록이 보인다. 안무륜의 자는 낙청(樂淸)이다. 《金石索 石索4 碑碣4》《晩晴簃詩匯 卷67 顔懋倫》

625 공굉비(孔宏碑)는 본래 노상알묘비(魯相謁廟碑)이다 : 《금석색》에는 '노상알공묘잔비(魯相謁孔廟殘碑)'로 표기되어 있으며, 《금석도(金石圖)》에 공굉비로 잘못 기록되어 있는데 《예석(隸釋)》을 따라 고쳤다는 내용이 보인다. 《金石索 石索4 碑碣4》

선양 받은 첫해에 공묘를 수리했고 受禪初年孔廟修

양곡이 쓰고[627] 조식이 지은 비문 대향비와 비슷하네 鴻書植撰饗碑侔

태화는 각자가 갈라지고 비룡은 송축하며 太和刻泐飛龍頌

천새기공갈은 오나라 비갈의 머리이네 天璽紀功吳石頭

위(魏)나라의 수선비(受禪碑)는 황초(黃初 위 문제(魏文帝)의 연호) 원년(220)에 만들어졌다. 수공묘비(修孔廟碑)는 조식(曹植)이 짓고 양곡(梁鵠)이 썼는데, 대향비(大饗碑)[628]와 필법이 서로 멀지 않다. 태화경원자(太和景元字)와 자건비룡편(子建飛龍篇)은 무성(武城)에 있고 또 태안(泰安)에 있다. 오(吳)나라 천새기공갈(天璽紀功碣)은 예서도 아니고 전서도 아니다.

제태공비는 표문을 추각하였고 齊太公文追刻表

육기는 가파른 태산에서 읊조렸네 陸機吟詠泰山峭

양나라의 소석주는 화림에 서 있으며 梁蕭石柱立花林

정도소의 글씨가 북위의 변방에서 서로 바라보고 있네 鄭墨相望魏北徼

진(晉)나라에 제태공비(齊太公碑)[629]와 육기(陸機)의 태산음석(泰山吟

626 신흠(臣歆) : 흠은 삼국 시대의 화흠(華歆)으로, 자는 자어(子魚), 시호는 경(敬)이다. 조조(曹操)의 충신이었다. 《金石索 石索4 碑碣4》

627 양곡(梁鵠)이 쓰고 : 원문은 '홍서(鴻書)'인데, 양곡의 곡(鵠)을 같은 의미가 있는 '홍(鴻)'으로 바꾼 것으로 보아 이렇게 번역하였다.

628 대향비(大饗碑) : 조비(曹丕)가 220년에 위(魏)나라 승상에 올라 남정(南征)한 뒤 고향에 군대를 주둔시키고 군사와 부로(父老)들을 위로하였는데, 이 사실을 기록해 그의 고택에 세운 비이다. 종요(鍾繇)가 전액을 쓰고 조식(曹植)이 글을 지었으며, 양곡(梁鵠)이 글씨를 썼다고 한다.

石)이 있다. 양(梁)나라의 소석주(蕭石柱)는 화림(花林)에 있다.[630] 북위(北魏)의 정도소제자(鄭道昭題字)는 운봉산(雲峯山)과 대기산(大基山)에 있다.[631]

뒤에 북조에서 동작대석반문을 만들었으며	北朝追造雀臺門
운거관 쌓고 나밀경 새겨서 높였네	館築雲居羅蜜尊
농동감효비와 청주자사의 화상은	感孝隴東刺史像
양각 문양을 고인과 논할 만하네	陽文可與古人論

북위(北魏)에서 동작대석반문(銅雀臺石畬門)을 만들었다. 또 운거관(雲居館)[632]·농동감효비(隴東感孝碑)·나밀경마애(羅蜜經摩崖)·청주자사상(青州刺史像)이 있는데, 양각(陽刻)이 많아 완상할 만하다.

대공왕불 넉 자와 대상강산의 글씨[633]는	大空王佛大岡山

629 제태공비(齊太公碑):《금석색》에는 '급현제태공표(汲縣齊太公表)'로 기록되어 있다.《金石索 石索4 碑碣4》

630 양(梁)나라의……있다: 소석주(蕭石柱)는《금석색》에 '소시중신도석주제액(蕭侍中神道石柱題額)'으로 기록되어 있다. 화림(花林)은 북경 조양문(朝陽門) 밖 30리에 있다고 한다.《金石索 石索4 碑碣4》

631 북위(北魏)의……있다:《금석색》에는 '운봉산정도소제자(雲峯山鄭道昭題字)'와 '대기산정도소시각(大基山鄭道昭詩刻)' 등으로 나뉘어 있다. 정도소(鄭道昭)는 북위의 서법가로, 자는 희백(僖伯), 자호는 중악선생(中岳先生)이다.《金石索 石索4 碑碣4》

632 운거관(雲居館):《금석색》에는 '운봉산정술조운거관석각(雲峯山鄭述祖雲居館石刻)'으로 기록되어 있다. 정술조(鄭述祖)는 정도소(鄭道昭)의 아들이다.《金石索 石索4 碑碣4》

633 대상강산(大象岡山)의 글씨(雲居館): 원문의 '대강산(大岡山)'은 글산의 주석만으로는 이해되지 않아,《금석색》의 '대상강산마애(大象岡山摩厓)'를 가리킨 것으로

서법이 어찌 양한만 하랴 書法爭如兩漢間
수나라에서 동아현에 조자건비 세웠으니 隋立東阿子建石
예서 해서 반반 글씨를 흐린 구름 속에서 부여잡았네[634] 隷楷參半曇雲攀

북주(北周)의 첨산대불정마애(尖山大佛頂摩厓)에 '대공왕불(大空王佛)' 네 글자가 있다. 수(隋)나라에서 동아현(東阿縣)에 조자건비(曹子建碑)를 세웠는데, 예서와 해서(楷書)가 반반이다.

당나라의 큰 보배는 이양빙의 글씨이니 唐朝鴻寶陽氷書
성황묘비와 오대각 그 명성 헛되지 않았네 隍廟峿臺名不虛
유공덕정비 이후의 글씨는 德政庾公以後字
한시외전잔석처럼 이왕을 본받았네 韓詩外傳二王如

당(唐)나라에 이양빙(李陽氷)[635]의 성황묘비(城隍廟碑)·오대각(峿臺刻)[636]·유공덕정송(庾公德政頌)이 있는데, 모두 전서로 썼다. 한시외전잔석(韓詩外傳殘石)은 이왕(二王)[637]을 법도로 삼았다.

보고 번역하였다. 대상은 북주(北周) 정제(靜帝)의 연호이다.《金石索 石索5 碑碣5》

634 흐린……부여잡았네 :《금석색》의 저자 풍운원(馮雲鵷)이 가경(嘉慶) 20년인 1815년에 동아현(東阿縣)을 다스릴 때 어산(魚山)에 올라 조자건비를 발견하고 공인(工人)을 시켜 탁본하게 했다는 기록이 있는데, 이를 말한 것으로 보인다.《金石索 石索5 碑碣5》

635 이양빙(李陽氷) : 당나라 때의 명필로 특히 전서에 뛰어났다.

636 오대각(峿臺刻) :《금석색》에는 '원차산오대명석각(元次山峿臺銘石刻)'으로 기록되어 있다. 원차산은 당나라 원결(元結)로 차산은 그의 자이다.《金石索 石索5 碑碣5》

637 이왕(二王) : 왕희지(王羲之)와 아들 왕헌지(王獻之)를 일컫는다.

'광순이년' 네 글자의 자취가 廣順二年四字跡
자운사 벽에 있으니 겨우 한 자라네 慈雲寺壁纔盈尺
진서 같기도 예서 같기도 전서 같기도 한데 如眞如隷篆如之
힘을 다해 찾아도 바른 서체를 알 곳이 없네 無處窮搜得正畫

후주(後周)의 '광순이년(廣順二年)'[638] 네 글자는 그 서체를 규정하기 어렵다. 자운사(慈雲寺)의 석벽에 있고 지름이 겨우 한 자이다.

양곡현 동쪽에 열성정명 비석 있고 陽穀縣東悅性銘
낭야산 아래에 취옹정기 비석 있네 琅琊山下醉翁亭
당경이 구양자 글 새기고 신혁이 글을 새긴 것은 唐卿申革歐陽子
순화 때이며 가우 연간에 해당하네 淳化之時嘉祐丁

송(宋)나라의 노현열성정명신혁문병서(盧縣悅性亭銘申革文幷書)[639]·취옹정기소당경서(醉翁亭記蘇唐卿書)[640]는 모두 전서이다.

638 광순이년(廣順二年) : 《금석색》에는 '후주광순마애사자(後周廣順摩崖四字)'로 기록되어 있다. 광순은 후주(後周) 태조(太祖)의 연호로 2년은 952년이다. 《金石索 石索5 碑碣5》

639 노현열성정명신혁문병서(盧縣悅性亭銘申革文幷書) : 《금석색》에는 '노현열성정명'으로 기록되어 있고, 〈열성정명〉을 비석에 새긴 것은 송나라 태종 때인 순화(淳化) 2년(991)으로 나와 있다. 신혁(申革)에 대한 기록은 보이지 않는다. 《金石索 石索5 碑碣5》

640 취옹정기소당경서(醉翁亭記蘇唐卿書) : 《금석색》에는 '소당경서구양공취옹정기(蘇唐卿書歐陽公醉翁亭記)'로 기록되어 있다. 소당경은 송나라 구양수(歐陽脩)의 벗으로, 인종 때 중승(中丞)을 지냈으며 전서에 뛰어났다. 구양수의 〈취옹정기〉를 비석에 새긴 것은 송나라 인종 때인 가우(嘉祐) 7년(1062)으로 나와 있다. 《金石索 石索5 碑碣5》

무이의 구곡에서 신선의 풍치 사모하여	武夷九曲慕仙風
초나라 범씨 늙은이가 노나라에 이르렀네	至魯荊人一范翁
저 태산에 올라 팔방의 먼 곳을 바라보니	登彼泰山八極望
대관 원년 정월의 기상이 호방했네	大觀月正氣豪雄

송(宋)나라의 범치군등태산비(范致君登泰山碑)에 "초나라에서 노나라에 이르러 마침내 태산에 올라 팔방의 먼 곳을 바라보았다. 송나라 대관 정월. 〔自楚至魯, 遂登泰山, 以望八極. 宋大觀正月.〕"이라고 하였다.[641]

목씨묘표를 황씨가 평하였으니	穆氏墓文黃氏評
글씨 쓴 이씨 그 이름 남았네	其書李氏留其名
영암사 시 석각은 주군의 전서이니	靈巖詩石朱君篆
정파에서 서로 전하며 난형난제 되었네	正派相傳可弟兄

송나라의 목씨묘표(穆氏墓表)는 이감(李監)의 글씨이다. 황산곡(黃山谷 황정견(黃庭堅))의 평이 붙어 있는데, "필시 이양빙(李陽氷)의 후손일 것이다."라고 하였다. 영암시석각(靈巖詩石刻)은 주제도(朱濟道)가 전서로 썼다.[642]

641 송(宋)나라의……하였다 : 귤산이 인용한 비문은 원본의 내용을 조금 축약하였다. 원본에는 인용한 부분 앞에 "무이의 범치군이 오랫동안 신선의 풍모를 사모하여〔武夷范致君久慕仙風,〕"라는 내용이 더 있다. 또 인용한 원문 '지로(至魯)'의 '지(至)'가 원본에는 '지(之)'로, '대관 정월(大觀正月)'이 원본에는 '대관 원년 정월(大觀元年正月)'로 나와 있다. 대관은 송나라 휘종(徽宗)의 연호로, 원년은 1107년이다. 범치군은 송나라 철종 때인 1097년에 진사에 합격한 기록이 보인다. 《金石索 石索5 碑碣5》

642 영암시석각(靈巖詩石刻)은……썼다 : 시의 제목은 〈묘공선사에게 올리다〔呈妙空禪師〕〉이다. 주제도(朱濟道)는 송나라 주부(朱桴)로, 제도는 그의 자이다. 육구연(陸九淵)을 스승으로 섬겼다고 한다. 《陸子學譜 卷15》

선성의 화상이 옛 행단에 보관되어 있으니 先聖像藏古杏壇
도현의 신필을 후인들이 보네 道玄神筆後人看
수염 적은 한 본은 장강의 그림인데 少鬚一本長康畫
상하 천년 동안 진위를 분간하기 어렵네 上下千秋辨正難

금(金)나라의 당회영(黨懷英)[643]이 쓴 행단이자비(杏壇二字碑)가 공묘(孔廟)에 있다. 오도자(吳道子)가 그린 행단소영(杏壇小影)이 소장되어 있다.[644] 고개지(顧愷之)가 그린 행교도(行教圖)는 공자의 수염이 적은데,[645] 이를 모사하는 후인들이 의문을 품었다.

형공의 시가 주루기를 짝하니 荊公詩伴酒樓記
원대의 문인이 쓴 옥저체[646]의 글씨라네 元代文人玉箸字
주나라 진나라 한나라 위나라 넉넉히 모으고 周秦漢魏蒐羅餘
수나라 당나라 송나라 석각에 이르러 그쳤다네[647] 以至隋唐宋刻止

643 당회영(黨懷英) : 금(金)나라의 서법가로, 자는 세걸(世杰)이고 호는 죽계(竹溪)이다.

644 오도자(吳道子)가……있다 : 오도자는 당나라의 서법가이자 화가인 오도현(吳道玄)으로, 도자는 그의 초명이다. 화성(畫聖)으로 일컬어진다. 소장된 곳은 곡부(曲阜) 공묘(孔廟)의 성적당(聖績堂)이다. 《金石索 石索5 碑碣5》

645 고개지(顧愷之)가……적은데 : 고개지는 진(晉)나라의 화가로, 자는 장강(長康)이다. 《금석색》에 실린 고개지의 행교도(行教圖)는 오도자의 행단소영(杏壇小影)에 비해 공자의 수염이 훨씬 적게 그려져 있다. 《金石索 石索5 碑碣5》

646 옥저체(玉箸體) : 소전(小篆)을 말한다.

647 주나라……그쳤다네 : 《금석색》의 저자 풍운붕이 '태백주루기'의 내용을 설명한 뒤, 자신이 《금석색》을 편찬하면서 주(周)나라와 진(秦)나라의 전각(篆刻)을 근본으로 삼고 한위(韓魏)의 전각을 두루 수집하였으며, 당송(唐宋)의 전각 역시 훌륭한 것을 모았다고 한 기록이 보인다. 《金石索 石索5 碑碣5》

왕형공시석각(王荊公詩石刻)은 당회영이 글씨를 썼다. 이백주루기(李白酒樓記)는 당나라 심광(沈光)이 짓고 원나라 양환(楊桓)이 글씨를 썼다.[648]

10. 와전지속 瓦甎之屬

주나라 와당 두 개 진나라는 열일곱 개　周瓦二當秦十七
한나라 와당 일흔여섯 개 붉은 글씨라네　漢當七十六朱筆
모나고 둥근 것 《승수연담록》에 다 들어 있고　方圓盡入燕譚中
장락과 미앙과 수와 대길 쓰여 있네　長樂未央壽大吉

와당보(瓦當譜)는 대부분 《승수연담록(澠水燕譚錄)》[649]에 있다. '장락(長樂)'·'미앙(未央)'과 '수(壽)'·'대길(大吉)'은 모두 그 양각(陽刻)의 문양 속에 있는 말이다.

한 위 진 오로 전해진 오래된 벽돌은　漢魏晉吳遺舊甎
길고 모나고 크고 작고 곧고 뾰족하고 둥그네　長方大小直尖圓
재질과 모양이 두텁고 넉넉한 동작와는　質厚姿豐銅雀瓦
문방에 하나로 더해져 영원히 전해지네　文房添一永年傳

역대의 벽돌은 제도가 각각 다르다. 동작와(銅雀瓦)[650]는 누차 문방(文房)

648 이백주루기(李白酒樓記)는……썼다 : 이백주루기가 《금석색》에는 '태백주루기(太白酒樓記)'로 되어 있고, 제령부(濟寧府)의 태백루(太白樓)에 있다고 하였다. 《金石索 石索5 碑碣5》 심광(沈光)은 당나라 때 오흥(吳興) 사람으로 행적은 자세하지 않다. 양환(楊桓)은 원나라 때의 학자로, 자는 무자(武子)이다. 저서에 《육서통(六書統)》, 《서학정운(書學正韻)》 등이 있다.

649 승수연담록(澠水燕譚錄) : 북송 철종 때의 학자인 왕벽지(王闢之)가 편찬한 총 10권의 필기로, 송나라 개국 이후 철종 때까지의 인물과 서화 등에 관련된 내용을 열다섯 가지 부류로 나누어 기술하였다.

에 들었으니, 그 재질이 귀하게 여길 만하다.

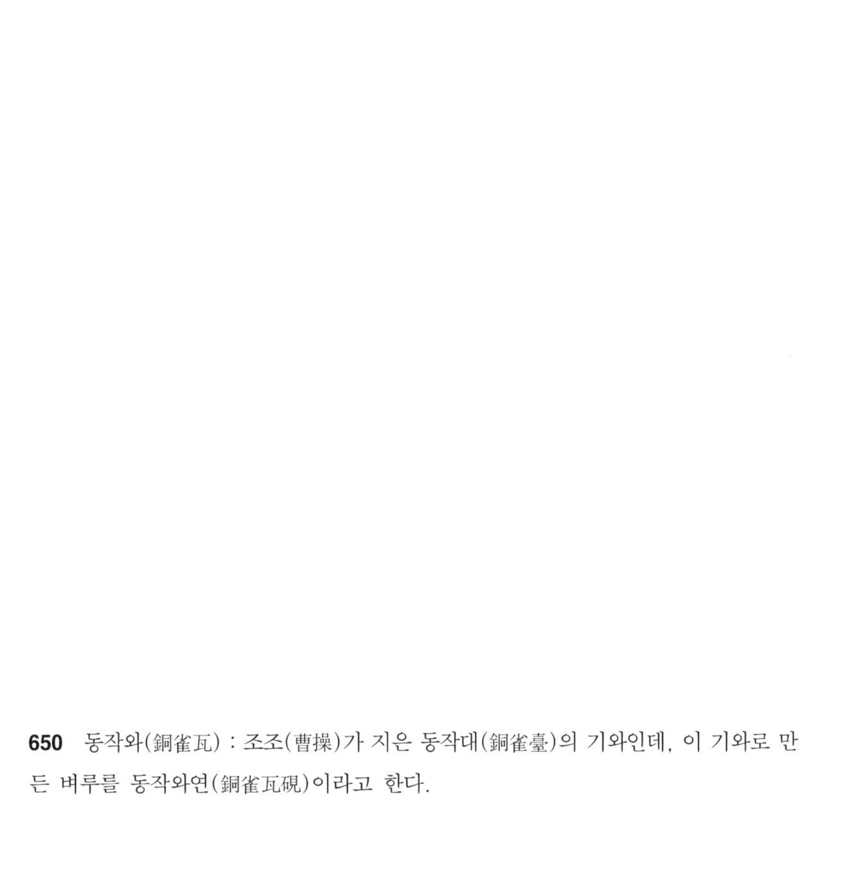

650 동작와(銅雀瓦) : 조조(曹操)가 지은 동작대(銅雀臺)의 기와인데, 이 기와로 만든 벼루를 동작와연(銅雀瓦硯)이라고 한다.

가오고략

제2권

詩시

효현왕비 만장[1]

孝顯王妃輓章

대대로 충절 지켜 네 재상 배출한 집안에[2] 奕世忠貞四相門
하늘에서 상서 내려 나라의 아름다운 분 탄생했네 自天靈瑞誕邦媛
선조의 훌륭함 이음은 참으로 가법 따름에 있으니 嗣徽正在遵家法
장락궁 안에 존귀하신 태모가 계셨네[3] 長樂宮中太母尊

위수 가에 배다리 놓아 면복 입고 맞이하니[4] 渭涘舟梁冕服迎

1 효현왕비(孝顯王妃) 만장(輓章) : 균산의 나이 30세 때인 1843년(헌종9)에 지은 만장이다. 효현왕비는 헌종(憲宗)의 비로, 1828년(순조28)에 태어나 1843년 8월 25일 16세의 나이로 소생 없이 세상을 떠났으며, 12월 2일 경릉(景陵)에 장사하였다. 본관은 안동(安東)으로, 영돈녕부사 영흥부원군(永興府院君) 김조근(金祖根)의 딸이다. 1837년(헌종3) 10세의 나이로 왕비에 책봉되었다. 시호는 단성경혜정순효현왕후(端聖敬惠靖順孝顯王后)이다. 능인 경릉은 경기도 구리시에 있는 동구릉(東九陵)의 하나이다.

2 대대로……집안에 : 안동 김씨 가문에서 효현왕후의 직계 선조로 따지면, 김상헌(金尙憲)이 좌의정, 김수항(金壽恒)과 김창집(金昌集)이 영의정을 지냈고, 증조부 김이소(金履素)가 좌의정을 지냈다.

3 장락궁(長樂宮)……계셨네 : 태모(太母)는 당시 헌종을 대신해 수렴청정하던 순원왕후(純元王后, 1789～1857)를 말하는데, 안동 김씨이다. 장락궁은 한나라 때 태후(太后)가 거처하던 궁이며 태모는 왕의 조모를 일컫는데, 여기서는 모두 순원왕후를 지칭한다.

4 위수(渭水)……맞이하니 : 1837년에 헌종이 효현왕후를 왕비로 맞이한 것을 말한다. 주(周)나라 문왕이 태사(太姒)를 친영(親迎)한 일을 읊은 《시경》 〈대명(大明)〉에 "문왕 초년에 하늘이 배필을 내리시니, 흡수의 남쪽에 있으며, 위수의 가에 있도다…… 예로 그 길함을 정하시고, 위수에서 친히 맞으시며, 배를 만들어 다리를 놓으시니,

아름다운 법도의 자태 타고난 엄숙함 지녔네 金章玉度儼天成
계인[5]들이 새벽 알리면 패옥 소리 울리면서 鷄人報曉鳴璜珮
훤당[6]을 오래 모시어 지극한 은혜를 입었네 長侍萱闈荷至情

따스한 봄날처럼 성대한 인덕에 힘입으니 資生仁德藹春溫
싹 트는 초목과 꿈틀대는 벌레도 은혜를 입었네 芽卉蝡蟲亦被恩
천하에 두루 미친 왕후의 교화 보기를 기대했으니 佇見寰區陰化遍
이남의 찬양 노래[7]가 규문에서부터 시작되었네 二南歌誦自閨門

두 글자로 선양하여 왕후의 덕을 기리니 揄揚二字讚坤元
'그 빛이 드러나지 않으랴'와 '백행의 근본'이로다[8] 不顯其光百行源
요첩[9]에 천추토록 믿을 만한 증거가 있으니 瑤牒千秋徵信在

그 빛이 드러나지 아니하랴.〔文王初載, 天作之合. 在洽之陽, 在渭之涘.……文定厥祥, 親迎于渭. 造舟爲梁, 不顯其光!〕"라는 구절이 있다.

5 계인(鷄人) : 새벽이 되면 백관을 깨워 일어나게 하는 직을 맡았던 주나라 때의 관직 이름이다. 《周禮 春官 鷄人》

6 훤당(萱堂) : 모친을 뜻하는 말인데, 여기서는 헌종의 모친으로 당시 대비로 있던 신정왕후(神貞王后, 1808~1890) 조씨(趙氏)를 말한 것으로 보인다.

7 이남(二南)의 찬양 노래 : 이남은 《시경》의 〈주남(周南)〉과 〈소남(召南)〉 두 편을 가리키는데, 문왕(文王)과 후비(后妃)의 덕화를 찬양한 내용이 많다.

8 두……근본이로다 : '효현(孝顯)'이라는 시호의 의미를 풀이한 말이다. '현(顯)'은 《시경》 〈대명(大明)〉의 '그 빛이 드러나지 아니하랴.〔不顯其光.〕'에서 나왔으며, '효(孝)'는 '백행의 근본'이라는 말에서 나왔다는 의미이다. 313쪽 주4 참조. 한편, '효현'이라는 시호는 1843년(헌종9) 9월 2일에 결정하였는데, "인자하고 은혜로우며 어버이를 사랑하는 것을 효라고 하며, 행실이 중외에 드러난 것을 현이라 한다.〔慈惠愛親曰孝, 行見中外曰顯.〕"라는 뜻이다. 《憲宗實錄 9年 9月 2日》

사관이 성인의 말씀 엮어서 실었네　　史官編載聖人言

붉은 명정이 천천히 나아가니 눈꽃이 흩날리고　　丹旐冉冉雪華雰
동쪽으로 도성 문 나서니 새벽빛이 분명해지네　　東出都門曙色分
눈물 흘리며 궁녀들이 저 멀리 바라보니　　垂淚宮人憑遠望
옥난간에 꽃 피고[10] 상서로운 구름 감쌌네　　玉欄花發繞祥雲

9 요첩(瑤牒) : 후비 등을 책봉하고 칭송하는 글을 적어 새긴 간책(簡冊)으로 옥책(玉冊) 등을 말하는데, 여기서는 효현왕후의 시호를 추상한 것을 말한 것으로 보인다. 《憲宗實錄 9年 11月 21日》

10 옥난간에 꽃 피고 : 하늘에서 꽃을 구경하고 있다는 말로, 왕후의 죽음을 의미한다. 송(宋)나라 신종(神宗)의 모후(母后)인 자성광헌황후(慈聖光獻皇后)가 세상을 떠났을 때 강식(姜識)이라는 자가 신술(神術)로 사자(死者)를 다시 살릴 수 있다고 하였다. 신종이 신술을 시험하게 하였으나 효험이 없자, 강식이 아뢰기를 "신이 보니, 태황후께서 방금 인종과 연회를 하시고 백옥 난간에 납시어 모란꽃을 감상하시면서 다시 인간세상에 돌아오실 뜻이 없습니다.〔臣見太皇后方與仁宗宴, 臨白玉欄干賞牡丹, 無意復來人間也.〕"라고 했던 데서 온 말이다. 《東軒筆錄 卷11》

수릉을 천봉할 때의 만장[11]

綏陵遷奉輓章

경인년의 지극한 아픔 애통함이 끝이 없어	庚寅至慟慟無窮
십칠 년 동안이 하루와 같았네	十七年來一日同
현화[12]에 다시 절하고 상여 끈을 당기니	更拜玄和攀鳳紼
어찌 차마 남은 눈물을 동풍에 뿌리랴	忍將餘淚灑東風

아름다운 세자의 덕은 원량[13]으로 칭송받았고	於休叡德頌元良
순의 효성과 요의 밝음이 아울러 빛났네	舜孝堯明幷有光
어진 모사해 천추토록 성대한 공업 드리우니	摹畫千秋垂盛烈
반듯하게 쓴 새로운 기록 글자마다 찬란하네[14]	方中新志字煌煌

11 수릉(綏陵)을……만장(輓章) : 귤산의 나이 33세 때인 1846년(헌종12) 윤5월에 지은 만장이다. 수릉은 익종(翼宗)으로 추존된 효명세자(孝明世子)의 능이다. 1830년(순조30) 경인년 5월에 효명세자가 세상을 떠나자, 현재의 서울 성북구 석관동에 있는 경종의 의릉(懿陵) 왼편에 연경묘(延慶墓)라는 이름으로 묘를 조성하였다. 1834년에 헌종이 즉위한 뒤 효명세자를 익종으로 추존하고 능호를 수릉이라 하였으며, 풍수상 길지가 아니라는 이유로 1846년 윤5월 20일에 양주(楊州)의 용마봉(龍馬峯)으로 천장하였는데 현재의 서울 중랑구 면목동 용마산이다. 이후 1855년(철종6) 8월에 다시 건원릉(健元陵)의 국내(局內)로 천장하였으며, 뒤에 익종의 비 신정왕후(神貞王后) 조씨(趙氏)를 합장하였다. 경기도 구리시에 있는 동구릉의 하나이다.

12 현화(玄和) : 무덤 속의 광중(壙中)을 말하는데, 현궁(玄宮)이라고도 한다.

13 원량(元良) : 세자의 대칭(代稱)이다. 《禮記 文王世子》

14 어진(御眞)……찬란하네 : 1830년(순조30) 3월에 순조의 즉위 30년을 맞아 순조의 어진을 그리게 하고 효명세자가 직접 표제(標題)를 써서 규장각 주합루(宙合樓)에

대리청정 처음에 구경의 훌륭한 가르침 베풀며[15]	九經嘉訓代聽初
일념으로 걱정하고 근면한 것이 네 해 남짓이었네	一念憂勤四載餘
세자의 공부 성취하려 오히려 부지런히 힘썼고	將就叡功猶勉勉
정월 초하룻날에 조서를 내렸네[16]	維正元日十行書

몸소 종묘에 제향하며 지극한 정성 성대하니	躬祼宗宮藹至誠
술잔은 매우 정결하고 경종 소리는 맑았네	罇罍孔潔磬鍾清
주나라 높이며 여전히 풍천의 감회 절실하여	尊周尙切風泉感
해마다 황단에서 제향을 갖추었네[17]	每歲皇壇祀事明

봉안한 것을 말한다. 표제의 내용은 "연덕현도 경인순희 왕의 춘추 41세 어진이다. 즉위 30년인 경인년 3월에 그렸다.〔淵德顯道景仁純禧王春秋四十一歲御眞. 卽阼三十年庚寅季春圖寫.〕"이다. 연덕현도 경인순희는 1827년에 효명세자가 순조에게 올린 존호이다.《純祖實錄 附錄 純祖大王行狀》

15 대리청정……베풀며 : 구경(九經)은《중용》에서 말한 나라를 다스리는 아홉 가지 큰 법도를 말한다. 수신(修身)·존현(尊賢)·친친(親親)·경대신(敬大臣)·체군신(體群臣)·자서민(子庶民)·내백공(來百工)·유원인(柔遠人)·회제후(懷諸侯) 등이다. 한편, 효명세자가 대리청정의 명을 거둘 것을 청하자, 순조가 허락하지 않으면서 내린 비답에 '구경'이 나라를 다스리는 요체라고 한 내용이 보인다.《中庸章句 第20章》《純祖實錄 27年 2月 15日》

16 정월……내렸네 :《순조실록》28년 1월 1일에 모든 지방관에게 교시를 내린 내용이 보인다.

17 주(周)나라……갖추었네 : 효명세자는 1827년 3월 7일, 1828년 3월 7일, 1829년 3월 19일, 1830년 3월 5일에 황단 춘향(皇壇春享)을 섭행하였다. 황단은 대보단(大報壇)을 말한다.《純祖實錄》풍천(風泉)의 감회는 여기서는 패망한 명나라에 대한 감회를 말한다. 원래 풍천은《시경》〈비풍(匪風)〉과 〈하천(下泉)〉의 시를 가리키는데 두 시 모두 쇠약해진 나라를 한탄한 내용이다.

옥책과 옥 술잔으로 사순을 경하하니　　玉冊瑤觴慶四旬
대궐의 즐거운 일이 두 해 봄에 있었네[18]　　宮闈樂事兩年春
어찌하여 성대한 복록이 중간에 끊어졌나　　如何盛祿嗟中缺
갑오년에 나라가 통곡함이 더욱 새로웠네[19]　　甲午邦家慟愈新

곡식 배와 내탕고의 은을 보내고 덕언을 내리시니　　船粟帑銀渙德言
북쪽과 남쪽 변방에 봄날 같은 은혜 두루 미쳤네[20]　　北陲南徼遍春溫
보아라 팔도의 모든 백성이　　須看八域含生類
눈물 흘리며 지난날 약보의 은혜 말하는 것을[21]　　泣說當年若保恩

지난 일에 상심하여 눈물 절로 떨어지니[22]　　往事傷心涕自零

18 옥책(玉冊)과……있었네 : 순조와 순원왕후의 40세 생신을 맞이하여 진작전문(進爵箋文)과 진찬전문(進饌箋文)을 짓고 술잔을 올린 것을 말한다. 효명세자는 1828년(순조28) 2월 12일에 순원왕후의 40세 생일을 맞아 자경전(慈慶殿)에서 술잔을 올렸으며, 1829년 2월 9일에 순조의 즉위 30주년과 40세 생일을 맞아 명정전(明政殿)에서 술잔을 올렸다.《純祖實錄》

19 어찌하여……새로웠네 : 1830년에 효명세자가 승하하고, 1834년 갑오년에 순조가 승하한 것을 말한다.

20 곡식……미쳤네 :《승정원일기》순조 30년(1830) 7월 25일 기사에, 함경 감사 신재식(申在植)이 상소하여, 큰 홍수로 기근이 들어 백성들이 모두 죽어갈 때 효명세자가 덕음(德音)을 내리고 내탕고의 재물을 내어 구제해준 덕분에 살아날 수 있었다는 내용이 보인다.

21 보아라……것을 : 백성들이 모두 효명세자의 은혜를 기리며 눈물을 흘릴 것이라는 말이다. 약보(若保)의 은혜는 백성을 갓난아이처럼 보살피는 은혜를 말하는데,《서경》〈강고(康誥)〉에 "갓난아이를 보호하듯이 하면 백성이 편안히 다스려질 것이다.〔若保赤子, 惟民其康乂.〕"라고 한 데서 나왔다.

우리 왕께서 근심을 품은 것이 어린 시절부터였네 吾王銜恤在沖齡
지금의 나라 형세 태산 반석과 같으니 而今國勢同磐泰
운향[23]에서 오르내리는 영령을 위로할 수 있었네 庶慰雲鄉陟降靈

성상의 효성으로 정성스레 편안한 묘역 구하고 宸孝誠求宅兆安
난여 타고 가서 직접 살피며 천릉을 의논하였네 鑾輿親審議遷灤
솔바람 불고 잣나무 이슬 내린 동쪽 교외 길에 松風柏露青郊路
상여 휘장 배종하는 이들 옛날의 관원이라네 輴幄陪從舊日官

아름다운 기운 성대하게 길한 언덕 보호하니 佳氣隆隆護吉岡
하늘의 뜻이 응당 성인의 능침을 기다렸으리라 天心應待聖人藏
선유하는 곳이 첨의하는 땅과 다행히 가까우니[24] 仙遊幸近瞻依地
성상의 수렛길이 동성에서 십 리쯤 되네 輦路東城十里强

22 지난……떨어지니 : 익종의 수릉(綏陵)이 풍수상 길지가 아니라는 논의가 있었던 것을 말한다. 헌종은 1846년(헌종12) 3월 2일에 수릉을 양주의 용마봉(龍馬峯) 아래로 천봉할 것을 결정하였다. 《憲宗實錄》 316쪽 주11 참조.

23 운향(雲鄉) : 백운향(白雲鄉)과 같은 말로, 천제(天帝)가 사는 곳을 말한다.

24 선유(仙遊)하는……가까우니 : 새로 조성한 익종의 능침이 조정에서 가까워졌다는 말로 보인다. 선유는 망자의 혼령이 선계(仙界)에서 노닌다는 말로, 여기서는 익종의 능침을 의미한 말이다. 첨의(瞻依)는 항상 우러러보고 의지한다는 뜻으로 부모를 의미하는 말인데, 여기서는 대궐을 의미하는 말로 쓰였다. 《시경》 〈소반(小弁)〉의 "우러러볼 것은 아버지 아님이 없고, 의지할 것은 어머니 아님이 없네.〔靡瞻匪父, 靡依匪母.〕"라는 구절에서 나왔다.

헌종대왕 만장[25]

憲宗大王輓章

경인년과 또 갑오년[26]을 어찌 차마 말하랴	忍說庚年又甲年
지금까지도 원통함이 아직 예전과 같네	至今冤恨尙如前
그때 죽지 못하고 오늘이 다시 돌아오니	當年不死還今日
오직 길게 소리치며 저 하늘에 하소연하네	惟有長號愬彼天
열성의 깊은 인은 후손을 번창하게 하고	列聖深仁後克昌
세 자전[27]의 지극한 선은 끝없은 복을 내리리라	三慈至善福無疆
이 이치 징험하고 싶지만 어디서 징험할까	欲徵此理徵何處
다만 인간 세상 쏟아지는 피눈물만 보이네	只見人間血淚滂

25 헌종대왕(憲宗大王) 만장(輓章) : 귤산의 나이 36세 때인 1849년(철종 즉위년) 10월에 의주 부윤(義州府尹)으로 있으면서 지어 올린 만장이다. 헌종은 1830년(순조 30) 왕세손에 책봉되었으며, 1834년 순조가 승하한 뒤 8세의 나이로 즉위하였다. 비는 영흥부원군(永興府院君) 김조근(金祖根)의 딸 효현왕후(孝顯王后)이며, 계비는 익풍부원군(益豐府院君) 홍재룡(洪在龍)의 딸 명헌왕후(明憲王后)이다. 1849년 6월 6일 창덕궁 중희당(重熙堂)에서 승하하였다. 능은 경릉(景陵)으로 경기도 구리시에 있는 동구릉의 하나이다.

26 경인년과 또 갑오년 : 경인년은 효명세자가 승하한 1830년(순조30)이며, 갑오년은 순조가 승하한 1834년이다.

27 세 자전(慈殿) : 정조의 비인 효의왕후(孝懿王后) 김씨, 순조의 비인 순원왕후(純元王后) 김씨, 익종의 비인 신정왕후(神貞王后) 조씨(趙氏)를 말하는 것으로 보인다.

하늘이 우리 동방을 돌보아 성인을 내리시니　天眷吾東降聖人
총명하고 명철하며 또 너그럽고 인자하였네　聰明睿哲又寬仁
누가 알았으랴 사관이 선양하는 붓으로　誰知史氏揄揚筆
사적을 기록함이 겨우 십오 년 만에 끝날 줄을　紀事纔終十五春

좋은 술잔과 옥첩으로 대비전을 봉양하니[28]　華觴玉牒奉萱闈
해마다 맞은 나라 경사 옛날에도 드물었네　邦慶年年古亦稀
장수하신 왕대비 연세 높음을 기뻐하고 왕모도 복을 받으니　壽母喜隆王母福
성상의 마음은 노래자[29]의 옷을 입기를 원했네　宸心願着老萊衣

만세의 높은 언덕 길지를 찾으니[30]　萬世喬岡吉地求
천장의 큰 계책을 신과 모의한 듯하네　灤遷大計與神謀
더위 속에 어가 타고 상여 행렬 따르는데　冒炎鑾蹕陪厥紼

28 좋은……봉양하니 : 대왕대비 순원왕후와 왕대비 신정왕후에게 존호를 올리고 수연(壽宴)을 베푼 것을 말한다. 헌종은 1836년(헌종2) 순원왕후에게 문인(文仁)이라는 존호를 가상하고, 신정왕후에게 효유(孝裕)라는 존호를 올렸다. 또 1841년(헌종7)에 순원왕후에게 광성(光聖)이라는 존호를 가상하였다. 1848년(헌종14)에는 순원왕후에게 융희(隆熙), 신정왕후에게 헌성(獻聖)이라는 존호를 가상하였다. 《憲宗實錄 2年 10月 11日, 3年 1月 10日, 7年 1月 13日·2月 13日, 13年 11月 19日, 14年 3月 16日, 附錄 行狀》

29 노래자(老萊子) : 춘추 시대 초(楚)나라의 은자로, 부모님을 위해 70세에 색동옷을 입고 재롱을 부렸다는 고사가 전한다. 《小學 稽古》

30 만세의……찾으니 : 1846년(헌종12) 윤5월 20일에 익종의 묘소인 수릉(綏陵)을 천장한 일을 말한다. 316쪽 주11 참조.

하늘이 성상의 정성에 감동해 장맛비가 걷혔네 天感宸誠積雨收

문무 같은 계책과 공적 아름다운 빛을 천양하여 文謨武烈闡徽光
《보감》을 완성하고 태묘에 간직했네[31] 寶鑑書成太廟藏
첫머리의 어제 서문을 장엄하게 읽으시니 莊誦篇頭親撰序
세 왕의 심법이 우리 왕에게 있었네 三宗心法在吾王

나라를 일으켰을 때부터 성인의 말씀 있었으니 興邦自有聖人言
복을 아끼는 것이 결국 복을 기르는 근원이라 惜福終爲養福源
수라 드실 땐 농부의 근로 생각해 한 톨 밥알도 거두시니[32] 玉食辛勤收一粒
전대의 존귀한 제왕들에게서 들어보지 못했네 未聞前代帝王尊

단정히 좌정하고 엄숙히 거처하며 穆穆凝旒儼若居
참된 공부는 성인의 글을 대월[33]하였네 眞工對越聖人書

31 문무(文武)……간직했네 : 헌종은 1847년(헌종13)에 조인영(趙寅永) 등에게 명해 정조·순조·익종 삼조(三朝)의 《보감》을 찬수하게 하여 이듬해 10월에 완성하였고, 직접 서문을 지어 태묘에 올렸다. 《憲宗實錄 13年 2月 1日, 14年 10月 3日·6日》 《國朝寶鑑 御製序文》 원문의 '문모무열(文謨武烈)'은 문왕(文王)의 가르침과 무왕(武王)의 공렬이라는 뜻이다. 《書經 君牙》

32 수라……거두시니 : 신정왕후가 내린 선왕에 대한 언교(諺敎)에 "간혹 수라의 밥알이 바닥에 떨어진 것을 보면 반드시 먼저 주워서 드셨으니, 한 알의 쌀도 아끼심이 이와 같았다.〔時或見水剌飯粒之遺地, 必先拾以進之, 其愛惜粒米如此焉.〕"라는 내용이 보인다. 《憲宗實錄 附錄》

33 대월(對越) : 상제(上帝)를 가까이 대하듯 공경한다는 의미이다.

서양의 삿된 학문이 밝은 세상에 아니 들어왔으니 洋邪不入清明世
그 공적이 물리쳐 터놓았던 맹자를 넘어섰네[34] 功邁鄒賢闢廓如

가뭄과 홍수와 바람과 우레에 경계하며 수양하니 旱潦風雷儆自修
천심의 감응이 북채에 울리는 북소리보다 빨랐네 天心孚格捷於桴
온갖 곡식 풍성한 수확이 십 년 동안 이어지니 百穀穰穰連十稔
어찌 일찍이 누차 풍년 돌아옴을 본 적 있었던가 何曾見得屢豐周

만 리도 계단 앞처럼 팔도의 백성들 환히 살펴 萬里階前八域民
곤궁한 백성 구휼하고 폐단 물으며 은혜로운 윤음 내렸네
賙窮詢瘼有恩綸
삼가 알겠도다 약보여상의 마음으로 恭知若保如傷念
대궐 병풍의 그림 속 사람과 똑같이 여기셨음을[35] 一視宮屏畫裏人

어진 하늘이 내리는 서리와 이슬은 본래 사심이 없듯이
仁天霜露本無私
몸소 조정의 기강을 잡아 뭇 공적이 빛났네 躬攬朝綱庶績熙
유생을 시험하고 무사를 감독함에 장이를 따랐으니[36]

34 그……넘어섰네 : 양웅(揚雄)의 《법언(法言)》 〈오자(吾子)〉에 "옛날에 양주(楊朱)와 묵적(墨翟)이 정도(正道)를 막자 맹자가 말씀하여 물리쳐서 환히 터놓았다.〔古者楊墨塞路, 孟子辭而闢之廓如也.〕"라는 말이 보인다.

35 삼가……여기셨음을 : 백성을 국가의 공신이나 왕실 사람과 똑같이 여겼다는 말이다. 약보여상(若保如傷)은 백성들을 어린아이를 보호하듯이 하고 다친 사람을 돌보듯이 하는 것을 말한다. 318쪽 주21 참조. 《書經 康誥》《孟子 離婁下》

課儒董武隨張弛
언제나 선왕의 한결같은 법도를 본받았네 動法先王一治規

간곡한 성상의 말씀을 근신이 들었으니 丁寧天語近臣聞
나라를 경영하는 큰 계책과 고문을 말씀하셨네 經國弘猷說古文
육지의 주의는 몇 번이나 수택에 젖었을까[37] 陸奏幾回涵手澤
책상 위의 서책에 남은 향기 있다네 案頭芸帙有餘芬

천명이 거듭 빛나 좋은 시운을 만나서 寶籙重光景運丁
주렴에 함께 임해 모든 정사를 들었네[38] 簾帷同莅萬機聽
지금의 종묘사직 옛날처럼 편안하니 卽今宗社安如故
운향[39]에서 오르내리는 영령을 위로할 수 있었네 庶慰雲鄉陟降靈

경릉의 상석이 부우산과 같은 언덕에 있으니[40] 景陵象設鮒岡同

36 장이(張弛)를 따랐으니 : 관용과 위엄을 병용했다는 말이다. 장이는《예기》〈잡기(雜記)〉에 "활줄을 한 번 팽팽하게 잡아당기고 한 번 느슨하게 풀어놓는 것처럼 다스리는 것이 바로 문왕과 무왕의 도이다.〔一張一弛, 文武之道也.〕"라고 한 데서 나온 말이다.

37 나라를……젖었을까 : 헌종은 당나라 육지(陸贄)의 주의(奏議)와 소식(蘇軾)의 문장을 가장 좋아하여 구두를 점검하게 했으며,《대학연의(大學衍義)》를 경세의 글로 여겼다고 한다. 육지의 주의는《육선공주의(陸宣公奏議)》를 말하는데, 치국의 도를 논할 때 귀감으로 삼는 책이다.《憲宗實錄 附錄 誌文, 行狀》

38 주렴에……들었네 : 헌종이 8세의 나이로 즉위한 뒤 순조의 비 순원왕후가 7년 동안 수렴청정한 것을 말한다.

39 운향(雲鄉) : 백운향(白雲鄉)과 같은 말로, 천제(天帝)가 사는 곳을 말한다.

신의 이치와 사람의 마음이 절로 감통하였네 神理人情自感通
상상컨대 해마다 봄이 이르는 곳에 想像年年春到處
옥난간의 꽃[41]이 옛날처럼 붉으리라 玉欄花似舊時紅

신하의 충정을 오직 상천이 살펴주시어 臣衷獨有上天監
세상에 없던 큰 은혜 입고 또 영광스러운 직함 띠었네
不世隆恩又寵銜
화려한 비단에 글씨 쓰인 옥 두루마리 매만지니 金皞題來拚玉躞
묵향만 부질없이 다시 책 상자에 가득하네[42] 墨香空復滿書函

변방의 중책 내리실 때 주신 서찰 마음에 있으니 邊門重寄簡惟心
어전에서 자상하게 내리신 옥음을 받들었네[43] 前席諄諄奉玉音

40 경릉(景陵)의……있으니 : 헌종의 비 효현왕후(孝顯王后)가 1843년(헌종9)에 승하해 훗날 헌종이 묻힐 경릉에 먼저 묻힌 것을 말한다. 313쪽 주1 참조. 부우산(鮒隅山)는 중국 하북성(河北省)에 있는 산으로, 중국 상고의 임금 전욱(顓頊)이 이 산의 양지에 묻히고 구빈(九嬪)이 음지에 묻혔다고 한다. 한편, 헌종이 승하했을 때 산릉간심도감(山陵看審都監)에서 경릉이 최상의 길지라고 하였다.《哲宗實錄 卽位年 7月 6日》

41 옥난간의 꽃 : 왕후의 죽음을 의미하는 말이다. 315쪽 주10 참조.

42 신하의……가득하네 : 헌종이 하사한 글과 서적을 매만진다는 말로 보인다. 귤산은《국조보감》의 편찬에 참여하고《국조보감》1질을 하사받은 일이 있다.《承政院日記 憲宗 14年 10月 10日》《林下筆記 卷26 春明逸史 書冊頒賜》

43 변방의……받들었네 : 귤산이 1848년(헌종14) 8월에 의주 부윤(義州府尹)에 제수되었을 때의 일화를 말한 것으로 보인다.《가오고략》책12〈집에 소장한 어서 서문〔家藏御書序〕〉에 "의주 부윤으로 나갈 때 걱정스레 신의 손을 잡으시고 서찰을 주시며 하유하기를 '소식을 끊지 말라. 가 있으면 장차 부르겠다.'라고 하셨다.〔及出守龍灣, 執臣手惓惓, 授之以簡. 諭之曰, 毋阻信, 行且召矣.〕"라는 내용이 보인다. 헌종은 귤산

한 번 대궐 나온 것이 천고의 한이 되어　　一出金闥千古恨
슬픈 만사 지으려니 눈물이 옷깃에 가득하네　　欲題哀輓淚盈襟

동문 밖 십 리에 새벽빛이 밝아오면　　東門十里曙光開
죽마[44] 행차 더디고 벽제 소리 슬프리라　　竹馬行遲警蹕哀
장안의 대궐 바라보며 밤새 통곡하는데　　北望長安終夜哭
하늘 가득 풍설이 변방 누대를 감싸네　　滿天風雪繞邊臺

이 의주 부윤으로 있을 때 승하하였다.

44 죽마(竹馬) : 왕이나 왕후의 장례 행렬에 사용하는 의장의 하나인 죽산마(竹散馬) 또는 죽안마(竹鞍馬)를 말한 것으로 보인다.

철종대왕 만장[45]

哲宗大王輓章

기유년의 지난 일[46] 눈물이 옷깃에 가득할 때	屠維往事淚盈襟
경각에 달린 안위로 온갖 근심 깊었네	呼噏安危萬慮深
대저에서 빛을 이음이 신의 도리와 합치되어[47]	代邸光承神理協
규위에서 함께 들으며 국모의 의범으로 임하였네[48]	嬀闈同聽母儀臨
억겁 같은 상전벽해 온통 어제와 같고	滄桑閱刦渾如昨
동산 버들이 상서 드러내 다시 오늘을 보았네	苑柳呈祥復覩今

45 철종대왕(哲宗大王) 만장(輓章) : 귤산의 나이 51세 때인 1864년(고종1) 4월에 함경도 관찰사로 있으면서 지은 만장으로 보인다. 철종은 1831년(순조31)에 태어났고, 1849년 헌종이 후사 없이 죽자 이해 6월에 순원왕후(純元王后)의 명으로 덕완군(德完君)에 봉해지고 왕위에 올랐다. 1851년(철종2)에 김문근(金汶根)의 딸을 왕비로 맞이하니, 철인왕후(哲仁王后)이다. 1863년(철종14) 12월 8일 창덕궁 대조전(大造殿)에서 승하하였고, 1864년 4월 7일 예릉(睿陵)에 묻혔다. 예릉은 경기도 고양시 원당동 서삼릉(西三陵)에 있다.

46 기유년의 지난 일 : 기유년인 1849년에 헌종이 승하한 일을 말한다.

47 대저(代邸)에서……합치되어 : 철종을 후계로 정했다는 말이다. 대저는 대왕(代王)에 봉해진 한(漢)나라 고조의 아들 유항(劉恒)의 거처를 말하는데, 진평(陳平)과 주발(周勃) 등이 여씨(呂氏)를 제거하고 대왕을 황제로 추대했으므로, 제왕에 오르기 전에 거처하던 곳을 뜻하는 말로 쓰이게 되었다. 철종은 강화도에 유배되어 있다가 왕위에 올랐다. 《漢書 卷4 文帝紀》

48 규위(嬀闈)에서……임하였네 : 철종을 대신해 순원왕후가 대리청정한 것을 말한 것으로 보인다. 규위는 여기서는 왕후의 처소를 가리킨 것으로 보인다. 규는 물 이름인데, 요(堯) 임금이 순(舜)에게 제위를 선양하기 전에 규수의 북쪽[嬀汭]에 살던 순에게 두 딸을 시집보냈다고 한다. 《書經 堯典》

우리의 종묘사직 돌보아 태산 반석처럼 안정되니 眷我宗枋磐泰奠
인심이 이로부터 천심에 합치되었네 人心自是合天心

공묵과 넓은 도량으로 보위에 오른 원년에 恭默淵襟踐阼元
네 조목의 가법 훌륭한 말씀을 받들었네[49] 四條家法奉徽言
헌수의 술잔과 애일의 마음으로 정성과 예를 돈독히 하고[50]
壽觥愛日敦誠禮
성대한 옷으로 재계하는 밤에 애연히 드러나고 존재했네[51]
盛服齋宵僾著存
갱장의 사모함으로 운한각에 경건히 모셨고[52] 墻慕揭虔雲漢閣

49 공묵(恭默)과……받들었네 : 공묵은 '공묵사도(恭默思道)'의 준말로, 공경히 삼가며 묵묵히 치도(治道)를 생각하는 것을 말한다. 네 조목의 가법은 '하늘의 뜻을 공경하고〔敬天〕', '조선(祖先)의 일을 본받으며〔法祖〕', '학문에 힘쓰고〔勤學〕', '백성을 사랑하는〔愛民〕' 것을 말한다. 순원왕후가 승하하자 철종이 올린 진향문(進香文)에 "여덟 글자를 마음에 전수해주신 명을 소자가 한평생 마음에 아로새겼습니다."라는 내용이 보인다. 《書經 說命上》《哲宗實錄 8年 11月 7日》

50 헌수(獻壽)의……하고 : 철종은 1857년(철종8) 1월에 순원왕후가 69세가 되고 익종의 비 신정왕후(神貞王后)가 50세가 된 것을 경하하여 전문(箋文)과 표리(表裏)를 올렸고, 3월에 통명전(通明殿)에서 찬선(饌膳)을 진상하였다. 또 1858년 1월에 신정왕후의 나이가 51세가 된 것을 경하하여 표리를 진상하고 진하하였다. 애일(愛日)의 마음은 연로한 부모의 얼마 남지 않은 여생을 생각하여 날을 아까워하며 하루하루 정성으로 봉양하는 것을 말한다. 《哲宗實錄 8年 1月 1日, 3月 15日, 9年 1月 1日》《法言 孝至》

51 성대한……존재했네 : 선대의 제사를 올리기 위해 정성을 다했다는 말이다. 성대한 옷은 의식을 치르기 위해 갖추어 입은 옷을 말한다. 애연히 드러나고 존재했다는 것은 제사를 받는 혼령이 정성에 감격하여 흠향한다는 말이다. 《中庸章句》《禮器 祭義》

52 갱장(羹墻)의……모셨고 : 헌종의 어진을 선원전(璿源殿)에 봉안한 것을 말하는

월유의 언덕으로 천장함이 길일에 맞았네[53]	灤朝叶吉月遊原
오늘날 붓 잡은 이 누가 반마와 같을까	今時秉筆誰班馬
한 글자 '효' 먼저 쓸 것이니 모든 행실의 근원이네[54]	一孝先書百行源

학문에 전념하는 참된 공부로 정사를 시행하고	典學眞工措事爲
빛나는 전대의 성대한 사업을 후인에게 전했네	光前休烈後人貽
조종의 공덕 선양하고 선조를 높임이 지극하여	祖功丕闡尊親至

듯하다. 철종은 1851년(철종2) 5월 선원전에 나아가 헌종의 어진을 봉안하고 작헌례를 행하였다. 운한각(雲漢閣)은 여기서는 선원전을 일컬은 말로 보인다.《哲宗實錄 2年 5月 17日》 갱장(羹墻)은 성현을 그리워한다는 뜻으로, 요(堯) 임금이 별세한 뒤 순(舜) 임금이 3년 동안 요 임금을 그리워하여 앉아 있을 때는 담장에서 요 임금의 모습을 보고 식사할 때는 국에서 요 임금의 모습을 보았다는 고사에서 나왔다.《後漢書 卷93 李固列傳》

53 월유(月遊)의……맞았네 : 철종은 1855년(철종6) 8월 익종(翼宗)의 능인 수릉(綏陵)을 건원릉(健元陵)의 국내(局內)로 천장하였으며, 10월에 순조의 생모 수빈 박씨(綏嬪朴氏)의 무덤인 휘경원(徽慶園)을 순강원(順康園)의 오른쪽 산등성이로 천장하였다. 또 1856년에 순조의 능인 인릉(仁陵)을 현재의 위치인 서초구 내곡동으로 천장하였다. 이어 1863년(철종14) 5월에 휘경원을 다시 광릉(光陵)의 국내에 있는 달마동(達摩洞)으로 천장하였다.《哲宗實錄》 원문의 '난조(灤朝)'는 천장을 말한다. 문왕(文王)이 부친 왕계(王季)를 난수(灤水) 가에 장사 지냈는데 무덤이 깎여 나가 관이 드러나자, 관을 꺼내 조정에 사흘 동안 두었다가 이장했던 고사에서 나왔다.《呂氏春秋》 '월유'는 한나라에서 매월 초하루에 고조의 능침에 보관된 의관을 꺼내 고조의 제사를 지내는 종묘 안으로 옮겨다 놓았다가 도로 가져다 놓는 일을 반복하였던 것을 말한다.《漢書 卷43 叔孫通傳》

54 오늘날……근원이네 : 철종의 사적을 기록하려면 '효(孝)'를 가장 먼저 앞세워야 한다는 말로 보인다. 반마(班馬)는 반고(班固)와 사마천(司馬遷)의 합칭으로, 뛰어난 사가(史家)를 뜻한다.

세헌을 모두에게 자문해 대를 이을 것 생각했네[55]　世獻僉詢繼序思
종계의 무함을 깨끗이 씻어 잘못된 기록 고치고　快雪璿誣刊謬史
옥책을 받아서 떳떳한 법을 빛나게 하셨네[56]　勉膺瑤冊賁賞彝
자궁의 덕을 칭양하여 남기신 뜻을 따르니　稱揚慈德遵遺志
운향에서 오르내리시는 때를 위로할 수 있었네[57]　庶慰雲鄕陟降時

안민의 일념으로 팔방의 먼 곳까지 보호하니　安民一念覆紘綖
두 글자를 친히 써서 자리 오른쪽에 두었네[58]　二字親書座右偏

55 세헌(世獻)을……생각했네 : 1859년(철종10)에 영돈녕(領敦寧) 김문근(金汶根)이 상소하여 헌종 대왕을 세실(世室)의 예로 정할 것을 청하자, 철종은 빈청(賓廳)에 명하여 회의하게 하여 드디어 세헌(世獻)하게 하였다. 세헌은 대대로 제향을 올리는 것을 말한다. 《시경》〈민여소자(閔予小子)〉에 "아, 황왕이여. 대를 이을 것을 생각하여 잊지 못하도다.〔於乎皇王, 繼序思不忘.〕"라는 구절이 있다. 《哲宗實錄 10年 9月 14日·15日》

56 종계(宗系)의……하셨네 : 1863년(철종14) 1월에 지사(知事) 윤치수(尹致秀)가 상소하여 북경에서 간행된 《이십일사약편(二十一史約編)》에 조선의 종계(宗系)와 수선(受禪)에 관한 잘못된 내용을 답습하고 있으니 이를 바로잡을 것을 청하였다. 이에 철종은 윤치수를 진주사(陳奏使)의 정사로 파견하여 바로잡았다. 그 뒤 신하들이 철종에게 희륜정극수덕순성(熙倫精極粹德純聖)이라는 존호를 올렸다. 《哲宗實錄 14年 1月 8日, 2月 13日, 5月 29日, 6月 1日, 17日, 附錄 行狀》

57 자궁(慈宮)의……있었네 : 1857년(철종8) 8월에 순원왕후가 승하한 뒤 유지를 받들어 검소하게 장례를 치렀다는 말이다. 운향(雲鄕)은 천제(天帝)가 사는 곳을 말한다. 《哲宗實錄 8年 8月 5日, 附錄 行狀》

58 안민(安民)의……두었네 : 철종은 1859년(철종10) 겨울에 천둥이 치자 자신을 꾸짖으며 직언을 구하였고, 백성을 사랑하고 보호하는 것을 마음으로 삼아 '안민(安民)'이라는 두 글자를 크게 써서 궁전 벽에 걸어두었다고 한다. 원문의 '굉연(紘綖)'은 원래 면류관을 매는 끈과 덮개를 말하는데, 여기서는 팔방의 먼 곳 또는 천하를 의미하는

흉년에는 바다로 수송해 고을에 곡식을 옮겨주고　歲儉海輸移粟邑
봄이 한창일 때 산에 인삼밭 만드는 것 금했네[59]　春殷山絶種蔘田
형벌은 신중히 하되 뇌물죄에는 엄격했으며　五刑審恤嚴贓律
삼정을 자문하여 폐단을 고쳤네　三政詢咨改敝絃
십사 년이 꿈에서 깬 듯 흘러버리니　十有四年如夢覺
한 점 구름이 흔적 없이 태평 세상 지난 듯하네　點雲無迹度堯天

내내 섬기며 유달리 우로의 은혜 입으니　歷事偏蒙雨露沾
서청과 벽부의 매우 엄숙한 곳이었네[60]　西淸璧府地深嚴
큰 변방을 잘못 맡기셔서 거듭 부절을 잡았고[61]　大藩謬寄重持節
높은 품계에 외람되이 올라 특별히 휘장을 걷게 하셨네[62]
崇秩叨躋特去襜
특별한 지우 오래 입어 목숨 바치리라 생각했는데　久荷殊知思隕首

팔굉(八紘)의 의미로 쓰인 듯하다. 《哲宗實錄 10年 10月 3日, 附錄 誌文》

59 봄이……금했네 : 철종이 공삼(貢蔘)의 양을 감면해준 것을 말한 것으로 보인다. 《哲宗實錄 14年 5月 29日, 附錄 哀冊文》

60 서청(西淸)과……곳이었네 : 서청은 대궐 안의 청정한 별실로, 홍문관이나 예문관의 별칭으로 쓰인다. 벽부(璧府)는 벽옹(辟雍)과 같은 말로 여기서는 성균관을 가리킨다. 귤산은 철종 재위 기간 중 성균관 대사성, 동지성균관사, 직제학 등을 역임하였다.

61 큰……잡았고 : 귤산은 철종 재위 기간 중 전라도·황해도·함경도의 관찰사를 역임하였다.

62 특별히……하셨네 : 큰 은혜를 입었다는 말로 보인다. '휘장을 걷는다〔去襜〕'는 것은 고관이 타고 있는 수레의 휘장을 걷어 용모와 복장을 보게 하여 그 덕을 드러낼 수 있게 하는 것이다. 후한(後漢) 명제(明帝)가 선정을 펼친 형주 자사(荊州刺史) 곽하(郭賀)에게 수레 휘장을 걷도록 칙명을 내린 고사가 전한다. 《後漢書 卷26 郭賀列傳》

어찌 알았나 지극한 아픔에 반염마저 막힐 줄을[63] 那期至慟阻攀髯

새벽바람이 명정과 삽선(翣扇)에 부는 서쪽 교외 길에

曉風旌翣西郊路

부질없이 슬픈 만장 지으며 피눈물 더하네 哀輓空憑淚血添

63 어찌……줄을 : 함경도 관찰사로 재직하고 있어서 철종의 장례에 참석하지 못했다는 말이다. 귤산은 1862년(철종13) 12월 18일 함경도 관찰사에 임명되었고, 1864년(고종1) 6월에 좌의정이 되어 조정으로 돌아왔다. 반염(攀髯)은 수염을 붙잡는다는 뜻으로 임금의 죽음을 의미하는 말인데, 여기서는 장례에 참석한다는 의미로 쓰였다. 황제(黃帝)가 승천할 때 신하와 후궁 70여 명이 용을 타고 함께 하늘로 올라가고 나머지 사람들은 용의 수염을 잡았는데, 수염이 뽑혀 떨어지면서 황제의 활과 검(劍)이 함께 떨어졌다. 남은 백성들은 그 활과 검을 끌어안고 우러러 하늘을 바라보았다는 고사에서 나왔다.《史記 卷28 封禪書》

철인대비 만장[64]

哲仁大妃輓章

아! 여중 성인께서	嗚呼女中聖
괴어[65] 타고 하늘로 오르셨네	騩馭賓于天
만백성이 천 줄기 눈물 흘리고	千行淚萬姓
육궁[66]부터 팔방 먼 곳까지 이르렀네	六宮曁八埏
영구가 떠날 시간 되어 상구[67]가 정갈하고	靈辰廞塗淨
서쪽 산기슭에 풀이 무성하네	西麓草芊芊

64 철인대비(哲仁大妃) 만장(輓章) : 귤산의 나이 65세 때인 1878년(고종15)에 지은 만장으로 보인다. 철인대비는 철종의 비 철인왕후(哲仁王后)로 본관은 안동이며, 부친은 영은부원군(永恩府院君) 김문근(金汶根)이다. 1837년(헌종3) 3월 23일에 태어났고, 1851년(철종2) 왕비에 책봉되었으며, 고종이 즉위한 뒤 1864년 대비가 되었다. 1878년(고종15) 5월 12일에 창경궁 양화당(養和堂)에서 승하하였고, 9월 18일에 철종의 예릉(睿陵)에 함께 묻혔다. 시호는 명순휘성정원수령경헌장목철인왕후(明純徽聖正元粹寧敬獻莊穆哲仁王后)이다. 예릉은 경기도 고양시 원당동 서삼릉에 있다. 한편, 귤산은 시책문제술관(諡冊文製述官)에 임명되어 〈철인왕후 시책문(哲仁王妃諡冊文)〉을 짓기도 하였는데, 《가오고략》 책10에 수록되어 있다.

65 괴어(騩馭) : 검은 말인 괴마(騩馬)가 끄는 수레라는 뜻으로, 황후의 행차를 말한다. 《진서(晉書)》 권19 〈예지 상(禮志上)〉에 "황후는 운모(雲母)를 유화(油畫)한 안거(安車)를 타는데 여섯 필의 괴마가 끌었다."라고 하였다.

66 육궁(六宮) : 천자를 모시는 황후와 다섯 부인을 말하는데, 여기서는 후궁(後宮)을 말한다.

67 상구(喪具) : 원문은 '흠도(廞塗)'이다. 흠은 상구를 진열하는 것이고, 도는 진흙을 빚어서 수레의 형상을 만든 도거(塗車)인데, 순장용(殉葬用)으로 함께 묻어서 따르며 호위하게 하는 명기(明器)의 일종이다. 《禮記 檀弓下》

한회[68]는 그 의장이 점점 멀어지고	翰檜儀漸敻
명정과 휘장은 그림자가 옮겨가네	旌旒影式遷
방부[69]는 유명에 합치되었으니	防祔協遺命
석물은 옛 능의 것을 그대로 따랐네[70]	象設仍舊阡
사람의 마음과 하늘의 이치를 아울렀으니	情理人天竝
진실로 좋은 길지 만년토록 영원하리라	允臧永萬年
아! 여중 성인이여	嗚呼女中聖
우뚝하게 하늘이 낸 자질 지녔네	卓乎天縱姿
옛날 신해년에 배 만들어 다리 놓은 경사 있었으니[71]	昔辛舟梁慶
실로 우리의 국모로 임하실 때였네	寔我母臨時
선왕의 정사를 따르고 도우며	軌贊先王政
성후[72]의 의용을 아름답게 이었네	徽嗣聖后儀

68 한회(翰檜) : 제왕의 관에 쓰이는 장식을 말한다. 한(翰)은 관의 옆을 장식한 것이고, 회(檜)는 관의 윗부분을 장식한 것이다.

69 방부(防祔) : 합장(合葬)을 말한다. 공자가 부친의 무덤을 방(防)에서 찾아 모친의 시신을 합장한 것에서 유래하였다. 《예기》 〈단궁 상(檀弓上)〉에 "공자가 어려서 아버지를 여의고 그의 무덤이 어디에 있는지 알지 못하였다. 그래서 어머니의 시신을 오보의 거리에 초빈하고, 추만보의 어머니에게 물어서 아버지의 무덤을 찾은 뒤에 아버지 무덤이 있는 방에 합장할 수 있었다.〔孔子少孤, 不知其墓. 殯於五父之衢, 問於郰曼父之母然後, 得合葬於防.〕"라고 하였다.

70 석물(石物)은……따랐네 : 《고종실록》 15년 5월 25일 기사에 "산릉의 표석(表石)은 예릉에 배설하였던 것을 사용하라."라는 전교가 보인다.

71 옛날……있었으니 : 신해년인 1851년(철종2)에 철종이 철인왕후를 왕비로 맞이한 것을 말한다. 배를 만들어 다리를 놓은 것은 주(周)나라 문왕이 태사(太姒)를 친영(親迎)한 일을 읊은 《시경》 〈대명(大明)〉에서 나왔다. 313쪽 주4 참조.

72 성후(聖后) : 여기서는 순조의 비 순원왕후(純元王后)를 가리킨다.

충효는 가법의 올바름이었고	忠孝家法正
도학은 세상의 모범을 드리웠네	道學世範垂
사랑을 세움은 본성에 근원했고	立愛根於性
어려서부터 모든 행동이 법도에 맞았네	自幼動合規
전적은 《오륜행실도》를 읽었고[73]	典讀五倫行
예법대로 삼 년의 상기를 다하였네[74]	禮盡三喪期
선대의 제사 받듦은 빈조의 읊조림과 같았고[75]	奉先蘋藻詠
아랫사람에게 은혜 베풂은 규목의 시[76]와 같았네	逮下樛木詩
친족에게 돈독하되 가득 참과 성대함을 경계했고[77]	敦親戒盈盛

73 전적(典籍)은 오륜행실도(五倫行實圖)를 읽었고 : 고종이 지은 〈철인왕후 행록(行錄)〉에 "경서(經書)와 역사서를 항상 보았는데 《오륜행실도》의 〈효자편(孝子編)〉을 읽을 때마다 반복해 읊조리며 눈물을 흘렸다."는 내용이 보이는데, 순원 성모를 오래 모시지 못한 이유에서라고 하였다. 《高宗實錄 15年 9月 18日》

74 예법대로……다하였네 : 고종이 지은 〈철인왕후 행록〉에, 철인왕후가 순원왕후의 상과 철종의 상을 당해 예를 지키며 삼년상을 치렀다는 내용이 보인다. 《高宗實錄 15年 9月 18日》

75 선대의……같았고 : 열성(列聖)의 제사를 정성으로 받들었다는 말이다. 빈조(蘋藻)는 제사에 올리는 제물을 말한다. 《시경》 〈채빈(采蘋)〉의 "이에 마름을 뜯기를, 남간의 물가에서 하네. 이에 마름을 뜯기를, 저 흐르는 물에서 하네.〔于以采蘋, 南澗之濱. 于以采藻, 于彼行潦.〕"라는 구절에서 나왔는데, 이 시는 대부의 아내가 제사를 잘 받드는 일을 읊은 것이라고 한다.

76 규목(樛木)의 시 : 후비(后妃)의 덕을 읊은 《시경》 〈주남(周南)〉의 시이다. 그 시에 "남쪽에 규목이 있으니, 칡덩굴이 감겨 있도다.〔南有樛木, 葛藟纍之.〕"라고 하였다. 규목은 아래로 굽은 나무인데 문왕(文王)의 후비를 지칭하며, 칡덩굴은 후궁들을 가리킨다. 후비가 투기하지 않고 후궁들에게 은혜를 베풀자, 후궁들이 감복하여 이렇게 노래했다고 한다.

77 친족에게……경계했고 : 김병국(金炳國)이 지은 〈철인왕후 지문(哲仁王后誌文)〉

마음을 지켜 치우침과 사사로움을 제거했네　秉心祛偏私
검소함을 숭상하여 덕의 근본으로 삼았고　崇儉德爲柄
살려주기를 좋아하여 만물이 힘입었네　好生物之資
은택이 흘러서 모두 은혜를 입으니　澤流俱涵泳
어느 것이 예릉이 남긴 뜻 아니랴　孰非睿陵遺
아! 여중 성인이시여　嗚呼女中聖
이치상 응당 만수무강하셔야 하는데　理合壽無疆
생각지도 못하게 마을에서 다투어 곡하니　不意巷哭競
모두가 흰색의 옷을 입었네　大小縞衣裳
교외의 길에서 신이 병든 몸으로 들것에 실려　郊路臣舁病
비를 맞으며 눈물 펑펑 쏟았네　沐雨泣滂滂
만장을 짓자니 애통하기 더욱 그지없는데　終事慟難更
비석에 감히 덕을 드날릴 수 있으랴　琬琰敢揄揚
현명한 자질로 공경스러운 이를 친애하고　哲命親克敬
인의 덕으로 아름다운 빛에 응답하였네[78]　仁德對休光
아! 여중 성인이시여　嗚呼女中聖
왕후의 교화가 사람의 마음에 남았는데　陰化在人心
한스럽게도 이렇게 끝나고 말았으니　可奈限終竟

에 "일찍이 신에게 조령을 내리기를, '형과 동생이 의정부에서 명예를 차지하게 되어 우리 가문은 지나친 데에 이르게 되었다. 어느 자리에 있든 마땅히 이 말을 명심하라.'라고 두세 번 거듭 타이르셨다."라는 내용이 보인다. 김병국은 철인왕후의 사촌 오빠로, 김문근의 아우인 김수근(金洙根)의 아들이며 삼정승을 모두 지냈다. 또 형인 김병학(金炳學) 역시 영의정까지 올랐다. 《高宗實錄 15年 9月 18日》

78 현명한……응답하였네 : 철인왕후의 시호인 '철인(哲人)'의 의미를 풀이한 것이다.

슬프게 소리치며 능침을 굽어보네　摧號玄扃臨

지나간 해엔 무지개가 갑자기 솟았는데[79]　曩年虹倏迸

이날 밤엔 우레가 어찌 그리 성대했던가[80]　是夜雷胡祲

옥난간에 꽃이 서로 비추고[81]　玉欄花相映

은해[82]에 달이 부질없이 잠겼으리　銀海月空沈

신선 수레에 바람 세차게 불어도　霞輧風飆勁

패옥은 소리가 적막하리라　璜珮寂寞音

흰머리에 걱정스러운 마음 가득 안고서　白首憂思怲

멀리 송백이 우거진 곳을 바라보네　瞻望松柏森

붓을 잡으니 부끄럽게도 심지가 굳지 못해　操觚慚不硬

만장을 끝까지 이루지 못하겠네　紼辭未成吟

구월의 이슬이 가볍고도 맑은데　九月露輕淸

구름 같은 상여에 가을 그림자 드리우네　雲軸翳秋陰

아! 여중 성인이시여　嗚呼女中聖

79 지나간……솟았는데 : 고종이 지은 〈철인왕후 행록〉에 "신해년(1851)의 초간택(初揀擇) 며칠 전에 상서로운 무지개가 연달아 대청 앞 물 항아리에 보였다."는 내용이 보인다. 《高宗實錄 15年 9月 18日》

80 이날……성대했던가 : 〈철인왕후 묘지명〉에 "11일 한밤중에 우렛소리가 나자 증세가 갑자기 심각해졌는데, 좌우에 있는 사람들에게 '우렛소리가 어찌 저리 큰가?'라고 하였다. 12일 새벽이 되자 더욱 요란해지면서 보무(寶婺)가 갑자기 빛을 잃었으니, 이것은 아마도 하늘이 암시한 징조였을 것이다."라는 내용이 보인다. 보무는 무녀성(婺女星)으로, 귀부인을 비유하는 말로 쓰인다. 《高宗實錄 15年 9月 18日》

81 옥난간에……비추고 : 하늘에서 꽃을 구경하고 있다는 말로, 왕후의 죽음을 의미한다. 315쪽 주10 참조.

82 은해(銀海) : 제왕의 능묘에 설치한 인공 호수이다. 능침을 뜻하는 말로 쓰인다.

애통함이 천년토록 깊네　　　　慟矣千古深

철인대비 만장 2

又

아! 하늘이 불쌍히 여기지 않아서	嗚呼天不弔
괴어 타고 갑자기 신선에 오르셨네	騩馭遽賓仙
오월 십일하고 다음 다음 날에	五月旬之翌
한 우렛소리 밤중에 이어졌네[83]	一雷夜半連
왕조의 예법은 계통을 중시하니	王朝禮重統
신하와 백성들 예전과 같이 통곡했네	臣庶慟猶前
창졸간에 옛 상구(喪具)를 갖추니	倉卒舊廞具
모두가 계해년에 쓰던 것이었네[84]	無非仍癸年

83 오월……이어졌네 : 철인대비는 1878년(고종15) 5월 12일에 승하하였다. 우렛소리는 337쪽 주80 참조.

84 창졸간에……것이었네 : 334쪽 주70 참조. 계해년은 철종이 승하한 1863년을 말한다.

철인대비 만장 3

又

위대하도다 왕후의 덕이 성대하니	猗歟后德盛
충과 효를 떨친 옛 명문가로다	忠孝故名門
왕후의 의범은 세 성인에 걸맞았고	壼範稱三聖
대대로의 음덕은 한 근원으로 거슬러 오르네[85]	世庥溯一源
도움이 깊어서 국운이 태산 반석에 놓이고	助深邦措泰
실어줌이 두터워 만물이 왕후의 덕에 힘입었네	載厚物資坤
만백성이 어머니처럼 우러러보고	萬姓仰如母
장추궁[86]에서 존귀하게 봉양받았네	長秋志養尊

85 왕후의 의범은……오르네 : 세 성인은, 철인대비가 왕후로 있을 때 받들어 모신 순조의 비 순원왕후(純元王后), 헌종의 계비 효정왕후(孝定王后) 및 익종의 비 신정왕후(神貞王后)를 말한 것으로 보인다. 한 근원이란 안동 김씨 가문에서 연달아 왕후가 배출되었음을 말하는데, 순원왕후와 헌종의 비 효현왕후(孝顯王后)가 안동 김씨이다.

86 장추궁(長秋宮) : 후한(後漢) 때 명덕마황후(明德馬皇后)가 거처하던 궁전 이름인데, 왕후를 가리키는 말로 쓰인다.

철인대비 만장 4
又

신해년에 상서가 정해져서	定祥維歲亥
경실에서 선왕의 배필이 되었네[87]	京室配先王
학문은 한나라의 유자처럼 해박하였고	學號漢儒博
다스림은 당나라의 훌륭한 보좌를 바탕 삼았네[88]	治資唐佐良
별궁에 무지개의 빛이 이어지고[89]	別宮虹彩亘
자전에 봄날 햇살 같은 기운이 길었네	慈殿春暉長
검소한 덕은 몸에 지닌 잠언이었고[90]	儉德成箴珮

87 신해년에……되었네 : 철인왕후가 철종의 비로 간택되었다는 말이다. 신해년은 1851년(철종2)이다. 경실(京室)은 왕실을 말하는데, 《시경》 〈사제(思齊)〉에 "엄숙한 태임이 문왕의 어머니시니, 주강에게 사랑받아 왕실의 며느리가 되었네.〔思齊太任, 文王之母. 思媚周姜, 京室之婦.〕"라는 구절에서 나왔다. 주강(周姜)은 문왕의 조모 태강(太姜)이다.

88 다스림은……삼았네 : 철인왕후가 선언(善言)으로 철종을 잘 보필했다는 말이다. 당나라 태종(太宗)의 황후인 문덕순성황후(文德順聖皇后)가 세상을 떠나자, 태종이 "이제 더 이상 선언을 듣지 못하게 되었으니, 이는 내부의 훌륭한 보좌 하나를 잃은 것이다.〔今不復聞善言, 是內失一良佐.〕"라고 하였다. 《舊唐書 卷51 太宗文德皇后長孫氏傳》

89 별궁(別宮)에……이어지고 : 철인왕후가 초간택되기 전에 상서로운 무지개가 연달아 대청 앞 물 항아리에 비친 것을 말한다. 337쪽 주79 참조.

90 검소한……잠언(箴言)이었고 : 김병국(金炳國)이 지은 〈철인왕후 지문(哲仁王后誌文)〉에 "옷은 비단옷을 입지 않았고 겨울에는 무명옷을, 여름에는 모시옷을 항상 입었는데, 검소한 것을 좋아하는 덕은 자못 옛날의 왕비들에게도 없었던 일이었다."라

훌륭한 덕화가 후궁에까지 미쳤네　　薰腴沐媵嬙

는 내용이 보인다.《高宗實錄 15年 9月 18日》

철인대비 만장 5

又

기주에서 밝음은 지혜를 만든다고 하였고	箕疇明作哲
희상에서 인에 드러난다고 하였네[91]	羲象顯諸仁
시책을 올리며 가법을 인용하고	冊論援家法
명정을 쓰며 사신이 눈물 흘렸네	旌銘泣史臣
하늘에서 타고난 자질이 큰 덕에 어울리는데	受天宜大德
수명이 짧아서 중년에 미치지 못했네	嗇壽未中身
오직 무성한 풀만 남으니	惟有菲菲草
양화당[92]에 봄빛이 오르네	養和堂上春

91 기주(箕疇)에서……하였네 : 철인대비의 시호인 ‘철인(哲人)’의 뜻을 풀이한 내용이다. 기주는 《서경》 〈홍범(洪範)〉의 구주(九疇)로, 기자(箕子)가 저술하였다고 하여 기주라고 한다. 《서경》 〈홍범〉에 “밝음은 지혜를 만든다.〔明作哲.〕”라는 내용이 보인다. 희상(羲象)은 복희씨(伏羲氏)가 만든 팔괘(八卦)의 형상을 말하는데, 《주역》을 뜻하는 말로 쓰인다. 《주역》 〈계사전 상(繫辭傳上)〉에 “도(道)는 인에 드러난다.〔顯諸仁.〕”라는 내용이 보인다.

92 양화당(養和堂) : 철인대비가 승하한 곳으로 창경궁에 있다.

철인대비 만장 6

又

서쪽 교외에 가을빛이 저무니	西郊秋色晩
상여에 맑은 서리가 덮였네	鷩輅撲淸霜
언덕이 길하니 왕교의 신발을 더위잡고[93]	兆吉攀喬舃
마음이 맞으니 노나라 방에 합당하네[94]	情孚合魯防
넉넉한 바람 속에 붉은 까치가 맞이하고	風餘丹鵲御
오래도록 빛나는 흰 달빛 속에 길이 모셨네	輝古素蟾藏
처량하게 옛날의 수레[95]가	悽愴舊時輦
느릿느릿 석양에 돌아오네	遲遲返夕陽

93 언덕이……더위잡고 : 길지에 잡은 왕릉에서 혼령이 신선처럼 유유히 노닐 것이라는 말로 보인다. 왕교(王喬)의 신발은 원래 지방관을 의미하는 말로 쓰이는데, 여기서는 신선의 신발을 의미하는 말로 쓰인 듯하다. 후한(後漢) 섭현(葉縣)의 현령 왕교가 신선술을 익혀서 조정에 조회를 올 때마다 신발을 오리로 변화시켜 타고 왔다는 고사가 전한다. 《後漢書 卷82 方術列傳 王喬》

94 마음이……합당하네 : 철종과 철인왕후가 마음이 부합하였으므로, 철인왕후를 철종의 능인 예릉(睿陵)에 합장하는 것이 옳다는 말로 보인다. 노나라 방(防)은 공자가 부친의 무덤을 방(防)에서 찾아 모친의 시신을 합장한 것에서 유래하여 합장을 가리키는 말로 쓰인다. 337쪽 주69 참조.

95 옛날의 수레 : 철종의 장례에 사용했던 수레를 다시 사용한 것을 말한다. 337쪽 주70 참조.

연상[96]

延祥

대궐문의 도부첩자[97] 새 모습으로 바뀌고	金門桃帖煥新顔
원일에 대궐에서 하례하는 신하의 반열 이끄네	元日彤庭引賀班
성수 천년을 누리시라 일제히 절하며 올리니	聖壽千年齊拜獻
봉래전[98] 앞에서 남산을 대하네	蓬萊前殿對南山
납일 전에 세 번 서설을 보았으니	三看喜雪臘之前
아름다운 상서가 성대히 하늘에서 내려왔네[99]	佳瑞穰穰降自天
요의 책력이 갑진년 원일에 이르렀으니[100]	堯曆甲辰元日屆

96 연상(延祥) : 정월 초하루를 맞이하여 국가와 왕실에 상서로운 일이 생기기를 바라는 뜻으로 관원들이 임금에게 지어 올리는 시를 말한다. 대궐 안의 전각(殿閣) 기둥에 붙였다. 아래에 이어지는 시는 다년간에 걸쳐 지어 올린 연상 시를 모아놓은 것으로 보인다.

97 도부첩자(桃符帖子) : 복숭아나무 판자에 쓴 글씨로, 정월 초하루에 복숭아나무 판자 두 개에 신도(神荼)와 울루(鬱壘)라는 두 신의 이름을 써서 문 양쪽 곁에 걸어 사귀(邪鬼)를 물리치던 풍속이 있었다. 《荊楚歲時記》

98 봉래전(蓬萊殿) : 당(唐)나라의 수도인 장안(長安)에 있던 궁전 이름인데, 일반적으로 궁궐을 가리킨다.

99 납일(臘日)……내려왔네 : 납일은 동지(冬至) 뒤의 셋째 술일(戌日)을 말한다. 《본초강목(本草綱目)》에 의하면, 납일 이전에 세 번 눈이 내리면 채소와 보리가 잘 자라고 살충 효과가 있다고 한다.

100 요(堯)……이르렀으니 : 요의 책력은 책력을 말한다. 《서경》〈요전(堯典)〉에 "이에 역관 희씨와 화씨에게 명하여 하늘을 공경히 따라서 해와 달과 별자리를 기록하고

태평 만세가 또 올해에도 이어지리 太平萬歲又今年

패옥 소리 찰랑이고 밤이 새벽으로 향하는데 環珮丁東夜嚮晨
개양문[101] 열리니 바로 새해 아침이네 開陽門闢卽元辰
가지런한 문후 반열 신료들이 바라나니 候班濟濟臣僚願
성상께서 천년하고 다시 만년 누리시기를 聖上千秋復萬春

동관이 인지장을 그려서 올리니[102] 彤管圖成麟趾章
붉은 구름 한 덩이가 서광을 발하네 紅雲一朶放祥光
지난해의 경사가 올해의 경사로 이어져 舊歲慶仍新歲慶
왕실에 큰 복이 성대히 내려오리라 天家鴻福降穰穰

자전의 보령이 사순에 오르니[103] 慈殿寶齡躋四旬
이제부터 해옥[104]처럼 만년의 봄 누리리라 從今海屋萬年春

관찰하여 백성의 농사철을 공경히 내려주게 하셨다.〔乃命羲和, 欽若昊天, 曆象日月星辰, 敬授人時.〕"라고 한 데서 나왔다. 갑진년은 1844년(헌종10)이다.

101 개양문(開陽門) : 경희궁(慶熙宮)의 남문이다.

102 동관(彤管)이……올리니 : 새해를 축하하는 뜻으로 대궐에서 만들어 임금이 신하에게 내려주던 세화(歲畫)를 형용한 말로 보인다. 동관은 대롱이 붉은 붓인데, 황후의 행동을 기록하는 여사(女史)가 사용한 붓이라고 한다. 인지장(麟趾章)은 《시경》 〈주남(周南) 인지지(麟之趾)〉를 말하는데, 자손의 번창을 칭송하는 시이다.

103 자전(慈殿)의……오르니 : 귤산의 생애에서 보면, 1847년(헌종13)에 익종의 비 신정왕후(神貞王后)가 40세가 되었으며, 1870년(고종7)에 헌종의 계비 효정왕후(孝定王后)가 40세가 되었다. 《憲宗實錄 13年 1月 1日》《高宗實錄 7年 1月 1日》

104 해옥(海屋) : 신선이 사는 바다 위의 집으로, 장수를 축원할 때 쓰는 말이다. 노인

하례 의식 올리는 날 용안에 기쁨 넘치니 賀儀是日天顔喜
남극성 상서로운 빛이 대궐을 감싸네 南極祥光繞北宸

만팔문 앞에 좋은 풍경 많으니 萬八門前淑景多
봄바람 불고 단비 내려 중화의 기운이네 條風甘雨是中和
하늘이 태평 세상 모습을 아름답게 꾸미니 天公賁飾昇平象
한 해의 구중궁궐 봄빛에 사물마다 화려하네[105] 一歲重春物物華

폭죽 소리 속에 새벽빛이 열리니 爆竹聲中曙色開
뭇 관원이 검과 패옥 차고 하례 반열 재촉하네 千官劍珮賀班催
채색 구름 깊은 곳에서 옥 상자가 나오니 彩雲深處瑤函出
화축과 숭호 소리[106] 일제히 들려오네 華祝嵩呼竝進來

세 사람이 만나 서로 나이를 물어보았는데, 한 노인이 "바닷물이 말라서 뽕나무밭으로 변할 때마다 내가 산가지 하나를 내려놓았는데, 지금까지 나의 산가지가 열 칸의 집에 이미 가득 찼다."라고 했다는 해옥첨주(海屋添籌)의 고사가 전한다. 《東坡志林 卷7》

105 만팔문(萬八門)……화려하네 : 이 시는 《존재집(存齋集)》 권20에 실린 〈대전에 올린 춘첩〔大殿春帖〕〉 2수 중 두 번째 시와 내용이 거의 같은데, 《존재집》에는 위 첫구의 '숙경(淑景)'이 '낙사(樂事)'로 되어 있으며, "남을 대신해 짓다."라는 원주가 붙어 있다.

106 화축(華祝)과 숭호(嵩呼) 소리 : 신하들이 임금의 만수무강과 국가의 번영을 기원하는 소리이다. 화축은 '화봉삼축(華封三祝)'의 준말로, 화 땅을 지키는 사람이 요(堯) 임금에게 수(壽)와 부(富)와 다남(多男)을 축원했다는 고사에서 나왔다. 숭호는 한(漢)나라 무제(武帝)가 숭산(嵩山)에 올라갔을 때, 어디선가 만세 소리가 세 번 들려왔다는 고사에서 나왔다. 《莊子 天地》《漢書 卷6 武帝紀》

미더운 성상의 교화 주재하지 않는 공덕[107]이니	宸化潛孚不宰功
권농 조서 내려서 하늘의 임무 대신하네[108]	勸農書下代天工
길상의 징조인 세 차례 눈을 점칠 필요 없으니[109]	休徵無待占三雪
무의 해에는 예로부터 풍년 들었네[110]	維戊之年自古豐

하늘이 날을 아끼는 우리 왕의 마음 돌보니	天眷吾王愛日心
동조의 화갑 경사가 바로 올해라네[111]	東朝華甲慶年今
이제부터 해옥에 새로 산가지를 더하여	從今海屋新添算
산가지가 하늘과 나란함을 성모께서 보시리라[112]	算到齊天聖母臨

뭇 관원들 잠과 패옥 차고 하례 반열 재촉하는데	千官簪佩賀班催
인정문은 높고 새벽빛이 열리네	仁政門高曙色開

107 주재(主宰)하지 않는 공덕 : 인위적으로 다스리지 않아도 저절로 이루어지는 공덕을 말한다.

108 권농(勸農)……대신하네 : 무진년인 1868년(고종5) 1월 1일에 고종이 권농 윤음을 내린 기록이 보인다.《高宗實錄》

109 길상(吉祥)의……없으니 : 세 번 눈이 내렸는가를 살펴 풍흉을 점칠 필요가 없다는 말이다. 345쪽 주99 참조.

110 무(戊)의……들었네 :《한서(漢書)》 권21상 〈율력지 상(律曆志上) 1〉에 "무의 때에 풍성하고 무성해진다.〔豐楙於戊.〕"라는 기록이 보인다.

111 하늘이……올해라네 : 1868년(고종5)에 신정왕후(神貞王后)가 화갑이 된 것을 가리킨다. 날을 아끼는 마음은 연로한 부모의 얼마 남지 않은 여생을 생각하여, 날을 아까워하며 하루하루 정성으로 봉양하는 효심을 말한다.《高宗實錄 5年 1月 1日》《法言 孝至》

112 이제부터……보시리라 : 장수를 기원한다는 말이다. 해옥(海屋)에 대해서는 346쪽 주104 참조.

이날에 옥함을 대궐에서 올리니	是日瑤函呈玉殿
상방에선 응당 색동옷 만들어 오리	尙方應製綵衣來

춘첩

春帖

따뜻하고 화창한 입춘 날 대궐 정원 동쪽에	春日暄姸內苑東
뜨락의 원추리와 섬돌의 명협[113]이 서광 속에 있네	庭萱階莢瑞光中
뭇 관원들 머리에 은번[114] 꽂고 나오는데	千官頭揷銀幡出
온 천지에 온화한 기운 짙다네	和氣融濃六六宮

구리병의 따뜻한 옥루가 봄 들어 더디 떨어지니	銅壺暖漏入春遲
참으로 중희당[115]에서 강론 들을 때라네	正是熙堂聽講時
낮에 세 번 접견하는 서연도 게을리하지 않고	接晝三筵猶不倦
다시 연촉을 섬돌 앞에 내리도록 하네[116]	更教蓮燭下前墀

113 명협(蓂莢) : 요(堯) 임금 때 조정의 뜰에 났다는 서초(瑞草)의 이름이다. 초하루부터 매일 한 잎씩 나고 보름 이후로는 매일 한 잎씩 져서 그믐에는 다 떨어지므로, 이것으로 달력을 삼았다고 한다. 《竹書紀年 卷上 帝堯陶唐氏》

114 은번(銀幡) : 은박을 입혀 만든 조화(造花)인 은번승(銀幡勝)을 말한다. 중국 풍속에 입춘 날 봄이 온 것을 경축하는 의미로 대궐에서 이것을 하사하면, 신하들이 머리에 꽂았다고 한다. 《東京夢華錄 卷6 立春》

115 중희당(重熙堂) : 창덕궁 인정전(仁政殿) 동쪽에 있던 건물로, 1782년(정조6)에 지었으며 주로 세자궁(世子宮)으로 사용되었다. 1891년(고종28)에 이건하라는 명이 내렸고 지금은 터만 남아 있다.

116 다시……하네 : 밤늦게까지 신하들과 강론한다는 말이다. 연촉은 연꽃 모양의 등촉(燈燭)으로, 신하에 대한 왕의 특별 예우를 의미하는 말로 쓰인다. 당나라 영호도(令狐綯)가 궁궐에서 밤늦게까지 황제와 대화를 나누다가 돌아갈 때 촛불이 거의 꺼지자, 황제가 수레와 황금 연촉을 주어 보냈다는 고사가 있다. 《新唐書 卷166 令狐綯列傳》

춘첩 2 두 수
又 二首

궁궐 정원에 영지초가 있으니	內園有靈芝
봄비 맞아 또 세 번째 꽃 피었네[117]	春雨又三秀
첫 꽃은 우리 임금 앞에 바치고	一獻吾王前
두 번째 꽃은 자성을 위해 축수했네	二爲慈聖壽

자양의 한 편 통사와	紫陽一統史
소왕의 반 부 책이 있네[118]	素王半部書
강론하고 대답하며 그치지 않는데	講對無停撤
길고 따뜻한 이 봄날에 펼쳐지네	遲遲此日舒

117 세……피었네 : 원문의 '삼수(三秀)'는 영지초(靈芝草)의 별칭인데, 1년에 세 번 꽃이 핀다고 하여 붙여진 이름이다.

118 자양(紫陽)의……있네 : 자양은 주희(朱熹)의 별호이다. 한 편 통사는 주희의 《자치통감강목(資治通鑑綱目)》을 말한다. 소왕(素王)은 제왕의 지위는 갖지 못했으나 제왕의 덕을 갖추었다는 뜻으로 공자의 별칭이다. 반 부(半部)는 절반이라는 의미로 《논어》를 일컬은 말이다. 송(宋)나라 조보(趙普)가 재상이 되어 태종에게 아뢰기를 "신은 《논어》 절반으로 태조(太祖)를 보좌하여 천하를 평정하였습니다. 이제 그 절반으로 폐하를 보좌하여 태평을 이루겠습니다."라고 대답했던 고사가 전한다. 《鶴林玉露 卷7》

섣달에 쓴 춘첩

臘月春帖

무성한 봄기운이 대궐에 가득하니	藹藹陽和滿北宸
묵은해에 새해의 봄이 먼저 찾아왔네	舊年先立新年春
태평의 꽃인 섣달 매화 피니	太平花是臘梅發
동방에 상서 되어 성인을 축원하네	作瑞東方祝聖人

납일 전의 서설로 이미 풍년을 점치니	臘前瑞雪已占豐
우리 임금 성군의 교화에서 나왔네	出自吾王聖化中
한 말 쌀값 삼 전임을 증험함이 있으니	斗米三錢知有驗
정관만이 어진 정치를 독점하는 것은 아니라네[119]	貞觀非獨擅仁風

화번과 도첩[120]이 좋은 시절에 아름답고	花幡桃帖媚佳時
추위 물러간 화려한 누각에 봄날 옥루 더디 떨어지네	

119 납일(臘日)……아니라네 : 납일 전에 세 번 눈이 내리면 채소와 보리가 잘 자라고 살충 효과가 있다고 하였다. 345쪽 주99 참조. 또 당나라 태종(太宗)이 태평의 정치를 이루어 천하가 부귀해져서 즉위 4년에 쌀값이 한 말에 겨우 3전(錢)이었다고 한다. 정관(貞觀)은 당 태종의 연호로, 태평 시대의 대명사로 쓰인다. 《新唐書 卷97 魏徵列傳》《資治通鑑 卷193 唐紀9》 한편, 이 시는 《존재집(存齋集)》 권20에 실린 〈대전에 올린 춘첩〔大殿春帖〕〉 2수 중 첫 번째 시와 내용이 동일한데, 《존재집》에는 "남을 대신해 짓다."라는 원주가 붙어 있다.

120 화번(花幡)과 도첩(桃帖) : 화번은 은박(銀箔)을 입혀 만든 조화(造花)를 말하고, 도첩은 도부첩자(桃符帖子)를 말한다. 345쪽 주97과 350쪽 주114 참조.

寒退瓊樓暖漏遲

대궐에 물씬물씬 온화한 기운 퍼지니	大內融融和意遍
육궁에서 앞다퉈 이남의 시를 읊네[121]	六宮爭誦二南詩

자전의 장수 끝이 없어 온갖 복이 몰려드니	慈壽無疆百祿臻
옥 술잔과 옥첩으로 새봄을 경하하네	瑤觴玉牒慶新春
보무가 남극성에 임한 것을 기쁘게 바라보니[122]	欣瞻寶婺臨南極
밤마다 상서로운 빛이 붉은 대궐을 감싸네	夜夜祥光繞紫宸

해마다 나라의 경사에 온갖 복이 몰려드니	邦慶年年百祿臻
태평 만세가 금년 봄에 시작되네	太平萬歲始今春
풍년은 본래 인화의 형상인데	年豐自是人和像
지난겨울 잦은 서설로 이미 징험되었네	已驗前冬瑞雪頻

향긋한 초주와 오신채 나물[123] 은혜로운 하사 입으니

121 육궁(六宮)에서……읊네 : 후궁들이 왕과 왕비의 덕을 찬양한다는 말이다. 육궁은 천자를 모시는 황후와 다섯 부인을 말하는데, 여기서는 후궁을 말한다. 이남(二南)의 시는 《시경》의 〈주남(周南)〉과 〈소남(召南)〉의 시를 말하는데, 문왕(文王)과 후비(后妃)의 덕을 칭송하는 노래가 많다.

122 보무(寶婺)가……바라보니 : 자전(慈殿)의 장수를 기뻐한다는 말이다. 보무는 무녀성(婺女星)으로 귀부인을 뜻하는데, 자전을 비유한 말로 쓰였다. 남극성은 남극노인성이라고도 하며 장수를 상징하는 별이다.

123 향긋한……나물 : 초주(椒酒)는 산초를 담아 빚은 술로 초백주(椒柏酒)라고도 하는데, 새해 아침에 집안 어른들에게 장수를 기원하며 올렸다. 오신채(五辛菜)는 오신반(五辛盤)이라고도 하는데, 새해 아침과 입춘에 매운맛이 나는 파·마늘·부추·여

	椒香菜縷被恩頒
기쁜 기색이 먼저 옥순반[124]에 오르네	喜氣先騰玉筍班
서쪽 고을[125] 소신이 유독 그리움이 맺혀서	西邑小臣偏戀結
매번 북두성에 의지해 남산의 축수 올리네[126]	每依北斗祝南山

꿔·겨자를 나물로 만들어 먹으며 봄을 맞는 풍속이 있었다.

124 옥순반(玉筍班) : 뛰어난 인재들이 즐비한 조정의 반열을 말한다.

125 서쪽 고을 : 황해도를 말하는데, 귤산은 1861년(철종12) 11월에 황해도 관찰사로 부임하였고, 이듬해 12월에 함경도 관찰사로 옮겼다.

126 매번……올리네 : 서울을 바라보며 축수를 올린다는 말이다. 두보의 〈추흥팔수(秋興八首)〉에 "매번 북두성에 의지해 장안을 바라보네.〔每依北斗望京華.〕"라는 구절이 있다. 남산의 축수는 장수를 축원한다는 말인데 《시경》 〈천보(天保)〉의 "남산처럼 장수하소서.〔如南山之壽.〕"라는 구절에서 나왔다.

단오첩

端午帖

절기는 천중절[127]에 이르고 해는 중천에 있으니	節屆天中日正中
대궐의 좋은 기운 성대하고 왕성하네	禁城佳氣鬱蔥蔥
상서 맞는 애승[128]이 모든 집에 걸렸고	祥迎艾勝懸千戶
훈풍에 어울린 노래에 백관이 화답하네	歌叶薰風和百工
붉게 터진 석류는 촉촉한 비를 맞았고	紅綻榴房經雨潤
누렇게 나온 보리 이삭은 풍년을 징험하네	黃抽麥穗驗年豐
오색실로 산과 용을 수놓고 싶으니[129]	五絲願補山龍繡
만수무강하시라 성상께 축원 올리네	萬壽無疆祝聖躬

춘대에 교화가 흡족하여 옥촉이 빛나는데[130]	化洽春臺玉燭煌

127 천중절(天中節) : 단오의 이칭이다.

128 애승(艾勝) : 애인(艾人)과 채승(綵勝)을 말한다. 애인은 쑥을 뜯어 사람의 형상으로 만든 인형으로 애옹(艾翁)이라고도 하는데, 단오절에 사기(邪氣)를 물리치는 뜻에서 문에 걸었다고 한다. 채승은 오색 종이나 비단을 잘라 제비·나비 등의 형상을 만든 뒤에 머리에 꽂는 꾸미개로 주로 입춘(立春)에 사용하였는데, 단오에 사용한 용례도 보인다.

129 오색실로……싶으니 : 임금을 잘 보좌하고 싶다는 말이다. 오색실은 천자의 곤룡포를 짓는 데 썼고, 산과 용은 곤룡포에 수놓은 문양이다. 두목(杜牧)의 〈군재독작(郡齋獨酌)〉에 "평생에 오색실을 가지고, 순 임금 의상을 기워보고 싶네.〔平生五色線, 願補舜衣裳.〕"라는 구절이 있다. 《全唐詩 卷520》

130 춘대(春臺)에……빛나는데 : 임금의 교화 덕분에 세상이 태평하다는 말이다. 춘

고르게 나뉜 월령에서 단오를 만났네	平分月令値端陽
꿩 꼬리 부채 펼치니 어진 바람이 일고[131]	扇開雉尾仁風動
대궐 섬돌의 옥루가 시각 알리니 상서로운 해가 기네	漏報螭階瑞日長
창포주와 난탕[132]은 옛 풍속에 전해지고	蒲醸蘭湯傳舊俗
종반과 도인[133]은 새 상서를 맞이하네	粽盤桃印迓新祥
농민의 마음 위로하려 잠깐 비가 내리니[134]	三農慰滿須臾雨
태평 시절 노래가 팔방에 넘치네	聖世謳謠溢八方

대와 옥촉(玉燭)은 태평한 세상을 의미하는 말로 쓰인다. 《노자(老子)》 제21장에 "사람들이 즐거워하여 큰 잔칫상을 받은 듯하고 춘대에 오른 듯하다.〔衆人熙熙, 如享太牢, 如春登臺.〕"라는 말이 있다. 또 《이아(爾雅)》 〈석천(釋天)〉에 "사시의 기운이 조화로운 것을 옥촉이라고 한다.〔四氣和謂之玉燭.〕"라는 말이 있는데, 성군(聖君)이 태평성대를 이룬 것을 비유하는 말로 쓰인다.

131 꿩……일고 : 꿩 꼬리 부채는 고대 제왕의 의장 용구 중 하나이다. 여기서는 단옷날 임금이 하사하는 단오선(端午扇)을 일컬은 것으로 보인다.

132 창포주(菖蒲酒)와 난탕(蘭湯) : 창포주는 단옷날 마시는 술로, 창포의 향기가 액운을 막는다고 여겼다. 난탕은 난초를 넣어 끓인 물을 말하는데, 단옷날 이 물로 목욕하는 풍속이 있었다. 《荊楚歲時記》

133 종반(粽盤)과 도인(桃印) : 종반은 떡의 일종인 종자(粽子)가 담긴 쟁반을 말한다. 초나라 굴원(屈原)이 5월 5일에 멱라수(汨羅水)에 몸을 던지자 사람들이 죽통(竹筒)에 쌀을 담아 강에 던져 제사를 지냈는데, 이 풍습이 단옷날 종자를 만들어 강에 던지는 것으로 전승되었다고 한다. 도인은 복숭아나무로 만든 인장인데, 한(漢)나라에서 음기가 싹트기 시작하는 5월이 되면 도인에 오색의 글씨를 써서 악귀를 물리치는 용도로 사용하였다고 한다. 《續齊諧記》 《後漢書 卷15 禮儀志5》

134 농민의……내리니 : 송(宋)나라 한기(韓琦)의 시에 "잠깐 동안 비 내려 삼농의 바람 위로해 채워주더니, 신공을 거두어 아무 일 없듯 조용하네.〔須臾慰滿三農望, 收斂神功寂似無.〕"라는 구절이 있다. 《宋名臣言行錄 後集 卷1 久旱喜雨》

단오첩 2
又

해마다 단옷날에 맑은 시를 올리니	年年端午進淸詞
난초 첩이 푸른 무더기로 대궐 섬돌에 쌓였네	蘭帖靑闌堆玉墀
이날 신하들의 한결같은 바람은	此日諸臣一例願
연영전[135]에서 부지런히 강론에 힘쓰시는 것이라네	延英講對勉孜孜

녹우[136] 막 그친 궁궐 정원 동쪽에	綠雨初收紫籞東
중삼문[137]의 좋은 기운이 훈풍에 움직이네	中三佳氣動薰風
소신이 공경히 내려주신 부채 받드니	小臣祇受恩頒箑
이삭 드리운 보리 한두 무더기 그려져 있네	寫麥垂垂一兩叢

135 연영전(延英殿) : 고려 때 대궐 안에 서적을 비치하고 임금이 신하들과 토론하던 곳으로, 조선 때는 집현전(集賢殿)으로 명칭이 바뀌었다. 여기서는 경연(經筵)의 의미로 쓰인 듯하다.

136 녹우(綠雨) : 늦봄과 초여름 사이 잎이 우거진 때 내리는 비를 말한다.

137 중삼문(中三門) : 내삼문과 외삼문 중간에 세 칸으로 세운 대문을 말한다.

단오첩 3
又

역대 제왕의 역사와	歷代帝王史
먼 옛날 성현의 말씀 있으니	邃古聖賢言
힘써 부지런히 강론하면서	孜孜勤講對
종일토록 지존을 모시리라	永日陪至尊

단오첩 4

又

쟁반에 구자종[138]이 오르고	盤登九子粽
섬돌에 만년지[139]가 비치네	墀映萬年枝
끝없이 이어지는 나라의 경사를	綿綿邦國慶
단오의 시로 일제히 축원하네	齊祝端陽詞

138 구자종(九子粽) : 종자(粽子)의 일종으로, 아홉 개의 종자를 하나로 꿰었기에 이렇게 부른다. 종자에 대해서는 356쪽 주133 참조.

139 만년지(萬年枝) : 동청목(冬青木), 즉 사철나무를 말한다. 궁궐을 읊은 시에 자주 등장한다.

단오첩 5

又

들판 풍광은 누런 보리 구름처럼 덮였고	野色黃雲覆
술잔 빛은 푸른 창포주가 선명하네	樽光綠蒲明
지금부터 천세 만세토록	從今千萬歲
태평 시절 아닐 때 없으리라	無時不太平

단오첩 6[140]

又

동룡[141]이 오시를 비로소 알려오는데	銅龍午漏報來初
옥 서안에 새로운 공부 절로 넉넉함이 있네	玉案新工自有餘
공자의 생각 주공의 마음 법도가 같으니	孔思周情同一揆
성인께서 성인의 글을 부지런히 읽으시네	聖人勤讀聖人書

열매 맺은 붉은 석류에 따뜻한 바람이 불고	丹榴結子惠風俱
줄기 나온 푸른 쑥에 상서로운 이슬 내렸네	青艾抽莖瑞露濡
해의 신과 달의 신이 모두 호위하는데	日御月神皆護衛
궁중에서 적령부를 어디에 쓰랴[142]	宮中何用赤靈符

140 단오첩(端午帖) 6 : 이 시의 첫째 수와 둘째 수는 《존재집(存齋集)》 권21에 수록된 〈대전단오첩(大殿端午帖)〉 3수의 첫째 수, 둘째 수와 내용이 같다.

141 동룡(銅龍) : 누수 그릇〔漏器〕의 물을 토해내는 용두(龍頭), 즉 누호(漏壺)를 가리킨다. 세자궁을 가리키기도 한다.

142 해의……쓰랴 : 해의 신은 고대 신화에서 태양을 위해 수레를 모는 신으로 이름은 희화(羲和)이다. 적령부(赤靈符)는 재변을 피하기 위해 가슴에 붙이는 부적이다. 《포박자(抱朴子)》 〈잡응(雜應)〉에, 재변과 병기(兵器)를 피하는 방법의 하나로 5월 5일에 가슴 앞에 적령부를 붙이면 된다는 내용이 보인다. 한편, 구양수(歐陽修)의 〈단오첩자사(端午帖子詞)에 "오병을 덕으로 물리치니, 적령부를 어디에 쓰랴.〔五兵消以德, 何用赤靈符?〕"라는 구절이 보인다. 《文忠集 卷83 端午帖子詞 皇帝閤六首》

닷새와 사흘 만에 바람 불고 비 내려 고른 날씨 이어지니[143] 五雨三風報候均
덕화가 백성에게 입혀졌음을 잘 알겠네 深知德化被生民
붉은 석류와 푸른 창포는 모두 평범한 것이니 榴丹蒲綠皆凡品
누런 보리 물결이 팔방에 가득함이 가장 기쁘네 最喜黃雲滿八垠

삼조의 《보감》을 상고하여 완성하니 三朝寶鑑若稽成
선왕의 공적 계승하여 일청의 세상 만났네[144] 繼述神工際一淸
쌍척의 강연[145]에서 조종을 본받으리니 雙隻講筵祖宗法

143 닷새와……이어지니 : 한(漢)나라 왕충(王充)의 《논형(論衡)》 〈시응편(是應篇)〉에 "바람은 나뭇가지를 울리지 않고 비는 흙을 무너뜨리지 않아서, 닷새 만에 한 번 바람이 불고 열흘 만에 한 번 비가 온다.〔風不鳴條, 雨不破塊, 五日一風, 十日一雨.〕"라는 내용이 보인다. 한편, 박윤묵(朴允默)의 〈또 죽파공에게 올리다〔又呈竹坡公〕〉라는 시의 주석에 "삼오는 바로 농서에서 이른바 '사흘에 한 번 바람 불고, 닷새에 한 번 비가 온다'는 것이다.〔三五卽農書所云'三日一風, 五日一雨.'〕"라는 내용이 보인다. 《存齋集 卷21》

144 삼조(三朝)의……만났네 : 정조가 《국조보감》을 편찬했던 일을 이어받아 헌종이 정조·순조·익종 삼조(三朝)의 《보감》을 찬수함으로써 태평성세를 이루었다는 말로 보인다. 헌종은 1847년(헌종13)에 조인영(趙寅永) 등에게 명해 삼조의 《보감》을 찬수하게 하여 1848년 10월에 완성하였다. 《憲宗實錄 13年 2月 1日, 14年 10月 3日·6日》 일청(一淸)은 '황하천년일청(黃河千年一淸)'의 준말로 쓰여 보기 드문 성세를 만났다는 말로 보인다. 《文選 卷53》 한편, 이 사실을 근거로 추정하면 귤산의 이 시는 1849년(헌종15) 단오에 지은 것이 된다.

145 쌍척(雙隻)의 강연(講筵) : 쌍척은 짝숫날인 쌍일(雙日)과 홀숫날인 척일(隻日)을 말하고, 강연은 강독(講讀)과 경연(經筵)을 말한다. 송(宋)나라 진종(眞宗)이 쌍일에는 경연을 열고 척일에도 신하를 불러 강독을 열었다는 고사가 전한다. 송나라 인종(仁宗)의 고사로 전하기도 한다. 《續資治通鑑長編 卷99》 《淵鑑類函 卷52 帝王部13

길이 해와 달을 우러르며 함께 밝으시리라　長瞻日月與幷明

좋은 명절 유독 기쁨은 경사의 해가 되어서니　佳辰偏喜慶年來
이달에 동조의 회갑이 돌아왔네[146]　今月東朝壽甲回
창포꽃 잡아 축수의 술잔에 더하고 싶으니[147]　願把菖華添壽酒
해마다 장수하시어 만세의 술잔까지 이르소서　年年壽到萬年杯

짙푸른 회나무 그늘이 대궐 담장을 덮고　槐陰濃綠覆宮垣
한낮 물시계 소리 보정문[148]에서 드문드문 들리네　晝漏稀聞保定門
경연에서 물러 나온 신하가 좋은 말을 전하는데　筵退侍臣傳吉語
옥안은 온화하고 깨끗하고 옥음은 따뜻하다고 하네　天顔和粹玉音溫

양자강 속에서 무수히 단련된 쇠는　楊子江中百鍊金
그 광채를 한 점 티끌도 범하지 못하지만　晶輝不遣點塵侵
어찌 성상처럼 사심 없는 거울로　爭如聖主無私鑑
인간 세상 비추는 만선의 마음만 할까　明照人間萬善心

새 부채 두 손으로 받드니 은택이 빛나는데　雙擎新箑耀恩光

好學4》

146 이달에……돌아왔네 : 동조(東朝)는 순원왕후(純元王后)로, 1849년(헌종15) 5월에 회갑을 맞았다. 《憲宗實錄 15年 5月 15日》

147 창포꽃……싶으니 : 단오에 창포꽃을 술에 띄워 마시는 풍속이 있었다. 《古今事文類聚 前集 卷9 天時部 夏 菖蒲酒》

148 보정문(保定門) : 창경궁에 있던 문이다.

댓잎에선 맑은 기운 옥 자루에선 향기 풍기네	竹葉淸生玉枋香
천 리의 어진 바람 이곳까지 불어오니	千里仁風吹到此
여전히 이내 몸에 상림원의 서늘함 느껴지네[149]	依然身帶上林涼

149 새……느껴지네 : 내용으로 보아 외직에 나가 있을 때 단오선(端午扇)을 하사받고 지은 듯하다. 상림원(上林苑)은 대궐의 동산을 말한다.

연구로 술을 읊어 어전에서 지어 올리다[150]

酒聯句榻前製進

차조 심어 맛 좋은 술을 빚으니 _서희순	種秫成佳釀
새로운 비법이 두강[151]에서 시작되었네	新方自杜康
맛이 좋아 우 임금은 경계를 내렸고[152] _김흥근	味甘垂禹戒
술의 덕은 유광이 기록하였네[153]	德頌記劉狂
평소에 시인과 짝이 되니 _윤치수	雅與詩人伴
때로는 노부가 감춘 걸 구하기도 하네[154]	時求老婦藏

150 연구(聯句)로 ……올리다 : 이 시는 《임하필기》 권25 〈춘명일사(春明逸史)〉에 〈어전에서 지은 연구〔御前聯句〕〉라는 제목으로 수록되어 있는데, 헌종이 각신(閣臣) 이유원·서희순(徐喜淳)·김흥근(金興根)·윤치수(尹致秀)·남병철(南秉哲)을 불러 술을 주제로 오언의 연구를 짓게 하였다는 내용의 소서(小序)가 붙어 있다.

151 두강(杜康) : 최초로 술을 만든 사람으로 알려져 있다. 《書經 酒誥 孔穎達疏》

152 맛이……내렸고 : 우(禹) 임금이 의적(儀狄)이 만든 술을 맛보고 술맛이 좋자, "후세에 반드시 술로 인해 나라를 망치는 자가 있을 것이다."라며 의적을 멀리했다고 한다. 《戰國策 魏策》

153 술의……기록하였네 : 유광(劉狂)은 죽림칠현(竹林七賢)의 한 사람인 진(晉)나라 유령(劉伶)을 일컬은 말인데, 술의 덕을 칭송한 〈주덕송(酒德訟)〉을 지었다. 《晉書 卷49 劉伶列傳》《古文眞寶後集》

154 때로는……하네 : 노부(老婦)는 취사법(炊事法)을 처음 만든 사람을 일컬은 말이다. 《예기》 〈예기(禮器)〉에 "찬신(爨神)에게 섶을 태워 제사 지냈다. 찬은 노부에 대한 제사이니, 음식을 분에 담고 술을 병에 담을 뿐이다.〔燔柴於奧. 夫奧者, 老婦之祭也. 盛於盆, 尊於瓶.〕"라고 하였고, 정현(鄭玄)의 주에 "노부는 가장 먼저 취사한 사람이다.〔老婦, 先炊者也.〕"라고 하였다.

석 잔을 마시면 대도에 통하는데[155] _남병철　　三杯通大道
백 잔을 마시니 무한정을 우러르네[156]　　百觚仰無量
어금[157]은 가득 찬 것을 경계하고 _이유원　　棜禁嫌盈滿
울금은 색과 향을 취하네[158]　　鬱金取色香
적선은 저잣거리에서 잠들었고[159] _서희순　　謫仙眠在市
거사는 취향을 고향으로 삼았네[160]　　居士醉爲鄕
이미 수심을 깨트림을 기뻐하니 _김홍근　　已喜愁城破
참으로 세속을 잊기에 적당하네　　端宜俗曰忘
예기에 오제[161]를 진열하고서 _윤치수　　五齊陳禮器
공당에서 만수를 축원하네　　萬壽祝公堂

155 석……통하는데 : 이백의 〈월하독작(月下獨酌)〉에 나오는 구절이다.

156 백……우러르네 : 《공총자(孔叢子)》 〈유복(儒服)〉에 "공자는 백 잔을 마셨다.〔孔子百觚.〕"라는 말이 있고, 《논어》 〈향당(鄕黨)〉에 "오직 술은 양을 한정하지 않으셨으나 어지러움에 이르지 않으셨다.〔惟酒無量, 不及亂.〕"라는 말이 있다.

157 어금(棜禁) : 다리가 있는 술동이 받침대이다. 《禮記 禮器》

158 울금(鬱金)은……취하네 : 울금은 울금향(鬱金香)이다. 울금향으로 담근 술을 울창주(鬱鬯酒)라고 하는데, 제사에서 강신주(降神酒)로 쓰인다.

159 적선(謫仙)은 저잣거리에서 잠들었고 : 적선은 이백(李白)을 말한다. 두보(杜甫)의 〈음중팔선가(飮中八仙歌)〉에 "이백은 술 한 말에 시가 백 편인데, 장안의 저잣거리 술집에서 자기도 하네.〔李白一斗詩百篇, 長安市上酒家眠.〕"라는 내용이 보인다.

160 거사(居士)는……삼았네 : 거사는 호가 향산거사(香山居士)인 당나라 백거이(白居易)를 말한다. 취향(醉鄕)은 술에 취하여 아무 일도 모르는 태평 세계를 말하는데, 당나라 왕적(王勣)의 〈취향기(醉鄕記)〉가 있다. 백거이의 〈구일취음(九日醉吟)〉 마지막 구에 "왕적을 배움보다 나은 것이 없으니, 오로지 취향을 고향으로 삼으리.〔無過學王勣, 唯以醉爲鄕.〕"라는 구절이 보인다. 《白氏長慶集 卷17》

161 오제(五齊) : 농도에 따라 나눈 다섯 종류의 술을 말한다. 《周禮 天官冢宰 酒正》

뼛속까지 스미도록 봄바람이 들어오고 _남병철　浹髓春風入
목으로 숨을 들이쉬니 밤 달이 청량하네　吸喉夜月涼
술잔 주고받으며 손님과 주인이 절하고 _이유원　交酬賓主拜
번갈아 나이에 따라 술잔을 돌리네　相替少長行
떨어지는 술 방울은 훔쳐보는 거위의 눈이요 _서희순　糟滴鵝偸眼
기이한 술잔은 구불구불 양의 창자라네　罐奇羊轉腸
흰옷 입은 사람이 율리로 오니 _김홍근　白衣來栗里
붉은 벗이 심양을 건너왔네[162]　紅友渡潯陽
단지를 여니 유하[163]의 향이 감싸고 _윤치수　開甕霞熏繞
화로에 데우니 비단결 같은 연기 날리네　煮爐霧穀颺
초탈한 노닒은 연사[164]인 듯하고 _남병철　禪遊蓮社許
신령한 약주는 국천[165]처럼 향긋하네　靈藥菊泉芳

162 흰옷……건너왔네 : 흰옷 입은 사람은 술을 가져온 심부름꾼을 말하고, 율리(栗里)는 진(晉)나라 도잠(陶潛)이 은거하던 마을 이름이다. 붉은 벗은 술의 별칭이며, 심양(瀋陽) 역시 도잠의 고향으로 심양강이 있었다. 도잠이 중양절(重陽節)에 술 생각이 간절하였는데, 강주 자사(江州刺史) 왕굉(王宏)이 흰옷 입은 심부름꾼을 시켜 술을 보낸 고사가 전한다. 왕굉이 왕홍(王弘)으로 기록된 곳도 있다. 《宋書 卷93 陶潛列傳》《南史 卷75 陶潛列傳》

163 유하(流霞) : 신선이 마시는 좋은 술을 말한다.

164 연사(蓮社) : 백련사(白蓮社)의 약칭이다. 동진(東晉)의 고승 혜원(慧遠)이 승려와 속인과 함께 염불(念佛) 결사(結社)를 맺었는데, 그 사찰 연못에 백련이 있었으므로 백련사 혹은 연사라고 일컫게 되었다. 《蓮社高賢傳 慧遠法師》

165 국천(菊泉) : 중국 하남성(河南省)의 물줄기 이름으로, 국담(菊潭)·국수(菊水)라고도 한다. 물가에 국화가 많이 자라고 물맛이 향기로우며 이 물을 마시면 장수한다고 한다. 《水經注 卷29 湍水》

주사[166] 지어 여운을 보충하니 _이유원 酒史補餘韻
얼큰하게 흥취가 길게 이어지네 _서희순 陶然興趣長

166 주사(酒史) : 술의 역사를 기록한 글을 말한다. 《가오고략》 책5에 〈주사〉라는 시가 있는데, 그 서문에 "내가 젊을 때 〈주사〉를 지었으나 불태워버린 원고 속에 들어갔다."는 내용이 보인다.

매미 소리를 듣다. 어제시에 화답해 올리다[167]

聽蟬賡進

겹겹의 단청 빛 바라보니 천상과 같은데	金碧重重望若天
온 숲의 녹색 물결이 맑은 연기에 잠겼네	一林綠漲蘸晴煙
궁상을 벗어난 우아한 음악이 어디서 왔나	何來雅樂宮商外
열두 번 굽은 난간 곁에서 다투어 연주하네	爭奏彔欄十二邊
처음에 버들가지에 앉으니 꾀꼬리가 소리를 시샘하고	初揀柳枝鸎妬舌
때로 섬돌에 붙으니 학이 잠에서 놀라 깨네	或粘壇石鶴驚眠
선경의 한낮 해에 가을 기운을 느끼니	上淸午日識秋意
함께 어우러져 태평세월을 해마다 누리네	同和太平年又年

167 매미……올리다 : 《임하필기》 권25 〈춘명일사 탄일응제(誕日應製)〉에, 헌종의 탄신일에 각신(閣臣)들을 중희당(重熙堂)으로 불러 '청선(聽蟬)'을 시제로 하여 칠언율시를 지어 올리게 했는데, 도승지인 작옥(芍玉) 홍종응(洪鍾應)이 1등으로 뽑혔고 귤산 자신은 2등으로 뽑혔다는 기록이 보인다. 헌종은 1827년(순조27) 7월 18일에 태어났다. 《승정원일기》의 기록에 의하면 홍종응은 1847년(헌종13) 3월 3일 도승지에 임명되었고, 1849년 6월 헌종이 승하할 때까지 직책을 수행하였다. 또 귤산은 1848년 8월에 의주 부윤(義州府尹)으로 나갔으므로, 이 시는 1847년 7월 또는 1848년 7월에 지은 것으로 보인다.

따뜻한 봄날. 어제시에 화답해 올리다[168]

春和賡進

동풍이 태평한 봄날을 아름답게 장식하는데	東風賁餙太平春
향긋한 풀이 뜨락에서 푸른 먼지 물결 펼치네	芳草庭除漲綠塵
어젯밤 빗소리가 따스한 기운 맞이했으니	昨夜雨聲迎暖律
꽃이 피면 온통 붉은 충정 지닌 사람과 같으리	花開渾是丹心人

168 따뜻한……올리다 : 철종 때 화답해 올린 시이다.《林下筆記 卷26 春明逸史 三朝賡詩》

소유재에 현판을 걸면서 어제시에 화답해 올리다[169]

小酉齋揭板賡進

덕이 순 임금과 같아 형용할 수 없으니	德如舜而無能名
주나라에서 천명을 받아[170] 아 끝이 없도다	命于周而於不已
성상의 시편 걸고 관현(管絃)에 가사 올리니	拚楓宸兮被筦絃
만물을 고동시켜 귀에 쟁쟁하도다	鼓萬物兮洋洋耳

169 소유재(小酉齋)에……올리다 : 소유재는 규장각의 부속 건물로 검서관(檢書官)들이 근무하는 공간이었으며, 왕이 재숙(齋宿)하는 곳으로도 사용되었다. 현재는 그 자리에 봉모당(奉謨堂)이 들어서 있다. 장서각(藏書閣)에 소장된 〈어제어필소유재(御製御筆小酉齋)〉에 철종의 어제시와 신하들의 화답시가 탁본으로 전한다. 그 기록과 《철종실록》의 기록에 따르면, 1852년(철종3) 10월에 종묘의 동향대제(冬享大祭)를 행하기에 앞서 이문원(摛文院)에서 재숙하며 시를 지은 뒤 이를 새겨 이문원에 걸려고 신하들에게 화답시를 지어 올리게 했다고 한다. 이문원은 규장각의 별칭이다. 〈어제어필소유재〉에 귤산의 이 시도 전하는데, 제3구의 '풍신(楓宸)'이 '신장(宸章)'으로 기록되어 있다. 《哲宗實錄 3年 9月 30日》

170 주(周)나라에서 천명을 받아 : 주나라 무왕(武王)이 기자(箕子)를 조선에 봉한 것을 말한 듯하다.

화성에 행행했을 때 승지와 사관과 각신이 칠언절구로 미로한정의 현판 시에 화답해 지어 올리다[171]

華城幸行時 承史閣臣七言絶句製進未老閑亭揭板

꽃향기 성대하게 채색 정자 호위하는데	花氣氤氳護彩亭
이때 화성 살피고 어가가 머물렀네	是時觀華翠華停
신풍루에서 쌀을 하사하며 유로를 우대하니	新豐賜米優遺老
선왕을 이은 성대한 일 청사에 빛나게 기록되리[172]	盛事承先耀寫青

171 화성(華城)에……올리다 : 철종 때 화답해 올린 시이다. 미로한정(未老閑亭)은 화성 행궁(行宮)의 후원(後苑)에 있는 정자로 1790년(정조14)에 세웠으며, 육각으로 만들어져 육각정(六角亭)이라고도 한다. 한편, 철종은 1852년(철종3) 2월 25일, 1855년 2월 27일, 1860년 3월 16일에 화성 행궁에 행행한 기록이 보인다.《林下筆記 卷26 春明逸史 三朝賡詩》《哲宗實錄》

172 신풍루(新豐樓)에서……기록되리 : 신풍루는 화성 행궁의 정문에 있는 누각이다. 정조는 1795년(정조19) 화성 행궁에 나아가 신풍루에서 백성들에게 쌀을 하사한 일이 있었다. 또 철종은 1852년 화성에 나아가 조관(朝官)과 70세 이상의 백성들에게 쌀을 나누어준 일이 있었다.《正祖實錄 19年 閏2月 14日》《承政院日記 哲宗 3年 2月 26日》

사직단 기곡대제. 어제시에 화답해 올리다[173]

社稷祈穀大祭賡進

성상께서 몸소 제사하며 풍년을 기원하니	聖上躬禋祈穀年
뭇 관원들 패옥 차고 제단 앞에서 절하네	千官玉佩拜壇前
어제 내린 눈이 이미 오늘의 상서 보였으니	昨雪已呈今日瑞
마치 꽃이 나무에 핀 듯 천연함을 드러내네	如花着樹現天然

173 사직단(社稷壇)……올리다 : 철종 때 화답해 올린 시이다. 《林下筆記 卷26 春明逸史 三朝賡詩》 기곡대제(祈穀大祭)는 정월 첫 신일(申日)에 그해의 풍년을 기원하며 임금이 직접 사직단에서 지낸 제사이다.

봉모당. 어제시에 화답해 올리다[174]

奉謨堂賡進

새해에 경사가 거듭해서 돌아와	新年慶事重重回
온 나라가 기뻐하여 산골까지 이르렀네	匝域欣欣曁草萊
규장각의 상운 속에 선악이 연주되는데	院閣祥雲仙樂奏
신하들 기쁘게 축원하고 배종한 연신을 시험하네	諸臣歡祝試筵陪

174 봉모당(奉謨堂)……올리다 : 철종 때 화답해 올린 시이다. 《林下筆記 卷26 春明逸史 三朝賡詩》 봉모당은 열성의 어제・어필 등을 보관하던 규장각의 부속 건물로 정조 때 지어졌다가, 장소가 협소하여 1857년(철종8) 5월 2일에 대유재(大酉齋)로 이건하였다. 대유재는 규장각의 서고였다. 철종이 1860년(철종11) 1월 10일 봉모당에 나아가 전배하고 규장각에 나아가 강제문신(講製文臣)의 과시(課試)를 행했다는 기록이 보이는데, 이 시의 내용으로 보아 그때 화답한 시로 보인다. 《哲宗實錄》

대보단. 어제시에 화답해 올리다[175]

大報壇賡進

재계하는 전각에서 내린 시 일월처럼 밝으니	齋殿頒詩日月明
천석정[176]에 노래 울리고 세상은 태평하네	歌騰千石世清平
봄기운이 동방의 북쪽 정원에 먼저 오니	春氣東邦先北苑
제단의 꽃 의구하여 만년 동안 피리라	壇花依舊萬年生

175 대보단(大報壇)……올리다 : 철종 때 화답해 올린 시이다. 《林下筆記 卷26 春明逸史 三朝賡詩》

176 천석정(千石亭) : 창덕궁에 있는 누각이다.

화성에서 성을 순행할 때 어제시에 화답해 올리다[177]

華城巡城時賡進

홍문[178]을 흐르는 물이 새벽에 먼지 씻어내고　　虹門流水夙淸塵

수류정[179] 주위엔 상서로운 빛이 새롭네　　隨柳亭邊瑞色新

몇 차례나 화성 순행하는 날 배종하는 행운 얻었는가

幾幸躬陪觀華日

지나간 봄 온화한 기운이 금년도 같다네　　前春和氣又今春

177 화성(華城)에서……올리다 : 철종 때 화답해 올린 시이다. 철종은 1852년(철종3) 2월 25일, 1855년 2월 27일, 1860년 3월 16일에 화성 행궁에 행행한 기록이 보인다. 《林下筆記 卷26 春明逸史 三朝賡詩》《哲宗實錄》

178 홍문(虹門) : 화성 북쪽의 수문인 화홍문(華虹門)을 말한다. 일곱 개의 홍예수문(虹霓水門) 위에 세웠다.

179 수류정(隨柳亭) : 방화수류정(訪花隨柳亭)으로, 화홍문 위쪽 성곽에 붙어 있는 누각이다.

화성 행궁. 어제시에 화답해 올리다[180]

華城行宮賡進

선왕이 남긴 제도 오래되어도 새로우니	先王遺制舊維新
어진 덕으로 양기 펼쳐 천지의 봄을 만들었네	仁德宣陽囿一春
행궁은 상서가 서리니 처음 활 쏘는 날이고	宮殿瑞籠初射日
능원은 길이 곧으니 하루[181]도 걸리지 않네	陵園路直不由旬
은혜는 푸른 들판에 미쳐 만물을 적셔주고	恩覃青野涵濡物
마음은 붉은 꽃을 비춰 사람을 가고 서게 하네	心照丹花動植人
하늘의 뜻이 철 따라 움직여 맑은 기운을 틈타니	天意時行乘淑氣
성상의 행차가 남쪽 순행을 중시함이 아니랴	宸遊不是重南巡

180 화성(華城)……올리다 : 《임하필기》에는 이 시의 제목이 〈수원 행궁(水原行宮)〉으로 기록되어 있으며 고종 때 화답해 올렸다고 한다. 《林下筆記 卷26 春明逸史 三朝賡詩》 고종의 문집인 《주연집(珠淵集)》 권1에 〈화성 행궁에서 정묘 어제 판상의 운을 삼가 차운하다〔華城行宮敬次正廟御製板上韻〕〉라는 시가 있는데 귤산의 이 시와 운자가 같으며, 1870년(고종7) 작품으로 기록되어 있다. 《고종실록》에 의하면, 고종은 1870년 3월 12일에 화성에 행행하였고 3월 15일에 어제시를 내려 화답하게 하였다.

181 하루 : 원문은 '유순(由旬)'인데, 범어(梵語)의 음역(音譯)으로서 제왕이 하루 동안 행군하는 길을 이르는 말이다.

신미년(1871, 고종8) 중추에 성상께서 승정원과 내각과 옥당에 두루 임하시어 세 편의 어제 절구를 지으시고 시종한 신하들에게 화답해 올리도록 명하셨다. 신이 시험하는 일로 경무대에 입시했는데, 이전에 세 곳의 장관을 거쳤다는 이유로 신에게 하나의 체로 화답해 올리게 하셨다[182]

辛未仲秋 上歷臨政院內閣玉堂 有御製三絶句 命侍臣賡進 臣以試事入侍景武臺 以曾經三處長官 使之一體賡進

정원 政院

성상의 행차가 친히 상서당[183]에 납시니	親勞玉趾尙書堂
천년의 광영이 해와 달처럼 장구하리	千載光輝日月長
동아줄 같고 인끈 같은 말씀[184]이 화기를 이끄니	恩綍如綸和氣導
우리 동방에 태평의 기상이 있네	太平有象我東方

182 신미년……하셨다 : 고종이 지은 세 수의 절구는 《고종실록》에 모두 수록되어 있다. 내각(內閣)은 규장각을 말한다. 제목에서 언급한 '시험하는 일'은 1871년(고종8) 8월 12일에 경무대(景武臺)에서 행한 추도기(秋到記)를 말한다. 당시 귤산은 독권관(讀券官)으로 참여하였다. 경무대는 경복궁의 후원으로 조선 시대에 연무장이나 과거장으로 쓰였으며, 현재 청와대가 위치한 곳이다. 《高宗實錄 8年 8月 9日 · 12日》

183 상서당(尙書堂) : 승정원의 별칭이 상서성(尙書省)이다.

184 동아줄……말씀 : 임금의 윤음(綸音)을 말한다. 《예기》〈치의(緇衣)〉에 "왕의 말씀은 실처럼 가늘지만 나오면 끈처럼 커지고, 왕의 말이 끈과 같아도 나오면 동아줄처럼 커진다.〔王言如絲, 其出如綸; 王言如綸, 其出如綍.〕"라고 한 데서 나왔다.

내각 內閣

화창한 거둥길에 가마를 타시고 輦路日晴御玉轎
규장각에 광림하여 신료들 인견하시네 光臨摛院引群僚
미천한 신이 다행히 성인의 시대 만나니 微臣幸際聖人世
형용하기 어려운 성대한 덕이 요순과 같네 巍德難名舜與堯

옥당 玉堂

옥당에서 성군과 현신이 만나니 風雲際會一堂中
성상의 학문 빛나고 밝아 고금에 통달했네 聖學光明今古通
따뜻한 날 문신이 경연에 걸음 재촉해 가니 日暖詞臣催講步
성실하고 부지런히 세 번 경연 여심에 감히 공을 말하랴 誠勤三晝敢言功

임신년(1872, 고종9)에 태조 대왕과 원종 대왕의 어진을 본떠 그리고 태원전에 임시로 봉안하였다. 〈단오제를 친히 행하다〉라는 시로써 신하들에게 화답해 올리게 하다[185]

壬申 移摸太祖大王元宗大王御眞 權奉泰元殿 以親行端午祭詩 命諸臣賡進

유서 깊은 나라가 또한 우리 동방이니	舊邦新命亦吾東
영정이 보배로운 전각 안에 밝게 임하였네	影幀昭臨寶殿中
후성이 탄신해 전성의 법도 계승하니	後聖誕承前聖揆
높은 하늘의 상서로운 광채가 고금에 같네	雲天瑞彩古今同

185 임신년……하다 : 어진(御眞)과 관련한 기록은 《고종실록》 9년(1872) 4월 7일 기사에 보인다. 원종(元宗) 대왕은 인조의 생부로, 1632년(인조10)에 원종으로 추존되었다. 고종은 1872년 5월 5일에 태원전(泰元殿)에 나아가 단오제를 지냈다. 태원전은 경복궁의 빈전(殯殿)으로, 왕과 왕비, 상왕과 대비가 승하했을 때 시신이 안치되는 재궁(梓宮)을 모시는 곳이다.

춘궁의 책봉을 주청하기 위해 하직하고 떠나는 날 어제시에 화답해 올리다[186]

春宮奏請冊禮 辭陛日御製賡韻

연경 가는 사신의 임무 맡았으니	燕塞任專對
가을바람이 사신의 수레를 흔드네	秋風動使軒
은혜와 영광이 도로를 빛낼 것이니	恩榮光道路
성인의 말씀을 공경히 받드네	敬奉聖人言

186 춘궁(春宮)의……올리다 : 춘궁은 훗날의 순종으로 1874년(고종11) 2월에 태어나 1875년 2월 18일 세자로 책봉되었다. 귤산은 세자 책봉 주청 정사에 임명되어 1875년 7월 30일에 사폐(辭陛)하였는데, 당시 고종이 오언절구 한 수를 내려주었다고 한다. 《高宗實錄》

춘궁의 책봉을 주청하기 위해 하직하고 떠나는 날 어제시에 화답해 올리다 2

又

재주 없는 몸이 남다른 은총 입으니	不才偏荷眷
성상께서 누차 전전(前殿)에 임하셨네[187]	天日屢臨軒
어느 것인들 특별한 은총 아님이 없는데	無往非恩數
성인께서 시를 지어 내려주셨네	聖人贈以言

187 전전(前殿)에 임하셨네 : 임금이 정전(正殿)에 앉아 있지 않고 정전의 앞에까지 나온다는 말로, 신하에 대한 예우를 의미하기도 한다.

양산백로회도[188]

楊山百老會圖

왕고(王考)께서 안악군(安岳郡)에 부임하신 지 24년 만에 가대인(家大人)께서 또 이 군에 부임하시어 판여(板輿)를 받들고서 77세 이상의 노인을 위해 잔치를 베풀었다.[189] 소자(小子)가 이를 그림으로 그려 기쁜 마음을 기록하고 삼가 왕고의 시에 차운하였다.

구오복의 강녕을 함께 얻으니	兼得康寧九五福
이로써 팔천 년 봄을 기원하네[190]	以祈眉壽八千春

188 양산백로회도(楊山百老會圖) : 양산(楊山)은 황해도 안악(安岳)의 다른 이름이다. 자세한 내용은 바로 아래 주189 참조.

189 왕고(王考)께서……베풀었다 : 왕고는 귤산의 조부인 이석규(李錫奎, 1758~1839)로, 초명은 영석(永錫), 자는 치성(穉成)이고 호는 동강(東江)이다. 1807년(순조7) 문과에 급제하였고, 1811년 1월 7일에 안악 현감(安岳縣監)에 제수되었다. 가대인은 귤산의 부친 이계조(李啓朝, 1792~1855)로, 자는 덕수(德叟)이고 호는 동천(桐泉)이다. 1831년(순조31) 문과에 급제하였고, 1834년 1월 3일에 안악 군수(安岳郡守)에 제수되었다. 판여(板輿)는 진(晉)나라 반악(潘岳)이 노모를 모실 때 쓰던 가마인데, 판여를 받든다는 것은 지방관이 되어 부모를 봉양하는 것을 비유한다. 〈양산백로회도 서문〔楊山百老會圖序〕〉에 따르면, 이계조가 부임한 해 여름에 당시 77세인 부친 이석규를 안악으로 모셔왔고 9월에 77세 이상 노인을 불러 양로연을 베풀었는데 모두 133명이 참석하였다고 한다. 《承政院日記》《晉書 卷55 潘岳列傳》《嘉梧藁略 冊12 楊山百老會圖序》

190 구오복(九五福)의……기원하네 : 구오복은 기자(箕子)가 무왕(武王)에게 전한 홍범구주(洪範九疇)의 아홉 번째에 나오는 오복, 즉 수(壽)·부(富)·강녕(康寧)·유호덕(攸好德)·고종명(考終命)을 말한다. 《書經 洪範》 팔천 년은 양산백로회에 참석한 77세 이상 노인의 나이를 합한 숫자이다.

우리 집안 늦은 경사가 거듭거듭 이르니　　吾家晚慶重重至
기쁨을 기념하려고 양로연을 베풀었네　　識喜之餘饗老人

백 명 노인을 비단 한 폭에 그리니　　百老摸來綃一幅
검버섯 얼굴과 학발에 갑자기 빛이 도네　　梨顔鶴髮頓生輝
신선들 모임과 비슷함이 그 속에 있으니　　箇中彷彿群仙集
팔순이 오히려 많고 칠순은 드무네　　八耋猶多七耋稀

빗속에 마음을 달래는 시를 지어 양연산방[191]에 올리다
雨中遣懷 呈養硯山房

내리는 비가 바람 몰고 와 작은 문이 어두운데　噀雨驅風暗小扃
비단 같은 아가위꽃 절로 떨어지고 푸른 파초 부드럽네　錦棠自落軟蕉青
마름 문양 종이에 괴이한 일 기록하노니 선계의 역사요　芆箋志怪方壺史
버섯 핀 의자에서 현담 나누노니 부처의 경전이네　菌榻譚玄貝葉經
늙은 달팽이 같은 방은 낮은 벽에 붙었고　屋仿老蝸粘短壁
여윈 학 같은 사람은 빈 뜨락을 거니네　人如癯鶴步空庭
만물을 비관[192]하니 유독 생기가 많은데　鼻觀物物偏多活
가을 물처럼 맑은 정신 달이 영험히 증명하리라　秋水精神月證靈

191 양연산방(養硯山房) : 자하(紫霞) 신위(申緯)의 서재 이름인데, 1830년(순조 30) 봄에 효명세자(孝明世子)가 친히 써서 편액을 내려주었다. 《警修堂全藁 冊18 養硯山房藁1 養硯山房藁序》

192 비관(鼻觀) : 코끝을 출입하는 하얀 숨결인 비단백(鼻端白)을 살핀다는 불교 수행법의 하나이다. 여기서는 자세히 관찰한다는 의미로 쓰인 듯하다.

자하 노인이 모란을 감상하면서 시운을 뽑기에[193]

紫霞老人賞牡丹拈詩

두 품종의 명성이 화보를 화려하게 독점하니	擅二宗名畫譜奢
황색과 자주색 모란[194]이 앞다퉈 화사하게 피었네	魏黃姚紫競繁華
세월은 세 봄이 저무는 것이 아쉽지만	光陰枉惜三春暮
부귀[195]는 한 정원의 꽃을 독차지할 만하네	富貴堪專一圃花
선녀의 엷은 단장은 유독 달빛을 시샘하고	仙女淡粧偏妬月
은자의 가벼운 소매는 잠깐 노을을 잘라 왔네	山人輕袂乍裁霞
흩날리는 가랑비에 그냥 머물러 술을 마시자니	霏微小雨因留飮
잠깐 사이에 못다 핀 꽃이 서둘러 피길 재촉하네	頃刻催開未展葩

193 자하(紫霞)……뽑기에 : 자하 신위(申緯)의 《경수당전고(警修堂全藁)》 책25에 수록된 〈동강 노상서가 정원의 모란을 구경하자고 하기에 비를 무릅쓰고 약속을 지키고서 운자를 뽑아 시를 읊다〔東江老尙書邀賞園中牧丹冒雨踐約拈韻賦詩〕〉라는 시가 귤산의 이 시와 운자가 같다. 동강(東江) 노상서(老尙書)는 귤산의 조부인 이석규(李錫奎)로, 형조・이조・공조・예조의 판서를 지냈다. 한편, 신위의 시는 《경수당전고》에 1838년(헌종4) 작품으로 기록되어 있다. 당시 귤산의 나이 25세 때이다.

194 황색과 자주색 모란 : 원문의 '위황요자(魏黃姚紫)'는 원래 '요황위자(姚黃魏紫)'로 쓰는데, 모란의 별칭이다. 옛날 낙양(洛陽)의 요씨(姚氏)와 위씨(魏氏) 집에 각각 황색과 자주색의 진귀한 모란이 피어났다는 고사에서 나온 말이다. 《洛陽牡丹記 花釋名》

195 부귀(富貴) : 모란을 부귀화(富貴花)라고 한다. 주돈이(周敦頤)의 〈애련설(愛蓮說)〉에 "모란은 꽃 중의 부귀한 자이다."라고 하였다.

외숙이 벼슬을 그만두었다는 소식을 듣고 짓다[196]

聞舅氏致仕有作

농사짓겠다는 만년 계책으로 물러나니 신선 같은데	桑麻晩計退如仙
책상 가득한 서책은 《서경》과 《역경》이라네	滿案縹緗書易編
다섯 차례 사직소 올려 은혜로운 윤음 받들었고[197]	五度封章恩綍擎
칠순에 약속 실천해 덕거를 집에 걸었네[198]	七旬踐約德車懸
성세에 현자 높여 존중함을 볼 수 있었고	獲瞻聖世尊賢重
전인이 이룬 온전한 사업에 부끄럽지 않네	無愧前人做業全
조정을 두루 헤아려보아도 공이 유독 부러우니	歷數朝廷公獨羡
오직 나에게는 사십여 년이 남았네	惟吾四十有餘年

196 외숙(外叔)이……짓다 : 외숙은 박기수(朴綺壽, 1774~1845)로, 본관은 반남(潘南), 자는 미호(眉皓), 호는 이탄재(履坦齋)이다. 귤산의 외조부인 박종신(朴宗臣)의 아들로, 1806년(순조6) 문과에 급제하였고, 이조 판서와 지중추부사 등을 지냈다. 1843년(헌종9)에 관직에서 물러나 기로소에 들어갔다. 시호는 효문(孝文)이다.

귤산은 어린 시절 박기수로부터 학업을 익혔으며, 뒤에 직접 박기수의 묘갈명과 시장을 지었다. 《嘉梧藁略 冊16 履坦齋朴公墓碣銘, 冊20 行吏曹判書致仕奉朝賀朴公諡狀》

197 다섯……받들었고 : 《헌종실록》 9년 8월 20일 기사에 관련 내용이 보인다.

198 덕거(德車)를 집에 걸었네 : 덕거는 천자가 타는 수레인데, 여기서는 임금이 하사한 수레의 의미로 쓰인 듯하다. 나이 70에 벼슬을 그만두는 것을 '현거(懸車)'라고 한다.

강선루[199]

降仙樓

층층의 굽은 난간 바라보니 우뚝한데	層層欄曲望嵯峨
겹겹으로 드리운 주렴이 안개비와 어우러졌네	重疊垂簾煙雨和
기이한 열두 봉우리[200]는 오래된 그림 펼친 듯하고	十二奇峯開古畫
휘도는 맑은 강물은 얇은 비단을 마전한 듯하네[201]	縈廻澄水曬輕羅
전생에 밝은 달빛 받아 패옥 소리 멀리 들리고	前身皓月環聲遠
두 겨드랑에 청풍이 이니 학 그림자 많아졌네	兩腋淸風鶴影多
생황 노래 지금은 적막해졌다 한탄하지 말라	莫恨笙歌今寂寞
당시 광경이 선하게 마음속에서 지나간다네	景光領略意中過

199 강선루(降仙樓) : 평안도 성천(成川)에 있는 누대로, 관서팔경(關西八景)의 하나이다.

200 기이한 열두 봉우리 : 성천부 서북쪽에 있는 흘골산(紇骨山)이 열두 봉우리로 이루어져 있어서, 무산십이봉(巫山十二峯)으로 부른다고 한다. 《新增東國輿地勝覽 卷54 平安道 成川都護府》

201 휘도는……듯하네 : 비단결 같은 강물에 햇살이 비친 광경을 말한다. 강선루는 비류강(沸流江)을 굽어보고 있다고 한다. 《新增東國輿地勝覽 卷54 平安道 成川都護府》

척서루[202]

滌暑樓

바위에 앉아 잠시 물을 굽어보다가	跂石纔臨水
산을 보고 다시 누대에 올랐네	看山更上樓
보리 바람은 누런 물결처럼 출렁이고	麥風黃浪蹙
연잎은 푸른 동전[203]처럼 나왔네	荷葉綠錢抽
채색 주렴은 깊숙이 달빛을 맞이하고	簾纈深迎月
높은 난간은 상쾌하여 가을인 듯하네	欄高爽似秋
고개 돌려 서글피 바라봄이 많으니	回頭多悵望
어느 날 신선의 유람을 할까	何日是仙遊

202 척서루(滌暑樓) : 《신증동국여지승람》에 '척서루'가 여러 곳 보이는데, 이 시를 지은 장소가 어딘지는 정확하지 않다. 다만 앞 시에 나온 강선루가 평안도 성천(成川)에 있다는 것을 감안할 때 평안도 함종현(咸從縣) 객관 동쪽에 있는 누대가 아닌가 한다.

203 푸른 동전 : 갓 나온 작은 연잎은 모양이 엽전처럼 생겼다 하여 하전(荷錢)이라고 부른다.

바닷가 마을

海村

물과 구름과 바위 기운이 주렴에 올라 서늘한데	水雲石氣上簾涼
옛 먹을 가볍게 가니 책상 가득 향기롭네	古墨輕硏滿几香
오얏꽃 핀 마을에 가랑비가 내려서	李花村落絲絲雨
유난히도 시인을 긴 낮잠으로 이끄네	偏惹詩人午睡長

가을을 읊은 다섯 수를 양연산방[204]에 올리다

秋五詠 呈養硏山房

산가(山家)에서 심는 꽃은 종류가 다양해서 봄에 피는 꽃이 있고 가을에 피는 꽃이 있다. 봄꽃은 흐드러지게 피고 가을꽃은 담박하게 피니, 피는 계절이 달라서이기도 하고 꽃의 성질이 또 각각 달라서이기도 하다. 사람의 성정(性情)도 그러하므로 각자 즐기는 것이 다르니, 봄을 좋아하는 사람도 있고 가을을 좋아하는 사람도 있다. 책을 읽는 여가에 다섯 종류를 뽑아내어 보았다.

오동 梧桐

우물가 성근 그늘로 가을임을 일찌감치 아니　金井疏陰早識秋
주렴 가득한 푸른빛에 차가운 주렴 고리 올리네　滿簾碧意上寒鉤
두레박줄 소리는 어디서 들려오나　不知何處轆轤響
갈바람에 하룻밤의 수심을 잔뜩 띠었네　偏帶西風一夜愁

낙엽 落葉

울타리 곁 낙엽 소리에 시냇가를 돌자니　籬邊摵摵澗邊環
서글픈 심정에 시상이 참선하는 마음이 되네　詩思禪心悵惘間
남은 이끼에 한 줄로 겨우 길이 나 있으니　殘苔一線纔通徑
붉게 물든 오구목이 나막신 굽에 아롱지네　烏臼新紅屐齒班

204 양연산방(養硏山房) : 자하(紫霞) 신위(申緯)의 서재 이름이다. 385쪽 주191 참조.

가을 풀 秋草

길에 찾아오는 사람 없어 풀은 더 푸르고　巷無人到草逾青
시 읊는 창으로 맑은 일념이 스며드네　透入吟牕一念惺
이 속에서 고요히 생생[205]의 뜻 완상하는데　個中靜玩生生意
가을비 지나자마자 다시 뜰에 가득하네　秋雨才過更滿庭

시든 연잎 敗荷

물가 모래톱에 바람 비끼고 소나기 내리는데　斜風白雨水之洲
잎 지는 소리 속에 한결같이 근심스럽네　敗葉聲中一樣愁
신선이 이슬 받아 마시던 쟁반은 어디 가고　仙人飮露盤何在
그저 구리 기둥만 가을날 홀로 서 있네[206]　只見金莖獨倚秋

파초 芭蕉

가을밤 하늘 맑아 옥 같은 이슬 내리니　秋夜天晴玉露零
창 앞의 허약한 이 몸은 마음이 청량하네　當窓脆質冷心靈
푸른 비단부채가 이처럼 사랑스러우니　堪憐若箇青羅扇
한가로이 서풍 등지고 낮은 문을 가렸네　閑背西風掩短扃

205 생생(生生) : 천지가 만물을 끊임없이 생성하는 이치를 말한다.

206 신선이……있네 : 연잎이 떨어지고 줄기만 남아 있다는 말이다. 구리 기둥〔金莖〕은 한(漢)나라 무제(武帝)가 감로(甘露)를 받기 위해 세웠다는 승로반(承露盤)의 기둥을 말하는데, 여기서는 연잎의 줄기를 비유하였다.

봄날의 일곱 가지 풍경을 읊다
春日七詠

진달래 杜鵑

홑적삼으로 사당에 인사하고 꽃의 신 맞이하니	輕衫參社迓花神
가득한 봄기운이 참으로 사람 마음 녹이네	天氣氤氳政惱人
누가 생각했으랴 어젯밤 한 번의 비로	誰料昨夜一番雨
홀연히 우리 집에 봄이 먼저 올 줄을	驀地吾家先得春

버들 楊柳

너울너울 바람에 흔들리고 아른대는 안개 속에 비끼어	撓風澹蕩纈煙橫
줄지어 휘늘어지며 노란 버들개지 환하네	簇簇依依金毬明
아이들아 가지 꺾기 괴롭다고 한탄하지 말라	莫恨街童攀折苦
봄날 연주하는 관현의 소리에 들어갔다네[207]	三春爲入管絃聲

배꽃 梨花

광풍을 좇지 않고 온몸이 정결하더니	不逐顚風渾體潔
곱게 단장한 찬 꽃이 수정 주렴에 내려오네	靚粧冷艶下晶簾
쓸쓸한 장문궁[208] 달 밝은 밤에	寂寂長門明月夜

207 봄날……들어갔다네 : 관현(管絃)의 소리는 버들가지를 꺾으면서 이별을 슬퍼하는 노래인 〈절양류(折楊柳)〉를 말한 것으로 보인다.

이슬에 젖은 연지 자국에 눈물 새로 더하네　粉痕浥露淚新添

살구꽃 杏花

무성하던 꽃이 별안간 저녁 비에 성글어지더니　瞥眼繁華暮雨稀
예쁘고 고운 자태로 석양 속에 춤을 추네　娉姿艷態弄斜暉
쌍성이 어느 날에 금모를 맞이했는가　雙成何日迎金母
곤륜산에서 강설의를 길에 뿌리는 듯하네[209]　灑道崑山絳雪衣

신이[210] 辛夷

봄을 기다리는 꽃이 본래 신이이니　望春花本是辛夷
붉은 불꽃 모양 자색 꽃망울이 기름처럼 매끈하네　紅焰紫苞滑膩脂
붓처럼 뾰족하게 가을에 다시 열리면[211]　筆樣尖開秋再發
연못에 다시 드리워져 연꽃인가 하리라　臨塘更把芙蓉疑

208 장문궁(長門宮) : 한(漢)나라의 궁전 이름인데, 총애를 잃은 여인이 거처하는 쓸쓸하고 처량한 궁전을 비유하는 말로 쓰인다. 진 황후(陳皇后) 아교(阿嬌)가 무제(武帝)의 총애를 받다가 장문궁에 유폐된 고사가 전한다. 《文選註 卷16 長門賦幷序》

209 쌍성(雙成)이……듯하네 : 붉은 살구꽃이 바람에 나부끼는 광경을 형용한 구절이다. 쌍성은 동쌍성(董雙成)으로, 곤륜산(崑崙山)에 사는 선녀인 서왕모(西王母)의 시녀이다. 금모(金母)는 서왕모의 별칭이다. 강설(絳雪)은 원래 선가(仙家)에서 말하는 단약(丹藥) 이름인데, 붉은 꽃송이를 비유하기도 한다. 송나라 왕우칭(王禹偁)의 〈살구꽃〔杏花〕〉에 "쌍성이 길에 뿌려 서왕모를 맞이하니, 십 리에 어지러이 붉은 꽃잎 날리네.〔雙成灑道迎王母, 十里濛濛絳雪飛.〕"라는 구절이 있다. 《漢武帝內傳》《小畜集 卷9》

210 신이(辛夷) : 목련 또는 개나리를 일컫는데, 여기서는 목련을 말한다.

211 붓처럼……열리면 : 가을에 맺히는 목련 열매를 형용한 말이다.

정향 丁香

봄 적삼에 수 다 놓고 옥 침상에 기대니 繡罷春衫倚玉床

정향화가 피어서 온 정원이 향기롭네 丁香花發滿庭芳

무리 지어 피어난 꽃이 병체화를 이루니 簇簇花花成幷蔕

첫째 꽃은 두 번째 꽃이 길게 맺힘을 한스러워하네[212] 一花恨結二花長

향기로운 풀 芳草

연기처럼 가늘어도 움켜쥘 만하니 若煙細細猶堪掬

헝클어진 머리칼인가 무어라 형용할 수 없네 擬髮鬖鬖莫可名

어떤 땅에서도 자라나는 것을 진정으로 아니 定知無處不生地

내리던 비 개고 나자 곱절이나 선명해졌네 一倍明鮮得雨晴

212 무리……한스러워하네 : 정향화의 꽃송이가 아랫부분부터 피어 올라가서 나중에 피는 꽃이 밖으로 더 길게 솟아 나오는 것을 가리키는 듯하다. 병체화(幷蔕花)는 한 줄기에 꽃이 두 개 이상 달리는 것을 말한다.

어떤 노인이 고금의 유묵을 품고 왔는데 거의 백여 권에 달하였다. 나에게 보여주고 말미에 붙일 시를 지어달라고 청하고는 다만 자신을 '지산'이라 하고 떠나갔다

有一老人抱古今遺墨殆數百卷 示余請尾題 但道芝山而去

지산 처사가 글씨 수집 너무 좋아해	芝山處士癖於書
소장한 고금의 귀한 유묵이 다섯 수레나 쌓였네	今古珍藏堆五車
한 폭 종이 소매에서 꺼내 나의 글씨를 구하기에	袖來一幅乞余墨
시골 누각의 좀벌레 배 불리라고 써주었네	準備村樓飽蠹魚

무종이 남쪽을 순수하는 그림에 쓰다[213]

題武宗南巡圖

치승(穉承) 정헌교(鄭獻敎)[214]가 비단으로 장황한 두루마리 한 축을 보내어서 첫머리에 붙일 시를 구하였는데, 바로 구십주(仇十洲)[215]가 그린 '정덕제가 서호를 순수하는 그림〔正德帝巡西湖圖〕'이었다. 비로소 천자의 위의(威儀)를 보았기에 감히 그 말미에 시를 붙인다.

정덕 황제 무종이 남쪽으로 순수하는데	正德武皇南狩巡
수려한 산수가 황금 바퀴를 보호하네	旖旎山水護金輪
관지에는 분명 우리 동방의 먹이 필요하니	款識政須東土墨
신묘한 화공은 응당 오랑캐 티끌 싫어하리라	神工應是厭胡塵

213 무종(武宗)이……쓰다 : 무종은 명나라 정덕제(正德帝)이다. 재위 14년째인 1519년 6월에 영왕(寧王) 주신호(朱宸濠)가 반란을 일으키자 8월에 반란을 정벌하기 위해 직접 순행에 나섰다. 실제로는 그해 7월에 왕수인(王守仁)이 이미 반란을 정벌하였는데, 무종은 이를 숨기고 2년 동안 순행하며 유람했다고 한다.

214 치승(穉承) 정헌교(鄭獻敎) : 1811~미상. 본관은 온양(溫陽)이고, 치승은 그의 자이다. 1848년(헌종14) 문과에 급제하였고, 대사간·전라도 관찰사·동래 부사 등을 역임하였다.

215 구십주(仇十洲) : 명나라의 궁정화가 구영(仇英)으로 자는 실보(實父)이며, 십주는 그의 호이다. 인물화와 산수화에 빼어났다고 한다.

자하 노인이 나의 국화 화분을 얻고 시를 지어 부쳐주기에[216]

紫霞老人得余菊盆 有作見寄

신묘해라 누가 율관을 어긋나게 할 수 있으랴[217]	神妙誰能到管顚
달리는 말 같은 세월에 마음이 쓸쓸해지네	光陰如駛意蕭然
추풍에 도연명처럼 수척해짐을 어쩔 수 없으니	秋風無奈淵明瘦
비로소 인생이 또 일 년 지나감을 느끼네	始覺人生又一年

성근 울타리의 저녁 비가 그 사람처럼 담담하니	疏籬暮雨淡如人
박옥처럼 순금처럼 스스로 몸을 깨끗하게 하네	璞玉渾金自潔身
이 꽃이 억지로 깨끗하게 만드는 것이 아니라	不是此花强自潔
이 꽃의 본성이 본래 청빈하다네	此花本色素淸貧

216 자하(紫霞)……부쳐주기에 : 자하 신위(申緯)가 보낸 시는 14수의 절구로 지은 〈국화[菊]〉로 보이는데, 제10수와 제11수가 귤산의 이 시와 운자가 같다. 신위의 시는 1839년(헌종5)에 지은 작품에 포함되어 있는데, 당시는 귤산의 나이 26세 때이다. 《警修堂全藁 冊26 覆瓿集二》

217 율관(律管)을……있으랴 : 계절의 변화를 바꿀 수 없다는 말로 보인다. 율관은 절후의 변화를 살피던 기구이다. 율관 속에 갈대 줄기의 얇은 막을 태워 그 재를 넣어두면, 그 절후에 해당하는 율관 속의 재가 날려 계절이 돌아온 것을 알려주었다고 한다. 《漢書 卷21上 律曆志上》

달밤
月夕

푸른 하늘에 옥 같은 달 뜨고 옅은 구름 걷히는데	碧天瑤月淡雲收
서늘한 밤기운이 옥 누각에 걸려 있네	夜氣微涼架玉樓
빈 섬돌에 홀로 서서 잠 못 이루니	獨立空階無夢寐
서글퍼서 도리어 수심을 이기지 못할 듯하네	惆然還似不勝愁

누에를 고르다
擇蚕

뽕잎이 파래지자 젊은 아낙 바쁘더니	桑葉青青少婦忙
다시 고운 손으로 대광주리를 살피네	更將玉筍檢籠筐
집 모서리에 외로운 연기 오를 때 고치를 켜니	孤煙屋角時繅繭
색동 치마 만들어주마 이웃 아이와 약속했네	約束隣兒製繡裳

귀찮은 화장

慵粧

화려한 누각에 해는 길고 날씨는 따뜻한데	畫閣日長天氣暖
꽃다운 모습 줄어들고 머리는 쑥대 같네	花容瘦減首如蓬
옛적의 둥근 거울 아직도 벽에 걸려서	舊時圓鏡尚懸壁
섬돌 정원의 붉은 봉선화를 부질없이 비추네	漫照階庭金鳳紅

《도시도》에 쓰다[218]

題盜詩圖

자매(子梅) 왕홍(王鴻)이 평원(平原)의 동문(東門)에 이르렀다가 시권(詩卷)을 잃어버렸다. 이에 《도시도(盜詩圖)》를 만들어 해내(海內)의 문사들에게 시를 구하였는데, 또한 우리나라에까지 이르렀다.

고금의 왕랑과 이 박사여	今古王郎李博士
녹림에 이들의 재능 아끼는 자 있었네[219]	綠林中有愛才情
시에 몸을 맡기기를 이처럼 할 수 있었으니	捨身風雅能如此
평생 부질없이 이름만 훔친 나보다 낫네	勝我平生浪盜名

218 도시도(盜詩圖)에 쓰다 : 신위(申緯)의 기록에 의하면, 《도시도》의 원제목은 《도시도시록(盜詩圖詩錄)》으로 청나라 장주(長州) 사람 왕홍(王鴻)이 편찬하였는데, 왕홍의 자는 자매(子梅)이고 이상적(李尙迪)과 교유가 있었다. 왕홍은 1832년(순조32)에 평원(平原)에서 자신의 시고(詩稿)를 도둑맞은 뒤 직접 〈실시(失詩)〉·〈곡시(哭詩)〉 등 열 편의 시를 짓고 그림을 그려 이를 기록하였으며, 당대의 명사들이 그 일을 기이하게 여겨 많은 시를 지었고 이를 한 권으로 묶어 《도시도시록》이라고 하였다. 또 신위는 1840년(헌종6)에 이상적으로부터 이 시고를 받아 제시(題詩)를 써주었다고 한다. 평원(平原)은 산동성 제남(濟南) 북쪽의 평원현으로 보인다. 한편, 이 시는 《임하필기》에도 수록되어 있다. 《警修堂全藁 冊27 覆瓿集4 題王子梅盜詩圖幷序》《林下筆記 卷31 旬一編 盜詩圖》

219 고금의……있었네 : 왕랑(王郎)은 왕홍(王鴻)을 말하고, 이 박사(李博士)는 당(唐)나라 시인인 박사 이섭(李涉)을 말한다. 이섭이 도적을 만났을 때 그의 시명(詩名)을 알고 있던 도적 두목이 시 한 수를 받고 이섭을 풀어주었다는 고사가 전한다. 녹림(綠林)은 도적의 이칭으로 쓰인다. 《藏一話腴 內篇卷下》

평원 땅의 호탕한 도둑 천고에 없었으니 平原豪客無千古
그대의 시 훔쳐서 일시[220]를 채우려 했네 欲盜君詩補逸詩
눈 내린 달밤 초가집에 등불이 깜박이는데 雪月茅簷燈影閃
문창성[221]이 한밤중에 자리를 옮겼네 文昌半夜一躔移

220 일시(逸詩) : 《시경》에 수록되지 않은 고대의 시를 말한다.

221 문창성(文昌星) : 문운(文運)을 주관한다는 별로, 문곡성(文曲星)이라고도 한다.

연경으로 가는 조 시어 봉하 를 전별하며[222]
別趙侍御 鳳夏 赴燕

보행인의 뒤를 이어 소행인이 되니[223]	輔行人後小行人
역로의 매화가 여섯 번째 봄을 맞았네	驛路梅花第六春
묻노니 연경 사람들아 이 사람을 알겠는가	爲問燕人能識未
사가의 연못 가에 봉황의 깃털 새롭다네[224]	謝家池上鳳毛新
멀리서 압록강 건너는 사신 수레 생각하니	遙想星軺渡鴨江
압록강 강물 소리 출렁출렁 울리겠지	鴨江之水響瀧瀧

222 연경(燕京)으로……전별하며 : 조봉하(趙鳳夏, 1817～?)의 본관은 풍양(豐壤)이고, 자는 상호(商皓)이다. 1840년(헌종6) 문과에 급제하였고 이조 판서와 한성부 판윤 등을 역임하였다. 1842년 6월 22일에 동지 정사 이최응(李最應)의 서장관에 임명되어 동년 10월 19일에 연경으로 떠났다. 《憲宗實錄》

223 보행인(輔行人)의……되니 : 조봉하가 부친의 뒤를 이어 서장관으로 연행을 떠난다는 말이다. 조봉하의 부친 조병현(趙秉鉉)은 1837년(헌종3) 4월 20일에 헌종의 비 효현왕후(孝顯王后)의 책봉을 청하는 주청 정사(奏請正使) 김현근(金賢根)의 부사(副使)로 연행을 다녀온 일이 있다. 행인(行人)은 사신의 일을 담당하는 관원인데, 보행인은 부사, 소행인은 서장관을 말한다. 《憲宗實錄》

224 사가(謝家)의……새롭다네 : 조봉하가 조병현의 훌륭한 아들이라는 말이다. 사가의 연못은 남조 송(宋)나라 사영운(謝靈運) 집의 연못을 말한다. 봉황의 깃털은 부조(父祖)처럼 뛰어난 재질을 지닌 자손을 일컫는 말이다. 사영운의 손자 사초종(謝超宗)이 남제(南齊) 시대 왕모(王母) 은 숙의(殷淑儀)의 뇌사(誄詞)를 지어 올리자, 황제가 그 글을 보고 "사초종은 남다른 봉황의 깃털이 있으니, 사영운이 다시 살아 나온 듯하다.〔超宗殊有鳳毛, 恐靈運復出.〕"라고 한 고사가 전한다. 《南齊書 卷36 謝超宗列傳》

풀빛의 관복 입고 매서운 눈 속 뚫고 가　草色仙袍凌虐雪
풍류와 문채로 중원을 진동시키리라　風流文采動殊邦

학사가 윤음 받들고 대궐에서 인사하니　學士銜綸辭玉墀
버들꽃이 삼월에 피어 돌아올 기약 증험하리　楊花三月證前期
중원에는 근래에 태잠의 시권[225] 있는데　中原近日苔岑卷
행인의 창화시를 더하게 되리라　添得行人唱和詩

225 태잠(苔岑)의 시권(詩卷) : 벗끼리 주고받은 시를 모은 책을 말한다. 태잠은 이끼는 달라도 산은 같다는 '이태동잠(異苔同岑)'의 준말로, 뜻을 함께하는 벗을 이른다.

장림을 지나 패강을 건너다[226]

過長林渡浿江

장림에 드리운 버들 황금빛으로 곱고	長林垂柳嫩金黃
기름 같은 강물은 거울 속인 듯 빛나네	江水如油鏡裏光
십 리의 짙은 그늘에 보이는 것 없다가	十里濃陰無所見
홀연히 누각이 하늘 중앙에 꽂혔네	忽然樓閣挿中央

226 장림(長林)을……건너다 : 장림은 평양(平壤) 대동강(大同江) 변에 10리에 걸쳐 펼쳐진 숲을 말한다. 장림이 끝나는 곳 대동강 건너편에는 평양의 동문인 대동문(大同門)과 관서팔경의 하나인 연광정(練光亭)이 있다. 패강(浿江)은 대동강의 옛 이름이다.

강화도의 갑곶 나루[227]를 건너며 느낌이 일어

渡江都甲串津有感

참담한 바다 빛이 외로운 성에 스미는데	海光慘憺浸孤城
작은 노로 사람 맞이해 멀리 떠나는 심정일세	短棹迎人去去情
당시의 끝없는 가슴 아픈 일에	當時無限傷心事
미친 물결은 지금도 거세게 일렁이네	狂浪如今激不平

227 갑곶(甲串) 나루 : 강화부(江華府) 동쪽에 있는데, 병자호란 때 청군이 이곳을 건너 강화도를 침략하였다.

정족산성[228]

鼎足山城

관현 소리 갑자기 끊겼다 이어지고	管絃忽斷續
바윗길은 구불구불 돌아가네	巖路轉迂廻
정족산은 산의 형세가 깊고	鼎足山形邃
뱃머리에 포구의 빛이 다가오네	船頭浦色來
하룻밤에 떡갈나무 잎이 취하고	一宵槲葉醉
구월에 배꽃이 핀 듯하네	九月梨花開
날씨가 이처럼 다른 것은	節候殊如此
세월이 재촉해서가 아니라네	非緣歲律催

228 정족산성(鼎足山城) : 강화부 정족산에 있는 산성으로, 단군(檀君)의 세 아들이 쌓았다는 전설이 있어 삼랑성(三郎城)이라고도 한다.

봄
春

봄바람은 본래 편애하지 않으니	東風本不私
또한 야인의 집에도 불어오네	亦到野人屋
해가 따뜻하니 먼저 뽕나무를 심고	日暖先栽桑
얼음이 풀리니 비로소 곡식을 심네	氷開始種穀
우는 산비둘기는 오래된 가지에 깃들고	鳴鳩棲古枝
그윽한 새는 빈 골짝에서 나오네	幽鳥出空谷
집이 종남산 근처에 있어	宅近終南山
바라보는 경치가 그림을 보는 듯하네	相看似畫讀

이예수 유응 의 부친의 연세가 팔순에 올라 그 기쁨을 기록하려고 연 자 운을 뽑기에[229]

李禮叟 儒膺 大人邵齡躋八 識喜拈年字

인생에서 일흔은 예부터 드문 나이인데 人生七十古稀年
또 십 년을 더 지나니 지상의 신선이라네 又過十年平地仙
지상에 신선이 있어 먼저 보려 다투고 平地有仙爭覩先
학은 영지밭에서 울고 거북은 연잎 위를 거니네[230] 鶴鳴芝田龜步蓮
내가 동요를 부르는데 색동옷이 곱고 余唱童謠鵲衣娟
노인이 화답가 부르니 강구연월일세[231] 老歌相和康衢煙

229 이예수(李禮叟)의……뽑기에 : 이유응(李儒膺, 1807~1861)의 본관은 함평(咸平)이고, 예수는 그의 자이다. 1837년(헌종3) 생원시에 합격하였고, 금천 군수(金川郡守)·광주 판관(廣州判官)·강릉 부사(江陵府使) 등을 역임하였다. 이유응의 부친은 이종운(李鍾運, 1760~1840)으로 자는 정지(精之), 호는 기와(嗜臥)이다. 1807년(순조7) 문과에 급제하였고, 대사간·해남 현감(海南縣監)·양주 목사(楊州牧使)·개성부 유수(開城府留守) 등을 역임하였다. 귤산의 이 시를 비롯해 1839년에 80세 축하연을 연 기록이 여러 곳에 보인다. 《警修堂全藁 冊26 李嗜臥侍郎八十壽筵……用席上年字韻》《冠巖全書 冊2 奉賀嗜臥李侍郎八旬壽筵》

230 학은……거니네 : 학과 영지(靈芝)와 거북과 연(蓮)은 모두 장수와 관련된 사물이다. 영지밭은 신선이 영지를 심은 밭이다. 또 《사기(史記)》 권128 〈귀책열전(龜策列傳)〉에 "거북은 천년토록 연잎 위에 노닌다.〔龜千歲乃遊蓮葉之上.〕"라는 구절이 보인다.

231 노인이……강구연월(康衢煙月)일세 : 태평성대를 노래한다는 의미이다. 강구는 사람의 왕래가 잦은 사통팔달의 큰길을 이르고, 연월은 달빛이 연기에 은은하게 비추는 모습으로 태평성대의 풍경을 묘사한 것이다. 요(堯) 임금 때 아이들이 요 임금을 칭찬하며 강구요(康衢謠)를 불렀던 고사가 전한다. 《列子 仲尼》

고맙게도 그대가 나를 불러 수연에 참석하게 하고　多君速我參壽筵
감사하게도 그대가 나에게 헌수의 시를 청하네　感君要我獻壽篇
졸렬한 재주로 붓과 종이 품음이 부끄러우니　愧我才拙懷槧鉛
감히 삼달존[232] 갖춘 분에 대해 글 지을 수 있으랴　敢爾解撰三達專
본래 하늘은 현자를 보우하니　自是天翁佑于賢
칠순이 되기 전에 복이 이미 온전하였네　七旬之前福已全
덕거 타고 옮겨 다니며[233] 비단 안장 하사받았고　德車轉轉賜繡韉
성성한 머리칼 드리우고 대궐에 나아갔네　星髮垂垂趨花塼
난초 향기와 지초 꽃이 우로의 은혜 입었으니　蘭馥芝秀雨露天
손에 구슬 놀리며 남전에 옥을 심었네[234]　珠弄于掌玉種田
십이 년 사이에도 복이 오히려 이러한데　一紀之餘福猶然
성세에 노인 우대하여 은혜로운 조서 베풀었네　聖世優老恩誥宣
나 또한 이 일로 인해 감회가 얽히니　我亦因此感懷纒

232 삼달존(三達尊) : 천하 사람들이 모두 높이는 세 가지, 즉 작록〔爵〕과 나이〔齒〕와 덕(德)을 가리킨다. 《孟子 公孫丑下》

233 덕거(德車)……다니며 : 외직으로 옮겨 다닌다는 말이다. 덕거는 천자가 타는 수레인데, 여기서는 임금이 하사한 수레의 의미로 쓰인 듯하다.

234 난초……심었네 : 훌륭한 자식이 태어나 모두 임금의 은혜를 입어 벼슬한다는 말이다. 난초와 지초는 훌륭한 자손을 비유하는 말로 쓰인다. 손에 구슬을 놀린다는 것은 아들이 태어난 것을 축하할 때 쓰는 표현이다. 《시경》 〈사간(斯干)〉의 “아들을 낳아서……구슬을 가지고 놀게 하네.〔乃生男子……載弄之璋.〕”라는 구절에서 나왔다. 남전(藍田)은 미옥(美玉)의 생산지로 유명한데, 삼국 시대 오(吳)나라 손권(孫權)이 제갈근(諸葛瑾)의 아들 제갈각(諸葛恪)을 보고 “남전에서 옥이 나온다더니, 정말 빈말이 아니다.〔藍田生玉, 眞不虛也.〕”라고 탄식했다는 고사가 전한다. 《三國志 卷64 吳書 諸葛恪傳註》

우리 집안 옛일이 화려한 종이에 남아 있네[235]	我家舊事留華箋
그대 연이은 경사의 기쁨 기록하는 것 부러우니	羡君識喜慶纚連
문밖에 네 마리 말이 끄는 수레가 나란히 가득하네	門外車駟來駢闐
동갑의 기로회가 그림으로 전하는데	同庚耆會畫圖傳
그대 지금 춘당 앞에서 축수를 올리네	君今介眉春堂前
상아와 무소뿔로 술잔 만드니 술잔이 배처럼 크고	象兕爲觥觥作船
잔 들어 봄 술에 취하니 술이 샘솟듯 하네	酌被春醴醴出泉
대추 먹은 안기생과 꿩고깃국 끓인 팽조 되시라[236]	噉棗安期羹雉籛
그대가 이날에 천세를 축원하는 심정을 알겠네	知君此日祝於千
고관들 모인 자리에 황금 같은 달이 걸렸으니	八座團團金月懸
그대 계수나무 가지 꺾어 너울너울 춤추시기를[237]	願君折桂舞蹁躚
복을 점치니 바로 냇물이 막 이르는 것과 같아[238]	筮福仍如方至川

235 나……있네 : 귩산의 선조가 80세가 되어 은혜로운 조서를 받았다는 말로 보이는데, 가까이로는 귩산의 조부 이석규(李錫奎)가 82세로 장수하였다.

236 대추……되시라 : 안기생(安期生)은 전설상의 신선 이름인데, 오이만 한 대추를 먹었다는 고사가 전한다. 팽조(彭祖)는 800세를 살았다는 인물로 이름은 전갱(籛鏗)이며, 요(堯) 임금 때 팽성(彭城)에 봉해졌으므로 팽조라고 한다. 팽조가 요 임금에게 꿩고깃국을 끓여서 올렸다는 고사가 전한다.《史記 卷28 封禪書》《楚辭集註 卷3 天問》

237 그대……춤추시기를 : 이유응이 과거에 급제하기를 기원한다는 말이다. 계수나무 가지를 꺾는다는 것은 과거 급제를 뜻하는 말로 쓰이는데, 진(晉)나라 극선(郤詵)이 과거에 급제한 뒤 "계수나무 숲의 가지 하나를 꺾고, 곤륜산(崑崙山)의 옥돌 한 조각을 쥐었다."라고 한 계림일지(桂林一枝)의 고사가 전한다.《晉書 卷52 郤詵列傳》

238 냇물이……같아 : 수명이 끝없이 불어나 헤아릴 수 없을 듯하다는 말이다.《시경》〈천보(天保)〉에 임금의 만수무강을 기원하면서 "냇물이 막 이르는 것과 같아, 불어나지 않음이 없도다.〔如川之方至, 以莫不增.〕"라고 한 데서 나왔다.

구십 세 또 백 세까지 높은 나이 이어지리라　耄且期兮卲齡延
그대 옷은 색동옷이고 그대 머리칼 선명한데　君服斑斕君髮鮮
해당화 아래에서 석공[239]이 잠들었네　海棠花下石公眠
자자손손이 영원히 이어져서　子子孫孫永綿綿
곽령처럼 그저 고개만 끄덕일 뿐이리라[240]　郭令頷之而已焉
호성과 남극성[241]의 광채가 찬란하게 감싸니　弧南瑞彩爛瑤躔
수역[242]의 봄 햇살이 길이 따뜻하고 곱네　壽域春晷長暄妍
음방이 시구 찾아 그대 곁에서 전하니[243]　吟舫覓句致君邊
나의 거친 시는 그저 불쏘시개 되리라　蕪語秪是煙火緣

239 석공(石公) : 한나라 때 장량(張良)에게 《태공병법(太公兵法)》을 전해준 신선 황석공(黃石公)을 말하는 것으로 보이는데, 여기서는 이유응의 부친 이종운을 신선에 빗댄 것이 아닌가 한다.

240 곽령(郭令)처럼……뿐이리라 : 곽령은 당(唐)나라 때 분양왕(汾陽王)에 봉해진 곽자의(郭子儀)로, 곽 영공(郭令公)이라 불렀다. 곽자의가 장수하고 자손이 많아, 자손들이 인사를 올리면 누구인지 잘 알지 못하고 그저 턱만 끄덕거렸다[郭頷]는 고사가 전한다. 《新唐書 卷137 郭子儀列傳》

241 호성(弧星)과 남극성(南極星) : 호성은 호시성(弧矢星), 즉 천궁성(天弓星)을 말한다. 호성과 남극성은 장수를 상징하는 별이다.

242 수역(壽域) : '인수지역(仁壽之域)'의 준말로, 누구나 천수(天壽)를 다하며 편안하게 살 수 있는 태평성대를 뜻한다. 《논어》 〈옹야(雍也)〉의 "인한 자는 장수한다.[仁者壽.]"라는 말에서 나왔다.

243 음방(吟舫)이……전하니 : 신위(申緯)가 축수의 시를 올렸다는 말이다. 신위의 서실 당호가 벽로음방(碧蘆吟舫)이다.

삼십육동천[244]

三十六洞

어제는 황학루[245] 동쪽에서 묵었고	昨宿黃鶴樓之東
오늘은 앵무주[246]의 바람을 타네	今乘鸚鵡洲之風
서른여섯 골짜기 차례로 지나가는데	三十六洞次第路
골짜기 너머 골짜기 있고 골짜기마다 같지 않네	洞外之洞洞不同
한 골짜기 나오고 두 골짜기 나오는데	一洞出二洞出
손으로 청산 가리키며 작은 배로 지나네	指點靑山小舟通
지 자 현 자로 왔다 갔다 강물이 얽히고	之玄字廻縈江口
수많은 승경이 이 속에 들어 있네	許多奇觀在此中
한 번 돌고 두 번 돌아 서로 멀어진 듯하더니	一旋二旋如相隔
잠깐 닫히고 잠깐 밝아져 눈앞의 변화 끝이 없네	暫閉暫明眼無窮
향기로운 풀과 초록 버들 그림을 펼친 듯하고	芳草綠柳展畫圖
모랫둑과 끊어진 절벽은 안개 속으로 잠기네	沙堤斷岸入空濛

244 삼십육동천(三十六洞天) : 도가(道家)에서 신선이 산다고 하는 인간 세상의 서른여섯 곳 명산의 골짜기인데, 시의 내용으로 보아 여기서는 평안도 삼등(三登)에서 대동강(大同江)에 이르는 골짜기를 의미하는 말로 보인다. 《명미당집(明美堂集)》에 "삼등에서 대동강에 이르기까지 배로 서른여섯 골짜기를 지나왔다.〔三登至大同江, 舟過三十六洞.〕"라는 말이 보인다. 《明美堂集 卷18 從祖考贈參判公墓誌銘》

245 황학루(黃鶴樓) : 평안도 삼등현(三登縣) 능성강(能成江) 가에 있던 누각이다.

246 앵무주(鸚鵡洲) : 황학루 아래에 펼쳐진 모래밭으로, 관서(關西)의 승경으로 꼽혔다.

가장 좋은 절경으로는 쇠잔한 촌락에 最是奇絶殘村落
낮은 울타리 곁 붉은 살구꽃 한 그루 矮籬一樹杏花紅
솟은 바위는 사람 같고 다시 짐승 같은데 危巖如人復如獸
혹은 높게 혹은 낮게 마주 보고 서 있네 對峙或低而或崇
이때 절벽 아래에 배를 대니 於是艤船絶壁下
인간 만사 진세의 걱정 사라지네 萬事人間塵念空
이 몸이 무엇 때문에 분주했던가 此身胡爲奔走已
가는 곳마다 바삐 행장 꾸린 것 한스럽네 到處行裝恨悤悤
비류강[247]에서 들은 꾀꼬리 소리 꿈속인 듯하고 沸流聽鸎如隔夢
대동강 가에서 나는 기러기 된들 무슨 상관이랴 何妨浿上作飛鴻

247 비류강(沸流江) : 평안도 성천(成川) 지역을 흐르는 대동강 상류의 이름이다.

〈궐리고회도〉[248]

闕里古檜圖

나의 외숙인 이탄재공(履坦齋公)이 연행을 갔다가[249] 돌아오는 길에 〈궐리도(闕里圖)〉와 〈고회도(古檜圖)〉를 얻어서 소중히 보배로 여기고 받들어 보관해두고서 나에게 제시(題詩)를 짓게 하였다. 내가 이에 원래의 명(銘)을 살피고 이를 부연해 칠언시를 지어서 후인들에게 회나무의 영험함을 알게 하였다.

철인이 돌아가시자 대들보가 꺾였으니[250]	哲人萎兮梁木折
주나라 경왕 사십일 년 임술년이었네	敬王四十一年壬戌中
손수 심은 회나무 한 그루 의구하게 있으니	手澤一檜依舊在
한 번 마름과 한 번 무성함이 유풍과 관련되었네	一枯一榮關儒風
후학들이 《궐리지》[251]를 참고하여 증명하니	後學參證闕里志

248 궐리고회도(闕里古檜圖) : 《임하필기》 권30 〈춘명일사 회수도설(檜樹圖說)〉에, 중국 사람으로부터 〈궐리회수도(闕里檜樹圖)〉를 받았다는 내용이 보인다. 또 공자가 심은 궐리(闕里)의 회나무가 오랜 세월에 걸쳐 세상의 치란(治亂)에 따라 시들었다가 다시 살아났던 과정을 기록한 〈궐리회수도〉에 붙은 기문(記文)을 함께 소개하였다.

249 나의……갔다가 : 외숙 이탄재(履坦齋)는 박기수(朴綺壽)를 말한다. 387쪽 주196 참조. 박기수는 1816년(순조16) 10월 24일에 동지사의 서장관으로 연행을 다녀왔으며, 1837년(헌종3) 10월 17일에 동지사의 정사로 다시 연행을 다녀왔다. 여기서는 1837년의 연행을 말한다. 《純祖實錄》

250 철인(哲人)이……꺾였으니 : 《예기》 〈단궁 상(檀弓上)〉에, 공자가 세상을 떠나기 직전에 "태산이 무너지겠구나. 들보가 부러지겠구나. 철인이 죽게 되겠구나.〔泰山其頹乎! 梁木其壞乎! 哲人其萎乎!〕"라고 한 말이 보인다.

주형과 옥두[252]처럼 담장에서 빛나네　　珠衡玉斗耀墻宮
회나무라는 나무는 참으로 헤아리기 어려우니　　檜之爲物誠難測
주나라 한나라 진나라 거치며 지엽이 무성하였네　　歷周漢秦枝葉濃
영가 삼 년[253]에 한 번 시들어 떨어지더니　　永嘉三年一凋落
수나라 공제 의령에 무성히 되살아났네　　隋恭義寧復生叢

진(晉)나라 회제(懷帝) 이후 309년 만인 수(隋)나라 공제(恭帝) 정축년(617년)에 뒤늦게 살아났으니, 당나라가 일어날 조짐이었다.

정관의 지극한 치세[254]를 거의 증험함이 있었고　　貞觀至治庶有驗
건봉 연간에 다시 마르니 암탉이 수탉으로 변했네[255]
乾封再枯牝化雄

그 뒤 51년 만인 당(唐)나라 고종(高宗) 건봉(乾封) 3년 정묘년[256]에 다시 말라버렸으니, 측천무후(則天武后)가 정권을 훔칠 조짐이었다.

삼백칠십 년하고 사 년 뒤　　三百七十後四載

251 궐리지(闕里志) : 공자의 출생지인 궐리의 사실을 기록한 책으로, 명나라 진호(陳鎬)가 지었다.

252 주형(珠衡)과 옥두(玉斗) : 북두칠성의 네 번째와 세 번째 별이다.

253 영가(永嘉) 삼 년 : 진(晉)나라 회제(懷帝) 3년인 309년이다.

254 정관(貞觀)의 지극한 치세 : 정관은 당나라 태종(太宗)의 연호이다. 태종은 즉위한 이래 훌륭한 정사로 태평성대를 이루었으므로, 이때를 '정관지치(貞觀之治)'라고 한다.

255 암탉이 수탉으로 변했네 : 당나라 측천무후(則天武后)가 정권을 잡은 수공(垂拱) 3년(687) 7월에 기주(冀州)에서 암탉이 수탉으로 변하는 이변이 있었고, 영창(永昌) 원년(689) 정월에 명주(明州)에서 역시 같은 이변이 발생했다는 기록이 보인다. 《新唐書 卷34 五行志》

256 건봉(乾封) 3년 정묘년 : 건봉 3년은 668년이고, 정묘년은 667년이다. 《임하필기》 〈춘명일사 회수도설〉에는 '건봉 2년'으로 기록되어 있다.

강정[257]에 무성해지니 유자의 운이 통창하였네 康定之榮儒運通

송(宋)나라 인종(仁宗) 강정(康定) 원년(1040)인 경진년에 다시 무성해졌으니, 바로 구유(九儒)[258]가 일어날 조짐이었다.

금나라 오랑캐의 전쟁 겪으며 한 잎도 없었다가 金胡兵燹無一葉

지원 연간에 또 무성해졌네 至元年間又童童

금(金)나라 선제(宣帝) 정우(貞祐) 2년(1214) 갑술년에 난리를 만나[259] 가지와 잎이 없어졌다. 81년 뒤인 갑오년(1294)은 원(元)나라 세조(世祖) 지원(至元) 31년인데, 이때 뿌리가 다시 뻗었으니 바로 명(明)나라가 일어날 조짐이었다.

홍무 이십 년[260]까지 묵은 뿌리가 살아 있었으니 洪武廿載宿根活

광대한 천지와 함께 원기가 충만하였네 與天地大元氣充

홍무(洪武) 26년 계유년(1393)에 이르기까지 모두 96년간이었다.[261]

높이는 세 길이 넘고 둘레는 넉 자이니 高過三丈圍四尺

가지와 잎이 구름을 뚫고 상서로운 햇살은 붉네 柯葉凌雲瑞旭紅

주나라부터 명나라까지 삼천 년 동안 自周至明三千載

세 번 말랐다 세 번 무성해 우리의 도가 높아졌네 三枯三榮吾道崇

257 강정(康定) : 송나라 인종의 연호로, 1040~1041년에 사용하였다.

258 구유(九儒) : 송나라 때 공자의 묘정에 종사(從祀)한 아홉 명의 유자, 즉 주돈이(周敦頤)·정호(程顥)·정이(程頤)·주희(朱熹)·장재(張載)·소옹(邵雍)·사마광(司馬光)·장식(張栻)·여조겸(呂祖謙)을 말하는 것으로 보인다.

259 금(金)나라……만나 : 1214년에 몽고(蒙古)가 금나라를 공격하여 패배시킨 사실을 말한다. 이때 금나라는 중경(中京)을 버리고 변경(汴京)으로 천도하였다.

260 홍무(洪武) 이십 년 : 홍무는 명나라 태조의 연호로, 20년은 1387년이다.

261 홍무(洪武)……96년간이었다 : 《임하필기》 〈춘명일사 회수도설〉에는 홍무 22년(1389)으로 기록되어 있는데, 이 기록에 따라야 1294년부터 1389년까지 모두 96년이 된다.

성인께서 손수 심은 나무가 이와 같은데　聖人手植有如此
남겨진 그림이 동방에 전해지니 얼마나 다행인가　何幸遺圖及我東
강과 바다를 더듬는 듯 본원이 아득하고　如探江海本源邈
소생하고 이지러짐이 저 해와 달과 같다네　如彼日月蘇蝕同
그대 보지 못했나 대성인의 사당 앞에 샘물이 있어
君不見元聖廟前有泉源
한 번 마르고 한 번 흘러서 징험이 무궁함을　一涸一潤驗無窮

후매 도인의 지화에 시를 짓다[262]

題嗅梅道人指畫

정유년(1837, 헌종3)에 외숙(外叔 박기수(朴綺壽))께서 연경(燕京)으로 들어갔을 때[263] 후매 도인(嗅梅道人)이 공에게 나의 예서(隷書)를 구하였는데, 섭생림(葉笙林)과 황공자(黃公子) 등 여러분이 이미 나누어 가져가서 요구에 응할 수 없었다.[264] 그가 간절히 구하기를 바라 마지않는다고 하기에 그 뒤에 연행하는 인편을 통해 몇 장을 써서 보내었다. 인편이 돌아올 때 후매 도인이 두 장의 지화(指畫)를 그려 보내주었는데 매우 신묘하여 사랑스러웠다. 지금은 벽로음방(碧蘆

262 후매 도인(嗅梅道人)의……짓다 : 후매 도인이 누구인지는 미상이다. 지화(指畫)는 지두화(指頭畫)라고도 하는데, 손끝이나 손톱에 먹물을 묻혀 그리는 그림을 말한다.

263 정유년에……때 : 416쪽 주249 참조.

264 섭생림(葉笙林)과……없었다 : 섭생림은 청나라 섭지선(葉志詵)을 말한다. 《임하필기》 권33 〈화동옥삼편(華東玉糝編) 섭동경서(葉東卿書)〉에 "섭지선은 자는 동경이고 호는 생림(笙林)이다. 탄재(坦齋) 박공(朴公)과 오랜 교분이 있었다."라는 기록이 보인다. 그런데 청나라 하소기(何紹基)의 기록에 의하면, 생림은 섭지선의 손자인 섭은이(葉恩頤)의 자 또는 호이다. 또 섭지선의 호가 생림이라는 기록도 다른 곳에는 보이지 않으므로, 귤산이 섭지선의 호를 생림으로 잘못 알고 있었던 것으로 보인다. 한편, 《임하필기》 권33 〈화동옥삼편 서화액(書畫厄)〉에 섭생림은 소주(蘇州) 사람으로 귤산의 예서를 가져가 강남에 있는 사람들에게 나누어 주었다는 기록이 보인다. 황공자(黃公子)는 당시 형부 우시랑(刑部右侍郎)으로 있던 수재(樹齋) 황작자(黃爵滋)를 말한 것으로 보인다. 박기수의 연행 때 부사(副使)로 참여했던 김흥근(金興根)이 연경에서 황작자와 수창한 시가 전한다. 《東洲草堂詩鈔 卷19 爲葉笙林恩頤畫蘭》《游觀集 卷1 人日與黃樹齋爵滋諸人會長春寺共賦》

吟舫 신위(申緯)) 소유의 물건이 되었다. 때때로 열어보니 천 리나 떨어져 서화를 통해 맺은 인연에 감회가 일어나기에 이에 십삼 운을 뽑아 시를 지었다.

그림은 뜻의 그림과 붓의 그림이 있으니 畫有意畫而筆畫
뜻의 그림은 한계가 없고 붓의 그림은 신묘하네 意畫無際筆畫神
뜻을 먼저 모으고 붓에서 움직이는데 先會意中運於筆
뜻은 허공에 있고 붓은 참됨에 있네 意在虛空筆在眞
붓과 뜻이 만나야 그릴 수 있는데 筆與意遇方可染
뜻 외에 손가락 아래 봄이 있을 줄 누가 알았으랴 意外誰知指下春
지두화 화법은 전래됨이 오래되었고 指頭畫法傳來久
원나라 명나라 사이에 뛰어난 사람 많았네 元明之際多能人
후매 도사가 그 연원을 얻어서 嗅梅道士淵源得
뜻도 아니고 붓도 아니며 온전히 준[265]을 썼네 非意非筆全用皴
닮지 않은 듯 닮아서 저절로 부합하니 不似是似自然合
흐르는 물과 늙은 나무는 더욱 진기하다네 流水枯木尤可珍
다리 보니 걷고 싶고 배를 보니 타고 싶으니 見橋思行船思乘
마음이 수묵화의 평원법[266]에 물드는 것과 같네 心渲水墨平遠均
이런 그림을 뜻 너머의 법도를 얻었다고 하니 此之謂得意外法

265 준(皴) : 원래 산악이나 암석 등의 굴곡과 중첩 및 의복의 주름을 그리는 화법의 하나인 준법(皴法)을 말하는데, 여기서는 손가락을 말하는 것으로 보인다.

266 평원법(平遠法) : 산수화에서 원근을 표시하는 기법의 하나로, 가까운 산에서 먼 산을 바라보는 시각으로 평평한 공간의 넓이를 표현하는 방법이다.

가슴속이 넓어져 한 점 한 점 새롭네　胸次寬闊點點新
그림을 넘어선 그림이요 붓을 넘어선 붓이니　畫外之畫筆外筆
시운에 다른 뜻 있어 다른 방법으로 그렸네　運會別意作別因
붓을 사용할 곳에 손가락을 사용하니　用筆之處指以用
전생이 손가락이었던가 전생이 붓이었던가　指前身耶筆前身
상투로 글씨 쓰고 비로 백토 칠함도 함께 오묘함을 전하니[267]　髻灑帚堊俱傳妙
외숙께서 나의 서재를 가난하지 않게 했네　舅氏使我廚不貧
감히 내가 쓴 짙게 달라붙는 먹글씨가　敢言我筆濃堆墨
후매 도인의 지화와 어울린다고 말하랴만　與嗅梅指共作親
그대 내 글씨 사랑함이 내가 그대 그림 사랑함과 같으니　君愛我書如我愛君畫
하늘 끝에서 서화로 맺은 인연 이웃과 같다네　墨緣天涯同比隣

267 상투로……전하니 : 상투로 글씨를 쓰고 비〔帚〕로 백토(白土)를 칠하는 글씨도 있으므로, 손가락으로 그리는 그림은 크게 이상할 것이 없다는 말로 보인다. 비로 백토를 칠한다는 것은 비백서(飛白書)를 말하는데, 후한 때 채옹(蔡邕)이 홍도문(鴻都門)에 백악(白堊)을 칠하는 장인(匠人)의 비를 보고 비백서를 만들었다고 한다.

정 무주 시용 의 춘당의 회근례에 축수하다[268]

壽鄭茂朱 始容 春堂回巹之禮

내가 들은 성인의 말씀에	如是我聞聖人言
한 번 혼례 올리는 것이 만복의 근원이라 하셨네[269]	一與醮百福源
서른 살에 장가들고 열다섯 살에 비녀를 꽂으니[270]	三十有室十五笄
혼인할 때 집집마다 고례가 남아 있네	嫁娶家家古禮存
이것이 변함없는 예이니	此禮之常也
나이가 차면 하늘이 두 성씨의 가문을 합해주셨네	年長天合異姓門
지금 공이 백발에 회근례를 행하니	今公白髮行巹禮

268 정 무주(鄭茂朱)의……축수하다 : 정시용(鄭始容, 1786～?)의 본관은 동래(東萊)이고, 자는 유지(有之)이다. 1814년(순조14) 생원시에 합격한 뒤 음직으로 외직을 두루 역임하였는데, 1840년(헌종6) 11월에 무주 도호부사(茂朱都護府使)에 제수되어 1841년 5월까지 임무를 수행하였다. 69세 때인 1854년(철종5)에 기로정시(耆老庭試) 문과에 합격하였다. 회근례(回巹禮)는 부부가 혼인한 지 60주년을 맞아 벌이는 잔치로 회혼례라고도 한다. 정시용의 부친은 정동면(鄭東勉, 1762～1841)이다. 《임하필기》 권26 〈춘명일사 정문회근(鄭門回巹)〉에 "참의 정동면이 회근례를 치렀다."는 기록이 보인다.

269 한……하셨네 : 《소학집주(小學集註)》 권4 〈계고(稽考)〉에 "한 번 혼례를 올리면 종신토록 바꾸지 않는다.〔一與之醮, 終身不改.〕"라는 말이 보인다. 《예기》 〈교특생(郊特牲)〉에는 "한 번 남편의 아내가 되면 종신토록 바꾸지 않는다.〔壹與之齊, 終身不改.〕"라고 되어 있다.

270 서른……꽂으니 : 《예기》 〈내칙(內則)〉에 "서른 살에 아내를 두어 비로소 남자의 일을 처리한다.〔三十而有室, 始理男事.〕", "열다섯 살에 비녀를 꽂고 스무 살에 출가한다.〔十有五年而笄, 二十而嫁.〕"라는 구절이 있다.

맞절하는 비단 자리에 한 쌍의 원앙 수놓았네　交拜錦席繡雙鴦
서른도 아니고 열다섯도 아니니　非三十非十五
신랑과 신부가 팔순의 존귀한 어른이시네　郎兮婦兮八耋尊
이것이 무슨 예인지 사람들이 다투어 묻기에　傍人爭問此何禮
내가 대답하기를 이것이 회혼례라고 하였네　我以答之是回婚
회혼의 예는　回婚之禮
옛날의 혼례를 오늘에 끌어온 것이네　昔日之禮今日援
옛날이 성대한가 오늘이 성대한가　昔日盛歟今日盛歟
옛날과 똑같이 청실홍실을 봄날 가마에 드리웠네　一般青紅拖春軒
자식 있고 손자 있어야 이 경사를 기념하나니　有子有孫然後識此慶
더구나 공은 좋은 복까지 성대하고 많다네　況公嘉祉衍又蕃
지방관 되어 봉양한 지 지금 몇 해가 되었나　專城供養今幾載
노인 우대하는 아름다운 조서가 새해에 또 내렸네[271]　優老華誥又新元
장수하면서도 강녕한 이를 신선이라 하니　壽而康寧曰仙耳
초 땅 남쪽에 대수가 자라고 북당에는 원추리 자라네[272]

271 노인……내렸네 : 《승정원일기》 헌종 7년(1841) 1월 3일 기사에, 80세가 된 전정(前正) 정동면을 규례에 따라 통정대부(通政大夫)로 가자(加資)하게 한 내용이 보인다.

272 초(楚)……자라네 : 정시용 부모의 장수를 축원하는 말이다. 초 땅 남쪽의 대수(大樹)는 장수를 상징하는 나무인 명령(冥靈)을 말하는데, 여기서는 부친의 뜻을 담고 있는 대춘(大椿) 나무를 말한 것으로 보인다. 《장자(莊子)》 〈소요유(逍遙遊)〉에 "초나라 남쪽에 명령이라는 나무가 있었으니 5백 년을 봄으로 삼고 5백 년을 가을을 삼았다. 상고 시대에 대춘이라는 나무가 있었으니 8천 년을 봄으로 삼고 8천 년을 가을로 삼았다."라고 하였다. 북당(北堂)은 모친이 계신 곳을 의미하는데, 《시경》 〈백혜(伯兮)〉에 "어찌하면 원추리를 얻어서 북당에 심을 수 있을까.〔焉得諼草, 言樹之背?〕"라고 한 데서 나왔다. 춘훤(椿萱)은 부모를 의미하는 말로 쓰인다.

	楚南大樹堂北萱
노래자처럼 술잔 받드니[273] 봄 술이 익었고	老萊奉觴春酒熟
빛을 드리우는 덕성[274]에 화기가 온화하네	德星垂垂和氣溫
이 회혼례를 그림으로 그려서	願言作此畫
온 가문과 온 마을에 나누어주고 싶네	分與一門及一村
누군들 영원히 보배로 삼아서	孰不永寶而
이에 자자손손 전해지도록 기원하지 않겠는가	庸蘄于子子孫孫

273 노래자(老萊子)처럼 술잔 받드니 : 노래자는 춘추 시대 초(楚)나라의 은자로, 부모님을 위해 70세에 색동옷을 입고 재롱을 부렸다는 고사가 전한다.《小學 稽古》

274 덕성(德星) : 경성(景星)이라고도 하는 상서로운 별로, 나라가 태평하거나 현인이 출현하면 나타난다고 하였다.

서울로 돌아가는 객을 전송하다[275]

送客還京

그대 어이하여 멀리까지 나를 전송하고서	君何遠送我
큰 강 물가에서 고개를 돌리게 되었는가	回首大江濆
차라리 집에서 이별할지언정	寧作在家別
중도에서 이별하기 어렵다네	難爲中路分

275 서울로……전송하다 : 귤산의 나이 32세 때인 1845년(헌종11) 10월에 사은겸동지사의 서장관으로 연행하는 과정에서 지은 시이다. 규장각에 소장된 《귤산문고(橘山文稿)》 책7 〈양설한묵(楊雪翰墨)〉에 당시 연행의 일정에 따른 노정과 연행에서 지은 시가 수록되어 있는데, 《가오고략》에 수록되지 않은 시가 다수 실려 있어 참고가 된다. 이 시는 〈양설한묵〉 10월 25일 기사에 파주(坡州)에서 하루를 묵은 뒤 떠나며 지은 시로 수록되어 있다. 한편, 이 시부터 뒤의 〈왕확헌 초재와 이별하며〔別王艧軒楚材〕〉까지는 연행 때 지은 시이며 〈양설한묵〉에 실린 시와 《가오고략》에 실린 시에 약간의 글자 출입이 보이는데, 번거로움을 피하기 위해 일일이 다 밝히지 않았음을 미리 언급해 둔다.

경산 상공의 〈취양〉 시에 차운하여 성도 태수 정주계 기세에게 부치다[276]

次經山相公就養韻 寄成都倅鄭周溪 基世

관서에서 육명 받은 지 몇 해가 지났던가[277]	關西六命幾經秋
성은 입어 성도에서 또 훌륭한 유람 하네	恩沐成都又勝遊
태수 되어 봉양하니 자제는 현명하고	養以專城賢子弟
온 나라에서 이름나니 누정은 좋다네	名於一國好亭樓
덕이 융성해 적석[278]을 여유롭게 차지하고	德隆赤舃優閑占
음덕이 쌓여 청당[279]에 노대신이 머무르네	蔭積靑棠老大留
지난봄에 시험 주관하고 이번에 사명 받드니[280]	掌試前春今奉使

276 경산(經山)……부치다 : 경산 상공은 정원용(鄭元容, 1783~1873)으로, 경산은 그의 호이다. 정원용에 대해서는 50쪽 주1 참조. 취양(就養)은 부모가 자식의 임지에 따라가 봉양 받는 것을 말한다. 정기세(鄭基世, 1814~1884)는 정원용의 장남으로, 자는 성구(聖九), 호는 주계(周溪)이다. 성도(成都)는 평안도 성천 도호부(成川都護府)를 말하는데, 정기세는 1845년(헌종11) 6월 2일에 성천 도호부사에 임명되었다. 《임하필기》 권25 〈춘명일사 경산기시(經山寄詩)〉에, 정기세의 임소인 성천에 있던 정원용이 귤산의 연행 소식을 듣고 시를 보내왔다는 내용이 보인다. 또 《귤산문고》 책7 〈양설한묵(楊雪翰墨)〉 1845년 11월 3일 기사에 이 시가 수록되어 있다.

277 관서(關西)에서……지났던가 : 정원용이 1833년(순조33)에 평안도 관찰사를 역임한 것을 말한 것으로 보인다. 육명(六命)은 왕의 경(卿)을 말하는데, 여기서는 왕의 명을 받은 벼슬아치를 지칭한 것으로 보인다.

278 적석(赤舃) : 천자나 제후, 또는 고관이 신던 붉은 가죽신을 말한다.

279 청당(靑棠) : 합환목(合歡木)으로 청당(靑棠)이라고도 하는데, 여기서는 청당이 있는 자식의 임소를 말한 것으로 보인다.

해마다 대동강 가에서 함께 모이네　年年浿上會同儔

280 지난봄에……받드니 : 시험을 주관했다는 것은 귤산이 1844년(헌종10) 1월 25일에 평안도 경시관(平安道京試官)에 임명된 것을 말한다. 또 사명을 받들었다는 것은 귤산이 1845년 10월에 연경으로 출발한 것을 말한다. 《承政院日記》

경산 상공의 시에 차운하여 가산의 기생 연홍에게 주다[281]

次經山相公韻 贈嘉山妓蓮紅

죽었으나 죽지 않고 살아나 꽃을 피우니	死而不死生而榮
쏴아쏴아 출렁출렁 여협의 소리로다	淅淅浪浪女俠聲
충의와 정렬은 두 가지가 아니니	忠義烈貞非二致
살아서나 죽어서나 모두 꽃다운 이름이로다	生前死後摠芳名

281 경산(經山)……주다 : 경산 상공은 정원용(鄭元容)으로, 경산은 그의 호이다. 정원용에 대해서는 50쪽 주1 참조. 평안도 가산(嘉山)의 기생 연홍(蓮紅)은 가산 군수 정시(鄭蓍)의 시중을 들던 기생이었다. 1811년(순조11) 홍경래(洪景來)의 난이 일어났을 때 정시가 붙잡혀 항복하지 않다가 칼에 맞아 죽자, 연홍이 그 시신을 거두어 직접 염을 하고 장례를 치렀으며, 정시의 아우는 연홍의 도움으로 목숨을 구할 수 있었다. 뒤에 평안도 관찰사가 연홍의 일을 보고하자 조정에서 후한 상을 내렸다.《純祖實錄 11年 12月 22日・26日, 12年 1月 10日》《心田稿 卷1 燕薊紀程》한편,《균산문고》책7 〈양설한묵(楊雪翰墨)〉 1845년(헌종11) 11월 10일 기사에 이 시가 수록되어 있다.

노숙하며[282]

露宿

드리운 장막에 별빛 비치고 새벽은 멀었는데	垂幕星辰曙尙遠
침상 가까이에 맹수 소리 추운 밤을 함께하네	近牀虎豹夜同寒
구련성 밖에 봉황성으로 가는 길 있으니	九連城外凰城路
이제부터 못 보던 풍광을 보게 되리라	從此行看所不看

282 노숙하며 : 《귤산문고》 책7 〈양설한묵(楊雪翰墨)〉 1845년(헌종11) 11월 22일 기사에 이 시가 수록되어 있다.

수레 속에서[283]

車中

바퀴 자국 두 줄기 따라 하나의 길을 가는데	輪痕雙帶一塗由
온몸이 흔들려 요동치는 배를 탄 듯하네	肢體搖搖似蕩舟
땅 생김새 따라서 우로 쏠리고 좌로 기울며	右仄左傾隨地勢
돌부리에 닿으면 앞이 들리고 뒤는 내려앉네	前高後陷觸巖頭
괴로울 땐 두꺼운 얼음 뚫기보다 배나 힘들고	艱時勞倍堅氷鑿
평탄한 곳에선 터진 물이 흐르듯 정신이 아찔하네	坦處神迷決水流
일제히 금방울 울리면 우렛소리 나는데	齊動金鈴雷乃發
가장 견디기 어려운 것은 논밭 만났을 때라네	最難堪是遇田疇

283 수레 속에서 : 《귤산문고》 책7 〈양설한묵(楊雪翰墨)〉 1845년(헌종11) 11월 27일 기사에 이 시가 수록되어 있다.

요동 벌판 길에서[284]

遼野途中

높낮이를 구별하기 어려운데 누런 먼지 가득하고	高低難辨漲黃塵
원근에서 만나는 건 모두 비단 장식 수레라네	遠近相逢盡繡輪
칠백 리 너른 평원 요하 북쪽 땅에	七百寬坪遼北地
삼천여 리 길을 가는 해동 사람이 왔네	三千餘里海東人
먼 길에 고생 많다고 한탄하지 말라	莫歎長道多辛苦
전생에 심은 인연 있음을 정녕 알겠네	定識前身有種因
이역에서 짧은 겨울 해를 싫어하지 않으니	異域不嫌冬晷短
이렇게 며칠 지나면 봄을 맞을 수 있으리라	此過幾日可迎春

284 요동 벌판 길에서 : 《귤산문고》 책7 〈양설한묵(楊雪翰墨)〉 1845년(헌종11) 12월 1일 기사에 이 시가 수록되어 있다.

탑 위에서 오호도를 바라보다[285]

塔上望嗚呼島

오도호 가에서 혼을 부르고 싶은데	嗚呼島上欲招魂
새벽빛이 흐릿하게 해구에 펼쳐졌네	曉色空濛漲海門
의사의 강개한 마음은 수세를 놀라게 하고	義士心虹驚水勢
영웅의 크나큰 담력은 하늘의 별을 품었네[286]	英雄膽斗孕天根
함께 온 오백 명은 지금 어디에 있나	同來五百今何處
지난 일 처량하고 옛 마을만 남았네	往事凄涼只古村
뗏목 타고 건너갔던 객 기억하나니	記得汎槎前度客

285 탑……바라보다 : 《귤산문고》 책7 〈양설한묵(楊雪翰墨)〉 1845년(헌종11) 12월 10일 기사에 이 시가 수록되어 있다. 탑은 연행 노정에 있는 발해에 인접한 바닷가 마을인 탑산소(塔山所)를 말한다. 오호도(嗚呼島)는 산동반도 남쪽 바다에 있는 전횡도(田横島)를 말한다. 전횡은 제왕(齊王)의 후예로 진(秦)나라 말에 자립하여 왕이 되었다가 형세가 불리해지자 부하 500여 인과 함께 이 섬으로 피하였다. 뒤에 한고조(漢高祖)의 부름을 받고 낙양(洛陽)으로 가던 중 머리 굽혀 신하가 되는 일을 할 수 없다며 자결하자, 이 소식을 들은 섬 안의 500여 인 역시 모두 자결했다는 고사가 전한다. 이 때문에 그들은 슬퍼하며 이 섬을 오호도라 불렀다고 한다. 날씨가 쾌청하면 탑산소에서 전횡도가 보인다는 내용이 여러 연행록(燕行錄)에 전한다. 《史記 卷94 田横列傳》

286 하늘의 별을 품었네 : 원문의 '천근(天根)'은 이십팔수 중 동쪽의 칠수 가운데 세 번째 별인 저성(氐星)의 별칭으로 쓰인다.

나보다 몇 년이나 먼저 맑은 술 뿌렸던가[287] 先吾幾載酹淸樽

287 뗏목……뿌렸던가 : 해로(海路)를 통해 사행(使行)했던 일을 말하는데, 후금(後金)이 요동을 지배했던 1621년(광해군13)부터 1636년(인조14)까지 육로가 막혀 해로로 사행하였다. 〈양설한묵〉에 수록된 이 시의 원주에 "수로로 조천할 때는 사신들이 탑산소에서 배를 출발하였다.〔水路朝天時, 使臣自塔山所發船.〕"라는 내용이 보인다.

강녀묘[288]

姜女廟

가녀린 마음이 하나의 바위로 변하여	纖腸化一石
부서지지 않고 천년을 내려왔네[289]	不泐千年來
훗날 절개를 바꾼 여인네들이	後之兩截女
어찌 이 바위에 부끄럽지 않으랴	能不愧斯臺

288 강녀묘(姜女廟) : 《귤산문고》 책7 〈양설한묵(楊雪翰墨)〉 1845년(헌종11) 12월 13일 기사에 이 시가 수록되어 있다. 강녀묘는 열녀 허맹강(許孟姜)을 모신 사당이다. 허맹강의 남편 범랑(范郎)이 만리장성을 쌓는 부역에 나갔다가 몇 해가 되어도 돌아오지 않자 허씨가 만 리 길을 찾아왔다가 마침내 범랑이 죽은 것을 알고 울다가 죽었고, 사람들이 사당을 세워 그녀의 절개를 기렸다고 한다. 《薊山紀程 卷2 渡灣 姜女廟》《熱河日記 馹汛隨筆 姜女廟記》

289 가녀린……내려왔네 : 강녀묘 뒤에 있는 '망부석(望夫石)'이라고 새겨진 바위를 말한 것으로 보인다. 이 바위는 허맹강이 남편을 바라본 곳으로, 오르내린 발자국이 움푹 패여 있다고 한다. 《薊山紀程 卷2 渡灣 姜女廟》

징해루에서 달을 구경하다[290]

澄海樓玩月

어느 밤인들 달이 없고 바다 없었으랴만	何宵無月亦無水
바다 빛과 달빛을 모두 얻긴 어렵다네	海色蟾光兩得難
북쪽 땅에서 파도를 보고 달빛까지 보면서	北地觀瀾兼看月
낭랑히 읊조리며 옥난간을 천천히 거니네	朗吟徐步玉欄干

290 징해루(澄海樓)에서 달을 구경하다 : 《귤산문고》 책7 〈양설한묵(楊雪翰墨)〉 1845년(헌종11) 12월 13일 기사에 이 시가 수록되어 있다. 징해루는 산해관(山海關)에서 바다로 이어지는 성(城)이 끝나는 곳에 있는 2층 누각으로 발해를 바라볼 수 있으며, 망해정(望海亭)이라고도 한다. 《임하필기》 권32 〈순일편(旬一編)〉에도 귤산이 징해루에서 달을 구경한 사실이 기록되어 있다.

연나라 소왕의 사당[291]

燕昭王廟

누가 준마의 뼈를 연인에게 팔았던가	誰將駿骨賣涓人
역수와 황금대에 이미 먼지가 쌓였네[292]	易水金臺已劫塵
오직 소왕의 무덤 아래 나무만 남아서	惟有昭王陵下樹
지금도 비바람 속에 강한 진나라를 노여워하네	至今風雨怒强秦

291 연(燕)나라 소왕(昭王)의 사당 : 《귤산문고》 책7 〈양설한묵(楊雪翰墨)〉 1845년(헌종11) 12월 18일 기사에 이 시가 수록되어 있다.

292 누가……쌓였네 : 연인(涓人)은 궁중에서 청소하는 사람이다. 연(燕)나라 소왕(昭王)이 곽외(郭隗)에게 인재를 구할 방법을 묻자, 곽외가 '옛날 어느 임금이 연인에게 천리마를 사오게 했는데 죽은 천리마의 뼈를 비싼 값에 사오자 천하의 천리마가 세 마리나 모여들었다'는 고사를 전하며, 자신부터 잘 대우하면 인재가 찾아올 것이라고 하였다. 이에 소왕이 연경에 황금대(黃金臺)를 세우고 인재를 초빙하니 천하의 명사들이 몰려들었다는 고사가 전한다. 역수(易水)는 연나라의 강으로, 태자 단(太子丹)의 부탁을 받은 자객 형가(荊軻)가 역수를 건너 진시황(秦始皇)을 암살하러 떠났던 곳으로 유명하다. 진시황 암살에 실패한 이후 연나라는 결국 진나라에 멸망당했다. 《戰國策 燕策》《史記 卷86 刺客列傳 荊軻》

정충사[293]

精忠祠

정충묘 아래에 수레 잠깐 멈추니　精忠廟下暫停輪
굳세고 빼어난 자태 산악이 신령함을 내렸네　颯爽英姿嶽降神
큰 계책은 북쪽 사막으로 금나라 몰아내는 것이었고　雄韜北漠排金地
당시의 일은 동창에서 귤을 희롱한 사람이 그르쳤네[294]　時事東窓弄橘人
단청은 변하는 세월과 함께하지 않았고　丹靑不與星霜變
제향은 진설된 제물에 여전히 남아 있네　香火尙留蕉荔陳
지사가 부질없이 천고의 한을 품었으니　志士空懷千古恨
짧은 찌 붙은 《송명신언행록》[295]을 펼쳐본다네　短籤繙閱宋名臣

293 정충사(精忠祠) : 《귤산문고》 책7 〈양설한묵(楊雪翰墨)〉 1846년(헌종12) 1월 6일 기사에 이 시가 수록되어 있다. 정충사는 남송의 명장 악비(岳飛, 1103~1141)의 소상(塑像)을 봉안한 곳으로, 연경에 있다. 악비는 여러 차례 금(金)나라 군대를 격파하다가 간신 진회(秦檜)의 모함에 걸려 39세의 나이로 옥사한 충신이다. 《宋史 卷365 岳飛列傳》

294 당시의……그르쳤네 : 진회가 악비를 모함해 죽였다는 말이다. 진회는 자신의 부인 왕장각(王長脚)과 함께 동창(東窓) 아래에서 귤(橘)을 먹으며 악비를 죽이기 위한 계책을 세웠다고 한다. 《史要聚選 卷7》

295 송명신언행록(宋名臣言行錄) : 주희(朱熹)와 그의 외손자인 이유무(李幼武)가 편찬한 책으로, 송나라 명신 104명의 언행을 시대순으로 기록하였다. 전집·후집·속집·별집·외집으로 구성되어 있으며, 악비의 언행은 별집에 수록되어 있다.

역대제왕묘[296]

歷代帝王廟

주 진 명 송에 헌희[297]까지 거슬러 오르는데	周秦明宋溯軒羲
높이 솟은 사당은 옛날에 창건되었네	廟宇穹然刱古時
사업의 흥망은 나라의 역사에서 징험되고	事業興亡徵國史
충신들 배향은 조정의 의식에 엄숙하네	股肱配侑儼朝儀
향긋한 서직 정결한 희생은 응당 변치 않을 것이고	黍馨牲潔應無替
땅이 늙고 하늘이 황폐하도록 영원히 이와 같으리	地老天荒永若斯
일만팔천 년 다스리던 때가 하루와 같으니[298]	萬八千年如一日
지금 본 것이 옛날 들은 것과 비교해 어떠한가	今看何似昔聞之

296 역대제왕묘(歷代帝王廟) : 《귤산문고》 책7 〈양설한묵(楊雪翰墨)〉 1846년(헌종12) 1월 8일 기사에 이 시가 수록되어 있다. 역대제왕묘는 삼황(三皇)부터 명나라 의종(毅宗)까지 중국 역대 제왕의 위판을 봉안한 사당으로, 연경의 부성문(阜城門) 안에 있다. 명나라 때 처음 세웠으며, 역대의 명신이 배향되어 있다.

297 헌희(軒羲) : 헌원씨(軒轅氏)와 복희씨(伏羲氏)의 병칭이다.

298 일만팔천……같으니 : 태고 시대가 마치 어제처럼 느껴진다는 말이다. 삼황(三皇) 이전의 태고 시대에 천황씨(天皇氏)는 형제 12인이 각각 1만 8천 년을 다스렸으며, 지황씨(地皇氏)는 형제 11인이 각각 1만 8천 년을 다스렸다고 한다. 《十九史略 卷1 太古》

호랑이 우리[299]

虎圈

주나라 제도에는 왕을 위해 길렀는데[300]	周制爲王畜
지금 보는 것은 한나라의 우리 법도라네	今看漢圈儀
영웅은 용맹을 과시할 데가 없고	英雄無勇地
장사는 대오를 잃어버린 때라네	壯士失群時
앉아 있을 땐 천 산에 대한 뜻이 있고	坐有千山志
서 있을 때는 팔자 눈썹을 드리우네	立垂八字眉
안개 속에서 누가 숨으려 하랴	霧中誰欲隱
말 달리는 오랑캐 기병 보지 못했네[301]	不見胡騎馳

299 호랑이 우리 : 《귤산문고》 책7 〈양설한묵(楊雪翰墨)〉 1846년(헌종12) 1월 15일 기사에 이 시가 수록되어 있다. 호랑이 우리는 연경 원명원(圓明園) 부근에 있었다고 한다.

300 주(周)나라……길렀는데 : 주나라 선왕(宣王) 때 천자의 동물을 사육하는 벼슬인 목정(牧正)을 맡은 양앙(梁鴦)이 모구원(毛丘園)에게 호랑이를 사육하는 방법을 알려주었다는 내용이 《열자(列子)》 〈황제(黃帝)〉에 보인다.

301 안개……못했네 : 호랑이가 숨어 지내지 않고 먹이를 찾다가 오랑캐 기병에게 사로잡혀 왔다는 말로 보인다. 남산(南山)에 사는 검은 표범은 7일 동안 안개비가 내려도 산에서 내려와 먹을 것을 찾지 않는데, 자기 털을 잘 가꾸어 아름다운 무늬를 만들기 위해서였다는 남산현표(南山玄豹)의 고사가 전한다. 《列女傳 卷2 陶答子妻》

황금대[302]

金臺

만 리에서 온 청구의 나그네가	萬里靑邱客
천고의 황금대에 이르렀네	千古黃金臺
석양이 아직도 다 지지 않았으니	夕陽猶不盡
깊이 읊조리며 홀로 배회하네	沈吟獨徘徊

302 황금대(黃金臺) : 《귤산문고》 책7 〈양설한묵(楊雪翰墨)〉 1846년(헌종12) 1월 18일 기사에 이 시가 수록되어 있다. 황금대는 연(燕)나라 소왕(昭王)이 인재를 초빙하기 위해 연경에 세운 누대이다. 437쪽 주292 참조.

노구교[303]

蘆溝橋

태항산[304] 산빛이 물에 비춰 다가오니	太行山色照水來
망망하고 아득하여 깜짝 놀라 바라보네	茫茫灝灝大駭矚
갑자기 긴 다리가 눈앞을 가로지르는데	忽有長橋橫一望
일백사십 칸 난간이 나란히 이어지네	百四十間互連續
다리 위에는 열세 개 성으로 통하는 길이 있고	橋上十三省路通
다리 아래엔 열두 개 둥근 무지개문이 있네	橋下十二虹門曲
일만 배 천 개 돛이 베틀 오가는 북처럼 지나고	萬艘千帆容若梭
네 마리 말 끄는 수레 두 대가 서로 스치며 지나네	四馬兩軌相迎躅
웅크린 코끼리 걸터앉은 사자[305]는 어찌나 신기한지	象蹲獅踞何怪奇
천 년 전에 귀신의 솜씨로 교묘히 새겨 넣었네	神鬼千年工剜劚
연경 팔경에 노구효월이라는 이름을 보태었으니	八景補以蘆溝名
그리는 사람 글 쓰는 사람이 붓을 빼 기록했네	畫者書者抽管錄

303 노구교(蘆溝橋) : 《귤산문고》 책7 〈양설한묵(楊雪翰墨)〉 1846년(헌종12) 1월 20일 기사에 이 시가 수록되어 있다. 노구교는 연경 광안문(廣安門) 밖 영정하(永定河)에 있는 큰 다리이다. 노구효월(蘆溝曉月)은 연경 팔경(燕京八景)의 하나이다.

304 태항산(太行山) : 중국 산서성(山西省) 고원과 하북성(河北省) 평지 사이에 있는 산으로, 노구교에서 아득히 보인다고 한다. 《屐園遺稿 卷12 蘆溝橋望太行山》

305 웅크린……사자 : 노구교 난간에 다양한 모습의 사자와 코끼리 상이 조각되어 있는 것을 말한다.

문승상사[306]

文丞相祠

승상의 훌륭한 명성 만고에 전하는데 丞相令名萬古傳

지금까지 사당만이 홀로 늠름하네 至今祠宇獨巍然

기록은 재가 되고 비석은 마멸되어 징험할 데 없으니 錄灰碑泐徵無處

학궁 근처 길거리에 달만 가련히 떴네 近學街頭月可憐

306 문승상사(文丞相祠) : 《귤산문고》 책7 〈양설한묵(楊雪翰墨)〉 1846년(헌종12) 1월 23일 기사에 이 시가 수록되어 있다. 문승상사는 송나라 말의 충신 문천상(文天祥, 1236~1282)을 모신 사당으로, 연경 성안 동북쪽의 순천부학(順天府學) 내에 있었다. 문천상의 자는 이선(履善) 또는 송서(宋瑞)이고, 호는 문산(文山)이다. 덕우(德祐) 초에 원(元)나라가 침입해오자 가산을 털어 군사를 일으켜 근왕하여 신국공(信國公)에 봉해졌고, 그 후 원나라 장군 장홍범(張弘範)에게 패하여 3년 동안 북경의 감옥에 갇혔으나 끝내 굴복하지 않고 죽었다. 《宋史 卷418 文天祥列傳》

옥천사[307]

玉泉寺

서산[308]의 북쪽 십 리 앞	西山之北十里前
산은 옥천산이요 절은 옥천사라네	山有玉泉寺玉泉
금지하고 지키며 사람들 출입 허락하지 않으니	禁護不許人人入
우리뿐만 아니라 저들에게도 그러하네	非但我人渠亦然
어느 날 사람 통해 맑은 새벽에 말달려 오면서	一朝因人淸晨駕
수레 휘장 사면에 드리운 채 감히 걷지 못했네	車帷四垂不敢褰
누각 위에 누각 있어 천 층의 탑이요	樓上有樓千層塔
산 너머에 산이 있어 만 송이 연꽃 같네	山外之山萬朶蓮
조가의 석비는 이에 비하면 오히려 여사이고[309]	祖家石碑猶餘事
계주의 와불은 참으로 가련하다네[310]	薊州臥佛眞可憐

307 옥천사(玉泉寺) : 《귤산문고》 책7 〈양설한묵(楊雪翰墨)〉 1846년(헌종12) 1월 27일 기사에 이 시가 수록되어 있다. 옥천사는 연경 서쪽의 옥천산(玉泉山)에 있던 절 이름이다.

308 서산(西山) : 연경 서쪽 40리에 있는 산으로, 옥천산 서쪽에 있다. 그 앞의 호수를 서호(西湖)라고 한다.

309 조가(祖家)의……여사(餘事)이고 : 옥천사에 큰 비석이 있다는 말이다. 조가의 석비(石碑)는 조씨(祖氏) 가문에서 세운 영원성(寧遠城)의 패루(牌樓)를 말한다. 돌을 깎아 만들었고 높이는 10여 길이나 되었다. 임진왜란 때 조선에 원병을 이끌고 온 조승훈(祖承訓)의 아들인 조대수(祖大壽)와 그의 종형제인 조대락(祖大樂)이 세웠다고 하는데, 패루의 장식과 조각이 화려하여 연행하는 이들에게 큰 볼거리였다.

310 계주(薊州)의……가련하다네 : 옥천사에 큰 불상이 있다는 말이다. 계주의 독락

한 쌍의 비각 집은 삼 층 처마의 집인데	一對碑龕三檐屋
백옥을 뚫어서 파내니 붙이고 이은 곳 없네	通鑿白玉無粘聯
높이는 열 길이요 둘레도 열 길 정도 되는데	高可十丈圍可十
날 듯 솟아서 네모나고 또 둥그네	翼然崒然方且圓
이끼 걷고 문자 더듬으니 숭정[311]이라는 글자요	掃綠按文崇禎字
가장 큰 사찰로 벽운사라 전해왔네[312]	第一大刹碧雲傳
아 서산의 옥천사를 보지 못했다면	嗟呼不見西山玉泉寺
어찌 연경에서 구경했다고 말할 만하랴	何足謂以觀于燕

사(獨樂寺)에 거대한 관음상(觀音像)이 있고 또 와불(臥佛)이 있었으므로, 독락사를 와불사라고도 하였다. 또 와불은 이백(李白)이 술에 취해 누워 있는 형상이라고 한다. 《薊山紀程 卷4 復路 臥佛寺》

311 숭정(崇禎) : 명나라 마지막 황제인 의종(毅宗)의 연호로, 1628년부터 1644년까지 사용되었다.

312 가장……전해왔네 : 옥천사의 원래 이름이 벽운사(碧雲寺)였다는 말로 보인다. 옥천산에 벽운사가 있었다는 기록이 보인다. 《隨槎閑筆 下 西山記》

계문연수[313]

薊門煙樹

덕승문 서쪽에 비석이 홀로 남았으니　　德勝門西石獨留
요양 벌판 벗어나 또 눈을 비비고 보네　　遼陽野外又揩眸
겹겹 비단 속 햇살처럼 풍광은 안정되지 못하고　　疊紗映日光難定
기운 거울 속 흔들리는 꽃처럼 그림자 절로 수심 겹네　　仄鏡搖花影自愁
어지러이 뜬 남기는 봄이 벌써 와 있고　　撩亂浮嵐春意早
투명한 넓은 물결에 둥근 달빛 비칠 때라네　　空明積水月輪秋
고저와 원근의 풍광이 몽롱함 속에 들어　　高低遠近迷濛裏
온갖 나무 온 숲이 같은 빛으로 흐르네　　萬樹千林一色流

313 계문연수(薊門煙樹) : 《귤산문고》 책7 〈양설한묵(楊雪翰墨)〉 1846년(헌종12) 2월 6일 기사에 이 시가 수록되어 있다. 귤산은 2월 4일에 연경을 출발하여 귀국길에 올랐으므로, 이 시는 귀국하면서 지은 시이다. 계문연수는 계주(薊州)의 안개 어린 나무숲이라는 뜻으로, 연경 팔경의 하나이다. 계문은 연경의 서쪽 덕승문(德勝門) 바깥 서북 지역의 옛 이름이다. 건륭제의 글씨로 '계문연수' 네 글자를 돌에 새겨 세웠다.

왕매초 언거와 이별하며[314]

別王梅初彦渠

형제[315]가 읊조리는 방에 책이 다섯 수레이니	聯棣吟房積五車
이로써 알았네 훌륭한 명성이 헛된 것이 아님을	從知名下定無虛
이별한 뒤 맑은 정취를 생각하자면	別後想來淸意味
눈 속의 매화꽃이 막 향기 풍길 때이리라	雪中梅蕚動香初

314 왕매초 언거(王梅初彦渠)와 이별하며 : 《귤산문고》 책7 〈양설한묵(楊雪翰墨)〉 1846년(헌종12) 2월 2일 기사에 이 시가 수록되어 있다. 왕언거는 귤산이 연행 때 교유한 인물로, 매초는 그의 자이다. 《임하필기》 권25 〈춘명일사 중국사우증유(中國士友贈遺)〉에, 왕언거로부터 큰 양털 붓을 선물로 받았다는 내용이 보인다.

315 형제 : 원문 '연체(聯棣)'는 상체(常棣) 나무가 이어져 있는 것으로, 형제나 형제간의 우애를 상징한다. 《詩經 常棣》

이우범 백형과 이별하며[316]

別李雨帆伯衡

소정 학사와 이십 년 동안 교유하며[317]	邵亭學士廿年交
우범 선생이 깊은 정을 증명하였네	雨帆先生證漆膠
또 이제 귤산이 만년의 친분에 참여하니	又是橘山參晩契
이로써 알겠네 사해가 모두 동포임을	從知四海盡同胞

316 이우범 백형(李雨帆伯衡)와 이별하며 : 《귤산문고》 책7 〈양설한묵(楊雪翰墨)〉 1846년(헌종12) 2월 3일 기사에 이 시가 수록되어 있다. 이백형(?~1859)은 한림 편수(翰林編修)・대리시 소경(大理寺少卿) 등을 지낸 인물로, 우범은 그의 호이다. 《임하필기》에, 북경에 연행했을 때 이백형을 찾아가서 만난 사실과 동파첩(東坡帖)을 선물로 받았다는 내용이 보인다. 《林下筆記 卷25 春明逸史 燕俗重東人文筆・中國士友贈遺》

317 소정(邵亭)……교유하며 : 소정 학사는 김영작(金永爵, 1802~1868)으로, 본관은 경주(慶州), 자는 덕수(德叟)이며, 소정은 그의 호이다. 1843년(헌종9) 문과에 급제하였으며, 한성부 우윤・대사헌・개성부 유수(開城府留守) 등을 역임하였다. 1826년(순조26)에 연행을 떠나는 홍양후(洪良厚) 편에 청(淸)의 문인들에게 자신의 시를 소개하는 〈화유(貨喩)〉를 보내 이백형으로부터 높은 평가를 받고 교유를 맺게 되었다. 또 1858년(철종9)에 동지사의 부사로 연행을 하기도 하였다. 《邵亭文稿 卷1 與李雨帆伯衡書, 卷2 貨喩》

풍노천 지기와 이별하며[318]

別馮魯川志沂

하루 동안 맺은 교유가 십 년보다 나으니	一日論交勝十年
서로 대하는 맑은 마음 옥호[319]에 걸었네	氷心相對玉壺懸
만 리에서 만난 동갑 그대가 형이 되니	同庚萬里君爲長
붉은 석류가 백로 전에 조금 먼저 피었네[320]	差早紅榴白露前

318 풍노천 지기(馮魯川志沂)와 이별하며 : 《귤산문고》 책7 〈양설한묵(楊雪翰墨)〉 1846년(헌종12) 2월 3일 기사에 이 시가 수록되어 있다. 풍지기(1814~1867)의 자는 노천(魯川)이고, 호는 미상재(微尙齋)·적적재(適適齋)이다. 도광(道光) 때 진사 급제 후, 형부 주사(刑部主事)·병부 낭중(兵部郎中)을 거쳐, 여주 지부(廬州知府)·휘녕지태광도(徽寧池太廣道) 등 지방관을 지냈다. 조선 문인들과 많은 교유가 있었으며, 저서로 《미상재시문집》·《적적재문집》 등이 있다.

319 옥호(玉壺) : 옥으로 만든 병으로, 깨끗하고 맑은 마음을 비유한다.

320 붉은……피었네 : 풍지기의 생일이 붉은 석류꽃이 피는 5월로 귤산의 생일인 8월보다 빠르다는 말이다. 5월을 유월(榴月)이라고도 하며, 백로(白露)는 8월의 절기이다.

왕확헌 초재와 이별하며[321]

別王艧軒楚材

이귤산이 왕확헌을 만나서	李橘山逢王艧軒
주나라 술잔 한나라 정과 고서를 논하였네	周彝漢鼎古書論
감사하게도 〈의원기〉 한 편 지어주시니[322]	多謝意園記一統
정원에 뜻이 있고 뜻 속에 정원이 있네	園中有意意中園

321 왕확헌 초재(王艧軒楚材)와 이별하며 : 《귤산문고》 책7 〈양설한묵(楊雪翰墨)〉 1846년(헌종12) 2월 3일 기사에 이 시가 수록되어 있다. 왕초재는 귤산이 연행 때 교유한 인물로, 확헌은 그의 호이다. 명나라 학자들의 전기적 사실과 학문적 특징을 간략하게 소개한 《임하필기》 권7의 〈근열편(近悅編)〉은 왕초재가 편찬한 저서를 받고 이를 발췌하여 편찬한 것이다.

322 감사하게도……지어주시니 : 의원(意園)은 현실에 실재하지 않는 상상의 정원을 말하며 이를 그린 그림을 의원도(意園圖)라고 한다. 귤산은 30세 때인 1843년(헌종9)에 〈의원도제어(意園圖題語)〉라는 글을 지어 의원(意園)에 대한 동경과 훗날 벼슬에서 물러나 전원에 거처하려는 뜻을 드러내었는데, 《가오고략》 책13에 수록되어 있다. 귤산이 1차 연행 때인 1846년(헌종12) 1월 북경에서 교유한 청나라 문인에게 의원에 대한 이야기를 하자, 청나라 문인들이 〈귤산의원도(橘山意園圖)〉를 그리고 기문과 시를 써서 귤산에게 증정하였다. 그림의 존재는 확인하지 못했으나, 《귤산문고》 책8에 〈귤산의원도〉라는 편명하에 청나라 문사들의 시문이 수록되어 있는데, 편명 아래 원주에 "섭지선이 예서로 쓰고 당세익이 그림을 그렸다.〔葉志詵隷, 唐世翼畫.〕"라는 내용이 보이며, 왕초재가 지은 〈의원도기(意園圖記)〉도 수록되어 있다. 또 《임하필기》 권30 〈춘명일사 의원도시(意園圖詩)〉에, 중국 사람들이 귤산을 위해 〈귤산의원도〉를 만들어 보내주었는데 왕초재가 기(記)와 시를 써주었다는 내용이 보인다.

장인어른 내외의 회갑이 해를 이어 이르기에 절구 한 수를 지어 축하하다[323]

聘丈內外回甲届於連年 以一絶賀之

대대로 전해 받은 것은 효와 인과 목이었고[324]	傳世孝婣睦
관직살이는 맑고 신중하고 근면하셨네	居官淸愼勤
길상이 이 덕분에 쌓이고 모이니	吉祥由積累
해마다 수운[325]을 경하드리네	歲歲賀需雲

323 장인어른……축하하다 : 귤산의 장인은 정헌용(鄭憲容, 1795~1879)으로, 본관은 동래(東萊), 자는 익지(翼之), 호는 동리(東里)이다. 1819년(순조19) 진사시에 합격한 뒤 음관으로 강화부 유수·공조 판서 등을 역임하였으며, 85세 때인 1879년(고종16)에 판의금부사가 되었다. 부인은 반남 박씨(潘南朴氏, 1793~1874)로 승지 박종형(朴宗珩)의 딸이다. 정헌용은 1855년(철종6)에, 반남 박씨는 1853년에 회갑을 맞았다. 《嘉梧藁略 冊18 工曹判書東里鄭公墓誌》

324 효(孝)와 인(婣)과 목(睦)이었고 : 인은 이성 간의 화목함을 말하고, 목은 동성 간의 화목함을 말한다. 효와 인과 목은 주나라 때 백성을 가르치고 천거하는 기준의 하나인 육행(六行)에 속했다. 《周禮 大司徒》

325 수운(需雲) : 음식을 차려 잔치를 베푸는 것을 말한다. 《주역》 〈수괘(需卦) 상(象)〉에 "구름이 하늘로 올라가 비가 되어 내리기를 기다리는 것이 수괘이다. 군자가 이것을 보고서 음식을 만들어 먹고 즐기면서 때가 오기를 기다린다.〔雲上於天, 需. 君子以飮食宴樂.〕"라고 한 데서 나왔다.

가대인께서 연공사의 정사로 가는 길에 만부에 오셨기에 소자가 접경에 나가 영광스럽게 뵈었는데 그 이듬해에 시를 읊어 기쁨을 기록하다[326]

家大人以年貢正使 來臨灣府 小子境上榮覲 翌年有賦識喜

변방의 부로들이 노래를 부르니 邊門父老歌謠登

옥절과 죽부[327]에 은혜로운 광채 더한다고 하네 玉節竹符恩彩增

연경 편지 세 번 받든 건 조정에 올리는 계문 때문이고 燕簡承三緣北啓

압록강 배에서 다시 뵈며 관서의 유임에 감격했네 鴨船覲再感西仍

중원(中原)에 일이 있어서 언문으로 작성한 계문〔諺啓〕이 세 차례나 나와 이 덕분에 가대인의 소식을 알게 되었다. 또 특별히 유임(留任)시키는 은혜를 입었기에 이듬해에 다시 부친을 뵈었다.[328]

326 가대인(家大人)께서……기록하다 : 가대인은 귤산의 부친 이계조(李啓朝)이다. 이계조에 대해서는 383쪽 주189 참조. 이계조는 1849년(철종 즉위년) 7월 25일에 동지 겸 사은사의 정사로 임명되어 10월 20일에 연경으로 떠났다. 만부(灣府)는 의주부(義州府)를 말한다. 귤산은 35세 때인 1848년(헌종14) 8월에 의주 부윤으로 부임하여 1850년(철종1) 4월에 돌아왔다. 《承政院日記》《哲宗實錄》

327 옥절(玉節)과 죽부(竹符) : 옥절은 사신이 지니는 부절(符節)이고, 죽부는 지방관이 지니는 부절이다. 여기서는 부친과 귤산 자신을 지칭한다.

328 중원(中原)에……뵈었다 : 《임하필기》에, 당시 중원에 사고가 있어 언문으로 작성한 계문이 세 차례나 나왔기에 이를 통해 부친의 소식을 알게 되었고, 또 1850년 봄에 내직에 임명되었다가 유임(留任)하는 특지(特旨)를 받았다는 내용이 보인다. 《林下筆記 卷25 春明逸史 灣衙勤親》 당시에 발생한 중원의 사고는 황태후(皇太后)의 사망을 말한다. 《철종실록》 1년 1월 2일 기사에 의주 부윤 이유원이 황태후의 붕서 소식을

국가의 성대한 일이자 우리 집안의 경사이니	公家盛事吾家慶
이전 시대에 드문 일이라고 당세에서 칭찬하네	前世稀傳當世稱
태평화[329] 다시 피었을 때 꽃 아래에서 절 올렸고	回發太平花下拜
나의 행장 곧 꾸린 건 녹음이 질 때였네	我裝旋理綠陰凝

가대인은 3월에 복명(復命)하였고, 소자(小子)는 4월에 체직되어 돌아왔다.

치계했다는 내용이 보인다. 한편, 언문으로 작성한 계문〔諺啓〕은, 연경에 머물던 사신이 본국에 즉시 알려야 할 긴급한 상황이 발생했을 때 보안 유지를 위해 언문으로 계문을 작성해 중국 측 사람을 고용해 몰래 부쳐 보내는 것을 말한다.《承政院日記 憲宗 6年 3月 28日》

329 태평화(太平花) : 매화를 일컬은 것으로 보인다. 앞의 352쪽 〈선달에 쓴 춘첩〔臘月春帖〕〉 시에 "태평의 꽃인 선달 매화 피니〔太平花是臘梅發〕"라는 구절이 보인다.

호남에서 《맹자》를 다 읽은 뒤 사직소를 올려 해직을 청하다[330]

湖南畢讀鄒經 封章乞還

봉함해 사직소 올리고 책도 다 읽었으니	封啓上章又畢讀
세밑의 호남에서 일신이 홀가분하네	湖南歲暮一身輕
우리 집안 큰 경사가 내년 봄에 있으니[331]	吾家大慶明春在
부절 반납하고 어버이에게 절 올림도 영광이네	納節拜親是亦榮

330 호남(湖南)에서……청하다 : 1851년(철종2) 12월에 전라도 관찰사에서 해직시켜줄 것을 청하는 소를 올리고 지은 시이다. 귤산은 1850년 12월 8일에 전라도 관찰사에 제수되어 임무를 수행하였고, 1851년 12월 18일에 성균관 대사성에 제수되었다. 《哲宗實錄》《嘉梧藁略 冊6 辭全羅監司疏, 辭全羅監司陳情疏》

331 우리……있으니 : 1852년 봄에 부친 이계조(李啓朝)가 회갑을 맞이한다는 말이다. 전라도 관찰사를 사직하는 소에 "신의 부모의 나이가 육순에 찼습니다."라는 내용이 보인다. 《嘉梧藁略 冊6 辭全羅監司陳情疏》

김 상서 학성 의 춘당의 칠순을 축하하다[332]

賀金尙書 學性 春堂七旬

칠순에도 강건하여 인간 세상을 즐기고	康彊七十樂人間
시례 전한 가문의 명성 아득해 따라잡을 수 없네	詩禮家聲逈莫攀
하늘이 수성으로 보답하니 두 대를 잇고[333]	天報壽星承兩世
땅에선 경월에 올라 삼반을 움직였네[334]	地超卿月動三班
젊어서는 홰나무 그늘 집에서 명성을 드날렸고[335]	芳齡馳譽槐陰宅

332 김 상서(金尙書)의……축하하다 : 김학성(金學性, 1807~1875)의 본관은 청풍(淸風)이고, 자는 경도(景道), 호는 송석(松石)이다. 1829년(순조29) 문과에 급제하였고 예조 판서·평안도 관찰사·판중추부사 등을 역임하였다. 시호는 문헌(文獻)이다. 김학성의 부친은 김동헌(金東獻, 1791~1869)으로, 자는 자경(子敬), 시호는 효정(孝貞)이다. 음직으로 벼슬하여 오위장(五衛將)·강화부 유수· 공조 판서 등을 역임하였으며, 1860년(철종11)에 칠순을 맞이하였다. 한편, 김동헌의 칠순 연회에서 귤산과 함께 정원용(鄭元容)·조두순(趙斗淳)·남병철(南秉哲) 등이 주고받은 시첩(詩帖)인 《수자시첩(壽資詩帖)》이 연세대 도서관에 소장되어 있다.

333 하늘이……잇고 : 김동헌의 부친과 조부 역시 장수했다는 말이다. 김동헌의 부친 김명연(金命淵, 1753~1830)은 향년이 78세이며, 조부 김종정(金鍾正, 1722~1787)은 향년이 66세이다. 수성(壽星)은 노인성의 별칭으로, 수명과 장수를 맡은 별이다.

334 땅에선……움직였네 : 김동헌이 문관·무관·음관을 두루 거치며 높은 벼슬에 올랐다는 말이다. 경월(卿月)은 경대부(卿大夫)를 뜻하는 말이며, 삼반(三班)은 문관·무관·음관을 말한다.

335 젊어서는……드날렸고 : 명망 있는 가문의 자제로 많은 촉망을 받았다는 말로 보인다. 송(宋)나라 왕호(王祜)가 자기 집 뜰에 삼공(三公)을 상징하는 세 그루 홰나무를 심어놓고 "내 자손 중에 삼공이 되는 자가 반드시 나올 것이다."라고 예언했는데, 과연 그의 아들 왕단(王旦)이 진종(眞宗) 때 18년 동안이나 명상(名相) 노릇을 했던

품계 높아서는 고향 북쪽 산에서 공손히 거닐었네	崇秩趨恭梓北山
백 년 동안 이어진 교유의 돈독함을 생각하자니[336]	追憶百年敦夙好
축하의 술잔이 후생의 얼굴에 유난히 빛나네	賀樽偏耀後生顔

고사가 전한다.《聞見錄 卷6》

336 백……생각하자니 : 선조들로부터 이어진 오랜 교유를 생각한다는 말로 보인다.

해서 관찰사로 부임하는 신 직학 석희 과 이별하다[337]

別申直學 錫禧 觀察海西

경월이 규벽을 따르다가	卿月從奎壁
복성이 해산을 비추네[338]	福星照海山
봄이 이제 다리 달고 다닐 것이고	春方行有脚
하늘 또한 기뻐서 얼굴을 펴리라[339]	天亦喜爲顔
경술은 응당 도움이 많을 것이고	經術應多助
풍류는 조금도 한가할 틈 없으리	風流不少閑
벼슬살이 십 년이 하루와 같았으니	十年如一日

337 해서(海西)……이별하다 : 신석희(申錫禧, 1808~1873)의 본관은 평산(平山)이고, 자는 사수(士綏), 호는 위사(韋史)이다. 1848년(헌종14) 문과에 급제하였고 형조·이조·예조의 판서와 수원 유수(水原留守) 등을 지냈다. 시호는 효문(孝文)이다. 직학(直學)은 직제학(直提學)을 말하는데, 신석희는 1858년(철종9) 2월 20일 규장각 직제학에 임명되었다. 또 1859년(철종10) 12월 22일 황해도 관찰사에 임명되어 이듬해 2월 8일 임지로 출발하였다. 《哲宗實錄》《承政院日記》

338 경월(卿月)이……비추네 : 신석희가 규장각 직제학으로 있다가 황해도 해주로 부임한다는 말이다. 경월은 밝은 달의 미칭인데, 신석희를 비유하였다. 규벽(奎壁)은 문운(文運)을 주관한다는 규수(奎宿)와 벽수(壁宿)의 병칭인데, 규장각을 비유하였다. 복성(福星)은 원래 목성(木星)인데, 지방에 파견되는 관원을 비유하는 말로 쓰인다. 해산(海山)은 황해도 관찰사의 감영이 있는 해주(海州)를 말한다.

339 봄이……펴리라 : 관찰사로서 따뜻한 봄처럼 많은 은혜를 베풀 것이며, 이에 임금도 기뻐할 것이라는 말이다. 당(唐)나라 송경(宋璟)이 태수(太守)가 되어 선정을 베풀자 당시 사람들이 그를 '다리 달린 봄〔有脚陽春〕'이라고 한 고사가 전한다. 《開元天寶遺事 卷4》

위엄과 사랑이 민간에 남아 있네[340] 威愛在民間

340 벼슬살이……있네 : 신석희는 1848년(헌종14) 문과에 급제한 뒤 황해도 관찰사로 나가기 전까지 외직으로 충청도 도사, 황해도 암행어사 · 순천 부사 · 영남 위유사 · 수원 유수 등을 역임하였다.

수장[341]

壽藏

견실과 진당으로 대비하지 않음을 걱정했으니[342]	繭室眞堂虞不備
고인도 미리 무덤을 경영함이 있었네	古人亦有豫營丘
내 여기 묻히고 싶어 먼저 개오동 심으니	我欲藏焉先種檟
천마산 서쪽 집에서 근심 잊을 만하네	天摩西宅可忘憂
이귤산 늙은이가 새로 표지를 설치하니	李橘山翁新置標
가오곡[343]의 복지에 참모습이 드러났네	可吾福地現眞顔
늙은이는 남들의 가타부타 듣고 싶지 않으니	翁不願聞言可否

341 수장(壽藏) : 생전에 미리 만들어놓은 무덤을 말한다. 《임하필기》 권25 〈춘명일사 가오곡수장(嘉梧谷壽藏)〉에, 자신이 복거(卜居)한 양주(楊州) 가오곡 산기슭에서 옛사람이 그릇을 묻어둔 곳을 발견하고 그 자리에 수장을 만들자 윤정현(尹定鉉)이 기문을 짓고 김흥근(金興根)·조두순(趙斗淳)·김병학(金炳學)·김좌근(金左根)·남병철(南秉哲)이 발문을 지었으며, 정원용(鄭元容)이 명(銘)을 지어 기념해주었다는 기록이 보이며, 또 이 시의 둘째 수를 병기하였다. 《침계유고(梣溪遺稿)》 권5에 〈이상서수장기(李尙書壽藏記)〉, 《심암유고(心庵遺稿)》 권29에 〈귤산수장기〉, 《규재유고(圭齋遺藁)》 권5에 〈서이귤산상서수장기후(書李橘山尙書壽藏記後)〉가 있다.

342 견실(繭室)과……걱정했으니 : 당(唐)나라 요숭(姚崇)의 손자 요욱(姚勗)이 만안산(萬安山)에 수장을 짓고 봉분을 '복진당(復眞堂)'이라 하였다. 또 명(明)나라 왕초(王樵)는 수장을 지어 '견실(繭室)'이라 하고 '이로써 대비하지 않음을 걱정한다.〔以虞不備.〕'라고 새겼다고 한다. 《事實類苑 卷43 王樵》

343 가오곡(可吾谷) : 주로 '가오(嘉梧)'로 표기되었으나 '가오(可吾)'로 표기한 곳도 보인다. 바로 다음에 나오는 시에도 이렇게 표기되어 있다.

타인이 어찌 나의 산을 찾을 필요 있으랴　　他人何必過吾山

작은 화상에 스스로 시를 붙이다[344]

自題小像

의원의 사람이 의원도 안에 있고	意園人在意圖中
의원도 밖의 귤산은 한수의 동쪽이라네	圖外橘山漢水東
한수 동쪽 샘과 바위가 나의 의원이니	漢東泉石吾園意
이름과 집을 가오 이귤옹이라 하였네	名室可吾李橘翁

344 작은……붙이다 : 《임하필기》 권35 〈벽려신지(薜荔新志)〉에 "내가 일찍이 사람을 시켜서 나의 초상화를 그리게 하고 시를 지었다."라고 하고 이 시를 부기한 뒤 "내가 귤산의원(橘山意園)이란 네 글자를 일찍이 정자의 편액으로 썼는데, 중국 사람이 그림을 그려 보내왔기에 시의 뜻이 이러하다."라고 하였다. 의원(意園)은 현실에 실재하지 않는 상상의 정원을 말한다. 450쪽 주322 참조.

계축년의 〈속난정회도〉에 왕현지의 시를 차운해 지어서 붙이다[345]

癸丑續蘭亭會圖 次王玄之韻

옛날 왕 우군이 난정에서	昔右軍蘭亭
술 마시고 읊조리며 유수에 임하였네	觴詠而臨流
천 년 뒤에 이 모임을 이어서	後千年此會
함께 즐기며 함께 걱정하지 않네	同樂不同憂

345 계축년의……붙이다 : 《임하필기》 권25 〈춘명일사 속난정회(續蘭亭會)〉에, 계축년(1853, 철종4) 늦봄에 종남산(終南山)의 묵계산장(墨溪山莊)에서 속난정회를 열고 이를 그림으로 그렸다는 내용과 함께 귤산을 포함하여 모임에 참석한 총 19명의 이름을 열거하였다. 난정회(蘭亭會)는 진(晉)나라 왕희지(王羲之)가 영화(永和) 9년(353) 계축년 9월 3일에 회계산(會稽山)의 난정(蘭亭)에서 사안(謝安)을 비롯한 당시의 명사 41인과 모여 친목을 다진 모임의 이름이다. 묵계산장은 남산 북쪽에 있던 풍양조씨(豐壤趙氏) 가문의 별장이다. 왕현지(王玄之)는 왕희지의 장남이다.

열하사로 가는 추담 조 상서 휘림을 전송하는 노래[346]

秋潭趙尙書徽林熱河使歌

황제의 거처가 멀리 만국의 위에 있으니	帝居遙在萬國上
상서로운 해가 중천에 떠 바른 기운 왕성하네	瑞日中天正氣旺
한 부류의 사악한 서양 무리가 중주에 들어오니	一種邪類入中州
청나라의 천자는 어느 곳으로 향하였나	大淸天子何處向
황성에서 칠백 리 길 열하에 있으니	皇城七百里熱河
예물 갖춘 조근을 오랫동안 하지 못했네	玉帛朝覲嗟久曠
우리 동방이 공손히 사대의 예를 행하려	我東恭執事大禮
문안하는 사신을 지위와 명망으로 뽑았네	奔問行人簡地望
추담 판중추부사가[347] 이 명을 받드니	秋潭判樞膺是命

346 열하사(熱河使)로……노래 : 조휘림(趙徽林, 1808～1874)의 본관은 양주(楊州), 자는 한경(漢鏡)이며, 추담(秋潭)은 그의 호이다. 뒤에 병휘(秉徽)로 개명하였다. 1829년(순조29) 문과에 급제하였고, 이조와 형조의 판서 및 판의금부사 등을 역임하였다. 조휘림은 1861년(철종12) 1월 18일에 열하 문안사(熱河問安使)의 정사로서 연행을 떠났다. 1860년에 청나라가 제2차 아편전쟁에서 영불(英佛)연합군에게 패하여 북경이 함락되고 황제가 열하로 몽진하자, 조선 정부에서 이원명(李源命)을 정사, 박규수(朴珪壽)를 부사로 삼아 위문 사절단을 파견하기로 하였다가 뒤에 정사를 조휘림으로 교체하였다. 한편, 열하 문안사는 1861년 3월 16일 북경에 도착하였는데, 청나라 함풍제(咸豐帝)가 건강상 이유로 사신을 접견할 수 없으니 열하의 행재소까지 오는 것을 면제한다는 칙유를 내렸기에, 문안사는 북경에 체류하다가 6월 19일에 돌아와 복명하였다. 《哲宗實錄 11年 12月 9日, 12年 1月 18日, 6月 19日》《承政院日記 哲宗 11年 12月 10日・15日》

347 추담 판중추부사가 : 형조 판서로 있던 조휘림은 사행 직전인 1861년(철종12) 1월 8일에 수직(守職)으로 판중추부사에 임명되었다. 《日省錄》

벗들은 전송의 말을 전하고 식구들은 걱정하네	士友贈言家人悵
신유년(1861, 철종12) 맹춘에 길일을 가려 뽑아	重光春孟揀吉辰
행장 꾸려 말을 모니 공이 유독 씩씩하네	戒裝策馬公獨壯
개성과 대동강에선 기녀들과 연회하고	崧陽浿江管綺羅
살수와 의주에선 변방의 방비 살피네[348]	薩水龍灣閱關防
한 줄기 압록강에서 배를 떠나보낼 때	一帶鴨綠離船時
향사[349]가 나와서 전별하고 관기는 노래하네	餉使出餞官妓唱
버들 꺾어 밭에 울타리 친 곳을 책문이라 하니	折柳樊圃謂之柵
느릿느릿 빗장 여는 이는 봉황성 장군이네	開鑰遲遲鳳城將
닭 우는 소리 아이 우는 소리는 귀에 익은데	慣耳鷄鳴與兒啼
말방울 소리가 객점 방을 시끄럽게 해 괴롭네	惱煞馬鈴聒店炕
새벽 창에 호각 불면 곤한 잠에서 일어나고	曉窓吹角起困睡
가게 앞에 일산 펼쳐 나그네 신세를 위로해주네	當廠張蓋慰旅況
청석령과 회령령은 하늘 끝에 뾰족하고	青石會寧鑱天角
백탑[350]은 요양에 구름 산처럼 펼쳐졌네	白塔遼陽豁雲嶂

348 살수(薩水)와……살피네 : 여러 연행록을 살펴보면, 청천강(淸川江)이 지나는 안주(安州)의 백상루(百祥樓)에서 군복 차림의 기녀(妓女)들이 펼치는 '발도가(發棹歌)'와 '항장무(項莊舞)'를 관람한 내용이 보이고, 또 의주의 백일원(百一院)에서 무인(武人)과 군복 차림의 기녀들이 말 위에서 재주를 부리고 말을 달리는 것을 구경하는 내용이 자주 보인다. '변방의 방비를 살핀다'고 한 것이 이를 형용한 말일 수도 있을 듯하다. 《夢遊燕行錄 上》《薊山紀程 卷1 出城》《燕轅直指 卷1 出疆錄》

349 향사(餉使) : 원래 평안도 지방의 군량을 관리하던 관향사(管餉使)를 일컫는 말로 평안도 관찰사가 겸임하였다. 여기서는 실제로 사행단을 전송하던 의주 부윤(義州府尹)을 말하는 듯하다.

350 백탑(白塔) : 요양(遼陽)의 구 요동성(舊遼東城) 광우사(廣祐寺)에 있는 높이가

가장 애달파라 심양 땅을 지나갈 적에　最是瀋陽經過地

오랑캐에게 호통쳤던 묵은 한을 다스리지 못함이여[351]　呼虜舊恨未懲創

천하제일관[352]은 사방으로 통하고　天下第一關四通

쌓지 않고 목책 두른 것은 특별한 뜻이 있네[353]　不築而柵別意匠

청성묘에는 충과 효를 크게 새겨놓았고[354]　淸聖忠孝特鐫刻

강녀묘에는 정과 한을 훌륭히 형상하였네[355]　姜女情恨善形狀

괴이하게도 낙타가 석탄을 운반하는데　怪底槖駝運石炭

목은 굽고 등에는 혹이 나고 배는 불룩하네　歪項瘻背腹膨脹

수십 장이나 되는 탑이다.

351 가장……못함이여 : 병자호란 때 소현세자(昭顯世子)와 봉림대군(鳳林大君) 및 김상헌(金尙憲)과 홍익한(洪翼漢)·오달제(吳達濟)·윤집(尹集) 등 삼학사(三學士)가 심양(瀋陽)에 포로로 끌려간 사실을 말한 것으로 보인다. 삼학사는 끝내 굽히지 않다가 그곳에서 순절하였다.

352 천하제일관(天下第一關) : 산해관(山海關)을 말한다. 산해관의 제3문에 '천하제일관'이라는 편액이 걸려 있다.

353 쌓지……있네 : 산해관 남쪽의 장성(長城)에 일부 무너진 곳이 있는데, 이를 수축하지 않고 붉게 칠한 목책(木柵)으로 막은 것을 말한다. 명나라 평서백(平西伯) 오삼계(吳三桂)가 성을 헐고 청나라 병사를 맞아들였으므로, 청나라가 천하를 얻은 근본을 표시하기 위해 목책만 둘렀다는 이야기가 전한다.《湛軒書 外集 卷8 燕記》

354 청성묘(淸聖廟)에는……새겨놓았고 : 청성묘는 영평부(永平府) 고죽성(孤竹城)에 있는 백이(伯夷)와 숙제(叔齊)의 사당인 이제묘(夷齊廟)를 말한다. 청성은 백이(伯夷)를 일컫는 말이다. 이제묘에 '충신 효자(忠臣孝子)'라고 새겨진 비석이 있다고 한다.

355 강녀묘(姜女廟)에는……형상하였네 : 강녀묘는 열녀 허맹강(許孟姜)을 모신 사당이다. 435쪽 주288 참조.

조대수의 패루는 보통의 규모를 넘으니	大壽牌樓踰常制
왕실이 먼저 쇠약하여 외부의 화를 빚었네[356]	王室先衰外禍釀
대릉하와 소릉하는 큰바람으로 어둑하니	大小淩河颶風晦
옛 전쟁터에 변새의 장기(瘴氣) 자욱하네	古戰場墟塞煙瘴
반산과 도화동이 계문의 길에 있고[357]	盤山桃萼薊門路
취선의 주름진 이불은 아직도 탈이 없네[358]	醉仙縐衾倘無恙
통주의 돌길로 삼십 리를 향해 가니	通州石塗一舍指
푸른 창의 생황 노래 화려한 배에서 울리네[359]	綠窓笙歌咽畫舫
한인의 집은 용마루 없이 세웠고[360]	漢人屋子起無脊
당녀의 궁혜[361]는 몇 켤레를 수놓았네	唐女弓鞋繡幾緉

356 조대수(祖大壽)의……빚었네 : 조대수는 명나라 말의 총병(總兵)으로 영원성(寧遠城)을 지키다가 청 태종에게 항복하였다. 조대수의 패루(牌樓)에 대해서는 444쪽 주309 참조.

357 반산(盤山)과……있고 : 반산은 계주(薊州)에 있는 산으로 반룡산(盤龍山)이라고도 한다. 원문의 '도악(桃萼)'은 의무려산(醫巫閭山)에 있는 도화동(桃花洞)을 가리킨 것으로 보인다. 계문(薊門)은 연경의 서쪽 덕승문(德勝門) 바깥 서북 지역의 옛 이름이다.

358 취선(醉仙)의……없네 : 취선은 당나라 이백(李白)의 별호이다. 계주의 독락사(獨樂寺)에 와불(臥佛)이 있는데, 이백이 술에 취해 누워 있는 형상이라는 설이 전한다고 한다. 독락사에 대해서는 444쪽 주310 참조. 《薊山紀程 卷4 復路 臥佛寺》

359 통주(通州)의……울리네 : 통주성(通州城)부터 북경까지는 모두 돌길이 깔려 있다고 한다. 통주강(通州江)은 일명 노하(潞河)라고도 하는데, 북경으로 통하는 물길이어서 수많은 배들이 통행하였다. 화려한 배는 기녀가 탄 배를 가리킨 것으로 보인다.

360 한인(漢人)의……세웠고 : 이런 가옥을 무량옥(無樑屋)이라고 하는데, 지붕을 평평하게 만든 민가를 말한다.

361 당녀(唐女)의 궁혜(弓鞋) : 당녀는 한족(漢族) 여인을 말하고, 궁혜는 부녀자들

유리와 옥돌은 파사국[362] 시장에 있는 듯　　玻瓈玟琪波斯市
잡다한 물산들 또한 함께 쌓아두었네　　雜東西亦俱蓄藏
쑥대머리 마부가 절풍관을 쓰고서　　蓬首驅人折風冠
의기양양 채찍 휘두르며 앞길을 묻네　　揚鞭得意前途訪
표문(表文)을 받든 관원이 앞으로 나오고　　侍表官員上頭出
세 사신이 차례로 줄을 이루네　　三价次第成輩行
쌍각 모자에 일안의 공작 깃털[363] 달렸고　　雙角帽子一眼翎
문인 복색 무인 복색 형형색색 다양하네　　文的武的形形樣
동악묘 앞에서 비로소 의관을 정제하니[364]　　東嶽廟前初齊整
정양문 밖에는 수레가 몇 대런가　　正陽門外幾車兩
예부 시랑이 아문(衙門) 열고 앉아 있고　　禮部侍郎開衙坐
서반이 종이를 주워 서로 빼앗으려 다투네[365]　　胥班拾紙爭奪掠

의 전족(纏足)에 신던 가죽신을 말한다.

362 파사국(波斯國) : 지금의 이란인 페르시아를 말한다.

363 일안(一眼)의 공작 깃털 : 청나라 관원의 모자에 벼슬의 등급을 표시하기 위해 장식한 공작령(孔雀翎)을 형용한 말이다. 삼안령(三眼翎)・이안령(二眼翎)・단안령(單眼翎)이 있는데, '안(眼)'은 공작 깃털의 둥근 무늬이다. 삼안령이 가장 높은 등급을 표시한다.

364 동악묘(東嶽廟)……정제하니 : 동악묘는 태산(泰山)의 신을 모시는 사당으로, 북경 조양문(朝陽門) 밖에 있다. 사행단은 동악묘에서 공복(公服)으로 갈아입는다.

365 서반(胥班)이……다투네 : 서반은 예부(禮部)의 홍려시(鴻臚寺)에 소속된 종9품의 하급 관원으로, 외국의 사신들이 북경에 오면 의례・사연(賜宴)・조공・출국 등의 일을 전문적으로 맡아 처리하였다. '서반(序班)'으로도 쓴다. 종이를 빼앗기 위해 다툰다는 것은 사신 일행이 서반에게 종이를 선물로 주면 이를 서로 차지하려는 모습을 말한 것으로 보인다.

삼배 구고의 예를 먼저 익히는데　三拜九叩先肄習

모자가 비뚤어지고 넓은 소매가 펄럭이네　頭角參差闊袖颺

위의가 있게 걸어서 옥하교를 지나니　蹌蹌趨過玉河橋

누가 감히 우리를 업신여기랴 함께 읍양하네　疇敢侮余共揖讓

푸른 유기에 끼니마다 흰쌀밥을 먹고　白飯頓喫青鍮器

골목 곁에서 검은 말을 백 번 채찍질하네　蟻馬百鞭衕衕傍

운하처럼 드리운 옷은 고운 색으로 짜고　雲霞纚纚瑞采織

서까래와 두공이 지탱해 기와 물결 일렁이네　桷栱相撑盪瓦浪

현란하고 황홀하여 눈은 어지럽고　簇簇悤悤眼欲花

삼빈에 대한 묵은빚을 내 아직 못 갚았네[366]　三貧宿債我未償

말은 짧고 돈은 모자라고 글은 또 껄끄러우니　話短貲乏文又澁

유람할 때 크게 질탕했다고 자랑하지 마시라　遊賞莫詑大跌宕

홀로 앉으면 이 몸이 보잘것없음을 더 느끼니　獨坐逾覺此身小

좁쌀 하나가 만경창파에 흔들리는 격이네　一粟搖搖萬頃漾

옥천[367]의 기이한 장관을 찾아보길 권하니　玉泉奇觀勸君探

이별할 때의 나의 말 잊지 않을 수 있겠소　別時吾言能不忘

삼국을 크게 열어[368] 매매를 허용하고　大開蔘局許買賣

366 삼빈(三貧)에……갚았네 : 귤산이 1845년(헌종11)에 서장관으로 연행할 당시 조인영(趙寅永)이 '연경에서 겪게 되는 세 가지 빈궁〔入燕三貧〕'에 대해 이야기해주었는데, 글재주의 빈궁〔文貧〕, 언어 소통의 빈궁〔言貧〕, 돈의 빈궁〔銀貧〕이라고 하였다. 《林下筆記 卷25 春明逸史 入燕三貧》

367 옥천(玉泉) : 연경 서쪽 교외에 있는 옥천산(玉泉山)과 옥천사(玉泉寺)를 말한다. 귤산은 1846년 연행 당시에 〈옥천사〉 시를 남겼다. 444쪽 주307 참조.

368 삼국(蔘局)을 크게 열어 : 조선 사신이 머무는 조선관(朝鮮館) 밖 좌우에 조선의

도자 불상[369]을 찬양해 칙명으로 받들었네	欽讚窯佛勅供養
부질없이 해정[370] 파느라 불이 꺼지지 않았으니	海淀浪鑿火不滅
애석해라 명나라 때 정성 쏟아 만든 것이네	可惜勝國費心刱
정대광명전과 수장각[371]이 있지만	正大光明水長閣
지금 그 누가 백 년의 왕을 알랴	如今誰識百年王
번성과 쇠퇴가 경각에 달렸으니	鬧熱凋殘頃刻在
천운이 재앙을 만나 높이 오른 용이 후회하네[372]	乾運陽九龍悔亢
뾰족한 코에 깊은 눈을 가진 오랑캐 무리가	尖鼻深目犬羊群
아편 팔아 은을 얻고도 오히려 겁박하고 속였네	鴉芙蓉銀猶愶誑
우리 동인을 만났을 때 어찌 나약함을 보이랴	遌着東人胡示懦

다양한 물화를 교역하는 곳이 늘어서 있는데, 인삼을 가장 귀하게 여기므로 간판에 모두 '삼국'이라는 명칭을 붙였다고 한다. 《夢經堂日史 編2 五花沿筆》

369 도자(陶瓷) 불상 : 북경 자인사(慈仁寺)에 있는 요변관음상(窯變觀音像)을 말하는 듯하다. 요변관음상은 도자기를 굽다가 예기치 않게 만들어진 관음상을 말한다. 명나라 신종(神宗)의 모후인 효정태후(孝定太后)가 도자기로 만든 관음상을 얻고 싶어 했는데, 때마침 강서(江西)의 경덕진(景德鎭)에서 요변관음상을 진상하자 신종이 칙령을 내려 자인사에 봉안하게 했다고 한다. 《游燕藁 慈仁寺見窯變瓷觀音像》《恩誦堂集續集 卷4 竹根佛像歌謝程穉蘅》

370 해정(海淀) : 창춘원(暢春園)을 말한다. 명나라 무청후(武淸侯) 이위(李偉)의 고원(故園)인데, 강희제가 궁을 짓고 동산을 설치하여 창춘이라는 이름을 하사하였다.

371 정대광명전(正大光明殿)과 수장각(水長閣) : 원명원(圓明園)의 정전(正殿)이 정대광명전이며, 원명원의 후원에 산고수장각(山高水長閣)이 있다. 원명원은 강희제가 옹정제에게 하사한 별장인데, 옹정제가 즉위한 뒤 황궁의 별장으로 조성하였다. 1860년 제2차 아편전쟁 때 영불연합군에 의해 약탈당하고 화재로 소실되었다.

372 높이……후회하네 : 《주역》 〈건괘(乾卦) 상구(上九)〉에 "끝까지 올라간 용이니, 후회가 있으리라.〔亢龍有悔.〕"라고 하였다.

강성한 우리 서양에 맞설 수 없다고 하네　謂我國强不能抗
고려의 풍기는 스스로를 높이기 좋아하니　高麗風氣好自大
부디 적을 경시하지 마시라 저들은 사특하고 망령되다네
愼勿輕敵彼詐妄
어리석은 몽고인들은 절제가 없어서　癡獃蒙人無禁制
화려한 누런 옷이 횃대에 걸렸네[373]　爛熳黃衣挂諸笐
신둔의 용사들은 신을 신은 채 잠자고　新屯健兒納履宿
길림의 장군은 기상을 잃지 않았네　吉林將軍氣不喪
임심의 상소는 해와 달을 꿰뚫으니　林沁琅函日月貫
진위를 어찌 분간하랴 말이 실로 곧았네[374]　眞贋何辨語實讜
듣자니 강남에서 승보가 구원하여　聞說江南勝保援
근일에 재앙의 큰비가 조금 그쳤다 하네[375]　近日稍熄氛雨湯

373 어리석은……걸렸네 : 황의승(黃衣僧)이라고도 하는 라마승을 일컬은 말로 보인다. 이들은 대부분 변방 몽고인들이었다고 한다. 《湛軒書 外集 卷1 杭傳尺牘 與孫蓉洲書》

374 임심(林沁)의……곧았네 : 임심은 몽고족 출신인 승격림심(僧格林沁, 1811~1865)으로, 제2차 아편전쟁 때인 1859년 7월에 흠차대신(欽差大臣)으로서 대고(大沽)에서 영불연합군과 전투를 벌여 전함 10척을 격퇴한 일이 있다. 이를 '대고 전투'라고 한다. 한편, 승격림심은 1858년 천진 조약(天津條約)이 체결되자 함풍제(咸豐帝)에게 전국의 병력을 동원하여 영불연합군을 축출하라고 주청하였으나 받아들여지지 않았다. 《淸史稿 列傳191 僧格林沁》

375 듣자니……하네 : 태평천국군(太平天國軍)의 난리가 조금 진정되었다는 말로 보인다. 승보(勝保, ?~1863)는 함풍제 때의 장군으로, 자는 극재(克齋)이다. 1860년에 승격림심과 함께 태평천국군의 진압에 공을 세웠다. 또 승격림심에게 패전했던 영불연합군이 1860년에 다시 대고(大沽)를 공격해오자 승보가 합세하여 이들에 대항했다고 한다. 그러나 팔리교(八里橋) 전투에서 연합군에게 패전하였고, 결국 함풍제는 열하로 몽진하였다.

조양현의 비적들이 과연 섬멸되었다는데[376] 朝陽匪徒果然殲

대처의 전문은 진실을 기필하기 어렵네 大處傳聞難必諒

군대의 기세가 기악온[377]과 비교해 어떠한가 士氣何如奇握溫

강소와 절강 항주의 굳센 혼이 슬퍼하네 江蘇杭浙毅魂愴

전란이 어지러워 나그네 회포 슬프지만 風塵搖攘客懷悲

몇 번이나 위난을 왕의 위엄에 의지했던가 幾度艱危王靈仗

건륭 연간에 빨리 돌아가라 말했으니[378] 言還幸遄乾隆年

상국의 큰 은혜를 변방 소국에서 우러렀네 上國覃惠偏邦仰

양국이 함께 배신의 예를 칭찬하리니 兩國俱詡陪臣禮

그대의 정문은 말이 매우 온당하리라 子之呈文言甚當

대단하게도 그대의 힘으로 사방에 사신 가니 多君膂力爲四方

진실하고 부지런한 마음이지 억지로 꾸민 것 아니네 一心誠勤非勉强

평안함을 두 번 전하면 공사 간의 다행이며[379] 再傳平安公私幸

뜻밖의 소식은 먼저 증명해 보시리라 意外消息先證鄉

임무를 완수하면 다른 일 없을 것이니 使役告竣無他役

376 조양현(朝陽縣)의……섬멸되었다는데 : 조양현은 열하성(熱河省)에 속한 지명이며, 비적(匪賊)은 태평천국군을 말한다. 조휘림보다 석 달 먼저 동지사 김영작(金永爵)의 서장관으로 연행했던 조운주(趙雲周)의 문견별단(聞見別單)에, 조양현의 비적이 소탕되었다는 보고 내용이 보인다. 《日省錄 哲宗 12年 3月 27日》

377 기악온(奇握溫) : 원(元)나라 세조로, 기악온은 그의 성이다. 이름은 홀필렬(忽必烈)인데, 쿠빌라이(Khubilai)의 가차음이다.

378 건륭(乾隆)……말했으니 : 건륭제가 조선 사신단을 빨리 귀국하게 했다는 말로 보인다. 어떤 사실을 가리키는지는 찾지 못했다.

379 평안함을……다행이며 : 중국에서 조선으로 보내는 계문(啓文) 편에 소식을 들을 수 있으면 좋겠다는 말로 보인다.

남은 시간은 무슨 일로 보내시려나	餘暇何事而摒擋
삼경의 연희는 황금과도 바꾸기 어려우니	三慶演戲金難換
고금의 제도와 문물을 각각 베풀어놓았네[380]	今古威儀各設張
천녕사와 화사와 신목창이 있으니	天寧花肆神木廠
현포에 들어와 낭원을 더듬는 듯하네[381]	圃入于玄苑探閬
친왕묘[382] 앞에 소나무 길 만들었고	親王墓前架松街
일백이십 칸이 동이를 엎어놓은 듯하네[383]	百二十間如覆盎

380 삼경(三慶)의……베풀어놓았네 : '삼경의 연희'가 무엇인지 정확하지는 않으나 이어지는 내용으로 보아 '경춘원(慶春園)에서 펼치는 세 가지 연희'의 의미가 아닌가 한다. 경춘원은 북경 선무문(宣武門) 밖에 있는 연극 공연장이다. 한필교(韓弼敎)의 《수사록(隨槎錄)》 〈경춘원 장희(場戲)〉에 《삼국지(三國志)》, 《수호전(水滸傳)》, 《서상기(西廂記)》의 연희가 공연된다는 내용을 거론한 뒤 중국의 의관(衣冠) 제도가 연희에 남아 있다고 언급한 부분이 보인다. 연희는 장희(場戲)라고도 하는데 무대에서 펼치는 연극이다. 조선 문인들은 연행록에서 연희를 통해 한관(漢官)의 제도와 문물을 볼 수 있다고 하였다.

381 천녕사(天寧寺)와……듯하네 : 천녕사는 북경에 있는 거대한 절이다. 화사(花肆)는 꽃을 파는 가게인데 식물원을 방불케 하였다. 신목창(神木廠)은 명나라 때 자금성(紫禁城)을 건축하면서 강남의 목재를 운송해와 쌓아둔 곳이다. 미처 쓰지 못한 큰 나무 하나가 버려져 있었는데, 나무가 건륭제(乾隆帝)의 꿈에 나타나 집을 지어 덮어달라고 부탁하자 건륭제가 집을 세우고 신목창이라 했다고 한다. 현포(玄圃)는 곤륜산(崑崙山) 정상에 있다는 신선의 거처로, 기화요초가 만발했다고 한다. 낭원(閬苑) 역시 곤륜산 정상의 신선이 산다는 낭풍전(閬風巓)의 동산을 말한다. 《燕轅直指 卷4 留館錄 神木廠記》

382 친왕묘(親王墓) : 친왕은 황제의 형제나 아들을 일컫는 말이다.

383 일백이십……듯하네 : 최덕중(崔德中)의 《연행록일기(燕行錄日記)》에 "천안문(天安門) 밖 다리 밑 수십 보쯤에 익랑(翼廊)이 있는데 각각 120칸이다."라는 내용이 보인다.

백마관제묘[384]가 가장 신령하고	白馬關帝最神靈
문승상사[385] 찾아 절해도 무슨 문제 있으랴	歷拜文相祠何妨
악왕전 뜰에는 진회가 묶여 있어[386]	岳王殿庭秦檜縛
사람들 오고 가며 마음껏 욕을 하네	人來人去任一謗
석경과 석고가 벽궁에 모여 있고[387]	石經石鼓璧宮圓
옹화궁[388]에 내가 노닌들 누가 유독 막으랴	雍和吾遊誰獨障
마을 안에 별 같은 등불 걸고 꿴 폭죽 터트리고	廛裏璣火連珠炮
대보름이 지나서야 동래관[389]에서 밥을 먹네	上元已過東萊餉
범 우리가 이미 비어 여우 토끼 뛰어놀고	虎圈已空恣狐兎

384 백마관제묘(白馬關帝廟) : 관우(關羽)의 신령을 모신 사당으로, 정양문(正陽門) 곁에 있다. 김경선(金景善)의 《연원직지(燕轅直指)》 권5 〈백마관묘기(白馬關廟記)〉에, 영락제(永樂帝)가 몽골의 타타르를 격파할 때 백마 탄 관우의 신을 보았기 때문에 북경에 있는 관제묘를 특별히 '백마관제묘'라 일컬었다는 내용이 보인다.

385 문승상사(文丞相祠) : 송나라 말의 충신 문천상(文天祥)을 모신 사당이다. 443쪽 주306 참조.

386 악왕전(岳王殿)……있어 : 악왕전은 남송의 명장 악비(岳飛)의 소상(塑像)을 봉안한 정충사(精忠祠)를 말한다. 438쪽 주293 참조. 진회(秦檜)는 남송의 재상으로, 금(金)나라와 강화하여 세폐를 바치게 하였으며, 악비를 모함하여 죽음에 이르게 하였다.

387 석경(石經)과……있고 : 석경은 비석에 새긴 경서인데, 역대로 많은 석경이 제작되어 태학(太學)의 문 앞에 세워졌다. 석고(石鼓)는 동주(東周) 초기 진국(秦國)에서 주나라 선왕(宣王)의 업적을 북처럼 생긴 비석에 새긴 것인데, 중국 최고(最古)의 금석문으로 꼽힌다. 원나라 때 북경의 태학으로 옮겼다고 한다. 벽궁(璧宮)은 태학을 말한다.

388 옹화궁(雍和宮) : 옹정제(雍正帝)의 잠저(潛邸)였는데, 건륭제가 라마교 사원으로 희사했다고 한다.

389 동래관(東萊館) : 가장 이름난 음식점이다. 《燕轅直指 卷4 留館錄》

제비집 요리 너무 싱거워 소금과 간장 필요하네 燕窩太澹費鹽醬
노구교와 태항산에 푸른 구름 갈라지고 蘆溝太行蒼雲劈
해정[390] 밝은 달빛에 신선의 종이 울리네 海亭明月仙鍾擸
아 몇몇 곳의 대방가[391]를 만나 於人幾處大方家
흉금을 터놓고 만고의 일을 이야기할까 開拓胸襟萬古暢
일은 법도를 넘지 않아 관화[392]를 내걸고 事不踰法懸關和
사람들 모두 규범에 맞아 순정한 강철 같네 人皆入規譬精鋼
아이들은 속이지 않고 말을 바꾸지 않으니 童豎不欺言不貳
참된 기운이 오장에 쌓였다가 나오네 眞氣發於蓄五臟
성전은 늙어서 황제의 스승이 되었고[393] 星田老矣爲帝師
수재는 이미 우범과 함께 세상을 떠났네[394] 樹齋已與雨帆葬
섭군의 생사는 묘연하여 분간하기 어렵고[395] 葉君生沒杳難辨

390 해정(海亭) : 주로 산해관 남쪽에 있는 망해정(望海亭)을 가리키는데, 북경의 볼거리를 말하고 있으므로 다른 곳을 지칭한 듯하다.

391 대방가(大方家) : 식견이 넓고 사리에 밝은 사람을 말한다.

392 관화(關和) : 모든 사물의 표준이 되는 법칙이나 규칙을 말한다.

393 성전(星田)……되었고 : 성전은 여관손(呂綰孫)의 호로, 자는 원영(元永)이다. 관직은 소주 지부(韶州知府)를 역임하였다. 서화에 뛰어난 인물로 귤산에게 고묵(古墨) 하나를 선물했다고 한다. 《은송당집(恩誦堂集)》에는 '여관손(呂倌孫)'으로 기록되어 있다. 황제의 스승이 되었다는 말은, 여관손의 행적이 알려지지 않아 확실하지는 않지만, 죽었다는 말이 아닌가 한다. 별 이름 중에 '제사(帝師)'가 있다. 《林下筆記 卷29 春明逸史 好墨古製》《恩誦堂集 續集 卷4 續懷人詩 星田呂太守倌孫》

394 수재(樹齋)는……떠났네 : 수재는 황작자(黃爵滋, 1793~1853)의 호로, 자는 덕성(德成)이다. 벼슬은 예부와 형부의 시랑을 지냈다. 우범(雨帆)은 이백형(李伯衡, ?~1859)의 호이다. 448쪽 주316 참조.

395 섭군(葉君)의……어렵고 : 섭군은 섭지선(葉志詵, 1779~1863) 또는 그의 아들

다만 주우[396]만 남아 그림 같은 휘장을 펼쳤네	只餘周友開畫帳
보배로이 간직한 진귀한 물건이 모방할 만하니	寶弆珍庋入摸仿
금인이 품평하길 고인에 필적한다고 하네	今人品藻古人伉
담계의 고정과 죽타의 비석은	覃溪古鼎竹垞石
사금처럼 하나하나 모래밭에서 가려낸 것이네[397]	零金個個揀沙壙
어느새 세월이 이십 년이나 흐르고	倏忽光陰廿載間
마음 담은 서신을 전할 방법 없어 서글프네	心函莫憑我悵悢
그대가 사귈 새 벗이 또한 몇 사람일까	君結新契亦幾人
백발에 어울릴 사람 기개 높은 이 많으리라	白頭傾蓋多倜儻
오봉루[398] 위에서 황제를 만나지 못하니	五鳳樓上不見帝
다만 하사품 받아도 마음이 즐겁지 않으리	但領賞賜心怏怏
누가 덕승문에서 수레를 준비할까	何人備駕德勝門

인 섭명침(葉名琛, 1807~1859)을 지칭한 것으로 보인다. 섭지선에 대해서는 420쪽 주264 참조. 섭명침은 자는 곤신(崑臣)이며, 제2차 아편전쟁 때인 1859년에 양광 총독(兩廣總督)으로서 영국군에 포로로 붙잡혔다가 인도로 끌려가 죽었다.

396 주우(周友) : 주당(周棠, 1806~1876)을 말한 것으로 보인다. 청나라의 화가로, 자는 소백(少伯), 호는 난서(蘭西)이다. 벼슬은 광록시 서정(光祿寺署正)을 지냈다. 귤산에게 〈소중화의 속난정도를 읊은 시〔詠小華續蘭亭圖詩〕〉를 선물했다고 한다. 《林下筆記 卷25 春明逸史 續蘭亭會, 卷30 春明逸史 周棠畫石》

397 담계(覃溪)의……것이네 : 담계는 옹방강(翁方綱, 1733~1818)의 호이고, 죽타(竹垞)는 주이준(朱彝尊, 1629~1709)의 호인데, 그들의 집에 있는 고정(古鼎)과 비석이 매우 훌륭하다는 말로 보인다. 귤산이 연경에 갔을 때 옹방강의 구택을 방문했는데 바로 사위 섭지선(葉志詵)이 살고 있었으며, 그 집 정원에 있는 고정을 통해 문인(文人)의 본색을 보았다고 하였다. 주이준의 비석은 미상이다. 이들의 금석학을 칭찬하는 말로도 보인다. 《林下筆記 卷25 春明逸史 覃溪舊宅》

398 오봉루(五鳳樓) : 북경의 자금성 안에 있는 높은 누각이다.

다시 중화의 밝은 문명을 보게 되네[399] 復覩華夏際明亮

연산관에서 찬리가 편지 전하는 날이[400] 連山饌吏傳書日

압록강의 배를 저쪽 언덕으로 띄울 때보다 낫네 較勝鴨船彼岸放

새해 아침 맞은 듯 어지러이 서로 축하하고 紛紛相賀若元朝

집안과 나라 태평하여 끝없이 기쁘네 家國太平喜無量

돌아와 뵙고서 성주의 보살핌에 부응하니 反面仰副聖主眷

화려한 비단 검은 붓 임금의 하사품 받드네 文繡玄豪奉天貺

현재의 오랑캐 일도 응당 잘 살펴서 當今夷務應善覘

방비할 좋은 계책 성상에게 진달하리라 備禦良籌達黈纊

늘어선 산천은 모두 옛 모습이지만 歷歷山川皆舊顔

귀로에는 날이 새로워 계절이 서로 바뀌리 歸路日新相推盪

꾀꼬리 울 때 봄옷 지어 끈에 방울 달고서 鸎製春衫鈴彯帶

난초 같은 그대 맞이하면 고운 햇살 화창하리 蘭君迎拜麗暉暢

같은 마을의 나도 교외 정자에서 기다리니 同社我亦候郊亭

정자의 버들 비끼고 푸르름 이미 짙으리라 亭柳斜斜綠已漲

실컷 마시고 누워서 중원의 일 회상하며 痛飮臥念中原事

399 누가……되네 : 귀국길에 오른다는 말이다.

400 연산관(連山關)에서……날이 : 연산관은 심양(瀋陽)의 남쪽에 있는 동팔참(東八站) 중의 하나이며, 찬리(饌吏)는 음식물을 담당한 아전인 찬물색리(饌物色吏)를 말한다. 연행단이 돌아올 때 의주부(義州府)에서 찬물색리를 연산관까지 보내 사신을 위로하기 위해 음식을 제공하는 것이 규례였으며, 이때 찬물색리가 집안에서 보낸 편지를 전하기도 하였다. 《燕轅直指 卷5 回程錄》

청수동[401] 안에 어진 재상이 있으리라 淸水洞裏賢宰相

401 청수동(淸水洞) : 《승정원일기》 고종 1년(1864) 7월 14일 기사에, 좌의정 이유원의 거처가 동부(東部) 숭신방(崇信坊) 청수동계(淸水洞契)에 있다는 기록이 보인다. 청수동은 현재의 서울 성북구 정릉동(貞陵洞)에 있던 마을이다. 시의 앞에 '같은 마을'이라는 구절로 보아 조휘림의 집도 청수동에 있었던 것으로 보인다.

경산 상공의 회방에 올리다[402]

上經山相公回榜

임술년 맹춘에	維戌之年王春孟
상국이 등제한 옛 갑자의 경사 돌아왔네	相國登第舊甲慶
일등의 법악 받아 특별한 지우를 입고	法樂一等荷殊遇
은혜로운 조서 내려 교명을 펼치셨네	恩綸十行宣敎命
이날에 성상께서 대전에 납시어	是日聖上御紫極
어사화 재차 반사하며 의절이 성대했네	重頒丹花儀節盛
오궤와 구장[403] 내리니 선동이 모시고	烏几鳩杖仙童侍
선온을 따르시며 국로로 공경했네	香醞酌下國老敬
장남은 서대 두르고 손자는 주의가 인도하니	長君腰犀孫導朱
자손들 많고 많아 고개만 끄덕이네[404]	頷之而已衆子姓

402 경산(經山)……올리다 : 경산 상공은 정원용(鄭元容, 1783~1873)을 말한다. 정원용에 대해서는 50쪽 주1 참조. 회방(回榜)은 과거에 급제한 갑자가 다시 돌아온 것을 말한다. 정원용은 임술년인 1802년(순조2) 문과에 급제하였으므로, 이 시를 지은 해는 1862년(철종13)이다. 철종은 1862년 1월 1일에 회방을 맞은 정원용에게 궤장(几杖)과 일등악(一等樂)을 하사할 것을 명하였다. 또 3월 22일에 희정당(熙政堂)에 나아가 정원용의 사전(謝箋)과 신은(新恩)의 사은을 친히 받았다. 일등악은 임금이 내리는 사악(賜樂) 중 최고의 등급으로, 악사(樂師) 1인, 여기(女妓) 20인, 악공 10인이 연주하는 음악이다. 《哲宗實錄》

403 오궤(烏几)와 구장(鳩杖) : 오궤는 오피궤(烏皮几)의 준말로, 검은 염소 가죽을 덮은 작은 궤안이다. 구장은 손잡이 끝에 비둘기 모양을 장식한 지팡이로, 임금이 70세 이상 되는 공신이나 원로대신에게 주었다.

하늘에서 상수 내려 인간 세상에서 복을 누리니　天上上壽人間福
태평한 세상 살면서 네 성군을 섬겼네　生老太平逮四聖
나는 공의 집안 사위로 반열에 동참해야 하지만　我贅公門同參列
직책이 막중하여 백 리 멀리 떨어져 있네[405]　官守若鐵百里敻
멀리서 수레와 말 가득한 대궐 도랑 생각하니　遙想御溝車馬闐
오색구름 드리우고 상서로운 빛 비치리라　五雲垂垂祥暉映
국가에는 인서[406]요 집안에는 경사이니　人瑞於國慶于家
고사에 따라 주관의 정사에 보충해야 마땅하리[407]　故事合補周官政
생각건대 지난날 회근의 시를 짓지 않은 것은[408]　憶昔未述重巹詩
오늘의 얻기 어려운 두 경사를 기다린 것이네　留待今日二難幷

404 장남은……끄덕이네 : 장남은 정기세(鄭基世)로 당시 좌참찬으로 있었다. 서대(犀帶)는 무소뿔로 장식한 관대(官帶)로, 1품 이상의 관원이 허리에 둘렀다. 당시 회방 사은에 참석한 정원용의 손자는 검교대교(檢校待敎) 정범조(鄭範朝) 등이었다. 주의(朱衣)는 안내하는 관원을 말한다. 한편, 당(唐)나라 곽자의(郭子儀)가 장수하고 자손이 많아 자손들이 인사를 올리면 누구인지 잘 알지 못하고 그저 턱만 끄덕였다는 고사가 전한다. 《承政院日記 哲宗 13年 3月 22日》《新唐書 卷137 郭子儀列傳》

405 나는……있네 : 귤산의 부인 동래 정씨(東萊鄭氏)는 정원용의 아우인 정헌용(鄭憲容)의 딸이다. 당시 귤산은 황해도 관찰사로 있었다.

406 인서(人瑞) : 사람의 상서라는 뜻으로, 덕행이 있는 사람 또는 장수한 사람을 일컫는 말이다.

407 고사에……마땅하리 : 주관(周官)은 《주례》를 말한다. 《주례》 〈지관(地官) 대사도(大司徒)〉에 백성을 보호하여 기르는 여섯 가지 일〔保息六政〕을 말하고 있는데, 그중의 하나가 '양로(養老)'이다.

408 생각건대……것은 : 귤산이 정원용의 회근례(回巹禮)를 축하하는 시를 짓지 않았다는 말이다. 정원용은 1857년(철종8) 1월 17일에 회근례를 행하였다. 회근례는 부부가 혼인한 지 60주년을 맞아 벌이는 잔치이다. 《哲宗實錄》

황해도 고을 물산이 적어 헌수할 것 없지만　海産瀛薄無爲壽
한 쌍의 선학은 날개가 굳세다네　一雙仙鶴翅羽勁
청아한 소리로 꽃나무 아래에서 우는데　嘹亮淸音花樹下
일천육백 년이 되어야 모습과 성품이 정해지네[409]　千六百年定形性
공께서 지금 지팡이 짚고 궤안에 기대앉으니　公今倚杖隱几坐
우뚝하게 이십여 년 동안 균축의 자루를 잡았네[410]　巍然二紀秉均柄
문장과 학문은 온 나라가 칭송하고　文章儒雅靑邱誦
덕업과 의리는 국사에 바르게 기록되었네　德業義理丹史正
빛나는 조정의 성대한 일 그림으로 그려야 마땅하고
　熙朝盛事宜畫圖
그림으로 다하지 못해 시를 지어 읊조리네　畫圖不盡詩以詠

409 일천육백……정해지네 : 신선 부구공(浮丘公)이 지었다는 《상학경(相鶴經)》에 "학은 칠 년이 되면 조금 변화하고 십육 년이 되면 크게 변화하며, 백육십 년이 되면 변화가 그친다. 천육백 년이 되면 형태가 정해지는데, 몸은 여전히 결백하므로 그 색이 하얗다.〔七年小變, 十六年大變, 百六十年變止, 千六百年形定, 體尙潔, 故其色白.〕"라는 내용이 보인다고 한다. 《初學記 卷30 鳥部》

410 우뚝하게……잡았네 : 정원용이 20여 년 동안 재상의 임무를 맡은 것을 말한다. 이기(二紀)는 24년 또는 20년을 말한다. 정원용은 1841년(헌종7) 우의정에 올랐고, 이후 이 글을 지을 당시까지 삼정승을 모두 역임하였다. 균축(均軸)은 국정의 중임을 맡았다는 뜻으로, 정승을 달리 이르던 말이다.

유 판윤 화원 에 대한 만사[411]

柳判尹 和源 輓

지금 만사 쓰며 옛날 곽분양[412]과 비교하니	輓今擬古汾陽郭
곽씨도 공에게 미치지 못함을 내 안다네	郭氏吾知不及公
장수와 부유와 자손 많음을 사람들 부러워하는데	壽富多男人所艶
오직 공만은 붉은 어사화 두 번이나 썼다네[413]	惟公再戴御花紅

411 유 판윤(柳判尹)에 대한 만사(輓詞) : 유화원(柳和源, 1762～?)의 본관은 진주(晉州)이고, 자는 성지(聖之)이다. 1785년(정조9) 무과에 급제하였고, 황해도 수군절도사, 평안도와 전라도 병마절도사를 역임하였다. 1841년(헌종7) 1월 18일에 한성 판윤에 제수되었다. 몰년은 정확하지 않은데, 이 시의 전후에 1862년(철종13)과 1863년에 지은 시가 있는 것으로 보아 1862년에서 1863년 사이로 보인다.《憲宗實錄 7年 1月 18日》

412 곽분양(郭汾陽) : 당(唐)나라 때 분양왕(汾陽王)을 지낸 곽자의(郭子儀)를 말한다. 장수를 누리고 자손이 많았다. 479쪽 주404 참조.

413 오직……썼다네 : 유화원이 1845년(헌종11) 1월 15일에 무과 회방인(回榜人)으로 정헌대부(正憲大夫)에 오른 것을 말한다. 회방은 과거에 급제한 갑자가 다시 돌아온 것을 말한다.《承政院日記 憲宗 11年 1月 15日》

칠월 초하루에 사직소를 올리고 느낌이 일어서 짓다[414]

七月初一日上乞休疏 有感作

구양수가 사직을 청한 건 연로하기 전이었고	歐子乞休年未衰
더구나 이처럼 박주와 채주를 다스릴 때였음에랴[415]	矧玆亳蔡分憂時
지금 신이 천 리에서 비로소 사직소 올리니	今臣千里封章始
아마도 어진 성상께서 가엾게 여겨 헤아리시리라	庶或仁天矜諒垂
급류에서 용퇴함[416]을 어찌 감히 말하리오	急流勇退敢乎言
나 또한 홍진 속에서 수고로움 꺼리지 않네	我亦紅塵不憚煩
선친의 말씀 어제 일인 듯 아직 귀에 남았기에[417]	先訓隔晨猶在耳

414 칠월……짓다 : 시의 내용으로 보아 귤산이 함경도 관찰사로 부임한 이듬해인 1863년(철종14) 7월 초하루에 사직소를 올리고 지은 것으로 보인다. 당시 귤산의 나이 50세였다. 《승정원일기》 철종 14년 7월 15일 기사에 함경도 관찰사 이유원의 사직소가 실려 있는데, 《가오고략》의 〈치사를 청하는 소〔乞致仕疏〕〉와 내용이 같다. 《嘉梧藁略 冊8》

415 구양수(歐陽脩)가……때였음에랴 : 구양수가 치사(致仕)를 청한 때가 예법에 규정된 70세보다 훨씬 전이었고 또 외직에 나가 있을 때였다는 점을 들어, 귤산 자신도 치사하겠다는 말이다. 구양수는 61세 때인 1067년에 지박주(知亳州)로 좌천되어 여섯 차례 사직소를 올렸으나 윤허받지 못했고, 64세 때인 1070년에 지채주(知蔡州)로 옮겼을 때 여러 차례 사직소를 올려 치사하였다. 구양수는 향년 66세로 세상을 떠났다.

416 급류(急流)에서 용퇴(勇退)함 : 벼슬길이 한창 열렸을 때 과감하게 물러나는 것을 비유하는 말이다.

417 선친의……남았기에 : 귤산의 〈치사를 청하는 소〉에 '쉰 살이 되면 벼슬살이에서 업적을 세웠느냐의 여부를 따지지 말고 용감히 물러나라.'는 부친 이계조(李啓朝)의

여생은 효심을 옮겨 임금의 은혜에 보답하리라	餘生移孝答君恩

늘그막에 융성한 대우 받아 거듭 비답 읽고서	將老眷隆荐讀批
해서의 고을에서 마음이 감격스러웠네[418]	寸心感激海之西
성상의 은혜 입어 특별히 북도에 선발되어	曲荷宸衷特簡北
길에서 반악의 가마 맞이해[419] 일가를 데리고 왔네	路迎潘輿一家携

기유년에 나의 선군께서	歲之己酉我先君
종백의 직함 띠고 와서 부지런히 일하셨네[420]	宗伯淸銜來止勤
소자는 그때 서쪽 변방 방어를 맡으면서[421]	小子時知西塞鑰
일찍이 편지 받고 답장하며 풍속을 들었었네	拜書曾復土風聞

유언이 실려 있다. 이에 대해 철종은 "비록 선경(先卿)의 유언이 있었다고는 하나 어찌 군신의 의리를 생각하지 않는 것인가."라는 비답을 내려 허락하지 않았다. 《承政院日記 哲宗 14年 7月 15日》

418 늘그막에……감격스러웠네 : 귤산은 1862년(철종13) 황해도 관찰사로 재직 중에 상소하여 사직을 청하였으나, 철종은 윤허하지 않는다는 비답을 내렸다. 《嘉梧藁略 冊6 黃海監司赴任後辭疏, 辭黃海監司再疏》《承政院日記 哲宗 13年 2月 27日, 7月 14日》

419 반악(潘岳)의 가마 맞이해 : 노모를 모시고 부임했다는 말이다. 진(晉)나라 반악(潘岳)이 노인을 태우는 가마인 판여(板輿)에 노모를 모시고 유람했던 고사가 전하는데, 뒤에는 주로 지방관이 되어 부모를 봉양하는 것을 비유하는 말로 쓰인다. 《晉書 卷55 潘岳列傳》

420 기유년에……일하셨네 : 귤산의 부친 이계조가 기유년인 1849년(헌종15) 4월 21일에 함경도의 각 능전(陵殿)을 해마다 봉심하는 일로 파견된 사실을 말한다. 종백(宗伯)은 예조 판서를 말하는데, 이계조는 1848년(헌종14) 11월 18일에 예조 판서에 임명되었다. 《承政院日記 憲宗 15年 4月 21日》《憲宗實錄 14年 11月 18日》

421 소자는……맡으면서 : 당시 귤산은 의주 부윤(義州府尹)으로 있었다.

북방은 무를 높이면서 또 유학을 숭상하는데　北方尙武又崇儒
나는 본래 서생이라 원대한 계책이 적네　我本書生少遠謨
향음주례 먼저 행하고 차례로 향사례 행하니[422]　鄕飮先行鄕射次
인간 세상에 어찌 변화하지 않을 어리석음 있으랴　人間那有不移愚

귤노의 모임[423] 속 칠십 명과　橘老會中七十人
술잔 들며 나이 헤아리니 몇천 살이 되네　同杯算壽幾千春
백발노인 집집마다 성상의 은택 입고서　鶴髮家家涵聖澤
경삿날에 오색구름 드리운 대궐을 바라보네　慶辰瞻望五雲宸

422 향음주례(鄕飮酒禮)……행하니 : 《임하필기》 권25 〈춘명일사〉에, 귤산이 함경도 관찰사로 있으면서 억세고 사나운 백성들의 풍속을 감화시키기 위해 향음주례와 향사례를 행했다는 기록이 있다. 귤산이 부임하기 직전인 1862년(철종13) 10월에 함흥에서 민란이 발생해 관찰사 이종우(李鍾愚)가 체직된 일이 있었다.

423 귤노(橘老)의 모임 : 양로연을 열었다는 말로 보인다. 귤노는 귤 속의 노인이란 뜻으로, 귤 속에 수미(鬚眉)가 하얀 두 신선이 마주 앉아 바둑을 두었다는 고사가 전한다. 《玄怪錄 卷3》

부용당을 추억하며 소 자 운을 써서 세 수를 짓다[424]

憶芙蓉堂 用宵字三疊

임술년(1862, 철종13) 가을 십육일 밤	壬戌之秋既望宵
달이 밝아 은빛 촛불 사를 필요 없었네	月明銀燭不勞銷
아득한 천 리 관산의 밖이니	迢迢千里關山外
속세에 머문다고 어찌 생각할 수 있었으랴	歇泊人間那得料
한 해 중에 천금 같은 밤 얻기가 어려우니	一年難得千金宵
나로 하여금 만세교[425]에서 맑은 바람 쐬게 하네	使我濯淸萬歲橋
부용당에 몇 송이 꽃이 피었다가 졌을까	幾朶蓉堂開落未
조각배 불러 은하수를 건널 수 있을 듯하네	扁舟若可星河招
벽성[426]의 가을 심사 바로 오늘 밤이었으니	碧城秋思卽今宵
북쪽 땅에도 번화함이 절로 넉넉하네	北地繁華亦自饒

424 부용당(芙蓉堂)을……짓다 : 함경도 관찰사로 있을 때 지은 시로, 부용당은 해주(海州)의 객관 서쪽에 있다. 부용당에 걸린 정현(鄭礥, 1526~?)의 시가 가장 널리 알려졌는데, 소(宵) 자 운을 사용하였다. 《靑莊館全書 卷32 淸脾錄1 芙蓉堂》 귤산은 1829년(순조29) 9월에 해주 판관에 임명된 부친을 따라 해주에 머문 적이 있었고, 1861년(철종12) 11월에 황해도 관찰사로 부임하여 이듬해인 임술년(1862) 12월에 함경도 관찰사로 옮겼다.

425 만세교(萬歲橋) : 함경도 함흥(咸興)의 성천강(城川江) 낙민루(樂民樓) 아래에 있는 큰 다리이다.

426 벽성(碧城) : 황해도 해주(海州)의 별칭이다.

가장 좋은 건 옥소정[427] 위에서 꾸는 꿈이니	最是玉簫亭上夢
연꽃 향기가 고요히 먼 달빛 속에 풍기네	荷香寂寂月中遙

427 옥소정(玉簫亭) : 함경도 감영(監營) 안에 있던 정자이다.

동정의 성수에 대한 노래[428]

東井聖水歌

혼돈이 처음 나뉠 때는 원기가 어우러져	鴻濛肇判元氣瀜
뒤섞여 경계가 없어 하늘과 땅이 하나였네	混混無際乾坤同
대지가 한 번 숨을 쉬어 미려[429]의 골짝이 생기고	大塊一噓尾閭壑
우뚝하게 홀로 선 것을 숭산이라고 하네	峻嵂特立謂之嵩
높은 언덕과 낮은 개밋둑이 절로 분별되니	邱垤窪窿自分別
작은 것은 지류가 되어 큰 바다로 통하네	小者爲沱大海通
성인께서 구주를 나누어 경계를 두었고[430]	聖人畫九存界限
조물주가 생성하여 많고 많아 무성해졌네	造化生成芸職蔥
무엇보다도 환하고 밝은 큰 양기가	最是熿朗太陽氣
문명을 보전하여 우리 동방이 아름다웠네	保合文明猗我東
동국의 명산을 어찌 이루 다 헤아리랴	東國名山豈勝數
용이 일어난 옛 고을이라 패풍이라 하였네[431]	龍興舊鄉曰沛豐

428 동정(東井)의……노래 : 동정은 함경도 북청부(北靑府)에 있는 우물이다. 귤산이 함경도 관찰사로 있을 때 1년 동안 학질(瘧疾)을 앓다가 이 우물에서 첫 새벽에 물을 떠서 마시고 차도가 있었기에, 우물의 정자에 '성수가(聖水歌)'를 지어 걸어두었다고 한다. 《林下筆記 卷27 春明逸史 東井水》

429 미려(尾閭) : 바닷물이 쉴 새 없이 새어 나간다는 동해 밑바닥의 골짜기 이름이다. 미려 때문에 바닷물이 넘치지 않는다고 한다. 《莊子 秋水》

430 성인께서……두었고 : 《서경》 〈우공(禹貢)〉에 "우 임금이 토지를 분별하였다.〔禹敷土.〕"라고 하였고, 채침(蔡沈)은 주석에서 "토지를 분별하여 구주를 만든 것이다.〔分別土地, 以爲九州也.〕"라고 하였다. 구주(九州)는 천하를 말한다.

청해현[432] 동쪽에 성수가 있으니	靑海縣東有聖水
나라 사람들이 사모하고 아이들도 칭송하네	國中爭慕誦兒童
내가 관찰사로 부임해 반년이 되었을 때	余以刺史來半載
병에 걸려 석 달 동안 공무를 못 보았네	遘疾三月仍廢公
꿈속에서 홀연히 동정의 훌륭함이 생각나	夢中忽憶東井美
연이어 항아리에 길어오느라 하인들 고생했네	甁缸陸續勞僕僮
큰 사발에 담아와 한 번 다 들이켜니	大碗盛來一飮盡
정신이 상쾌해져 그 효험이 배나 되었네	神精快爽倍厥功
물이여 물이여 하며 무엇을 유독 취하셨던가[433]	水哉水兮奚獨取
내 마음 씻어주고 내 몸을 건강하게 하였네	滌我胸襟健我躬
세상 사람아 창공[434]의 비결을 말하지 말라	世人莫道倉公訣
청량한 한 기운이 배에 가득 찼다네	淸涼一氣滿腹充

431 용이……하였네 : 용이 일어난 옛 고을은 태조 이성계(李成桂)의 고향인 함흥(咸興)을 말한다. 패풍(沛豐)은 패현(沛縣)의 풍읍(豐邑)으로 풍패라고도 하는데, 한(漢)나라 고조의 고향이며 제왕의 고향을 지칭하는 말로 쓰인다. 함흥과 그 일대를 '풍패지향(豐沛之鄕)'이라고 한다.

432 청해현(靑海縣) : 청해는 함경도 북청(北靑)의 옛 이름이다.

433 물이여……취하셨던가 : 맹자의 제자 서자(徐子)가 "중니(仲尼)께서는 물에 대해 자주 '물이여, 물이여!' 하고 찬탄하셨는데, 물에서 어떤 점을 취하신 것입니까?〔仲尼亟稱於水曰水哉水哉! 何取於水也?"〕라고 맹자에게 물은 적이 있다. 《孟子 離婁下》

434 창공(倉公) : 한나라의 명의(名醫)로 태창 장(太倉長)을 지낸 순우의(淳于意)를 말한다. 진맥을 통해 치료하는 데 뛰어났다고 한다. 창공이 꿈에 봉래산(蓬萊山)에서 노닐다가 동자가 주는 상지수(上池水)를 마시고 난 뒤 진맥에 신통력을 얻었다는 고사가 전한다. 《淵鑑類函 卷33 地部11 池2》

이를 일러 바른 약 기운 품어 사악하고 더러운 기운 물리친다고 하니

是謂服正辟邪穢

대인이 세상을 치료함도 이 속에 들어 있네 大人醫世在其中

그대 보지 못했나 탁한 경수와 맑은 위수가 서로 합치되지 않음을

君不見涇濁渭淸不相合

만고의 시시비비는 본래 그저 나온 것 아니라네 萬古是非不自空

산앙정에서 오천 선생의 시에 차운하다[435]

山仰亭 次梧川先生韻

산앙정이 청해성에 임해 있으니	山仰亭臨青海城
먼 후손이 북쪽 순행하신 곳을 두루 찾아보네	雲孫歷謁北巡行
〈철령가〉[436]는 아직도 천 사람이 읊조리고	嶺歌猶有千人誦
윤리와 기강은 여전히 만고토록 밝게 지켜지네	倫紀尙扶萬古明
절개 곧은 푸른 솔은 옛터에 남아 있고	直節蒼松留舊址
마음 비추는 붉은 잎은 긴 길 끼고 서 있네	照心丹葉挾長程
오천공이 살피신 뒤 백 년이 지났으니	梧公審後年過百
숙원을 어찌 늙어가는 이 삶에서 헛되게 하랴	宿願奚空老此生

435 산앙정(山仰亭)에서……차운하다 : 산앙정은 함경도 북청(北靑)에 있던 정자이다. 오천(梧川)은 이종성(李宗城, 1692~1759)의 호로, 자는 자고(子固)이며 귤산의 고조의 종형(從兄)이다. 1746년(영조22)에 함경도 관찰사를 지냈다. 64쪽 주5 참조. 귤산이 차운한 이종성의 시는 《오천집(梧川集)》 권1에 수록된 〈산앙정에서 감회를 기록하며 앞의 운을 그대로 차운하다〔山仰亭志感仍用前韻〕〉로, 총 5수이다.

436 철령가(鐵嶺歌) : 귤산의 9대조인 백사(白沙) 이항복(李恒福)이 인목대비(仁穆大妃) 폐모론에 반대하다가 1618년(광해군10) 1월 6일에 북청(北靑)으로 유배될 때 함경도 철령에 올라 지은 시조이다. 174쪽 주267 참조.

무진년(1868, 고종5)에 재상직을 극력으로 사양하고 퇴조원에 이르러 짓다[437]

戊辰力辭相職還鄕 到退朝院有作

여름날 주막집에 석양은 더딘데	旗亭夏日夕陽遲
필마로 쓸쓸히 퇴수의 물가에 왔네	匹馬蕭蕭退水湄
누워서 초심 생각하니 지금의 나는 옛날과 같은데	臥念初心今我古
성명의 시대에 보답할 길이 없네	無階報答聖明時

437 무진년에……짓다 : 1868년(고종5) 윤4월 11일에 좌의정에 다시 임명되자 4월 17일에 사직소를 올리고 지은 시이다. 당시 지은 사직소가 《승정원일기》와 《가오고략》에 수록되어 있다. 귤산은 1864년(고종1) 6월에 좌의정에 임명되었고 1865년 2월 25일에 사직소를 올려 체직되었다. 그리고 바로 다음 날 수원부 유수에 임명되었다가 5월에 체직된 뒤 당시까지 물러나 있었던 것으로 보인다. 퇴조원(退朝院)은 현재의 경기도 남양주시 퇴계원(退溪院) 지역을 일컫는다. 《承政院日記》《嘉梧藁略 冊6 辭復拜相職兼陳苦塊情事疏, 冊12 退川憩廬記》

종산 시랑의 시에 차운하다[438]

次鍾山侍郎韻

하나의 이치도 흐릿해 벽촌에 누워서	一理曚然臥僻村
십 년을 허송하며 문언을 읽었네	十年虛了讀文言
마음이 물러나기 전에 따른 것은 함께 치사함이고	心從未退同休致
뜻이 선친을 따를 수 있었던 것은 또한 성은이었네[439]	志克遵先亦聖恩
금마문[440]의 옛 인연은 마치 꿈과 같고	金馬舊緣如夢寐
모래톱 갈매기의 본모습으로 새장을 벗어났네	沙鷗本色脫籠樊
이내 몸이 온통 늙은 농부와 함께 변하는데	此身渾與田翁化
태평성대 노래해 읊으니 달이 술잔에 가득하네	歌詠康衢月滿樽

438 종산(鍾山)……차운하다 : 종산 시랑은 이삼현(李參鉉, 1807~1872)으로, 본관은 용인(龍仁)이고 자는 태경(台卿)이며, 종산은 그의 호이다. 1841년(헌종7) 문과에 급제하였고, 평안도 암행어사와 대사성 등을 역임한 뒤 예조 판서에까지 올랐다. 저서에 《종산집(鍾山集)》이 있다. 시랑(侍郎)은 참판의 별칭인데, 이삼현은 1858년(철종9) 10월에 병조 참판에 임명되었으며, 이 시를 지은 시기로 보이는 1868년(고종5)에도 참판을 지낸 기록이 보인다. 《承政院日記 哲宗 9年 10月 27日, 高宗 5年 2月 18日》

439 뜻이……성은이었네 : 선친을 따랐다는 것은 쉰 살에 치사하라는 선친의 뜻을 따라 벼슬에서 물러난 것을 말한다. 482쪽 주417 참조.

440 금마문(金馬門) : 한(漢)나라 때의 궁궐 문인데, 조정의 뜻으로 쓰인다.

종산의 회갑 시의 운자로 추후에 읊다[441]

追賦鍾山回甲韻

그대 관찰사로 갈 적에[442] 나는 벽촌에 있어	君曾藩節我荒村
천 리 밖 운산에서 말을 전하지 못했네	千里雲山未贈言
거문고 자리에서 꽃가지 헤아리니 먼저 화갑 되었고	琴席籌花先換甲
난초 정원에서 붓을 꽂으니 또 은혜 새롭네[443]	蘭庭簪筆又新恩
복이 두터워 문장에다 부귀를 겸하였고	福厚文章兼富貴
뜻이 고상해 성시에 살면서도 곧 전원생활이었네	志高城市便林樊
의원의 철수에 꽃 피는 봄이 장차 가까워지니[444]	意園鐵樹春將近
육 년 세월 지난 뒤 이 술잔을 함께하기를	六閱光陰共此樽

441 종산(鍾山)의……읊다 : 종산은 이삼현(李參鉉)을 말한다. 492쪽 주438 참조. 이삼현이 회갑을 맞은 해는 1867년(고종4)이다. 마지막 구절에서 귤산 자신의 회갑을 맞이할 때를 '육 년 세월 지난 뒤'라고 한 것으로 보아 이 시는 1868년에 지은 것으로 보인다.

442 그대……적에 : 이삼현은 1865년(고종2) 2월 2일에 경상도 관찰사에 임명되었고 1868년 2월까지 재임하였다. 《高宗實錄》《承政院日記》

443 난초……새롭네 : 이삼현의 아들 이원일(李源逸, 1842~?)이 1867년(고종4) 문과에 급제한 뒤 동년 10월 4일 승정원 가주서에 임명되고 이듬해 6월 예문관 검열에 임명된 것을 말한다. 《承政院日記》 난초 정원은 남의 집의 훌륭한 자손을 비유하는 말이다. 붓을 꽂는다는 것은 사관(史官)이나 시종신(侍從臣)이 되는 것을 말하는데, 예문관 검열이나 승정원 주서 등을 일컫는 말로 쓰인다.

444 의원(意園)의……가까워지니 : 자신의 회갑이 점점 다가오고 있다는 말이다. 의원은 상상의 정원을 말한다. 의원에 대해서는 450쪽 주322 참조. 철수(鐵樹)는 일어나기 어려운 일을 비유하는 '철수개화(鐵樹開花)'의 준말로, 장수의 비유로 사용된다.

금령의 회갑 시의 운자로 추후에 읊다[445]

追賦錦舲回甲韻

쑥대 문으로 급히 나가 옛 벗을 모시고서	蓬門倒屣故人來
지난해 봄에 옛 갑자가 돌아온 일 축하드리네	爲賀前春舊甲回
양관[446]에서 명성 쌓으니 참다운 재상이요	兩館貯名眞宰相
서호[447]에서 계를 만드니 좋은 누대 있었네	西湖修契好樓臺
몸은 영예롭고 나라는 경사로워[448] 기쁨 함께하는 날	身榮國慶同休日
현명한 자식과 훌륭한 손자가 헌수의 술잔 올렸네	賢子佳孫獻壽杯
오직 나만 슬프게도 인척의 자리에서 어긋났는데	惟我悵違姻黨列

445 금령(錦舲)의……읊다 : 금령은 박영보(朴永輔, 1808~1872)의 호로, 다른 호는 배경당(拜經堂)·아경당(雅經堂)이다. 본관은 고령(高靈), 자는 성백(星伯)이며, 1844년(헌종10) 문과에 급제하였다. 1861년(철종12) 영선군(靈善君)에 봉해졌고 1862년에 동지사의 부사로 연경에 다녀왔으며, 경기도 관찰사 및 형조와 이조의 판서 등을 역임하였다. 회갑을 맞은 해는 1868년(고종5)이다. 이 시는 둘째 구의 내용으로 보아 1869년에 지은 것으로 보인다.

446 양관(兩館) : 홍문관과 예문관을 말한다.

447 서호(西湖) : 현재의 마포 부근인 서강(西江)을 말한 것으로 보인다. 박영보는 20대 초반에 자하(紫霞) 신위(申緯)에게 시를 배우면서 서호로 거처를 옮겼다고 한다. 《김용태, 朴永輔全集解題, 成均館大 大東文化硏究院, 2019》

448 나라는 경사로워 : 1868년에 대왕대비 신정왕후(神貞王后)가 회갑을 맞이한 것을 말한다. 《高宗實錄 5年 1月 1日》

자식들[449] 차례로 늘어서 성대한 잔치 열었다 하네　帨弧次第盛筵開

449 자식들 : 원문은 '세호(帨弧)'인데, 《예기》 〈내칙(內則)〉에 "자식이 태어나면 아들이면 대문 왼쪽에 활을 걸고, 딸이면 대문 오른쪽에 수건을 건다.〔子生, 男子設弧于門左, 女子設帨于門右.〕"라고 하였다.

추담의 회갑 시의 운자에 추후에 읊다[450]

追賦秋潭回甲韻

그대와 나는 산의 남쪽에서 나고 자랐는데	君我生長山之南
어느덧 예순 되어 살쩍과 머리카락 세었네	居然六十鬢髮白
그대의 회갑은 나보다 여섯 해 앞서지만	君甲先我六年早
간지를 거꾸로 헤아리면 내가 형이 되네[451]	倒算干支我爲伯
그대의 거처는 우리 집에서 삼십 리 더 머니	君居去我一舍遠
멀리 대궐 문 바라보면 내가 대궐에 가깝네	遙望天門我近尺
그대는 시골 백성이요 나보다 나이도 적으니	君是鄉氓我少年
껄껄 크게 웃으며 어깨를 한 번 친다네[452]	噱噱大笑肩一拍
그대 지금 회갑 맞은 늙은이라 자처하니	君今自居回甲老
그대 집안의 복록을 그대 위해 모아보리다	福祿君家爲君摭
평상에서 비파 타니 배필이 수건을 걸었고[453]	調瑟于床配設帨
경연에서 경서 펼치니 아들이 벼슬에 올랐네[454]	橫經于筵子通籍

450 추담(秋潭)의……읊다 : 추담은 조휘림(趙徽林, 1808~1874)의 호이다. 463쪽 주346 참조. 조휘림이 회갑을 맞은 해는 1868년(고종5)이다.

451 간지(干支)를……되네 : 조휘림의 생년은 무진년(1808)이고 귤산의 생년은 갑술년(1814)인데, 천간(天干)의 갑(甲)이 순서상 무(戊)보다 앞서기에 이렇게 말한 것으로 보인다.

452 어깨를 한 번 친다네 : 우호나 애호를 표시하는 행동이다.

453 평상에서……걸었고 : 부인이 살아 있다는 말로 보인다.

454 경연에서……올랐네 : 조휘림의 아들은 조정희(趙定熙, 1845~?)로 초명은 정섭(定燮)이며, 귤산의 사위이다. 1863년(철종14) 문과에 급제하였고, 1870년(고종7)

하나의 문 여섯 기둥 집에 헌사가 세 대이고[455] 一門六柱三軒駟
택상이 경월에 오르고[456] 또 사위도 있네 宅相卿月又嬌客
이 봄에 엿을 물고 구슬 가지고 놀게 하니[457] 是春含飴載弄璋
조짐이 먼저 나타나 거의 쌍벽을 이룰 듯하네 兆眹先見幾聯璧
집안과 나라가 경사 함께해 대비의 은택이 미치고[458]
家國同慶慈恩覃

이후 경연청의 시독관(侍讀官)과 참찬관(參贊官)을 지낸 기록이 보인다. 조정희에 대해서는 517쪽 주519 참조. 《承政院日記》

455 하나의……대이고 : 조휘림의 형제 또는 자식 중에 높은 벼슬에 오른 사람이 세 사람이라는 말로 보인다. 여섯 기둥 집은 작은 집을 의미한 것으로 보인다. 양경우(梁慶遇)의 시에 "서까래 열 개 기둥 여섯으로 작은 집을 이루니〔十椽六柱成小廬〕"라는 구절이 보인다. 《霽湖集 卷4 題子發茅窩》 헌사(軒駟)는 지위가 높고 귀한 이가 타는, 사마(四馬)가 끄는 수레이다.

456 택상(宅相)이 경월(卿月)에 오르고 : 택상은 외손을 가리킨다. 진(晉)나라 위서(魏舒)가 어릴 때 외가에서 자랐는데, 외가의 집터를 점친 자〔相宅者〕가 장차 귀한 외손이 나오게 될 것이라고 예언하였고 위서가 과연 사도(司徒)의 지위에까지 올랐다는 고사에서 나왔다. 《晉書 卷41 魏舒列傳》 경월은 고관을 가리킨다. 《서경》 〈홍범(洪範)〉에 "왕은 해를 살피고, 고관은 달을 살피고, 하급 관리는 날을 살핀다.〔王省惟歲, 卿士惟月, 師尹惟日.〕"라고 한 데서 나왔다.

457 이……하니 : 손자를 얻었다는 말인데, 조휘림의 손자는 조중익(趙重翊, 1871~?)이다. 엿을 문다는 것은 손자를 희롱한다는 말인데, 후한(後漢) 때 명제(明帝)의 비 마황후(馬皇后)가 정사에 관여하지 않고 엿이나 먹으며 손자와 놀면서 노년을 보내겠다고 한 데서 나왔다. 《後漢書 卷10 馬皇后紀》 또 《시경》 〈사간(斯干)〉에 "아들을 낳아서……구슬을 가지고 놀게 하네.〔乃生男子……載弄之璋.〕"라는 말이 있다.

458 집안과……미치고 : 조휘림이 회갑을 맞은 1868년(고종5)에 대왕대비 신정왕후(神貞王后)도 회갑이 되어, 고종이 61세가 된 고관들을 한 자급씩 가자(加資)하게 한 것을 말한다. 《高宗實錄 5年 1月 1日》

무소 가죽띠 찬 높은 품계는 재상에 버금가네[459]	犀鞓崇秩亞赤舃
이 밖에도 맑은 복을 그대는 아시는가	外此淸福君知否
청사루 앞에 하나의 맑은 물 흐르는 것이라네[460]	淸斯樓前一泓碧
사람이 세상을 살면서 둘을 겸하기 어려우니	人生世間兩難兼
나의 말이 아니라 옛날부터 그러했다네	非我之言自古昔
감호 한 굽이는	鑑湖一曲
조칙 받든 비감이 은택을 입은 것이네[461]	奉勅秘監承恩澤
평천장의 품평은	平泉甲乙
휴가 받은 재상이 기암괴석을 품평한 것이네[462]	賜暇宰相品奇石
저처럼 성대했던 곳이 지금은 어디에 있나	若彼之盛今安在
하루에 삼백 잔 취하는 것만 못하네[463]	不如一日醉三百

459 무소……버금가네 : 무소 가죽띠는 1품 관원의 관복 위에 두르던 것이다. 조휘림은 1868년(고종5) 1월 2일 판의금부사에 임명되었고, 1월 13일 한성부 판윤이 되었다. 판의금부사는 종1품이고, 한성부 판윤은 정2품이다. 《高宗實錄》

460 청사루(淸斯樓)……것이라네 : 《임하필기》에 의하면, 조휘림은 도산(陶山)에서 청평천(淸平川)으로 이사하여 청사루를 짓고 고금의 서적을 손수 베껴 세 개의 서가를 만들었다고 한다. 귤산은 〈청사루기(淸斯樓記)〉를 짓기도 하였다. 《林下筆記 卷31 秋潭三書》《嘉梧藁略 冊12 淸斯樓記》

461 감호(鑑湖)……것이네 : 감호는 절강성(浙江省) 소흥(紹興)에 있는 호수 이름이다. 당나라 하지장(賀知章)이 벼슬을 그만두고 향리로 돌아가자, 현종(玄宗)이 감호 한 굽이를 하사했다고 한다. 감호는 경호(鏡湖)라고도 한다. 비감(秘監)은 비서감(秘書監)을 지낸 하지장을 말한다. 《新唐書 卷196 賀知章列傳》

462 평천장(平泉莊)의……것이네 : 평천장은 당나라 재상 이덕유(李德裕)가 낙양 30리 밖에 세운 별장이다. 기화요초(琪花瑤草)와 기암괴석으로 유명하였으며, 이덕유가 〈평천초목기(平泉草木記)〉를 짓기도 하였다.

463 하루에……못하네 : 이백(李白)의 〈양양가(襄陽歌)〉에 "노자표와 앵무배로, 백

삼백 날에 예순여섯 날이 더 있으니	三百日有六旬六
십만팔천 잔 술자리를 열겠네	十萬八千開樽席
그대 보지 못했나	君不見
동쪽 이웃 서쪽 마을에서 다투어 활을 걸고[464]	東隣西社爭懸弧
화려한 부귀가에 화극 벌여놓는 것을[465]	朱門繁華列畫戟
대단하다 그대여 맑은 강가에 고상하게 누우니	多君高臥淸江上
먼 산봉우리 있어 사조의 집과 방불하네[466]	遠岫彷彿謝眺宅
사조가 길상 길렀다는 말은 못 들었으니	謝眺未聞毓吉祥
덕 있는 집안에 경사가 모이고 선이 쌓였네	德門慶集而善積
나라 빛내는 문장으로 국가의 예를 관장했고[467]	華國文章掌邦禮
계책에 참여할 높은 명망으로 큰 계책 드러내었네	參籌雅望見石畫
다리 달린 봄처럼 다스린 곳은 어디인가	有脚陽春何處是
교진에서 선정 베풀고 호남에서도 그러하였네[468]	嶠鎭遺愛湖南亦

년 삼만육천 일에, 하루에 반드시 삼백 잔씩 기울여야지.〔鸕鶿杓鸚鵡杯, 百年三萬六千日, 一日須傾三百杯.〕"라는 구절이 있다.

464 다투어 활을 걸고 : 아들 낳은 것을 자랑한다는 말이다. 495쪽 주449 참조.

465 화극(畫戟) 벌여놓는 것을 : 가문의 번성함을 자랑한다는 말이다. 화극은 고관의 문 앞에 세워두던 화려한 목창(木槍)이다.

466 먼……방불하네 : 사조(謝眺)는 남조(南朝) 제(齊)나라 때의 시인으로, 자는 현휘(玄暉)이다. 이백(李白)의 시에 "집이 푸른 산과 가까우니 사조와 같고, 문에 버들 드리웠으니 도잠과 비슷하네.〔宅近靑山同謝眺, 門垂碧柳似陶潛.〕"라는 구절이 있다. 《李太白集 卷25 題東溪公幽居》

467 국가의 예를 관장했고 : 조휘림은 1865년(고종2) 2월 23일에 예조 판서에 임명되었다. 《高宗實錄》

468 다리……그러하였네 : 조휘림이 지방관이나 관찰사를 역임한 것을 말한다. 다리

세속의 굴레 벗어던지고 전원으로 돌아가　擺脫科臼歸田園
나라 걱정하고 남은 날에 자신을 위해 도모하였네　國憂餘日資身策
만년에는 마음 알아주는 벗 있음이 가장 좋으니　暮景無如知心在
찬 강에서 낚시하며 삿갓과 나막신 신었네　寒江釣魚一笠屐
앉고 누울 곳 사지 않아 오직 바람과 달만 있고　坐臥不買惟風月
시름 풀기에 오히려 나은 건 바둑과 장기라네　消遣猶賢是博奕
내 지금 숲 아래의 집으로 물러나 살면서　我今退居林下廬
함께 벗하는 것은 오직 도롱이뿐이네　所與友者惟襏襫
이제부터 백 년이 한순간이니　此去百年一瞬間
그대여 계수나무 숲의 밤을 어기지 마시라　請君莫違叢桂夕

달린 봄은 관찰사로서 선정을 베푸는 것을 말한다. 457쪽 주339 참조. 교진은 교남(嶠南) 즉 영남 고을의 읍진(邑鎭)을 말하는 것으로 보이는데, 조휘림은 1847년(헌종13) 4월 21일에 동래 부사(東萊府使)에 임명되었다. 또 1858년(철종9) 2월 22일에 전라도 관찰사에 임명되었다. 《承政院日記》《哲宗實錄》

초파의 회갑 시의 운자로 추후에 읊다[469]

追賦蕉坡回甲韻

초파의 회갑이 전년에 있었는데	蕉坡回甲在前年
서글프게도 예물함 사서 축하 편지 못 보냈네	悵未買函馳賀箋
지난날 서생이 지금은 준직[470]을 맡았는데	昔日書生今準職
세간의 공정한 도리로 이미 백발이 되었네[471]	世間公道已華顚
황옹의 사인[472]으로 마음을 한가롭게 하고	黃翁四印閑心地
육노의 천 수 시[473]로 천성을 즐겼네	陸老千詩樂性天

469 초파(蕉坡)의……읊다 : 초파는 박흥수(朴興壽, 1806~?)의 호로, 본관은 반남(潘南)이고 자는 영중(永重)이다. 1837년(헌종3) 생원시에 합격하였으며, 음관으로 영평 군수(永平郡守)와 장악원 정·공조 참의 등을 역임하였다. 박흥수가 회갑을 맞은 해는 1866년(고종3)이다.

470 준직(準職) : 당하관으로서 가장 높은 당하 정3품 벼슬을 말한다. 박흥수는 1867년(고종4) 4월 20일에 정3품 당하관인 장악원 정에 임명되었다. 《承政院日記》

471 세간의……되었네 : 당나라 두목(杜牧)의 시에 "세간에 공정한 도리는 오직 백발뿐이니, 귀인의 머리라고 봐준 적이 없다오.〔公道世間惟白髮, 貴人頭上不曾饒.〕"라는 구절이 있다. 《樊川詩集 卷4 送隱者》

472 황옹(黃翁)의 사인(四印) : 황옹은 송나라 황정견(黃庭堅)을 일컫고, 사인은 심신을 수양하는 네 가지 방법인 '인내〔忍〕'·'침묵〔默〕'·'공평〔平〕'·'정직〔直〕'을 말한다. 황정견의 시에 "백전백승도 한 번의 인내만 못하고, 백 마디 말이 다 합당해도 한 번의 침묵만 못하며, 가려야 할 것이 없으면 시야가 공평해지고, 추호도 숨김이 없으면 마음이 정직해지네.〔百戰百勝不如一忍, 萬言萬當不如一默. 無可簡擇眼界平, 不藏秋毫心地直.〕"라는 구절이 있다. 《山谷集 卷3 贈送張叔和》

473 육노(陸老)의……시 : 육노는 송나라 육유(陸游)로, 자는 무관(務觀), 호는 방옹(放翁)이다. 9300여 수의 시를 남겼고, 저서로 《검남시고(劍南詩稿)》가 있다.

천하의 격식 벗어나니 누가 이보다 광달할까　　脫臼八寰誰曠達
화로에서 뛰며 백 번 단련해 유독 견고해졌네[474]　　躍爐百鍊獨精堅
지란이 가득하여 정원의 섬돌 앞이 빛나고[475]　　芝蘭蘊藉階庭色
금슬은 단란하여 오십 줄 현을 연주했네[476]　　琴瑟團圓五十絃
사위가 수레 타니 옥돌의 윤기가 보이고[477]　　嬌客乘軒看玉潤
어린 손자는 무릎 돌며 구슬 놀이를 하네　　稺孫繞膝弄珠聯
가오동[478] 궁벽한 곳에서 자주 고개 들어 바라보나니
嘉梧洞僻頻翹首
춘수루 높은 곳에서 몇 번이나 잔치 열었던가　　春樹樓高幾設筵
만약 나의 나이를 헤아린다면 육 년이 남았으니　　若算我庚餘六歲
생일날 같은 시사에 모였던 군현들을 생각하네　　懸弧同社憶群賢
필묵의 인연 깊고 태잠[479]의 의리 무거운데　　緣深翰墨苔岑重

474 화로에서……견고해졌네 : 뛰어난 능력을 타고났으면서도 부단히 노력했다는 말로 보인다. '화로에서 뛴다'는 것은 원래 스스로 유능하다고 여겨 쓰이기에 급급한 것을 비유하는 말이다. 《장자(莊子)》 〈대종사(大宗師)〉에 "지금 위대한 대장장이가 쇠를 녹이는데, 그 쇠가 펄펄 뛰면서 '나는 반드시 막야검(鏌邪劍)이 되겠다'라고 한다면 대장장이는 반드시 상서롭지 못한 쇠라고 여길 것이다."라는 구절이 있다.

475 지란(芝蘭)이……빛나고 : 훌륭한 자제를 두었다는 말이다.

476 금슬(琴瑟)은……연주했네 : 부부가 함께 해로한다는 말이다.

477 사위가……보이고 : 진(晉)나라 악광(樂廣)이 위개(衛玠)를 사위로 맞아들이자 당시 사람들이 "장인은 얼음처럼 맑고 사위는 옥돌처럼 윤이 난다.〔婦公氷淸, 女婿玉潤.〕"라고 평한 고사가 전한다. 《晉書 卷36 樂廣列傳》

478 가오동(嘉梧洞) : 귤산이 거처로 삼은 가오곡(嘉梧谷)을 말한다. 50쪽 주2 참조.

479 태잠(苔岑) : 이끼는 달라도 산은 같다는 '이태동잠(異苔同岑)'의 준말로, 뜻을 함께하는 벗을 이른다.

꿈에도 임원으로 밀 칠한 나막신 신고 가지 못했네 夢隔林園蠟屐穿
성주의 큰 바다와 같은 은혜를 입어 聖主有恩如大海
이 몸은 거리낄 것 없이 평천장[480]에 누웠네 此身無累臥平泉
어느새 절로 시골 늙은이 되었는데 居然自作村中老
우습게도 사람들이 지상의 신선이라 일컫네 笑矣人稱地上仙
옥구슬 같은 한 글자 보냄을 어찌 아끼시는가 璚瑰何慳投一字
금담[481]은 이미 세 번째 편을 이었다네 錦潭已續第三篇
길상과 화기로 산가지를 해옥에 더하고[482] 吉羊和氣添籌屋
철수에 새 향기 나고 복전에 옥을 심었네[483] 鐵樹新香種福田
오래지 않아 응당 고불이 될 것이니 非久也應成古佛
늘그막에 오직 청련[484]을 배워야 하리 晩來只可學靑蓮
산빛과 물빛이 멀리 서로 이어져 있으니 山光水色遙相接
강 남쪽 수풀 우거진 곳이라네 家住江南莽蒼邊

480 평천장(平泉莊) : 원래 당(唐)나라 이덕유(李德裕)의 별장을 말하는데, 여기서는 가오곡(嘉梧谷)의 별장을 말한다. 평천장에 대해서는 498쪽 주462 참조.

481 금담(錦潭) : 미상이다. 앞에 나온 금령(錦舲) 박영보(朴永輔)와 추담(秋潭) 조휘림(趙徽林)을 일컫는 말이 아닌가 한다. 463쪽 주346과 494쪽 주445 참조.

482 산가지를 해옥(海屋)에 더하고 : 장수를 축원할 때 쓰는 말이다. 346쪽 주104 참조.

483 철수(鐵水)에……심었네 : 회갑을 맞았다는 말이다. 철수는 이루어지기 어려운 일을 비유하는 '철수개화(鐵樹開花)'의 준말로, 장수의 비유로 사용된다. 복전(福田)은 봄에 씨 뿌리고 가꾸면 가을에 수확할 수 있는 것처럼, 공양(供養)하고 보시(布施)하며 선근(善根)을 심으면 그 보답으로 복을 받는다는 뜻의 불교 용어이다.

484 청련(靑蓮) : 이백(李白)의 호이다.

사직소를 올리고 느낌이 일어[485]

上乞骸章有感

아침에 사직소 아뢰어 저녁에 윤음 받으니	朝奏琅函夕奉綸
애연한 은혜로운 뜻이 하늘 같은 인이라네	藹然德意一天仁
성세에 큰 은혜 내림에 누구도 빠트림이 없고	覃恩聖世無遺物
미천한 마음 통촉하시어 친애함을 잊지 않으셨네	洞燭微情不忘親
이십 년의 화려한 벼슬살이 어느 날에 보답할까	廿載華膴答何日
쉰 살에 사직소 올린 일[486] 어제 일인 듯하네	五旬草疏隔如晨
붉은 구름 많은 곳 북쪽 대궐 바라보며	紅雲多處瞻宸極
백발로 강호에서 물러나 누운 신하 되었네	白首江湖退臥臣

485 사직소를……일어 : 1870년(고종7) 9월 8일에 병장(病狀)을 올려 위관(委官)의 직임을 체차해줄 것을 청하자 고종이 균산의 신병을 염려하며 즉시 체차한 일이 있는데, 이때 지은 시로 보인다. 《高宗實錄》《承政院日記》

486 쉰……일 : 50세 때인 1863년(철종14) 7월에 함경도 관찰사로서, 쉰 살이 되면 벼슬에서 용감히 물러나라는 부친의 유언을 따라 사직소를 올린 일을 말한다. 482쪽 주417 참조.

신게 이공 돈영 이 치사한 일을 추후에 축하하다[487]

追賀莘憇李公 敦榮 致政

사영운(謝靈運)의 시에 "비록 쉬는 곳은 아니지만, 애오라지 긴 날의 한가로움을 취하네.〔雖非休憩地, 聊取永日閑.〕"라고 하였고,[488] 도연명(陶淵明)의 시에 "서로 부르며 농상에 힘쓰다가 해가 지면 각자 쉴 곳으로 가네.〔相命隷農桑, 日入從所憩.〕"라고 하였다.[489] 내가 일찍이 이 두 구절을 읊으면서 정원의 정자 하나를 지어 이 시구로 이름을 붙여야겠다고 생각하였다. 봉조하(奉朝賀) 이공(李公)이 나에게 '신게당(莘憇堂)' 세 글자의 편액을 쓰게 하였다. 내가 말하기를 "신(莘)은 곧 신(信)의 음이고, 게(憇)는 곧 휴(休)의 뜻입니다. 공은 평생토록 이것을 호로 일컫지 않았는데, 지금 이 세 글자로 사람들이 공을 부르니 곧 이를 따라서 호로 삼았습니다. 그러니 이백(李

487 신게(莘憇)……축하하다 : 이돈영(李敦榮, 1801～1884)의 본관은 전주(全州), 자는 윤약(允若)이며, 신게는 그의 호이다. 후에 이돈우(李敦宇)로 개명하였다. 1827년(순조27) 문과에 급제하였고, 1861년(철종12)에 경상도 관찰사로 나가 진주(晉州)의 민란을 수습하였으며, 판의금부사와 호조 판서 등을 역임하였다. 판종정경(判宗正卿)으로 있던 1866년(고종3) 12월 7일에 치사를 청하여 윤허를 받았고 봉조하(奉朝賀)가 되었다. 시호는 문정(文貞)이다. 《高宗實錄》

488 사영운(謝靈運)의……하였고 : 사영운의 시는 장편 오언 고시 〈옛 정원으로 돌아와 시를 지어 안연지(顔延之)와 범태(范泰) 두 중서 시랑에게 보이다〔還舊園作見顔范二中書)〉를 말한다. 사영운이 영가 태수(永嘉太守)로 좌천되었다가 사임한 뒤 회계(會稽)에 은거하며 지은 시이다.

489 도연명(陶淵明)의……하였다 : 《도연명집(陶淵明集)》 권5의 〈도화원기 병시(桃花源記幷詩)〉의 한 구절인데, 앞 구의 원문 '예(隷)'가 《도연명집》에는 '사(肆)'로 되어 있다.

白)이 북쪽 집에 누워서 쉰 것[490]과 백낙천(白樂天)이 청문(靑門)에서 길을 가다가 쉰 것[491]과는 다름이 있습니다."라고 하였다. 글씨를 써서 올릴 때 칠언의 송체(頌體)를 모방한 한 수의 시로써 이에 뒤늦게 축하하는 정성을 드러내었는데, 사영운과 도연명의 시의 뜻이 공이 쉰다고 하는 것의 의미에 부합할 수 있는지는 알 수 없다.

이공은 육십팔 세의 나이인데	李公六十有八歲
성명한 세상에서 치사하고 봉조하가 되었네	致仕朝請聖明世
나라 사람 모두 공의 현명함을 짝할 이 없다지만	國人皆曰賢無儷
나는 공이 만년의 계책 얻었다고 생각하네	我則謂公得晩計
공의 행적 살펴보면 청년 시절 과거에 급제하여	迹公妙年折蟾桂
다섯 조정 섬긴 옛 신하[492]처럼 태평성대 만났네	五朝舊臣盛遭際
육조와 세 지방 장관 역임하며[493] 위엄과 은혜 남겼고	

490 이백(李白)이……것 : 이백의 시에 "북쪽 집에서 애오라지 누워서 쉬고, 기쁜 마음으로 고달픈 백성을 구휼하네.〔北宅聊偃憩, 歡愉恤惸嫠.〕"라는 구절이 있다. 《李太白文集 卷12 感時留別從兄徐王延年從弟延陵》

491 백낙천(白樂天)이……것 : 백거이(白居易)의 시에 "약을 팔러 도성으로 향해 가다가, 청문의 나무 아래에서 쉬네.〔賣藥向都城, 行憩靑門樹.〕"라는 구절이 있다. 청문은 장안(長安)의 동쪽 문이다. 《白氏長慶集 卷1 寄隱者》

492 다섯……신하 : 백거이를 말한다. 백거이가 71세에 지은 시에 "눈처럼 흰 수염에 다섯 조정 섬긴 신하가, 또다시 일흔 번째 신정을 맞았네.〔白鬚如雪五朝臣, 又入新正第七旬.〕"라는 구절이 있다. 백거이는 당나라 헌종(憲宗) 때 과거에 급제하여 목종(穆宗)·경종(敬宗)·문종(文宗)·무종(武宗)을 섬기며 벼슬하였다. 《白氏長慶集 卷36 喜入新年自詠》

493 육조(六曹)와……역임하며 : 이돈영은 이조의 참판 및 나머지 오조(五曹)의 판

六部三臬留威惠

총재만은 한 지조 지켜 사사로운 도리 보존했네[494] 冢宰一節存私諦

평소에 담담히 몸의 기혈을 조섭하니 平素淡然養榮衛

맑고 맑은 신선의 풍모가 본래 허약하였네 仙骨瀅澈本淸脆

멀리서 보면 물에서 나온 연꽃의 꼭지 같았고 望若芙蓉出水蔕

나아가면 상자에 담긴 연마한 옥과 같았네 卽之溫玉貯櫝礪

신의를 행하고 마음을 미루니 두루 구제할 수 있었고

履信推心能普濟

가는 곳마다 공부하니 절로 육예에 통하였네 隨處用工自通藝

향당의 모범이 된 것은 화락함이니 鄕黨矜式者愷悌

형제간에 우애하고 누이에게까지 이르렀네 弟兄友愛及妹娣

현명한 부인은 해로하면서 평생을 내조하고 賢配偕老百年帨

자식은 은혜 입어 일명의 벼슬하였네[495] 嗣子承恩一命筮

서를 역임하였고, 1841년(헌종7)에 전라도 관찰사, 1856년(철종7)에 광주부 유수(廣州府留守), 1861년(철종12)에 경상도 관찰사를 역임하였다. 《哲宗實錄》《高宗實錄》

494 총재(冢宰)만은……보존했네 : 총재는 이조 판서의 별칭이다. 이돈영은 1858년(철종9) 1월 12일에 이조 판서에 임명되자, 구순(九旬)인 본생 모친의 병세가 심각하다는 이유로 사직을 청해 윤허를 받았다. 그 뒤 1861년(철종12) 7월 3일에 다시 이조 판서에 임명되자, 처음 이조 판서에 임명되었을 때 사직하라고 했던 것이 모친의 유언이었다는 이유를 들어 사직을 청했다가 간삭(刊削)의 처벌을 받았다. 《承政院日記 哲宗 12年 7月 3日·7日·8日》

495 자식은……벼슬하였네 : 이돈영의 아들은 이만의(李萬儀)인데, 초명은 이만규(李萬奎)이며 돈녕 참봉(敦寧參奉)을 지냈다. 일명(一命)의 벼슬은 주관(周官)의 구명(九命)에서 나온 것으로, 최하위 품계인 종9품의 관직을 말하는데, 참봉은 종9품이다. 《璿源續譜》《承政院日記 高宗 3年 12月 20日》

물러나기 전부터 이미 수레를 멈추었고	未休之前車已稅
스스로 내면 수양하여 문을 항상 닫았네	自修其內門常閉
백인과 작록이라는 한 마디로 개괄하니[496]	白刃爵祿一言蔽
애초에 세상과 맞지 않은 것은 아니었네	初非與世鑿而枘
한 조각 빈 배처럼 매이지 않으니	一片虛舟如不繫
사영운을 어찌 꼭 더 면려할 필요 있으랴[497]	靈運何須益勉勵
중원[498]의 산수에 일찍부터 약속 있었으니	中原山水夙有契
옥포의 물만 끊임없이 밤낮으로 흘러가네	玉浦滾滾日夜逝
여울 앞에 홀로 서서 갈매기와의 약속 지키고	灘頭獨立尋鷗誓
구름 사이에서 높이 거닐며 학 울음을 짝하네	雲間高舉伴鶴唳
창성한 후손이 무성히 가지 뻗어 그늘을 이루니	昌後繁枝成陰翳
물려줄 밭을 일구며 잡초 뽑고 곡식 심었네	貽厥稽田作菑藝
매미 소리 더욱 맑고 장맛비가 그치자	蟬聲益淸積雨霽
백 리에서 보낸 편지 들고 어린 하인 달려오네	百里函書走髫隷
문미에 걸 글씨를 내게 쓰게 하셨기에	命我試作門楣揭

496 백인(白刃)과……개괄하니 : 이돈영의 삶은 도를 지켜 목숨을 바칠 수도 있고, 작록을 사양할 수도 있다는 말로 대표할 수 있다는 의미이다. 《중용장구》 제9장에 "천하와 국가를 공평히 다스릴 수 있으며, 작록을 사양할 수 있으며, 흰 칼날을 밟고 죽을 수 있지만, 중용의 도는 제대로 할 수 없다.〔天下國家可均也, 爵祿可辭也, 白刃可蹈也, 中庸不可能也.〕"라는 공자의 말이 나온다.

497 사영운(謝靈運)을……있으랴 : 이 시 서문에 나오는 사영운의 시와 같은 생활을 면려할 필요가 없다는 말이다.

498 중원(中原) : 충청도 충주(忠州)를 지칭한 것으로 보인다. 이돈영의 묘소가 충주 금목면(金目面)에 있었다. 《璿源續譜》

짙은 퇴묵 글씨[499]로 신게라고 썼네	濃堆墨字曰莘憩
공의 뜻을 알게 되니 내 마음도 밝아져	知公之志我自慧
나의 마음은 답답함이 씻겨 나간 듯하네	我心如瀉滌泄泄
신야는 먼일이라 미칠 수 없어 서글프지만	莘野遠矣悵莫逮
주고받는 술잔 많아 교제가 그치지 않으리라[500]	獻酬莘莘交不替
휴문이 잠시 쉰 것은 임금의 명철함이요[501]	休文權憩后明睿
홍경이 옮겨서 쉰 것은 몸이 속박을 벗은 것이네[502]	弘景移憩身委蛻
공이 나보다 먼저 속히 뜻을 이룸이 부러운데	羡公先我遂意銳
나 또한 뜻이 있으니 끝내 공과 같이하리라	我亦有志竟一例

499 퇴묵(堆墨) 글씨 : 점과 획이 굵은 큰 글씨를 말한다.

500 신야(莘野)는……않으리라 : '신게'의 '신'은 '신야'의 의미가 아니라 '신신(莘莘)'의 의미라는 말이다. 신야는 유신씨(有莘氏)의 들판으로, 은(殷)나라 이윤(伊尹)이 탕(湯) 임금에게 등용되기 전에 농사를 짓던 곳이다. 신신은 매우 무성한 모양이다.

501 휴문(休文)이……명철함이요 : 휴문은 남조(南朝) 양(梁)나라의 시인 심약(沈約)의 자(字)이다. 임금은 양나라 무제(武帝)를 말한다. 심약의 〈동백산 금정관비(桐柏山金庭館碑)〉에 "굳게 치사를 청하고 여남현(汝南縣) 지역에서 잠시 쉬었는데 진실로 마음을 쉴 곳이 아니었고, 성주께서 왕위를 계승하신 뒤 다시 붙잡아 머물게 해주시는 은혜를 입었다.〔固乞還山, 權憩汝南縣境, 固非息心之地. 聖主纘歷, 復蒙縶維.〕"라는 내용이 보인다. 《剡錄 卷5》《御定佩文韻府 卷六十七之九 憩 權憩》

502 홍경(弘景)이……것이네 : 홍경은 남조(南朝) 양(梁)나라의 도홍경(陶弘景)을 말한다. 도홍경의 〈오태극좌선공갈공지비(吳太極左仙公葛公之碑)〉에 "사명산(四明山)이 다섯 현이 만나는 곳에 있었기에 집을 지어 머문 것이 지금까지 15년이 되었는데, 장차 산의 단(壇) 곁으로 옮겨서 쉬고자 하였다.〔天監七年……以此山在五縣衝要, 舍而留止, 于茲十有五載, 將欲移憩壇上.〕"라는 내용이 보인다. 태극좌선공(太極左仙公)은 오(吳)나라 때의 신선 갈현(葛玄)을 말하는데, 진(晉)나라 갈홍(葛洪)의 선조이다. 《漢魏六朝百三家集 卷89 陶弘景集》《御定佩文韻府 卷六十七之九 憩 移憩》

못을 끊고 쇠를 자를 형세로 필세를 엮어야 하는데 斬釘截鐵結紆勢

공을 위해 붓을 놀리자니 나의 조예가 부끄럽네 爲公揮灑愧造詣

공의 집 벽상의 난초와 혜초 같은 글씨를 더럽히니 疥公壁上蘭與蕙

미추를 숨기지 못해 밝은 햇살처럼 드러나리 醜姸莫逃明光嘒

어느 때인가 나에게 옥 같은 시 주셨으니 何時贈我瑀琚製

지난 일이 백옥 섬돌 앞에서 한바탕 꿈과 같네 往事一夢白玉砌

대궐 뜰에선 한낮 햇살에 꽃의 기운 고왔고 禁苑午日花氣麗

금문에서 새벽 물시계 속에 서리 맞은 신을 끌었네[503] 金門曉漏霜靴曳

누워서 지난 일 생각하니 몇 번이나 맑고 흐렸나 臥念閱歷幾晴曀

여생은 공을 수고롭게 하여 소식 끊기지 않게 하리 餘生煩公莫相滯

우리는 모두 대대로 벼슬한 집안의 후예인데 吾輩俱是喬木裔

강호로 물러나기를 힘써 서로 이었으니 進退江湖勉相繼

서쪽으로 대궐 바라보매 구름만 멀리 떠 있네 西望觚稜雲迢遰

503 금문(金門)에서……끌었네 : 함께 대궐에 출근할 때의 일을 추억한 것으로 보인다. 금문은 한(漢)나라 때의 궁궐 문인 금마문(金馬門)을 말한다. 서리 맞은 신은 새벽에 대궐 문이 열리기를 기다리느라 신에 서리가 가득한 것을 말한다.

헌종의 탄신일에 감회가 일어[504]

憲宗誕辰有感

선왕의 탄신일인 초추[505]의 절기에	先王壽誕抄秋節
신궁에서 작헌례 올리니 그리운 마음 더하네[506]	酌獻新宮聖慕增
예전의 사관이 지금은 백발 되었으니	舊日史官今白髮
앉아서 종소리 헤아리며 첫새벽에 일어났네	鍾聲坐數最晨興

504 헌종(憲宗)의……일어 : 헌종은 1827년(순조27) 7월 18일에 창경궁의 경춘전(景春殿)에서 탄생하였다. 《憲宗實錄 附錄 行狀》

505 초추(抄秋) : 초추(杪秋)라고도 쓰며, 초가을과 늦가을 두 가지 의미로 혼용해서 쓰인다. 여기서는 초가을인 7월의 의미로 쓰였다.

506 신궁(新宮)에서……더하네 : 신궁은 중건한 경복궁(景福宮)을 말한다. 《고종실록》 5년(1868) 7월 18일 기사에 "창덕궁 선원전(璿源殿)에 나아가 어진을 배봉(陪奉)하여 경복궁 선원전에 이봉(移奉)하였다. 이어 작헌례(酌獻禮)를 행하였다."라는 기록이 보인다.

동릉에서 마을로 돌아오다가 길에서 매화를 짊어지고 가는 마을 노비를 만나다[507]

自東陵還鄉 路遇鄉奴負梅花以去

저녁에 한강 가에서 한 필 나귀 채찍질하는데	晩策匹驢漢水濱
어디서 온 매화나무인가 서로 친한 듯하네	何來梅樹若相親
이른 봄 역로에선 나그네를 서성이게 하고	早春驛路踟躕客
옅은 달빛 숲속에선 사람을 해후하게 했네	淡月林間邂逅人
잎 빌려 향기 담아 훗날의 약속 남기고	借葉貯香留後約
진세 떠나 고개 넘어 천진을 간직하네	謝塵踰嶺葆天眞
아마도 나와 함께 추위 더위 함께하려고	其將與我同寒暖
너 또한 밝은 세상에서 이미 물러나는가 보다	爾亦明時已退身

507 동릉(東陵)에서……만나다 : 동릉은 현재의 경기도 구리시에 있는 동구릉(東九陵)을 말한다. 1868년(고종5) 8월 9일에 고종이 건원릉(健元陵)·숭릉(崇陵)·수릉(綏陵)·경릉(景陵)에 나아가 친제(親祭)하고 하룻밤을 머물자, 귤산은 경릉의 향관(享官)으로서 재실에서 묵었다. 경릉은 헌종의 능이다. 또 돌아오는 길에 매화나무를 짊어지고 마치령(馬峙嶺)을 넘는 고향 마을의 노비를 보고 이 시를 지었다고 한다. 현재 남양주 천마산 근처에 마치터널이 있다. 《高宗實錄》《林下筆記 卷28 春明逸史 宿景陵齋室》

주계[508] 등 여러 공이 수락산과 도봉산에서 단풍 구경을 했다는 소식을 듣고 시를 지어 주다

聞周溪諸公賞楓水落道峯 有贈

옛날 내가 지팡이 짚고 유람한 지 사십 년이 흘렀으니 昔我遊笻四十年
아련히 한바탕 꿈인 양 까마득한 일 되었네 依然一夢屬先天
봉우리마다 천 개의 나한 빚어놓았고 峯峯陶鑄千羅漢
바위마다 만 송이 열 길 연꽃[509] 진귀하였네 石石瑰奇萬丈蓮
붉은 잎 처음 쌓이니 나막신 굽에 아롱지고 紅葉初堆班屐齒
흰 구름 절로 좋아하니 백발이 머리에 덮였어라 白雲自悅罨華顚
창 가득 밝은 달빛 속에 서글피 서서 滿窓皓月怊怊立
인연 적어 어깨 치지 못함[510]을 한스러워하네 却恨疏緣未拍肩

508 주계(周溪) : 정기세(鄭基世)의 호이다. 427쪽 주276 참조.

509 열 길 연꽃 : 진인(眞人)들이 노닐 때 각각 연꽃 위에 앉아 노는데, 그 연꽃은 지름이 열 길이나 된다고 한다. 한유(韓愈)의 〈고의(古意)〉에 "태화산 봉우리 위 옥정의 연꽃은, 꽃이 피면 너비가 열 길이요 뿌리는 배만큼 크네.〔太華峯頭玉井蓮, 開花十丈藕如船.〕"라는 구절이 있다. 《韓昌黎集 卷3》

510 어깨 치지 못함 : 선경(仙境)을 함께 유람하지 못했다는 말이다. 진(晉)나라 곽박(郭璞)의 〈유선시(遊仙詩)〉에 "왼손으로 부구의 소매를 당기고, 오른손으로 홍애의 어깨를 치네.〔左挹浮丘袖, 右拍洪崖肩.〕"라는 구절이 있다. 부구와 홍애는 모두 옛 선인(仙人)의 이름이다. 《文選 卷21》

경회루에서 신하들에게 잔치를 베푸셨기에 여러 대부의 뒤를 따라 반열에 참여했다가 물러 나온 뒤 경하하는 마음을 금치 못하다[511]

慶會樓宴群臣 隨諸大夫後 參班退出 不勝慶忭之忱

벽수처럼 사방을 둘러 벽옹을 본떴고[512] 璧水四圍象辟雍
명당의 아홉 문이 겹겹이 열렸네[513] 明堂九戶闢重重
삼백여 년 만에 다시 또 정사를 토론하니 都兪三百年餘又
성군께서 임어하여 공손히 남면하셨네[514] 聖后克臨南面恭

온 나라의 굶주린 자에게 하사하기를 원한 건 맥구의 노인이었고[515]

511 경회루(慶會樓)에서……못하다 : 1868년(고종5) 7월 25일에 고종의 탄신일을 맞아 시임과 원임 대신들을 불러 경회루에서 연회를 베풀었을 때 지은 것으로 보인다. 당시 귤산은 판중추부사로서 연회에 참석하였다. 《高宗實錄》

512 벽수(璧水)처럼……본떴고 : 경회루가 성균관의 벽수를 본떠 연못 안에 지어졌다는 말이다. 벽수는 벽옹(辟雍) 즉 성균관을 감싸고 있는 물을 말한다.

513 명당(明堂)의……열렸네 : 중건한 경복궁의 근정전(勤政殿)을 일컬은 말이다. 명당은 임금이 조회를 받고 정사를 펼치던 정전(正殿)을 말하는데, 모두 아홉 개의 방으로 이루어져 아홉 개의 문이 있었다. 《大戴禮記 明堂》

514 공손히 남면(南面)하셨네 : 《논어》 〈위령공(衛靈公)〉에 공자가 순(舜) 임금의 정사를 찬양하여 "몸을 공손히 하고 바르게 남면하셨을 뿐이다.〔恭己正南面而已矣.〕"라고 한 내용이 보인다.

515 온……노인이었고 : 춘추 시대 제(齊)나라 환공(桓公)이 사냥을 나갔다가 굶주린 노인을 만나 음식을 하사하자, 노인이 "원컨대 온 나라의 굶주린 백성들에게 하사해주소서.〔願賜一國之飢者.〕"라고 했다는 고사가 전한다. 맥구(麥邱)의 노인은 사냥을

賜一國飢麥邱老

세 가지로 성수 축원한 건 화봉인이었네[516]	祝三聖壽華封人
미천한 신하가 은덕에 배부름이 고금에 같으니	微臣飽德同今古
태평 시대 요순의 백성이 되고 싶네	願作太平堯舜民

나온 환공에게 축수한 노인인데, 여기서는 환공이 음식을 하사한 노인과 같은 노인으로 보았다. 《資治通鑑 卷200 唐紀16》《韓詩外傳 卷10》

516 세……화봉인(華封人)이었네 : 화봉인은 화(華) 땅을 지키는 봉인(封人)인데, 요(堯) 임금에게 수(壽)와 부(富)와 다남(多男)의 세 가지로 축수한 고사가 전한다. 《莊子 天地》

봉래산에서 돌아오는 길에 오백간정에 대해 읊다[517]

蓬萊歸路 題五百間亭

봉래에서 걸음 옮겨 이 산에 들어오니	移步蓬萊入此山
신선과 멀지 않아 일신이 한가롭네	去仙不遠一身閑
아득한 일만이천 봉우리 밖에서	迢迢萬二千峯外
맑은 바람 부는 오백간정을 감상하였네	管領淸風五百間

일만이천은 금강산의 봉우리요	萬二金剛峯
오백간정에는 맑은 바람 일으키는 대가 있네	五百淸風竹
대는 푸르고 봉우리는 옥을 깎아 세운 듯하니	竹靑峯削玉
깨끗한 저 풍경이 나의 속됨을 치료하네[518]	彼潔我醫俗

517 봉래산(蓬萊山)에서……읊다 : 귤산은 1865년(고종2)에 내금강과 외금강 및 관동팔경(關東八景)을 두루 유람한 뒤 주요한 경승지의 연기(緣起)를 기록하고 선현들의 문집에서 관련된 시문을 뽑아 부록한 《봉래비서(蓬萊秘書)》를 남겼다. 오백간정(五百間亭)은 귤산이 가오곡(嘉梧谷)에 은거할 때 세운 정자의 이름이다. 《林下筆記 卷37 蓬萊秘書》《嘉梧藁略 冊13 效白少傅池上篇》

518 나의 속됨을 치료하네 : 소식(蘇軾)의 시에 "고기반찬 없으면 사람을 마르게 하지만, 대나무가 없으면 사람을 속되게 하네.〔無肉令人瘦, 無竹令人俗.〕"라는 구절이 있다. 《蘇東坡詩集 卷9 於潛僧綠筠軒》

연경으로 가는 조내한 정희 에게 주다[519]

贈趙內翰 定熙 赴燕

이백삼십 년 전 강어의 해부터　　二百三十强圉年
공행한 인원이 모두 육백구십 명이었네[520]　　貢行六百九十員
한 사람이 떠날 때 모두 한 사람마다 증시를 얻었으니
一人皆得一人贈
해는 사람 수와 같고 사람은 글의 수와 같네　　歲與人同人同篇

금년은 삼십하고 삼 년째이니　　今年三十之三年
그대는 아흔아홉 번째 인원에 해당하네　　君在乎九十九員
나 또한 그대에게 글을 주는 한 사람 되어　　我亦贈君人共一

519 연경으로……주다 : 조정희(趙定熙, 1845～?)의 본관은 양주(楊州)이고, 자는 성원(聖瑗)이며, 초명은 정섭(定燮)이다. 조휘림(趙徽林)의 아들이며, 귤산의 사위가 되었다. 1863년(철종14) 문과에 급제하였고, 충청도 관찰사와 궁내부특진관(宮內府特進官)·지돈녕원사(知敦寧院事) 등을 역임하였다. 1869년(고종6) 6월 24일에 동지 겸 사은사의 서장관으로 임명되어 10월 22일에 연경으로 출발하였다. 내한(內翰)은 한림원(翰林院) 즉 홍문관과 예문관의 별칭으로 쓰인다. 조정희는 1869년 6월 30일에 응교(應敎)에 임명되었다. 《高宗實錄》《承政院日記》

520 이백삼십……명이었네 : 청나라에 연행을 시작한 후 당시까지 230년 동안 총 690명이 동지사의 정사·부사·서장관으로 파견되었다는 말로 보인다. 강어(强圉)의 해는 간지에 정(丁)이 들어간 해를 말하는데, 여기서는 인조가 청나라에 굴복한 정축년(1637, 인조15)을 말한다. 공행(貢行)은 삼절연공행(三節年貢行)으로 여기서는 동지사를 말한다. 삼절연공행은 정례적으로 보내던 정조사(正朝使)·성절사(聖節使)·동지사 등 삼절사(三節使) 및 매년 세폐(歲幣)를 내는 연공행을 합쳐서 부르는 말이다.

가짜 옥이 진짜 옥에 함께 뒤섞였네	珷玞同混玟瑰篇

대합께서 연행한 지 이미 구 년 되었고[521]	大閤此行已九年
열일곱 해 전에는 나도 충원되었었네[522]	前乎十七我充員
행대[523]의 책임 막중해 그대 힘써야 하기에	行臺持重君須勉
그대 위해 춘왕정월편을 읊어드리네[524]	爲誦春王正月篇

521 대합(大閤)께서……되었고 : 대합은 조정희의 부친 조휘림을 일컫은 말로 보인다. 조휘림은 1861년(철종12) 1월 18일에 열하 문안사(熱河問安使)의 정사로 연행하였다. 463쪽 주346 참조.

522 열일곱……충원되었었네 : 귤산이 1845년(헌종11)에 사은 겸 동지사의 서장관으로 연행한 사실을 말하는데, 열일곱 해 전은 자신이 조휘림보다 17년 전에 연행을 다녀왔다는 말이다.

523 행대(行臺) : 대관(臺官)의 임무를 행하는 사신이라는 말로, 서장관의 별칭이다.

524 그대……읊어드리네 : 연행을 떠나서 춘추대의를 지키라는 말로 보인다. 춘왕정월은 《춘추》 첫머리에 나오는 말이다.

석거의 육십일 세를 축수하며[525]

壽石居六十一歲

성상 기사년(1869, 고종6)은 석거(石居) 김 시랑(金侍郎 김기찬)의 회갑이다. 시랑은 평소에 청빈하여 집안 식구들에게 성대한 술과 음식을 차리지 못하게 하였지만, 당시의 사우(士友)들이 시와 변려문(騈儷文)을 많이 증정하여 검소한 잔치 자리를 빛내주었다. 시랑은 분에 넘치는 일이라고 더욱 싫어하여 몸을 움츠렸다. 나 귤산(橘山)이 말하기를 "풍성한 술잔의 술은 사람을 기쁘게 하고 뛰어난 문장은 조화(造化)에 관계된 것입니다. 시랑의 뜻 또한 문장으로부터 발로된 것이니, 내가 어찌 차마 문사(文辭)를 꾸며서 그 뜻을 저버리겠습니까. 평소 마음으로 감복했던 것 몇 마디를 대략 글로 엮어서 이에 시축(詩軸) 끝의 빈 곳에 보탭니다."라고 하였다.

옛사람의 장수에 세 가지 설이 있으니	古人之壽三有說
그대 위해 한번 장생의 비결 말씀드리리다	爲君一道長生訣
왕의 은택으로 누리는 장수는 《서경》에서 부연했고[526]	

525 석거(石居)의……축수하며 : 석거는 김기찬(金基纘, 1809~?)의 호로, 본관은 청풍(淸風)이고 자는 공서(公緖)이다. 1835년(헌종1) 문과에 급제하였고, 대사간과 이조 참판 등을 역임하였다. 저서로 《석거집》이 있다. 김기찬은 1869년(고종6)에 회갑을 맞았다.

526 왕의……부연했고 : 《서경》 〈홍범(洪範)〉에 "다섯 번째 황극은 임금이 표준을 세움이니, 이 오복을 거두어 펼쳐 백성들에게 주는 것이다.〔五皇極, 皇建其有極, 斂時五福, 用敷錫厥庶民.〕"라고 한 것을 말한다. 오복의 첫 번째가 장수이다.

王澤之壽箕疇演

명성으로 누리는 장수는 《시경》에 나열했네[527] 聲聞之壽正葩列

공자께서 평소에 인자는 장수한다고 하셨으니[528] 夫子雅言仁者壽

장수하는 사람에 대한 뜻은 위아래로 통하네 壽民旨義上下徹

태평한 세상에는 장수하는 이 많으니 太平之世多脩長

온화한 기운 품부 받아 번갈아 정수를 누리네 稟和氣兮正數迭

대체로 사람의 정수는 백 세이니 蓋人正數百年是

담전[529]처럼 강녕히 장수한 이와 어찌 우열을 다투랴만

聃籛甯卲何優劣

예순한 살 되신 석거옹은 六十一歲石居翁

이제부터 거의 일흔이 되고 여든이 되리라 從此庶幾耄且耋

검버섯에 쭈글쭈글 얼굴 모습 늙었고 凍梨皺皺容色古

서리꽃이 점점이 내려 턱과 머리에 얽혔네 霜花點點頷毫結

그중에 우뚝하여 늙지 않은 모습 있으니 箇中昂藏不老狀

황금 같은 이와 쇠 같은 어금니를 말하는 것 아니네

匪謂齒金而牙鐵

눈은 샛별과 같아 기상이 당당하고 眼如晨星氣堂堂

527 명성으로……나열했네 : 《시경》 〈육소(蓼蕭)〉의 "이미 군자를 만나보니, 영광스러우며 빛나도다. 그 덕이 어그러지지 않으니, 장수하기를 바라서 잊지 못하리로다.〔旣見君子, 爲龍爲光. 其德不爽, 壽考不忘.〕"와 같은 것을 말한 것으로 보인다.

528 공자께서……하셨으니 : 《논어》 〈옹야(雍也)〉에 "지자는 낙천적이고, 인자는 장수한다.〔知者樂, 仁者壽.〕"라고 하였다.

529 담전(聃籛) : 장수의 상징인 노자(老子)와 팽조(彭祖)를 말한다. 담은 노자의 이름인 이담(李聃)에서, 전(籛)은 팽조의 이름인 전갱(籛鏗)에서 나왔다.

정신은 가을 물이 응결된 듯 모습이 헌걸차네　神凝秋水象朅朅

아침에 부추 저녁에 소금국은 퇴지와 비슷하고[530]　朝虀暮鹽退之若

한 말 술에 시 백 편은 이백에 버금가네[531]　一斗百篇白也埒

등불 아래 작은 글씨 책 삼천 권을　燈下細字三千卷

마음으로 엮어내고 입으로 강론했네　織之以心耕以舌

호방한 풍류는 능히 꺾이지 않았고　跌宕風流能不挫

강개한 담론은 넉넉히 쏟아져 나왔네　慷慨談論剩有屑

남들과 잘 사귀어 은근한 정이 많았고　善與人交多款曲

홀로 자신의 뜻 행하여 고결함을 숭상했네　獨行己志尙高潔

장수에는 반드시 방법 있다는 세 가지 설이 있으니　壽必有道三說在

작게는 세월로 구별하지만 또 큰 구별이 있네　小別光陰又大別

경연과 지방 고을 거쳐 참판으로 보좌하면서[532]　經幄郡府佐貳卿

온통 곡신에 의뢰하며 또한 탁월하였네[533]　摠賴谷神亦卓絶

530 아침에……비슷하고 : 당나라 한유(韓愈)처럼 매우 빈궁한 생활을 했다는 말이다. 퇴지(退之)는 한유의 자이다. 한유의 〈송궁문(送窮文)〉에 "태학에서 4년을 공부하는 동안 아침에는 부추를 먹고 저녁에는 소금국을 먹었다.〔太學四年, 朝虀暮鹽.〕"라는 구절이 있다.

531 한……버금가네 : 두보(杜甫)의 〈음중팔선가(飮中八仙歌)〉에 "이백은 술 한 말에 시가 백 편인데, 장안의 저잣거리 술집에서 자기도 하네.〔李白一斗詩百篇, 長安市上酒家眠.〕"라는 구절이 있다.

532 경연(經筵)과……보좌하면서 : 김기찬은 경연청의 검토관(檢討官)과 시독관(侍讀官)과 참찬관(參贊官) 등을 여러 차례 겸임하였고, 1866년(고종3)에 동지경연사에 임명되었다. 1849년(철종 즉위년)에 이천 부사(伊川府使), 1853년에 평산 현감(平山縣監), 1863년(철종14)에 경주 부윤(慶州府尹) 등을 역임하였으며, 1866년 이후 회갑을 맞은 1869년까지 형조·공조·이조의 참판 등을 역임하였다.

맑고 너그러운 성음과 용모로 조복을 입었고　聲容朗緩擧朝服
하나의 신중과 근면으로 스스로 졸박함을 지켰네　一段愼謹自守拙
편안한 마음과 고요한 침묵으로 오랜 수명 얻으니　安心靜默得上壽
진세에 자취를 섞어도 어느 것이 더럽히겠는가　混迹塵間何所涅
복의 근원에 유래가 있음을 본래 아나니　固知福源有由來
시례 전한 명문가에서 경사와 공적을 쌓았네　詩禮名門積慶烈
이제부터 끊임없이 여생이 편안할 것이고　從此蟬嫣優餘景
부인과 훌륭한 자제들도 서로 기뻐하네　瑤琴玉樹相怡悅
동갑의 덕망 있는 원로가 오로회를 만들어　耆英同甲五老會
맛 좋은 술과 탕과 떡을 번갈아 진설하였네　旨酒湯餠次第設
이때는 문방사우를 가장 가까이할 만하니　是時四友最可親
사람도 장수하고 벼루도 장수하여 만년을 보전하리　人壽硯壽葆晩節
벼루는 돌이라 돌과 함께 거처하니[534]　硯者石也石以居
남극의 노인[535]처럼 머리가 눈과 같네　南極老人頭似雪
장수하는 법 배우고 싶어 함을 깨닫고서　悟來願學久視術
상자 속에 쓸데없이 생갈명을 지어놓았네[536]　篋中無用作生碣

533 온통……탁월하였네 : 모든 일 처리를 올바른 도(道)에 의거하여 처리하였다는 말로 보인다. 곡신(谷神)은 텅 빈 골짜기처럼 아무 형체도 없는 현묘(玄妙)한 도를 형용한 말인데, 도(道)를 일컫는 말로 쓰인다. 《老子》

534 돌과 함께 거처하니 : 김기찬의 호인 '석거(石居)'를 염두에 둔 표현이다.

535 남극(南極)의 노인 : 남극노인성은 사람의 수명을 주관하는 별자리로, 축수할 때 흔히 쓰는 표현이다.

536 상자……지어놓았네 : 《임하필기》 권27 〈춘명일사 석거생갈명(石居生碣銘)〉에, 김기찬의 부탁을 받고 지어준 생갈명(生碣銘)이 수록되어 있다.

신 총사 명순 만사[537]

申摠使 命淳 輓

한 세상에서 몸을 살펴 신중하고 청렴했으며	諟躬一世愼兼淸
조정에서 노고하며 정성을 다 바쳤네	勞勩公家盡瘁誠
칠순의 고귀한 관원임에도 부귀한 기색 없었고	七帙崇班無貴氣
세 조정 섬긴 노숙한 장군임에도 유생과 같았네	三朝宿將卽儒生
병사들에게 은혜가 스미니 투료에 감격했고[538]	浹肌部曲投醪感
언덕으로 고개 돌려 죽으니 타루의 심정 되었네[539]	回首邱山墮淚情
시호 청하는 글을 짓기를 어찌 감히 거절하랴만	節惠編摩何敢惜

537 신 총사(申摠使) 만사(輓詞) : 신명순(申命淳, 1798~1870)에 대한 만사이다. 신명순의 본관은 평산(平山)이고, 자는 경명(景明)이다. 1820년(순조20) 무과에 급제하였고, 형조 판서·총융사(摠戎使)·지돈녕부사·지중추원사 등을 역임하였다. 시호는 정무(貞武)이다. 신명순은 1870년(고종7) 2월에 세상을 떠났는데, 귤산은 신명순의 묘지명과 시장(諡狀)을 짓기도 하였다. 《嘉梧藁略 冊17 知敦寧府事貞武申公墓誌, 冊20 知敦寧府事申公諡狀》

538 병사들에게……감격했고 : 동고동락하는 장군 신명순의 은혜에 병사들이 감격했다는 말이다. 투료(投醪)는 막걸리를 강물에 부어 사람들과 함께 마신다는 의미이다. 어떤 사람이 월(越)나라 구천(句踐)에게 막걸리를 보내자 구천이 막걸리를 강물에 부어 많은 군민(軍民)과 함께 마셨다는 고사가 전한다. 《呂氏春秋 順民》

539 언덕으로……되었네 : 신명순이 세상을 떠나자 백성들이 눈물을 흘렸다는 말이다. 타루(墮淚)는 타루비(墮淚碑)를 말한다. 진(晉)나라 양호(羊祜)가 양양(襄陽)을 다스릴 때 항상 인정(仁政)을 베풀었기에 그가 죽자 백성들이 사모하는 마음으로 비석을 세웠고, 그 비석을 보는 사람들이 모두 눈물을 흘렸다는 고사가 전한다. 《晉書 卷34 羊祜列傳》

졸렬한 말이 다만 높은 명성에 누가 될까 두렵네　蕪辭但恐累高名

의정부의 현판에 걸린 심암 상공의 시에 차운하다[540]

次心庵相公政府板上韻

태계가 태원 곁에 다시 열리니[541]	台階重闢太垣傍
금빛 편액 빛나고 성상의 글씨 향기롭네[542]	金牓煌煌御墨香
붉은 병풍이 가까이 임하니 적석이 따르고[543]	丹扆邇臨趨赤舃
황봉주[544]가 대궐에서 나오니 옥 술잔에 따랐네	黃封內出注瑤觴

540 의정부의……차운하다 : 심암은 조두순(趙斗淳, 1796~1870)의 호이다. 조두순의 본관은 양주(楊州)이고, 자는 원칠(元七)이다. 1827년(순조27) 문과에 급제하였고, 1865년(고종2) 영의정까지 올랐다. 시호는 문헌(文獻)이다. 귤산이 차운한 조두순의 시는 1865년 10월에 의정부 청사를 중건한 뒤 낙성식을 거행하고 구일제(九日製)를 실시한 것을 기념하여 지은 시인데, 이 시가 의정부 청사 현판에 걸려 있었던 듯하다. 《心庵遺稿 卷10 乙丑政府成 上命大臣諸宰落之……》《高宗實錄 2年 10月 1日, 12日》《承政院日記 高宗 2年 10月 12日》

541 태계(台階)가……열리니 : 대궐 곁에 의정부 청사가 중건되었다는 말이다. 태계는 재상을 뜻하는 태성(台星)을 가리키는데, 여기서는 의정부의 의미로 쓰였다. 태원(太垣)은 북두성 남쪽에 있는 별자리인 태미원(太微垣)을 말하는데, 조정 혹은 임금의 거처를 뜻하는 말로 쓰인다. 현재 확인된 의정부 터는 광화문 밖 좌측에 있었다.

542 금빛……향기롭네 : 《심암유고》 권29 〈정본당기(正本堂記)〉에 고종이 직접 글씨를 썼다는 기록이 있다. 또 의정부 청사가 중건되면 각처의 편액을 고종이 직접 쓰겠다고 명한 기록이 보인다. 《高宗實錄 2年 2月 9日》

543 붉은……따르고 : 붉은 병풍은 천자가 제후를 인견할 때 둘러치는 붉은색의 병풍으로, 군왕(君王)을 일컫는다. 적석(赤舃)은 천자나 제후 또는 고관이 신던 붉은 가죽신을 말하는데, 여기서는 재상을 가리킨다.

544 황봉주(黃封酒) : 관청에서 빚어 황색 비단이나 종이로 봉한 술이다. 임금이 하사한 궁중 술을 지칭하는 말로 쓰인다.

국가를 경륜하는 큰 업적은 석학에게 미치고 經邦偉業推宏碩

만물에 은택 내린 좋은 계책은 원대함을 생각했네 澤物嘉猷慮遠長

연꽃에 비 내리고 회나무에 바람 불며 관청의 낮은 긴데 荷雨槐風官晝永

경회루에서 물러 나오니 은택이 빛나네 慶樓朝退耀恩光

경기도 관찰사 박금령의 〈밥을 내려주시다〉라는 시에 차운하다[545]

次畿伯朴錦舲宣飯韻

그대 나이 이미 예순을 넘었는데	君年已過六旬年
성대한 이 은총은 전후에 없었네	恩數翩繽曠後前
부절 잡고 따르며 성상 수레 배종하고	旄節隨塵陪玉駕
생일날 베푸신 밥이 어진 하늘에서 내려왔네	弧筵宣食自仁天
고을에서는 다스리는 법도 정연하다 다들 칭송하고	州閭咸頌治規整
경연에서는 고사로 전해짐을 이제부터 보겠네	經幄從看故事傳
우리들 몇 사람이 성상의 교화에 젖었으니	吾輩幾人霑聖化
초당에 앉아서 장원에서 지은 시[546]를 본다네	草堂坐閱張園篇

545 경기도……차운하다 : 금령(錦舲)은 박영보(朴永輔, 1808～1872)의 호이다. 494쪽 주445 참조. 박영보는 1869년(고종6) 8월 22일에 경기도 관찰사에 임명되어 1872년 7월까지 재임하였다. 한편, 귤산이 차운한 박영보의 시 원제는 〈화성으로 어가를 호종했다가 생일날 아침에 밥을 내려주시는 은혜를 입고 감격하여 한 수를 읊다〔扈駕華城遇生朝 蒙恩宣飯 感賦一詩〕〉이다. 고종은 1870년 3월 12일에 화성 행궁에 행차하여 16일에 환궁하였다. 《高宗實錄》《朴永輔全集3 雅經堂詩晩集 卷9 芙蓉秋水堂存藁》

546 장원(張園)에서 지은 시 : 장원은 장씨(張氏)의 장원(莊園)을 말하는데, 어디인지는 분명하지 않다. 귤산은 1844년(헌종10)에 박영보를 비롯하여 정기세(鄭基世)·조석우(曺錫雨)·조연창(趙然昌)·김기찬(金基纘)·조응화(趙應和)와 장원에서 시회를 가졌으며, 당시 사람들이 칠학사회(七學士會)라고 했다고 한다. 《林下筆記 卷25 春明逸史 張園讌遊》

조성산 연창 의 회갑을 축하하다[547]

賀趙星山 然昌 回甲

옛날 활 걸었던[548] 좋은 갑자 다시 돌아오니	華甲重回舊設弧
이조의 높은 품계 삼공에 버금가네[549]	天官崇秩亞公孤
거문고 들고 방에 드니 좋은 배필과 어울리고	瑤徽入室諧鸞侶
색동옷 입고 뜰을 지나니 훌륭한 자손 있네	綵服趨庭帶鳳雛
세상에서 영광과 장수 누림 진정 부럽고	榮壽世間眞可羡
지상에서 신선 되는 일 어찌 없다고 말하랴	神仙地上詎云無
이분의 밝은 달[550]이 마을 집 가까이에 뜨니	二分明月鄕廬近
만년에 소요하기를 그대와 함께하리라	晩景逍遙與子俱

547 조성산(趙星山)의 회갑을 축하하다 : 조연창(趙然昌, 1810~1883)의 본관은 풍양(豐壤)이고, 자는 문보(文甫)이며, 성산은 그의 호이다. 1868년(고종5)에 병창(秉昌)으로 개명하였다. 1835년(헌종1) 문과에 급제하였고, 예조 판서와 대사헌 등을 역임하였다. 1863년(철종14)에 동지사의 정사로 연경에 다녀왔다. 조연창이 회갑을 맞은 해는 1870년이다.

548 활 걸었던 : 고대에 아들이 태어나면 활을 걸었던 풍속이 있었다. 495쪽 주449 참조.

549 이조의……버금가네 : 조연창은 1869년 2월 5일에 이조 판서, 10월 8일에 공조 판서가 되었고, 1870년 11월 25일에 예조 판서가 되었다. 《高宗實錄》

550 이분(二分)의 밝은 달 : 매우 밝은 달을 말한다. 당나라 서응(徐凝)의 〈억양주(憶揚州)〉 시에 "천하의 밝은 달밤 셋으로 나눈다면, 그중에 둘은 분명 양주에 있으리라.〔天下三分明月夜, 二分無賴是揚州.〕"라는 구절에서 나왔다. 《容齋隨筆 卷10 徐凝詩》

이 대사마 경하 의 회갑에 짓다[551]

李大司馬 景夏 回甲

원융의 생신이 새해 아침에 있으니	元戎生日在元朝
신미년이 다시 돌아오자 동료와 잔치 열었네	辛未重回讌衆僚
한 줄기 주천은 이르지 않는 곳 없기에	一派酒泉無不到
촌부의 답답한 가슴속도 함께 적셔주었네	村夫胸礵亦同澆
북당의 모친 장수하여 복이 이에 장구하니	北堂春壽福維遐
색동옷 두 소매로 형제가 함께 모시네	雙袖斑爛共棣華
참된 효성이 하늘을 감동시킴은 고금이 같으니	誠孝感天今又古
안씨 집안[552]의 훌륭한 일을 그대 집안에서 보네	顔家異事見君家
뜰을 지나던 훌륭한 자제가 이미 성인 되었으니[553]	過庭玉樹已成人

551 이 대사마(李大司馬)의 회갑에 짓다 : 이경하(李景夏, 1811~1891)의 본관은 전주이고, 자는 여회(汝會)이다. 음직으로 벼슬에 진출하여 한성부 판윤과 공조 판서 등을 역임하였다. 1882년(고종19) 무위대장(武衛大將)으로서 임오군란의 책임을 지고 파면되어 고금도(古今島)에 유배되었다가 1884년에 풀려났다. 시호는 양숙(襄肅)이다. 대사마는 병조 판서의 이칭인데, 이경하는 1869년(고종6) 6월 30일에 병조 판서에 임명되어 회갑을 맞은 신미년인 1871년(고종8)까지 재임하고 있었다. 《高宗實錄》

552 안씨(顔氏) 집안 : 진(晉)나라의 시중(侍中)을 지낸 안함(顔含)을 말하는데 자는 홍도(弘都)이다. 지극한 효성으로 이름이 높았으며, 93세까지 장수했다고 한다. 형제의 우애도 깊어 형이 병이 들자 13년 동안 집 밖을 나가지 않으면서 간호했다는 고사도 전한다. 《晉書 卷88 顔含列傳》

집안의 도리가 이제 비로소 인륜을 갖추게 되었네 家道於今始序倫

덕을 쌓아 남은 복을 후손에게 넉넉히 물려준 곳에서

積德餘庥裕後地

공자와 석가가 안아다 준 기린아 몇 번이나 볼까[554]

幾看孔釋抱麒麟

553 뜰을……되었으니 : 이경하의 아들은 이범진(李範晉, 1852~1911)으로, 자는 성삼(聖三)이며, 이 당시 20세였다. 1879년(고종16) 문과에 급제하였다.

554 공자(孔子)와……볼까 : 훌륭한 손자가 많이 태어나기를 기원하는 말이다. 기린아(麒麟兒)는 재덕이 뛰어난 아이를 말한다. 두보(杜甫)가 서경(徐卿)의 두 아들을 칭찬하여 지은 〈서경이자가(徐卿二子歌)〉에 "공자와 석가가 친히 안아다 주었다니, 두 아이는 모두 천상의 기린아라네.〔孔子釋氏親抱送, 幷是天上麒麟兒.〕"라는 구절이 있다. 《杜少陵詩集 卷10》

홍엽정[555]

紅葉亭

아기자기 늘어서서 모두 옛 모습 그대로이니	排鋪小小摠依樣
잎을 따서 거처에 이름 붙인 동파가 생각나네[556]	摘葉名菴憶老坡
예로부터 이름난 정원은 정해진 주인 없으니	從古名園無定主
주인은 오는 일은 적고 객이 오는 일은 많다네	主人來少客來多

555 홍엽정(紅葉亭) : 귤산의 선조인 백사(白沙) 이항복(李恒福)의 옛 집터로 한양 서부(西部) 양생방(養生坊) 창동(倉洞)에 있었는데, 현재의 서울 중구 남창동(南倉洞) 일대이다. 원래의 이름은 쌍회정(雙檜亭)이었는데, 뒤에 석범(石帆) 서염순(徐念淳, 1800~?)이 소유하여 단풍나무를 많이 심고서 홍엽정이라고 이름을 바꾸었다. 귤산이 이를 다시 사들여 쌍회정이라는 편액을 내걸었다. 그런데 귤산이 이곳을 자주 찾지 못했으므로, 바위에 이 시를 새겨두었다고 한다.《林下筆記 卷27 春明逸史 雙檜亭古事·紅葉亭石刻》《嘉梧藁略 冊12 白沙先生舊第重修記》

556 잎을……생각나네 : 소식(蘇軾)이 해남도(海南島)에 유배되었을 때 머물 만한 곳이 없어 야자나무〔桄榔〕 숲에 머물며 나뭇잎을 따서 자신의 거처에 대한 명(銘)을 썼다고 한다.《東坡全集 卷97 桄榔菴銘》 제2구의 원문 '명(名)'이《임하필기》 권27 〈춘명일사 홍엽정석각(紅葉亭石刻)〉에는 '명(銘)'으로 되어 있는데,《임하필기》의 기록에 따르면 "잎을 따서 거처에 명(銘)을 지은 동파가 생각나네."로 번역할 수 있다.

석농의 회갑에 드리다[557]

贈石儂回甲

나의 벗 석농 조선경은	余友石儂趙善卿
중광의 해[558] 늦은 봄에 태어났네	重光之歲春季生
거문고처럼 조화롭고 옥수처럼 깨끗하여	寶瑟調和玉樹皎
백미로 가장 훌륭한 분 그대 집안의 형이었네	白眉最良君家兄
온화한 기운 화락하게 한 집에 가득하니	和氣融融盈一室
고인에 견주어도 완함의 이름에 손색이 없네[559]	擬古無減阮咸名
그대가 태어난 해 거듭 돌아옴이 부럽나니	艶君重回生年月
성대하게 잔치 펼쳐 축수의 술잔 올리네	設席紛紛獻壽觥
나는 오랜 벗이지만 멀어서 올리지 못하고	我是舊契遙莫致

557 석농(石儂)의 회갑에 드리다 : 석농은 조응화(趙應和, 1811～?)의 호로, 《임하필기》에는 '석농(石農)'으로 기록되어 있다. 본관은 풍양(豐壤)이고, 자는 선경(善卿)이며, 1868년(고종5)에 학영(鶴永)으로 개명하였다. 1846년(헌종12) 진사시에 합격하였고, 음직으로 벼슬에 진출하여 장성 부사(長城府使)와 동지돈녕부사 등을 지냈다. 조응화가 회갑을 맞이한 해는 1871년(고종8)이다. 《林下筆記 卷25 春明逸史 張園讌遊》

558 중광(重光)의 해 : 간지에 신(辛)이 들어간 해를 말하는데, 여기서는 신미년인 1811년(순조11)이다.

559 고인(古人)에……없네 : 훌륭한 조카라는 명성에 손색이 없다는 말인데, 여기서는 조응화가 출계한 뒤 본생부에게도 효성을 다했다는 말로 보인다. 조응화의 본생부는 조운성(趙雲成)이며, 뒤에 일족인 조운승(趙雲承)에게 출계한 기록이 보인다. 완함(阮咸)은 죽림칠현(竹林七賢)의 한 사람으로 역시 죽림칠현인 완적(阮籍)의 조카인데, 훌륭한 조카의 대명사로 쓰인다.

붓 잡아 시를 지어 나의 마음 드러낸다오 援筆成章以寫情
더벅머리 드리운 것 어제 같은데 지금은 백발이라 髡髮如昨今白髮
십 년 만에 다시 만나 서로 대하며 놀랐었네 十年重逢相對驚
그대가 모든 복 갖춘 것은 내가 부럽지 않았으나 君備諸福我不羨
그대는 강남에 집터 잡고 나는 경영하지 못했네 君卜江南我未營
몇 칸짜리 집은 겨우 말을 돌릴 정도이지만 數椽屋子僅旋馬
문 앞에 버드나무 있고 큰 강이 비껴 흐르네 門前楊柳大江橫
큰 강의 위에는 봉우리가 중첩해 있고 大江之上重疊巘
소나무와 잣나무 울창해 조수 소리를 삼키네 松柏鬱蒼呑潮聲
반 이랑의 네모난 연못에는 향초가 가득하고 半畝方塘香草暗
멀리 보이는 논에는 볏모가 분명하네 一望水田秧針明
대 둘러 울타리 만들고 떡갈나무로 시렁 만드니 棬竹爲籬槲爲架
벽오동 그늘 서늘하고 감나무 잎은 붉네 碧梧陰涼桺葉赬
철쭉꽃과 산다화와 목련꽃이 躑躅山茶與木筆
나란히 종이창에 들어와 품평을 하네 竝入紙窓品藻評
침상에 걸터앉으니 아이들이 장난치고 草榻踞坐兒孫戲
항아리에 술이 있으니 청주 탁주 가리지 않네 瓦樽有酒無濁淸
두 마리 학은 손님 맞고 차 끓이는 아이는 조니 二鶴迎賓茶童睡
주인이 스스로 일어나 한 잔 술을 따르네 主人自起一盞傾
벽 위의 오래된 거문고는 사람의 속된 기운 다스리고 壁上古琴醫人俗
책상 위의 반듯한 글씨는 사람의 정신을 돕네 案上眞書助人精
이처럼 즐거움 누린 것이 육십 년이니 如是行樂六十載
칠십 세 팔십 세까지 복이 이르리라 七十八十福來成

실로 이것은 선행이 쌓여 경사를 드리운 것이요　寔是積累垂吉慶
또한 평소의 마음과 정성에 말미암은 것이네　亦由平素率心誠
맑은 복은 삼공의 벼슬과도 바꾸지 않으니　淸福不與三公換
그대와 나의 삶 누가 더 나으랴　繄君於我疇輸贏
홍진 세상의 일에 매몰됨이 우습나니　堪笑埋沒紅塵事
앉아서 구름과 안개 보며 마음이 태평하네　坐看雲煙心太平
흔들리지도 걱정하지도 않으며 의를 안고 처하니[560]　毋擾毋勞抱而處
현빈[561]의 이치는 반드시 길상이 있네　玄牝之理必有禎
이제부터 작은 집에서 머물러 살리니　從此衡宇載棲止
인간의 세상만사 절로 이롭고 형통하리　萬事人間自利亨
약초 심어 울타리 삼고 꽃 심어 길을 만들며　藥以爲欄花以逕
벼 가꾸어 밥을 해 먹고 고기 잡아 국 끓이네　稻以爲飯魚以羹
집집마다 길쌈하여 삼실로 옷감 짜며　家家機杼麻絲枲
여인은 옷을 짓고 남자는 밭을 가네　女而織兮男以耕
강남은 산업이 제일이라 일컫는데　江南産業稱第一
내가 따르고자 하나 행할 방법이 없네　我欲從之末由行
부끄러워라 나의 얕은 견해는 그루터기만 지킨 토끼요[562]

560 의(義)를 안고 처하니 : 《예기》 〈유행(儒行)〉에 "선비는 충신을 갑주로 삼고, 예의를 방패로 삼으며, 인을 머리에 이고 다니고, 의를 가슴에 안고 처한다.〔儒有忠信以爲甲冑, 禮義以爲干櫓, 戴仁而行, 抱義而處.〕"라는 말이 나온다.

561 현빈(玄牝) : 도가(道家)에서 만물을 생성하고 기르는 본원을 뜻하는 말인데, 도(道)를 비유하는 말로 쓰인다.

562 나의……토끼요 : 변통할 줄 모르고 요행만 바라며 고집한다는 말이다. 한 농부가 밭을 갈 때 토끼 한 마리가 나무 그루터기에 부딪혀서 죽자, 이때부터 그 그루터기만

愧我謏見守株兎

부러워라 그대의 탁견은 숲이 깊고 무성한 곳에 멈춘 꾀꼬리라네[563] 欽君卓識止隅鸎

옛날 그대와 함께 명승을 유람했으니	昔與同君遊名勝
돈서와 장원[564]에 가을비 개었을 때였네	敦墅張園秋雨晴
장원에 고상하게 모인 일곱 명의 벗 중에[565]	張園雅集七士友
네 벗이 먼저 축수하며 올린 시를 보았네	四友先見壽詞呈
지금 그대 생일에 어찌 말이 없으랴	今君生日那無語
시단의 옛날 맹세를 이제 다시 지키네	更尋騷壇舊時盟
이제부터 삼 년 뒤에 두 사람이 또 회갑이니	此去三載兩人又
나와 주계[566]가 바로 동갑이라네	我與周溪卽同庚
그때 마땅히 일곱 노인의 계회를 이어가서	時當續修七老契
우리 모두 성인의 백성이 되리라	吾輩咸作聖人氓

지켜보며 토끼가 다시 오기를 기다렸다는 고사가 전한다. 《韓非子 五蠹》

563 그대의……꾀꼬리라네 : 멈출 곳을 알아서 멈추었다는 말이다. 《대학장구》 전3장(傳三章)에 "《시경》에 '꾀꼴꾀꼴 우는 꾀꼬리가 숲이 깊고 무성한 곳에 멈춰 있다.〔緡蠻黃鳥, 止于丘隅.〕'고 하였으니, 공자가 이르기를 '그침에 있어 그칠 곳을 아니, 사람으로서 새만 못해서야 되겠는가.〔於止, 知其所止, 可以人而不如鳥乎?〕'라고 했다."라고 한 데서 온 말이다.

564 돈서(敦墅)와 장원(張園) : 돈서는 돈암(敦巖)의 별서(別墅)를 말한 것으로 보인다. 돈암은 박종경(朴宗慶, 1765~1817)의 호인데, 1806년(순조6) 3월에 한양 혜화문(惠化門) 밖 돈암에 별서를 마련하고 자신의 호로 삼았다. 장원에 대해서는 527쪽 주546 참조.

565 장원(張園)에……중에 : 1844년(헌종10)에 귤산이 벗 여섯 사람과 시회를 가진 일을 말한다. 527쪽 주546 참조.

566 주계(周溪) : 정기세(鄭基世)의 호이다. 427쪽 주276 참조.

봄이 끝나고 꾀꼬리 소리를 듣다
春盡聽鶯

작은 연못가에 버드나무를 심었더니 초여름에 잎이 무성해져서 서늘한 그늘이 드리워졌다. 꾀꼬리 두 마리가 와서 놀며 종일토록 떠나지 않아 마치 난간에 그림이 펼쳐진 듯하였고 이와 같은 일이 몇 해가 지나도록 계속되었다. 나는 학을 먹여 기르는 것과 같은 수고를 하지 않았고 비둘기를 풀어주는 것과 같은 취미만 있었으니, 이 새가 어찌 지난날의 그 새이겠는가. 하지만 익숙해지니 오랜 벗을 만난 듯하기에, 육언체(六言體) 시를 흉내 내어 이를 기록한다.

봄이 가고 막 여름이 와 푸르름이 짙어지는데	春盡夏初綠暗
아침에 날 개어 정오 되자 뜨겁게 태양 내리쬐네	朝晴午熱朱陽
문 앞에 드리워진 버들이 크게 자라 있으니	門前垂柳老大
공자가 황금빛 옷 입고서[567] 날아오네	公子金衣載揚

나무 앞과 나무 뒤에 몸을 숨기고	身藏前樹後樹
요리조리 옮겨가며 한 소리 두 소리 지저귀네	巧轉一聲二聲
군자처럼 깊고 무성한 곳 알아 멈추고[568]	君子知隅止止
소인처럼 나불나불 조잘거리네	宵人饒舌輕輕

567 공자(公子)가……입고서 : 꾀꼬리의 별칭이 '금의공자(金衣公子)'이다. 당나라 현종(玄宗)이 대궐 정원에서 꾀꼬리를 볼 때마다 이렇게 불렀다고 한다. 《開元天寶遺事 卷2》

568 군자처럼……멈추고 : 멈출 곳을 알아서 멈추었다는 말이다. 535쪽 주563 참조.

어여쁘게 남몰래 비단 장막에서 속삭이며	嬌倫繡幕鶯語
밝은 조정 봉황의 자태 알지 못하네	不識明廷鳳儀
금곡[569]에 아무도 쳐서 날려 보내는 사람 없으니	金谷無人打起
옥 누각 어디에서 서로 그리워하랴	玉樓何處相思

569 금곡(金谷) : 진(晉)나라 석숭(石崇)의 화려한 별장인 금곡원(金谷園)을 말하는데, 여기서는 가오곡을 말한 것으로 보인다.

방 통진 우서 만사[570]

方通津 禹叙 輓

근심과 즐거움에 마음 써주며 친분 더욱 새로웠고	關心憂樂契逾新
교분의 정 서로 전하며 오래전부터 가까이 지냈네	情好相傳夙昔親
높은 품계의 영예로운 이름은 세상살이로 얻었고	崇秩榮名由閱世
여러 해 동안의 노고와 공적은 교린에 드러났네	積年勞勩著交隣
강건하여 고령의 노인 같지 않았고	强康不似遐齡老
원만하여 진정으로 큰 복 누린 사람이었네	圓滿眞成艶福人
소박한 제수로 한 잔 술조차 올리지 못하고	斗酒隻鷄違一奠
가을 풀 우거진 빈산 그리며 멀리서 마음만 상하네	空山秋草遠傷神

570 방 통진(方通津) 만사(輓詞) : 방우서(方禹叙, 1789~?)는 중국어 역관(譯官)으로, 본관은 온양(溫陽)이고 자는 낙서(洛書)이다. 1807년(순조7) 역과에 급제한 뒤 여러 차례 중국을 다녀왔고, 《동문고략(同文考略)》을 편찬할 때 교정 역관(校正譯官)으로 참여하였다. 한학 교수(漢學教授) · 연천 현감(漣川縣監) 등을 지냈으며, 1866년(고종3) 7월에 통진 부사(通津府使)에 임명되었다. 몰년은 분명하지 않은데, 이 시 전후에 수록된 시의 창작 시점으로 볼 때 1871년(고종8) 또는 1872년으로 보인다.

영조[571]가 며느리를 보았다는 소식을 듣고 짓다

聞穎樵迎婦有作

영초가 나이 예순에야	穎樵六十年
비로소 집안의 노인이 되었네	始作家中老
이날에 앉아서 웃음을 머금으니	此日坐含咍
쟁반에 개암과 밤과 대추가 올랐네[572]	盤登榛栗棗

571 영초(穎樵) : 김병학(金炳學, 1821~1879)의 호로, 본관은 안동(安東), 자는 경교(景敎)이다. 철종의 장인인 영은부원군(永恩府院君) 김문근(金汶根)의 조카이다. 1853년(철종4) 문과에 급제하였고, 이조 판서를 거쳐 영의정까지 올랐다. 시호는 문헌(文獻)이다. 김승규(金昇圭, 1861~?)를 양자로 삼았는데, 김승규는 이희(李僖)의 딸과 혼인하였다.

572 쟁반에……올랐네 : 며느리가 올리는 예물을 받았다는 말이다. 《춘추좌씨전》 장공(莊公) 24년 조에 "여자의 폐백은 단지 개암·밤·대추·건육(乾肉) 등으로 정성을 표시할 뿐이다.〔女贄, 不過榛栗棗脩以告虔也.〕"라는 구절이 보인다.

임신년(1872, 고종9) 봄에 성상이 석전제를 친히 행한 뒤 제생을 불러 도를 강론하고 또 어제시를 내려 화답하도록 명하였기에 신이 고향 집에 있다가 삼가 원운에 차운하다[573]

壬申春 親行釋奠祭 召諸生講道 又下御製命賡進 臣在鄕廬 敬次原韻

천하가 부자를 존중하니　天下尊夫子
사문을 집대성하셨네[574]　斯文集大成
성왕께서 태학에 임하시니　聖王臨太學
만고토록 해와 별처럼 밝다네　萬古日星明

규성[575]의 빛이 동국에 드리우니　奎彩垂東國
천심이 교화와 함께 이루어졌네　天心化與成
상정일에 대성을 제향하니[576]　上丁禋大聖

573 임신년……차운하다 : 《고종실록》 9년(1872) 2월 2일 기사에, 고종이 문묘(文廟)에 나아가 석전제(釋奠祭)를 행하고 명륜당(明倫堂)에서 소대(召對)한 기록이 보인다. 또 고종이 지은 오언절구의 어제시가 수록되어 있는데, 참고로 소개하면 다음과 같다. "선왕의 예를 계승해, 반궁에서 석전제를 지냈네. 부자의 학문을 강론하니, 우리 도학이 더욱 빛나도다.〔仰述先王禮, 泮宮釋奠成. 講論夫子學, 吾道益光明.〕"

574 사문(斯文)을 집대성하셨네 : 맹자가 백이(伯夷)와 이윤(伊尹)과 유하혜(柳下惠)가 지닌 성인의 면모를 칭찬한 뒤 "공자를 집대성이라고 이른다.〔孔子之謂集大成.〕"라고 하여, 앞의 세 성인의 면모를 모두 갖춘 분이라고 칭찬하였다. 《孟子 萬章下》

575 규성(奎星) : 문운(文運)을 주관하는 별이다.

576 상정일(上丁日)에 대성을 제향하니 : 상정일은 매월 첫 번째 정일을 말하는데, 문묘의 석전제는 음력 2월과 8월의 상정일에 행한다.

대성의 도를 성왕이 빛내시네	聖道聖王明

왕의 교화가 하늘까지 미쳐	王化覃穹宙
우리의 학문을 이루게 하네	使人學業成
서책을 신이 절하고 받으니	縹緗臣拜受
차례대로 오경이 빛나네	帙帙五經明

경산 상공의 구순을 경하하다[577]

賀經山相公九十歲

성상 임신년(1872, 고종9)에 원로이신 경산(經山) 정 상국(鄭相國)이 구순이 되었기에 월성(月城 경주(慶州)) 이유원이 다음과 같이 말씀을 올린다.

수(壽)는 '길다〔脩〕'라는 뜻이니, 금석(金石)과 그 긴 수명을 함께하는 것입니다. 옛날에 태위(太尉) 유식(劉寔)은 학문에 독실하여 게을리하지 않았고 91세까지 살았습니다.[578] 충렬(忠烈) 문언박(文彦博)은 출장입상(出將入相)하였고 92세까지 살았습니다.[579] 시중(侍中) 안함(顔含)은 효성으로 알려졌고 93세까지 살았습니다.[580] 문정(文靖) 유건(劉健)[581]은 행실이 충후하고 정직했으며 94세까지

577 경산(經山)……경하하다 : 경산 상공은 정원용(鄭元容, 1783~1873)을 말한다. 정원용에 대해서는 50쪽 주1 참조. 정원용이 90세가 된 해는 1872년(고종9)이다. 한편, 이 시의 서문과 시 전문이 《임하필기》 권29 〈춘명일사 구십자송(九十字頌)〉에 수록되어 있다.

578 태위(太尉)……살았습니다 : 유식(劉寔, 220~310)은 삼국 시대 위(魏)나라의 경학가로, 자는 자진(子眞)이고 시호는 원(元)이다. 《진서(晉書)》 권41 〈유식열전(劉寔列傳)〉에 "젊어서부터 늙을 때까지 학문에 독실하여 게을리하지 않았다.〔自少及老, 篤學不倦.〕"라는 기록이 보인다.

579 충렬(忠烈)……살았습니다 : 문언박(文彦博, 1006~1097)은 송나라 때의 문인으로, 자는 관부(寬夫)이고 호는 이수(伊叟)이며, 충렬은 그의 시호이다. 송나라 인종(仁宗)·영종(英宗)·신종(神宗)·철종(哲宗) 등 네 조정에서 50년 동안 장수와 재상 등 요직을 맡아 치적을 이루었다.

580 시중(侍中)……살았습니다 : 안함(顔含)은 진(晉)나라 사람으로, 자는 홍도(弘都)이다. 529쪽 주552 참조.

살았습니다. 일사(逸士) 영계기(榮啓期)는 사슴 갖옷을 입고 새끼줄로 허리를 두르고 거문고를 연주하며 노래하였고 95세까지 살았습니다.[582] 상서(尙書) 응대유(應大猷)는 아들 여덟 명에 손자와 증손자가 육십 명이었고 96세까지 살았습니다.[583] 태사(太史) 소덕언(蕭德言)은 백왕(百王)의 사적을 모으고 황제의 덕을 찬양하였으며 97세까지 살았습니다.[584] 중서(中書) 고윤(高允)은 나이가 백 세에 가까워지도록 지식이 손상되지 않았으며 98세까지 살았습니다.[585] 도인(道人) 진원식(陳元植)[586]은 음덕 쌓기를 좋아하였으며 99세까지 살았습니다. 이들은 모두 주(周)나라와 한(漢)나라 이후 명(明)

581 문정(文靖) 유건(劉健) : 1433~1526. 명나라 효종(孝宗) 때의 재상으로, 자는 희현(希賢)이고 호는 회암(晦庵)이며, 문정은 그의 시호이다.

582 일사(逸士)……살았습니다 : 영계기(榮啓期)는 춘추 시대의 은사이다. 공자(孔子)가 태산(泰山)에서 사슴 갖옷을 입고 새끼줄을 허리에 두르고 거문고를 타며 노래하는 영계기를 보고 무엇이 그리 즐거우냐고 묻자, 사람으로 태어난 것과 남자로 태어난 것과 95세까지 장수한 것이 즐겁다고 대답한 고사가 전한다. 《列子 天瑞》

583 상서(尙書)……살았습니다 : 응대유(應大猷, 1487~1581)는 명나라 때의 문신으로, 자는 방승(邦升)이고 호는 용암(容庵)이며, 형부 상서를 지내 응 상서(應尙書)로 불렸다. 후손과 관련된 기록은 《만성통보(萬姓統譜)》 권57에 보인다.

584 태사(太史)……살았습니다 : 소덕언(蕭德言, 558~654)는 당나라 때의 문신으로, 자는 문행(文行)이다. 당 태종이 전대의 역사를 알고자 하여 소덕언·위징(魏徵)·우세남(虞世南) 등에게 명해 역대 제왕의 흥망성쇠를 수집해 정리하게 한 고사가 전한다. 《新唐書 卷198 蕭德言列傳》

585 중서(中書)……살았습니다 : 고윤(高允, 390~487)은 북위(北魏)의 문신으로, 자는 백공(伯恭)이며, 중서감(中書監)을 지냈다. 《위서(魏書)》 권48 〈고윤열전(高允列傳)〉에 "비록 나이가 백 세에 가까워졌으나 뜻과 식견이 손상되지 않았다.〔雖年漸期頤, 而志識無損.〕"라는 기록이 보인다.

586 도인(道人) 진원식(陳元植) : 송나라 때 사람이다.

나라 왕조에 이르기까지의 선인(善人)들인데, 덕을 지녔기 때문에 장수를 누렸습니다. 지금 상국(相國)의 나이가 장차 무궁할 것이기에, 먼저 장수한 아홉 사람의 사적을 서술하고 다시 90자의 시로 오복(五福)의 하나인 장수를 우러러 송축합니다.

생각건대 경산 노인은	維經山老人
구순까지 장수하기에 충분하셨네	九十足歲壽
게으르지 않아 학문을 돈독히 하였고	不倦篤于學
장수와 재상의 최고 벼슬 누리셨네[587]	出入將相首
효성은 정성과 공경을 다하였고	其孝則誠敬
행실은 충후하고 두터웠네	其行也淳厚
사슴 갖옷 입고 거문고 연주하니	鹿裘兮鼓琴
누가 공과 벗이 되랴	疇與之爲友
자자손손 이어져	曰子子孫孫
그 후손 번창하리라	式克昌厥後
백왕의 사적을 모아서 편집하고	裒次百王事
날마다 우리 성상을 찬양하였네	日贊我聖后
백 세에 가까워도 식견이 손상되지 않고	期頤識無損
음덕을 쌓아서 많은 복을 받았네	積德祉多受
우리나라의 덕이 있고 장수하신 분	而國之人瑞
집에 계시는 어른이시라네	在家之耉耇

587 장수(將帥)와……누리셨네 : 정원용은 66세 때인 1848년(헌종14)에 영의정에 올랐으며, 1850년(철종1)에 호위대장(扈衛大將)을 지냈다.

이 아홉 노인의 덕에 견주어보니	視此九老德
옛날에 있었던 분이 지금도 있네	古有今亦有

박서계의 〈춘첩〉 시에 '푸른 산은 색을 바꾸지 않고, 흐르는 물은 소리를 바꾸지 않네. 오직 원하나니 주인옹도, 은거하는 마음 바꾸지 않기를.'이라고 하였는데 내가 그 뜻을 사모하여 그 시의 운을 따라 지어서 문미에 걸다[588]

朴西溪春帖詩云 青山不改色 流水不改聲 惟願主人翁 不改幽棲情 余慕其志 依其韻 書揭門楣

산은 봄과 가을에 색을 바꾸고	山改春秋色
물은 옛날과 오늘에 소리를 바꾸네	水改今古聲
사시사철 바뀌지 않는 것은	四時不改者
오직 주인의 마음이라네	惟有主人情

588 박서계(朴西溪)의……걸다 : 박서계는 박세당(朴世堂, 1629~1703)으로, 본관은 반남(潘南)이고, 자는 계긍(季肯)이며, 서계는 그의 호이다. 1660년(현종1) 문과에 장원으로 급제하였고, 1668년 이후 당쟁에 혐오를 느껴 벼슬을 그만두고 학문에 전념하였다. 박세당의 〈춘첩〉 시는 《서계집(西溪集)》 권2에 수록되어 있다. 한편 《임하필기》 권29 〈춘명일사 서계춘첩(西溪春帖)〉에 박세당의 시와 귤산이 차운한 위 시가 수록되어 있다.

십삼경에 대해 읊다
詠十三經

《주역》 周易

위대하다 《주역》의 이치여 천지와 같으니[589]	大哉乎易準天地
하나의 근본이 순환하여 두 이치가 아니라네	一本循環非二致
건과 진이 선천과 후천에서 곧 종주가 되고[590]	乾震後先乃主宗
음과 양이 오르내리며[591] 때에 맞게 자리를 정하네	陰陽升降時成位
우에 우를 더하고 기에 기를 더하니[592]	耦而以耦奇而奇

589 위대하다……같으니 : 《주역》 〈계사전 상(繫辭傳上)〉에 "《주역》의 이치가 천지와 똑같다. 그러므로 능히 천지의 도를 두루 종합하고 다스린다.〔易與天地準, 故能彌綸天地之道.〕"라고 하였다.

590 건(乾)과……되고 : 송나라 소옹(邵雍)이 《주역》의 괘도(卦圖)를 구분하여, 복희씨(伏羲氏)가 그린 팔괘를 선천팔괘(先天八卦)라 하고 문왕(文王)이 그린 팔괘를 후천팔괘(後天八卦)라고 하였다. 선천팔괘는 건(乾)을 종주로 삼고, 후천팔괘는 진(震)을 종주로 삼는다. 《皇極經世書解 卷11 觀物外篇4 王齋胡氏注》

591 음과 양이 오르내리며 : 주희(朱熹)의 〈오찬(五贊)〉 중 〈원상찬(原象贊)〉에 "태극이 처음 나뉘어 음이 내려오고 양이 올라가니, 양은 하나여서 베풀고 음은 둘이어서 건을 받든다.〔太一肇判, 陰降陽升, 陽一而施, 陰兩而承.〕"라는 내용이 보인다.

592 우(耦)에……더하니 : 우는 음획(陰劃, --)을 말하고, 기(奇)는 양획(陽劃, —)을 말한다. 주희의 〈원상찬〉에 "기에 기를 더한 것은 양 중의 양이요, 기에 우를 더하니 음양이 빛나네. 우에 기를 더하여 음이 안에 있고 양이 밖에 있으며, 우에 다시 우를 더하니 음이 음과 만나게 되었다.〔奇加以奇, 曰陽之陽, 奇而加耦, 陰陽以章, 耦而加奇, 陰內陽外, 耦復加耦, 陰與陰會.〕"라고 하였다. 또 《주역》 〈계사전 하〉에 "양괘는 기수이고 음괘는 우수이다.〔陽卦奇, 陰卦耦.〕"라고 하였다.

인자는 인이라 하고 지자는 지라 하네[593]　仁者爲仁智者智

부자의 가죽끈은 세 번이나 끊어졌고[594]　夫子韋編三絶餘

소옹은 능히 인간 세상의 일을 다 궁구하였네[595]　邵雍能盡人間事

《상서》 尙書

한마음으로 주고받았던 이제삼왕의 사적이니[596]　一心受授帝王事

상고 때의 밝고 엄숙함이 육체에 갖추어졌네[597]　尙古渾渾六體備

593 인자(仁者)는……하네 : 사람에 따라 견해가 다르다는 말이다. 《주역》 〈계사전 상〉에 "한 번 음하고 한 번 양하게 함을 도라 이르니, 이를 이어가는 것은 선이고, 이를 갖추어놓은 것은 성이다. 인자는 이를 보고 인이라고 하고, 지자는 이를 보고 지라고 한다.〔一陰一陽之謂道, 繼之者善也, 成之者性也. 仁者見之謂之仁, 智者見之謂之智.〕"라는 내용이 있다.

594 부자(夫子)의……끊어졌고 : 공자가 만년에 《주역》 읽기를 좋아해서 죽간을 엮은 가죽끈이 세 번이나 끊어졌다는 '위편삼절(韋編三絶)'의 고사가 전한다. 《史記 卷47 孔子世家》

595 소옹(邵雍)은……궁구하였네 : 소옹은 《주역》의 이치와 수리(數理)를 응용하여 천지 만물의 생성 변화를 관찰한 《황극경세서(皇極經世書)》를 저술하였다. 소옹의 〈건곤에 대해 읊다〔乾坤吟〕〉에 "어이하면 양과 음으로 능히 인간 세상의 일 다 궁구할 수 있을까.〔如何九與六, 能盡人間事.〕"라는 구절이 있다. 《擊壤集 卷13 乾坤吟》

596 한마음으로……사적이니 : 〈춘추설 제사(春秋說題辭)〉에 "《상서》는 이제의 자취요 삼왕의 의리이니, 제위를 주고받을 때를 밝힌 것이다.〔尙書者, 二帝之迹、三王之義, 所以推明其授受之際也.〕"라고 하였다. 《御定淵鑑類函 卷192 尙書4》

597 상고……갖추어졌네 : 양웅(揚雄)의 《법언(法言)》 〈문신(問神)〉에 《서경》에 대해 논하면서 "〈하서〉와 〈우서〉의 글은 밝고 엄숙하고, 〈상서〉는 넓고 아득하며, 〈주서〉의 글은 엄숙하다.〔虞夏之書渾渾爾, 商書灝灝爾, 周書噩噩爾.〕"라고 하였다. 육체(六體)는 《서경》에 있는 여섯 가지 문체로, 전(典)·모(謨)·훈(訓)·고(誥)·서(誓)·명(命)을 말한다.

문체가 까다롭고 어려우니 말을 곧장 기록한 것이며[598] 詰屈聱牙直以言

기상이 순수하고 크고 돈후하니 의리를 증명하였네[599] 純元敦厚證之義

채옹의 석경 글자는 여전히 지금도 전하는데[600] 蔡經石字猶傳今

노벽에서 나온 것과 복승이 전한 것 중 어느 것이 비밀을 드러내었나[601] 魯壁勝篇誰發秘

그 문장이 기괴한 듯하다고 말하지 말라 休道其文如詭奇

598 문체가……것이며 : 한유(韓愈)의 〈진학해(進學解)〉에 "《서경》 〈주서(周書)〉의 〈대고(大誥)〉와 〈낙고(洛誥)〉 및 〈상서(商書)〉의 〈반경(盤庚)〉은 까다롭고 어렵다.〔周誥殷盤, 詰屈聱牙.〕"라고 하였다. 또 유흠(劉歆)의 《칠략(七略)》에 "상서는 발언을 바로 기록한 것이다.〔尙書, 直言也.〕"라고 하였다. 《初學記 卷21 文部》

599 기상이……증명하였네 : 《회남자(淮南子)》 권20 〈태족(泰族)〉에 "순수하고 크고 돈후한 것은 《서경》의 가르침이다.〔淳龐敦厚者, 書之敎也.〕"라는 구절이 보인다. 또 유흠의 《칠략》에 "《서경》은 만사를 결단한 것이니, 결단은 의리를 증명한 것이다.〔書以決斷, 斷者義之證.〕"라고 하였다. 《初學記 卷21 文部》

600 채옹(蔡邕)의……전하는데 : 석경(石經)은 비석에 새긴 경전을 말한다. 후한(後漢) 영제(靈帝)의 명으로 《주역》·《서경》·《시경》·《의례》·《춘추공양전》·《논어》 등 육경의 문자를 바로잡은 뒤 채옹이 비석에 글씨를 쓰고 이를 새겨 태학(太學)의 문밖에 세웠다. 이를 희평석경(喜平石經) 또는 홍도석경(鴻都石經)이라고 한다. 이때 새긴 《서경》은 한나라 복생(伏生)이 전한 금문상서(今文尙書)였는데, 이 점을 고려하면 이 구절을 '채옹의 석경 글자는 오히려 금문을 전했으니'로도 번역할 수 있을 듯하다.

601 노벽(魯壁)에서……드러내었나 : 노벽은 이른바 공벽(孔壁)을 말한다. 한(漢)나라 경제(景帝) 때 노 공왕(魯恭王)이 공자의 구택(舊宅)을 허물자 벽 속에서 《서경》과 《논어》와 《효경》 등이 나왔는데, 모두 과두(蝌蚪) 문자로 기록되어 있었다. 여기서 나온 《서경》을 고문상서(古文尙書)라고 한다. 복승(伏勝)은 고문상서가 발견되기 전에 금문상서를 전한 복생(伏生)을 말한다.

배워서 이치에 통하면 뭇 의론을 제어한다네[602]　　學來暢理制群議

《모시》 毛詩

위로는 상과 주에서 아래로는 노에서 취하니[603]　　上取商周下取魯
고을부터 나라에 이르기까지의 모든 악가였네　　鄕閭邦國樂全部
성령에 통하여[604] 소리와 말을 붙이고　　通靈達性屬聲言
기상과 모습을 그려내어 기쁨과 노여움을 경계하였네[605]
　　寫氣圖形懲喜怒
장막에서 공적 기록해 태상 깃발에 이름 올리고[606]　　帷幕紀功登太常

602 그……제어한다네 : 남조(南朝) 양(梁)나라 유협(劉勰)은 "《상서》는 문장을 보면 기괴한 듯하지만, 이치를 찾으면 즉시 통한다.〔尙書則覽文如詭, 而尋理卽暢.〕"라고 하였다. 《文心雕龍 卷1 宗經》 또 수(隋)나라 왕통(王通)은 "《서경》을 배우지 않으면 의론을 제어할 수 없다.〔不學書, 無以議制.〕"라고 하였다. 《中說 卷9 立命》

603 위로는……취하니 : 《한서(漢書)》 권30 〈예문지(藝文志) 10〉에 "공자가 주나라의 시를 정선(精選)하며 위로는 은나라의 시를 채집하고 아래로는 노나라의 시까지 취하니 모두 305편이었다.〔孔子純取周詩, 上采殷, 下取魯, 凡三百五篇.〕"라는 구절이 있다.

604 성령(性靈)에 통하여 : 《수서(隋書)》 권32 〈경적지(經籍志) 1〉에 "시는 성령을 표현하고 정과 뜻을 읊는 것이다.〔詩者所以導達性靈, 歌詠情志者也.〕"라고 하였다.

605 기상과……경계하였네 : 《문심조룡(文心雕龍)》 권10 〈물색(物色)〉에 "《시경》의 작자는 사물에 감응하여……기상을 묘사하고 모습을 그려낸다.〔詩人感物……寫氣圖貌.〕"라는 내용이 보인다. 또 '기쁨과 노여움을 경계하였다'는 것은, 원(元)나라 유근(劉瑾)이 "시 삼백 편을 통틀어서 대의를 논한다면 그 기쁨은 도를 넘음에 이르지 않고 그 노여움은 단절함에 이르지 않으며……〔通三百篇而論其大義, 則其喜不至瀆, 怒不至絶……〕"라고 한 것을 의미한 말로 보인다. 《詩傳通釋 序》

606 장막에서……올리고 : 이 구절은, 공영달(孔穎達)의 〈모시정의서(毛詩正義序)〉에 "무릇 시는 공을 논하고 덕을 칭송하는 노래이며 괴벽함을 그치게 하고 사악함을

왕정에서 문채 입혀 도끼 문양 붉은 폐슬을 찼네 王庭傅彩綴朱黼
한 사람이 감화 일으켜 생각에 사악함이 없으니[607] 一人風動思無邪
날마다 인륜을 사용하여 오제[608]를 바르게 하네 日用倫彜正際五

《주례》 周禮

〈입정〉과 〈주관〉이 《주례》와 표리가 되어[609] 立政周官相表裏
태평의 치적으로 천자를 보좌했네 太平治迹佐天子
용봉의 상서가 이르러 영험한 기틀을 잡고[610] 瑞臻龍鳳握靈機

막는 교훈이다.〔夫詩者, 論功頌德之歌, 止僻防淫之訓.〕"라고 한 것을 부연한 말로 보인다. 태상(太常)은 해와 달을 그린 왕의 깃발 이름으로, 공이 있는 사람은 왕이 태상에 이름을 써서 그 사람과 공적을 기린다고 한다. 《周禮 夏官 司勳》《書經 君牙》

607 한……없으니 : '한 사람'은 시인을 말한다. 또 《논어》〈위정(爲政)〉에 "시 삼백 편을 한마디로 개괄하면 '생각에 사악함이 없다'라는 것이다.〔詩三百一言以蔽之曰思無邪.〕"라고 하였다.

608 오제(五際) : 《한서(漢書)》 권75 〈익봉전(翼奉傳)〉에 "《역》에는 음양이 있고, 《시》에는 오제가 있다.〔易有陰陽, 詩有五際.〕"라는 구절이 있는데, 응소(應邵)는 주석에서 오제(五際)를 "군신・부자・형제・부부・붕우이다."라고 하였다. 오제를 간지에 묘(卯)・유(酉)・오(午)・술(戌)・해(亥)가 들어가는 해를 가리키는 것으로 보기도 하는데, 《제시(齊詩)》를 풀이한 익봉(翼奉)이 《시경》의 내용을 음양오행설과 결부시켜 오제에 정치상 중대한 변화가 발생하는 것으로 인식했다고 한다.

609 입정(立政)과……되어 : 〈입정〉과 〈주관(周官)〉은 《서경》 〈주서(周書)〉의 편명이다. 청대 학자 서문정(徐文靖)의 《관성석기(管城碩記)》 권12 〈예 1(禮一)〉에 "《상서》 중 〈입정〉과 〈주관〉 두 편은 《주례》와 대체로 서로 표리가 된다.〔尙書中立政周官二篇與周禮蓋相爲表裏.〕"라는 내용이 보인다.

610 용봉(龍鳳)의……잡고 : 용봉의 상서는 성인이 다스리는 세상에 용과 봉황이 출현하는 상서를 말한다. 주나라 문왕(文王) 때 봉황이 기산(岐山) 아래에 날아와 울었다는 고사가 전한다. 《國語 周語上》 한편, 당나라 가공언(賈公彦)은 "문왕과 무왕이 주나

저린의 교화 펼쳐져 복록으로 편안히 하였네[611] 化治睢麟綏福履

육덕을 공경히 펼쳐 만백성에게 밝게 드러나니[612] 六德祇敷彰兆民

세 번 무너짐 씻기 어려워 천년토록 한스러워하네[613] 三壞難滌恨千祀

한 편의 〈고공기〉는 큰 문물제도의 기록이니 考工一記大文章

라를 통솔하여 천하에 군림하고 주공이 예를 제정하여 태평과 용봉의 상서를 이루었다.〔文武所以綱紀周國, 君臨天下, 周公定之, 致隆平龍鳳之瑞.〕"라고 하였다. 《周禮注疏 序周禮廢興》

611 저린(睢麟)의……하였네 : 저린은 《시경》 〈주남(周南)〉의 〈관저(關雎)〉와 〈인지(麟趾)〉를 말한다. 〈관저〉는 주나라 문왕(文王)과 후비(后妃)의 덕화가 천하에 베풀어짐을 노래하였고, 〈인지〉는 후비의 덕화가 자손에까지 미친 것을 찬미하였다. 정호(程顥)가 "반드시 〈관저〉와 〈인지〉의 뜻이 있은 연후에야 〈주관〉의 법도를 행할 수 있다.〔必有關雎麟趾之意然後, 可行周官之法度.〕"라고 하였다. 《近思錄 卷8 治本》

612 육덕(六德)을……드러나니 : 육덕은 《주례》 〈지관(地官) 대사도(大司徒)〉에 나오는 백성을 다스리는 여섯 가지의 도덕 규범으로, 지(知)·인(仁)·성(聖)·의(義)·충(忠)·화(和)를 말한다. 또 《서경》 〈중훼지고(仲虺之誥)〉에 탕왕(湯王)의 덕을 칭송하며 "능히 너그럽고 인자하여 덕이 밝게 드러나 만백성에게 믿음을 받았다.〔克寬克仁, 彰信兆民.〕"라고 한 구절이 있다.

613 세……한스러워하네 : 청나라 모기령(毛奇齡)의 《경문(經問)》 권3에 "후대 유자들의 '《주례》가 세 번 크게 무너졌다'고 하는 설은, 첫 번째는 유흠(劉歆)에 의해 무너졌고, 두 번째는 소작(蘇綽)에 의해 무너졌으며, 세 번째는 왕안석(王安石)에 의해 무너졌다는 것이다."라는 내용이 보인다. 한나라 유흠이 왕망(王莽)에게 협력하기 위해 《주례》를 위조했다는 설이 있다. 소작은 후주(後周) 사람으로 태조 우문태(宇文泰)를 도와 관제(官制)를 만들 때 《주례》의 제도를 모방하였으나 여러 관직이 뒤섞여 혼란스럽게 되었다. 또 왕안석은 아들 왕방(王雱)과 함께 《주례신의(周禮新義)》를 지었다. 송나라 왕응린(王應麟)은 유흠과 소작과 왕안석을 두고 "경전의 좀벌레이다.〔經之蠹也.〕"라고 하였으며, 귤산은 《주례》를 논하며 왕응린의 발언을 그대로 인용하기도 하였다. 《困學紀聞 卷4 周禮》 《林下筆記 卷1 四時香館編 周禮》

《주례》에 덧붙인 큰 은혜 한나라를 생각하네[614] 附會覃恩憶漢氏

《의례》 儀禮

《의례》와 《주례》로 나뉘어 본과 말이 되니[615] 二禮中分爲本末
관례와 혼례를 조목조목 거론해 실정과 형식을 통하였네 冠昏條擧情文達
십칠 편으로 엮으니 법도가 엄숙하고[616] 編摩十七楷模莊
삼천 가지 의식 세우니 강령이 모였네 儀立三千綱領撮
방에 들어가고 산에 오르니 두 거울이 공허하고[617] 入室登山兩鑑空

614 한……생각하네 : 〈고공기(考工記)〉는 《주례》 〈동관(冬官)〉의 편명으로, 중국 고대 장인(匠人)들의 기술서이다. 《주례》는 진시황(秦始皇)의 분서(焚書)로 산실되었다가 한(漢)나라 하간헌왕(河間獻王) 때 다시 발견되었는데 〈동관〉 한 편이 누락되어 있었다. 이에 한(漢)나라 유자(儒者)들이 〈고공기〉를 구해 보충해 넣었다.

615 의례(儀禮)와……되니 : 가공언(賈公彦)은 〈의례소서(儀禮疏序)〉에서 《주례》와 《의례》의 근본은 하나인데 이치에 시종(始終)이 있어서 두 책으로 나뉘었다고 한 뒤 "《주례》가 말이 되고, 《의례》가 본이 된다.〔周禮爲末, 儀禮爲本.〕"라고 하였다.

616 십칠……엄숙하고 : 《의례》는 〈사관례(士冠禮)〉부터 〈유사철(有司徹)〉까지 모두 17편으로 이루어져 있다. 당나라 국자사업(國子司業) 이원관(李元瓘)이 현종(玄宗)에게 상언(上言)하여 "《의례》는 엄숙과 공경의 법도입니다.〔儀禮, 莊敬之楷模.〕"라고 하였다. 《通典 卷15 選擧3》

617 방에……공허하고 : 남조(南朝) 제(齊)나라 황경(黃慶)과 수(隋)나라 이맹석(李孟悊)이 지은 《의례》 소(疏)에 대해, 가공언은 〈의례소서(儀禮疏序)〉에서 "황경은 큰 것만 거론하고 작은 것을 생략해 주석이 소략하니 산에 올라 멀리 바라보지만 가까운 곳은 모르는 것과 같고, 이맹석은 작은 것을 거론하고 큰 것을 생략해 주석이 다소 주밀(周密)하기는 하지만 방에 들어가 가까운 곳을 보면서 먼 곳을 살피지 못하는 것과 같다."라고 평하였다.

티 없애고 옥을 취하니[618] 네모난 연못의 활수와 같네

去瑕取玖方塘活

반고의 《한서》를 상고하니 고당륭이 있어 若稽班史高堂隆

《의례》에 공이 많아 일찍이 이를 수집하였네[619] 於是功多曾採掇

《예기》 禮記

천지를 다스리고 인정을 통하게 하는 큰 통로이니[620]

緯地經天順大竇

순주와 박주를 짐작하고[621] 삼미를 궁구하네[622] 醇醨斟酌三微究

618 티……취하니 : 가공언은 〈의례소서〉에서, 황경과 이맹석이 《의례》〈사관례(士冠禮)〉와 〈상복(喪服)〉에 잘못 붙인 주석을 비판하고 당나라 사문조교(四門助敎) 이현식(李玄植)의 의론을 참작해 "티를 제거하고 옥을 취하였다.〔去瑕取玖.〕"라고 하였다.

619 반고(班固)의……수집하였네 : 현재 전하는 《의례》는 금문인데, 한(漢)나라 때 노(魯) 땅 사람으로 박사(博士)를 지낸 고당생(高堂生)이 암송으로 강설하여 전한 것으로 알려져 있다. 그 이름이 륭(隆)이라는 설이 전한다. 공벽(孔壁)에서 발견된 《의례》는 현재 전하지 않는다. 《漢書 卷30 藝文志》

620 인정을……통로이니 : 공영달(孔穎達)의 〈예기정의서(禮記正義序)〉 첫머리에 "무릇 예는 천지를 다스리는 것이다.〔夫禮者, 經天緯地.〕"라고 하였다. 또 《예기》〈예운(禮運)〉에 "예와 의는……천도를 통하고 인정을 통하게 하는 큰 통로이다.〔禮義也者……所以達天道順人情之大竇也.〕"라는 구절이 보인다.

621 순주(醇酒)와 박주(薄酒)를 짐작하고 : 《예기》〈예운(禮運)〉 진호(陳澔)의 주에 "사람이 예로써 덕을 이루는 것은 술이 누룩으로 맛을 완성하는 것과 같다. 군자는 예에 두터우므로 군자가 되고, 소인은 예에 박하므로 소인이 되니, 또한 술에 순주와 박주가 있는 것과 같다."라는 내용이 보인다.

622 삼미(三微)를 궁구하네 : 하(夏)·은(殷)·주(周) 삼대(三代)의 예의 변화를 궁구한다는 말로 보인다. 삼미는 삼정(三正)으로, 하·은·주가 각각 인월(寅月)·축월(丑月)·자월(子月)을 정월로 삼은 것을 말하며, 삼정의 처음에는 만물이 미약하므

만사를 다스리니 송죽처럼 정고하여 변치 않고	紀綱萬事松筠貞
육정을 조탁하니 수식(修飾)이 성대하네[623]	彫琢六情粉澤褒
새서에 인니 찍고 물의 성질을 막는 것과 같고[624]	璽書印泥水性防
〈운문〉의 돌덩이로 흙의 음을 연주하였네[625]	雲門拳石土音奏

로 이를 삼미라고 한다. 삼대를 가리키는 말로도 쓰인다.

623 만사를……성대하네 : 공영달의 〈예기정의서(禮記正義序)〉에 "경례(經禮) 삼백과 곡례(曲禮) 삼천이 이에 성대해졌으니, 만사를 다스리고 육정(六情)을 조탁한다.〔三百三千, 於斯爲盛, 綱紀萬事, 彫琢六情.〕"라는 말이 보인다. 또 《예기》 〈예기(禮器)〉에 "예는 몸을 닦는 기물이다.……몸에 두면 바르게 되고 일에 베풀면 행해지니, 사람에게 있어서는 큰 대나무와 작은 대나무에 푸른 껍질이 있는 것과 같이 밖을 꾸밀 수 있으며, 소나무와 잣나무에 속이 있는 것과 같이 안을 정고(貞固)하게 할 수 있다.〔措則正, 施則行. 其在人也, 如竹箭之有筠也, 如松柏之有心也.〕"라고 하였다. 육정(六情)은 희(喜)·노(怒)·애(哀)·락(樂)·애(愛)·오(惡)의 여섯 가지 감정을 말한다. 한편, 《초학기(初學記)》 권21에 태공(太公)의 《육도(六韜)》를 인용하여 "예는 천리의 수식이다.〔禮者, 天理之粉澤.〕"라는 내용이 보인다.

624 새서(璽書)에……같고 : 수(隋)나라 반휘(潘徽)의 〈강도집례서(江都集禮序)〉에 "예의 쓰임은 지극하다……도덕과 인의는 예가 아니면 이룰 수가 없고, 나아가고 물러나고 우러러볼 때 예를 버리고 어디로 가겠는가. 새서에 인니를 찍는 것과 같고, 물을 막아 그치게 하는 것과 같다.〔禮之爲用至矣……道德仁義, 非此莫成, 進退瞻仰, 舍此安適? 若璽印泥, 如防止水.〕"라는 내용이 보인다. 새서는 황제의 옥새를 찍은 교서인데, 붉은 진흙으로 도장을 찍어 누설을 방지하였다.《隋文紀 卷5》 한편, 공영달의 〈예기정의서〉에 "그러므로 옛 성군이, 경박한 성품을 지닌 사람은 무슨 짓이든 저지른다는 것을 살펴서 정직함으로 보존하고 덕의(德義)로 귀결시키고자 하였으니, 언덕을 넘어 침범하는 물을 제방을 쌓아 막은 것과 같다."라고 하였다.

625 운문(雲門)의……연주하였네 : 《예기》 〈예운(禮運)〉에 "예의 시초는 음식에서 비롯하였다……흙을 뭉쳐 북채를 만들고 흙을 뭉쳐 북을 만들었다.〔夫禮之初, 始諸飮食……蕢桴而土鼓.〕"라고 하였다. 또 공영달의 〈예기정의서〉에 "흙을 뭉쳐 북을 만든 것은 바로 운문의 작은 돌멩이다.〔土鼓乃雲門之拳石.〕"라는 말이 보인다. 〈운문〉은

이단이 점차 성행했으나 대씨가 논하여 밝히니[626] 異端漸扇戴論明
관면이 거듭 빛남이 성왕으로 거슬러 올라갔네[627] 冠冕重光溯聖后

《논어》 論語

이와 서와 륜과 륜이며 서로 답술한 것이니[628] 理序綸輪互答述
성인 문하의 제자들이 승당하고 입실했네 聖門子弟升堂室
얼굴과 말의 정성을 기다리니 세 모퉁이로 반증하고[629]

황제(黃帝) 때 만들어져 주(周)나라 때까지 보존된 여섯 악무의 하나이다.

626 대씨(戴氏)가 논하여 밝히니 : 대씨는 《예기》를 편찬한 대덕(戴德)과 그의 조카인 대성(戴聖)을 가리킨다. 대덕이 편찬한 《예기》를 《대대례기(大戴禮記)》라고 하고 대성이 편찬한 예기를 《소대례기(小戴禮記)》라고 하는데, 현재의 《예기》는 《소대례기》이다.

627 관면(冠冕)이……올라갔네 : 공영달의 〈예기정의서〉에 "관면의 장식은 황제(黃帝) 헌원씨(軒轅氏)에게서 시작되었고, 옥백(玉帛)으로 조회함은 순 임금에게서 시작되었다……문왕과 무왕이 거듭 빛나니 전장(典章)이 이에 갖추어졌다."라고 하였는데, 이를 읊은 것으로 보인다.

628 이(理)와……것이니 : '논어'라는 명칭에 대한 풀이이다. 〈논어집해서(論語集解序)〉의 형병(邢昺)의 소(疏)에, 정현(鄭玄)의 "논어의 논은 륜(綸)·륜(輪)·리(理)·차(次)·찬(撰)의 뜻이다."라는 말을 인용한 뒤, '륜(綸)'은 세상일을 경륜할 수 있다는 의미, '륜(輪)'은 회전하는 바퀴처럼 의미가 무궁하다는 의미, '리(理)'는 온갖 이치가 함축되어 있다는 의미, '차(次)'는 편장(篇章)에 순서가 있다는 의미 등으로 풀이하였다. 또 정현의 《주례주(周禮注)》의 "답술(答述)을 어(語)라 한다."라는 말을 인용하여, '어'는 공자가 제자 및 당시 사람들의 물음에 응답하신 말씀이라는 뜻이라고 하였다.

629 얼굴과……반증하고 : 《논어》 〈술이(述而)〉에 "알려고 분발하지 않으면 깨우쳐 주지 않으며, 표현하려고 애쓰지 않으면 말을 틔워주지 않으며, 한 귀퉁이를 들어주어 나머지 세 귀퉁이를 반증하지 못하면 다시 일러주지 않는다.〔不憤不啓, 不悱不發, 擧一隅, 不以三隅反, 則不復也.〕"라는 구절이 있다. 주희(朱熹)는 《집주(集註)》에서 "분

色辭有待反諸三

충과 서를 의심함이 없으니 하나로 꿰뚫었네[630] 忠恕無疑貫以一

《제론》《노론》 편장에서 몇 길 담장 엿보고[631] 齊魯篇章窺仞墻

기우의 기상으로 쟁그랑 하고 비파를 내려놓았네[632] 沂雩氣像舍鏗瑟

진과 송에서 곤액 당하고 슬픈 노래 연주하니[633] 危陳厄宋奏悲歌

(憤)과 비(悱)는 성의가 얼굴과 말에 드러난 것이다. 배우는 자의 성의가 지극하기를 기다린 뒤에 일러준 것이다."라고 한 정자(程子)의 말을 소개하였다.

630 충(忠)과……꿰뚫었네 : 《논어》 〈이인(里人)〉에 "공자께서 '증삼아! 나의 도는 하나의 이치로 꿰어 있다.'라고 하자, 증자가 '예' 하고 대답하였다.〔子曰 參乎! 吾道一以貫之. 曾子曰唯.〕"라는 구절이 있다. 《집주》에 "증자는 과연 말없이 마음속으로 그 뜻을 깨닫고서 즉시 대답하여 의심함이 없었다."라고 하였다.

631 제론(齊論)……엿보고 : 《제론》과 《노론》은 각각 제(齊)와 노(魯)에서 전하던 《논어》인데, 《제론》에는 〈문왕(問王)〉과 〈지도(知道)〉 두 편이 더 있어 모두 22편이었다. 한나라 장우(張禹)가 《노론》을 중심으로 편찬하여 현재의 《논어》가 되었다. 한편, 노나라 숙손무숙(叔孫武叔)이 공자보다 자공(子貢)이 더 낫다고 하자, 자공이 공자의 학문의 깊이를 담장에 비유하면서 "선생님의 담장은 여러 길이어서 그 문을 찾아 들어가지 못하면 종묘의 아름다움과 백관의 많음을 볼 수가 없다.〔夫子之牆數仞, 不得其門而入, 不見宗廟之美、百官之富.〕"라고 하였다. 《論語 子張》

632 기우(沂雩)의……내려놓았네 : 기우의 기상은 기수(沂水)에서 목욕하고 무우(舞雩)에서 바람을 쐬겠다는 증점(曾點)의 기상을 말한다. 공자가 제자들에게 각자의 뜻을 말하게 하자, 증점이 비파를 타다가 쟁그랑 소리를 내며 내려놓고 말하기를 "기수에서 목욕하고 무우에서 바람 쐬고서 노래를 부르며 돌아오겠습니다.〔浴乎沂, 風乎舞雩, 詠而歸.〕"라고 대답하였다. 《論語 先進》

633 진(陳)과……연주하니 : 공자가 진(陳)나라에서 양식이 떨어져 제자들이 굶주려 자리에서 일어나지 못할 정도였으며, 송(宋)나라 대부 상퇴(向魋)가 공자를 죽이려 하자 공자가 미복(微服) 차림으로 송나라를 지나간 일이 있었다. 당나라 왕발(王勃)의 〈익주부자묘비(益州夫子廟碑)〉에 "송에서 곤액을 겪고 진에서 포위당했으며, 하채 땅에서 슬픈 노래를 연주하셨다.〔厄宋圍陳, 奏悲歌於下蔡.〕"라고 하였다. 《論語 衛靈公》

만년까지 수레를 타고 천하를 주유하셨네　夕照乾坤環轍日

《효경》 孝經

사문의 중요한 도리는 백성의 화목함이니[634]　斯文要道民和睦

인간 세상의 오효가 오복의 근본이네[635]　五孝人間根五福

십팔 편 《효경》은 중니께서 한가히 앉아 계실 때의 내용이니　十八編分尼坐閑

삼천 제자 중에서 오직 증삼을 부르셨네[636]　三千徒外參呼獨

밝음을 본받고 이로움을 따르니[637] 위하는 바가 있고　則明因利有攸爲

《孟子 萬章上》《王子安集 卷13》

634 사문(斯文)의……화목함이니 : 금문 《효경》 〈개종명의장(開宗明義章)〉에 "선왕들은 지극한 덕과 중요한 도가 있어 천하 사람들의 마음을 따라 다스리니, 백성들이 화목하여 상하에 원망이 없었다.〔先王有至德要道, 以順天下, 民用和睦, 上下無怨.〕"라고 하였다.

635 인간……근본이네 : 오효(五孝)는 신분에 따른 다섯 가지 효로, 천자·제후·경대부(卿大夫)·사(士)·서인의 효를 말한다. 당나라 현종(玄宗)의 〈효경정의서(孝經正義序)〉에 "오효의 쓰임은 비록 서로 다르나 효가 모든 행실의 근원이라는 점은 다르지 않다.〔雖五孝之用則別, 而百行之源不殊.〕"라고 하였다.

636 십팔……부르셨네 : 고문 《효경》 첫머리에 "중니께서 한가로이 계실 때 증자가 모시고 앉았는데, 공자께서 '증삼아!……'〔仲尼閑居, 曾子侍坐. 子曰 參!……〕"라고 한 내용이 보인다. 금문 《효경》은 모두 18장으로 구성되어 있다.

637 밝음을……따르니 : 《효경》 〈삼재장(三才章)〉에 "효는 하늘의 경이며 땅의 의이며 백성의 행이다. 하늘과 땅의 경을 백성이 본받으니, 하늘의 밝음을 본받고 땅의 이로움을 따라서 천하 사람들의 마음을 따라 다스린다.〔夫孝, 天之經也, 地之義也, 民之行也. 天地之經, 而民是則之, 則天之明, 因地之利, 以順天下.〕"라는 공자의 말이 있다.

풍속을 바꾸고 고치니[638] 복종하지 않는 이가 없네 易俗移風無不服
《춘추》와 표리가 되어 경서에 들었으니[639] 表裏春秋經籍參
대본[640]을 차근차근 가르쳐 영재를 육성하였네 循循大本英才育

《좌씨전》 左氏傳

선사께서 구두로 전수하자 좌구명이 듣고서 先師口授左丘聽
진실을 전하지 못할까 염려해 이에 편찬하였네[641] 慮失眞傳乃撰定
운월 같은 문장[642]은 하늘에 나타난 형상처럼 분명하고
雲月文章乾象明

638 풍속을 바꾸고 고치니 : 《효경》 〈광지덕장(廣至德章)〉에 "풍속을 고치고 바꾸는 것은 음악보다 좋은 것이 없다.〔移風易俗, 莫善於樂.〕"라는 공자의 말이 있다.

639 춘추와……들었으니 : 〈효경주소서(孝經注疏序)〉에 "제후들을 포폄한 나의 뜻을 보려면 《춘추》를 살펴보고, 인륜을 숭상한 나의 행실을 보려면 《효경》을 살펴보라."라고 한 공자의 말을 인용한 뒤 "여기에서 《효경》이 육경(六經)의 밖에 있기는 하나 《춘추》와 서로 표리가 됨을 알 수 있다.〔是知孝經雖居六籍之外, 乃與春秋爲表矣.〕"라고 하였다.

640 대본 : 당나라 설방(薛放)이 "《논어》는 육경의 정화요, 《효경》은 인륜의 대본이다.〔論語者六經之精華, 孝經者人倫之大本.〕"라고 하였다. 《經義考 卷295 通說1》

641 선사(先師)께서……편찬하였네 : 〈춘추좌전주소서(春秋左傳注疏序)〉에 "좌구명(左丘明)이 중니에게 경(經)을 전수받았다."라는 내용이 보인다. 또 《사기(史記)》 권14 〈십이제후연표(十二諸侯年表)〉에 "노(魯)나라 군자 좌구명이, 제자들이 각기 이론(異論)을 세워 각자의 뜻에 안주하여 그 진실을 잃을까 두려워하였다. 이 때문에 공자의 '사기(史記)'에 의거하여 그 말씀을 구체적으로 논하여 《좌씨춘추》를 완성하였다."라고 하였다.

642 운월(雲月) 같은 문장 : 진(晉)나라 하순(賀循)이 《춘추좌씨전》에 대해 "문채는 운월과 같고, 높고 깊음은 산해와 같다.〔文采若雲月, 高深若山海.〕"라고 하였다. 《北堂書鈔 卷95 藝文部1 春秋》

하산 같은 서적은 몽매한 마음을 밝혀주네[643]	河山笥籍蒙心瑩
후인의 고황에 일침을 가하였고[644]	後人膏肓一鍼加
당세의 과장되었다는 평이 옛 묵적에 남았네[645]	當世浮誇古墨賸
이백여 년 역사에서 소사의 신하가 되었으니[646]	二百年餘素史臣
초나라의 《도올》과 진나라의 《승》과 같네[647]	有如楚杌晉之乘

643 하산(河山)……밝혀주네 : 남조(南朝) 제(齊)나라 사조(謝朓)의 〈좌씨전을 하사한 수왕에게 사례하는 계〔謝隨王賜左傳啓〕〉에 "저는 산처럼 큰 상자의 책을 보지 못했고 일찍부터 강처럼 많은 서적에 어두워 전문으로 공부하는 것을 그만두고 장구를 이야기하지 않았으니, 거의 곤궁함을 겪은 뒤에야 배우고서 부지런히 노력하여 어두운 마음을 밝히게 되었습니다.〔朓未覩山笥, 早懵河籍, 業謝專門, 說非章句, 庶得旣困而學, 括羽瑩其蒙心.〕"라는 내용이 보인다. 《四六法海 卷5》《御定淵鑑類函 卷193 文學部2 春秋5》

644 후인의……가하였고 : 후한(後漢)의 경학자 하휴(何休)가 공양학(公羊學)을 좋아하여 《좌씨고황(左氏膏肓)》을 지었는데, 《춘추좌씨전》의 병통은 고황에 병이 든 것처럼 어찌할 수 없다는 의미이다. 이에 정현(鄭玄)이 《좌씨고황》에 침을 놓는다는 의미의 《침고황(鍼膏肓)》을 지어 반박하니, 하휴가 "정강성(鄭康成)이 내 방에 들어와 내 창을 가지고 나를 친다."라고 탄식하였다고 한다. 《後漢書 卷35 鄭玄列傳》

645 당세의……남았네 : 한유(韓愈)가 〈진학해(進學解)〉에서 《춘추》와 《춘추좌씨전》의 문체를 평하여 "《춘추》는 근엄하고, 《좌씨전》은 과장되었다.〔春秋謹嚴, 左氏浮誇.〕"라고 한 것을 말한 것으로 보인다.

646 이백여……되었으니 : 소사(素史)는 《춘추》를 말하는데, 공자를 소왕(素王)이라 일컬은 데서 나왔다. 소왕은 제왕의 지위는 갖지 못했으나 제왕의 덕을 갖추었다는 의미이다. 또 좌구명이 《춘추좌씨전》을 지어 공자의 도를 서술했으므로 그를 소신(素臣)이라고 부른다. 《춘추》는 노나라 은공(隱公)부터 애공(哀公)에 이르기까지 총 242년간의 기록이다.

647 초(楚)나라의……같네 : 《맹자》 〈이루 하(離婁下)〉에 "진나라의 《승》과 초나라의 《도올》과 노나라의 《춘추》가 똑같은 것이다.〔晉之乘, 楚之檮杌, 魯之春秋, 一也.〕"라는 말이 나온다.

《공양전》 公羊傳

주를 내치고 노를 왕으로 여겨 말을 겸손히 했다고 하는데 黜周王魯用言遜

해를 피하고서 어찌 일찍이 징계하여 권면시킨 적이 있었던가[648] 避害何曾懲以勸

삼과를 온통 변설하니 도청도설처럼 우활하고[649] 總辯三科塗說迂

이창으로 경을 위배하니 매병가처럼 한스럽네[650] 背經二創餠家恨

648 주(周)를……있었던가 : 공양학파(公羊學派)는 《춘추》에 노(魯)나라의 기년(紀年)을 기록한 것에 대해 주나라를 내치고 노나라를 왕으로 여긴 것이라고 인식하였다. 두예(杜預)의 〈춘추좌씨전서(春秋左氏傳序)〉에 "《공양전》을 해설한 자는 '공자가 《춘추》에서 주를 내치고 노를 왕으로 여겼기 때문에 행동은 준엄히 하였으나 말은 겸손히 하여 당시의 해를 피하려 하였다.'라고 하였다.〔言公羊者, 亦云黜周而王魯, 危行言孫, 以辟當時之害.〕"라는 내용이 보인다.

649 삼과(三科)를……우활하고 : 공양학파에서 《춘추》의 필법을 '삼과구지(三科九旨)'로 일컬었는데, 《춘추》 필법에는 세 가지 구분이 있고 각각의 구분마다 세 가지 뜻이 있어서 모두 아홉 가지의 뜻이 있다는 것이다. 하휴(何休)의 설과 송균(宋均)의 설이 대표적인데, 이 삼과구지를 통해 《춘추》를 해석해야 공자의 뜻을 분명히 알 수 있다고 하였다. 또 진(晉)나라 원준(袁準)은 《정론(正論)》에서 "공양고의 책은 도청도설의 책이다.〔公羊高, 道聽塗說之書.〕"라고 하였으며, 청나라 모기령(毛奇齡)도 《곡량전(穀梁傳)》과 《공양전》을 모두 도청도설이라고 비판하였다. 《春秋辯義 卷首3 傳義》 《北堂書鈔 卷95 藝文部1 春秋》 《春秋毛氏傳 卷1》

650 이창(二創)으로……한스럽네 : 이창은 두 가지 창작이라는 의미로, 경을 해설하는 자들이 경의 뜻을 위배하고 임의대로 글을 쓰는 것과 다른 경을 인용하여 구두를 어긋나게 하는 것을 말한다. 하휴(何休)의 〈춘추공양전서(春秋公羊傳序)〉에 "한스럽게도 선사께서 보고 들은 것을 결정짓지 못하여 이창을 따른 것이 많았다.〔恨先師觀聽不決, 多隨二創.〕"라고 하였다. 선사는 하휴의 스승인 대굉(戴宏)을 가리킨다. 한편, 삼국 시대 위(魏)나라 종요(鍾繇)가 《공양전》을 싫어하여 '매병가(賣餠家)'라고 하였는

재단이 훌륭하나 도리어 속되어 시골의 어리석은 자 같고[651] 裁還失俗鄉村蚩

참위로 권도 행하고자 하여 문호가 세워졌네[652] 讖欲行權門戶建

의리의 해석은 한나라 유자를 으뜸으로 인정하니[653] 釋義漢儒許一頭

그에게 왕왕 높은 의론이 있음을 기뻐하네 喜他往往有高論

《곡량전》 穀梁傳

서하가 춘추의 의리를 전수하였고[654] 西河傳授春秋義

데, '과자 가게'라는 말로 자질구레하다는 뜻이다. 《三國志 卷23 魏書 裴潛傳 裴松之注》

651 재단이……같고 : 동진(東晉)의 범녕(范寧)은 〈춘추곡량전서(春秋穀梁傳序)〉에서 "《공양전》은 분명하게 재단을 하였으나 속된 흠이 있다.〔公羊辯而裁, 其失也俗.〕"라고 하였다. 《春秋穀梁傳注疏》 또 진나라 원준(袁準)은 《정론》에서 공양고(公羊高)에 대해 "시골 사람의 변론으로 성인의 경을 논하고자 하였다.〔欲以鄕曲之辯, 論聖人之經.〕"라고 평하였다.

652 참위(讖緯)로……세워졌네 : 한나라 정현(鄭玄)이 "공양은 참위에 뛰어나다.〔公羊善於讖.〕"라고 하였다. 또 《공양전》에 "권도는 무엇인가? 경(經)에 반한 뒤에 훌륭함이 있는 것이다.……권도를 행함에는 도가 있으니, 자신을 억눌러서 권도를 행하고 남을 해치지 않고서 권도를 행한다.〔權者何? 權者反於經然後有善者也.……行權有道, 自貶損以行權, 不害人以行權.〕"라는 구절이 보인다. 《漢書 藝文志考證 卷3》 《春秋公羊傳 桓公11年》

653 의리의……인정하니 : 주희(朱熹)가 "《좌씨전》은 사학이니, 사실은 자세하지만 의리는 어긋난 점이 있고, 《공양전》과 《곡량전》은 경학이니, 의리는 정밀하지만 사실은 잘못된 점이 있다.〔左氏史學, 事詳而理差, 公穀經學, 理精而事誤.〕"라고 한 것을 말한 것으로 보인다. 《困學紀聞 卷5 春秋》

654 서하(西河)가……전수하였고 : 서하는 공자의 제자 자하(子夏)가 물러나 살았던 곳으로, 자하를 일컫는 말로 쓰인다. 《곡량전》을 지은 곡량적(穀梁赤)과 《공양전》을

후세에 분분히 한나라 궁중에서 의론하였네[655] 後世紛紛漢殿議

식견 얕은 학자들이 유장의 저울질 피하지 못했고[656]

膚淺莫逃儒匠衡

아름답고 맑아서 절로 소단의 기치를 세웠네[657] 婉淸自立騷壇幟

십가의 훈석을 모두 부연해 진술하니 十家訓釋皆敷陳

삼전(三傳)의 차이에 대해 각각 논의했네[658] 三子異同各意思

폐질에서 일으킨 이래[659] 경을 잘 이용하니 廢疾起來善用經

지은 공양고(公羊高)는 모두 자하의 제자이다.

655 후세에……의론하였네 : 한나라 경제(景帝)와 선제(宣帝)가 각각 《공양전》과 《곡량전》을 좋아하여 학관(學官)이 세워졌다. 《옥해(玉海)》 권26 〈제학(帝學) 춘추(春秋)〉의 표제어에 "한나라 궁중에서 《공양전》과 《곡량전》의 차이를 의론하다.〔漢殿中議公穀同異.〕"라는 내용이 있다.

656 식견……못했고 : 유장(儒匠)은 범녕(范寧)을 말한 것으로 보인다. 범녕이 위진(魏晉) 이래 《곡량전》을 주해한 학자들에 대해 "《곡량전》을 풀이한 자들이 비록 십가에 가깝지만 모두 식견이 얕은 말학으로 스승의 가르침을 거치지 않아 글의 내용과 형식 및 전거가 이미 볼만한 것이 없다.〔釋穀梁傳者, 雖近十家, 皆膚淺末學, 不經師匠, 辭理典據, 旣無可觀.〕"라고 평한 내용이 보인다. 《春秋穀梁傳注疏 春秋穀梁傳序》

657 아름답고……세웠네 : 범녕이 《곡량전》에 대해 "《곡량전》은 맑고 아름답지만 짧은 것이 흠이다.〔穀梁淸而婉, 其失也短.〕"라고 평한 내용이 보인다. 또 양사훈(楊士勛)은 범녕의 평에 대해 "맑고 아름답다는 것은 문사가 맑고 의리가 통한다는 의미이다.〔淸而婉者, 辭淸義通.〕"라고 하였다. 《春秋穀梁傳注疏 春秋穀梁傳序, 春秋穀梁傳序疏》

658 십가(十家)의……논의했네 : 십가는 위진(魏晉) 이래 《곡량전》에 주석을 붙인 10여 명의 학자를 말한다. 범녕의 〈춘추곡량전서(春秋穀梁傳序)〉에 "이에 저술의 체례를 토론하고 의심스러운 점을 부연해 진술하여, 여러 유자의 같고 다른 설을 널리 보여주었다.〔於是, 乃商略名例, 敷陳疑滯, 博示諸儒同異之說.〕"라고 하였다.

659 폐질(廢疾)에서 일으킨 이래 : 하휴(何休)가 공양학을 좋아하여 《곡량폐질(穀梁廢疾)》을 짓자 정현(鄭玄)이 《기폐질(起廢疾)》을 지어 이를 반박한 것을 말한다. 《後

일장일단 지녀서[660] 나란히 고삐 잡고 나아가네　　一長一短竝驅轡

《맹자》 孟子

요순을 반드시 일컫고 오직 의리를 따르셨으니[661]　堯舜必稱惟義理

제와 양에 가서 왕을 만남에 가고 멈춤이 옳았네[662]

齊梁往見可行止

왕도 높이고 패도 물리쳐 뭇사람의 의심을 끊었고　尊王黜伯斷群疑

인욕을 막고 천리를 보존해 대지를 천명하였네[663]　遏欲存天闡大旨

태산처럼 우뚝하고 야기처럼 청명하며[664]　屹立泰山夜氣淸

漢書 卷35 鄭玄列傳》

660 일장일단 지녀서 : 범녕과 주희가 삼전(三傳)의 장점과 단점을 평한 것을 말한다. 《공양전》과 《곡량전》의 장점과 단점에 대해서는 562쪽 주651・653과 563쪽 주657 참조. 범녕은 또 "《좌씨전》은 아름답고 풍부하지만, 귀신에 관련된 일이 많은 흠이 있다.〔左氏艶而富, 其失也巫.〕"라고 하였다.

661 요순(堯舜)을……따르셨으니 : 《맹자》 〈등문공 상(滕文公上)〉에 "맹자가 인간 본성의 선함을 말하면서 말씀마다 반드시 요순을 일컬었다.〔孟子道性善, 言必稱堯舜.〕"라는 내용이 보인다. '오직 의리를 따랐다'는 것은, 《맹자》 〈고자 상(告子上)〉에 "삶도 내가 원하는 것이고 의도 내가 원하는 것이지만, 이 둘을 겸하여 얻을 수 없다면 삶을 버리고 의를 취하겠다.〔生亦我所欲也, 義亦我所欲也, 二者不可得兼, 舍生而取義者也.〕"라고 한 것을 말한 것으로 보인다.

662 가고 멈춤이 옳았네 : 《맹자》 〈양혜왕 하(梁惠王下)〉의 "길을 감은 누가 시켜서이고, 멈춤은 누가 저지해서이다. 그러나 가고 멈춤은 사람이 시킬 수 있는 것이 아니다.〔行或使之, 止或尼之, 行止非人所能也.〕"라는 구절을 원용한 것으로 보인다.

663 왕도(王道)……천명하였네 : 송나라 손석(孫奭)의 〈맹자음의서(孟子音義序)〉에 "성인의 도를 열어서 뭇사람의 의심을 끊었다.〔開聖人之道, 以斷群疑.〕"라는 말이 보인다. 한편, '왕도를 높이고 패도(霸道)를 물리치는 것'과 '인욕을 막고 천리를 보존하는 것'이 《맹자》 전편의 대지(大旨)이다.

다른 나무 심어도 아름다운 꽃이 붉게 핀다 했네[665] 種來別樹彩花紫
양주 묵적 물리치는 말씀으로 환하게 터놓았으니[666] 秪排楊墨廓如辭
백세의 큰 스승이 추나라의 맹씨라네 百歲師宗鄒孟氏

《이아》 爾雅

《이아》 한 책은 바름에 근접함을 취한 것이니[667] 爾雅一書近取正
구류와 제자백가의 지남침이네[668] 九流百氏指南柄

664 태산(泰山)처럼……청명하며 : 정자(程子)가 "맹자에게는 태산처럼 높은 기상이 있다.〔孟子有泰山巖巖之氣象.〕"라고 하였다. 《二程遺書 卷5》 야기(夜氣)는 사물을 접촉하기 전인 밤중의 맑은 기운으로 본연의 양심을 가리킨다. 《맹자》 〈고자상(告子上)〉에 "야기가 보존될 수 없으면 금수와 거리가 멀지 않게 된다.〔夜氣不足以存, 則其違禽獸不遠矣.〕"라는 내용이 보인다.

665 다른……했네 : '다른 나무'는 제후를 의미하여, 제후라도 왕도정치(王道政治)를 펼치면 천자를 대신할 수 있다는 것을 말한 것으로 보인다. 비슷한 용례로 《무명자집(無名子集)》에 "공자가 주나라를 높임과 맹자가 나무를 따로 심음은 그 말이 비록 달랐지만 처지가 바뀌었다면 말도 서로 달랐을 것이다.〔孔子之尊周、孟子之別樹, 其言雖異,而易地則皆然也.〕"라는 구절이 보인다. 《無名子集 文稿 冊1 伯夷太公不相悖論》

666 양주(楊朱)……터놓았으니 : 한나라 양웅(揚雄)이 "옛날에 양주(楊朱)와 묵적(墨翟)이 정도(正道)를 막자 맹자가 말씀하여 물리쳐서 환히 터놓았다.〔古者楊墨塞路, 孟子辭而闢之廓如也.〕"라고 하였다. 《法言 吾子》

667 이아(爾雅)……것이니 : 당(唐)나라 육덕명(陸德明)의 〈이아주해전술인(爾雅注解傳述人)〉에 "이는 근(近)이고, 아는 정(正)이니, 바름에 근접하여 취할 수 있다는 말이다.〔爾, 近也, 雅, 正也, 言可近而取正也.〕"라고 하였다. 《爾雅注疏 爾雅注解傳述人》

668 구류(九流)와 제자백가의 지남침(指南針)이네 : 〈이아주해전술인〉에 "《이아》는 오경을 훈석하여 동이를 분명히 밝힌 것이니, 실로 구류에 통하는 길이요 제자백가를

숨은 물명 고증하여 주머니에 싸서 보내준 듯하고　物名索隱輸包囊
귀한 서적 수집하여 거울 잡아 비춰준 듯하네　經籍蒐珍歸握鏡
마음속에서 덕을 드러내어 복상에게 전하니　發德于衷傳卜商
백성을 선으로 들어가게 해 원성을 선양하였네[669]　納民於善倡元聖
섭진과 금건이라 훌륭한 유자들을 침잠케 하니　涉津鈐鍵沈英儒
깊은 의미 찾고 표현해 화려한 정원이 빛났네[670]　潭奧探摛華苑映

이해하는 지남이다.〔爾雅者, 所以訓釋五經, 辯章同異, 實九流之通路, 百氏之指南.〕"라고 하였다. 구류(九流)는 원래 선진(先秦) 시기 학술의 아홉 유파를 말하는데, 청나라 심정방(沈廷芳)은 '구경(九經)의 오류이다.'라고 하였다. 《爾雅注疏 爾雅注解傳述人》《十三經注疏正字 卷79 爾雅》

669 마음속에서……선양하였네 : 송(宋)나라 형병(邢昺)의 〈이아주소서(爾雅注疏序)〉에 "무릇 천지가 개벽하여 하늘과 땅과 사람의 삼재가 처음 자리를 잡았고, 성인께서 나와 육예가 이에 일어났으니, 마음속에서 덕을 드러내는 일에 근본을 두어 장차 백성들을 선(善)으로 들어가게 하였다.〔夫混元闢而三才肇位, 聖人作而六藝斯興, 本乎發德於衷, 將以納民於善.〕"라는 내용이 보인다. 복상(卜商)은 공자의 제자 자하(子夏)의 이름인데, 《이아》를 자하가 지었다는 설이 있다. 원성(元聖)은 대성인을 말하며 공자의 시호이기도 하다.

670 섭진(涉津)과……빛났네 : 섭진은 나루터인데, 학문을 하는 문(門)의 비유로 쓰인다. 검건(鈐鍵)은 자물쇠와 열쇠인데, 사물의 핵심이나 관건을 비유하는 말로 쓰인다. 진(晉)나라 곽박(郭璞)의 〈이아주서(爾雅注序)〉에 "《이아》는 진실로 구류의 섭진이요, 육예의 검건이며, 박람하는 사람의 깊은 방이요, 글을 짓는 사람의 화려한 정원이다.……훌륭하고 박식한 선비와 뛰어난 글을 짓는 문객 중에 삼가 완상하고 깊이 음미하며 풀이하지 않는 사람이 없었다.〔誠九流之津涉, 六藝之鈐鍵, 學覽者之潭奧, 摛翰者之華苑也……英儒贍聞之士, 洪筆麗藻之客, 靡不欽玩耽味爲之義訓.〕"라는 말이 보인다.

경소의 대상일에 짓다[671]
景召大祥日作

아, 너의 나이 겨우 잘못을 알 나이였는데[672]	嗟爾得年纔識非
진산의 묵은 풀에 이슬이 처음 말랐네[673]	振山宿草露初晞

671 경소(景召)의 대상일(大祥日)에 짓다 : 경소는 이유석(李裕奭, 1821~1870)의 자이며, 귤산과는 10촌 형제 사이이다. 1848년(헌종14) 문과에 급제하였고, 1858년(철종9)에 황해도 암행어사, 1862년(철종13)에 성천 도호부사(成川都護府使), 1868년(고종5)에 이조 참의를 역임한 기록이 보인다. 《임하필기》에, 이유석이 세상을 떠났을 때 귤산이 제문을 지어 "나이는 딱 쉰이요, 직위는 겨우 이조 참의였네.〔壽正五旬, 位纔三銓.〕"라고 읊었으며 청빈한 생활 속에서도 평생 구차한 말을 하지 않았다고 술회한 뒤, 대상(大祥) 때 길이 멀어 찾아가지 못하고 시를 지어 영결했다는 내용이 보인다. 그리고 위 시 전문을 수록하였는데, 마지막 구절이 "부질없이 시 지어 영원히 돌아감을 부러워하네.〔空賦詩篇羨大歸.〕"라고 되어 있다. 《林下筆記 卷35 薜荔新志》

672 잘못을 알 나이였는데 : 세상을 떠날 때의 나이가 50세였다는 말이다. 춘추 시대 위(魏)나라 대부 거백옥(蘧伯玉)이 "나이 50세 때에 49년 동안의 잘못을 알았다.〔年五十而知四十九年非.〕"라고 했다는 고사에서 나왔다. 《淮南子 原道訓》

673 진산(振山)의……말랐네 : 진산은 진위(振威)에 있는 귤산 집안의 선산(先山)을 가리킨 말로 보인다. 진위는 현재의 경기도 평택시(平澤市) 진위면 지역인데, 이곳에 경주 이씨의 세장지지(世葬之地)가 있다. 귤산의 〈이조 판서로 추증된 이공 묘지〔贈吏曹判書李公墓誌〕〉에 "진위현(振威縣) 북쪽에 우뚝 솟은 무봉산(舞鳳山)이 있는데……이곳은 우리 집안의 세장지지이다.〔振威縣之北, 有山特立曰舞鳳……此我家世葬之地.〕"라는 기록이 보인다. 《嘉梧藁略 冊17》 '묵은 풀'은 묘소를 비유하는 말이다. '이슬이 처음 말랐다'는 것은 여기서는 대상(大祥)이 끝났다는 말이다. 한고조(漢高祖)에게 반기를 들다 패망한 전횡(田橫)의 죽음을 두고 그 문객이 지은 만가 2장 중 1장에 "부추 위에 맺힌 이슬 어이 쉽게 마르나. 이슬은 말라도 내일이면 다시 내리지만, 사람은 죽어서 한 번 가면 언제 돌아오는가.〔薤上朝露何易晞? 露晞明朝更復落, 人死一去何時

때마침 와서[674] 고생 겪은 일 애석해할 만하지만　　適來堪惜經酸苦
죽은 뒤에는 벼슬 높고 낮은 것 무슨 상관이랴　　死後何關爵顯微
세월 흘러 대상이 돌아오니 누가 세월을 붙잡아 머물게 하랴
歲月再回誰挽駐
사람의 마음은 한이 없어 그저 슬피 탄식한다네　　人情無限但歔欷
이생에서 고락을 겪음은 누구나 똑같기에　　此生憂樂一般事
감회 부친 시 지어 영원히 돌아감을 부러워하네　　寓感詩篇艷大歸

歸!〕"라고 한 데서 나왔다.《古今注 音樂》

674 때마침 와서 : 세상에 태어나 살아갔다는 말이다. 노담(老聃)이 세상을 떠났을 때 벗인 진일(秦失)이 조문을 와서 "때마침 온 것은 선생이 올 때였기 때문이요, 때마침 떠난 것은 선생이 갈 때였기 때문이다.〔適來, 夫子時也; 適去, 夫子順也.〕"라고 한 고사가 전한다.《莊子 養生主》

임하의 집에서 더위를 씻어내는데 온종일 들리는 것이라곤 매미 소리뿐이기에[675]

林下廬淘暑 鎭日所聞只蟬聲

씽씽매미는 봄과 가을을 모르고[676]	蟪不知春秋
개구리는 공과 사를 가리지 않네[677]	蛙不爲公私
흐르는 물소리도 오히려 귀를 어둡게 하는데	流水猶聾耳
우는 매미가 거듭 나의 귀를 막는다네	鳴蟬重我欺

675 임하(林下)의……소리뿐이기에 : 임하의 집은 경기도 양주(楊州)의 천마산(天摩山) 동쪽 가오곡(嘉梧谷)에 있는 귤산의 별서(別墅)를 말한다. 귤산은 46세 때인 1859년(철종10)에 가오곡으로 거처를 옮기는데, 현재의 남양주시 화도읍(和道邑) 가곡리(嘉谷里) 일대이다. 《임하필기》에 의하면, 어떤 나그네가 임하의 집에 찾아와 전원생활의 그윽한 일을 시로 주고받은 적이 있는데, '무슨 소리를 듣게 되느냐'는 나그네의 물음에 이 시를 지어 답했다고 한다. 《林下筆記 卷35 薜荔新志》

676 씽씽매미는……모르고 : 《장자(莊子)》 〈소요유(逍遙遊)〉에 "조균은 밤과 새벽을 모르고, 씽씽매미는 봄과 가을을 모른다. 이것은 수명이 짧은 것들이다.〔朝菌不知晦朔, 蟪蛄不知春秋, 此小年也.〕"라는 구절이 있다. 조균은 아침에 피어 저녁에 진다는 버섯이다.

677 개구리는……않네 : 천성이 어리석은 진 혜제(晉惠帝)가 태자였을 때 화림원(華林園)에서 놀다가 개구리 울음소리를 듣고 개구리가 관(官)을 위해서 우는지 사(私)를 위해서 우는지 묻자, 태자 령(太子令) 가윤(賈胤)이 "관청에 있는 놈은 관청을 위해서 울고, 사가(私家)에 있는 놈은 사가를 위해서 웁니다."라고 하니, 관청을 위해서 우는 개구리에게 녹봉을 주라고 했다는 고사가 전한다. 《晉書 卷4 惠帝紀》

기당이 나더러 하는 일이 없어 병이 생겼다고 놀리기에 장난삼아 절구 세 수를 읊다[678]

祁堂嘲余無事生病 戲吟三絶

오랫동안 한가로이 지내며 세상일을 잊으니	久閑忘世事
질병이 빈번히 침범해 찾아오네	疾病頻侵尋
침범하는 질병을 스스로 달게 여기나니	自甘侵疾病
이미 재처럼 식은 마음을 어이하리오	其奈已灰心

세상일은 그대가 짊어지고	世事君擔負
질병은 내가 스스로 찾는다네	疾病我自尋
날마다 분주한 그대 대단하다 여기면서	多君奔走日
도리어 질병이 찾아온 마음을 잊는다오	還忘疾病心

질병과 세상일이	疾病與世事

678 기당(祁堂)이……읊다 : 기당은 홍순목(洪淳穆, 1816~1884)으로, 본관은 남양(南陽)이고, 자는 희세(熙世)이다. 호는 분계(汾溪)이며 기당 역시 호이다. 1844년(헌종10) 문과에 급제하였고, 1872년(고종9)과 1882년(고종19)에 영의정에 올랐다. 1884년에 아들 홍영식(洪英植) 등이 갑신정변을 일으켰다가 실패하고 피살되는 사건이 발생하자, 관직을 삭탈당했고 이어 자결하였다. 1894년 갑오개혁으로 복관되었고, 시호는 문익(文翼)이다. 문집으로 《기당고(祁堂稿)》가 전한다. 이 시의 첫 수는 《임하필기》에도 수록되어 있다. 《林下筆記 卷35 薜荔新志》 한편, 저본에는 '기당(祈堂)'으로 되어 있는데, 《가오고략》 다른 부분에 모두 '기당(祁堂)'으로 기록되어 있으므로 바로잡아 번역하였다.

때로는 함께 찾아오기도 하네	時或幷相尋
질병은 그래도 견딜 만하지만	疾病猶可耐
세상일에 이 마음 어찌 가눌까	世事若爲心

늙은 기생에게 주다[679]

贈老妓

전생인 듯 가무하던 일 봄날 꿈속에 기니	歌舞前身春夢長
깨어나면 어디에선들 슬프지 않으랴	覺來何處不悲傷
쇠잔함과 왕성함은 인력으로 어쩔 수 없고	銷殘盛壯非人力
영락함과 번화함은 각각 한바탕 꿈이라네	冷落繁華各一場
누각에는 무심히 밤 달이 돌아와 뜨고	樓榭無心歸夜月
영웅은 부질없이 슬퍼하며 석양에 눈물 흘리네	英雄枉惜淚斜陽
그대여 이생의 일을 세세히 따지지 마시라	休君細算生來事
미인의 머리는 서리 가득하기 쉽다네	容易名花滿鬢霜

679 늙은 기생에게 주다 : 자하(紫霞) 신위(申緯, 1769~1845)가 만년에 교외에 살면서 늙은 기생에게 주는 시를 지었는데, 귤산의 이 시는 신위 시의 뜻을 부연해 화답한 것이라고 한다. 신위 시의 제목은 〈유월 오일에 우초와 소재와 명은이 함께 나의 거처를 방문하였기에……〔六月五日, 雨蕉篠齋茗隱同過弊居……〉로, 1820년(순조20)에 지은 작품으로 기록되어 있다. 《林下筆記 卷35 薛荔新志》《警修堂全藁 冊7 碧蘆坊藁3》

이 상사 계소 의 〈술회〉 시에 차운하다[680]

次韻李上舍 啓沼 述懷詩

긴긴밤에 무슨 마음으로 홀로 잠들지 못하나	長夜底心獨不眠
곤궁함은 본연의 일이라 도리어 굳게 지키네	困窮本色還他堅
임영[681]의 산수는 우리 동방에 알려졌고	臨瀛山水大東聞
태학에서의 명성은 당세의 현자라 하네	黌舍聲名當世賢
고목도 혹 다시 꽃 피니 마땅히 뒤에 열릴 터이고	枯或復榮宜啓後
일은 다 정해짐이 있으니 모두 예전처럼 하시라	事皆有定總由前
바삐 가는 세월에 덧없는 인생이 꿈만 같으니	忙忙歲月浮生夢
운명은 오로지 하늘에 맡김 만한 것이 없네	造化無如一信天

680 이 상사(李上舍)의……차운하다 : 이계소(李啓沼)의 행적은 불분명한데, 시의 내용으로 보아 강릉(江陵) 출신의 태학생으로 보인다. 《승정원일기》 고종 15년(1878) 5월 21일 기사에 효휘전(孝徽殿) 참봉에 의망된 기록이 보이는데, 동일 인물인지는 미상이다. 상사(上舍)는 소과에 합격하여 성균관에 입학한 생원이나 진사를 가리키는 말이다.

681 임영(臨瀛) : 강원도 강릉(江陵)의 옛 이름이다.

말조심

愼言

말을 조심하라는 훈계는 고금이 따로 없으니	愼言揭訓無今昔
《논어》에 열다섯 번 《주역》에 열두 번이네[682]	十五於論十二易
입을 닫아 길이 머물러두면 상이 돌아옴을 보고	卷舌長留觀象旋
입술을 뒤집어 공연히 가르치면 남의 노여움을 취하네	反唇空敎取人嚇
황금인의 함구를 주나라 태묘에서 물었고[683]	金緘周廟質諸黃
백옥의 하자를 공자 문하에서 갈아 없앴네[684]	圭玷孔門磨有白

682 말을……번이네 : 《임하필기》에 이 두 구절을 자신이 예전에 지은 시구라고 소개한 뒤, "《논어》에서 말을 조심하게 한 것이 열다섯 번이고, 《주역》에서 말을 조심하게 한 것이 열두 번이다.〔魯論愼言者十五, 周易愼言者十二.〕"라고 하였다. 《林下筆記 卷35 薜荔新志》

683 황금인(黃金人)의……물었고 : 황금인의 함구(緘口)는 금으로 만든 인형의 입을 세 겹으로 봉한 것을 말하는데, 말을 삼가는 것을 의미한다. 《설원(說苑)》 〈경신(敬愼)〉에 "공자가 주나라에 가서 태묘(太廟)를 참관하실 적에 오른쪽 섬돌 앞에 금인(金人)이 있었는데, 그 입이 세 겹으로 꿰매져 있고 그 등에 '옛날의 말을 신중히 한 사람이니, 경계하고 경계하라. 말을 많이 하지 말라.'라고 새겨져 있었다."라는 고사가 전한다.

684 백옥(白玉)의……없앴네 : 《시경》 〈억(抑)〉에 "백규의 흠은 그래도 갈아서 없앨 수 있지만, 이 말의 흠은 어떻게 할 방법이 없다.〔白圭之玷, 尙可磨也, 斯言之玷, 不可爲也.〕"라는 구절이 있는데, 공자의 제자 남용(南容)이 매일 이 구절을 세 번씩 반복해서 외우며 말을 조심하자, 공자가 이를 훌륭하게 여겨 형의 딸을 남용에게 시집보냈던 고사가 전한다. 백규는 백옥을 말한다. 《論語 先進》

우호를 내고 전쟁을 일으킨다고 늘 경계하였으니[685]

出好興戎非不懲

성현이 된 뒤에야 입으로 하는 말에 가릴 것이 없다네[686]

聖賢然後口無擇

685 우호(友好)를……경계하였으니 : 《서경》 〈대우모(大禹謨)〉에 "입은 우호를 만들기도 하고 전쟁을 일으키기도 한다.〔惟口出好興戎.〕"라는 구절이 있다.

686 성현이……없다네 : 《효경(孝經)》 〈경대부장(卿大夫章)〉에 "입에는 가릴 말이 없고 몸에는 가릴 행실이 없어서, 말이 천하에 가득해도 말로 인한 허물이 없고, 행실이 천하에 가득해도 원망과 미움을 받는 일이 없다.〔口無擇言, 身無擇行, 言滿天下, 無口過; 行滿天下, 無怨惡.〕"라는 구절이 있다.

〈귀거래사〉에 차운하다

次歸去來辭韻

돌아가자 돌아가자	歸去來兮歸去來兮
나의 숲이 울창하니 어찌 돌아가지 않으랴	我林繁茂胡不歸
나의 마음이 이미 만족하면 몸도 만족하고	我心旣足身亦足
기뻐하는 것이 없을 때 슬퍼하는 것도 없네	無所喜時無所悲
신선이 어느 곳에 내려왔나	神仙何處降
멀다고 여기지 않고 내가 쫓아가려 하네	不遠我欲追
봄과 가을을 예순 번 겪었으니	春秋閱六十
나의 잘못 알기를 누가 먼저 하였던가[687]	孰先知吾非
집 가까이엔 푸른 산이 우뚝 솟았으니	近宅靑山屹
벽려 덩굴 거두어서 옷을 만든다네[688]	薜荔搴爲衣
앞길을 물을 필요도 없으니[689]	不必問前路
아침저녁 푸른 산 기운이 떨어지는 곳이라오	朝暮滴翠微

687 봄과……하였던가 : 《장자(莊子)》 〈칙양(則陽)〉에 "거백옥은 나이 60세가 되는 동안 60번 변화하였다.〔蘧伯玉行年六十而六十化.〕"라는 고사가 전한다. 또 《회남자(淮南子)》 〈원도훈(原道訓)〉에는 거백옥이 나이 50세가 되어 49년 동안의 자신의 잘못을 알았다는 고사가 있다.

688 벽려(薜荔)……만든다네 : 은자의 옷차림을 형용한 말이다. 벽려는 향기 나는 나무 덩굴 이름으로, 은자가 입는 옷을 벽려의(薜荔衣)라고 한다.

689 앞길을……없으니 : 도잠(陶潛)의 〈귀거래사〉에 "길 가는 나그네에게 앞길을 물으니, 새벽빛이 희미함을 한하노라.〔問征夫以前路, 恨晨光之熹微.〕"라는 구절이 있다.

물이 흘러 도리어 일이 많으니	水流還多事
나를 맞이해 어이 달려오지 않으랴	迎我胡競奔
큰 소나무는 한가로이 담장을 덮고	喬松閑覆垣
드리운 버들은 또 문을 마주하고 있네	垂柳又對門
마침내 저 마루와 방을 바라보니	乃瞻彼室堂
거문고와 책이 여전히 남아 있다네	而琴書尙存
하인은 산에서 말 모는 일 벗어나고	僮僕卸山御
어린아이는 술 단지를 지니고 있네	稚子携酒樽
고목이 우거져 이 몸을 가려주고	老樹陰陰惟翳身
옛 정원은 넓어서 웃음 지을 만하네	故園納納可解顔
지난날 이 초막을 지어놓은 건	昔年茅棟成
바로 오늘의 편안함을 위해서였지	偏爲今日安
돌길에 이끼 어지러우니 사람 없음을 알겠고	交苔石逕知無人
쑥대 문에 깃든 제비는 본래 상관하지 않았네	棲鷰蓬戶故不關
지팡이와 나막신으로 발길 따라 가고 멈추며	笻屐隨行止
돌아온 봄기운을 가만히 살펴보네	春意回靜觀
들꽃은 절로 떨어졌다가 곧 절로 피고	閑花自落旋自開
산새는 날아갔다 다시 날아서 돌아오네	山鳥飛去更飛還
높은 곳에 올라 한번 길게 휘파람 부노라니	登高一長嘯
갑자기 용산의 환온이 생각나네[690]	忽憶龍山桓

690 높은……생각나네 : 높은 곳에 오르는 것은 중양절(重陽節)의 풍속이다. 진(晉)나라 정서대장군(征西大將軍) 환온(桓溫)이 중양절에 막료 부하들을 모두 불러 용산(龍山)에서 주연을 베풀었던 고사가 전한다. 이를 용산회(龍山會)라고 한다.《晉書

돌아가자 돌아가자 歸去來兮歸去來兮

그대와 함께 즐겁게 노닐고자 하네 請與之子以遨遊

어둠 속을 가면서 지팡이로 땅을 더듬는 격이니[691] 冥行而擿埴

무엇을 연연해하고 다시 무엇을 구하리오 何戀復何求

백 년 세월 훌쩍 가버림도 일순간이니 百年倏忽一瞬間

아, 즐거움은 적고 근심은 많네 繄少樂多憂

심한 추위와 더위와 장마에 모두 원망하니[692] 祁寒暑雨皆怨咨

세상 사람의 마음은 논밭에 붙어 있다네 世情寄田疇

때로는 작은 수레를 타기도 하고 或駕小車

때로는 빈 배를 타기도 하여 或乘虛舟

저 들판 둘러싼 뽕과 삼을 즐겁게 얘기하고 好說桑麻循彼野

아름다운 이 언덕[693]에 개오동과 삼나무 먼저 심었네 先種檟杉樂斯丘

卷98 孟嘉列傳》

691 어둠……격이니 : 갈 길을 모른 채 세상을 살아왔다는 말이다. 양웅(揚雄)의 《법언(法言)》 〈수신(修身)〉에 "맹인이 지팡이로 땅을 더듬어서 길을 찾아 어둠 속을 가는 것과 같을 뿐이다.〔素擿埴索塗, 冥行而已.〕"라는 구절이 있다.

692 심한……원망하니 : 《서경》 〈군아(君牙)〉에 "여름에 무덥고 비가 내리면 백성들이 원망하며, 겨울에 크게 추우면 백성들이 또한 원망한다.〔夏暑雨, 小民惟曰怨咨, 冬祁寒, 小民亦惟曰怨咨.〕"라는 내용이 보인다.

693 아름다운 이 언덕 : 원래 묘지를 가리키는 말인데, 여기서는 균산이 먼저 조성한 수장(壽藏)의 의미로 쓰였다. 459쪽 주341 참조. 춘추 시대 위(衛)나라 대부 공숙문자(公叔文子)가 거백옥(蘧伯玉)과 함께 산책하다가 "아름답도다, 이 언덕이여! 죽으면 이곳에 묻히고 싶다.〔樂哉斯丘也! 死則可欲葬焉.〕"라고 말한 고사가 전한다. 《禮記 檀弓上》

푸르디푸른 산이 사방을 둘러 있고　蒼蒼山環立

마을과 마을마다 물이 감싸며 흐르네　村村水抱流

성쇠는 만물에 다 운수가 있으니　盈虛物有數

쉬지 않고 흐르는 이치를 느끼네　流行感不休

그만두자 그만두자　已矣乎已矣乎

지금 내가 돌아가지 않고 어느 때를 기다리랴　今我不歸待何時

어찌 내가 좋아하는 바에 자취를 맡기지 않으랴　曷不托跡吾所好

어이하여 쉬지 않고 다니며 어디로 가려는가　胡爲乎營營將安之

나아갈지 물러날지 내 스스로 알고 있으니　出處吾自知

이치를 따르며 감히 속이지[694] 못하네　理順不敢欺

치군택민[695]하려던 초심을 저버리고　初心負致澤

김을 매리라던 예전 계획을 이루었네　夙計遂耘耔

공연히 경세제민의 계책을 엿보았고　空窺經濟策

부질없이 관괴의 시[696]를 읊었다네　漫賦管蒯詩

나의 뜻이 이미 먼저 정해졌으니　其志已先定

어찌 성인을 기다려 질정할 필요 있으랴　何待聖人以質疑

694 속이지 : 원문은 '기(欺)'인데, 〈귀거래사〉에는 이 부분의 글자가 '기(期)'로 되어 있다. 두 글자는 다 평성 '지(支)' 운(韻)이다.

695 치군택민(致君澤民) : 임금을 요순(堯舜) 같은 성군으로 만들어 백성에게 은택을 끼치는 것을 말한다.

696 관괴(菅蒯)의 시 : 하찮은 재주를 지닌 사람이라도 버리지 말라는 의미의 시이다. 관괴는 노끈을 꼴 수 있는 왕골과 띠풀인데, 《춘추좌씨전》 성공(成公) 9년 조에 "비록 명주실과 삼실이 있더라도, 왕골과 띠풀을 버리지 말라.〔雖有絲麻, 無棄菅蒯.〕"라는 일시(逸詩)가 보인다.

범려오호도. 익재의 시에 차운하다[697]

范蠡五湖圖 次益齋韻

천고토록 전해오는 〈범려오호도〉는	千古遺傳范蠡圖
생신에 홀로 바친 그림을 후인이 모사한 거라오	生朝獨獻後人摹
내 마음이 만족하면 몸도 곧장 만족하나니	我心自足身還足
맑은 물 흐르는 곳 그 어디가 오호 아니랴	何處淸流非五湖

697 범려오호도(范蠡五湖圖)……차운하다 : 범려(范蠡)는 춘추 시대 월왕(越王) 구천(句踐)의 모신(謀臣)으로, 월왕을 보좌하여 오(吳)나라를 멸망시킨 뒤 오호(五湖)에 배를 띄우고 노닐었다고 한다.《國語 越語下》〈범려오호도(范蠡五湖圖)〉는 오호에서 노닌 범려의 고사를 소재로 그린 그림인데, 기록에 따라 〈범려유오호도(范蠡遊五湖圖)〉로 되어 있기도 하다. 송나라 진집중(陳執中)이 박주 판관(亳州判官)으로 있을 때 69세의 생일이 되자 친족들이 모두 장수를 기원하는 〈노인성도(老人星圖)〉를 올렸는데 조카 진세수(陳世修)만은 〈범려유오호도〉를 올리니, 진집중이 매우 기뻐하며 그날로 부절(符節)을 반납하고 돌아가 이듬해에 마침내 치사(致仕)하였다는 고사가 전한다.《東軒筆錄 卷8》 익재는 이제현(李齊賢, 1287~1367)의 호로, 본관은 경주이고, 자는 중사(仲思)이다. 귤산이 차운한 시는 이제현의 〈국재의 횡파 열두 수를 읊다〔菊齋橫坡十二詠〕〉 중 제12수인 〈범려의 오호〔范蠡五湖〕〉이다.《益齋亂藁 卷3》

《주역》을 읽다. 정포은의 시에 차운하다[698]

讀易 次鄭圃隱韻

노인이 바위 위에 앉아서	老人石上坐
바람 소리 속에 불볕더위 보내네	風籟送炎紅
하나의 이치가 천지에 통하니	一理通天地
바람과 불이 육육궁에 펼쳐지네[699]	巽離六六宮

698 주역을……차운하다 : 정포은(鄭圃隱)은 정몽주(鄭夢周, 1337～1392)를 말한다. 본관은 영일(迎日)이고, 자는 달가(達可)이며, 포은은 그의 호이다. 귤산이 차운한 시는 정몽주의 〈주역을 읽다[讀易]〉 2수 중 첫째 수이다. 《圃隱集 卷2》

699 바람과……펼쳐지네 : 두 번째 구절의 '바람 소리 속에 불볕더위 보내네'라는 말을 《주역》의 괘로 설명한 것으로 보인다. 《주역》의 손괘(巽卦)는 바람을 상징하고, 이괘(離卦)는 불을 상징하며, 이 두 괘가 합하면 가인괘(家人卦)가 된다. 《주역》 〈가인괘 정전서(程傳序)〉에 "괘가 밖은 손이고 안은 리이니, 바람이 불로부터 나옴이 되니, 불이 치성하면 바람이 나온다.[卦外巽內離, 爲風自火出, 火熾則風生.]"라는 말이 있다. 육육궁(六六宮)은 삼십육궁(三十六宮)으로, 천지를 의미하는 말로 쓰인다. 소옹(邵雍)의 시 〈관물음(觀物吟)〉에 "삼십육궁이 모두 봄이다.[三十六宮都是春.]"라는 구절이 있다.

옛사람을 읊다. 서사가의 시에 차운하다[700]

詠古人 次徐四佳韻

아, 내가 늦게 태어나	嗟矣我生晩
옛사람을 뵙지 못했네	古人不見之
옛사람도 나를 보지 못하니	古人不見我
고금에 그 한이 얼마나 되겠는가[701]	今古恨如其

700 옛사람을……차운하다 : 서사가(徐四佳)는 서거정(徐居正, 1420~1488)이다. 본관은 대구(大丘)이고, 자는 강중(剛中)이며, 사가는 그의 호이다. 귤산이 차운한 시는 서거정의 〈옛사람〔古人〕〉인데, 원운은 칠언율시이다. 《四佳集 卷52》

701 아……되겠는가 : 남조(南朝) 제(齊)나라의 장융(張融)이 초서에 능함을 자부하여 항상 탄식하기를, "내가 옛사람을 보지 못한 것은 한스럽지 않지만, 옛사람이 또 나를 보지 못하는 것은 한스럽다.〔不恨我不見古人, 所恨古人又不見我.〕"라고 했다는 고사가 전한다. 《南史 卷32 張融列傳》

두통을 읊은 시. 노소재의 시에 차운하다[702]

頭疼詩 次盧蘓齋韻

어려서부터 병 많은 이로 나만 한 이가 없으니	自少善病莫如我
다리 통증 허리 통증 아프지 않은 달이 없었네	脚疼腰疼無虛月
가장 견디기 어려운 건 심장과 복통이니	最是難堪心腹疼
머리까지 올라와 기운이 갑자기 발작하네	上升頭臚氣暴發
두 눈은 휘둥그레지고 입에선 신음이 나와	雙瞳瞠瞠口呼呼
정신이 아뜩하여 그칠 때가 없다네	慌惚神精罔時歇
기둥을 치받은 듯하고 돌을 깨는 듯하며	或撞柱而或碎石
삼대로 묶는 듯하고 뼈를 뚫는 듯하네	或縛麻兮或鑿骨
내 살점 무쇠 아니니 어찌 두들김을 견디랴	我肉非鐵何堪打
내 살갗 갑옷 아니니 어찌 침벌을 막아내랴	我皮非甲何捍伐
한창 심할 때는 온 세상이 뿌옇고	方其劇也天地霿
장군이 공중에서 만 명 병사 모는 듯하네	將軍空中驅萬卒
천 가닥 금빛으로 난데없이 번개가 치니	千道金光無從電
도끼로 쪼개듯 번쩍번쩍하고 도끼로 내리치듯 번뜩번뜩하네	皪皪大斧閃閃鉞

702 두통을……차운하다 : 노소재(盧蘇齋)는 노수신(盧守愼, 1515~1590)이다. 본관은 광주(光州)이고, 자는 과회(寡悔)이며, 소재는 그의 호이다. 1543년(중종38) 문과에 장원급제하였고, 영의정까지 올랐다. 귤산이 차운한 시는 노수신의 〈두통을 읊은 시 85운을 지어서 아픈 증상을 갖추어 서술하여 스스로 마음을 풀다〔頭疼詩八十五韻備述疼狀以自遣〕〉인데, 원운은 오언시이다. 《蘇齋集 卷3》

숫양의 뿔로 울타리를 들이받은 꼴 몇 번이나 보았나[703]

羚角幾看羝觸藩

가련해라 머리 싸매고 나무 그늘로 달아나는 쥐 신세라네

抱頭可憐鼠竄樾

잠시 뒤 통증 그치면 육신[704]에게 고하고　少焉疼止詔六神

베개에 엎드려 신음하니 그 소리가 불안하네　伏枕喘囈聲窸窣

이 병은 종류마다 원인과 내막이 있으니　此病種種有源委

세상에 양의 없다고 어찌 감히 말하리오　世無良醫其敢曰

나의 병은 이제 내가 스스로 알겠으니　我病而今我自知

작악부터 소양까지[705] 갑자기 생겨 슬프다네　作噩昭陽慟倉猝

사나운 화기에 땅에 넘어진 듯 마음이 황당하니　火烈地投心荒唐

대낮에 하늘이 무너지듯 정신이 나갔었네　白晝天崩神飛越

가슴이 울렁대며 아픈 것이 평생의 고질이었는데　斗胸怔疼平生痼

이것이 모여 병이 되어 머리에까지 들었네　萃而爲病入于顱

지금까지 이십사 년 동안　迄今二十四年間

703 숫양의……보았나 : 수없이 두통으로 진퇴양난의 곤경에 빠졌다는 말이다. 《주역》〈대장괘(大壯卦) 상육(上六)〉에 "숫양이 울타리를 들이받아 물러나지도 못하고 나아가지도 못한다.〔羝羊觸藩, 不能退, 不能遂.〕"라는 말이 있다.

704 육신(六神) : 각각 심장〔心〕, 허파〔肺〕, 간(肝), 콩팥〔腎〕, 지라〔脾〕, 쓸개〔膽〕를 주재한다는 여섯 신을 말한다.

705 작악(作噩)부터 소양(昭陽)까지 : 작악은 십이지 중 유(酉)의 별칭인데, 기유년인 1849년(헌종15)을 일컬은 것으로 보인다. 소양은 십간 중 계(癸)의 별칭인데, 계유년인 1873년(고종10)을 말하는 듯하다. 이 시의 아래 구절에 자신이 이 병을 앓은 것이 24년이 되었다는 언급이 있다.

이런 화기가 없었던 때가 없었네　無日無時無此暍
세월만 손꼽으며 기다렸으나 병이 낫기 어려워　摟指歲月難痊却
손 모아 밤낮으로 속히 쓰러져 죽게 해달라 빌었네
祝手日夜速僵蹶
두 아이가 일러바쳐 상제가 크게 노하여　二豎控訏帝赫怒
강퍅한 너의 고집을 벌해야겠다 한 것이리라[706]　愎汝膠固可以罰
재계하고 산방에서 제문 갖추어 고하니　薰沐山齋齎文告
원컨대 굽어살펴 크게 흔드는 것을 용서하소서[707]　願言鑑臨寬太扤
창려가 궁귀를 전송한 일[708] 옛날에 들었고　昔聞昌黎送窮鬼
또한 동파가 마갈을 탄식한 일[709]이 있었네　亦有坡翁歎磨蝎

706 두……것이리라 : 두 아이는 병마(病魔)의 별칭이다. 춘추 시대 진(晉)나라 경공(景公)의 꿈에 병마가 두 아이〔二豎〕의 모습으로 나타나 고황(膏肓) 사이에 숨는 바람에 끝내 병을 고칠 수 없었다는 고사에서 나왔다.《春秋左氏傳 成公10年》 한편, 귤산이 차운한 노수신의 시에 "두 아이가 내 강퍅한 성질을 흉잡아, 상제께 아뢰어 나를 꽤나 헐뜯었다네.〔豎也短我愎, 上訴頗相訐.〕"라는 구절이 있다.

707 크게……용서하소서 : 병마로 자신을 크게 벌하는 것을 용서해달라는 말이다.《시경》〈정월(正月)〉의 "하늘이 나를 흔듦이여, 마치 나를 이기지 못할 듯이 하는구나.〔天之扤我, 如不克我.〕"라는 구절을 원용한 표현이다.

708 창려(昌黎)가……일 : 한유(韓愈)가 〈궁귀를 전송하는 글〔送窮文〕〉을 지은 것을 말한다. 궁귀는 사람을 곤궁하게 만드는 귀신이다.《古文眞寶 後集 卷3》

709 동파(東坡)가……일 : 마갈(磨蝎)은 마갈궁(磨蝎宮)이라는 별자리 이름이다. 고대 점성가들은 사람의 몸과 운명이 이 별자리에 처하면 고난이 많다고 여겼다. 소식(蘇軾)의 글에 "한퇴지의 시에 '내가 태어날 적에 달이 남두에 있었다.'라고 하였으니, 퇴지는 마갈을 신궁(身宮)으로 삼았음을 알겠다. 나도 곧 마갈을 명궁(命宮)으로 삼아 평생토록 비방을 많이 받았으니, 아마도 한퇴지와 같은 병에 걸린 것이리라.〔退之詩云: 我生之辰, 月宿南斗. 乃知退之磨蝎爲身宮, 而僕乃以磨蝎爲命, 平生多得謗譽, 殆是同

괴로움 많았으니 마땅히 새로운 곳을 따르고　多爾辛苦宜從新
일신에서 때처럼 씻기더라도 탄식하지 말라　盪垢一身莫嗟咄
비록 때처럼 씻기더라도 내가 용서받지 못하리니　雖其盪垢我不赦
마려처럼 제자리만 돌며[710] 날마다 골몰하리라　磨驢踏迹日汨汨

病也.]"라는 내용이 있다. 《東坡全集 卷101 命分》

710 마려(磨驢)처럼 제자리만 돌며 : 변화 없이 항상 제자리만 맴돌게 될 것이라는 말이다. 마려는 연자방아를 끄는 나귀를 말한다.

경회루의 진풍정을 읊은 시. 김점필재의 시에 차운하다[711]
慶會樓進豐呈詩 次金佔畢齋韻

다리 곁에는 뭇 관원이 늘어서 있고 橋畔千官列
경회루 위에서는 온갖 연희 펼쳐지네 樓頭百戲陳
최고의 상서는 저 들에서 함께하고[712] 上祥同彼野
지극한 즐거움은 끝없이 퍼져 나가네 至樂曁無垠
덕을 선양해 세 번 외치며 찬미하고 宣德歎三唱
백성과 더불어 여덟 진미를 함께하네 與民共八珍
성군이 다스리는 중흥한 세상에서 中興聖主世
상서로운 해를 다시 공경히 인도하네[713] 瑞日復寅賓

711 경회루(慶會樓)의……차운하다 : 김점필재(金佔畢齋)는 김종직(金宗直, 1431~1492)이다. 본관은 선산(善山)이고, 자는 계온(季昷)이며, 점필재는 그의 호이다. 귤산이 차운한 시는 김종직의 〈오월 십칠일에 상이 경회루에 나와서 의정부와 육조에 진풍정을 내렸다〔五月十七日上御慶會樓下議政府六曹進豐呈〕〉 3수 중 첫 번째 수이다. 《佔畢齋集 卷23》 진풍정(進豐呈)은 대궐에서 베푸는 연회 중 규모가 가장 큰 연회이다.

712 저 들에서 함께하고 : 《주역》 〈동인괘(同人卦)〉 괘사(卦辭)에 "사람과 함께하되 들에서 하면 형통하다.〔同人于野, 亨.〕"라는 구절이 있다.

713 상서로운……인도하네 : 《서경》 〈요전(堯典)〉에 "뜨는 해를 공경히 인도하여 봄 농사를 고르게 다스렸다.〔寅賓出日, 平秩東作.〕"라는 구절이 있다.

연못 물고기에 대한 탄식. 김하서의 시에 차운하다[714]

池魚歎 次金河西韻

가련하게 빼끔거리며 연못에서 살아가니	憐爾呴嚅池底生
어찌하면 강과 바다에서 본성을 다 펼칠까	若爲江海盡形情
정월 초하루에 방생한 고사가 아직도 전해지니[715]	故事猶傳元日放
삶아 먹은 교인을 조사할 필요 없다네[716]	不須究問校人烹

714 연못……차운하다 : 김하서(金河西)는 김인후(金麟厚, 1510~1560)를 말한다. 본관은 울산(蔚山)이고, 자는 후지(厚之)이며, 하서는 그의 호이다. 귤산이 차운한 시는 김인후의 〈연못 물고기에 대한 탄식〔池魚嘆〕〉 2수 중 첫 번째 수이다. 《河西集 卷6》

715 정월……전해지니 : 춘추 시대 진(晉)나라 조간자(趙簡子)에게 어떤 백성이 정월 초하루에 비둘기를 바치자, 조간자가 비둘기를 방생해주며 자신이 은혜로운 사람임을 보여준 고사가 전한다. 《列子 說符》

716 삶아……없다네 : 교인(校人)은 연못을 관리하는 하급 관원이다. 춘추 시대 정(鄭)나라 대부 자산(子產)이 살아 있는 물고기 두 마리를 선물로 받고 교인을 시켜 연못에 놓아주게 했는데, 교인이 물고기를 삶아 먹고서 풀어주었다고 거짓으로 고한 고사가 전한다. 《孟子 萬章上》

세 노인을 읊은 시. 소양곡의 시에 차운하다[717]

三老詩 次蘇陽谷韻

늙은 장수 老將

자신을 돌보지 않고 나라에 몸 바친 지 몇 년인가	許國幾年不有身
만 리의 누런 모래 속에 풍진을 많이도 겪었네	黃沙萬里飽風塵
고개 돌려도 온 세상에 얘기 나눌 사람 없어	回頭一世無人語
그저 구유 앞에서 늙은 말을 가까이할 뿐이네	只向槽前老驥親

늙은 선비 老儒

먹과 종이에 골몰하여 반평생을 그르쳤으니	埋沒鉛槧誤半生
천 올 머리칼에 원치 않은 흰 눈이 절로 내렸네	不求自至雪千莖
해마다 낙양 거리에서 꽃과 새를 한탄하며[718]	洛陌年年花鳥恨
권태롭게 묵은 원고 들고서 다시 논한다네	倦將宿藁更論評

717 세……차운하다 : 소양곡(蘇陽谷)은 소세양(蘇世讓, 1486~1562)이다. 본관은 진주(晉州)이고, 자는 언겸(彦謙)이며, 양곡은 그의 호이다. 1509년(중종4) 문과에 급제하였고 호조와 병조의 판서 등을 지냈다. 균산이 차운한 시는 각각 소세양의 〈늙은 장수〔老將〕〉와 〈늙은 선비〔老儒〕〉와 〈늙은 종〔老奴〕〉이다. 《陽谷集 卷5》

718 해마다……한탄하며 : 매년 과거에 낙방했다는 말이다. 당(唐)나라 노선(盧僎)의 〈도중에 읊다〔途中口號〕〉라는 시의 "옥을 안고 세 번이나 초나라에 조회했고, 글을 품고 열 번이나 진나라에 올렸네. 해마다 낙양의 거리에서는, 꽃과 새가 돌아가는 사람을 희롱하네.〔抱玉三朝楚, 懷書十上秦. 年年洛陽陌, 花鳥弄歸人.〕"라는 구절을 원용한 표현이다. 기록에 따라 이 시의 작자가 곽향(郭向)으로 된 곳도 있다. 《全唐詩 卷203》《文苑英華 卷292》

늙은 종 老奴

마고자 같은 누런 옷이 허리춤까지 내려왔으니	過腰褂樣土黃衣
문 앞에서 수염 흔들며 하릴없이 위세를 부리네	鬚奮門前謾作威
오물을 내가고 밭을 개간하는 모든 일에	出穢墾田諸事業
어린 종들을 날마다 쫓아다니며 지휘하네	群僮日逐與之揮

죽서루를 읊은 시. 신기재의 시에 차운하다[719]

竹西樓詩 次申企齋韻

여울 소리는 밤까지 이어져 세차고	灘聲連夜急
벌레 소리는 가을 들어 깊어만 지네	蟲語入秋深
벌레 소리 여울 소리 어우러져서	蟲語灘聲和
높은 누각에서 저마다 마음을 토로하네	高樓各吐心

719 죽서루(竹西樓)를……차운하다 : 신기재(申企齋)는 신광한(申光漢, 1484~1555)이다. 본관은 고령(高靈)이고, 자는 한지(漢之)이며, 기재는 그의 호이다. 1510년(중종5) 문과에 급제하였고 이조 판서와 대제학 등을 역임하였다. 귤산이 차운한 시는 신광한의 〈죽서루에서 밤에 읊다〔竹西樓夜吟〕〉이다. 죽서루는 강원도 삼척(三陟)에 있는 누각이다. 《企齋集 卷5》

퇴천을 읊다. 이퇴계의 시에 차운하다[720]

詠退川 次李退溪韻

마음이 물러나자 몸 또한 물러났으니	心退身亦退
선생께서는 학문의 경지 깨달으셨네	先生悟學境
시냇물 흘러감이 이와 같으니[721]	溪流逝如斯
백 년 인생의 속된 생각을 살피네	百年塵慮省

720 퇴천(退川)을……차운하다 : 이퇴계(李退溪)는 이황(李滉, 1501~1570)이다. 본관은 진보(眞寶)이고, 자는 경호(景浩)이며, 퇴계는 그의 호이다. 균산이 차운한 시는 이황의 〈퇴계(退溪)〉이다. 퇴천(退川)은 현재의 경기도 남양주시 퇴계원(退溪院) 지역을 일컬은 말인데, 균산은 가오곡(嘉梧谷)과 서울을 오갈 때 잠시 쉬어가기 위해 퇴천에 작은 집을 마련하고 '퇴천게려(退川憩廬)'라고 했다고 한다. 《退溪集 卷1》《嘉梧藁略 冊12 退川憩廬記》

721 시냇물……같으니 : 《논어》 〈자한(子罕)〉에 공자가 시냇가에 있으면서 "가는 것이 이와 같구나. 밤이고 낮이고 멈추지 않는도다.〔逝者如斯夫! 不舍晝夜.〕"라고 탄식한 고사가 전한다.

바다를 바라보며 읊은 시. 이율곡의 시에 차운하다[722]

觀海詩 次李栗谷韻

혼돈 시절 어느 때 푸른 원기를 깨트렸나	混沌何時破太淸
아득한 지축이 물가 모래톱 너머에 있네	渺茫坤軸隔洲汀
붕새가 날아서 떠가는 듯 높이 솟구쳐 일어나고	鵬飛去去高翔擧
닭이 낳은 알처럼 둥글둥글 두 눈이 생겨나네	鷄子團團兩眼生
비에 씻긴 푸른 유리는 빛이 일정하지 않고	雨洗碧璃光不定
바람에 뒤집힌 흰 눈 같은 물거품은 기세가 여전히 움직이네	風翻白雪氣猶行
바위에 떨어지는 조수가 멀리서 씻어 내리면	石頭潮落遠相盪
허공에서 천둥소리가 들리는 듯하네	訝聽空中雷一聲

722 바다를……차운하다 : 이율곡(李栗谷)은 이이(李珥, 1536~1584)를 말한다. 본관은 덕수(德水)이고, 자는 숙헌(叔獻)이며, 율곡은 그의 호이다. 귤산이 차운한 시는 이이의 〈바다를 보다〔觀海〕〉이다. 《栗谷全書 拾遺 卷1》

스스로를 돌아보는 시. 정한강의 시에 차운하다[723]

自省詩 次鄭寒崗韻

간담은 밝은 햇살에 비추는 듯하고	膽肝照白日
마음속의 일은 푸른 하늘에 묻는다네	心事質蒼天
빛과 기운을 사람들이 모두 보니	光氣人皆見
하나하나 분명하게 드러난다네	磊磊落落然

723 스스로를……차운하다 : 정한강(鄭寒岡)은 정구(鄭逑, 1543~1620)를 말한다. 본관은 청주(淸州)이고, 자는 도가(道可)이며, 한강은 그의 호이다. 귤산이 차운한 시는 정구의 〈스스로를 돌아보다〔自省〕〉이다. 《寒岡集 卷1》

술과 시에 대한 노래. 권석주의 시에 차운하다[724]

詩酒歌 次權石洲韻

이백은 백 편의 시를 지었고[725]	李白百篇詩
도령은 술동이에 술이 가득했네[726]	陶令盈樽酒
그런데 나는 어떤 사람이런가	而我何如人
시도 술도 잊은 지 오래라네	詩酒相忘久
두 신선을 그 누가 따를 수 있으랴	二仙誰可追
좋은 약속을 스스로 저버림이 부끄럽네	佳約愧自負
이름은 실제의 손님이니	名者實之賓
어찌 헛된 명성으로 훗날을 도모하랴	何用浮華以圖後
재주는 못 미쳐도 뜻은 미칠 수 있으니	其才不及志可及
옛날로 거슬러 올라가 이백과 도령을 벗한다네	李白陶令尙與友
귀비가 황제 앞에서 벼루를 받들었으니	妃子奉硯萬歲前

724 술과……차운하다 : 권석주(權石洲)는 권필(權韠, 1569~1612)이다. 본관은 안동(安東)이고, 자는 여장(汝章)이며, 석주는 그의 호이다. 송강(松江) 정철(鄭澈)의 문인으로, 평생 벼슬하지 않은 채 일생을 마쳤다. 귤산이 차운한 시는 권필의 〈술과 시에 대한 노래〔詩酒歌〕〉이다. 《石洲集 卷2》

725 이백(李白)은……지었고 : 두보(杜甫)의 〈음중팔선가(飮中八仙歌)〉에 "이백은 술 한 말에 시가 백 편인데, 장안의 저잣거리 술집에서 자기도 하네.〔李白一斗詩百篇, 長安市上酒家眠.〕"라는 구절이 있다.

726 도령(陶令)은……가득했네 : 도령은 팽택 령(彭澤令)을 지낸 진(晉)나라 도잠(陶潛)을 일컫는 말이다. 도잠의 〈귀거래사(歸去來辭)〉에 "어린아이 손을 잡고 방에 들어가니, 술이 술동이에 가득히 있네.〔携幼入室, 有酒盈樽〕"라는 구절이 있다.

취중에 신을 벗고 손에 붓을 잡았네[727] 醉中脫靴筆在手

어린아이가 문에서 기다리니 오류의 아래요 稚子候門五柳下

돌아와 두건으로 술을 거르니 머리가 젖었네[728] 歸來漉巾濡其首

나의 왼쪽에는 만 권의 책이 있고 吾左萬卷書

나의 오른쪽에는 하나의 술 단지가 있네 吾右一口卣

나의 생이 이와 같고 다시 이와 같으니 此生如是復如是

어찌 다섯 말 곡식과 한 말 술을 부러워하랴[729] 何羨五斗而一斗

727 귀비(貴妃)가……잡았네 : 이백이 한림공봉(翰林供奉)으로 있을 때 술에 잔뜩 취한 채 현종(玄宗)이 베푼 잔치에 불려가 고력사(高力士)에게 자신의 신을 벗기게 한 뒤 청평조(淸平調) 3장을 지은 일이 있었다. 고력사는 현종 때의 환관으로, 표기대장군(驃騎大將軍)에 오른 인물이다. 이백이 이 일로 인해 고력사와 양귀비(楊貴妃)의 미움을 받아 쫓겨나 말을 타고 화음현(華陰縣)을 지났는데, 화음 현령이 말을 타고 관청 앞을 지나는 이백을 붙잡아 이름을 물으니 이백이 종이를 청해 "황제의 손으로 내 국의 간을 맞추어주었고, 고력사가 신을 벗겨주었으며, 귀비(貴妃)가 벼루를 받들었다."라고 적었다고 한다. 《新唐書 卷202 李白列傳》《李太白集注 卷36 外記》

728 어린아이가……젖었네 : 도잠의 〈귀거래사(歸去來辭)〉에 "마침내 집이 보여 기뻐하며 달려가니, 어린 하인은 환영하고 어린아이는 문에서 기다리네.〔乃瞻衡宇, 載欣載奔, 僮僕歡迎, 稚子候門.〕"라는 구절이 있다. 또 도잠은 집 앞에 다섯 그루의 버드나무를 심어놓고 자신의 호를 '오류선생(五柳先生)'이라고 하였다. 한편 도잠은 술이 익으면 갈건(葛巾)으로 술을 걸러낸 뒤 다시 머리에 썼다고 한다. 《陶淵明集 卷6 五柳先生傳》《南史 卷75 陶潛列傳》

729 어찌……부러워하랴 : 다섯 말 곡식은, 도잠이 팽택 령(彭澤令)으로 있을 때 군(郡)에서 파견한 독우(督郵)의 시찰을 받게 되자 "내가 다섯 말 쌀 때문에 허리를 굽혀 향리의 어린아이에게 굽실거릴 수는 없다.〔我不能爲五斗米折腰向鄕里小兒.〕"라고 하고, 곧장 고향으로 돌아갔던 고사를 말한다. 《晉書 卷94 陶潛列傳》 또 한 말 술은, 이백의 시 〈달빛 아래 홀로 술을 따르며〔月下獨酌〕〉에서 "석 잔을 마시면 대도에 통하고, 한 말을 마시면 자연과 합치되네.〔三杯通大道, 一斗合自然.〕"라고 한 것을 말한다.

봄 여름 가을 겨울이 바뀌는 것도 묻지 않고	不問春夏秋冬嬗
천둥 치고 비바람 우는 것도 묻지 않네	不問雷霆風雨吼
왕도든 패도든 옳다 여기지 않고	不是王與霸
요절하든 장수하든 그르다 여기지 않으며	不非殤與壽
부귀와 빈천에 슬퍼하거나 기뻐하지 않으며	富貴貧賤不悲喜
약하든 강하든 박대하거나 후대하지 않네	孱弱豪健不薄厚
때로는 산꼭대기와 물가에서	或山巔水涯
때로는 달빛 아래 꽃밭과 안개 속 버들에서	或月花煙柳
흥이 나면 술 마시고 취하면 읊으니	興來輒酒醉來吟
우리 성군께서 내려주신 은혜가 아님이 없네	無非受賜我聖后

《李太白集 卷22》

구름에게 묻다. 유서애의 시에 차운하다[730]

問雲 次柳西厓韻

아득한 외로운 구름은 어디로 가나	孤雲漠漠向何處
저 하늘가 천 리요 다시 만 리라네	天際千里復萬里
한바탕 바람 불어 그치지 않으니	一陣風來吹不已
흩어졌다 모였다가 그칠 곳에 그치네	或散或聚止於止
순식간에 모습 변해 아침저녁 다르지만	須臾變態朝暮異
의도 있어 기이한 모습 만든다고 말하지 말라	休道有心作奇詭
잠깐 지나는 비는 감히 해를 가리지 못하니	片時過雨莫敢蔽
뜨거운 태양이 지척에서 굽어보네	太陽烈烈臨尺咫

730 구름에게……차운하다 : 유서애(柳西厓)는 유성룡(柳成龍, 1542～1607)이다. 본관은 풍산(豐山)이고, 자는 이현(而見)이며, 서애는 그의 호이다. 귤산이 차운한 시는 《서애집》 권1에 수록된 유성룡의 〈구름에게 묻다〔問雲〕〉로 보인다. 그런데 원운의 운자는 리(里)·지(止)·심(心)·침(祲)으로 환운(換韻)을 했고, 귤산의 이 차운시는 리(里)·지(止)·궤(詭)·지(咫)로 모두 상성(上聲) 지(紙) 운을 사용하였다.

시냇물 소리를 듣다. 윤오음의 시에 차운하다[731]

聽澗 次尹梧陰韻

대로 엮은 울타리에 상쾌한 바람 불어와	竹編籬落爽吹來
지팡이에 짚신 신고 잎 사이로 야윈 이끼를 밟네	穿葉笻鞋踏瘦苔
바람 소리 시냇물 소리 빈 골짝에 울리니	簌簌潺潺空谷響
천지조화에 참여해 사시사철 우렛소리를 내네	參之造化四時雷

731 시냇물……차운하다 : 윤오음(尹梧陰)은 윤두수(尹斗壽, 1533~1601)이다. 본관은 해평(海平)이고, 자는 자앙(子仰)이며, 오음은 그의 호이다. 1558년(명종13) 문과에 급제하였고, 좌의정까지 올랐다. 귤산이 차운한 시는 윤두수의 〈기해년(1599, 선조32) 5월에 노동의 작은 별장으로 갔다가 취중에 우는 시냇물 소리를 듣고 우연히 짓다〔己亥五月 往蘆洞小莊 醉聞鳴磵聲偶題〕〉이다. 《梧陰遺稿 卷2》

빗질을 마치고 읊은 시. 성우계의 시에 차운하다[732]

梳罷詩 次成牛溪韻

쉰아홉 나이가 되고 보니	行年五十九
머리에 무엇이 생겼나	頭上有何生
성근 머리에 서리 오히려 일찍 내리니	短髮霜猶早
깊은 밤에도 잠을 이루지 못하네	深宵夢未成
구름 낀 산은 다가와 문으로 들어오고	雲山來入戶
바람 속 제비는 기둥에 붙어 지저귀네	風燕語黏楹
시냇가에 봄꽃이 피어났으니	溪畔春花發
꽃향기에 성령을 기르리라	花香養性靈

732 빗질을……차운하다 : 성우계(成牛溪)는 성혼(成渾, 1535~1598)이다. 본관은 창녕(昌寧)이고, 자는 호원(浩原)이며, 우계는 그의 호이다. 1551년(명종6) 생원시와 진사시에 모두 합격했으나 과거를 포기한 채 학문에 전념하였으며, 여러 차례 벼슬에 임명되었으나 대부분 나가지 않았다. 귤산이 차운한 시는 성혼의 〈빗질을 마치고서 우연히 짓다〔梳罷偶題〕〉이다. 《牛溪集 卷1》

사시를 읊은 시. 이한음의 시에 차운하다[733]

四時詞 次李漢陰韻

온 산에 꽃 붉고 풀싹은 부드러우며	萬山花紫草芽柔
단오의 훈풍에 산빛의 푸르름이 흐를 듯하네	午日薰風綠欲流
익은 이삭 고개 숙이니 서리 소식 이르고	老穗垂垂霜信早
눈 속에 사람이 서서 낚싯바늘 드리우네	雪中人立釣魚鉤

733 사시를……차운하다 : 이한음(李漢陰)은 이덕형(李德馨, 1561~1613)이다. 본관은 광주(廣州)이고, 자는 명보(明甫)이며, 한음은 그의 호이다. 1580년(선조13) 문과에 급제하였고, 영의정까지 올랐다. 귤산이 차운한 시는 이덕형의 〈사시사를 지어 이웃 어른 이인보께 부치다〔四時詞寄隣丈李仁甫〕〉 4수 중 첫째 수이다. 《漢陰文稿 卷1》

아들 녀석이 낮잠을 자기에 장난삼아 쓰다. 이지봉의 시에 차운하다[734]

豚兒晝寢戲書 次李芝峯韻

책 한 권도 읽지 않고 열여섯이 되었으니	不讀一書十六年
은근과 어로를 제멋대로 읽는다네[735]	銀根魚魯自任便
홍곡이 이를 때 생각해도 오히려 겨를이 없는데[736]	鴻鵠至時猶未暇
두건 벗고 대낮에 게을리 낮잠만 즐기고 있네	脫巾白晝懶甘眠

734 아들……차운하다 : 이지봉(李芝峯)은 이수광(李睟光, 1563~1628)이다. 본관은 전주(全州)이고, 자는 윤경(潤卿)이며, 지봉은 그의 호이다. 1585년(선조18) 문과에 급제하였고, 이조 판서 등을 지냈다. 귤산이 차운한 시는 이수광의 〈아들 녀석이 낮잠을 자기에 장난삼아 쓰다〔豚兒晝寢戲書〕〉이다. 《芝峯集 卷2》

735 은근(銀根)과……읽는다네 : 비슷한 글자를 구별할 줄 모른다는 말이다. 한유(韓愈)의 아들 창(昶)이 우둔했는데, 집현 교리(集賢校理)로 있을 때 사전(史傳)에 있는 금근거(金根車)를 잘못 기록된 것이라 하여 '근(根)' 자를 '은(銀)' 자로 고쳤던 고사가 전한다. 금근거는 천자가 타는 황금으로 장식한 수레이다. 《尙書故實》 또 《포박자(抱朴子)》 〈하람(遐覽)〉에 "글씨를 세 번 베껴 쓰면 '어(魚)' 자가 '노(魯)' 자로 변하고, '허(虛)' 자가 '호(虎)' 자로 변한다."는 말이 있다.

736 홍곡(鴻鵠)이……없는데 : 공부하며 잠깐 다른 생각을 해도 학문을 이룰 수가 없다는 말이다. 홍곡은 기러기와 고니를 말한다. 《맹자》 〈고자 상(告子上)〉에 "혁추(奕秋)로 하여금 두 사람에게 바둑을 가르치게 했는데, 한 사람은 마음과 뜻을 다해 오직 혁추의 말을 듣고, 또 한 사람은 혁추의 말을 듣기는 하나 마음 한편에 '기러기와 고니가 날아오면 활과 주살을 당겨 잡아야겠다'라고 생각한다면, 비록 함께 배우더라도 그만 못할 것이다.〔使奕秋誨二人奕, 其一人專心致志, 惟奕秋之爲聽, 一人雖聽之, 一心以爲有鴻鵠將至, 思援弓繳而射之, 雖與之俱學, 弗若之矣.〕"라는 맹자의 말이 있다.

네 가지 시름을 읊다. 이월사의 시에 차운하다[737]

四愁吟 次李月沙韻

시에 대한 시름으로 이백과 두보가 괴로워했고　詩愁李杜苦
술에 대한 시름으로 필탁과 유령[738]이 간절했으며　酒愁畢劉切
유람에 대한 시름으로 사마자장이 수고로웠고[739]　遊愁子長勞
노래에 대한 시름으로 경경이 걸출해졌네[740]　歌愁慶卿傑

737 네……차운하다 : 이월사(李月沙)는 이정귀(李廷龜, 1564～1635)이다. 본관은 연안(延安)이고, 자는 성징(聖徵)이며, 월사는 그의 호이다. 1590년(선조23) 문과에 급제하였고, 좌의정까지 올랐다. 귤산이 차운한 시는 이정귀의 〈양 감군의 네 가지 시름에 대한 시에 차운하다〔次梁監軍四愁詩〕〉 4수 중 첫 번째인 '시수(詩愁)'를 읊은 시이다. 그런데 귤산은 이 한 수의 시에서 '시수' 이외에 '주수(酒愁)', '유수(遊愁)', '가수(歌愁)'까지 한꺼번에 읊었다. 참고로 양 감군은 1622년(광해군14)에 명나라 감군어사(監軍御史)로 조선에 나온 양지원(梁之垣)이다. 한편, 이정귀의 원운은 각 18구로 된 칠언시 4수이다. 《月沙集 卷12》

738 필탁(畢卓)과 유령(劉伶) : 술을 좋아했던 인물이다. 필탁은 진(晉)나라의 이부랑(吏部郞)으로, 자는 무세(茂世)이다. 남의 집 술을 밤에 훔쳐 먹다가 붙잡힐 정도로 술을 좋아하였다고 한다. 유령은 진(晉)나라 죽림칠현(竹林七賢)의 한 사람으로 〈주덕송(酒德頌)〉을 지었으며, 외출할 때 늘 술병을 들고 나가면서 사람에게 삽을 메고 따라오게 하다가 자기가 죽으면 그 자리에 파묻도록 한 고사가 전한다. 《晉書 卷49 畢卓列傳, 劉伶列傳》

739 유람에……수고로웠고 : 사마자장(司馬子長)은 사마천(司馬遷)으로, 자장은 그의 자이다. 사마천은 천성적으로 유람을 좋아하여 일찍이 중국 천하를 유람하였고, 이때 얻은 산천에 대한 지식으로 인해 명문장가가 되었다고 한다. 《史記 卷130 太史公自序》

740 노래에……걸출해졌네 : 경경(慶卿)은 위(衛)나라의 자객 형가(荊軻)를 말한다. 연(燕)나라 저자에서 축(筑)을 잘 타는 고점리(高漸離)와 노래를 부르며 즐겼고,

네 가지 시름이 어떠한 시름이런가	四愁是何愁
후인들은 부질없이 저마다 말을 하네	後人徒其說
이 시름을 나는 모두 갖고 있으니	我則皆幷兼
한스러이 노래하는 혀를 놀리지 않네	不掉恨唱舌
그저 조용히 은거하는 마음 잡고서	只把幽居懷
길이 읊으며 만년을 의탁한다네	永言托晩節

연나라 태자 단(太子旦)을 위해 진시황(秦始皇)을 암살하려고 떠날 때 역수(易水) 가에서 고점리의 축에 화답하여 "바람이 소슬하니 역수가 차갑네. 장사가 한번 떠나가니 다시는 돌아오지 못하리.〔風蕭蕭兮易水寒, 壯士一去兮不復還.〕"라고 노래하였다.《史記 卷86 刺客列傳 荊軻》

산중의 재상. 신상촌의 시에 차운하다[741]

山中相 次申象村韻

산중의 재상은 무슨 낙을 즐기는가	山中相樂何樂
이광이 후에 봉해지지 않았으니[742]	李廣不封侯
오랑캐 말이 부질없이 가을에 살이 올랐네	胡馬空肥秋

산중의 재상은 무슨 낙을 즐기는가	山中相樂何樂
일 년 동안 정사에 참여하고	一年參政事
구 년 동안 허위에 있었네[743]	九年在虛位

741 산중의……차운하다 : 신상촌(申象村)은 신흠(申欽, 1566~1628)이다. 본관은 평산(平山)이고, 자는 경숙(敬叔)이며, 상촌은 그의 호이다. 1586년(선조19) 문과에 급제하였고, 대제학과 예조 판서 등을 역임하였다. 귤산이 차운한 시는 신흠의 악부(樂府) 〈산중의 재상〔山中相〕〉 8수이다. 《象村集 卷3》 산중의 재상은 양(梁)나라 도홍경(陶弘景)을 일컫는 말이다. 도홍경이 조정의 고관을 지내고 구곡산(句曲山)에 은거했는데, 양 무제(梁武帝)가 국가의 중대사를 반드시 그에게 자문한 데서 유래하였다. 《南史 卷76 隱逸列傳 陶弘景》 한편, 귤산의 시 〈술회(述懷)〉 25수 중 제13수에 "산중의 재상은 어떠한 관직이기에, 도홍경은 편안해하고 나는 불안해하는가?〔山中宰相是何官, 弘景安之我不安?〕"라는 구절이 있는 것으로 보아, 산중의 재상은 자신을 의미한 말로도 보인다. 《嘉梧藁略 冊3》

742 이광(李廣)이……않았으니 : 이광은 활을 잘 쏘기로 이름이 높았던 한나라의 명장이다. 그의 부하들은 군공(軍功)으로 인해 후(侯)에 봉해진 자들이 많았는데, 이광 자신은 흉노를 정벌한 혁혁한 공에도 불구하고 후에 봉해지지 않았다. 《史記 卷109 李將軍列傳》

743 일 년……있었네 : 귤산은 1864년(고종1) 6월에 좌의정에 임명되었다가 이듬해

산중의 재상은 무슨 낙을 즐기는가 山中相樂何樂
깊고 그윽한 부중이라는 말 우스우니[744] 可笑潭潭府
시골 마을에서 어찌 보호해줌이 있으랴 鄕村焉有護

산중의 재상은 무슨 낙을 즐기는가 山中相樂何樂
범 발자국이 말굽과 수레 자국을 대신하는데 虎迹替蹄輪
내대 쓰고 벼슬아치를 만난다네[745] 褦襶見縉紳

산중의 재상은 무슨 낙을 즐기는가 山中相樂何樂
현단복에 홑옷을 걸쳐 입고서 玄端綴襜褕
푸르게 펼쳐진 풀밭에 앉아 담소한다네 綠鋪班草茵

2월에 사직소를 올려 해임된 뒤 5월까지 수원 유수(水原留守)로 잠깐 재직하였으며, 이후 1873년(고종10) 11월에 다시 영의정에 임명될 때까지 특별한 실직(實職) 없이 가오곡(嘉梧谷)에 은거하였는데, 이 사실을 말한 것으로 보인다.

744 깊고……우스우니 : '깊고 그윽한 부중〔潭潭府〕'은 재상이 거처하는 곳을 말한다. 한유(韓愈)의 시 〈성남에서 독서하는 아들 부에게 주다〔符讀書城南〕〉에 "한 사람은 말 앞의 졸개가 되어, 채찍 맞은 등에 구더기가 생기고, 한 사람은 공이나 재상이 되어, 깊고 그윽한 부중에 거처하네.〔一爲馬前卒, 鞭背生蟲蛆, 一爲公與相, 潭潭府中居.〕"라고 한 데서 온 말이다. 《韓昌黎集 卷6》

745 내대(褦襶)……만난다네 : 관원들이 시골로 찾아온다는 말로 보인다. 내대는 햇빛을 가리기 위해 쓰는 삿갓을 말하는데, 진(晉)나라 정효(程曉)의 시에 "지금 내대 쓴 사람이, 더위를 무릅쓰고 남의 집을 찾아가니, 주인이 손님 왔다는 말을 듣고는, 이맛살 찡그리며 이 일을 어쩔꼬 하네.〔只今褦襶子, 觸熱到人家, 主人聞客來, 嚬蹙奈此何?〕"라는 구절이 있다. 《海錄碎事 卷9下 嘲熱客》

산중의 재상은 무슨 낙을 즐기는가	山中相樂何樂
하늘은 길고 땅은 드넓으니	天長與地濶
발걸음이 물외로 벗어나 있네	步履物外脫

산중의 재상은 무슨 낙을 즐기는가	山中相樂何樂
손으로 악기의 가락[746]을 연주하면서	手按鍾呂律
아득히 산수의 음[747]을 생각한다네	緬憶山水音

산중의 재상은 무슨 낙을 즐기는가	山中相樂何樂
무슨 낙을 즐기는가	樂何樂
산중에 의탁한 삶이라네	山中託

746 악기의 가락 : 원문은 '종려율(鍾呂律)'인데, 종려를 악기의 의미로 보아 이렇게 번역하였다. 그런데 아래 구절의 내용을 염두에 두면 '종(鍾)'은 종자기(鍾子期)로, '여율'은 율려(律呂) 즉 악기로 보아 '종자기가 들은 악기'로 번역할 수 있을 듯하다. 또 '종려'를 신선인 종리권(鍾離權)과 여동빈(呂洞賓)의 합칭으로 보면, '신선의 음률'로도 번역이 가능해 보인다.

747 산수의 음(音) : 지음(知音)을 뜻하는 아양곡(峨洋曲)으로, 춘추 시대 백아(伯牙)가 타고 그의 벗 종자기(鍾子期)가 들었다는 거문고의 곡조이다. 백아가 거문고를 타면서 고산(高山)에 뜻을 두자 종자기가 "높디높기가 마치 태산과 같도다.〔峨峨兮若泰山.〕"라고 하였고, 또 유수(流水)에 뜻을 두자 "넓고 넓기가 마치 강하와 같도다.〔洋洋兮若江河.〕"라고 했던 고사에서 유래하였다.《列子 湯問》

가마. 최간이의 시에 차운하다[748]

藍輿 次崔簡易韻

명산에 약속 남긴 지 육십 년	留約名山六十年
말과 수레는 이 산 앞에 이르지 못하네	蹄輪不及此山前
두 사람은 매고 두 사람은 들고 가니	兩人擔擧兩杠去
천 봉우리뿐 아니라 하늘에도 오르네	非但千峯亦上天

748 가마……차운하다 : 최간이(崔簡易)는 최립(崔岦, 1539~1612)이다. 본관은 통천(通川)이고, 자는 입지(立之)이며, 간이는 그의 호이다. 1559년(명종14) 문과에 장원으로 급제하였고, 간성 군수(杆城郡守)와 형조 참판 등을 역임하였다. 귤산이 차운한 시는 최립의 〈가마[藍輿]〉인데, 간성 군수로 있을 때 금강산을 유람하고 지은 시이다. 한편, 귤산 역시 1865년(고종2)에 내금강과 외금강 및 관동팔경(關東八景)을 두루 유람한 뒤 《봉래비서(蓬萊秘書)》를 남겼다. 《簡易集 卷8 東郡錄》《林下筆記 卷37 蓬萊秘書》

흰머리를 뽑으며. 이동악의 시에 차운하다[749]

鑷白鬢 次李東岳韻

밝은 창 앞에서 흰머리를 뽑으니	明窓鑷白髮
아무 일 없이 한가로울 때라네	無事閑居時
흰머리를 뽑자니 도리어 일이 많아	鑷白還多事
속 시원히 물들이는 것이 낫겠네	不如快染絲

749 흰머리를……차운하다 : 이동악(李東岳)은 이안눌(李安訥, 1571~1637)이다. 본관은 덕수(德水)이고, 자는 자민(子敏)이며, 동악은 그의 호이다. 1599년(선조32) 문과에 급제하였고, 동래 부사(東萊府使)와 형조 판서 등을 역임하였다. 귤산이 차운한 시는 이안눌의 〈흰머리를 뽑으며〔鑷白髮〕〉이다.《東岳集 卷10》 한편, 저본에는 제목이 '흰 수염〔白鬢〕'으로 되어 있으나, 시 첫 구에 '흰머리'라고 표현한 점과 이안눌 시에 차운한 점을 고려하여 '흰머리'로 번역하였다.

백발을 읊은 노래. 장여헌의 시에 차운하다[750]

皓首吟 次張旅軒韻

늙어도 아이 적 마음이 변하지 않아	老來不改稚童心
깊은 골목에서 풀싸움에 파피리를 부네	鬪草吹葱巷曲深
촌아이들 떼로 모여 놀려대며 웃기에	村兒群聚揶揄笑
이리저리 지팡이 휘두르니 곧장 물러나네	揮杖東西便却侵

750 백발을……차운하다 : 장여헌(張旅軒)은 장현광(張顯光, 1554~1637)이다. 본관은 인동(仁同)이고, 자는 덕회(德晦)이며, 여헌은 그의 호이다. 여러 차례 벼슬에 임명되었으나 대부분 출사하지 않고 학문에 전념하였다. 귤산이 차운한 시는 장현광의 〈백발을 읊은 노래〔皓首吟〕〉이다. 《旅軒集 卷1》

행로난. 정동명의 시에 차운하다[751]

行路難 次鄭東溟韻

산 위에는 바위가 높이 솟았고	山上石巖巖
산 아래에는 등나무가 우거졌네	山下藤離離
길을 가기가 어렵고 힘겨우니	行步唯艱難
누가 길이 평탄하다고 말했나	誰云路平夷
입을 막음은 시내를 막는 것보다 심하지만[752]	防口川爲甚
입으로 녹임이 무쇠도 녹임을 슬퍼할 만하네[753]	鑠口金可悲

751 행로난……차운하다 : 정동명(鄭東溟)은 정두경(鄭斗卿, 1597~1673)이다. 본관은 온양(溫陽)이고, 자는 군평(君平)이며, 동명은 그의 호이다. 1629년(인조7) 문과에 장원으로 급제하였고, 부수찬과 정언을 역임한 뒤로는 벼슬에 나아가지 않았다. 귤산이 차운한 시는 정두경의 〈행로난(行路難)〉 19수 중 제13수로 보이는데, 정두경의 시는 한 번 환운(換韻)이 있지만 귤산의 시는 환운하지 않았다. '행로난'은 세상살이의 어려움을 읊은 악부가사(樂府歌辭)의 이름이다. 《東溟集 卷8》

752 입을……심하지만 : 비방을 막으면 그 폐해가 심하다는 말이다. 주(周)나라 여왕(厲王)이 폭정을 행하여 백성들의 비방이 많았는데, 여왕이 위(衛)나라 무당을 얻어 비방하는 백성을 감시하게 하고 무당이 고발하면 즉시 처형하니 백성들이 감히 비방하지 못하였다. 이에 여왕이 "내가 비방을 그치게 하였다.〔吾能弭謗矣.〕"라고 하자, 소공(召公)이 "이것은 막은 것입니다. 백성의 입을 막는 것은 물을 막는 것보다 폐해가 심하니, 물이 막혔다가 터지면 사람을 많이 해치게 됩니다. 백성들도 이와 같습니다.〔是鄣之也. 防民之口, 甚於防水, 水壅而潰, 傷人必多, 民亦如之.〕"라고 한 고사가 전한다. 《史記 卷4 周本紀》

753 입으로……만하네 : 많은 사람의 비방이 무쇠도 녹일 수 있다는 말이다. 전국시대 장의(張儀)가 위왕(魏王)에게 "뭇사람의 입은 무쇠도 녹일 수 있고, 참소가 쌓이면 뼈도 녹일 수 있다.〔衆口鑠金, 積毁銷骨.〕"라고 한 고사가 전한다. 《史記 卷70 張儀

그대 보지 못했나	君不見
궁에 들어가면 곱든 밉든 시기받는 것을[754]	入宮見妬無美惡
예부터 지사들이 몇 번이나 탄식했던가	從古志士幾歎咨
야윈 말도 백락의 돌아봄을 얻었고[755]	瘦馬亦得伯樂顧
박옥은 변화의 알아줌을 벗어나지 않았네[756]	頑璞不免卞和知
큰 바다의 무소와 산의 코끼리는	大海兕犀山之象
인간 세상에 상아와 뿔과 가죽을 내맡기네	一任人間齒角皮
쟁기 벗기고 몰고 나와 수놓은 비단옷을 입히고[757]	脫耒驅出文繡衣
산천의 신은 붉은 털 희생을 버려두지 않네[758]	山川不舍騂犁犧

列傳》

754 궁에……것을 : 《사기(史記)》 권23 〈추양열전(鄒陽列傳)〉에 "여자는 미추에 상관없이 궁에 들어가면 질투를 당하고, 선비는 현우(賢愚)에 상관없이 조정에 들어가면 시기를 받는다.〔女無美惡, 入宮見妒; 士無賢不肖, 入朝見嫉.〕"라는 말이 있다.

755 야윈……얻었고 : 백락(伯樂)은 말〔馬〕을 잘 감별했던 춘추 시대 진 목공(秦穆公) 때의 사람인데, 그가 한 번 돌아보자 말의 값이 열 배나 뛰었다는 고사가 전한다. 《戰國策 燕策2》

756 박옥(璞玉)은……않았네 : 박옥은 가공하지 않은 옥을 말한다. 변화(卞和)는 춘추 시대 초(楚)나라 사람이다. 산에서 박옥을 얻어 여왕(厲王)과 무왕(武王)에게 바쳤다가 임금을 속였다는 누명을 쓰고 두 차례나 발뒤꿈치가 잘리는 형벌을 받은 뒤, 문왕(文王)이 박옥의 가치를 알아주어 '화씨벽(和氏璧)'을 만들었다는 고사가 전한다. 《韓非子 和氏》

757 쟁기……입히고 : 초나라의 왕이 사신을 보내 장자(莊子)를 재상으로 초빙하자 장자가 사신에게 "그대는 희생으로 바쳐지는 소를 보았는가? 수놓은 비단을 입히고〔衣以文繡〕 꼴과 콩을 먹이는데, 소가 끌려서 태묘(太廟)에 들어갈 때가 되어 비록 어미 잃고 잘 못 먹는 소가 되고자 한들 그렇게 될 수 있겠는가?"라고 하며 제안을 거절한 내용이 보인다. 《莊子 列禦寇》 이 시에서는 희생으로 쓰일 만한 소의 가치를 알아본다는 의미로 쓰였다.

주나라 시골에서 상보가 낚시를 그만둔 날[759] 周野尙父罷釣日
조가의 장군이 군사를 시험했던 때[760] 趙家將軍試甲時
모두 몸은 늙었으나 마음은 늙지 않았으니 俱是身老心不老
확삭[761]함을 후인이 비웃을까 도리어 부끄러워했네 矍鑠反愧後人嗤
그대 보지 못했나 君不見
부주산을 들이받아 한 모서리 부러졌음을 不周山觸一角折
공공의 큰 노여움은 또한 어리석게 여길 만하네[762] 共工嚇怒亦堪癡

758 산천의……않네 : 공자의 제자 중궁(仲弓)은 그 부친의 출신이 미천하였는데, 공자가 중궁을 평하면서 "얼룩소의 새끼가 색이 붉고 또 뿔이 바르게 났다면 비록 제사에 쓰지 않고자 하나 산천의 신이 어찌 그것을 버리겠는가.〔犁牛之子騂且角, 雖欲勿用, 山川其舍諸?〕"라고 하였다. 출신이 미천하더라도 훌륭한 능력을 갖추었으면 반드시 세상에 쓰인다는 의미이다.《論語 雍也》

759 주(周)나라……날 : 상보(尙父)는 태공망(太公望) 여상(呂尙)의 존호이다. 여상은 위수(渭水) 가에서 낚시하다가 80세 때 문왕(文王)에게 등용되었고 무왕(武王)을 보좌하여 은(殷)나라를 멸망시키는 데 큰 공을 세웠다.《史記 卷32 齊太公世家》

760 조가(趙家)의……때 : 조가의 장군은 한(漢)나라 장군 조충국(趙充國)을 말한다. 흉노가 침입하자 70세가 넘은 나이로 출정을 자원하였는데, 선제(宣帝)가 흉노의 정황과 필요한 군사의 숫자를 묻자, "백 번 듣는 것이 한 번 보는 것만 못합니다. 병사는 멀리서 헤아리기 어려우니, 신이 금성(金城)에 가서 방략을 세워 올리겠습니다."라고 하고, 직접 적정을 살펴 뛰어난 계책을 올렸던 고사가 전한다.《漢書 卷69 趙充國傳》

761 확삭(矍鑠) : 나이가 많음에도 정신이 또렷하고 기력이 왕성함을 의미하는 말이다. 한나라의 마원(馬援)이 62세의 나이에도 불구하고 말에 뛰어올라 용맹을 보이자, 광무제(光武帝)가 "이 노인네가 참으로 씩씩하기도 하다.〔矍鑠哉! 是翁也.〕"라고 찬탄하였던 고사에서 나왔다.《後漢書 卷24 馬援列傳》

762 부주산(不周山)을……만하네 : 공공(共工)은 고대 전설상의 천신(天神)이다. 황제(黃帝)의 손자인 전욱(顓頊)과 황제의 자리를 두고 다투다가 이기지 못하자 화가 나서 부주산을 머리로 치받으니, 하늘을 떠받친 기둥이 부러지면서 하늘은 서북쪽으로

울퉁불퉁 어지러이 돌며 종으로 다시 횡으로 가고	硍礧雜還橫復直
메워지고 이어져서 가파르고 울쑥불쑥하네	塡塞澒洞嵾而嵯
과보는 해를 쫓으며 일 년 동안 돌았고[763]	夸父逐日期三周
열자는 바람을 몰다 보름 만에 천천히 돌아왔네[764]	列子御風旬五遲
수해는 지팡이 던지고 우 임금은 답강보두하여[765]	豎亥投杖禹罡斗
신령의 도끼 휘둘러 구루비를 새겼네[766]	神斧勒勒岣嶁碑

기울어 일월성신이 그쪽으로 옮겨가고 땅은 동남쪽으로 꺼져서 온갖 내와 물이 다 그쪽으로 들어갔다는 고사가 전한다. 《列子 湯問》

763 과보(夸父)는……돌았고 : 과보는 걸음이 빨랐던 신화 속의 인물이다. 《산해경(山海經)》 권8 〈해외북경(海外北經)〉에 "과보가 해를 쫓아가다가 해가 들어가자 8일 만에 목이 말라 하수(河水)와 위수(渭水)에서 물을 마시고 부족하여 북쪽 대택(大澤)으로 물을 마시러 가다가 이르지 못하고 죽었다."라고 하였다. 원문의 '기삼(期三)'은 1년을 의미하는 기삼백(期三百)을 일컬은 말로 보인다.

764 열자(列子)는……돌아왔네 : 《장자(莊子)》 〈소요유(逍遙遊)〉에 "열자가 바람을 몰고 날아가서 시원스레 잘 날아다니다가 보름 만에야 돌아오곤 하였다.〔夫列子御風而行, 泠然善也, 旬有五日而後反.〕"라는 내용이 보인다.

765 수해(豎亥)는……답강보두(踏罡步斗)하여 : 수해는 우(禹) 임금의 신하로 걸음을 매우 잘 걸었는데, 지리를 조사해오라는 우 임금의 명에 따라 오른손에 산가지〔算〕를 한 움큼 들고 동쪽 끝에서 서쪽 끝까지 5억 10만 9800보를 달렸다고 한다. 수해가 지팡이를 던진 고사는 찾지 못했는데, 과보(夸父)가 해를 쫓아가다가 지쳐서 지팡이를 던지자 이 지팡이가 복숭아나무로 변하면서 사방 천 리에 도림(桃林)이 만들어졌다는 고사가 보인다. 《山海經 卷8 海外北經》 답강보두(踏罡步斗)는 도교의 법사(法師)들이 북두칠성의 별자리와 같은 위치를 밟으면서 기도하는 걸음걸이를 말하는데, 여기서는 우 임금이 홍수를 다스리기 위해 중국 천하를 두루 돌아다닌 것을 의미하는 말로 쓰인 듯하다. 강두(罡斗)는 북두칠성의 자루별인 천강성(天罡星)과 첫 번째부터 네 번째까지의 별인 두괴(斗魁)를 합칭한 말이다.

766 신령의……새겼네 : 신령의 도끼는 우(禹) 임금의 도끼를 말하는데, 홍수를 다스릴 때 이 도끼로 용문산(龍門山)을 끊어 물길이 통하게 했다고 전해진다. 《漢書 卷29

우습다 급히 달려감이여	笑矣乎急走
엎어지고 미끄러져서 반드시 그물에 걸리리라	顚躓必有罹
세인이여 구불구불한 작은 길을 즐기지 말고	世人勿癖盤曲蹊
반드시 넓고 크고 평평한 큰길로 향하라	須向蕩蕩平平逵

溝洫志》 구루비(岣嶁碑)는 우비(禹碑)라고도 하는데, 우 임금이 홍수를 다스린 뒤 명산의 높이를 석벽에 새긴 것이라고 전한다. 형산(衡山)의 주봉인 구루봉(岣嶁峯)에 있었다고도 하며 호남성(湖南省) 형산현(衡山縣) 운밀봉(雲密峯)에 있었다고도 한다. 《升菴集 卷47 禹碑》

참새를 풀어줌을 읊은 시. 최지천의 시에 차운하다[767]

放雀詩 次崔遲川韻

새장 속에 십 년을 갇혀 지내니	籠中鎖十載
외로이 붙어살아 나그네 신세와 같았네	孤寄迹同羈
마시고 쪼는 것 사람 뜻대로 따르면서	飮啄隨人意
부질없이 북방의 명지를 생각했다네[768]	謾思北溟池

767 참새를……차운하다 : 최지천(崔遲川)은 최명길(崔鳴吉, 1586~1647)이다. 본관은 전주(全州)이고, 자는 자겸(子謙)이며, 지천은 그의 호이다. 1605년(선조38) 문과에 급제하였고, 영의정까지 올랐다. 귤산이 차운한 시는 최명길의 〈참새를 풀어주다〔放雀〕〉인데, 원운은 칠언율시이다. 《遲川集 卷5》

768 부질없이……생각했다네 : 명지(溟池)는 명해(溟海)라고도 하는데, 전설 속의 바다 이름이다. 《열자(列子)》 〈탕문(湯問)〉에 "종북국의 북쪽에 명해가 있는데, 천지이다.〔終北之北有溟海者, 天池也.〕"라는 내용이 보인다.

회한을 기록하다. 이택당의 시에 차운하다[769]

志悔 次李澤堂韻

무슨 일로 한가함 적고 다급함이 많았나	底事少閑多促忙
한밤중에 반성하며 홀로 서성이네	中宵點檢獨彷徨
솥의 소금 되어 부끄럽게도 조화를 담당했고[770]	鼎鹽無地擔調和
서 말 식초는 왕년에 실컷 다 맛보았네[771]	斗醋曾年飽備嘗
구주의 쇠로 만든 솥은 누구 손으로 만들었나[772]	金錯九州誰手做
세 번 반복한 백규의 시를 내 마음에 간직하네[773]	圭磨三復我心藏

769 회한(悔恨)을……차운하다 : 이택당(李澤堂)은 이식(李植, 1584~1647)이다. 본관은 덕수(德水)이고, 자는 여고(汝固)이며, 택당은 그의 호이다. 1610년(광해군2) 문과에 급제하였고, 대사헌과 예조 판서 등을 역임하였다. 귤산이 차운한 시는 이식의 〈회한을 기록하다〔志悔〕〉이다. 《澤堂集 續集 卷1》

770 솥의……담당했고 : 재상이 되었다는 말이다. 솥의 소금과 조화는 재상과 그 역할을 의미하는 말이다. 은(殷)나라 고종(高宗)이 부열(傅說)에게 "내가 만약 국을 만들면 그대가 소금과 매실이 되라.〔若作和羹, 爾惟鹽梅.〕"고 한 데서 나왔다. 《書經 說命下》

771 서……맛보았네 : 벼슬살이를 실컷 했다는 말이다. 수(隋)나라 때 재상 최홍도(崔弘度)가 아랫사람을 다스리는 데에 몹시 엄하였으므로, 장안(長安) 사람들이 모두 말하기를, "차라리 서 말 식초를 마실지언정 최홍도는 만나지 말라.〔寧飮醋三斗, 莫見崔弘度.〕"라고 했다는 고사가 전한다. 《隋書 卷74 崔弘度列傳》

772 구주(九州)의……만들었나 : '구주의 쇠로 만든 솥'은 우(禹) 임금이 중국 구주의 동(銅)을 모아 만든 이른바 우정(禹鼎)을 말한다. 이 솥에 만물을 그려 넣어 백성들에게 선과 악을 구별해 알게 하였으므로, 백성들이 도깨비나 물귀신 등을 만나지 않게 되었다고 한다. 《春秋左氏傳 宣公3年》

773 세……간직하네 : 백규(白圭)의 시는 《시경》 〈억(抑)〉에서 "백규의 흠은 그래도 갈아서 없앨 수 있지만, 이 말의 흠은 어떻게 할 방법이 없다.〔白圭之玷, 尙可磨也,

평소의 뉘우침을 모두 내가 기록했으니　　　　平生悔懊皆吾志
십 년 만에 사직하고 시골에 거처하네　　　　十載乞休居梓鄕

斯言之玷, 不可爲也.〕"라고 한 것을 말한다. 공자의 제자 남용(南容)이 매일 이 구절을 세 번씩 반복해서 외우며〔三復白圭〕 말을 조심하자, 공자가 이를 훌륭하게 여겨 형의 딸을 남용에게 시집보냈던 고사가 전한다. 백규는 백옥을 말한다. 《論語 先進》

옹이가 박힌 나무. 조용주의 시에 차운하다[774]

癰瘇木 次趙龍洲韻

산의 나무가 어찌 그리 장수했는가	山木何長壽
무성한 그늘이 사방을 에워쌌네	繁陰能四圍
그 아래에 한가한 사람이 앉아서	其下閑人在
나무와 함께 세상의 굴레를 벗어났네	與之脫世機

774 옹이가……차운하다 : 조용주(趙龍洲)는 조경(趙絅, 1586~1669)이다. 본관은 한양(漢陽)이고, 자는 일장(日章)이며, 용주는 그의 호이다. 1626년(인조4) 문과에 장원으로 급제하였고, 대제학과 이조 판서 등을 역임하였다. 귤산이 차운한 시는 조경의 오언율시 〈옹이가 박힌 나무〔癰腫木〕〉이다. 《龍洲遺稿 卷1》

한 자부터 시작해 열 자까지 이르는 시. 장계곡의 시에 차운하다[775]

一字至十字詩 次張谿谷韻

괴롭고	苦
괴로워라	苦
길을 나서니	出行
빗속이라네	冒雨
시냇물이 불어나니	溪水肥
산 바위는 화가 난 듯	山石怒
볏모가 싹이 터 자라니	秧針苗長
농부는 덩실덩실 춤추네	農夫鼓舞
바람 없어 흰 해가 조용히 나오더니	無風白日靜
안개가 걷혀 푸른 하늘이 보이네	披霧青天覩
웃으며 홍애의 야윈 어깨를 치고[776]	笑拍洪厓癯肩

775 한……차운하다 : 장계곡(張谿谷)은 장유(張維, 1587~1638)이다. 본관은 덕수(德水)이고, 자는 지국(持國)이며, 계곡은 그의 호이다. 1609년(광해군1) 문과에 급제하였고, 대제학과 이조 판서 등을 역임하였다. 귤산이 차운한 시는 장유의 〈봄날의 괴로운 비에 한 자부터 시작해 열 자까지 이르는 시를 짓다〔春日苦雨 自一字至十字〕〉이다. 한편, 이러한 시체를 탑을 쌓아가는 듯하다고 하여 보탑시(寶塔詩)라고 한다. 《谿谷集 卷34》

776 웃으며……치고 : 홍애(洪厓)는 황제(黃帝)의 신하인 영륜(伶倫)의 선호(仙號)로, 전설상의 신선이다. 진(晉)나라 곽박(郭璞)의 〈유선시(遊仙詩)〉에 "왼손으로 부구의 소매를 당기고, 오른손으로 홍애의 어깨를 치네.〔左挹浮丘袖, 右拍洪崖肩.〕"라는

항아의 어여쁜 빛을 매만지며 희롱하니[777] 摩弄姮娥媚嫵

이곳에 살며 나무를 이웃한들 무슨 상관이랴 爰居何妨樹爲隣

조화옹은 꽃이 절로 피어남을 금하지 않네 造化無禁花自吐

보드라운 방초가 앞 들판에 펼쳐지고 茸茸兮芳艸披前野

끊임없이 흐르는 물이 먼 물가에 불어나네 滾滾兮流水漲遠浦

노인이 읽던 책을 안으니 운향[778]이 가까이 옷에 스미고

翁抱殘卷芸香近襲衣

아이가 나뭇가지 주우니 차 연기가 외로이 문에서 일어나네

僮拾墮樵茶煙孤起戶

그대여 크게도 작게도 할 수 있으니 간략하면 따르기 쉽다고 말하지 마시라[779] 君莫道可大可小簡則從

내가 바라는 건 덕도 재주도 없어 어리석고 아둔하게 사는 것이라네

我但願無德無才愚且鹵

구절이 있다.《文選 卷21》 여기서는 선경에 노닌다는 말이다.

777 항아(姮娥)의……희롱하니 : 비가 그치고 달도 떴다는 말로 보인다. 항아는 달 속에 있다는 선녀의 이름이다.

778 운향(芸香) : 향초의 이름으로, 향기가 강해 벌레를 막는 효과가 있어 서적을 보관하는 곳에서 사용하였다.

779 크게도……마시라 : 현인(賢人)의 덕업(德業)을 이루라고 말하지 말라는 의미로 보인다.《주역》〈계사전 상(繫辭傳上)〉의 "쉬우면 알기 쉽고 간략하면 따르기 쉬우며, 알기 쉬우면 친함이 있고 따르기 쉬우면 공이 있다. 친함이 있으면 오래 할 수 있고 공이 있으면 크게 할 수 있으며, 오래 할 수 있으면 현인의 덕이요 크게 할 수 있으면 현인의 업이다.〔易則易知, 簡則易從, 易知則有親, 易從則有功, 有親則可久, 有功則可大, 可久則賢人之德, 可大則賢人之業.〕"라는 말을 원용한 표현으로 보인다.

계곡이 초나라 신하가 대언과 소언을 읊고 진나라 사람이 위어와 요어의 시를 짓고 당나라 시승 교연이 안노공과 함께 참어·취어·활어·암어 등을 지은 것을 모방하여 그 소재를 넓혀 스물네 수를 지었는데, 대략 그 시운에 차운하다[780]

谿谷倣楚臣賦大言小言 晉人有危語了語 唐僧皎然與顔魯公共作饞醉滑暗等語 廣而作二十四章 略次其韻

대언 大言

하늘에 보이는 별의 수가 우리 병사의 숫자요 　言瞻星斗我兵數

780 계곡(谿谷)이……차운하다 : 귤산이 차운한 시는 장유(張維)의 〈옛날 초나라 왕은 신하들에게 대언과 소언의 시를 짓게 하였고, 진나라 사람은 위어와 요어의 시를 지었으며, 당나라 시승 교연과 안노공 등 여러 사람은 참어·취어·활어·암어 등을 소재로 함께 시를 지었다. 이에 내가 소재를 넓혀서 모두 스물네 수의 시를 짓는다〔昔楚王使群臣賦大言小言 晉人有危語了語 唐詩僧皎然與顔魯公諸人共作饞醉滑暗等語 余因以廣之 作二十四章〕〉이다. 장유에 대해서는 620쪽 주775 참조. 《谿谷集 卷34》 초(楚)나라 신하는 전국 시대 송옥(宋玉)을 가리킨다. 송옥이 〈대언부(大言賦)〉와 〈소언부(小言賦)〉를 지어 천지간에 가장 큰 것과 가장 작은 것을 과장해서 읊었다. 《古文苑 卷2》 진(晉)나라 사람은 환현(桓玄)과 은중감(殷仲堪)으로, 각각 위어(危語)와 요어(了語)를 지었는데, 위어는 지극히 위태로운 상황을 표현한 말이고, 요어는 일이 완전히 끝난 상황을 표현한 말이다. 《世說新語 排調》 당(唐)나라 시승(詩僧) 교연(皎然)은 사영운(謝靈運)의 10세손이라고 한다. 안노공(顔魯公)은 노군공(魯郡公)에 봉해진 당나라 안진경(顔眞卿)을 말한다. 교연의 문집인 《저산집(杼山集)》에 안진경과 연구(聯句)로 지은 시가 수록되어 있는데, 참어(饞語)는 식탐(食貪), 취어(醉語)는 취한 뒤에 하는 헛소리, 활어(滑語)는 미끄러움, 암어(暗語)는 어두움에 관한 내용이다. 《杼山集 卷10 七言饞語聯句一首·七言醉語聯句一首·七言滑語聯句一首·七言暗思聯句》

정갑과 괴강[781]이 바람과 비를 쪼개네　丁甲魁罡風雨披
오랑캐 산[782]에서 크게 사냥하니 기강이 삼엄하고　胡山大獵森嚴律
《춘추》의 범례 세우니 먹이 연못[783]에 가득하네　起例春秋墨滿池

소언 小言

거미의 가죽 속에 《춘추》의 저울이 있고[784]　蛸蠕皮裏春秋權
모기의 눈썹 끝에 진찰[785]의 영역이 있네　蚊蚋睫端塵刹域
술잔 물에 풀잎 배 띄우니 격전장이요[786]　杯水芥舟鏖戰場

781 정갑(丁甲)과 괴강(魁罡) : 천신(天神)의 군대를 비유한 말이다. 정갑은 육정육갑(六丁六甲)의 준말로, 도교에서 말하는 음신(陰神)인 여섯 정신(丁神)과 양신(陽神)인 여섯 갑신(甲神)을 가리킨다. 천제의 명령을 받는 천장(天將)과 천병(天兵)을 가리키는 말로 쓰인다. 괴강은 북두칠성의 자루별인 천강성(天罡星)과 첫 번째부터 네 번째까지의 별인 두괴(斗魁)를 합칭한 말인데, 여기서는 역시 천제의 명을 받는 군대의 비유로 쓰였다.

782 오랑캐 산 : 중국 북방과 서방의 호인(胡人)들이 거주하는 산을 통칭한 말로 보인다.

783 연못 : 저본에는 원문이 '지(地)'로 되어 있는데, 제2구의 운자인 '피(披)'와 같은 운목(韻目)이 아니다. 장유의 원운에는 '피(披)'와 같은 운목인 '지(池)'로 되어 있으므로, 오류로 보아 바로잡아 번역하였다.

784 거미의……있고 : 거미의 마음속에 시시비비를 가리는 공정한 마음이 존재한다는 말이다. 진(晉)나라의 대신(大臣) 환이(桓彝)가 저부(褚裒)를 평하면서 "계야는 가죽 속에 《춘추》가 있다.〔季野有皮裏春秋.〕"라고 한 고사에서 '피리춘추(皮裏春秋)'라는 말이 나왔다. 계야(季野)는 저부의 자이다. 《晉書 卷93 褚裒傳》

785 진찰(塵刹) : 진진찰찰(塵塵刹刹)의 준말로, 우주의 삼라만상을 뜻하는 불가(佛家)의 말이다.

786 술잔……격전장(激戰場)이요 : 《장자(莊子)》 〈소요유(逍遙遊)〉에 "마루 위 움푹 팬 곳에 한 잔의 물을 부어놓으면 작은 풀이야 배처럼 둥둥 뜨겠지만, 잔을 놓으면 바닥에 붙어버릴 것이다."라는 구절을 원용한 표현이다.

삼십 명 대병을 일으키니 감문국이라네[787]	大兵三十甘文國

위어 危語

한 가닥 명주실로 악어를 잡아 만경창파 건너고	捉鱷一絲犯萬波
포효하는 범을 손으로 때려잡아 수염을 만지네	手攖虓虎鬚摩挲
영씨 아이가 대낮에 박랑사에 서 있는데	嬴兒白晝博浪立
한나라의 유신이 숨어서 지나가기를 엿보네[788]	韓國遺臣狙伏過

안어[789] 安語

성왕은 도가 넓고 넓어 치우침과 기울어짐 없고[790]	聖王蕩蕩無偏側

787 삼십……감문국(甘文國)이라네 : 감문국은 삼한(三韓) 시대의 극히 작은 나라 이름으로 개령현(開寧縣) 즉 지금의 경북 김천시 지역에 있었는데, 신라에 병합되었다. 《新增東國輿地勝覽 卷29 慶尙道 開寧縣》 한편, 《임하필기(林下筆記)》에 "감문국은 지금의 개령현이다. 감문산(甘文山)이 개령현 북쪽에 있는데 그 유지(遺址)가 아직도 남아 있고, 웅현(熊峴)에는 장부인릉(獐夫人陵)이 있다. 《동사(東史)》에 '크게 군사 30명을 발동하였다.'라고 하였으니, 아마 지극히 작은 나라였던 것 같다. 신라 조분왕(助賁王) 2년에 쳐서 멸망시켰다."라는 기록이 보인다. 《林下筆記 卷36 扶桑開荒攷 甘文》

788 영씨(嬴氏)……엿보네 : 영씨 아이는 영씨 성인 진시황(秦始皇)을 말한다. 장량(張良)의 조상은 5세 동안 한(韓)나라에서 정승을 지냈는데, 한나라가 진(秦)나라에 멸망하자 장량이 원수를 갚기 위해 창해 역사(滄海力士)에게 철퇴를 들게 하고 박랑사(博浪沙)에서 진시황을 저격했다가 실패한 고사가 전한다. 《史記 卷5 留侯世家》

789 안어(安語) : 가장 안정된 상황을 이야기한 것이다.

790 성왕(聖王)은……없고 : 기자(箕子)가 주 무왕(周武王)에게 일러주었다는 《서경》 〈홍범(洪範)〉에 "편벽됨이 없고 편당함이 없으면 왕의 도가 넓어질 것이요, 편당함이 없고 편벽됨이 없으면 왕의 도가 평평해질 것입니다.〔無偏無黨, 王道蕩蕩; 無黨無

직설이 조정에 가득해 계책이 바위처럼 견고하네[791] 稷契盈庭畫若石
노인은 물러나 쉬고 젊은이는 진출하니 老年休退少年進
노소가 평안하여 분수대로 즐거움 얻네 老少康莊分得樂

요어[792] 了語

평생토록 골몰하며 욕심은 끝이 없고 百年汨汨慾無窮
속된 마음 다 이루고자 저녁까지 두려워하네[793] 欲盡塵情惕若夕
만사를 처리했어도 한 가지 일이 남았으니 萬事句當一事餘
청풍과 명월에 빚이 아직 쌓여 있네 淸風明月債猶積

참어 饞語

잘라간 고기 많지 않으니 만천은 배가 고팠고[794] 割肉不多曼倩飢

偏, 王道平平.〕"라는 구절이 있다.

791 직설(稷契)이……견고하네 : 직설은 순(舜) 임금의 신하인 후직(后稷)과 설(契)의 병칭으로, 현신(賢臣)의 대명사로 쓰인다. 원문의 석(石)은 '석(碩)'과 같은 의미로 보기도 하는데, 큰 계책을 지닌 신하를 '석획지신(石劃之臣)'이라고 한다.《漢書 卷94下 匈奴傳下》

792 요어(了語) : 원래는 일이 완전히 끝난 상황을 읊어야 하는데, 시의 내용은 여전히 끝나지 않은 상황을 노래하였다. 따라서 제목이 '미료어(未了語)'가 되어야 할 듯하다. 장유의 원운에도 '미료어'에 대한 내용이 있다.

793 저녁까지 두려워하네 :《주역》〈건괘(乾卦) 구삼(九三)〉에 "군자가 종일토록 부지런히 힘쓰고 저녁까지도 두려워하면 위태로우나 허물이 없다.〔君子終日乾乾, 夕惕若厲, 無咎.〕"라는 구절이 있다. 덕을 높이기 위해 항상 조심하고 노력한다는 말인데, 여기서는 저녁까지도 속된 마음을 이루기 위해 골몰한다는 의미로 쓰였다.

794 잘라간……고팠고 : 만천(曼倩)은 한나라 동방삭(東方朔)의 자이다. 복날에 무제(武帝)가 신하들에게 고기를 하사했는데, 태관승(太官丞)이 날이 저물도록 오지 않

목이 말라 동해를 마시니 수장은 어리석었네[795] 東溟渴飮竪章癡
예상에서 밥을 기다리며 굶주린 이[796]가 앉아서 翳桑待食餓人坐
제나라 무덤에서 또 돌아보고 간 자[797]를 도리어 비웃네
反笑齊墦又顧之

취어 醉語

주국[798]의 세월은 항상 편안하지 않으니 酒國光陰恒未寧

아 고기를 나누지 못하자, 동방삭이 자기 몫의 고기를 잘라서 집으로 돌아가버렸다. 무제가 동방삭에게 죄를 자책하게 하니, "벤 고기가 많지 않으니, 또 얼마나 청렴한가.〔割之不多, 又何廉也!〕"라고 하였다. 또 동방삭이 무제에게 키 작은 난쟁이 광대와 키가 큰 자신이 똑같은 봉록을 받는 것을 불평하면서, "난쟁이 광대는 배가 불러서 죽을 지경이고, 신은 배가 고파서 죽을 지경입니다.〔朱儒飽欲死, 臣朔飢欲死.〕"라고 한 고사가 전한다.《漢書 卷65 東方朔傳》

795 동해를……어리석었네 : 수장(竪章)은 우(禹) 임금의 신하로 걸음을 매우 잘 걸었던 수해(竪亥)와 대장(大章)의 병칭이다. 우 임금이 대장에게 동극(東極)에서 서극(西極)까지 걸어서 거리를 재게 하고, 수해에게 북극에서 남극까지 걸어서 거리를 재보게 하였더니 그 길이가 똑같았다는 고사가 전한다.《淮南子 地形訓》 수해와 대장이 동해의 물을 마신 고사는 찾지 못했는데, 걸음이 빨랐던 신화 속의 인물인 과보(夸父)가 해를 쫓아가다가 목이 말라 하수(河水)와 위수(渭水)에서 물을 마시고 부족하여 북쪽 대택(大澤)으로 물을 마시러 가다가 죽었다는 고사가 전한다.《山海經 卷8 海外北經》

796 예상(翳桑)에서……이 : 예상은 지명이다. 춘추 시대 진(晉)나라의 조 선자(趙宣子)가 수산(首山)에서 사냥하다가 예상에서 쉬었는데, 이곳에서 사흘간 굶주려 수척해진 영첩(靈輒)에게 음식을 주어 구해준 고사가 전한다.《春秋左氏傳 宣公2年》

797 제(齊)나라……자 :《맹자》〈이루 하(離婁下)〉에, 아침 일찍 동쪽 성곽의 무덤 사이로 가서 제사 지내고 남은 음식을 얻어먹고, 부족하면 또 다른 곳으로 가서 얻어먹은 뒤 집으로 돌아가 아내와 첩에게 부귀한 사람들과 음식을 함께 먹었노라고 거들먹거린 제(齊)나라 사람의 이야기가 전한다.

우물쭈물 움츠리며 얼마나 많은 세월 지냈던가　囁嚅跼蹐幾多經
잔뜩 취해도 깨어날 날이 있음을 알지만　攪起湎沈知有日
몽롱한 세상의 꿈은 괴롭게도 깨지 않네　矇瞳世夢苦無醒

활어 滑語

세상 길에는 겹겹이 얼음과 눈이 드리웠으니　世路層層氷雪垂
지름길이 좋다지만 또한 갈림길이 많네　捷行雖好亦多歧
유리 소반 위에 금고[799]가 흘러넘치니　琉璃盤上金膏溢
눈 가득히 빛을 훔쳐도[800] 보아도 알지 못하네　滿目偸光見不知

암어 暗語

만 권의 서책 소장하고 청동 거울 닦지만　萬卷書藏揳翠銅
병중이라 아이를 가르치지 못하네　病中不得訓童蒙

798 주국(酒國) : 술 취한 뒤에 느끼는 황홀한 세상을 말한다.

799 금고(金膏) : 도가(道家)의 선약(仙藥) 또는 거울을 닦는 기름을 의미하기도 하며, 밝은 등불을 의미하는 말로도 쓰인다. 여기서는 밝은 등불을 의미하는 것으로 보인다.

800 빛을 훔쳐도 : 서한(西漢)의 광형(匡衡)이 가난하여 등촉(燈燭)을 마련하지 못하자, 벽을 뚫고 옆집의 불빛을 끌어와 글을 읽었다는 착벽투광(鑿壁偸光)의 고사를 말한다. 《西京雜記 卷2》

칠실의 걱정은 담장을 마주하고 선 것만 한 것이 없으니[801]

漆室無如墻面立

허공에 돌돌이라 쓰며[802] 나에게 책임을 돌리네　　書空咄咄責歸翁

801 칠실(漆室)의……없으니 : 나라를 위한 걱정은 자식을 교육하지 못하는 것이 가장 큰 걱정이라는 말이다. 칠실의 걱정은 국사(國事)를 걱정하는 마음을 나타내는 겸사로 쓰인다. 칠실은 춘추 시대 노(魯)나라 고을 이름인데, 노 목공(魯穆公) 때 칠실에 사는 여인이 임금은 늙고 태자는 어려서 나라가 몹시 위태로운 것을 근심하며 탄식했다는 고사가 전한다.《列女傳 魯漆室女》 담장을 마주하고 선다는 것은 배우지 못해 무지한 것을 말한다. 공자가 아들 백어(伯魚)에게 시(詩)를 배우지 않은 것을 훈계하면서 "바로 담장을 마주하고 선 것과 같다.〔其猶正牆面而立也與.〕"라고 한 고사에서 나왔다.《論語 陽貨》

802 허공에 돌돌(咄咄)이라 쓰며 : 마음속으로 탄식한다는 말이다. 진(晉)나라 은호(殷浩)가 조정에서 쫓겨난 뒤에 종일토록 허공에 '돌돌괴사(咄咄怪事)'라는 네 글자만 썼다는 고사가 전한다.《世說新語 黜免》

며느리를 보고서. 이백강의 시에 차운하다[803]

見子婦 次李白江韻

다박머리 쓰다듬은 건 신유년 가을이요[804]	撫髮辛酉秋
대추를 어루만진 건 기사년 가을이라네[805]	撫棗己巳秋
손자 안기는 것이 당연한 너의 효도이니	抱孫宜爾孝
복록이 봄과 가을에 이어지리라	福祿春復秋

803 며느리를……차운하다 : 이백강(李白江)은 이경여(李敬輿, 1585~1657)이다. 본관은 전주(全州)이고, 자는 직부(直夫)이며, 백강은 그의 호이다. 1609년(광해군1) 문과에 급제하였고, 우의정까지 올랐다. 귤산이 차운한 이경여의 시는 찾지 못했다. 이경여의 시에 〈며느리를 보다〔見子婦〕〉라는 제목의 시가 있는데, 칠언율시이며 운자도 전혀 다르다. 《白江集 卷5》 한편, 귤산의 아들은 이수영(李壽榮, 1857~1880)으로 24세 때 요절하였으며, 며느리의 본관은 미상이다. 귤산은 아들 이수영이 죽은 뒤 1885년(고종22)에 13촌 조카인 이석영(李石榮, 1855~1934)을 양자로 맞이하였다.

804 다박머리……가을이요 : 신유년인 1861년(철종12) 가을에 며느릿감을 처음 만나 보았다는 말로 보인다.

805 대추를……가을이라네 : 기사년인 1869년(고종6) 가을에 아들의 혼례를 올렸다는 말이다. 《의례(儀禮)》 〈사혼례(士昏禮)〉에 "신부가 대추와 밤이 든 광주리를 들고 문으로 들어가 서쪽 계단으로 올라가 앞에 나아가 절하고 자리에 놓는다. 시아버지는 앉아서 그 광주리를 어루만지고 일어나 답배한다.〔婦執笲棗栗, 自門入, 升自西階, 進拜, 奠于席. 舅坐撫之, 興答拜.〕"라는 구절이 있다.

먼지를 읊다. 김청음의 시에 차운하다[806]

詠塵 次金淸陰韻

연경 길 멀고 오랫동안 비가 오지 않으니	燕山脩兮久不雨
모래바람 잔뜩 일어 온 세상을 뒤덮네	風沙饒兮彌寰宇
깃발이 가려지도록 변방의 안개 가득하고	旌旗沒兮漲塞煙
수레바퀴 부딪치며 마른 땅에 흔들리네	車轂擊兮盪乾土
저 멀리 누대에 구름은 아득하고	樓臺逈兮雲冥冥
무성한 나무숲에 들이 비옥하다네	林木繁兮原膴膴
사람들 가까이 있어도 옷과 띠가 보이지 않고	人民近兮暗衣帶
새와 짐승이 멈추니 털과 깃의 색이 변했네	鳥獸止兮幻毛羽
해와 달이 어두워 동서를 분간 못 하겠고	昏日月兮錯東西
하늘과 땅이 흐릿해 올려보고 굽어보기 어지럽네	邈乾坤兮眩仰俯
옛날에는 병거 타고 월상씨가 돌아갔고[807]	疇昔輧兮歸越裳

806 먼지를……차운하다 : 김청음(金淸陰)은 김상헌(金尙憲, 1570~1652)이다. 본관은 안동(安東)이고, 자는 숙도(叔度)이며, 청음은 그의 호이다. 1596년(선조29) 문과에 급제하였고, 병조와 이조의 판서 등을 지냈다. 귤산이 차운한 시는 김상헌의 〈먼지〔塵〕〉인데, 원운은 5언 100구의 장편 고시이며 1626년(인조4)에 성절 겸 사은진주사(聖節兼謝恩陳奏使)로 사행했을 때 지은 시이다. 《淸陰集 卷9 朝天錄》 한편, 이 시의 마지막 두 구절로 볼 때, 귤산이 62세 때인 1875년(고종12) 7월에 왕세자 책봉 주청 정사가 되어 두 번째로 연경에 갔을 때의 일을 읊은 것으로 보인다.

807 옛날에는……돌아갔고 : 병거(輧車)는 장막이 있는 수레를 말하는데, 여기서는 지남거(指南車)를 의미한다. 월상씨(越裳氏)는 교지(交趾)의 남쪽에 있던 옛 나라의 이름이다. 주(周)나라 때 월상씨가 조공을 바치러 왔다가 돌아가는 길을 잃자, 주공(周

말을 잘 몰았던 조보를 괴롭게 했네[808]	善御馬兮惱造父
열 길의 연홍진[809]에 사람은 보이지 않고	十丈軟兮人不見
일체 인연의 교화 펼쳐 부처는 배 속을 씻었네[810]	萬緣化兮佛洗肚
어디서 얻어올까 신령한 벽진서[811]를	安得來兮靈犀辟
먼지와 서로 이웃이 되어 아지랑이가 모이네[812]	相爲隣兮野馬聚
무홍의 부채를 들어서 막고 싶고[813]	欲擧障兮茂弘扇

公)이 병거 5승을 지남거로 만들어 하사하여 길을 찾아 돌아가게 했다는 고사가 전한다. 《通志 卷3下 三王紀 周》

808 말을……했네 : 조보(造父)는 주(周)나라 목왕(穆王) 때 말을 잘 몰았던 사람이다. 목왕에게 팔준마(八駿馬)를 바치자 목왕이 조보에게 말을 몰게 해 서쪽으로 가서 수렵에 빠져 돌아오기를 잊었는데, 서언왕(徐偃王)이 반란을 일으키자 목왕의 말을 몰아 하루에 천 리를 달려가 서언왕을 공격해 대파시켰다고 한다. 《史記 卷43 趙世家》

809 연홍진(軟紅塵) : 번화한 거리에 날리는 먼지를 말한다.

810 일체……씻었네 : 천축(天竺) 사람 불도징(佛圖澄)은 진(晉)나라 회제(懷帝) 때 낙양(洛陽)에 가서 불법(佛法)을 전파하였는데, 배 옆에 구멍이 있어서 항상 솜으로 막아두었다가 재일(齋日)에 그 구멍을 통해 오장육부를 꺼내 시냇물에 씻은 다음 다시 집어넣었다고 한다. 《晉書 卷65 佛圖澄傳》

811 벽진서(辟塵犀) : 전설상의 바다짐승인데, 그 뿔로 먼지를 제거할 수 있기에 이런 이름이 붙었다. 각진서(却塵犀)라고도 한다. 벽진서의 뿔로 부인의 비녀나 빗을 만들면 먼지가 붙지 않는다고 한다. 《嶺表錄異 卷中》

812 먼지와……모이네 : 《장자(莊子)》 〈소요유(逍遙遊)〉에 "아지랑이와 먼지는 생물들이 숨을 서로 내뿜는 것에서 생겨난다.〔野馬也, 塵埃也, 生物之以息相吹也.〕"라는 말이 나온다.

813 무홍(茂弘)의……싶고 : 무홍은 동진(東晉)의 명재상 왕도(王導)의 자(字)이다. 성제(成帝)의 외숙부인 유량(庾亮)이 서쪽의 지방관으로 있으면서도 조정의 권력을 멋대로 주무르자, 왕도가 서풍이 불어 먼지가 일어나면 그때마다 부채를 들어서 막으며 "원규(元規)의 먼지가 사람을 더럽히려 하는구나."라고 하였다. 원규는 유량의

도끼 잡은 오강을 따르며 어울리고 싶네[814]　願從遊兮吳剛斧

옛날 내가 갈 때는 버들가지 늘어졌는데[815]　昔我往兮楊柳依

지금은 내가 늙어서 눈앞이 아른거리네　今我老兮迷阿堵

자이다. 《晉書 卷65 王導列傳》

814 도끼……싶네 : 오강(吳剛)은 전설상의 선인(仙人)으로 한나라 때 서하(西河) 사람인데, 일찍이 선도(仙道)를 배우다가 잘못을 저질러 달 속으로 귀양 가서 항상 계수나무만 찍고 있다고 한다. 《酉陽雜俎 前集 卷1》 여기서는 연경 팔경의 하나인 계문연수(薊門煙樹)를 염두에 둔 표현인 듯하다. 계문은 연경을 말한다.

815 옛날……늘어졌는데 : 《시경》 〈채미(采薇)〉에 "옛날 내가 떠날 때는 버들가지 늘어졌는데, 지금 내가 돌아올 때는 함박눈이 펄펄 내리네.〔昔我往矣, 楊柳依依, 今我來思, 雨雪霏霏.〕"라는 구절이 있다. 한편, 귤산은 1845년(헌종11) 10월에 사은 겸 동지사의 서장관이 되어 처음 연경에 갔다가 이듬해 3월에 복명한 일이 있다.

형체와 그림자의 문답에 대하여. 이서하의 시에 차운하다[816]
形影問答 次李西河韻

내가 가면 너도 가고	我行爾亦行
내가 멈추면 너도 멈추네	我止爾亦止
가고 멈춤에 서로 떨어지지 않으니	行止不相離
남화자의 허물 벗은 매미로다[817]	蜩甲南華子

816 형체와……차운하다 : 이서하(李西河)는 이민서(李敏敍, 1633~1688)이다. 본관은 전주(全州)이고, 자는 이중(彝仲)이며, 서하는 그의 호이다. 1652년(효종3) 문과에 급제하였고, 대제학과 이조 판서 등을 역임하였다. 귤산이 차운한 이민서의 시는 찾지 못했다. 이민서의 《서하집(西河集)》 권1에 도잠(陶潛)의 시에 차운한 오언고시 〈형체가 그림자에게 주는 말이라는 시에 차운하다〔次形贈影〕〉와 〈그림자가 형체에게 답하는 말이라는 시에 차운하다〔次影答形〕〉가 있는데, 귤산의 이 차운시와는 운자가 다르다.

817 남화자(南華子)의……매미로다 : 남화자는 장자(莊子)의 별칭이다. 《장자》 〈우언(寓言)〉에 "나는 매미 허물인가, 뱀 허물인가. 비슷하지만 아니다.〔予蜩甲也, 蛇蛻也, 似之而非也.〕"라는 그림자의 말이 보인다.

좌태충의 〈초은시〉에 대해. 유시남의 시에 차운하다[818]

左太沖招隱詩 次兪市南韻

산중에 사는 한 노인이	山中有一老
오직 산이 깊지 않을까 걱정하네	惟恐山不深
아득한 바깥세상 회상하노니	懷想杳茫外
빈 숲에 안개와 노을 젖는 곳이네	煙霞濕空林
간절히 그를 따르고 싶지만	願言欲從之
어느 봉우리에 있는지 몰랐는데	不知何山岑
우연히 소나무 계수나무 아래	偶然松桂下
맑은 그늘 드리운 곳에서 마주쳤네	邂逅藉淸陰
서로의 마음 일월처럼 잘 알기에	肝膽如明月
말없이 거문고를 어루만지네	不言撫玄琴
성인은 세상 피해 숨는 것을 나무랐지만[819]	聖人非長往
지사가 혹 찾아가기도 했네[820]	志士或相尋

818 좌태충(左太沖)의……차운하다 : 유시남(兪市南)은 유계(兪棨, 1607～1664)이다. 본관은 기계(杞溪)이고, 자는 무중(武仲)이며, 시남은 그의 호이다. 1633년(인조 11) 문과에 급제하였고, 대사헌과 이조 참판 등을 역임하였다. 귤산이 차운한 시는 유계의 〈좌태충의 초은에 화답하다[和左太沖招隱]〉 2수 중 첫째 수이다. 《市南集 卷7》 좌태충은 진(晉)나라 좌사(左思)로, 태충은 그의 자이다. 은사(隱士)를 찾아간다는 의미의 〈초은시(招隱詩)〉 두 수를 지었다. 《文選 卷22》

819 성인은……나무랐지만 : 삼태기를 멘 은자(隱者)가 공자가 두드리는 경쇠 소리를 듣고 세상에 마음이 남아 있다고 비난하자, 공자가 "과감하구나, 세상을 잊는 데 어려울 게 없겠구나."라고 탄식한 것을 말한 것으로 보인다. 《論語 憲問》

저 기산의 꼭대기를 바라보니	瞻彼箕山首
〈고반〉을 읊조림이 어떠한가[821]	何如考槃吟
일어서다가 이내 다시 멈추니	起而旋復止
주저함이 산새 보기에 부끄럽네	躕躇愧山禽

820 지사(志士)가……했네 : 진(晉)나라 왕휘지(王徽之)가 폭설이 내린 밤에 술을 마시며 좌사(左思)의 〈초은시(招隱詩)〉를 읊다가 갑자기 섬계(剡溪)에 있는 친구 대규(戴逵)가 생각이 나서 밤새 배를 저어 그 집 앞에까지 찾아갔다가 돌아온 고사를 말한 것으로 보인다. 《晉書 卷80 王徽之列傳》

821 저……어떠한가 : 완전히 은둔하는 삶을 말한다. 요(堯) 임금이 은자인 허유(許由)를 불러 천하를 양보하려 하자 허유가 거절하고 기산(箕山)에 숨었다는 고사가 전한다. 《莊子 逍遙遊》 〈고반(考槃)〉은 《시경》 〈위풍(衛風)〉의 시로, 산림에 은거하는 현자의 즐거움을 노래한 것이다.

백로주. 송우암의 시에 차운하다[822]

白鷺洲 次宋尤菴韻

백로주 근처에는 백로가 날고	白鷺洲邊飛白鷺
백운산[823] 위에는 백운이 많네	白雲山上多白雲
구름 머물고 백로 졸며 산수는 고요한데	雲住鷺眠山水靜
은자가 잠 못 이루고 절로 무리가 되었네	幽人無夢自成群

822 백로주(白鷺洲)……차운하다 : 송우암(宋尤菴)은 송시열(宋時烈, 1607~1689)이다. 본관은 은진(恩津)이고, 자는 영보(英甫)이며, 우암은 그의 호이다. 귤산이 차운한 시는 송시열의 〈백로주에서 백주의 시에 차운하다〔白鷺洲次白洲韻〕〉인데, 백로주(白鷺洲)는 경기도 포천시 영중면 거사리에 있는 포천천 강가를 가리키며, 백주(白洲)는 이명한(李明漢, 1595~1645)의 호이다. 《宋子大全 卷2》 한편, 《임하필기》에 족질(族姪) 이교영(李喬榮)과 화답한 시로 이 시가 소개되어 있는데, 첫 구절이 '백로주 근처에는 백로가 날고〔白鷺洲邊白鷺飛〕'로 되어 있다. 《林下筆記 卷35 薜荔新志》

823 백운산(白雲山) : 경기도 포천시 이동면과 강원도 화천군 사내면의 경계에 있는 산이다.

자책에 대해 읊은 시. 윤명재의 시에 차운하다[824]

自訟詩 次尹明齋韻

이만 일천 이백 날 나흘이 되도록	二萬千二百四日
오십구 년 동안 줄곧 한마음뿐이었네	五十九年直一心
공사 간의 일 많았던 날 뺀다면	除却公私千百事
일 년 내내 시 읊지 않은 날 없었네	一年無日不詩吟

824 자책에……차운하다 : 윤명재(尹明齋)는 윤증(尹拯, 1629~1714)이다. 본관은 파평(坡平)이고, 자는 자인(子仁)이며, 명재는 그의 호이다. 귤산이 차운한 시는 윤증의 〈자책하며〔自訟〕〉이다. 《明齋遺稿 卷4》

산의 해가 비치는 들창. 허미수의 시에 차운하다[825]

山日牖 次許眉叟韻

바람이 불어 산의 눈이 걷히고	風吹山雪捲
서재에 봄날 같은 아침 햇살 비치네	書戶旭如春
일이 없어 이 잡으며 앉아서	無事捫蝨坐
태평성대의 사람이라 여기네	自謂聖世人

825 산의……차운하다 : 허미수(許眉叟)는 허목(許穆, 1595~1682)이다. 본관은 양천(陽川)이고, 자는 문보(文甫)이며, 미수는 그의 호이다. 우의정까지 올랐다. 귤산이 차운한 시는 허목의 〈산의 해가 비치는 들창〔山日牖〕〉이다. 《記言 別集 卷1》

어떤 사람이 거처를 묻기에 답하다. 박서계의 시에 차운하다[826]

人問居答 次朴西溪韻

은퇴한 선비의 거처는 물을 필요 없으니	退士之居不必問
천마산[827] 외진 곳에서 세월을 보낸다오	天摩山僻送年華
세 홰나무 동쪽 가에 시내 하나 곧게 흐르고	三槐東畔一磎直
사시에 향기 맡으며 꽃으로 집을 삼았다네[828]	香聞四時花作家

826 어떤……차운하다 : 박서계(朴西溪)는 박세당(朴世堂, 1629~1703)이다. 본관은 반남(潘南)이고, 자는 계긍(季肯)이며, 서계는 그의 호이다. 1660년(현종1) 문과에 장원급제하였고, 1668년 당쟁에 혐오를 느껴 은퇴한 뒤 학문에 전념하였다. 귤산이 차운한 시는 박세당의 〈어떤 사람이 거처를 묻길래 답하고자 하며〔人問居擬答〕〉이다. 《西溪集 卷2》

827 천마산(天摩山) : 경기도 남양주시 화도읍과 오남읍 일대에 있는 산이다. 《임하필기》에 "우리 집은 가오곡에 있는데, 바로 천마산의 동쪽이다.〔吾家嘉梧谷, 卽天摩山東也.〕"라는 구절이 있다. 귤산은 46세 때인 1859년(철종10)에 가오곡으로 거처를 옮겼는데, 현재의 남양주시 화도읍 가곡리(嘉谷里) 일대이다. 《林下筆記 卷35 薜荔新志》

828 사시에……삼았다네 : 가오곡의 서북쪽에 지은 별서의 이름이 사시향관(四時香館)이었는데, 꽃나무가 수백 종이나 된다고 하였다. 《嘉梧藁略 冊13 效白少傅池上篇》《林下筆記 卷35 薜荔新志》

수진도. 남약천의 시에 차운하다[829]

修眞圖 次南藥泉韻

주 목왕은 반도 찾아 팔준마를 몰았고[830]	周穆蟠桃八駿馭
진시황은 선약을 삼신산에서 구하게 했네[831]	秦皇仙藥三山求
바삐 가는 급한 세월 머물게 할 사람 없으니	忙忙急景無人駐
덧없는 인생 탄식하며 홀로 부끄러워하네	歎息浮生獨自羞

829 수진도(修眞圖)……차운하다 : 남약천(南藥泉)은 남구만(南九萬, 1629~1711)이다. 본관은 의령(宜寧)이고, 자는 운로(雲路)이며, 약천은 그의 호이다. 1656년(효종7) 문과에 급제하였고, 영의정까지 올랐다. 귤산이 차운한 시는 남구만의 〈수진도〔修眞圖〕〉 4수 중 두 번째 수이다. 수진도는 도가(道家)에서 수양하는 방법을 그림으로 그린 것이다. 《藥泉集 卷1》

830 주 목왕(周穆王)은……몰았고 : 주나라 목왕이 신선술을 좋아하여 여덟 마리의 준마〔八駿馬〕가 모는 수레를 타고 곤륜산(崑崙山) 꼭대기의 요지(瑤池)에 가서 선녀 서왕모(西王母)를 만나 연회를 가졌다는 이야기가 전한다. 《列子 周穆王》 반도(蟠桃)는 서왕모가 키우는 복숭아나무로 3천 년에 한 번 꽃이 피고 3천 년에 한 번 열매를 맺는데, 이 복숭아 열매를 먹으면 불로장생한다고 한다. 《太平廣記 卷3》

831 진시황(秦始皇)은……했네 : 진시황 때의 방사(方士) 서불(徐市)이 동해의 삼신산(三神山)에서 불사약을 구해오라는 명을 받고 동남동녀(童男童女) 수천 명을 배에 태우고 바다로 나간 뒤 소식이 없었다는 고사가 전한다. 삼신산은 전설상의 봉래산(蓬萊山)·방장산(方丈山)·영주산(瀛洲山) 세 산을 말한다. 《史記 卷6 秦始皇本紀》

메밀을 수확하며. 김문곡의 시에 차운하다[832]

收蕎麥 次金文谷韻

흰 꽃이며 붉은 줄기에 푸른 서리가 내리니	白花朱幹冒靑霜
세모난 검푸른 열매가 감색 대바구니에 가득하네	黝實稜稜滿紺篝
술에 국화 띄우고 눈처럼 흰 가루로 수제비 빚어	酒泛黃英飥賽雪
잔치 열어 좋은 손님을 이곳에 머물게 하리라	嘉賓式讌於焉留

832 메밀을……차운하다 : 김문곡(金文谷)은 김수항(金壽恒, 1629~1689)이다. 본관은 안동(安東)이고, 자는 구지(久之)이며, 문곡은 그의 호이다. 1651년(효종2) 문과에 장원으로 급제하였고, 영의정까지 올랐다. 귤산이 차운한 시는 김수항의 〈메밀을 수확하며〔收蕎麥〕〉이다. 《文谷集 卷5》

술을 보내준 이에게 사례하다. 민노봉의 시에 차운하다[833]

謝人送酒 次閔老峯韻

산창에 석양 비낄 제 홀로 꽃을 마주하는데	斜日山窓獨對花
십 년 앓은 소갈증에 이미 백발이 되었네	十年病渴已顚華
독우니 종사니 어찌 따질 필요 있으랴[834]	督郵從事何須問
누룩 수레 보고 침 흘리는 것보단 훨씬 낫네[835]	絶勝流涎逢麯車

833 술을……차운하다 : 민노봉(閔老峯)은 민정중(閔鼎重, 1628~1692)이다. 본관은 여흥(驪興)이고, 자는 대수(大受)이며, 노봉은 그의 호이다. 1649년(인조27) 문과에 장원으로 급제하였고, 좌의정까지 올랐다. 귤산이 차운한 시는 민정중의 〈술을 보내준 이에게 사례하다〔謝人送酒〕〉이다. 《老峯集 卷1》

834 독우(督郵)니……있으랴 : 보내온 술이 좋은 술인지 나쁜 술인지 따질 필요가 없다는 말이다. 진(晉)나라 환온(桓溫)이 술을 마실 때마다 주부(主簿)가 먼저 술을 맛본 뒤 좋은 술에 대해서는 '청주종사(青州從事)'라 하고 시원찮은 술에 대해서는 '평원독우(平原督郵)'라고 품평하였다. 청주(青州)에 제군(齊郡)이 있고 평원(平原)에 격현(隔縣)이 있는 것에 빗대어, 좋은 술은 배꼽 아래〔臍下〕에까지 이르고 나쁜 술은 격막(膈膜) 근처까지만 간다는 뜻에서였다고 한다. 《世說新語 術解》

835 누룩……낫네 : 두보(杜甫)가 〈음중팔선가(飮中八仙歌)〉에서 여양왕(汝陽王) 이진(李璡)을 두고 "여양은 서 말 술을 마시고야 조정에 나갔고, 길에서 누룩 실은 수레 만나면 입에서 침을 흘렸네.〔汝陽三斗始朝天, 道逢麴車口流涎.〕"라고 읊었다. 《杜少陵詩集 卷2》

계주에서 탄식한 일에 대해 읊은 시. 서만정의 시에 차운하다[836]

薊州歎息詩 次徐晩靜韻

중원이 패망한 것 모두 다섯 번이니[837]	諸夏陸沈凡五遭
오랑캐는 이끗 중시해 돈만 따지네	胡人重利數泉刀
기물은 모두 화려히 장식하고 양젖을 먹으며	器皆雕繪食羊酪
옷은 까마귀 떼 같고 소리는 개가 짖는 듯하네	衣似鵶群聲狗嘷
물건 아껴서 작은 것까지 눈을 희번덕이고	愛物尋常挑電目
저울질하며 모든 것을 가을 터럭까지 다투네	稱量千百競秋毛
하늘이 천자의 운수 돌려준들 어찌할 수 없으니	天回帝運其無奈

836 계주(薊州)에서……차운하다 : 서만정(徐晩靜)은 서종태(徐宗泰, 1652~1719)이다. 본관은 대구(大丘)이고, 자는 노망(魯望)이며, 만정은 그의 호이다. 1680년(숙종6) 문과에 급제하였고, 영의정까지 올랐다. 귤산이 차운한 시는 서종태의 〈탄식하며〔歎息〕〉인데, 서종태가 1703년(숙종29)에 동지사의 정사(正使)로 연행했을 때 지은 시이다. 《晩靜堂集 卷4》 한편, 이 시는 귤산이 1875년(고종12) 연행했을 때 지은 것으로 보인다. 계주(薊州)는 지금의 하북성(河北省) 일대로, 연경을 가리킨다.

837 중원(中原)이……번이니 : 오랑캐가 중원을 다스린 때를 말하는데, 수(隋)・요(遼)・금(金)・원(元)・청(淸)을 말한다.

만자[838]가 만주족과 혼인해 같은 무리 돼버렸네　　蠻滿互婚歸一曹

838 만자(蠻子) : 한족(漢族)을 일컫는 말이다. 《경자연행잡지(庚子燕行雜識)》 권하(卷下)에 "청인(清人)을 만주(滿洲)라고 부르고 한인(漢人)을 만자(蠻子)라고 부른다. 만주란 본래 여진(女眞)의 이름이니 이렇게 부르는 것이 진실로 마땅하다. 그런데 만자라고 부르는 것은 알 수가 없다."라는 내용이 보인다. 한편, 1669년(현종10) 10월에 동지사의 정사로 연행했던 민정중(閔鼎重)이 남긴 〈문견별록(聞見別錄)〉에 "청인(清人)들은 한인(漢人)이 자신들을 달자(㺚子)라 부르는 것을 싫어하여 마침내 한인을 만자(蠻子)라고 부르고, 스스로를 만주(蠻主)라고 일컬었다."라는 내용이 보인다. 《老峯集 卷10》

집 정원의 꽃이 모두 피었다는 소식을 듣고, 김식암의 진퇴격 시에 차운하다[839]

聞家園諸花盡開 次金息菴進退韻

어젯밤 꿈에 옛 서재가 나오더니	昨夢舊書屋
오늘 꽃이 다 피었다는 소식 들었네	今聞花盡開
소리 없이 절로 땅에 떨어지리니	無聲自落地
누가 일찍 섬돌 돌았다고 애석해하랴	誰惜早巡階
비가 내리고 바람 부는 날은	雨雨風風日
해마다 해마다 찾아온다네	年年歲歲來
내년 봄엔 응당 나그네 되지 않고	明春應不客
아름다운 몇 송이 꽃 가꾸어보리라	料理數枝佳

839 집……차운하다 : 김식암(金息菴)은 김석주(金錫胄, 1634~1684)이다. 본관은 청풍(淸風)이고, 자는 사백(斯百)이며, 식암은 그의 호이다. 1662년(현종3) 문과에 장원으로 급제하였고, 우의정까지 올랐다. 귤산이 차운한 시는 김석주의 〈집 정원의 꽃이 모두 피었다는 소식을 듣고〔聞家園諸花盡開〕〉이다.《息庵遺稿 卷3》 진퇴격(進退格)은 율시 격식의 일종으로 진퇴운(進退韻)이라고도 한다. 한 수의 시에 두 개의 서로 비슷한 운부(韻部)의 운자(韻字)를 격구(隔句)로 압운하여 일진일퇴(一進一退)를 거듭한다. 이 시의 운자인 '개(開)'와 '래(來)'는 평성 '회(灰)' 운이고, '개(階)'와 '가(佳)'는 평성 '가(佳)' 운인데, '회(灰)' 운과 '가(佳)' 운은 통운(通韻)이 가능하다.

잠이 줄어듦을 읊은 시. 김서석의 시에 차운하여 두 수를 읊다[840]

少睡詩 次金瑞石韻二首

가을 만나 길어진 밤이 두려우니	逢秋怯夜永
잠은 안 오고 근심이 따라서 생겨나네	耿耿憂隨生
근심하다 보면 천하까지 근심하게 되니	憂至憂天下
어느 때나 내 마음이 밝아질까	何時心乃明

옆 사람이 쌔근쌔근 자면서	傍人喁喁睡
밤에 한기가 생겨남도 알지 못하네	不省夜寒生
동트기 전에 내가 먼저 깨어나	未曙我先覺
고향 쪽 바라보다 창이 밝아오네	望鄕窓紙明

840 잠이……읊다 : 김서석(金瑞石)은 김만기(金萬基, 1633~1687)이다. 본관은 광산(光山)이고, 자는 영숙(永叔)이며, 서석은 그의 호이다. 김장생(金長生)의 증손이며, 송시열(宋時烈)의 문인이다. 1653년(효종4) 문과에 급제하였고, 대제학과 총융사(摠戎使) 등을 역임하였다. 귤산이 차운한 시는 김만기의 〈잠이 줄어들다〔少睡〕〉인데, 원운은 한 수로 되어 있다. 《瑞石集 卷4》

벼 줄기에 달린 이삭을 보고. 이정관재의 시에 차운하다[841]

觀稻莖含穗 次李靜觀齋韻

음양의 두 기운이 처음 만물 만들 때	陰陽二氣發生初
장단과 방원이 각각 같지 않았네	長短方圓各不如
끝내 만 가지 다른 것을 하나의 근본으로 돌아가게 하니[842]	終教萬殊歸一本
공을 이룸은 오직 가을이 있기를 기다렸도다	成功惟待有秋歟

841 벼……차운하다 : 이정관재(李靜觀齋)는 이단상(李端相, 1628~1669)이다. 본관은 연안(延安)이고, 자는 유능(幼能)이며, 정관재는 그의 호이다. 1649년(인조27) 문과에 급제하였고, 인천 부사(仁川府使)와 사헌부 집의 등을 역임하였다. 귤산이 차운한 시는 이단상의 〈벼 줄기에 달린 이삭을 보고〔觀稻莖含穗〕〉이다. 《靜觀齋集 別集 卷1》

842 끝내……하니 : 수많은 벼 이삭도 그 근원은 하나의 줄기에서 나왔다는 말로 보인다. 이를 '만수일본(萬殊一本)'이라고 한다. 《주자어류(朱子語類)》에 "만 가지로 다른 것이 한 근본이 되는 것과 한 근본이 만 가지로 다르게 되는 것은 마치 한 근원의 물이 흘러나와 만 갈래의 지류가 되고, 한 뿌리의 나무가 생겨나 수많은 지엽이 나오는 것과 같다.〔萬殊之所以一本, 一本之所以萬殊, 如一源之水流出爲萬派, 一根之木生爲許多枝葉.〕"라는 말이 보인다. 《朱子語類 卷27 論語9》

의원을 조롱한 시. 김삼연의 시에 차운하다[843]

嘲醫詩 次金三淵韻

오장육부가 말하지 못해 의원이 얼굴을 펴고[844]	臟腑不言醫展顏
보통 사람의 질병을 싸늘한 눈으로 바라보네	凡人疾病冷相看
청낭에 자주 시험한다며 쇠오줌을 거두어 담고[845]	青囊頻試收牛溲
백발에 부질없이 놀라며 마간석으로 문지르네[846]	白髮漫驚拭馬肝

843 의원을……차운하다 : 김삼연(金三淵)은 김창흡(金昌翕, 1653~1722)이다. 본관은 안동(安東)이고, 자는 자익(子益)이며, 삼연은 그의 호이다. 1673년(현종14) 진사시에 합격한 뒤 과거 공부를 그만두고 학문에 전념하였다. 귤산이 차운한 시는 김창흡의 〈의원을 조롱하다〔嘲醫〕〉이다. 《三淵集 卷12》

844 오장육부가……펴고 : 옛 속담에 "산천이 만약 말을 할 줄 안다면 풍수가가 밥을 얻을 곳이 없고, 폐부가 만약 말을 할 줄 안다면 의원의 얼굴빛이 흙빛이 되리.〔山川而能語, 葬師食無所, 肺腑而能語, 醫師色如土.〕"라는 말이 있다고 한다. 《古詩紀 卷10》 또 《임하필기》에 "오장육부가 말할 줄 알면 의원의 얼굴이 흙빛이 되고, 산천이 말할 줄 알면 풍수가가 밥을 얻지 못하리라.〔臟腑能言, 醫人面如土, 山川能言, 葬師不得食.〕"라는 고시(古詩)를 소개하였다. 《林下筆記 卷29 春明逸史》

845 청낭(青囊)에……담고 : 의원의 행동을 비아냥거린 말이다. 청낭은 의서(醫書)를 담아두는 주머니를 말한다. 쇠오줌〔牛溲〕은 질경이〔車前草〕의 별명인데, 매우 흔한 약재의 비유로 쓰인다. 한유(韓愈)의 〈진학해(進學解)〉에 "옥찰과 단사, 적전과 청지, 쇠오줌과 말똥버섯, 망가진 북의 가죽을 모두 거두고 함께 쌓아두어 쓰일 때를 대비해 버리지 않는 것이 훌륭한 의원이다.〔玉札丹砂、赤箭青芝、牛溲馬勃、敗鼓之皮, 俱收竝蓄, 待用無遺者, 醫師之良也.〕"라는 구절이 있다. 《古文眞寶 後集 卷3》

846 백발에……문지르네 : 의원이 미신으로 백발을 치료하려 한다는 말이다. 마간석(馬肝石)은 전설상의 약석(藥石) 이름이다. 한(漢)나라 무제(武帝) 때 흉노(匈奴)인 질지국(郅支國)에서 마간석을 바쳤는데, 이 돌로 백발을 문지르자 모두 머리카락이

보감과 경서가 갑을을 다투고[847] 寶鑑景書甲乙競
영란과 왕결은 경락을 배우기 어렵네[848] 靈蘭王訣絡經難
천명에 달린 나의 목숨 그가 어찌 관장하랴 我生有命渠何管
하나의 이치가 어긋남 없으니 때를 살펴서 진퇴하리[849]
一理無差進退觀

검은색으로 변하니 당시 공경(公卿)들이 제후가 되기보다 마간석 얻기를 원했다고 한다. 《洞冥記 卷2》

847 보감(寶鑑)과……다투고 : 보감은 허준(許浚)의 《동의보감(東醫寶鑑)》을, 경서(景書)는 명(明)나라 장개빈(張介賓)이 편찬한 의서인 《경악전서(景嶽全書)》를 말하는 것으로 보인다. 경악은 장개빈의 호이다.

848 영란(靈蘭)과……어렵네 : 영란은 현전하는 중국 최고(最古)의 의학이론서인 《황제내경(黃帝內經)》을 가리킨 것으로 보인다. 《황제내경》은 〈소문(素問)〉과 〈영추(靈樞)〉 두 부분으로 이루어져 있는데, 〈소문〉 제8편에 〈영란비전론(靈蘭秘典論)〉이 있다. 영란은 원래 황제(黃帝)의 장서실 이름으로 알려져 있다. 왕결(王訣)은 진(晉)나라 때의 명의(名醫) 왕숙화(王叔和)가 편찬했다는 《맥결(脈訣)》을 말한 것으로 보인다. 왕숙화는 기백(岐伯)과 화타(華佗) 등의 책을 모아 《맥경(脈經)》과 《맥결(脈訣)》을 편찬했다. 경락(經絡)은 한의학에서 경맥(經脈)과 낙맥(絡脈)을 합쳐 부른 말인데, 경맥은 세로로 간선(幹線)을 이루고 낙맥은 가로로 지선(支線)을 이루며 상호 연결되어 온몸에 기혈을 전달하는 통로가 된다.

849 하나의……진퇴하리 : 천명에 따라 살겠다는 말로 보인다. 《주역》 〈관괘(觀卦) 육삼(六三)〉에 "나의 행동을 살펴서 나아가고 물러난다.〔觀我生, 進退.〕"라는 구절이 있다.

시비에 대한 탄식. 박구당의 시에 차운하다[850]

是非歎 次朴久堂韻

시비는 정해진 결론이 없고	是非無定論
천고토록 올바른 이치만 있었네	千古有其理
바둑판에서 상나라와 주나라가 바둑을 둔 것이고	局着商周棋
달팽이 뿔에서 만씨와 촉씨가 전쟁을 벌인 것이네[851]	角爭蠻觸氏
미워함과 사랑함은 이익과 정을 따르고	惡愛利趨情
다름과 같음은 진짜와 가짜가 뒤섞였네	異同眞混僞
하나의 손가락이라 천만 가지 시비가 똑같으니	一指萬端齊
칠원의 선리를 달사라고 일컫는다네[852]	漆仙稱達士

850 시비(是非)에……차운하다 : 박구당(朴久堂)은 박장원(朴長遠, 1612~1671)이다. 본관은 고령(高靈)이고, 자는 중구(仲久)이며, 구당은 그의 호이다. 1636년(인조 14) 문과에 급제하였고, 예조 판서와 개성부 유수(開城府留守) 등을 역임하였다. 귤산이 차운한 시는 박장원의 〈시비에 대한 탄식〔是非歎〕〉인데, 원운은 26구로 이루어진 오언고시이다. 《久堂集 卷2》

851 달팽이……것이네 : 달팽이의 왼쪽 뿔에 있는 만씨(蠻氏)와 오른쪽 뿔에 있는 촉씨(觸氏)가 서로 날마다 영토 쟁탈전을 벌였다는 우화가 전한다. 《莊子 則陽》

852 하나의……일컫는다네 : 칠원(漆園)의 선리(仙吏)는 몽(蒙)이라는 땅에서 칠원의 벼슬아치를 지낸 장자(莊子)를 일컫는 말이다. 《장자》 〈제물론(齊物論)〉에 "하늘과 땅은 하나의 손가락이요, 만물은 하나의 말이다.〔天地一指也, 萬物一馬也.〕"라는 구절이 있다. 천지의 만물이 같다는 관점에서 보면 천지도 한 개의 손가락과 같고 만물도 한 마리 말과 같다는 뜻이다.

옛 오잡조를 본떠서 짓다. 최곤륜의 시에 차운하다[853]

古五雜組 次崔昆侖韻

오잡조라	五雜組
찬란한 인끈이로다	煌煌紱
갔다가 다시 돌아오니	往復還
지난해의 달이로다	去年月
어쩌지 못하는 건	不得已
물드는 살쩍과 머리털	染鬢髮

853 옛……차운하다 : 최곤륜(崔昆侖)은 최창대(崔昌大, 1669~1720)이다. 본관은 전주(全州)이고, 자는 효백(孝伯)이며, 곤륜은 그의 호이다. 1694년(숙종20) 문과에 급제하였고, 대사성과 이조 참의 등을 역임하였다. 귤산이 차운한 시는 최창대의 〈옛 오잡조를 본떠서 짓다〔擬古五雜組〕〉이다. 《昆侖集 卷1》 '오잡조(五雜組)'는 잡체시(雜體詩)의 하나로, 첫 구가 '오잡조'라는 구절로 시작하기 때문에 붙은 명칭인데 그 뜻은 분명하지 않다. 또한 3언 6구로 구성되는데, 제3구에 '왕부환(往復還)' 또는 '왕부래(往復來)', 제5구에 '부득이(不得已)' 또는 '불획이(不獲已)'라는 구절이 모든 시에 다 들어간다.

양두섬섬을 읊은 시. 최곤륜의 시에 또 차운하다[854]

兩頭纖纖詩 又次

두 갈래 가늘고 긴 것은 대화심성[855]이요	兩頭纖纖大火心
반은 희고 반은 검은 것은 물가의 새로다	半白半黑水邊禽
끊임없이 울리는 것은 줄 튕기는 거문고요	腷腷膊膊撥絃琴
우렁차고 시원시원한 것은 장사의 노래라네	磊磊落落壯士吟

854 양두섬섬(兩頭纖纖)을……차운하다 : 귤산이 차운한 시는 최창대(崔昌大)의 〈양두섬섬시(兩頭纖纖詩)〉이다. 최창대에 대해서는 651쪽 주853 참조. 《昆侖集 卷1》 '양두섬섬'은 고악부 잡체시(雜體詩)의 하나로, 첫 구가 '양두섬섬(兩頭纖纖)'으로 시작되어 붙여진 이름인데, 양두섬섬은 두 갈래의 가늘고 긴 것을 형용한 말이다. 형식은 7언 4구로 이루어지는데, 각 구절 앞의 네 글자는 모두 '양두섬섬(兩頭纖纖)', '반백반흑(半白半黑)', '픽픽박박(腷腷膊膊)', '뇌뢰낙락(磊磊落落)'으로 고정되어 있으며, 뒤의 세 글자는 앞의 네 글자로 대변되는 사물의 명칭을 배치하는 것이 일반적이다.

855 대화심성(大火心星) : 28수 가운데 심수(心宿)에 있는 붉은빛을 내는 별로, 화성(火星)이라고도 한다.

매화를 읊은 시. 이참봉의 시에 차운하다[856]

梅花詩 次李參奉韻

뭇꽃을 향하지 않고 한 가지에 붙으니	不向群芳襯一枝
봄빛이 막 생겨날 때 홀로 피었네	春光特占上頭時
꽃 피고 눈 개고 달이 처음 오르니	花開雪霽月初上
산창과 같은 빛이라 전혀 몰랐네	一色山窓渾不知

856 매화를……차운하다 : 이참봉(李參奉)은 이광려(李匡呂, 1720~1783)이다. 본관은 전주(全州)이고, 자는 성재(聖載)이며, 호는 월암(月巖)·칠탄(七灘)이다. 족형(族兄)인 이광사(李匡師)로부터 학문을 익혔으며, 1741년(영조17) 진사시에 합격하였다. 선릉 참봉(宣陵參奉)과 명릉 참봉(明陵參奉)에 제수되었으나 나아가지 않았다. 귤산이 차운한 시는 이광려의 〈매화〔梅〕〉 2수 중 첫째 수이다. 《李參奉集 卷1》

권농. 조후계의 시에 차운하다[857]

勸農 次趙后溪韻

새해 상순 신일에 왕께서 제사 올리고	維歲上辛王用祀
오퇴의 고례 행하니 백성을 위해서라네[858]	五推古禮爲斯民
물 댄 논에 신을 적신 성상의 마음 지극하니	濡埸染履荃心至
울리는 풍악 소리 속에 백성들 춤을 추네	鼓樂聲中蹈舞人

농사짓기 좋은 때라 해가 남륙으로 가니[859]	時殷東作日南陸

857 권농(勸農)……차운하다 : 조후계(趙后溪)는 조유수(趙裕壽, 1663~1741)이다. 본관은 풍양(豐壤)이고, 자는 의중(毅仲)이며, 후계는 그의 호이다. 1683년(숙종9) 진사시에 합격하였고, 1694년(숙종20)에 천거로 희릉 참봉(禧陵參奉)을 거쳐 장악원 정·무주 부사(茂朱府使)·장례원 판결사(掌隷院判決事) 등을 역임하였다. 귤산이 차운한 시는 조유수의 〈권농 시에 화답하여 지은 여섯 수〔和勸農六首〕〉 중 첫째 수이다. 참고로 조유수의 시는 도잠(陶潛)의 〈권농〉 시에 차운한 시인데, 도잠의 원시를 따라 4언 8구체 6수로 이루어져 있다. 《后溪集 卷4》

858 새해……위해서라네 : 정월 상순 신일(辛日)에 임금이 사직단(社稷壇)에서 풍년을 기원하는 기곡대제(祈穀大祭)를 행하고, 적전(籍田)에 나아가 권농의 예를 행하는 것을 묘사하였다. 오퇴(五推)는 임금이 적전에 가서 몸소 쟁기를 다섯 번 미는 의식인 오퇴례(五推禮)를 말한다. 《예기》 〈월령(月令)〉에 "천자가 삼공·구경·제후·대부를 거느리고 몸소 적전을 경작하는데, 천자는 세 번 쟁기를 밀고, 삼공은 다섯 번 밀며, 경과 제후는 아홉 번 민다.〔帥三公、九卿、諸侯、大夫, 躬耕帝籍, 天子三推, 三公五推, 卿諸侯九推.〕"라는 내용이 보인다.

859 해가 남륙(南陸)으로 가니 : 여름이 되었다는 말이다. 남륙은 남방의 땅을 말한다. 해가 북륙(北陸)으로 가는 때를 겨울이라 하고, 해가 남륙으로 가는 때를 여름이라고 한다. 《後漢書 卷13 律歷志3 律歷下》

단비와 따뜻한 바람이 만백성에게 은혜 내리네	甘雨仁風惠萬民
이에 근신을 보내 정성스레 위문하시니	迺遣近臣勞問摯
수레 앞에 허리 굽힌 사람 노인들이라네	駕前傴僂老耆人
천신이 마을로 돌아와 의식 본 일 자랑하고	微臣歸里詑儀節
부지런히 가르침 따르며 산골 백성으로 늙어가네	率敎勤勤老峽民
개원의 성대한 전례[860]를 저들이 어찌 알랴	開元盛典渠何識
농부 되어 공부하는 나에게 의지한다네	憑藉田翁做學人
슬프게도 내 몸이 허약해 힘을 쓸 수 없으니	嗟吾脆弱不能力
궂은일도 쉬운 일도 시골 백성에게 힘입네	燥濕平夷賴野民
늙은 농부와 원예사를 어찌 청할 필요 있으랴	老農老圃何須請
당시에 성인께서도 또한 양보하셨네[861]	退步當時亦聖人
걸닉과 장저는 남쪽 밭에서 짝이 되어 김매었고[862]	溺沮其耦于南畝

860 개원(開元)의 성대한 전례 : 태평한 세상에서 행하는 권농의 예를 말한 것으로 보인다. 개원은 당나라 현종(玄宗)의 연호인데, 개원지치(開元之治)는 태평성대를 상징하는 말로 쓰인다.

861 늙은……양보하셨네 : 공자의 제자 번지(樊遲)가 농사일을 배울 것을 청하자 공자가 "나는 늙은 농부만 못하다.〔吾不如老農.〕"라고 하였고, 채마밭 가꾸는 일을 배울 것을 청하자 공자가 "나는 늙은 원예사만 못하다.〔吾不如老圃.〕"라고 대답하였다.《論語 子路》

862 걸닉(桀溺)과……김매었고 : 걸닉과 장저(長沮)는 초(楚)나라의 은자(隱者)이다. 짝이 되어 밭을 갈고 있던 장저와 걸닉에게 공자가 자로(子路)를 시켜 나루터를 묻게 했다가 이들로부터 천하를 바꾸려는 노력이 헛된 일이라는 비판을 받은 고사가

대바구니 메고 김매던 이는 일민으로 살았네[863]	荷篠而耘作逸民
길 가던 사람이 말없이 손을 모으고 섰는데	行者無言拱手立
뒷날에는 그 누가 옛사람을 보았던가[864]	後來誰見古之人

시골 풍속 비루하여 본받을 것 없지만	村俗俚傖無可法
오직 농사일만은 이 백성이 으뜸이라네	獨於穡事首伊民
젊은이여 이들을 비루하다고 말하지 말라	少年莫謂之夷鄙
우리는 농사에 힘써야 할 사람 아님이 없으니	吾輩無非務本人

자식이 있어 글 배우고 아울러 농사도 배우니	有子學書兼學稼
희염이 처음으로 백성에게 가르침 남겨주었네[865]	羲炎遺教始生民

전한다.《論語 微子》

863 대바구니……살았네 : 공자를 따르던 자로(子路)가 대열에서 뒤처졌다가 지팡이에 대바구니를 매달고 가는 노인을 만나 공자를 보았는지 묻자, 노인이 사지(四肢)를 부지런히 움직이지 않고 오곡을 분별하지 못한다고 자로를 꾸짖은 뒤 지팡이를 땅에 꽂아놓고 김을 매었던 고사가 전한다.《論語 微子》일민(逸民)은 은자를 말한다.

864 길……보았던가 : 지금 세상에는 직접 농사지으며 은둔하는 사람이 없다는 말로 보인다. 길 가던 사람은 자로(子路)를 말한다. 자로가 지팡이에 대바구니를 매단 노인에게 꾸짖음을 들은 뒤 두 손을 맞잡고 공손히 서 있자, 노인이 자로를 자신의 집으로 데려가 닭을 잡고 기장밥을 지어 대접하였다. 다음 날 자로가 공자를 만나 이 사실을 아뢰자 공자가 다시 가서 노인을 만나보게 하였는데, 다시 가보니 이미 노인이 떠나고 없었다는 고사가 전한다.《論語 微子》

865 희염(羲炎)이……남겨주었네 : 희염은 상고 시대 제왕인 태호 복희씨(太昊伏羲氏)와 염제 신농씨(炎帝神農氏)를 합칭한 말이다. 복희씨는 서계(書契)라는 최초의 문자를 만들어서 노끈을 묶어 의사를 표시하던 결승(結繩)의 방법을 대신하였고, 신농씨는 처음으로 농기구를 만들어서 농사짓는 방법을 가르쳤다고 한다.《周易 繫辭下》

밤에 돌아가고 아침에 나오는 것이 오랜 풍속이니[866] 夜歸朝出其風古
후세에도 여전히 주경야독한 사람 전해진다네[867] 後世尙傳耕讀人

보리 파종 반도 안 끝나 오이를 심으니 牟耕未半靑苽種
분명하게 약속하고 마을 백성을 불렀네 約指分明詔社民
오이는 심어 나물 되고 보리는 심어 밥 되니 苽而爲菜牟而飯
풍년에 내가 넉넉히 배 두드리는 사람 되리라 饒我豐年鼓腹人

구월에 타작마당 다지고 시월에 거두어들이니[868] 九月築場十月納
봄 여름 가을 고생하며 백성들이 고달팠네 三時勤苦怨咨民
독촉 세금 먼저 따져서 문 앞에서 찾아가고 催租先勘門前索
제사 지내고야 배불리 취한 사람을 본다네 祭賽從看醉飽人

《史記 卷1 五帝本紀》

866 밤에……풍속이니 : 요(堯) 임금 때 어떤 노인이 지었다는 〈격양가(擊壤歌)〉에 "내가 해 뜨면 일어나고 해가 지면 쉬면서, 우물 파서 물 마시고 밭을 갈아 밥 먹나니, 임금님의 힘이 나에게 무슨 상관이랴.〔吾日出而作, 日入而息, 鑿井而飮, 耕田而食, 帝力於我何有哉!〕"라고 한 것을 말한다. 《論衡 藝增》

867 후세에도……전해진다네 : 한유(韓愈)가 당(唐)나라의 고사(高士) 동소남(董邵南)을 칭찬하며 "아! 동생(董生)이여, 아침에 나가 농사짓고, 밤에 돌아와 고인의 책을 읽네.〔嗟哉董生! 朝出耕, 夜歸讀古人書.〕"라고 하였다. 《韓昌黎集 卷2 嗟哉董生行》 《小學 卷6 善行》

868 구월에……거두어들이니 : 《시경》 〈빈풍(豳風) 칠월(七月)〉에 "구월에는 채마밭에 타작마당 다지고, 시월에는 벼를 거두어들이네.〔九月築場圃, 十月納禾稼.〕"라는 구절이 있다.

세상의 즐거운 일로 이보다 나은 것 없으니	世間樂事無逾此
화락하고 자득하여 태평 세상 백성이라네	皞皞熙熙壽域民
누구의 덕분인지 알지도 생각지도 못하며	不知不識伊誰力
스스로 요순 이전 태곳적 사람이라 말하네	自謂唐虞以上人

지은이 **이유원(李裕元)**

1814년(순조14)~1888(고종25). 본관은 경주(慶州), 자는 경춘(景春), 호는 귤산(橘山)·묵농(默農), 시호는 충문(忠文)이다. 백사(白沙) 이항복(李恒福)의 9세손으로, 백사 이래 이태좌(李台佐)·이광좌(李光佐)·이종성(李宗城)·이경일(李敬一) 등의 재상을 배출한 명문가의 후손이다. 부친은 이조 판서를 지낸 이계조(李啓朝)이다. 1841년(헌종7) 문과에 급제하였고, 32세 때인 1845년(헌종11) 10월 동지사의 서장관으로 청나라에 다녀왔다. 이후 의주 부윤, 함경도 관찰사 등을 역임하였다. 고종 초에 좌의정에 올랐다가 1865년(고종2) 이후 한동안 정계에서 물러나 남양주 천마산(天摩山) 아래 가오곡(嘉梧谷)에서 지냈다. 1873년(고종10) 흥선대원군의 실각과 함께 영의정으로 정계에 복귀하였다. 1875년(고종12) 순종의 왕세자 책봉을 주청하기 위한 진주 겸 주청사로 다시 청나라에 다녀왔다. 1879년(고종16) 8월 말 이홍장으로부터 미국을 비롯한 서양 제국들과 통상조약을 체결하고 일본과 러시아를 견제해야 한다는 권유 편지를 받았으나, 미국과의 수교 권유는 거부했다. 1882년(고종19) 7월에 전권대신 자격으로 일본 공사 하나부사 요시모토(花房義質)와 제물포조약을 체결하였다.

이유원은 정치가일 뿐만 아니라 자하(紫霞) 신위(申緯)에게 시를 배운 당대의 시인이었다. 특히 조선의 악부시(樂府詩)에 많은 관심을 가졌고 이를 창작으로 드러내었다. 또 추사(秋史) 김정희(金正喜)와 예서(隸書)를 논한 서예가이며, 금석 서화와 원예·골동은 물론 국고 전장에 상당한 식견을 보여준 19세기의 비중 있는 학자이자 예술가의 한 사람이기도 하다. 나아가 연행과 이후 서신을 통해 섭지선(葉志詵) 등 당대 중국의 지식인들과 교유하며 청대의 학풍까지 두루 섭렵하였다. 이러한 학문적·예술적 성과가 그의 저술 《임하필기(林下筆記)》·《가오고략(嘉梧藁略)》·《귤산문고(橘山文稿)》에 담겨 있다. 또 국가경영에 관계된 저술로 《체론유편(體論類編)》과 《국조모훈(國朝謨訓)》이 있으며, 아울러 《경주이씨금석록(慶州李氏金石錄)》과 《경주이씨파보(慶州李氏派譜)》 등도 편찬하였다.

옮긴이 **이성민(李聖敏)**

1970년 부산에서 태어났다. 동아대학교 한문학과를 졸업하고, 성균관대학교 한문학과에서 석사 및 박사 학위를 받았다. 한국고전번역원의 전신인 민족문화추진회 부설 국역연수원에서 연수부 과정을 이수하였다. 한국고전번역원 전문역자를 거쳐 현재 성균관대학교 대동문화연구원에 재직하고 있다. 번역서로 《월사집 9》, 《환재집 3·4》, 《풍고집 1·5》, 《채근담》이 있고, 공역서로 《동유첩》, 《향산집 4》, 《논어주소 1》, 《연경재 성해응의 초사담헌》, 《석견루시초》, 《풍고집 2》, 《영재집 1》 등이 있다.

권역별거점연구소협동번역사업 연구진

연구책임자 이영호(성균관대학교 HK 교수)
공동연구원 안대회(성균관대학교 한문학과 교수)
책임연구원 이상아
이성민
이승현
서한석
김내일
임영걸

교정 양영옥(성균관대학교 강사)

가오고략 1

이유원 지음 | 이성민 옮김
2022년 12월 31일 초판 1쇄 발행
편집·발행 성균관대학교 출판부 | 등록 1975. 5. 21. 제1975-9호
주소 (03063) 서울시 종로구 성균관로 25-2
전화 760-1253~4 | 팩스 762-7452 | 홈페이지 press.skku.edu
조판 김은하 | 인쇄 및 제본 영신사

값 25,000원
ISBN 979-11-5550-569-4 94810
979-11-5550-568-7 (세트)